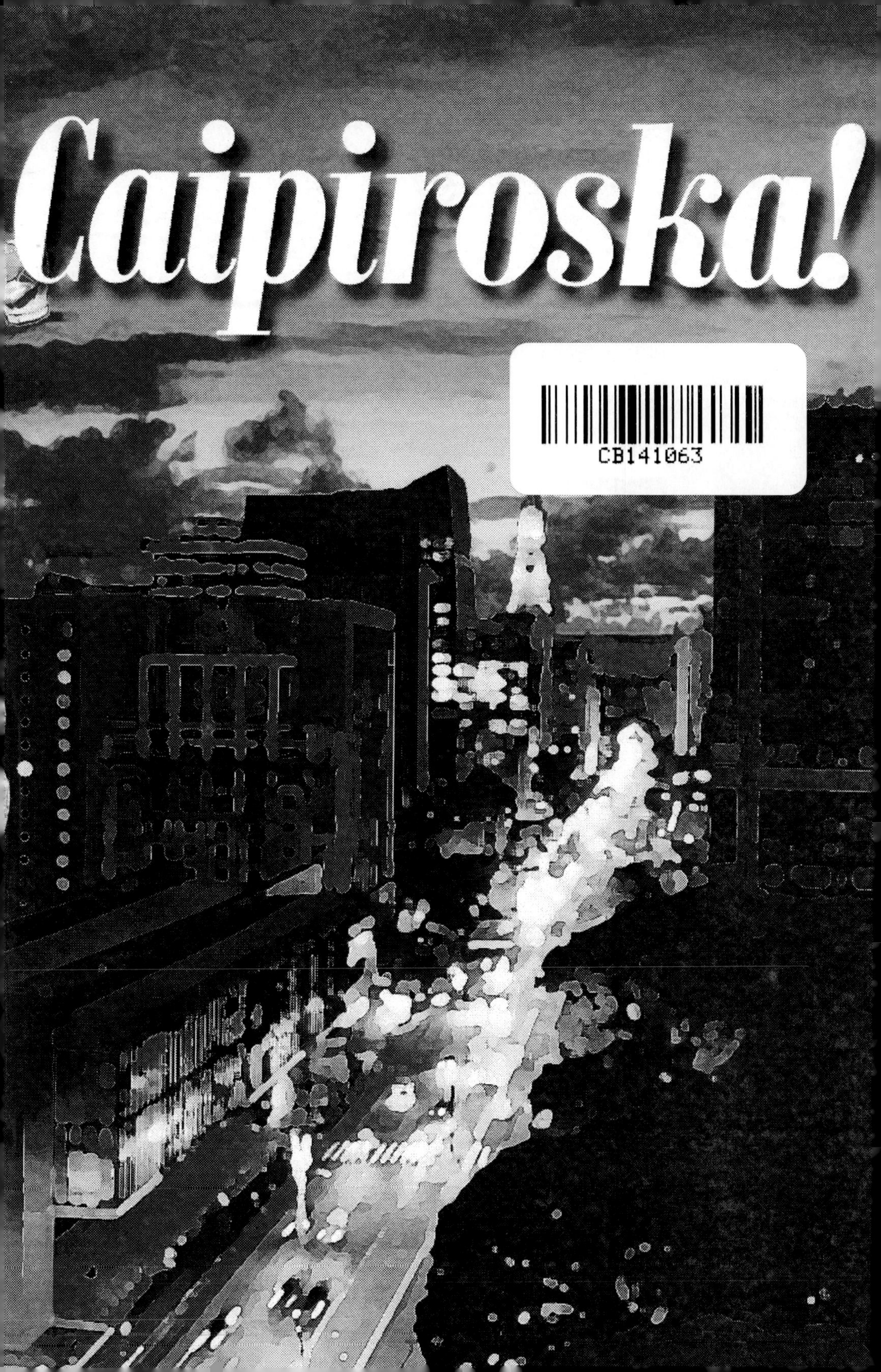
Caipiroska!

CIP-BRASIL. CATALOGAÇÃO NA PUBLICAÇÃO
SINDICATO NACIONAL DOS EDITORES DE LIVROS, RJ

M316c

Marques, Cintia, 1961-
Caipiroska / Cintia Marques. - 1. ed. - São Paulo : Letras do Pensamento, 2024.
496 p. ; 23 cm.

ISBN 9786589344520

1. Romance brasileiro. I. Título.

CDD: 869.3
24-93356 CDU: 82-31(81)

Meri Gleice Rodrigues de Souza - Bibliotecária - CRB-7/6439

16/08/2024 20/08/2024

Cintia Marques

Caipiroska!

1ª Edição – 2024 – São Paulo - SP

Letras do Pensamento

Capa
@armenioalmeidadesigner

Diagramação
Rita Motta - www.editoratribo.blogspot.com

Revisão
Cintia Marques

Editor
Claudio P. Freire

1ª Edição – 2024 – São Paulo-SP

Letrasdo
Pensamento

Rua Eduardo Prado, 28, Vila Bocaina.

CEP: 09310-500 – Mauá/SP.
Telefone: (11) 4518-2065 | (11) 9-9352-5354
Site: www.letrasdopensamento.com.br
E-mail: vendas@letrasdopensamento.com.br

Impressão no Brasil

Apresentação

A cidade de São Paulo é o palco onde se desenrola a estória entre a brasileira e o russo. São Paulo no ano de 2005, dinâmica e fervilhante, cheia de concreto e cinza, cheia de olhos nos relógios e trânsito intenso, cheia de contrastes sociais e temores nas esquinas escuras. Mas também cheia de riquezas e alegria, cheia de arte e gente ativa, cheia de flores e sabores, cheia de trabalho e diversão, cheia de música e opinião. Os brasileiros no seu dia a dia, seu jeito de falar e se comunicar, seus gestos e vocabulário peculiar, seus relacionamentos profissionais e afetivos, suas ações e reações diante do noticiário político carregado de escândalos e dos jogos de futebol em momento de crise, enquanto vão vivendo suas vidas sem desanimar. O brasileiro comum, o brasileiro como eu e você, o brasileiro do século XXI.

Através da minuciosa e descontraída descrição dos encontros entre Maria Claudia e Ivan, vai-se passeando pela capital e litoral paulista, vivendo com os dois protagonistas cada lugar, cada rua, cada sensação, cada momento, cada prato, cada música, cada sonho. E também acompanhando as dúvidas de Maria Claudia, típica brasileira, cheia de ideais, mas sempre com os pés no chão, oscilando entre desconfiar de Ivan e não resistir à companhia do misterioso russo, num relacionamento cauteloso, porém intenso, que vai num crescendo, chegando a um ponto onde as dúvidas parecem não importar mais.

Aprofundando-se na vida agitada das ruas e da história da cidade, bem como nos meandros internos dos personagens, chegando às suas mais arraigadas feridas e emoções, toda essa energia aflora, enfim, no meio do livro, quando as verdades começam a vir à tona, ao mesmo tempo em que eclodem os fatos que levarão à conclusão dos objetivos do russo no Brasil, com um desfecho emocionante, inesperado e espetacular.

Um retrato fiel e detalhado da cidade de São Paulo e de seus habitantes no começo do século XXI, com a reprodução literal da língua portuguesa conforme falada nas ruas e no dia a dia, na boca dos personagens, em contraposição àquela apresentada pelo narrador, o português clássico e correto da nova gramática da Língua Portuguesa.

As idas e vindas de uma brasileira e um russo na capital paulista durante dez dias no mês de outubro de 2005, vivendo um agitado romance, enquanto nas telas das TV's e nas conversas pelas esquinas os escândalos políticos e desportivos, com o Mensalão e a Máfia do Apito, entre outros, sacudiam o país.

Esta é uma obra de ficção. Com exceção de

Carlinhos,
Anderson,
Xixo e
Koni,

que fazem uma rápida aparição,
todos os personagens desta estória
são fictícios.

As pessoas ilustres, aqui apenas mencionadas,
são personalidades públicas da história do Brasil e do mundo.

Capítulo 1

Quarta-feira
12 de outubro de 2005

Cumbica

As madrugadas são todas iguais em Cumbica, o Aeroporto Internacional de Guarulhos, que serve a cidade de São Paulo. É sempre frio, cinzento, e venta bastante. Sofre principalmente quem chega cedinho, ainda noite fechada, na área do desembarque, para buscar o pessoal que chega nos voos noturnos. É como se ali a noite fosse eterna. Aquele descampado cinza-chumbo, sem vida aparente, dando a impressão de que nunca vai amanhecer. Mas amanhece, o sol sai, a temperatura sobe, os aviões pousam, e os viajantes chegam.

É sempre assim, e não poderia ser diferente nesta manhã de quarta-feira, 12 de outubro, feriado nacional, dia de Nossa Senhora de Aparecida, a padroeira do Brasil. Feriado que não causou a costumeira fuga em massa dos paulistanos para as praias ou para o interior, uma vez que não houve a famosa emenda de quatro dias, como normalmente ocorre, quando o feriado cai numa terça ou numa quinta, e a situação nas estradas passa a ser o assunto principal dos noticiários da TV: os que vão viajar, de olho na telinha, apreensivos e prevendo viagem três vezes mais longa; os que ficaram, meio que vingados, dizendo: "Ainda bem que resolvi ficar!". Em Cumbica não há diferença nenhuma: sábado, domingo, feriado, carnaval, Natal ou dia comum, seja qual for a situação, o movimento de manhãzinha é sempre o mesmo: é aquele tumulto de voos e gentes vindo de todos os cantos da Terra. Brasileiros e estrangeiros se dividindo na hora da fila da alfândega, e se reencontrando depois na esteira, para recolher a bagagem. Diferente da área de embarque, que é uma espécie de limbo internacional, com ares de *glamour*, onde circulam as pessoas excitadas com a viagem que irão fazer, umas bem arrumadas, outras nem tanto, e os acompanhantes que vieram se despedir, chorosos ou aliviados: "Adeus", "Boa viagem", "Vai com Deus", "Boa sorte", "Liga quando chegar". Passaportes, cartões de embarque, *traveller checks*, gente nervosa. Todo mundo trancetando e consumindo por entre os diversos restaurantes, lanchonetes e cafés, as mais variadas lojas vendendo todo tipo de mercadoria e bugigangas, sempre de olho nos dólares, euros e reais nos bolsos, bolsas e *pochettes* do pessoal. As lojas chiques, as joalherias, as de *souvenirs* do Brasil, as perfumarias, as livrarias e os quiosques, tudo cheira à empolgação e ao *élan* da viagem, remetendo às novidades que serão vistas, aos outros mundos, outras culturas, outras línguas, às impressões e sentimentos novos que se vão viver, sentir e sofrer. No andar de baixo, porém, na área do desembarque, de manhã cedinho, tudo tem um aspecto de pão amanhecido, mesmo os cafés, os guichês de *rent-a-car* e de telefonia celular, as casas de câmbio, os caixa-eletrônicos dos bancos, as mesas de informação. Quem veio buscar alguém está lá meio a contragosto, e os viajantes chegam como que de uma tourada, depois de horas a fio espremidos dentro do avião. Quase todos de rosto amassado, empurrando os carrinhos cheios de malas, mochilas, casacos e sacolas das *free-shops*, e também objetos estranhos que levaram ou estão trazendo de volta de suas aventuras e desventuras no exterior, num *mélange* de pastas de executivos, pranchas de *surf*, guitarras, berimbaus, muletas, pacotes gigantes de fraldas etc. No friozinho do amanhecer, parentes, amigos e agentes de viagem com placas de nomes nas mãos, todos sonolentos, aguardam a saída dos viajantes para levá-los aos seus destinos na cidade, loucos para saírem logo dali. E é então aquela profusão de abraços e apertos de mão, lágrimas e risadas, suspiros e surpresas, desafogo e deslumbramento. Uma vitrine de emoções vividas ou ainda por viver. Uns aflitos para irem para casa, outros exaustos por não haverem dormido nada no voo noturno. Uns empolgados com a chegada, outros com ar *blasé* de quem viaja a toda hora. Uns indiferentes tomando um táxi, outros arregalando os olhos para engolir pelo olhar a cidade que veem pela primeira vez. Uns rindo alto, outros muito sérios, porém bem amarrotados em seus ternos, indo direto do aeroporto para alguma reunião de trabalho, pois embora seja feriado, o paulistano parece que não para.

Chegando de Paris, ainda na área da alfândega, Maria Claudia vem empurrando o carrinho com a bagagem, o sobretudo no braço, documentos na mão, só pensando nas coisas que tem que fazer ao longo do dia: desfazer as malas, ligar para os pais, fofocar com as amigas no telefone, checar seus *e-mails*, ver na agenda se tinha alguma coisa a ser feita para a volta ao trabalho no escritório, separar os presentes e tranqueiras que havia trazido da viagem. Acima de tudo, porém, queria era deitar na cama depois de um bom banho longo, quente e com água abundante, com seus *shampoos*, cremes e hidratantes, suas toalhas felpudas e suas roupas limpas, cheirosas e passadas, um copo de suco natural de frutas, e o som na sala tocando as suas músicas. Era uma mulher bem interessante. Advogada, bonita, solteira, trabalhava bastante, mas nunca deixava de curtir a vida. Típica paulistana, descendente de portugueses e espanhóis – os colonizadores do Brasil, e com um pouco de sangue italiano – dos imigrantes que vieram em massa para o país nos séculos XIX e XX. Como quase todas as brasileiras, gostava de usar cabelos longos e calças justas. Aos trinta e cinco anos, era esbelta, mas não exageradamente magra; cintura fininha; barriga reta; pernas esguias e alongadas; braços magros e elegantes; a pele do rosto branca e macia, bem cuidada e protegida do sol; os cabelos castanho-escuros agora um pouco mais curtos, nos ombros, com suaves reflexos mais claros, e os expressivos olhos amendoados castanhos também. Seu rosto era sério, quando compenetrada, o que era frequente no trabalho, mas ninguém resistia aos seus encantos quando ela abria seu largo sorriso. Inteligente e bem-humorada, era, porém, a típica paulistana pronta para estressar quando alguma coisa não dava certo, o que é fácil acontecer na mega-cidade de mais de dezoito milhões de habitantes, todos em ponto de bala como ela. Mas era uma brasileira e, assim como os seus conterrâneos de todos os estados, estava também sempre pronta para uma boa piada, um bom papo tomando um cafezinho, uma boa conversa jogada fora no final da tarde. Tentava conter os nervos, porém, principalmente quando estava no trânsito - eleito pelos paulistanos o que havia de pior e mais estressasnte em suas vidas.

– Aaaahh... desgraçado! Custa dar o sinal de que vai entrar pra direita?? – dizia Maria Claudia, no carro, onde passava muitas horas indo de um lado para o outro na cidade, atrás de clientes, reuniões, audiências, documentos, compromissos pessoais, encontros, sempre com o rádio sintonizado na Nova Brasil FM ou com os seus cd´s tocando suas músicas preferidas.

– Filho da ... !

Maria Claudia não gostava de falar palavrão. Por isso, numa cortada de um motorista, numa barbeiragem de outro, ou com um espertinho apressado e folgado, ela não chegava a completar o raciocínio em voz alta. Para sair o palavrão inteiro de sua boca, só mesmo se chegasse a bater.

– Filho da....

Brecada.

Derrapada.

BANG

– ....putaaaaaa!

Uma lanterna quebrada, ou uma porta amassada, ou um belo arranhão na pintura.

– Ai, mais essa, agora! Toca deixar o carro uma semana no Martelinho de Ouro, pra desamassar! Ninguém merece!

E então era um tal de sair do carro, falar com o motorista do outro, ver de quem era a culpa, evitar briga muito grande, trocar telefones, "no seu mecânico ou no meu?", ver se o seguro do carro cobria o estrago, chamar a polícia, fazer boletim de ocorrência, aguentar os outros motoristas reclamando da confusão no meio da rua, ligar para as pessoas para avisar do sinistro, chamar o marronzinho da CET – Companhia de Engenharia de Tráfego, se alguém tiver se machucado, fazer uma oração em agradecimento se ninguém tiver se machucado. Uma novela, enfim. Tudo o que um paulistano mais poderia desejar, no meio de um dia de trabalho, dia este aliás totalmente perdido, porque no esquema da cidade, o tempo gasto com uma batida de carro é suficiente para fazer todos os envolvidos perderem a hora do que estavam indo fazer, com o efeito cascata de atrasar ou mesmo "melar" os compromissos subsequentes. Felizmente, Maria Claudia era boa de direção, e raramente batia o carro. E era, então, capaz de controlar o estresse nessas horas.

Tinha ido a Paris, sozinha, tentar recuperar as forças após o fim de um relacionamento mal-fadado. Não tinha certeza se agora, ao voltar, estava assim tão refeita das exéquias. Não podia dizer que *aquele rosto* já havia sumido de suas lembranças. Paris tinha sido como uma ilha encantada no meio de seu mar de baixo astral. São Paulo lhe parecia como um campo minado, pois podia topar com *ele* a qualquer momento. E aí, como seria, vê-lo outra vez? Ter que lutar contra os sentimentos? Ter que driblar encontros que certamente não seriam nada agradáveis? Como iria lidar a partir dali?

Absorta nesses pensamentos, o carrinho à sua frente, abrindo o caminho, ela não percebe alguém vindo em sua direção, no contrafluxo, acenando e rindo.

– Maria Claudia!

Ela sacode a cabeça, como que acordando, procurando o dono da voz, vendo-o à sua frente e reconhecendo-o imediatamente.

– Paulo Roberto! – ela diz admirada, diante de um delegado da Polícia Federal, seu colega da Faculdade de Direito, ali em pé em frente a ela, com seus óculos grandes e seu terno escuro, meio fora de moda – Tudo bom? Você está aqui, a essa hora da manhã?

– Tudo bom? – ele pergunta, trocando beijinhos no rosto – É meu plantão hoje, aqui. De onde você tá vindo? Do voo que chegou de Nova Iorque?

– Não, tou vindo de Paris, fui passar uns dias lá, umas fériazinhas...

– Você tá com pressa? Vem comigo, vamos lá dentro tomar um café antes de você ir pra casa. Dá as suas coisas aqui, que eu levo.

– Tá bom, vamos, vai – ela responde, já mais sorridente, contente de encontrar o amigo, entregando-lhe sua mala de mão e o carrinho, para que ele empurrasse – Você tá passeando aqui fora? Tá lento o movimento aqui, hoje, pra vocês?

– Sabe como é isso aqui de manhã, tem dia que acontece de tudo, mas também tem dia que é só marasmo. Quando eu tenho que vir pra cá de madrugada, eu acabo não dormindo por mais de 36 horas. Fico tomando café direto. Vamos, assim a gente conversa um pouco!

– Vamos! Eu ia mesmo tomar um café antes de ir. Só assim pra gente se encontrar, hein!

– Você viajou sozinha? E o Mar...

– Ah... – interrompe Maria Claudia, antes que ele dissesse o nome todo – Foi justamente para me esquecer dele que eu viajei...

O Marcelo. Mal pôs os pés no Brasil e ela já tinha que pensar e se justificar a respeito dele. Aquele galanteador. Os amigos de Maria Claudia o conheciam. Advogado como eles, também da Faculdade, porém de outra turma, três anos mais velho. Uma paquera que Maria Claudia por anos nutriu em silêncio sem deixá-lo perceber, enquanto estudantes, e depois que se formou, ao encontrá-lo em congressos, ou festas, ou no Fórum, ou na Ordem dos Advogados do Brasil, sempre discreta, sem dar na vista, até que finalmente, muito depois de formados, a ocasião apareceu, eles começaram a sair, o namoro engatou e Maria Claudia inadvertidamente se apaixonou. E ele também, só que à sua moda. O problema era que ela não era a única apaixonada por ele, e ele era um doador de amor. Um generoso. Não era capaz de negar seus carinhos a nenhuma mulher desejosa de recebê-los. Jurava paixão por Maria Claudia, e ela se perguntava que juras ele faria para as outras. Tentava se dizer que estava sendo ciumenta demais, que sua insegurança era tola, que ele podia estar dizendo a verdade, que as coisas não eram o que pareciam. Mas os fatos eram lamentavelmente insidiosos. Tentou ignorar certas coisas, expor seus sentimentos, conversar com jeitinho, conversar sem jeitinho, e finalmente gritar. Gritou muito. Mas nada surtia efeito por mais de um ou dois dias. Marcelo era incorrigível. O tipo difícil de conviver, de perdoar, e de esquecer. Mas ela se esforçava por pegar leve, encarar o fim com algum bom humor e ir tocando. Em Paris, de preferência.

– Não brinca! Vocês terminaram? – pergunta Paulo Roberto, já dentro da ala reservada dos delegados, abrindo a porta de sua sala para Maria Claudia entrar.

– É... Bem, não dá pra dizer que a gente terminou; a coisa é que foi terminando por conta própria... – ela se senta em frente a ele, que toma seu lugar atrás da mesa, naquela sala impessoal da Polícia Federal no aeroporto.

– Mas e você, como está? Paris é um ótimo remédio pra essas coisas! Arranjou algum galã francês por lá?

Todos os rapazes da Faculdade se interessavam pelas andanças amorosas de suas colegas mulheres, um vício trazido da época que se viam todos os dias no Largo de São Francisco, talvez na esperança de tirarem alguma lasquinha num momento mais sutil das meninas. Até o Paulo Roberto, que havia se casado havia poucos anos e aparentemente era fidelíssimo à esposa. Talvez fosse só a força do hábito estudantil, só uma reminiscência, levando-o à pergunta maliciosa. Mas Maria Claudia estava traumatizada. Não punha a mão no fogo por ninguém.

– Que nada, Paulo... – ela diz, não querendo entrar no assunto.

– Zé Luis, você pode por favor trazer dois cafés aqui pra nós? – ele fala para um dos funcionários que abrira a porta para ver se o chefe já estava lá.

– É pra já, doutor.

Desde os tempos de estudante Paulo Roberto estava determinado a seguir carreira na área penal, sonhando que se tornaria um grande criminalista, com defesas cinematográficas perante o Tribunal do Júri. Mas ainda na Faculdade uniu-se a promotores e delegados de polícia, com quem fez estágio, e acabou prestando concurso, saindo-se brilhantemente, e agora era um dos principais delegados da Polícia Federal em São Paulo, não tendo jamais se arrependido de mudar de lado. O Ministério Público ainda era uma ideia que ele acalentava, mas a carreira na Polícia Federal já o havia conquistado de uma forma que, ele sabia, era apaixonante demais e muito difícil de largar, sobretudo agora que aguardava ir trabalhar direto com o Superintendente. Tinha se casado havia menos de quatro anos, e sua mulher passara quase todo esse tempo ininterruptamente grávida, tendo eles agora três filhos pequenos.

– Você tem encontrado o pessoal da Faculdade? – ela pergunta, querendo encerrar a conversa sobre namorados perdidos ou achados.

– A gente tá marcando uma *happy hour* pra esses dias. Ainda bem que você já chegou e que eu estou te vendo! É um motivo a mais, vai contar pra todo mundo sobre Paris!

– Ah, é? Quando é que vai ser essa *happy hour*? – ela quer saber, pondo algumas gotas de adoçante no café que lhe trouxe o rapaz.

– Eu fiquei de ligar pro Toni pra confirmar, e ele liga pros outros, acaba todo mundo sabendo, como sempre. A gente pode marcar pra amanhã ou depois. Você pode, não é? – ele vira de um gole só sua xícara de café preto, forte e sem açúcar.

– Posso. Você me liga pra dizer onde vai ser? – ela pergunta, virando o rosto em direção à porta fechada, de onde vinha um som de vozes um pouco alteradas.

– Eu tenho o seu celular? Deixa eu ver – ele abre seu telefone celular para procurar na lista de contatos o nome de Maria Claudia, e nesse momento entra um funcionário na sala, todo afobado, um papel na mão.

– Dr. Paulo, tamos com um probleminha aqui, será que o senhor pode vir dar uma olhada?

– Você me dá um minuto, Claudinha? Eu já venho, espera aí, toma outro café.

– Claro, vai lá.

Na sala em frente, dois funcionários estavam tomando notas e pegando os dados de um estrangeiro que, parado pacientemente, aguardava que alguém lhe dissesse alguma coisa. Não aparentava estar nervoso, como seria de se esperar, uma vez que a última coisa que um viajante deseja é ser detido na Alfândega assim que põe os pés num país estrangeiro. Os policiais, por sua vez, estavam nervosos, de um lado para o outro, com expressão firme no rosto, dando sequência ao procedimento.

– O que é que está acontecendo? – pergunta Paulo Roberto, aproximando-se do policial que estava tomando conta do caso.

– Dr. Paulo, este camarada é muito cara de pau, para se dizer o mínimo – diz o policial um pouco mais baixo, levando Paulo Roberto a um canto da sala.

– O que é que houve? De onde ele é?

– Da Rússia, chegou no voo que veio de Amsterdam.

– O passaporte dele, onde está? O que diz? O que aconteceu?

– Bem, o passaporte dele está OK, mas ele foi pego na bagagem... com esta beleza!

E o policial mostra a Paulo Roberto uma arma.

– Como é que é? Na bagagem de mão?! – exclama Paulo Roberto, a voz já alterada – Como é que passou... ? Como é possível que não....

– Não, não – interrompe o policial – Não tava na bagagem de mão, tava na mala que ele expediu. Ele foi pego na checagem.

– Deixa eu ver isso...

– Ele imediatamente pegou e nos mostrou os documentos de porte de arma, olha aqui, com tradução e tudo.

– Pegaram o nome dele? Fizeram a busca no computador? O que diz?

– Tá limpo, doutor Paulo. E o mais absurdo é a reação dele, parece que não é com ele, a coisa. Ou é sangue frio, ou é malandro. Tá ali esperando na maior calma. O que a gente faz? Manda ele de volta?

– Que horas são? Nós vamos ter que falar com o Consulado da Rússia.

– Eu já disse isso pra ele, ele disse que não quer chamar o Consulado.

– Xííí, aí tem. Como é que o sujeito não quer chamar o Consulado numa situação dessas? – diz Paulo Roberto, uma ideia lhe ocorrendo.

Paulo Roberto já tinha visto de tudo naquele aeroporto. Conhecia um elemento pela cara, às vezes até pelas costas. Um gesto, um olhar, um esgar eram altamente denunciativos. Uns eram bandidos qualificados, traficantes, assassinos, fraudadores, sequestradores de crianças, aliciadores de menores, traficantes de mulheres, bandidos do colarinho branco, estelionatários. Outros eram uns engraçadinhos que faziam brincadeirinhas com a Polícia e se davam mal, porque não se davam conta de que a polícia não está aí para se brincar com ela. Outros ainda eram ladrões de boné, trazendo trabalho pequeno e chato para os policiais. E havia ainda os desavisados, que se metiam em incidentes diplomáticos, com tumultos alfandegários, enchendo os escritórios da polícia de relatórios e papelada. Tudo era averiguado e devidamente processado, é claro. Nada saía fácil para os infratores, periculosos ou não. Paulo Roberto volta para sua sala onde Maria Claudia o aguardava.

– Quer trabalhar já, ou você ainda vai ficar em férias por uns dias? – ele lhe pergunta enigmaticamente.

– Que nada, amanhã já vou pro escritório! – ela diz, terminando de retocar o batom com um espelhinho.

– Que tal já voltar pro trabalho agora, Claudinha?

– Como assim?

– Tem um sujeito aí fora, um estrangeiro que acabou de chegar e vai precisar de um advogado. Não sei se você é a fim de pegar, eu nem falei com ele ainda, mas ia acelerar tudo, se ele aceitasse, e se você pegasse essa.

– É rolo muito sujo, Paulo Roberto?

– Humm, não sei, mas de qualquer forma, você pode pegar agora, só nesse primeiro momento, e passar pra outro advogado depois. Ele foi pego querendo entrar aqui com uma arma.

– O quê???

– Pois é. E o mais absurdo, é que ele não foi pego na triagem, não tocou o apito, não foi chamado para abrir a mala. Ele foi lá por iniciativa própria! Na hora de passar, ele estava liberado, ninguém queria saber dele, mas ele ao invés de sair, foi indo direto para a mesa dos policiais. Que não quiseram nem saber por que que o gringo foi até ali, foram abrindo a mala dele e, logo de cara, em cima das roupas, a arma arrumadinha dentro da caixa, com as balas certinhas, tudo bonitinho, logo em cima, pro primeiro que abrisse logo ver! Não tinha nada escondido, tava tudo ali! Tava pedindo pra ser preso!

– É louco, ou é mesmo cara de pau! É muito estranho tudo isso.

– Vamos lá, você dá uma olhada no caso. Se você não for mesmo a fim, esquece. Ele que fique aí até a coisa se resolver do jeito mais lento.

– Bom, pelo menos, até que chegue o pessoal do consulado pra dar uma força.

– Ele não quer chamar o consulado.

– Não quer chamar o consulado?? Como é que é???

– Tou falando!

Maria Claudia segue Paulo Roberto até a outra sala e, ao entrar, dá de cara com o russo. Um homem de mais ou menos um metro e oitenta, magro, loiro, os cabelos certinhos cortados bem rente, rareando um pouco em cima da cabeça, olhos azuis um tanto sonolentos, com umas rugas em volta querendo ficar mais profundas, branco feito uma folha de papel, igual ao colarinho da camisa dele, o rosto magro e um pouco cansado, certamente por causa da viagem longa, de Moscou até ali. Vestia terno azul escuro e gravata escura também. Tinha um ar sério, mas assombrosamente calmo. Quando vê entrar Maria Claudia, seu rosto esboça um sorriso. Para ele foi como se o sol entrasse na sala, aquela mulher esguia, expressão sossegada nos olhos, boca pequena, cor de cereja, do batom que ela acabara de passar. Na verdade amanhecia, e era o sol mesmo que entrava na sala junto com ela, jogando raios pelas janelas sobre os móveis e sobre os cabelos de Maria Claudia, iluminando-lhe os reflexos claros, no instante em que ela vinha pela porta.

– Ele fala inglês, Paulo Roberto? – pergunta Maria Claudia ao pé do ouvido do amigo.

– Ele fala português! – responde-lhe o colega, já rindo da reação de Maria Claudia – Estou te falando que é um caso estranho!

Maria Claudia se aproxima do russo, enquanto Paulo Roberto vai explicando para ele:

– Esta é uma colega minha que está aqui por acaso, chegando de viagem. Talvez ela possa te ajudar, se você tiver interesse. É sorte sua ter uma advogada aqui justamente na hora que você chega com o seu problema.

Maria Claudia acha estranho, mas gosta da maneira educada e atenciosa com que seu colega policial fala com o estrangeiro. Esperaria no mínimo um tom de voz um pouco mais enérgico. O russo, meio sem jeito, parecendo tímido, estende a mão para Maria Claudia que, um tanto sem jeito também, dá-lhe a mão:

– Bom dia, como vai? – ele diz, em português bem falado, com um certo sotaque.

– Bom dia... – Maria Claudia diz, sem entender aquela cena que mais parecia uma reunião no escritório, com clientes empresariais, do que um problema criminal na alfândega – Paulo, eu posso falar em reservado com ele por uns minutos?

– Ali, naquele canto da sala, Maria Claudia. E o meu pessoal vai ficar por perto, ok? Pra segurança. Tou lá na minha sala, vem falar comigo, depois.

– Por favor, venha até aquelas cadeiras ali, eu preciso te fazer umas perguntas.

– É claro – diz o russo, seguindo-a, um sorriso mais aberto ainda nos lábios.

– Bom... – diz Maria Claudia sem saber por onde começar, sentando-se com o russo bem perto em frente a ela, aqueles olhos azuis lançando uma linha reta direta sobre seus olhos – Seu nome é...

– Iván Ivánovich Ándreyev– ele diz, a pronúncia russa carregada – *Vacê* se chama...?

Maria Claudia o olha e vai responder, quando ele se corrige:

– Você.

– Maria Claudia. Bem, Ivan Ivánovitch, como o Dr. Paulo te falou, é uma coincidência eu estar aqui. Eu e ele somos colegas de faculdade, só isso, ninguém está impondo meu serviço a você, e se você não quiser nem falar comigo, é claro que eu vou embora. Você quer tratar do seu caso comigo?

– Eu acho que é bom, não é?

Maria Claudia acha a resposta estranha, principalmente dado que o russo não era criança, devia ter mais de 45 anos, e não parecia ser doente mental ou incapaz, ao contrário, parecia bem lúcido e inteligente.

– Você não parece estar entendendo muito bem o que está acontecendo, com essa calma que você está! Parece estar tão à vontade, aqui!

– Por que eu não *estava* calmo e à vontade?

– Você está detido pela Polícia Federal na alfândega do Brasil por porte de arma!

– Mas o porte não é ilegal, tenho os documentos. Não estou exatamente detido, não é bem *esse* situação.

Maria Claudia fica impressionada com o português dele, com apenas uns errinhos aqui e ali, uma puxada na letra "e", saindo mais um som assim, "ié".

– Ah, não é essa a situação? Bom, nós não vamos discutir termos técnicos, né? Você precisa me dizer tudo, para eu começar a entender.

– Tudo o quê?

Ela percebe que talvez acabe perdendo a paciência.

– Pra começar, você precisa me contar o que veio fazer no Brasil, e porque está com uma arma. Me diz tudo, vai – Maria Claudia o olha nos olhos e junta as mãos sobre o colo, num gesto que diz "Sou toda ouvidos".

– Mas não há muito para eu *falo*, é como está aí. Meu passaporte e meu visto estão certos, e também está certo meu *dacumento* de porte de arma, daquela arma.

– E você acha que é assim, você entra com uma arma em outro país, como se fosse só um desodorante?

– Pior é andar sem desodorante!

– Ivan Ivánovitch, desse jeito, não vai dar!

– Bom, as autoridades não querem a arma comigo, e têm o direito, pegam a arma *de* minhas mãos, e pronto.

– Ah, então é assim, super simples. Pegam a arma da sua mão, e pronto. O que você veio fazer no Brasil, Ivan Ivánovitch? Por que você trouxe a arma? Quem você conhece aqui? Quanto tempo você vai ficar? O que você faz na Rússia?

– Eles já me *perguntavam* tudo isso.

– Mas eu não estava lá quando perguntaram, e eu estou *morrendo* de curiosidade sobre você – diz Maria Claudia, tom irônico na voz – E como é possível você falar português tão bem?

– Que curiosidade você quer saber sobre *eu*?

– Sobre *mim*. Olha, se você não está a fim de falar, não tem problema, eu vou embora pra minha casa e você fica aqui esperando até que o Presidente Putin mande alguém vir te buscar! E aí, lá em Moscou, você vai ter que abrir o bico! – ela diz, perdendo a paciência, pondo a alça da bolsa no ombro e pronta para se levantar.

– Eu vim passar uns dias em São Paulo, a trabalho – ele começa a dizer, segurando-a pelo braço para que continuasse sentada, falando agora sem o tom sarcástico de até então – Minha reserva é no Hotel Caesar Business, na Avenida Paulista.

– O que você faz na Rússia?

– Sou empresário *dos* esportes, em Moscou.

– Você tem com você algum documento, uma carta de referência, um contrato, um papel timbrado, alguma coisa em alfabeto latino? Esse cartão de visitas que você mostrou tem só o que parece ser o seu nome, e aqui dever ser um endereço e telefones, não vai adiantar muito como prova. E você não quer que venha ninguém do consulado... Eles poderiam ajudar – ela diz, olhando os papéis que tem na mão, todos em russo.

– Não tenho nada aqui comigo. O que é papel tim... – ele não sabe completar a palavra.

– Timbrado. Papel de carta, com o nome da empresa em cima.

– Ah... Não tenho.

– Tem alguma pessoa aqui em São Paulo com quem nós possamos entrar em contato, e que fale por você?

Ivan fica reticente.

– Existe, mas eu *prefere* não falar com eles... Meu trabalho é... precisa de sigilo...

– Assim fica difícil montar a sua defesa, Ivan... Você não colabora... A palavra de alguém daqui, de uma empresa, sei lá, já ajudaria um pouco.

– Mas você acha que *ser* necessário?

– *É* necessário.... – ela corrige – Eu vou tentar te liberar sem isso, mas é possível que a gente fique devendo algo desse tipo, não sei. É bom ficar esperto pra talvez ter que pedir que mandem de Moscou alguma coisa por fax ou por e-mail, um documento, um atestado.

– Ficar esperto... – repete Ivan para si mesmo, sem entender a expressão.

Maria Claudia pensa enquanto fala com ele. A advocacia criminal não era sua especialidade. E ela não estava exatamente pronta para enfrentar um caso policial já no aeroporto, depois da viagem de mais de dez horas, ainda por cima com um sujeito enigmático como aquele. "Todo bandido é enigmático", pensa ela, tentando fazer o raciocínio dos criminalistas, para desta forma não esperar ser ele nem inocente nem culpado, apenas se concentrando nos fatos, nos documentos, nas provas, e, principalmente, na falta delas. Inocentá-lo perante um juiz seria uma outra etapa, mesmo assim, somente se ele fosse indiciado. É claro que a postura do detido era importante, e tudo no russo levava a crer que ele não era perigoso; as informações obtidas pelo banco de dados da Interpol, no computador, mostravam que nada constava sobre ele; seu passaporte e visto estavam absolutamente corretos, bem como o porte da arma, nada levando a desconfiar de documento falso; a reserva dele já checada e confirmada no Hotel Caesar Business, na Avenida Paulista, onde os funcionários já o esperavam, e seus cartões de crédito, o dinheiro e outros cartões em sua carteira, o laptop, o celular, e material sobre assuntos esportivos em São Paulo, sobretudo sobre futebol, e principalmente sobre o Corinthians, datas de jogos, nomes de jogadores, técnicos, dirigentes, empresários, assessores etc. – muito embora a maioria desses papéis estivesse em russo, apenas alguns em inglês, uma coisa ou outra em português – tudo batia com a versão cheia de boa-fé – ou inocência, ou malandragem – alegada pelo branquelo. Maria Claudia vai falar com seu colega Paulo Roberto.

– Tem um computador com impressora ou uma máquina de escrever que eu possa usar, Paulo? – ela pergunta, com o passaporte e todos os papéis apreendidos de Ivan, quase tudo em russo, olhando para eles em suas mãos, obviamente sem entender, pensando, dando tratos à bola.

– Vai pegar a coisa, então? – pergunta-lhe Paulo Roberto.

– Assim, nesse primeiro momento, vamos ver o que eu posso fazer. Não garanto nada, você sabe. Você me mostra o que vocês já têm pronto, sobre ele, aqui? Que documento vocês já prepararam, pro caso dele? – ela pergunta, pegando da bolsa um CD e um pen-drive, que carrega sempre para todos os lados, onde tem desde textos, relatórios, agenda, cartas, petições, até todos os Códigos e ainda grande parte da legislação brasileira, além de seus arquivos pessoais.

– Ali, Maria Claudia. Mas sem esses apetrechos... – ele diz, gentil, mas firme.

– Mas, Paulo Roberto, eu preciso...

– Não no computador da Policia Federal, Claudinha. Posso ver isso...? – ele pergunta, curioso, apontando o pen-drive – Que legal, heim?

"Amigos, amigos, negócios à parte" pensa Maria Claudia, indo para o computador indicado pelo delegado. "Cerceamento de defesa!".

Depois de ler a papelada preparada pela Polícia, e falar novamente com o amigo e com vários outros policiais encarregados, Maria Claudia se senta ao computador e redige a procuração e a peça onde solicita da Polícia Federal que libere seu representado, o Sr. Ivan Ivánovitch Ándreyev, cidadão russo, etc. etc, bem como todos os bens e documentos dele, retidos naquela secção da Polícia Federal do Brasil naquela data, alegando que nada há em seus documentos e postura que o desabone, que o incrimine, que sequer levante suspeita sobre sua idoneidade ("Uma arma na mala!" pensa Maria Claudia enquanto escreve); tendo sido a retenção mesmo do Sr. Ivan Ivánovitch um ato arbitrário e precipitado da Polícia Federal Brasileira; que, em relação à arma encontrada com ele, arma esta registrada e devidamente documentada, em porte legítimo do Sr. Ivan Ivánovitch, a Polícia Federal deveria ter, no máximo, retido a mesma e liberado o Sr. Ivan Ivánovitch, em total liberdade durante sua estada no Brasil, de acordo com as normas internacionais e em face dos documentos do Sr. Ivan Ivánovitch; que o passaporte do Sr. Ivan Ivánovitch, bem como seu visto de entrada e permanência em território brasileiro encontravam-se em total conformidade com as exigências do Brasil; que o Sr. Ivan Ivánovitch apresentava endereço certo e motivo relevante e lícito para estar no Brasil; que o mesmo não podia ser acusado de tentativa de entrada ilegal no país em posse de arma de fogo pois, atestando pela boa-fé do Sr. Ivan Ivánovitch, ele mesmo se prontificou, não tendo sido para tanto solicitado, a dirigir-se à autoridade alfandegária brasileira para que lhe verificassem a bagagem, onde se encontrava, de modo claro, aberto e explícito, a mencionada arma, cujo porte legal no Brasil ele explica pelo mero e justificado temor e busca de autoproteção, dadas as notícias que chegam ao exterior sobre a violência urbana em nossas maiores cidades.

Com esse discurso repetitivo e rebuscado, no qual ela mesma não acreditava muito, Maria Claudia pedia a liberação total de Ivan, seus bens e documentos, sem quaisquer consequências subsequentes. Não ousou, é óbvio, pedir a devolução da arma. Sentados na sala de espera, Maria Claudia e

Ivan aguardam serem chamados por Paulo Roberto. E os policiais entravam e saíam, passadas largas e pesadas, indo e voltando, sérios, afobados, tensos, trazendo um papel para cá, levando outro papel para lá, sussurrando, passando rente a Maria Claudia e Ivan como se estes não estivessem ali.

– Afinal, como é que um russo aprendeu a falar português tão bem? – ela pergunta em voz baixa, inclinando a cabeça em direção a ele.

– Um russo não pode falar português bem? – ele responde em voz baixa, inclinando a cabeça em direção a ela.

– Quero dizer, como *você* aprendeu a falar tão bem?

– Ah, *eu* não *passa* falar bem!

– Para com isso! – ela sorri – É uma língua que pouca gente se interessa em aprender. E você fala super bem, é de admirar!

– Você acha? Talvez eu *tento* o Celpe Bras!

– O que é isso? "Talvez eu *tente*" – ela corrige, observando o vai-e-vem dos policiais.

– *Tente*.Você não conhece? É um exame de português do Brasil, para dar um certificado para o estrangeiro. É difícil.

– Nunca ouvi falar – ela diz, vendo que o russo não só falava português, mas era também muito bem informado.

Paulo Roberto finalmente abre a porta de sua sala:

– Podem entrar, por favor, Dra. Maria Claudia.

Eles se sentam à frente do delegado enquanto este toma nas mãos o documento redigido por Maria Claudia. Ivan sempre com um ar de quem não se dá conta de que está quase preso. Maria Claudia se perguntando se não estaria em vias de liberar um bandido perigoso para as ruas da cidade, e também voltando a pensar naquele banho longo, quente, e com abundância de água que, parecia-lhe, há horas e horas habitava seus sonhos, desde que descera do avião, chegando de Paris.

– Bom, Dra. Maria Claudia, me parece um tanto ousado demais esse pedido que você faz... Afinal, com porte ou não, o fato é que ele entrou, ou quis entrar no Brasil trazendo uma arma de fogo, e a munição...

– Mas esse fato já está bem explicado, os motivos que o levaram a imaginar que uma arma seria necessária, em São Paulo. E a boa-fé dele é inquestionável, uma vez que ele próprio, voluntariamente, foi até as autoridades apresentar a bagagem, sem tentar esconder que trazia a arma, ao contrário, mostrando-a mesmo. Não houve da parte dele a intenção de entrar no Brasil com uma arma às escondidas.

– De qualquer forma, não há a menor chance de nós devolvermos essa arma a ele enquanto ele estiver aqui. Só quando ele for sair do Brasil, e mesmo assim, o destino dessa arma ainda vai ser decidido pela corregedoria.

– Mas... – começa a falar o russo.

– Psss... – Maria Claudia gesticula para ele, com o dedo indicador nos lábios.

– Eu vou liberar ele, Maria Claudia, porque de fato, sem a arma, que além de tudo é legal, ele realmente não oferece ou não aparenta oferecer perigo maior...

Maria Claudia segura a respiração. Conhece seu colega da Polícia Federal. Ele pode ser seu grande amigo da Faculdade, colega de festas, aulas, piadas, *happy hours* e tantas estórias, mas no trabalho, na profissão, na sua missão de policial, ele era conhecido com linha dura, linha duríssima, não afinando jamais, nunca sendo enganado por uma falsa aparência ou uma boa conversa, e nem mesmo seus melhores amigos ou amigas, nem mesmo o sorriso de Maria Claudia, conseguiriam fazê-lo fechar os olhos e deixar passar fosse o que fosse.

– Só que, assim, sem nada de concreto que pese a favor dele, eu vou ter que condicionar essa soltura ao compromisso dele, por escrito, de não se ausentar da cidade – continua Paulo Roberto, com voz suave, como se estivesse dando um brinquedo para uma criança - e de comparecer uma vez por semana, durante o tempo que estiver no Brasil, contado da data de hoje, na sede da Polícia Federal, para prestar declarações e certificar seu endereço e atividades.

"Bela soltura!" pensa Maria Claudia.

– Não, mas e se eu.... – começa a falar o russo.

– Fica quieto, Ivan Ivánovitch! – Maria Claudia fala, por entre os dentes, firme e brava. Ivan volta o rosto na direção dela, parando a frase no meio, as sobrancelhas erguidas, uma expressão divertida no olhar. "Definitivamente, é um pirado", pensa Maria Claudia, sob aqueles olhos azuis.

Saem, afinal, da área da alfândega, cada um empurrando um carrinho com sua bagagem e seus casacos. Maria Claudia mal acreditando que conseguira a façanha de liberar, sem documentos, sem testemunhas, sem consulado, sem nada, um estrangeiro que tentara entrar no Brasil com uma arma, pensando também em quanto ela iria cobrar por aquele serviço e, enfim, sonhando novamente com o banho, que a estas alturas ela já queria que fosse de banheira, com sais, espuma e tudo a que tinha direito. É claro, ela sabia que o fato de o delegado de plantão naquela hora ser um amigo seu fora determinante para a coisa ter saído muito mais rápido e mais fácil do que seria o normal, pois ainda nem eram dez horas da manhã e já estava saindo do aeroporto o misterioso elemento que ela acabara de livrar das garras da Polícia Federal – porque, na cabeça dela, nada dizia que o russo fosse um santo.

– Bom, Ivan Ivánovitch, esse aqui é o meu cartão, com meu telefone e meu endereço... – ela diz, tirando da carteira seu cartão de visitas e entregando a ele, já quase na porta automática que dá acesso à rua e ao estacionamento.

– Alguém vem aqui pegar você no aeroporto? Como você vai para São Paulo? – pergunta Ivan, colocando o cartão em um bolso do paletó e de outro tirando um frasquinho de colírio, pingando uma gota em cada olho.

– Vou pegar um táxi... – diz ela, vendo nos olhos do russo, agora úmidos do colírio, que aquilo iria em frente e ela não conseguiria se livrar dele – Quer tomar um táxi junto?

– Se você não se importar, afinal, eu não conheço a cidade... – ele diz, conseguindo através de esforço não cometer nenhum erro de português.

Logo ali na saída já uma fileira de táxis especiais esperava passageiros para serem levados para todos os cantos de São Paulo. Depois de acomodarem suas malas, finalmente se acomodam eles próprios no banco de trás e tomam o caminho para fora do aeroporto. Maria Claudia, exausta. Ivan Ivánovitch, parecendo uma criança.

– O casal vai para onde? – quer saber o motorista.

Maria Claudia não está disposta a dar explicações ao taxista sobre o verdadeiro elo entre ela e o russo.

– Avenida Paulista, por favor, Hotel Caesar Business – ela responde – Quase na esquina com a Augusta.

– Você está lá, também? – pergunta Ivan, um humorista.

– É mais fácil ir para lá primeiro.

Na verdade, era mais fácil *ela* descer primeiro, pois morava na Rua Bahia, em Higienópolis, e depois o táxi seguiria em frente alguns quarteirões pela Avenida Angélica, depois a Consolação e a Haddock Lobo, até chegarem à Avenida Paulista. Mas Maria Claudia queria ver com os próprios olhos se o russo entrava mesmo naquele hotel e lá se registrava.

– E, não sei por quê – continua ela – algo me diz que você vai se meter em confusão de novo.

– Vou mesmo, por que minha reserva é só para amanhã.

– O quê?...

– Eu adiantei minha viagem em um dia...

Toca o celular de Maria Claudia, que o tira da bolsa depois de procurá-lo bastante.

– Oi, Tavinhoooooo!!!............. – ela atende, toda alegre, vendo o número na telinha do telefone – Não; cheguei faz um tempo, já; tou saindo agora do aeroporto, estamos entrando na Dutra... ... De táxi... ... Não, é que eu encontrei um amigo, o Paulo Roberto, ele estava de plantão na alfândega, nós fomos tomar um café... ... Ah, tava maravilhoso! Paris!! ... ... Junior, você tem que levar a Bruna pra lá! ... ... E você, tá aonde? ... ... Hmmm ... ... Não, vou ficar em casa, tenho que desfazer as malas, dormir um pouco, ligar pra mamãe ... ... Tá bom ... ... Manda um beijo pra ela também ... ... Beijo, ´té mais tarde!

Otávio e Olívia – Tavinho e Vivi, ou Junior e Livinha - eram os gêmeos, seus irmãos mais novos, de trinta e um anos de idade. Otávio era administrador de empresas e trabalhava em uma multinacional na Avenida Berrini, na zona sul da cidade, onde as grandes empresas estavam se instalando já havia algum tempo. Era o típico fruto da geração dos anos 90: como uma horda de jovens recém-formados, mais ou menos entre os 25 e os 35 anos, estava muito bem no emprego, no mercado, na profissão. Ganhava bem e a carreira deslanchava.

A década anterior a ele, os anos 1980, havia produzido, em todas as áreas, uma geração de profissionais mais do tipo intelectualizados, que iam a fundo nas questões que estudavam, nelas encontrando seu lado obscuro, seus podres, e analisando suas origens, seus motivos e as possíveis soluções. E aí dividiam-se em dois grupos: de um lado, os desencantados, que viam os podres da realidade da vida e não encontravam soluções, sucumbindo a eles, e de outro lado os oportunistas, que viam os podres, tinham noção da malandragem, e encontravam soluções – na desonestidade. Já o início dos anos 90 viu nascer um novo tipo de profissional, menos preocupado em estudar a fundo as bases e fundamentos de qualquer questão, mesmo aquelas de sua própria área. Um tipo mais prático, que buscava "alcançar metas", trabalhando como quem joga um *game* no computador, vendo e analisando tudo de uma maneira mais direta e menos filosófica, sem questionamentos. Era a geração *Business Week* e *The Economist*, as duas revistas semanais que eles adoravam ler ou pelo menos dizer que liam. Otavio era exatamente assim, e era ótima pessoa. Estava noivo da Bruna havia já uns três anos, mas ainda não tinha decidido se casar, pois gostava muito da vida de solteiro. Olívia, a outra gêmea, tinha se casado fazia seis anos, e morava nas Perdizes, cuidando do marido e dos dois filhos pequenos. Formada em Psicologia pela FMU, estava constantemente lamentando o fato de não trabalhar mais, de ser "apenas uma dona de casa", ao que Maria Claudia lhe respondia dizendo que não era nenhum demérito ser dona de casa, que em sua opinião essa era também uma profissão, a de administrar uma casa e uma família, pois alguém tinha que fazê-lo. Mas Vivi se cobrava sobre esse assunto o tempo todo.

Maria Claudia e Otávio moravam juntos, dividindo o apartamento desde que os pais, Seu Otávio e D. Díla, haviam se mudado para Santos, por recomendação médica, depois que Seu Otávio teve um ataque cardíaco e foi-lhe dito que parasse imediatamente com a vida estressante de São Paulo e fosse se aposentar em algum lugar sossegado. O lugar sossegado escolhido foi a cidade de Santos, pequena se comparada a São Paulo, porém praiana, animada, ensolarada e florida, com uma atmosfera um pouco de cidade grande, um pouco de interior. Os filhos iam visitá-los com frequência, por saudades, e também porque gostavam do astral de lá.

Tavinho tinha perguntado a Maria Claudia, antes de ela viajar a Paris, se ela queria que ele fosse buscá-la no aeroporto, quando chegasse, mas ela o havia liberado desse sofrimento, porque além da hora tão cedo, era ainda feriado, ele poderia querer dormir até mais tarde ou mesmo ir viajar, e não custava nada ela pegar um táxi para ir para casa. Agora ela não conseguia evitar pensar que, tivesse ele vindo buscá-la, ela não teria tido tempo de tomar o bendito café com o Paulo Roberto e, portanto, não teria nem passado perto do russo atrapalhado, cuja idoneidade ela havia defendido com muito empenho e nenhuma convicção. Teria ela colaborado para colocar nas ruas um delinquente internacional? Estava ela sentada ao lado de um representante da máfia russa no Brasil? Vinha ela trocando figurinha e se habituando a um meliante, um traficante, um assassino?

Toca o celular de Ivan. Ele abre um sorriso ao ver quem é, e atende falando em russo, todo animado. Maria Claudia tenta adivinhar a conversa e com quem ele estaria falando, mas tudo o que pode analisar é o tom de voz. Quem seria, ligando para ele? Um chefe? Um cliente? Um comparsa? Uma mulher? Era Ivan em sua língua natal. Uma pena que ela não entendia nada. O tom de voz parecia descontraído, mas não necessariamente melado, como os homens falam quando estão no telefone com mulheres. Talvez na Rússia os homens falassem daquele jeito, quando romanceavam. Devia ser uma mulher. Maria Claudia estava convencida: era um rabo de saia. Ele parecia encantado em estar falando com aquela pessoa. Ria. Ouvia deleitado. E, de repente, com a maior naturalidade, como se um botão tivesse sido acionado, ele passa a falar com essa mulher... em português! Maria Claudia tem que se esforçar para não olhar para ele com o queixo caído. Vira o rosto para a janela enquanto continua ouvindo.

– Aqui agora é.... – ele olha em seu relógio, mas este marcava ainda a hora de Moscou.

– *São* quase dez horas da manhã – diz Maria Claudia, corrigindo-lhe o verbo *ser*, depois de olhar no pulso. Ela sempre acertava a hora do relógio assim que entrava no avião, nas viagens de volta ao Brasil.

– Dez horas, quase – ele diz e fica quieto, ouvindo seu interlocutor ou interlocutora dizer algo, que o faz rir – Está muito calor, já! .... É, estou indo para o hotel.

"Mas quem é que há de ser essa russa que também fala português?", se pergunta Maria Claudia. "Talvez seja uma brasileira. É, deve ser isso. Uma dessas brasileiras que vão para fora, *ganhar a vida*, e o Ivan acabou se envolvendo com a tal. É isso. Conheceu a dita cuja num bordel de Moscou, e aprendeu português com ela! Tá explicado!". Um mafioso russo, armado, procurado da justiça, traficante, assassino, frequentador de bordel. Esse era o perfil que ela agora fazia de Ivan. "Eu devia era ter deixado ele mofando na alfândega, isso sim! Com os policiais levando copinho de vidro com água pra ele pensar que é vodka, só pra sacanear!". Ela olha outra vez para o rosto dele, que falava normalmente ao telefone, de novo em russo. "Ai, eu devo estar cansada, estou querendo implicar com ele. Nem entrei ainda em São Paulo e já estou estressando...". Finalmente ele desliga. Maria Claudia tem vontade de perguntar quem era, mas acha que seria demais.

– Quem é "Tavinho" ? – solta ele, sem se preocupar se era demais.

Maria Claudia não consegue evitar de rir.

– Meu irmão!

– Hmmm.

Ela retoma o tom de voz profissional.

– Bom, você vai ter que ir então à Policia Federal na semana que vem. Me telefona para eu te dar o endereço de lá certinho.

– Não entendo por que você deixou isso, eu ter que ir à Polícia uma vez por semana!

– Ivan! Você não percebeu que foi a melhor das saídas para você? Você ficaria detido lá no aeroporto, vai saber até quando, e as chances de você conseguir entrar no Brasil eram mínimas! E nem o consulado russo você queria chamar! Tem coisa mais suspeita do que essa? Você já tá no lucro, aqui, nesse táxi!

– Mas eu não sei se eu quero ir!

– Ah, tá bom! Que lindo! "Eu não sei se eu quero ir!" Sabe de uma coisa, Ivan Ivánovitch? É ótimo que você não queira ir, é excelente, sabe por quê? Porque quanto mais você fizer coisa errada, quanto mais rolo você arranjar, melhor, porque vai ficando cada vez mais caro pra livrar a sua cara, e eu é que vou faturando!

– É assim que funciona, com os advogados?

– Não, Ivan. É assim que funciona com gente que quer fazer coisa errada e ilegal!

Ele olha para a frente, uma expressão calma nos olhos, um pequeno sorriso nos lábios.

– Você pode ir comigo, lá nesse lugar, na próxima semana? Você é minha advogada!

A situação, os fatos e as palavras de Ivan não batiam nunca com o ar seguro e decidido que ele mantinha no rosto. Ela o observa ali sentado ao seu lado, fazendo cara de inocente, paradoxal, enigmático. Não consegue decifrá-lo, mas também não consegue ter raiva dele.

– Tá bom. Eu vou. A gente precisa, então, combinar isso.

– Como assim?

– Como assim, o quê?

– O que é que combina com o quê?

– Combinar, Ivan. Quer dizer marcar, um falar com o outro e acertar o dia, a hora, e tudo mais.

– Ah... "Combinar" também é isso? Existem algumas coisas que eu não entendo, sabe. Do português. Por exemplo, você falou agora umas coisas que eu não entendi muito bem. Deve ser gíria.

– Deu pra entender no contexto?

– Acho que sim.

– Você vai aprendendo com o tempo! – diz Maria Claudia, pensando nas aulas de português no bordel – Bom, então, você me telefona, ou eu te telefono nos próximos dias, pra gente acertar os nossos horários. Se acontecer de você me ligar no celular e dar caixa postal, é porque eu estou em reunião, ou audiência, então deixa recado, ou me manda um torpedo.

– O quê ??!!

– Um torpedo, Ivan! – ela ri – Não sabe o que é? Uma mensagem de texto, no celular!

O russo dá risada, ela também.

– Vamos treinar. O seu celular tá programado, já, não é, pra falar no Brasil?

– Está pronto para ligar para aqui e para a Rússia também.

Ela lhe dita seu número, ele tecla e telefona, o celular dela toca. Ela olha no visor do celular e não aparece nenhum número.

– Você está usando o confidencial?

– Estou.

– Mas eu preciso saber seu número, Ivan. Vai, pode me ditar.

Depois de muito tentarem e acertarem, finalmente conseguem estabelecer contato entre os respectivos celulares.

– Vou mandar um torpedo – ele diz, teclando uma mensagem, gostando da brincadeira.

Ela pega a mensagem no celular. "Olá, como vai?" e escreve uma resposta. "Eu vou bem, e o senhor? Quer falar com quem?"

Ele quer responder abreviando a palavra *você*, mas tecla errado, e ao invés "Vc", tecla "V2".

Maria Claudia recebe e responde: "Água! É batalha naval?"

Ivan lê e explode de rir, e ela também.

E ficam alguns minutos em silêncio, dentro do táxi, rindo, se comunicando por mensagens de texto. Já estão quase na Rodovia Ayrton Senna. E no meio dos torpedos toca o celular de Maria Claudia, uma chamada de voz. Ela se atrapalha toda, até que atende, reconhecendo o número.

– Mãe! Tudo bom?

– Filha! Você chegou bem? O Junior me ligou e disse que você só agora está saindo do aeroporto! Como foi a viagem? Divertiu-se? Gastou muito dinheiro? Deu tudo certo?

– Foi ótimo, é claro! Deu pra eu desligar de todas as coisas daqui, nem lembrava mais! Parece que eu passei um mês lá, e não só uma semana!

– Ah, que bom! Chegou muito cansada? Seu irmão disse que você ainda ficou com o Paulo Roberto no aeroporto, para tomar café. Como ele está?

– Está muito bem, daquele jeito dele de sempre. Agora, com os três filhos! E o papai, tá tudo bem com ele?

– Está tudo bem, Claudinha, graças a Deus! Ele está lá embaixo, jogando com os amigos.

– Fala que eu mandei um beijo, mais tarde eu ligo pra conversar mais, e contar de todas as coisas de Paris.

– Está bem, minha filha, fica com Deus. Ah, escuta! Eu vou precisar pedir um favor pra você, pra quando você vier aqui pra Santos.

– Alguma coisa urgente?

– Não assim urgente, mas quando você vier, se der para me avisar com uns dois dias de antecedência, para eu fazer meus planos. Mas vai, vai, depois a gente fala sobre isso. Vai começar a missa na televisão, lá de Aparecida, eu quero assistir. Fica com Deus!

– Beijo!

O motorista do táxi também havia sintonizado seu rádio na missa. Maria Claudia explica para Ivan:

– Hoje é feriado nacional, é o dia de Nossa Senhora de Aparecida, padroeira do Brasil, e ao longo do dia vão sendo rezadas várias missas lá no santuário, na Basílica, e são mostradas na TV e no rádio. E é uma multidão de romeiros...

– Eu conheço a história... – diz Ivan, o ar muito sério, poucas palavras, emocionado. Pelo menos assim parece aos olhos de Maria Claudia, que já não sabe mais o que esperar dele.

Ouvindo os cantos, as orações e as leituras, ela observa o russo que, silencioso, mantém os olhos fixos em algum ponto ao longe, na estrada. Em alguns momentos ele lhe havia parecido, lá na alfândega, um brincalhão até certo ponto irresponsável, que não deixava transparecer nem um pingo de nervosismo pela situação em que se encontrava, pondo um sorrisinho no canto dos lábios, falando coisas irônicas em seu português surpreendentemente bom. Mas em alguns outros momentos, lá mesmo, ele lhe parecera perfeitamente seguro, dono de si, sério, sisudo até, com seu rosto magro e branquíssimo, franzindo o cenho, formando dois vincos entre as sobrancelhas, compenetrado e austero. E agora, no táxi, primeiro brinca de mandar mensagens de texto, depois mergulha numa emoção religiosa, mais uma vez surpreendendo Maria Claudia, que flagra o russo movimentando os lábios, acompanhando a oração. Ela aproveita e faz o mesmo, agradecendo pela boa viagem que fizera, por sua sorte, sua saúde e de sua família, e pedindo por aquelas pessoas cujas favelas ela vai vendo passar, ao longo da Marginal do Tietê, à entrada da cidade, recepcionando quem chega de fora com a pérfida realidade local. Pessoas vindas de outros estados brasileiros para São Paulo, centenas todos os dias, centenas de milhares todos os anos. Gente em busca de emprego, de dignidade, de uma oportunidade, de um futuro, e encontram portas fechadas, corações endurecidos, sobras de riquezas e pedaços de papelão, com os quais erguem seus barracos e tentam reerguer suas vidas.

– Ali é o Corinthians – diz Maria Claudia para Ivan, apontando para trás, do outro lado da Marginal, imaginando que a informação seja do interesse dele, sentindo-se um pouco estranha por falar no assunto.

Ivan se vira para olhar pelo vidro de trás do táxi, vendo se afastar o complexo do Parque São Jorge, analisando com atenção as ruas em torno, as pontes mais próximas, os prédios mais altos ao redor. Não faz nenhum comentário. Toca o celular dele.

– Alô. ... ... Ah, bom dia! ... ... Sim, cheguei um dia antes. ... ... Não, foi tudo bem.

"Tudo bem?" pensa Maria Claudia. "Foi detido na alfândega!". O assunto no telefone logo lhe soa como alguma coisa de trabalho. E então ela percebe mais um novo tom e atitude em Ivan. Sério, profissional, a voz mais grossa e intimidadora, a cara fechada. Outra vez os dois vincos entre as sobrancelhas. Novamente ela tenta adivinhar a conversa, agora em português, mas Ivan se mantém monossilábico.

– À tarde ... ... Todos. ... ... Exato. ... ... E a agenda? ... ... Amanhã? ... ... Exato. ... ... No aeroporto. ... ... Quantos? ... ... Conheço. ... ... Ele mesmo. ... ... Ótimo. ... ... Vou ver como fazer, quando chegar no hotel. ... ... Seria bom, agradeço. ... ... Ótimo. ... ... Até mais tarde.

Ivan desliga e mergulha num silêncio e imobilidade que permitem a Maria Claudia observá-lo à vontade pela primeira vez. Absorto em seus pensamentos, o cotovelo direito apoiado no batente da janela, a mão segurando o queixo, o braço esquerdo esticado sobre o encosto banco, quase tocando o ombro de Maria Claudia. Ela vê então que ele não era magro, ele *estava* magro. Podia dizê-lo porque notou as roupas um pouco largas. Talvez ele gostasse de usá-las assim. Mas o rosto era fino, e a brancura era tanta, chegava a parecer transparente, dava até para notar o cor-de-rosa em torno das pálpebras. Não parecia doente, e sim um desleixo, coisa de homem que trabalha demais e não se alimenta bem. Tinha, no entanto, uma certa barriguinha. Cerveja, é claro. O cabelo, loiro, cortado muito curto, rareando em cima da cabeça, com duas entradas acentuando a futura careca. Olhando assim, não parecia ser um mafioso. Chegava a parecer um garoto, brincando de mandar torpedos pelo celular. Mas aquela última conversa no telefone, ou ainda, o tom de voz naquela conversa, havia trazido mais um dado para as elucubrações de Maria Claudia, que oscilava entre desconfiar de tudo nele, e achar que a vida e as pessoas podiam ser muito mais surpreendentes do que ela podia imaginar. "Em que será que ele está pensando, assim tão circunspecto?", ela se pergunta, enquanto ele mais uma vez tira o frasco de colírio do bolso e pinga uma gota em cada olho, de outro bolso tirando um par de óculos escuros e colocando-os.

O carro vai seguindo pela Marginal, passando ao longo das churrascarias, dos motéis, do Parque do Anhembi, onde ocorrem as grandes feiras nacionais e internacionais, o Palácio das Convenções, o Sambódromo. Embora seja feriado, a Marginal está, como sempre, lotada de carros e caminhões passando por cima uns dos outros. Carros com placas de todos os estados do país. Caminhões imensos, saindo e chegando de todos os cantos do Brasil e também da América Latina, proibidos de trafegar dentro da cidade, usando as Marginais dos rios Tietê e Pinheiros - vias expressas que circundam São Paulo, onde desembocam as maiores estradas estaduais e federais. Variedade e abundância. Uma avalanche de gente e mercadoria.

– Vamos pela Avenida Pacaembu? – pergunta o taxista, quebrando o silêncio, já quase na boca da saída para a Ponte Casa Verde, que cruza o Rio Tietê e leva à Avenida Pacaembu.

– É, pela Pacaembu – concorda Maria Claudia, o táxi já tomando a direita e seguindo para pegar a alça e subir na ponte. Perder a saída certa, na Marginal, pode levar um motorista a ficar todo atrapalhado, dar a volta em torno da cidade inteira e ir parar no litoral ou até fora do estado.

– É perto do Estádio Pac.. Paquem... – pergunta Ivan.

– Pacaembu. É, nós vamos passar ao lado dele, você vai ver.

Ivan observa a avenida arborizada, as pistas nos dois sentidos cobertas por um contínuo telhado verde escuro, formado pelos galhos e folhas das antigas e imensas seringueiras enfileiradas ao longo do canteiro central. Casarões, verdadeiras mansões, nos dois lados da avenida, que um dia foram residências de famílias tradicionais da cidade, agora quase todas servindo ao comércio, com a prefeitura lutando para coibir a poluição visual causada pelos *outdoors* e pelas placas gigantes instaladas pelos comerciantes. De madrugada, vazia, a avenida virava pista de corrida da rapaziada irresponsável, que vinha curtir o racha e o barulho dos pneus com corridas e brecadas violentas, até que a polícia chegasse, ou um carro batesse.

– Aqui um dia já foi rio, sabia? – diz Maria Claudia, buscando assunto.

– O quê? – pergunta Ivan, olhando para ela, tentando suavizar a expressão austera que seus pensamentos haviam colocado em seu semblante.

– A Avenida Pacaembu era rio, lá atrás, no começo da história de São Paulo. Transformaram em avenida durante alguma seca mais demorada. Só que, a cada chuva de verão das que a gente tem aqui, a avenida virava rio de novo! Com carros sendo arrastados e tudo.

– Eh! – comenta o taxista, que estava ouvindo e não resiste falar – Era uma tragédia, todo ano a mesma coisa!

– Mas aí fizeram uma obra, já faz uns anos – continua Maria Claudia – Construíram um "piscinão" subterrâneo, na frente do estádio, e a água da chuva vai toda pra lá, depois eles acionam um sistema de drenagem. Nunca mais houve alagamento aqui. Mas que virava rio, virava. Era uma tremenda de uma enxurrada!

– E agora – engata o motorista, gostando da conversa – quando tem jogo no estádio, é uma enxurrada de corintianos, que descem na estação Barra Funda do metrô, lá atrás, e vêm vindo a pé a avenida toda, desde o comecinho. É de dar medo! Na saída, a mesma coisa. Eles indo pro metrô. E se o Corinthians perde o jogo, então, íchi! Aí, é triste.

– Olha o estádio, lá em frente – diz Maria Claudia.

Ivan se acomoda melhor no banco para olhar. Passam ao lado da Praça Charles Miller, e o táxi toma a subida que contorna o estádio, com o amplo espaço em frente à entrada ficando lá em baixo, onde se pode ver um bom número de pessoas fazendo *jogging*, empurrando carrinhos de bebê, passeando com cachorros, crianças pequenas brincando. É feriado, afinal, e não vai ter jogo nesse dia. Ivan olha com atenção, observando também as ruas que dão acesso ao estádio, procurando ver onde são as entradas.

– Só se entra por essa entrada grande, da frente? – ele pergunta para Maria Claudia.

– Não, tem uma entrada lateral, lá do outro lado – ela diz.

– E tem outra, também, aqui desse lado, olha aí – acrescenta o motorista, que já estava se achando incluído no papo, no momento em que eles passam em frente à porta lateral à direita do estádio, em cima.

Ivan escaneia tudo com os olhos como que tentando memorizar o lugar e os detalhes. Mas o táxi já vai subindo em direção à Avenida Dr. Arnaldo, pegando a esquerda, o trânsito livre, e finalmente entram na Avenida Paulista. Logo ali mesmo, quase na esquina com a Bela Cintra, o Hotel Caesar Business. Feriado, o movimento na agitada avenida que é o centro financeiro da cidade dá lugar a uma certa calma, poucos carros passando, pessoas de bermudas e sandálias passeando na calçada, um clima descontraído no ar. O táxi para em frente ao hotel e Maria Claudia e Ivan, meio quadrados de ficarem tanto tempo sentados três horas na alfândega e mais quarenta minutos no carro, descem cada um pela sua porta e se esticam um pouco, enquanto o motorista se apressa em tirar toda a bagagem do porta-malas, que o rapaz do hotel, com o carrinho, vem logo buscar. Maria Claudia, já se arrependendo de não ter ficado em casa primeiro, paga o táxi ao mesmo tempo que se pergunta, vendo o rapaz muito diligente já entrando com a bagagem, o que é que suas malas estão indo fazer dentro desse hotel.

– Tenham uma boa estada – se despede dos dois o taxista, formal, mas todo sorridente, convencido de que formavam um casal.

Maria Claudia se mantém um pouco afastada, na recepção, ao lado de suas malas, depois de tirá-las do carrinho, enquanto um homem simpático recebe Ivan, que lhe dá o passaporte e vai dizendo:

– Bom dia, eu sou Ivan Ivánovitch Ándreyev, minha reserva é para amanhã, dia 13, mas cheguei hoje.

– Bom dia, Sr. Ivan. Deixe-me ver... É, de fato. Sua reserva é para o dia 13.

"Pronto, vai começar o rolo." pensa Maria Claudia, entediada.

– Talvez alguém já *tinha* telefonado, para falar que eu cheguei antes... – diz Ivan.

"Já *tenha* telefonado" corrige ela, em pensamento, se perguntando porque é que estava ali, e não em casa.

Um outro recepcionista se aproxima, vindo de lá de dentro.

– É o Sr. Ivan Ivánovitch? Nós estávamos esperando. Está aqui, seu Artur – ele diz para o primeiro – Telefonaram faz uns 20 minutos.

Maria Claudia volta a sonhar com seu banho de espuma, enquanto Ivan e o recepcionista decidem a respeito do quarto. Começa a lhe bater o cansaço e um certo mau-humor.

– São duas pessoas? Eu preciso do passaporte da senhora... – diz o homem, olhando para Maria Claudia.

– Não, não – ela se apressa em dizer, se aproximando – Eu vim só acompanhar o Sr. Ivan, caso houvesse alguma complicação, com a reserva.

O recepcionista anota demoradamente os dados de Ivan.

– Ivan, eu estou indo embora, então – diz Maria Claudia, ajeitando a bolsa no ombro, o casaco no braço, e puxando a alça da mala de rodinhas – Vou pegar outro táxi.

– Espere aí!

– Sr. Ivan, o quarto ainda não está pronto; mais uma hora, mais ou menos – diz o recepcionista, olhando o relógio – O senhor pode deixar a bagagem aqui nesta sala enquanto espera.

– Tou indo – repete Maria Claudia.

– Espere um pouco, você não quer tomar um café?

Palavra mágica! Um café! Um cafezinho com leite!

– Ai, quero! – ela não resiste à ideia.

– Deixa a sua bagagem aqui!

– Não! – ela puxa a mala, que ele quer tirar-lhe da mão – Do café eu já pego o táxi!

– Até *lago, abrigada* – ele diz ao recepcionista, indo para a porta do hotel.

– "Logo, obrigado" – corrige Maria Claudia.

– Eu ainda faço muito esse erro, não é? – ri Ivan – A letra "o", em russo, muitas vezes é pronunciada "a", como em Máskva, Moscou. E eu esqueço.

Saindo para a calçada, Maria Claudia deixa Ivan afinal levar a mala, imediatamente o conduzindo à direita, para a Rua Augusta, no Conjunto Nacional, com a enorme bandeira brasileira como sempre ali hasteada, na ponta mais saliente do prédio, a uns 15 metros de altura, por sobre as cabeças do mundo de pessoas que aí passam todos os dias. Uma espécie de pequeno *shopping center* tradicional da cidade, com lojas apenas no térreo, ocupando todo o quarteirão, com grandes portas de entrada pelos quatro lados, dando ao espaço luz natural e acesso rápido para a rua. Lojas tanto dentro do conjunto, como também abertas para a calçada. Moda, música, restaurantes, cafés, farmácias, perfumarias, joalherias, tabacarias, livrarias, lojas especializadas e intelectualizadas, duas salas de cinema, serviços, os amplos corredores servindo de espaço cultural para exposição de quadros, esculturas, fotos e painéis. Também ali fica a recepção para se tomar o elevador que leva aos andares do enorme prédio de escritórios construído acima do Conjunto, no topo do qual brilha, todas as noites, o colorido relógio informando a hora e a temperatura.

Pela calçada da Rua Augusta, Maria Claudia entra com Ivan na Casa do Pão de Queijo, onde dois adolescentes cheios de *piercings* e cara de sono, barrigas no balcão, tomavam café e comiam pãozinho. Maria Claudia se reanima só de sentir o cheirinho de pão de queijo que paira no ar, conforme os dois encostam no balcão e a moça se aproxima para pegar os pedidos.

– Pois não?

– Oi! Eu vou querer um carioca com leite! – pede Maria Claudia.

– O quê?! – exclama o russo, admirado.

Ela ri.

– "Carioca" é como a gente chama o café *espresso* mais fraco!

– Ah... eu quero um igual.

– Grande ou pequeno? – pergunta a moça, rindo também.

– Pequeno – diz Maria Claudia.

– Eu também – diz Ivan, o nariz e os olhos indo em direção à cestinha em frente aos dois adolescentes, onde ainda estavam alguns pães de queijo, aquelas bolinhas pouco maiores do que uma bola de pingue-pongue, amarelo clarinho, o crocantinho em cima, a fumacinha subindo.

- E uma igual a essa, por favor! – ele aponta para a cesta, se empolgando.

Pela primeira vez na vida, Ivan vinha ao Brasil. Pela primeira vez via São Paulo. Pela primeira vez andava na Avenida Paulista. E, pela primeira vez, comia um pão de queijo. Foi para ele um marco. Amor à primeira mordida. A partir dali, o mundo seria diferente, a vida teria outro sabor. Um gole do café com leite, assim de manhã, quentinho, docinho, reconfortante, o universal sabor caseiro, sabor de infância, sabor de colo, e logo em cima, uma mordida no pão de queijo, fumegante, salgadinho, aquele cheiro que só ele e mais nenhum outro pão consegue ter. O xodó, a mania, o vício do paulistano: cafezinho com pão de queijo. A qualquer hora, a toda hora. Ivan não consegue nem falar, chega a fechar os olhos para sentir melhor o gosto, a consistência, a casquinha crocante. O cansaço de mais de dezoito horas viajando, desde Moscou, com escalas em Amsterdam e na alfândega brasileira, parecia começar a ser recompensado. Enquanto Maria Claudia pega também um pãozinho, ele acaba com a cesta e, mal aguentando terminar de mastigar, já pede outra.

– Acho que eu estava com fome – justifica-se ele, com vergonha da própria gula, mas considerando uma terceira cestinha, para viagem.

Ao saírem do café, um pouco reanimados, voltando alguns passos apenas até a esquina da Paulista, Maria Claudia para, apontando para a direita da avenida:

– O meu escritório é para lá. É numa esquina, do outro lado, a uns cinco quarteirões daqui.

Ivan olha a larga avenida diante de si, a perder de vista, margeada por prédios altos e modernos, de diversos estilos, impressionantes, imponentes, grandiosos. Escritórios, bancos, órgãos da Justiça, consulados, casas de câmbio, lanchonetes, restaurantes, lojas, *outlets*, galerias e cinemas. A maioria dos *studios* das mais famosas rádios da cidade instalados nesses prédios. Sobre alguns deles, enormes antenas que, à noite, Ivan iria ver, ficavam luminosas e coloridas. O estreito canteiro do meio enfeitado com grandes floreiras, presas aos postes de luz, por toda a extensão da avenida, palco das grandes manifestações e passeatas, bem como de *shows* e festas, como a grande maratona de São Silvestre, todo ano, dia 31 de dezembro. Mais lá para baixo, o MASP, Museu de Arte de São Paulo, com sua arquitetura ousada, o maior vão aberto da América Latina, as quatro gigantes colunas vermelhas sustentando o museu no ar. Em frente a ele, do outro lado da avenida, o charmoso Parque Trianon, a calçada preferida dos pesquisadores de opinião que, no meio da agitação, com suas pranchetas, abordando amistosamente os passantes para perguntar sobre todos os assuntos, não se aborreciam com o fato de que custava a aparecer um paulista com tempo para essa conversa. A Avenida Paulista que, um dia, lá no fim do século XIX e começo do XX, quando aberta e loteada, tinha sido o endereço mais chique da cidade, com os barões do café, do interior do estado, comprando lotes e construindo seus palacetes, para virem morar na capital, deixando as fazendas nas mãos dos administradores e dos colonos italianos e de diversas origens, que chegavam com o movimento imigratório para substituir a mão de obra escrava, recém-libertada. Uma ou outra dessas construções antigas ainda resistia, no meio dos arranha-céus. Nessa quarta-feira, tanto tempo e tanta história depois, pouca gente passando, dado a hora e o feriado. Os escritórios, em sua maioria fechados, quietos, dormentes, como se também descansassem, assim como as milhares de pessoas que neles trabalhavam todos os dias. Todas essas pessoas, nesse momento, em suas casas, dormindo, como os prédios.

– Você mora perto?

– Mais ou menos, para o outro lado – ela aponta agora para a esquerda, o final da Avenida Paulista, na Consolação.

– Aonde é?

– A pé, indo até o final – ela continua apontando – atravessa a Avenida Consolação, vai até a Avenida Angélica, entra nela e vai indo uns cinco ou seis quarteirões, daí, à esquerda, é a minha rua e o meu prédio.

– Onde você mora com o seu marido...?

Maria Claudia acha engraçado, não esperando a pergunta.

– Não, onde eu moro com o meu irmão! – ela diz, conforme um táxi para e o motorista abre o porta-malas, onde Ivan coloca a bagagem de sua advogada, a quem ele flagra tapando a boca, bocejando. Ele sorri, bocejando também, influenciado, como é comum acontecer.

– Obrigada... Tchau, Ivan – ela diz, estendendo a mão.

– Tchau? Como assim? – ele pega mão dela, desapontado por não vir beijo no rosto.

– A gente se fala, Ivan. Eu preciso ir dormir um pouco!

– Eu também. Então... durma bem! ... *Spassíba*...

Maria Claudia o olha sem entender.

– Obrigado... ! – ele diz, fechando a porta do táxi onde ela acaba de entrar.

– Rua Bahia, por favor – ela diz ao taxista, recostando-se, exausta.

Ivan acena, observando o carro se afastar até sumir de vista. Muito cansado e com dores nas costas, mas satisfeito, sozinho ali na esquina, debaixo da bandeira do Brasil, ele volta os olhos para toda a extensão da Avenida Paulista, cujas calçadas, ele ainda não sabia, iria percorrer para cima e para baixo incansáveis vezes. Sem se decidir a retornar ao hotel, o olhar e o pensamento lá longe, onde Maria Claudia havia dito que ficava seu escritório, ele fica ali, parado, parecendo um pouco hipnotizado, admirando a avenida, encantado com a Paulista.

– Logo de cara, assim, de manhã, mal chegada de viagem, Maria Maria! Que saco, heim? Com uma arma, ele estava? - comenta Ana Cecília.

Ana Cecília, a melhor amiga de Maria Claudia, amigas de infância, colegas de classe do primário até o fim do ensino médio, quando Maria Claudia passou no vestibular para Direito, e Ana Cecília, já noiva, foi estudar Decoração na Escola Panamericana de Arte. Inseparáveis, cúmplices, companheiras nos momentos bons e nos ruins. Brincalhonas e bem humoradas, chamavam-se uma à outra por toda uma gama de apelidos diferentes, variações de seus nomes compostos: Ana Claudia, Maria Cecília, Ana Maria, Claudia Cecília, Ana Ana, Maria Maria etc. Só quando a situação era séria e grave, ou uma via os olhos da outra cheios de lágrimas, usavam diminutivos carinhosos, Aninha, Cicinha, Didi, Dizinha. Maria Claudia não tinha muito a contar sobre Paris, pois haviam se falado no telefone quase todos os dias em que esteve na capital francesa, Ana Cecília já sabendo tudo que se passara por lá.

– Mas por que não, Maria Maria? – tinha perguntado Ana Cecília, desapontada, num desses telefonemas internacionais, Maria Claudia deitada na cama do hotel em Saint Germain des Près.

– Tá biruta, Ana Claudia...? Por que eu haveria de ir, só por ir? Se não estou mesmo com vontade...

Ana Cecília queria saber dos romances que a amiga estava encontrando na França, e ficava inconformada quando esta lhe dizia que tinha, sim, conhecido um ou outro homem, que a haviam convidado para "uma taça de vinho em seu apartamento", convites esses que ela havia recusado.

– Como você é boba, Maria Ma. Ninguém tá olhando, ninguém vai ficar sabendo!

– Não é esse o problema. Além do que, *eu* estou olhando, *eu* estou sabendo, e pode ter certeza, os caras não têm nada a ver! Se eu tivesse achado interessante talvez eu até tivesse topado, mas ir assim, só pra dizer aí no Brasil que rolou alguma coisa em Paris? A troco de quê? Basta eu saber que houve o convite, não preciso passar pela coisa toda!

– Não me conformo! – insiste Ana Cecília.

Todos esses detalhes já tinham sido conversados, e agora, de volta a São Paulo, Maria Claudia contava a parte que Ana Cecília ainda não sabia, o lance do russo.

Tinha chegado em casa, depois do café com Ivan, e não encontrara forças para desfazer imediatamente as malas nem para preparar o banho de espuma tão sonhado. Tomou uma ducha quente e caiu na cama, dormindo pesado por pouco mais de duas horas, quando acordou com o barulho dos vizinhos de cima, que deviam ter convidados para o almoço do feriado. Abriu os olhos achando que estava ainda em Paris. Aos poucos foi reconhecendo o próprio quarto, o fato de estar deitada de roupão, a mala fechada no chão ao pé da cama, a mesa com o computador, o quadro com fotos dela e dos amigos na parede. Paris parecia longe, e o episódio do russo parecia um sonho ruim, e não algo que tinha mesmo acontecido havia apenas algumas horas. Foi aos poucos arrumando tudo, abrindo a mala e levando as roupas sujas para a lavanderia, separando os cartões, mapas, papéis, livros e folhetos que havia trazido da viagem, os *souvenirs* para a empregada e para a secretária, os brinquedos para os sobrinhos, as camisas brancas da badalada *griffe* da brasileira Anne Fontaine, que tinha trazido para ela e para Ana Cecília, perfumes para ela, para os irmãos e para os pais, a coleira antipulga *bleu, blanc, rouge* para o Picolé, a caixa de *marron glacé* – esta ela foi esconder em um armário na sala de jantar, numa gaveta à qual só ela tinha acesso. Quando foi tentar passar para seu *desk top* as fotos que havia tirado com sua câmera digital, teve o dissabor de descobrir que este estava com problemas, não ligava, travava, nada que ela fizesse o tirava daquela tela preta. Ligou para os pais e para a irmã Olívia; checou no *laptop* se havia *e-mails* importantes de trabalho; bateu um suco de frutas com um pacotinho de polpa de acerola congelada. E finalmente se acomodou no sofá para ligar para Ana Cecília, com quem sabia que a conversa seria comprida.

– Pode ser que ele esteja aí testando a polícia, por causa do plebiscito! – brinca Ana Cecília.

O plebiscito do desarmamento. Que na verdade era um referendo, mas estava sendo chamado por alguns de plebiscito. O governo brasileiro, tentando lidar, ou começar a lidar, com o incontrolável problema da violência no país, sobretudo em São Paulo e no Rio de Janeiro, havia entendido por bem consultar o povo sobre uma possível deslegalização do porte de arma, isto é, mudar a lei para não permitir mais em nenhuma hipótese que cidadãos comuns portassem armas, apenas sendo permitido tal porte aos policiais, aos militares, e a algumas autoridades, numa tentativa de desarmar a população. O referendo iria ser realizado dali alguns dias, no outro fim de semana, e o assunto era amplamente debatido em todas as rodas, em *e-mails*, em propagandas na televisão, os pacifistas apoiando o desarmamento, os realistas condenando o desarmamento e o próprio referendo, a grande população não entendendo nada.

– O mais impressionante, pra mim, é como ele fala bem português. Com um tremendo dum sotaque, é claro, mas parece até que já morou aqui! Ele fala com uma desenvoltura de quem conhece bem a língua, de quem esteve aqui no dia a dia. Faz uns errinhos, mas tudo bem.

– Vai ver ele já morou aqui, sim!

– Não, ele disse que não, que era a primeira vez que vinha ao Brasil. Se bem que ele pode estar mentindo, cê sabe. Eu é que não ponho a mão no fogo por ele, não. Eu acho que ele conheceu uma dessas brasileiras de vida fácil que vão pra fora trabalhar você-sabe-no-quê, e que aí aparecem meio peladas nas arquibancadas, no meio da torcida dos jogos de futebol quando o Brasil joga no exterior, e aí os estrangeiros ficam achando que toda brasileira tem aquela cara e é prostituta! Aposto que foi com uma dessas que ele aprendeu a falar português! Um tremendo de um malandro! – Maria Claudia estava louca para dividir com Ana Cecília a teoria do bordel em Moscou.

– O salafrário!

As duas amigas estavam sempre prontas para endossar as ideias uma da outra, por mais estapafúrdias que pudessem parecer.

– Se bem que, convenhamos, essa tem que ser uma prostituta com um super nível! Pra acabar ensinando ele a falar português assim tão bem! – pondera Ana Cecília.

– Tem razão...

Eram, no entanto, rápidas em fazer uma à outra enxergar as coisas com um pouco mais de clareza, bom senso e menos exageros.

– Ou então, foi ao contrário – diz Maria Claudia, rindo – O malandro viu numa casa uma placa escrito "Leciona-se português – professora brasileira" e, achando que o *leciona-se português* era uma metáfora pra outra coisa, foi lá todo animadinho, e era aula de português, mesmo!

As duas riem bastante.

– Mas afinal, que tal o russo? – quer saber Ana Cecília.

– Que tal, como?

– Ah, Ana Claudia! Não vai me dizer que você não reparou nele, em nada? Como ele é? Alto, baixo, gordo, magro, bonito, feio, careca, peludo?

– É loiro, meio careca. Alto, magro, olho azul. E eu sei lá se ele é peludo!

– Bom, e aí, que tal ele?

– Não, nada a ver, Ana Ana... É um cliente, só isso!

– "Cliente, só isso"! Tava cega, quando falou com ele?

– Cê sabe que o meu tipo é outro...

O Marcelo. Seus macios cabelos pretos, seus olhos escuros, seu físico atlético. Esquecê-lo ia ser mais difícil do que ela imaginava. Até falar do russo fazia com que ela pensasse nele. Ana Cecília estava justamente tentando desviá-la dessa lembrança, mas só conseguiu fazer o assunto voltar. Pelo menos Maria Claudia parecia estar pegando mais leve, depois de Paris.

– De qualquer forma – diz Ana Cecília, quando a conversa foi terminando – "você não é a única que me ama tanto assim"!

E as duas explodem de rir feito adolescentes. Era uma estória já um pouco antiga, mas que volta e meia vinha à tona, com uma das duas soltando a frase-senha para em seguida rirem por vários minutos. Tinha sido um rapaz com quem Maria Claudia tinha saído algumas vezes, havia alguns anos, o Marcinho. Cansada de romances onde tudo parecia complicado, ela tinha conhecido esse indivíduo, um tipo comum, até mesmo assim, digamos, mediano, em todos os sentidos. Interessou-se por Maria Claudia, o que não era raro acontecer, pois era uma moça bonita mesmo. Inusitado foi ela interessar-se por ele. Mas assim se deu, pois ela queria tentar um relacionamento onde tivesse paz de espírito, e achava que com um tipo sossegado como o Marcinho poderia encontrá-la. Estava disposta a investir na estória, com atenção e dedicação. E eles começaram a sair. Marcinho, no entanto, um pouco reticente, às vezes não telefonava por vários dias, sumia um ou outro fim de semana, não retornava ligações. Maria Claudia nessas horas não sabia se ficava aliviada ou encafifada. Sem se abalar, certa noite, num restaurante, Maria Claudia estava dizendo para ele, entre uma garfada e outra, entre um gole de vinho e outro, que gostava de sua companhia, e que gostaria que os dois se vissem assim, de um modo mais regular. Foram a maneira e as palavras que ela encontrou para dizer, enfim, que não estava muito satisfeita com o rumo das coisas, e que gostaria se os dois namorassem, sem usar esse verbo tão contundente. Foi aí que ele soltou a pérola, a taça na mão, o olhar débil fingindo analisar o tom bordô do vinho:

– Você não é a única que me ama tanto assim...

Maria Claudia, que dava um gole de vinho, engasgou e tossiu, a mão livre cobrindo a boca, olhando à sua frente aquele rosto redondo, as bochechinhas salientes, os parcos e patéticos cachinhos loiros no topo na cabeça, os dentezinhos pequenininhos cobertos por um ligeiramente protuberante lábio superior, até que conseguiu recolocar a taça na mesa, pasma, surpresa e divertida:

– O quê?! Marcinho, de onde você tirou o *me ama*, e de onde tirou o *tanto assim*??? Olha, pode ficar sabendo que eu queria, sim, que a gente namorasse, mas porque eu *me* amo, e acho que mereço um relacionamento onde haja respeito!

– É que...

– Vamos fazer o seguinte – ela diz em voz baixa, colocando delicadamente os talheres de lado no prato e pegando a bolsa – Telefona para essa, ou essas, que te amam tanto assim, e diz pra ela que você está esperando por ela aqui no restaurante! Fala pra ela correr, que a comida já está servida!

No dia seguinte, ao contar a estória para Ana Cecília, as duas não conseguiram parar de rir por quase uma tarde inteira, principalmente quando Maria Claudia lhe contou com riqueza de detalhes a sórdida e pouco enaltecedora intimidade do Marcinho – intimidade essa que ela havia conhecido, lamentavelmente. Desde esse dia, a frase-pérola havia se tornado um bordão, do qual uma e outra lançavam mão quando viam a amiga meio *down* ou com problemas. Nunca falhava. Não havia baixo-astral que resistisse. E sempre voltavam a dissecar os detalhes sórdidos e pouco enaltecedores do rapaz, esses sim, garantindo diversão por muitas horas para as duas amigas. O Marcinho chegou a ligar para ela e insistir para voltarem, querendo assumir o namoro, mas não adiantava: nunca mais Maria Claudia conseguiria olhar para ele sem engasgar de tanto rir.

– Mamãe está te mandando um beijo, Claudia Cecília.

– Obrigada, manda um pra ela também! Você está aí na casa deles? Com o Rafinha?

– É, nós dois viemos almoçar aqui com eles, hoje. No fim de semana ele vai ficar com o pai.

O tom de voz bem humorado de Ana Cecília cede a uma certa dureza ao mencionar o ex-marido. Tinha se divorciado havia uns quatro anos e o filho dela, o Rafael, de 10 anos, passava com o pai um fim de semana a cada quinze dias. Era um assunto bem difícil para ela, ainda não recuperada e muito ressentida com a separação. Iludida, teimosamente nutria esperanças de reatar com o Ricardo, embora o ex-marido já estivesse casado com outra mulher, com quem ele mantivera um caso desde praticamente o início do casamento com Ana Cecília, casamento esse um tanto forçado: os dois namoravam havia mais de sete anos, ele se formou engenheiro, o morno noivado levando por osmose ao casamento na época da empolgação da formatura dele. Com o escandaloso divórcio, Ana Cecília perdeu o marido e os sonhos, e ele perdeu todos os amigos que tinham em comum, que nunca o perdoaram por o que classificaram de canalhice e covardia.

– Você não quer vir para cá, para almoçar com a gente?

– Não, 'brigada, não vai dar, Ana Ana, eu ainda tenho umas coisas pra fazer, e tenho que ir ao supermercado, a casa tá vazia, só tem cerveja e Sonho de Valsa.

Os bombons do Otávio. O irmão de Maria Claudia, desde pequeno, era maluco pelos famosos bombons embrulhados no papel celofane rosa-choque. Gastava as moedinhas que o pai lhe dava comprando um todo dia na saída da escola. Na faculdade, às vezes seu almoço eram dois ou três bombons. Um amigo que, já adultos, fora trabalhar no *marketing* dos escritórios do fabricante, tirava regularmente para Otávio grandes pacotes de Sonho de Valsa, sacas mesmo, por menos da metade do preço. Maria Claudia então colocava tudo num grande vaso de vidro, do tamanho e forma de um balde, que ficava na mesa de centro em frente à televisão, e os amigos achavam que era um enfeite muito bonito, aquela profusão de papel rosa-choque, no confortável canto da TV, ao lado da sala de estar. Quando os pais se mudaram para Santos, Maria Claudia e Tavinho fizeram uma grande reforma no apartamento, abrindo a cozinha para fazer uma no estilo americano, com balcão dando para as salas de jantar e de estar, tudo aberto, com móveis modernos, novos e grandes azulejos brancos, paredes de tijolos de vidro, *designs* italianos etc. Cozinhavam, recebiam amigos, comiam muito Sonho de Valsa. Não era à toa que Otavio relutava em se casar. Adorava o apartamento e a vida que levava nele.

– Tão me chamando pra comer, Ana Claudia!

– Vai lá, bom apetite! A gente se fala! Beijo!

– Beijo!

Maria Claudia olha em torno, na sala. Nada muito a fazer. Tudo arrumado, todas as pessoas com quem queria falar já tendo conversado com ela. Otávio almoçando com Bruna e com os pais dela, na casa deles, a volumosa família da noiva toda reunida. Olívia com o marido e as crianças no Parque da Água Branca, ao lado da casa deles, um parque com muitos bichos, dado ser um espaço que reúne várias entidades pecuárias do estado de São Paulo, associações dos criadores de animais, tendo uma grande área hípica onde os esportistas treinam todos os dias, um aquário, uma área para piqueniques, um espaço para leitura ao ar livre, e sempre com atividades voltadas para idosos e as crianças, como mostra de filhotes, feirinha de artes, tendo inclusive um festival anual sobre as atrações de São Paulo. Um endereço conhecido dos pais de crianças pequenas, um sucesso com a população miúda da cidade. Olívia e Fernando viviam lá, com os dois filhos.

Em seu quarto, onde estavam as coisas trazidas da viagem e sua bolsa, Maria Claudia pega um maço de papéis que começa a folhear com atenção, porém sem entender nada. Eram alguns documentos de Ivan, dos quais ela havia pedido, lá na alfândega, que lhe fizessem uma cópia. Ivan não havia percebido essa manobra. Abrindo seu *laptop*, ela acessa um arquivo onde guarda endereços, telefones, *e-mails* e endereços de sites na Internet. Clicando num link, vai rolando a página que abre. E sorri, ao encontrar o que procurava. No site da Associação dos Tradutores Juramentados de São Paulo, ela encontra o endereço e o telefone de um tradutor de russo.

– Tou estacionando o carro, aqui do lado, Anton! – diz Maria Claudia ao celular.

Ela precisava mesmo sair para fazer umas compras no supermercado e levar os brinquedos franceses para os sobrinhos, na casa da irmã. Acabou aproveitando a viagem para adiantar mais um serviço. Ao encontrar o telefone do tradutor russo, relutou um pouco entre telefonar logo, em pleno feriado, ou deixar para o dia seguinte, à primeira hora, uma coisa mais profissional e mais leve. A pressa – e a curiosidade – venceram. Telefonou para o número encontrado no site da Associação dos Tradutores, um número de telefone fixo, da região central de São Paulo. Uma simpática e um pouco titubeante voz de senhora atendeu, um leve sotaque, apresentando-se logo nas primeiras frases trocadas pelas duas: Dona Irina, a mãe de Anton.

– Me desculpe estar ligando assim no feriado... – foi se desculpando Maria Claudia, que sabia que na cidade todas as pessoas gostavam de ter o sossego preservado nos dias livres.

– Imagine, o que é isso, nós não temos o menor problema em atender, e é o trabalho dele, afinal, não é? É só um feriado no meio da semana, não faz muita diferença! – diz Dona Irina, gentil, contente por bater um papinho com alguém. Maria Claudia podia ouvir um barulho ao fundo, mas não conseguia distinguir se era a televisão, um rádio, ou uma turma animada. Parecia haver alguma música.

Explicou à senhora russa que era advogada e estava procurando o filho dela, Anton, cujo telefone ela encontrara na Internet, e que queria apenas perguntar-lhe se poderia passar lá para deixar um trabalho para tradução, na manhã seguinte.

– Ah, mas você não quer falar com ele diretamente? – pergunta a solícita senhora – Eu dou o número do celular dele para você, assim vocês já conversam e combinam, é melhor, não é?

– Eu não queria incomodá-lo... Falar de trabalho, agora...

– Que é isso, não é incômodo nenhum! E você também está falando do seu trabalho, não é? Espere aí, que eu nunca me lembro de cor o número dele...

Enquanto ela vai buscar o número, Maria Claudia ouve melhor o barulho na casa. Uma música entrecortada com vozes. Outra língua. Russo, é claro. Ainda assim: rádio, TV, ou uma festa, ao vivo?

– Pronto! – volta Dona Irina.

Ela se atrapalha um pouco para ditar os números, falando várias vezes alguns deles em russo, até que finalmente consegue ditar os oito dígitos, mas ainda não tinha certeza:

– Espere um pouco, que eu vou chamar o meu neto para confirmar. Eu sempre fui muito ruim para memorizar os números em português, sabe. Quando eu cheguei ao Brasil, há cinquenta anos, ainda era jovem, acabei aprendendo a língua, mas os números, para mim foram muito difíceis, não sei por quê. Os números e os dias da semana, ainda hoje me atrapalho!

Uma voz de garoto bem brasileiro pega o telefone.

– Oi. É pra ditar o número do meu pai?

E ele repete o número, que Dona Irina havia afinal ditado certo em português, passando de volta o telefone para a avó.

– Obrigada, D. Irina!

– De nada, filhinha! Aparece aqui, pra me fazer uma visitinha!

E Maria Claudia imediatamente ligou para o tradutor, que atendeu logo no primeiro toque, também envolto em música e barulho. Maria Claudia outra vez explicou a situação, que tinha uns documentos em russo que gostaria que ele traduzisse, que tinha uma certa pressa, se ela poderia passar naquele endereço na manhã seguinte para conversar e deixar os papéis.

– Você está livre agora? Se você quiser, pode me deixar os documentos hoje mesmo! – dissera o também solícito filho de Dona Irina, com sua voz um tanto lenta.

– Ah... Eu posso, sim.

– Só que eu não estou em casa agora; se você não se importar, pode passar aqui onde eu estou, aqui no Sapori di Rosi, você conhece?

E assim, Maria Claudia saiu algumas horas apenas após chegar de viagem. Primeira parada, o bar-restaurante Sapori di Rosi, no centro velho da cidade, não longe de sua casa, ao lado da Praça da República, embaixo do ondulado Edifício Copan. Tradicional bar de São Paulo, reduto de boêmios famosos e anônimos, ponto de encontro dos intelectuais e esquerdistas de passado rebelde, atração turística das novas gerações, todos apreciadores do notório chopp super-gelado tirado dos metros e metros de serpentina e também dos aperitivos, beliscos e dos pratos grandes e baratos da cozinha bem brasileira, com uma decoração chique-despretensiosa. Nas paredes, fotos dos beberrões ilustres que por ali passam.

Quando Maria Claudia entra no bar, os músicos tocando um sambinha ao vivo já estavam animados, e também os frequentadores, apesar de serem ainda – ou já? – cinco e meia da tarde. E ela se dá conta de que não fazia a menor ideia de como era o Anton, a quem viera encontrar. Fez-se em sua imaginação alguém com traços parecidos com os de Ivan. Por isso achou estranhíssimo quando viu lá numa mesa, sozinho, um homem acenando estabanadamente em sua direção, um homem meio gordinho, de uns quarenta e poucos anos, cabeleira preta ficando grisalha, meio desgrenhada, grossas sobrancelhas grisalhas também, barba cerrada por fazer, uma écharpe um pouco amassada pendurada no pescoço, apesar de não estar frio, o nariz vermelho – gripe, ou cerveja. Bem diferente do branquelo, escanhoado e asséptico Ivan Ivánovitch. Ela foi em direção a ele.

– Dra. Maria Claudia?

– Anton?

Reconheceram-se.

– Mas não me chama de doutora, pelo amor de Deus! Que eu não tenho doutorado! – ela fala, descontraída, entrando no clima do bar.

– Ah, mas no Brasil, todo advogado é *doutor*! - diz ele, de pé, tropeçando na perna da mesa, puxando uma cadeira para ela.

– Você quer beber alguma coisa? – ele pergunta, surpreendentemente sóbrio.

– Não, obrigada, Anton! Eu tou dirigindo, e ainda tenho coisas pra fazer.

– Um refrigerante?

– Tá bom, um guaraná *diet*.

Ela explica então, enquanto ele faz o pedido ao garçom, que tinha uns papéis, umas cópias de uns documentos, cuja tradução para o português ela gostaria que ele fizesse. Tirando os papéis da pasta de plástico que trouxera, ela os passa para Anton, na esperança de já obter alguma dica da leitura rápida dele ali, mas os espirros, os goles de cerveja e a confusão geral do russo com o copo, o guardanapo e os documentos logo a desanimaram nesse sentido. Teria que esperar a coisa quando estivesse pronta. Ele explica que, por se tratar de cópias dos originais, ele teria que atestar isso na tradução. O que não era problema para Maria Claudia, que lhe diz que, mesmo assim, gostaria que a tradução fosse juramentada, e não simples, buscando dessa forma fortalecer e contar com a profissional discrição e sigilo dos tradutores oficiais. Ela tinha tido sorte de conseguir pedir, na alfândega, que fizessem cópias daqueles documentos para ela, sem que Ivan visse. Assim que os teve de volta nas mãos, devolvidos pelo policial federal, ele rapidamente havia colocado tudo em sua pasta, num gesto nervoso, em clara atitude de quem não queria que caíssem em mãos erradas, como aparentemente eram quaisquer mãos, inclusive as de Maria Claudia, naquela hora. Para agilizar o expediente, ela mostra a Anton quais daquelas cópias ela gostaria que fossem as primeiras a serem traduzidas, caso ele pudesse lhe passar aquelas mais depressa, e mais tarde as restantes.

– Eu mando um moto-boy levar as primeiras páginas no seu escritório – ele diz, pegando o cartão dela, e dando-lhe o seu.

Anton Alexandrovitch Pavlov, tradutor e intérprete juramentado.

Maria Claudia Pavani Albuquerque, advogada.

– Se você preferir, eu posso ir pegar...

– Não, não, eu uso esse serviço, pode deixar. Eu mando as primeiras páginas assim que ficarem prontas.

– E eu faço o depósito do valor dessa primeira leva. Você me passa por *e-mail* os seus dados, seu banco, conta, o valor e tudo mais?

Ela toma um gole do guaraná, e seu celular dá um toque de recebimento de mensagem de texto. Um torpedo de Ivan:

"Você está acordada?"

– Não quer pedir alguma coisa pra comer? – pergunta Anton, meio atrapalhado, colocando os papéis de volta na pasta ao mesmo tempo que pegava uma mochila que Maria Claudia não tinha visto, na cadeira ao lado dele.

– Esta é minha lista do supermercado! – diz Maria Claudia, vendo sua folha de papel escrita à mão indo parar dentro da mochila de Anton junto com a pasta de documentos.

– Ah, desculpe, toma.

"Estou, e o senhor?" ela termina de digitar no celular e manda, pegando a lista.

– Não, obrigada, Anton, eu tenho que ir indo - responde ela, cercada de russos por todos os lados.

Não era só nas características físicas que Anton era diferente de Ivan. Enquanto Ivan era aquele poço de mistérios, Anton estava pronto para passar a ficha toda, sem nem mesmo ser perguntado. Acertado o assunto profissional, ele imediatamente se pôs a falar de si, de sua casa, de sua família, tendo se empolgado a contar-lhe a vida quando viu o olhar de Maria Claudia cair sobre as duas alianças, em sua mão esquerda. Além de tradutor juramentado, era professor de russo na graduação e pós-graduação da Faculdade de Letras da Universidade de São Paulo, onde conhecera sua falecida esposa, professora de literatura brasileira. Desde que enviuvara – e nesse momento da narrativa, seus olhos se encheram de lágrimas - morava com os pais e o filho Sasha, de quatorze anos, ao lado do Parque da Luz, no Bom Retiro, embora esse não fosse o bairro onde se concentrava a colônia russa da cidade. Os pais tinham chegado ao Brasil havia pouco mais de cinquenta anos. Tinha um irmão seis anos mais velho, divorciado, que morava em Brasília, onde trabalhava em um órgão do governo, embora não fosse político. Esse irmão tinha uma filha a quem quase nunca via, pois morava com a mãe em Campinas, e mantinha amantes clandestinas de cuja existência seus pais morreriam de vergonha, se soubessem. Maria Claudia achou melhor ir embora antes que ela própria viesse a sabê-lo em detalhes, da boca do prolixo Anton, no mesmo instante em que um homem com um copo de cerveja na mão e descontrole nas pernas vem se aproximando da mesa.

– Bom, eu realmente tenho que ir indo – ela diz, levantando-se, abrindo a bolsa para pegar a carteira para pagar o guaraná. Anton, com um gesto polido e uma linha de indignação nos lábios, dizendo a ela que guardasse a mesma.

O homem da cerveja chega e bate no ombro do russo, enquanto toca outra vez o sinal de mensagem de texto no celular dela.

– Não vai apresentar pra gente a sua amiga, Antonovsky? – pergunta o pinguço.

– Eu já vou indo, então – diz Maria Claudia, estendendo a mão para Anton.

– Eu mando a tradução das primeiras folhas em uns três ou quatro dias, Dra. Maria Claudia.

– Ai, ai! – ela brinca, por causa do *doutora*, se afastando, enquanto o da cerveja ficava de mão estendida, querendo despedir-se dela também.

Andando até o estacionamento, ela abre o celular para ler o torpedo.

"Muito engraçada!"

"O senhor tbm, ué!"

"Onde vc está?"

Entrando no carro, um Ford Eco Sport prata, Maria Claudia começa a escrever uma resposta antes de dar a partida, mas nesse instante o celular toca, chamada de voz. Ela atende sem ver quem é.

– Alô!

– Onde você está?

Era o Ivan.

– Você já perguntou isso!

– Mas você ainda não respondeu!

– Calma, né! Não posso nem entrar no carro? – ela diz, rindo, subitamente alegre e de bom humor.

– No carro? Onde você foi?

Ela se sente pega na mentira, pensando: "*Fui tentar descobrir tudo sobre você!*"

– Não é onde eu *fui*, é onde eu *vou*! Tou indo deixar umas coisinhas na casa de minha irmã, e depois vou dar um pulo no supermercado.

Ele explode de rir.

– Como é? Você vai fazer o quê? Vai dar um pulo no supermercado?! Como é isso?

Ela ri também, nunca tendo pensado nesse jogo de palavras.

– É assim, você entra no supermercado, escolhe um lugar bem cheio de gente, e dá um pulo! E de repente, todos os que foram lá dar um pulo no supermercado, começam a pular também!

Ivan ri de novo.

– Mas o que é, afinal?

Ele realmente não tinha entendido.

– Dar um pulo, Ivan, é dar uma passadinha rápida em um lugar.

– Ah, bom. Você dormiu?

– Muito pouco, e você?

– Meia hora. Depois, tive umas reuniões...

– Hmm.

– Agora, não estou fazendo nada.

– Hmm.

– Eu não estou fazendo nada, agora! – ele repete, um tom engraçado na voz.

– Você quer ir comigo dar um pulo no supermercado? – ela pergunta, imitando o tom de voz dele.

– Posso ir, e não dar pulo?

– Não. Paga multa, se não pular.

Ambos riem.

– Você está no hotel? Tou passando aí, daqui a dois minutos.

Era só subir a Avenida Consolação toda e pegar a alça para entrar na Paulista. Não tinha trânsito, a cidade estava de folga.

– Eu espero, estou descendo.

Ela desliga, ainda rindo, e imagina o que descobrirá quando chegar a tradução do Anton.

Diminuindo o volume do rádio sintonizado na Nova Brasil FM, Maria Claudia para em frente ao Caesar Business e aperta o botão para baixar o vidro da janela do passageiro, acenando para Ivan que, lá debaixo do arco da entrada do hotel, não havia reparado que era ela naquele carro.

– Você veio em mais de dois minutos! – brinca ele, entrando no carro, banho tomado, outra calça, sem paletó nem gravata, camisa azul de mangas compridas abotoada até o pescoço.

– É, peguei um trânsito tremendo, a cidade está uma loucura, tudo parado, duzentos quilômetros de congestionamento! – brinca ela também, se referindo àqueles programas de rádio e televisão que dão informação sobre o trânsito, com os helicópteros sobrevoando as ruas e avenidas mostrando o inferno lá embaixo, dizendo a medida da extensão do engarrafamento.

Maria Claudia resolve pegar a Alameda Santos, paralela à Paulista, para ir lá embaixo fazer o contorno e entrar de volta na avenida, para então ir para as Perdizes, onde morava sua irmã Olívia. Na verdade, gostava de passear de carro pela avenida em dias assim, para curtir o trânsito livre.

– Mas tem gente que está trabalhando, sim, eu vi, quando fui para a minha reunião...

– ...Sobre a qual você não vai me falar nada, não é?

– Como é que você sabe?

– Adivinhei!

Entrando na Avenida Paulista pela Alameda Campinas, Maria Claudia mostra a Ivan o prédio de vidro azul da esquina, de chanfro, com um jardim cheio de árvores altas em frente.

– É aí o meu escritório, nesse prédio.

Ivan olha, admirado.

– Bonito prédio... O escritório é seu?

– Ah, você pode me fazer perguntas, Ivan Ivánovitch? – ela pergunta, com um ar de brincadeira – Eu sou associada, tenho um esquema com os donos do escritório, onde a gente divide mais ou menos as coisas. Eu trabalho para eles, mas também tenho meus próprios clientes. Você, por exemplo, é cliente meu, não tem nada a ver com eles; se eu não quiser, eles não vão ter nem noção de que você existe.

– Ótimo. Eu prefiro assim.

Avenida livre, poucos carros, mas eles pegam quase todos os faróis fechados, o que acaba sendo bom, um passeio agradável, Ivan podendo observar tudo com atenção, cada um dos prédios, os nomes dos bancos, as pessoas andando devagar na calçada, casais de mãos dadas, famílias com crianças, grupos de adolescentes góticos em suas roupas pretas e correntes penduradas pelo corpo todo.

– Eu não sei por que todo esse mistério... – diz Maria Claudia – Que negócios esportivos hão de ser esses, que você não pode contar pra sua advogada?

– Você é minha advogada criminalista...

– Justamente... Mais um motivo...

– Eu já disse para você, Maria Claudia... – ele diz, com jeito, mas sério, olhando para a frente – Sigilo. É confidencial...

– Se é então um negócio tão importante, tão sigiloso, você já deve ter o seu advogado empresarial, aqui...

Nessa ela acha que o pegou.

–Tem pessoas, aqui, sim – ele diz, sempre reticente e enigmático – Está tudo organizado, Maria Claudia.

Ele tinha resposta para tudo, quando questionado, e nunca perdia aquele ar de quem tem um segredo de Estado a preservar. Não ia ser fácil fazê-lo falar. Será possível que a única coisa que ela sabia dele até agora era que ele tinha algum interesse com o Corinthians?! Ficam um instante que parece longo em silêncio, num sinal fechado, a música no rádio vem salvar o clima.

– Você se importa se a gente der uma passada na casa da minha irmã? Eu fiquei de deixar umas coisas lá. Hoje também é o Dia da Criança, quero levar esse brinquedos pros meus sobrinhos.

– Dar *um pulo* na casa da sua irmã? – ele brinca.

– É! Um pulo na portaria do prédio onde ela mora! – diz Maria Claudia, aumentando o som do rádio, tocando a animada versão *disco* de *Colombina*, com Ed Motta...

...Se você voltar pra mim
Juro para sempre ser Arlequim...

– Claro, vamos lá.

Olívia, Fernando e os dois filhos moravam num dos prédios mais altos das Perdizes, já um bairro bem alto da cidade, lá no vigésimo primeiro andar, com uma magnífica visão panorâmica da região. Quando chegou e parou em frente à portaria, Maria Claudia desceu do carro com a intenção de chamar a irmã embaixo, para dar um beijo e entregar as coisas.

– Ela quer falar com a senhora, D. Maria Claudia – o porteiro a coloca no interfone.

– *Claudinha! Sobe aí!*

– Ah, Vivi! Eu tou com um pouco de pressa, e além do mais, eu tou com um – ela não sabe como classificar Ivan – um amigo, aqui comigo.

Não tinha certeza do que fazer em relação ao russo. Não tinha comentado com Olívia sobre ele, quando falou com ela mais cedo. Na verdade, a única pessoa para quem havia falado do russo fora Ana Cecília, sua amiga sem restrições. Ninguém mais sabia dele.

– *Sobe, Claudia, cinco minutos, vai, as crianças vão querer te ver! Traz o seu amigo! Além do mais, deu a maior confusão aqui, faz uns quinze minutos, o Pedro tá de castigo, tá lá chorando no quarto. Vem, tou te esperando! Cinco minutos!*

Maria Claudia, que não resiste ir ver os sobrinhos, não teve outro jeito e foi chamar Ivan, no carro, para subir com ela, explicando que era rápido. Ele, de resto, fica mais do que contente por já estar assim passeando pela cidade, carregando os pacotes atrás de Maria Claudia, que chama o elevador.

– É bom você tomar cuidado, quando estiver andando por aí sozinho, Ivan, com essa carteira no bolso de trás da calça – ela diz, ao notar a carteira no bolso da calça dele – Você conhece a fama de São Paulo.

– Pode deixar, doutora! Eu vou me cuidar.

– Tou falando sério! Toma cuidado, pra não ficar andando assim, o olhar perdido olhando pra cima, como os turistas costumam ficar. Pedindo pra ser assaltado!

– Mas eu não sou turista – ele diz, conforme entram no elevador.

– Mas parece!

Novamente em silêncio no elevador, a longa jornada até o vigésimo primeiro andar joga os pensamentos de Maria Claudia nos sobrinhos que vai ver, os seus dois fofos, o mais velho, Pedro, de quatro anos, seu afilhado junto com Otavio, e Vinícius, de um ano, ainda de fraldas, o bebê. Ela sorri ao pensar nos dois, e imediatamente o sorriso se desfaz, o medo se abatendo sobre ela, com a ideia de estar levando para dentro da casa da irmã um indivíduo sobre o qual não sabia na verdade coisa nenhuma, aliás o que sabia a deixava altamente suspeita dele. "Ele pode ser um bandido mesmo, meu Deus! E agora sabe exatamente onde mora minha irmã, vai ver a carinha dos meus sobrinhos, poderá vir a ameaçá-los, a sequestrá-los! O que é que eu estou fazendo?" Antes que pudesse tentar desfazer ideia tão funesta, o elevador chega ao destino e Ivan abre a porta empurrando-a com as costas, pois as mãos estavam cheias.

– Claudinha!! – recebe-a Olívia, que já os aguardava com a porta do apartamento aberta. Aos pés dela, segurando-se em suas pernas, de pijamas, o pequeno Vinícius.

– Ticlaudi! – ele diz, tentando dizer *Tia Claudinha*, levantando os pequenos braços na direção dela.

– Vininho do meu coração!!! – ela imediatamente o pega no colo, apertando-o e estalando beijos em suas bochechas.

– Maria Claudia! – diz o cunhado, vindo atrás, beijando-a no rosto, bem-humorado – Voltou mesmo pra sem-vergonhisse desse país? Pensei que você fosse aproveitar pra abandonar isso aqui!

– Que nada, Fernando! – ela ri – A gente reclama, mas não consegue passar sem!

– Oi, como vai? – diz Fernando, simpático, estendendo a mão para Ivan.

– Esse é o Ivan, um amigo meu, está passando uns dias no Brasil.

– Como vai? Prazer – diz o russo.

– Você é francês? – pergunta Olívia, curiosa, imaginando que ele seja um namorado que a irmã trouxe da viagem.

Ivan dá uma explicação vaga sobre o que veio fazer no Brasil, sem entrar em detalhes de como conheceu Maria Claudia, que o tempo todo está segurando o bebê, todos indo em direção à sacada, protegida por uma rede em toda a extensão, de onde se tem uma vista espetacular daquela parte central da cidade, sobretudo ao entardecer. Fernando explica para Ivan a localização, apontando para os lugares. Dali do alto podiam ver, estendido diante deles, todo o vale do Pacaembu, com o estádio ao centro, a elegante arquitetura da Fundação Armando Álvares Penteado um pouco ao lado, um mar de árvores abaixo de seus olhos, verde-escuro umas, floridas outras, pinheiros, eucaliptos, seringueiras quaresmeiras, palmeiras imperiais, paineiras, paus-terra, ipês amarelos, ipês roxos, todo tipo de árvore gigante, como um bosque colorido no coração da cidade, conferindo o aroma de plantas característico daquela vizinhança, as casas entremeadas à vegetação, no emaranhado das sinuosas ruas com nomes em tupi, a língua dos índios, marca registrada do bairro, tombado pelo governo. Lá longe, no horizonte, a linha do amontoado de prédios indicando as regiões onde cada um deles se encontrava, desde a Barra Funda, à esquerda, passando por Santa Cecília, Centro, Cerqueira César, a Avenida Paulista, os Jardins, e à direita, Vila Madalena e Pompeia. Todo o quadro, naquele instante, banhado pelas cores do final de tarde. O amarelo forte sobre os prédios, casas e árvores, embaixo; no céu, todos os tons de azul, lilás e rosa, mudando a cada minuto, formando uma nova pintura a cada lance do olhar, começando a ficar vermelho intenso com a aproximação da noite; as janelas dos apartamentos, lá no horizonte, refletindo o brilho do sol, mágicos pedacinhos de espelho salpicados aqui e ali. As cores cada vez mais profundas, as formas cada vez mais intensas, o quadro cada vez mais irreal. Ivan tira fotos, com o celular que trazia no bolso da camisa, dos mais de 180^0 de paisagem diante de si, incrédulo diante da inesperada beleza e do festival de cores, reflexo do sol que se punha atrás deles ali na sacada.

– E afinal, Vivi, que foi que aconteceu com o Pedrinho? – pergunta Maria Claudia, ouvindo um choro começar a vir dos quartos, enquanto Ivan se põe a brincar com Vinícius que, sempre no colo da tia, ri e quer brincar com ele também, até que finalmente lhe estende os braços e o russo o pega no colo.

– Ah, ele levou uma bronca do Fernando, uma bobagem, por causa de um brinquedo, só que ficou mal-humorado e chutou o Fernando. Aí, já viu. O Fernando mandou ele ficar de castigo no quarto e o berreiro começou. Coisa de criança, Claudinha, vai passar.

Mas Olívia conhecia a irmã. Como não passava o dia inteiro com as crianças, Maria Claudia condoía-se cada vez que lhe contavam de alguma bronca ou choro dos meninos. É claro que ela respeitava a autoridade da irmã e do cunhado, e concordava que o melhor era mesmo uma educação impondo limites, mas sempre tentava contemporizar. Não podia ver o afilhado em apuros.

– Posso ir lá falar com ele, Vivi?

– Claro, claro! Vai lá. Vou esquentar a mamadeira do Vininho, pra ver se o leite faz ele dormir!

– Lá vai a fada madrinha! – brinca Fernando.

No quarto dos meninos, iluminado apenas por uma luz fraca de abajur de criança, ela se senta na cama ao lado do menino, que logo se agarra a ela, passando os braços em sua cintura, sem ligar para o brinquedo que ela tinha trazido de Paris, soluçando bastante ao vê-la e contar o que aconteceu. Depois começando a se acalmar, conforme ela lhe fazia carinho nos cabelos, ouvindo o relato dele sobre a briga. O cunhado tinha razão: ela era a fada madrinha. Não tinha estudado psicologia, mas sabia entrar nos assuntos com o sobrinho e desencaroçar o pior dos problemas que ele tivesse. Aos poucos vai conversando com ele, lembrando-o de vários momentos agradáveis dele com o pai, do quanto o pai o adorava e vice-versa, do último Natal e Revéillon em que o pai o levara para ver a passagem do ano com os fogos de artifício na praia em Santos, e vários outros passeios que ela sabia que o menino tinha feito com o pai, que enfim uma briguinha não significava nada. Assim conversando com o afilhado, Maria Claudia vê entrar Ivan, com Vinícius adormecido no colo, e colocar o bebê com todo o cuidado no berço. Maria Claudia fica em silêncio um pouco, observando o russo. Ela não imaginava que ele tinha jeito com crianças.

– Você não vai querer dormir, assim, brigado com o papai, não é...? – ela retoma, com o tom de voz suave, falando baixo, sempre.

– Não...

– E se você fosse falar com ele...? Tipo, pedir desculpas, hmm? Afinal, eu sei que você não queria chutar o papai... A gente não pode fazer isso, Pedroca, porque afinal, ele é o seu papai, ele gosta muito de você, e se ele deu uma bronca, sei lá, na hora você não gostou, mas depois você ia ver, ele deve estar certo. É que a gente não gosta de bronca, né? Ninguém gosta... Mas também, a gente não pode chutar os outros, muito menos o papai...

– Hmmm...

O menino, agora quieto no quarto, parecia disposto a considerar as palavras da madrinha.

– Você... estudou Psicologia? – pergunta Ivan, impressionado, indo com ela pelo corredor de volta para a sala.

– Bem que eu queria ter estudado, pra ter alguma ideia de o que dizer pra eles, numa hora dessas! Sei lá, dá medo de falar alguma besteira e estragar ainda mais as coisas!

– É. Dá medo, sim... de fazer tudo errado...

Mal tinham entrado no carro e andado um ou dois quarteirões ao sair da casa da irmã, Maria Claudia embica o carro à esquerda, estacionando numas das vagas, em quarenta e cinco graus, em frente a uma igreja.

– Ah, é tão difícil encontrar um lugar assim, aqui! Você se importa, Ivan? Eu gostaria de dar só uma entradinha rápida, pra fazer uma oração!

A enorme Igreja de São Domingos tem uma das arquiteturas mais modernas da cidade, sobretudo para uma igreja católica. Quadrada e reta, toda em concreto aparente, uma escultura de um santo em linhas arrojadas à porta; ao lado, a torre também quadrada, toda furadinha, parecendo um rendado. Dentro, toda lisa e vazia de imagens, pé direito lá no alto, com um sistema de iluminação natural através de grandes janelas nas paredes laterais, invisíveis aos fiéis, porém de frente para o altar, jogando sobre este a luz do sol. O altar decorado com modernos vasos de plantas naturais, a grande Cruz na parede iluminada por luz branca embutida. Sem imagens, sem flores, sem ouros, sem pratas. Uma grande caixa acústica, cheia de silêncio, meditação, oração e a presença de Deus. Apenas um pequeno painel com a imagem de São Domingos a um canto do altar, e uma escultura moderna logo à entrada, representando Maria, e ao lado dela a única imagem tradicional da igreja: a de Nossa Senhora de Aparecida, com o manto azul, junto à qual Maria Claudia para após fazer o sinal da cruz e juntar as mãos, os olhos fechados.

Tinha sentido vontade de fazer uma oração já no elevador, ao saírem do apartamento de Olívia, onde deixaram pai e filho conversando baixinho, no sofá da sala, Fernando abraçando o filho bem apertado, Pedro com a mãozinha no rosto do pai. Quando viu a vaga em frente à igreja, não pensou duas vezes. Queria fazer uma oração para a santa brasileira em seu dia e também agradecer por tantas coisas. Mas mais que isso, sentia algo no coração que não conseguia explicar, uma desorientação, a necessidade de pedir alguma coisa que, agora que ali estava, naquele silêncio, não conseguia exatamente discernir. Desde que vira Ivan com o bebê no colo, deitando-o no berço para dormir, sua cabeça ficou confusa, perdida entre o certo e o errado, como se já não soubesse mais o valor das coisas, como se não tivesse mais o domínio de seu critério de julgamento. Com um inexplicável tumulto na alma, sem saber bem o que queria pedir nem por que, confiou sua sorte a Deus, pedindo que a conduzisse, que iluminasse seus passos, que orientasse seus pensamentos.

Atrás de Maria Claudia, após persignar-se do modo ortodoxo, batendo primeiro no ombro direito, com o olhar fixo e compenetrado, Ivan tinha no rosto uma expressão muito parecida com a dela.

O estacionamento do Pão de Açúcar estava quase lotado. Carros chegavam com famílias inteiras, crianças, maridos, velhinhos, jovens casais, mulheres apressadas. Os cachorrinhos, presos às suas coleiras na área reservada para eles, à porta, uns chorando, outros latindo, outros olhando ansiosos para dentro do supermercado, temendo terem sido deixados ali para sempre. Ivan e Maria Claudia demoram para conseguir um carrinho vazio, mas ao tomarem posse de um, foi só alegria. Parecia que entravam num parque de diversões. As pessoas pareciam estar em uma festa, divertiam-se, com promotoras dos produtos pelos cantos oferecendo de tudo para os compradores experimentarem: cafezinho, pedacinhos de bolo, torradinhas com patês, copinhos com iogurte, tacinhas de vinho.

Com a lista na mão, Maria Claudia ia pegando as coisas de que a casa estava em falta, as mais urgentes pelo menos, pois faria a compra grande do mês num hipermercado, muito mais barato. Ivan parava em todas as prateleiras, comparando os preços com os da Rússia, parecia uma criança pegando tudo na mão, meio curioso, meio com fome. Queria pegar pães e bolos. Parou bons segundos na frente dos sonhos. Namorou uma caixa de quindins. Se encantou com as frutas, tão frescas, coloridas, sortidas e abundantes, um paraíso tropical, sobretudo as bananas: surpreendeu-se com a diversidade delas – banana-maçã, banana-prata, banana-ouro, pois no exterior só se conhece a maior de todas:

– *Banana-nanica*! – ele ri, fotografando a plaquinha com o curioso nome – Como é barato: dois reais o quilo. Um dólar. Mais ou menos vinte e cinco rublos.

– "A preço de banana", como a gente diz aqui, das pechinchas!

O russo riu ainda mais com os sugestivos nomes das vodkas brasileiras, Orloff, Kronia, Baikal, Natasha, Leonoff e, é claro, a Smirnoff nacional, e também a Smirnoff já com limão e açúcar, com o selo "Caipiroska". Variante da caipirinha, o *drink* brasileiro, feito com limão cortado em cubos e amassado com açúcar no fundo do copo, com um pilão, e em seguida, o gelo e a pinga, a aguardente nacional, de cana-de-açúcar. E sua versão mais sofisticada, a caipiroska, feita do mesmo jeito, só que com vodka no lugar da cachaça. Daí o apelido russo.

Separando-se num dado momento, acabaram perdendo-se um do outro no meio dos corredores e perderam também o carrinho, pois Ivan, encarregado da condução do veículo, empolgado na gôndola de queijos, quando deu por si, viu apenas Maria Claudia à sua frente com vários pacotes nas mãos. Põem-se a correr embarafustados pelos corredores botando os narizes nos carrinhos de todo mundo, achando que podia ser o deles, ali sequestrado, até que Maria Claudia vê lá no fim de um corredor um casal parado ao lado de um carrinho, ar de espanto, a mulher olhando alternadamente para o carrinho, para o marido e para os lados.

– Oi, com licença... Acho que esse carrinho... é o meu! – Maria Claudia se aproxima, reconhecendo as compras dentro do carrinho.

– Deve ser, porque não é o nosso! – diz a mulher.

E aí foi esse casal que se pôs a correr pelo supermercado.

O carrinho de Maria Claudia acabou ficando abarrotado. Empolgando-se com o entusiasmo de Ivan, acabara pegando muito mais do que dizia a lista. Levando as compras para o carro, deu-se conta de que não tinha comido nada desde o pão de queijo de manhã, só tomara aquele suco batido, em casa.

– Como você vai subir essas coisas todas para o seu apartamento? – Ivan pergunta, entrando no carro e colocando o cinto de segurança.

– Tem um carrinho na garagem, é só colocar nele e subir!

– Mas é muita coisa, mesmo assim...

Maria Claudia olha para ele, rindo para si mesma, vendo que novamente ele estava manipulando a conversa para ser convidado a ir à casa dela, como havia feito para vir ao supermercado. Ela devolve a bola para ele.

– Tem razão, Ivan Ivánovitch... É muita coisa, ficou tão pesado... Não sei se eu sou capaz de levar tudo sozinha...

– Hmmm... – ele esperava outra coisa – Você precisa de alguém para ajudar...

– Será?

Ele fica quieto e percebe que se não falar nada, a conversa vai acabar ali.

– Você quer que eu te *ajudo*, Maria Claudia?

– Você quer me ajudar, Ivan Ivánovitch? – devolve ela, outra vez.

– Eu quero! – ele responde, vencido.

– "Que eu te *ajude*" – ela corrige, rindo.

No rádio, a Nova Brasil FM começa a tocar *Uma Brasileira*, dos Paralamas do Sucesso...

... Rodas em sol, trovas em do, uma brasileira, o
Uma forma inteira, o you, you, you...

Entrando na garagem do prédio, Maria Claudia guarda outra vez o celular que havia pegado, sem fazer nenhuma ligação, pois vê que o carro do irmão ainda não está lá. Era um esquema que ela e Otávio tinham arranjado. Cada vez que um chegasse em casa, ao entrar na garagem, se visse o carro do outro ali, telefonava antes de subir, para ter certeza de que não iria entrar num momento delicado, se o outro estivesse com alguém. Assim, quem estava lá em cima tinha tempo de se recompor, e recompor o apartamento, se fosse o caso.

– Tou, claro que tou cansada! Duvido que você não esteja! – ela diz, colocando na panela um pacotinho de caldo de galinha congelado, para derreter e esquentar.

– Eu já estou acostumado... – diz Ivan, encostado na pia.

– Mesmo assim tão longe? Quantas horas de voo?

Ela estava preparando um creme de aspargos: o vidro do legume já estava aberto sobre a pia, e o caldo de galinha, preparado e congelado em vários pacotinhos pela empregada, ia ser a base. Acrescentava um pacote de creme de aspargos pronto, para dar mais sabor.

– Desde Moscou? Mais de dezoito horas, contando com a escala.

– E você dorme, no avião? Toma – ela lhe dá dois serviços americanos – Você põe na mesa?

– Durmo. Muito mal, mas durmo. Os pratos?

– Ali, naquele armário.

– Mas amanhã você já vai trabalhar? Vai para o escritório logo cedo?

– Olha os talheres. Vou trabalhar, mas de manhã não vou ao escritório. Quinta-feira de manhã é o meu plantão, no Jurídico.

– O que é o Jurídico? Esses copos, aqui?

– *Taças*. Isso. É o Departamento Jurídico XI de Agosto, da Faculdade, de assistência judiciária gratuita. Olha o queijo. E aqueles pãezinhos franceses, ali.

– Onde está o... aquilo para tirar a rolha?

– Saca-rolha. Aqui – ela abre uma gaveta.

– E o que você faz, nesse plantão?

– Ah, os advogados que dão plantão coordenam os casos que entram, e recebem as pessoas que estiverem lá na hora, para a primeira consulta. A gente já diz que documentos eles vão ter que trazer e dá uma orientação preliminar. Depois a gente analisa e passa para um estagiário, que é um estudante de Direito ou um recém-formado, e dá as linhas gerais do processo. Tem um advogado que fica sempre lá, e supervisiona tudo. E também a gente vai orientando os estagiários, nos casos que estiverem pendentes. Quando tem audiência, se houver necessidade, vai um de nós. Mas normalmente vai um estudante do quarto ano, que já pode fazer audiência. Eu já tinha trabalhado lá, quando estudava.

"Flop". Ele abre a garrafa de vinho tinto.

– Posso te servir?

– Só um pouquinho, heim! Que eu tenho que levantar cedo amanhã.

– Eu também não quero beber muito.

Ela traz um prato com frios, pão preto e mais outro queijo.

"Saúde!"

– Não dá pra chamar exatamente de jantar, Ivan – ela diz, rindo, dando um gole do vinho - Mas assim depressa, foi o que deu pra eu fazer! Amanhã você come direito, no café da manhã.

– "Café da manhã"! – Ivan ri – Só os brasileiros, pra chamarem assim o desjejum!

– É verdade! "Morning coffee"! "Café du matin"!! – ela ri também.

– Závtrak.

– Záf... – ela tenta repetir, rindo. E boceja. O dia tinha sido comprido.

– Você está cansada, não é...

– De manhã, foi pauleira, lá no aeroporto... Eu não estava preparada para tirar um russo da cadeia, assim, logo ao chegar de viagem!

– Eu não estava na cadeia...

– Tava quase, Ivan...

– Acho que a sopa está pronta...

– Está, vou colocar na sopeira.

Quando se sentam para comer, toca o celular de Maria Claudia.

– *Claudinha!*

– Oi, Tavinho!

Era o irmão, lá embaixo, checando a área.

– *Você quer que eu dê um tempo, antes de subir?*

O porteiro havia dito, da janela da guarita, quando ele embicou o carro na garagem:

– D. Maria Claudia subiu com um amigo, Seu Otávio.

Não tinha jeito, os porteiros sempre sabiam de tudo, até do que não existia.

– Imagine! Sobe, Tavinho! Vou pôr um prato pra você, tamos sentando nesse instante pra comer.

– *Não, não! Eu terminei de comer agora há pouco, o almoço lá na Bruna saiu super tarde!*

Mesmo assim Otávio fez hora na garagem e quando entrou no apartamento, os dois já estavam tirando a mesa.

– Como ele é parecido com a sua irmã! São idênticos! – diz Ivan, depois de feitas as apresentações, terem um papinho e Otávio ir para o quarto.

– É! – ri Maria Claudia – E ele também tem trinta e um anos, como ela!

– Ah, é?! Então, eles... são gêmeos!

– Bingo! – ela ri, terminando de colocar a louça na máquina de lavar.

– Muito engraçada!

– Vamos tomar um café? De repente, acordei!

– Você está cansada, Maria Claudia. Vai dormir, e eu vou pegar um táxi.

– Tou falando que de repente, acordei! Um café rápido, vai! Vamos! – ela pega a bolsa – Tou saindo, Tavinhooo!

– *Tchau!*

Não foram muito longe, uns três quarteirões dali, na Rua Alagoas, em frente à FAAP, a Fundação Armando Álvares Penteado. Maria Claudia deixou o carro no posto de gasolina, pedindo que enchessem o tanque, enquanto eles iam tomar um café ali do lado, na Kopenhagen, a chique e famosa fabricante brasileira de chocolates. Sentaram-se a uma das mesinhas do lado de fora, com os cafés, uns biscoitinhos e o bombom que Maria Claudia sugeriu que Ivan provasse.

– Está tendo uma exposição sensacional, aí na FAAP – ela aponta para o lindo prédio baixo e largo, bem em frente a eles, do outro lado da rua, com as colunas, as escadas, o jardim com esculturas – Todo ano eles organizam uma mostra, aí, e este ano é bem a propósito: chama-se "A Herança dos Czares", com peças do acervo do Hermitage, de São Petersburgo, e do Kremlin de Moscou, sobre a dinastia Romanov.

– Verdade? – pergunta Ivan, realmente surpreso, começando a abrir o bombom com cuidado, aquele papel alumínio vermelho, com a ponta e o selinho.

– É, e está muito legal. Cuidado, que tem recheio líquido, nesse bombom. Tem basicamente peças religiosas, ícones, roupas dos padres e bispos, coisas assim, e também armas, coisas do exército. Mas a peça principal fica na última sala, super bem montada, assim meio misteriosa: um ovo Fabergé, com os retratos dos czares e czarinas. É o máximo.

– A entrada é aí, por essas colunas? – ele quer saber.

– É.

– Não está aberto agora, eu acho.

Ivan finalmente morde o chocolate.

– Não, agora já é tarde – explica Maria Claudia – Deve ter ficado lotado, hoje, por causa do feriado. No dia que eu vim, tinha tanta gente, todo mundo se acotovelando, tinha que esperar saírem da sua frente pra conseguir ver as coisas. Tinha grupos com professores, que faziam rodinha, pra ouvir explicações, história, um monte de coisa.

Mas Ivan já não ouvia mais nada. Ele mal conseguia acreditar no que tinha na boca. Fecha os olhos para apreciar melhor, num gesto que Maria Claudia já tinha visto nele de manhã, com o pão de queijo. A maciez e o sabor do chocolate, a textura inesperada do recheio, a bebida no ponto exato, a cerejinha colhida por dedos de anjo como um prêmio no meio, o cheiro afrodisíaco daquele bombom, depois da primeira mordida. Um pedaço do céu deslizando pela garganta. Não era você que comia o bombom, era o bombom que se apoderava de você. Maria Claudia não consegue evitar um sorriso, vendo a expressão de prazer no rosto dele. E antes de colocar a outra metade na boca, ele já estava indo comprar mais. Era caro, mas valia a pena.

Apagando a luz do abajur para dormir e puxando a manta até o pescoço, apesar de não estar tão frio, o cheirinho do hidratante no corpo perfumando o quarto, Maria Claudia fecha os olhos ainda pensando em todo aquele dia. Que dia! Nem parecia que tinha chegado de viagem naquela mesma manhã. Paris tinha ficado tão lá atrás! Ao repassar os fatos, tudo o que tinha visto e sentido, todos os medos, cansaços, apreensões e surpresas, via com espanto seu pensamentos e sentimentos indo e voltando da manhã para o começo da noite. Ivan, todo enrolado no aeroporto; depois, rindo e tirando fotos no supermercado. Ela, com ele no táxi, desconfiando de tudo. E depois, para cima e para baixo em São Paulo, tirando as compras do porta-malas, abrindo a garrafa de vinho, comendo chocolate. No carro, na sacada, na igreja, no estacionamento, na cozinha, na sala da Polícia Federal. A arma retida. Os mistérios. As perguntas sem resposta. E ela se lembra então de Anton, e das cópias dos documentos sendo traduzidas. As letrinhas russas salpicadas naqueles papéis continham a verdade sobre Ivan. O que iriam elas revelar? Que realidade sinistra iriam elas desvendar? Que obscuridades, enfim, descobriria ela sobre o russo? Ela ainda teria que esperar alguns dias pelas respostas. Cansada, Maria Claudia afasta da mente todos esses pensamentos e vira para o outro lado, pegando finalmente no sono.

No quarto do hotel, esfregando os cantos internos dos olhos com o polegar e o indicador da mão direita antes de pingar o colírio, Ivan se levanta da mesa – papéis espalhados, o computador e a pasta abertos – onde estivera repassando as diretrizes dos próximos dias, e vai até a janela. Um pouco absorto, um pouco com sono, observa o movimento da avenida aos seus pés. Feriado acabando; dia seguinte, dia de trabalho. Também ele tem os pensamentos percorrendo os fatos desde a manhã até a noite. As pessoas que viu, que conheceu, com quem falou, sobre quem se informou. Os lugares que visitou. As anotações que tomou. Os compromissos que agendou. As primeiras conclusões a que chegou. Tinha sido, logo de cara, um dia bastante produtivo. Vendo as luzes dos carros indo lentamente pela Paulista, seu pensamento voa para Maria Claudia, com suas frases e seus silêncios, sua desconfiança e seu sorriso, seu jeito de falar suave e simpático de brasileira. Primeiro dia em São Paulo, sobre a qual tanto ele havia lido e ouvido falar, inteirando-se sobre ela antes da viagem, sabendo de suas mazelas, de seus defeitos, de suas incongruências, de seu cinza, de sua grandeza, de suas riquezas, de suas pobrezas. Ninguém lhe havia falado de suas surpresas. Ele volta para a mesa de trabalho e fecha o *laptop* onde havia inserido a foto do entardecer, tirada horas antes, deitando-se enfim para dormir, lá embaixo pulsando ainda a cidade, tendo conhecido já um pouco de suas cores, seus sabores e seus amores.

Capítulo 2

Quinta-feira
13 de Outubro de 2005

Santos x Corinthians

O alarme do celular toca alto e acorda Ivan que, sobressaltado, olhando para todos os lados sem descobrir de onde vem o som, finalmente estica o braço e alcança o telefone, desligando-o. Tinha programado o celular para tocar às sete horas da manhã, embora achasse que fosse acordar antes, acostumado que estava a dormir pouco. Um tanto desnorteado, saindo das profundezas do travesseiro, onde mergulhara, exausto, horas antes, estica-se todo nos lençóis macios, não querendo levantar do colchão ortopédico, responsável pelo sono pesado, longo e reparador. Tinha dormido numa tacada só, sem se mexer na cama, sem acordar durante a noite, sem sonhos, e acordava novo, de bom humor, sem dores nas costas, e com uma fome de monstro. Amanhecia animado para a programação do dia. Levantando-se afinal e olhando em torno, indo tomar banho e barbear-se, tudo no quarto já lhe é familiar: os móveis, a televisão, a mesa do computador na antessala, o sofá, o frigobar, o ar-condicionado, os controles-remoto, as quadros, o cofre. Mas alguma coisa lhe soa estranho, a princípio ele não sabe dizer o quê. Alguma coisa diferente no ar, como se houvesse mais alguém ali, não sabia dizer ao certo. Encafifado, no entanto, vem com espuma na cara até a porta do banheiro olhar outra vez o quarto, novamente escaneando todo o aposento, indo enfim até a janela, onde descobre a razão da esquisitice. Seu queixo todo branco cai de surpresa. Lá embaixo na avenida, tão sossegada no dia anterior, os paulistanos já estavam a todo vapor, embora ainda fosse cedo. Carros, ônibus, motocicletas, ultrapassagens perigosas, brecadas violentas. E o barulho, é claro, subindo pelo lado de fora dos prédios, rompendo a barreira das vidraças, formando o ambiente diferente que espantara Ivan. Mal sabia ele como iria ficar aquele trânsito perto do meio-dia. Ele sorri, e cruza novamente o quarto onde tudo ainda tinha o aspecto quieto e misterioso do mundo dos sonhos. Depois de se fartar no café da manhã cheio de frutas tropicais, sucos, iogurtes, cereais, pão francês, *croissants* recheados, pães doces, biscoitos caseiros, bolos, queijos, frios, geleias e café com leite, e para o gosto dos estrangeiros, ovos quentes, ovos fritos, salsichas e linguiças, ele está pronto para a agenda cheia da primeira parte do dia, o celular já tocando antes mesmo de ele se levantar da mesa. E sai todo contente e renovado para a avenida ensolarada, rumo ao primeiro compromisso.

Maria Claudia, por sua vez, não ia tendo uma manhã tão boa. Dormira mal e acordara cedo, indo logo para o Departamento Jurídico, na Praça João Mendes, ao lado do Fórum Central, atrás da Catedral da Sé, onde se colocou imediatamente a atualizar as fichas e casos pendentes, tendo atendido três pessoas antes mesmo das 10:30 da manhã, procurando ocupar a cabeça com aqueles assuntos. Eram casos bem diferentes daqueles que ela cuidava no escritório, que tinha basicamente empresas como clientes, ou eventualmente pessoas físicas de posses consideráveis com seus decorrentes problemas, e então os advogados trabalhavam na abertura de empresas, na elaboração de contratos; nas análises tributárias e societárias; nos aspectos bancários; nas questões de marcas e patentes; nas grandes falências; nos assuntos internacionais; nas brigas de espólio das famílias poderosas; nas eventuais brigas judiciais oriundas de todos esses casos, que iam para o setor contencioso do escritório, o setor de Maria Claudia. Já o Departamento Jurídico XI de Agosto prestava assistência judiciária gratuita à população carente da cidade, assim como o faziam várias outras instituições, outras faculdades de Direito, a Ordem dos Advogados do Brasil e organizações sem fins lucrativos. As questões aí eram geralmente de ordem trabalhista, previdenciária, criminal, ou envolvendo investigação de paternidade e alimentos. Os clientes, num lugar e no outro, no escritório como no Jurídico, tinham comportamento muito semelhante. Não passavam informações com precisão, omitiam dados importantes, desconheciam obrigações óbvias, perdiam documentos, faltavam à audiência, diziam em frente ao juiz coisa diversa daquela que haviam contado ao advogado, mudavam de ideia logo após a sentença. Lá como cá, eram igualmente atrapalhados, ingênuos, esquecidos, indecisos, desatentos, desobedientes, teimosos, às vezes malandros. Os do Jurídico, no entanto, além de tudo isso, eram também fragilizados. Lá como cá, Maria Claudia tratava a todos com a mesma dedicação. Amava o Direito, honrava a advocacia, envolvia-se com a alma na demanda que lhe era confiada, lutando e torcendo sempre pelo melhor para seu patrocinado. Nesta manhã, com especial atenção se dedicava aos pormenores tanto dos novos casos como dos antigos, pois desta vez eram eles que vinham em seu socorro: ajudavam-na a manter a cabeça longe dos episódios do dia anterior, desde a chegada ao aeroporto. Seus colegas, ao redor, não entendiam como era possível ela ter voltado de Paris na véspera, e ter tão pouca vontade de falar no assunto. Parecia que ela tinha chegado havia mais de um mês.

– É que eu dormi meio mal, gente – ela diz, na copa, tomando um cafezinho no copinho de plástico, com alguns outros advogados e estagiários.

– É *jet lag* - diz um deles – É assim, quando a gente volta de viagem, o fuso horário é de matar! Tá todo mundo indo trabalhar, e a gente quer ir dormir!

– Deve ser! – ela concorda, sorrindo, jogando o copinho de plástico no lixo.

Mas ela sabia que não era isso. Dormira mal, mesmo. Tinha acordado às quatro e meia da manhã, sacudida por um pesadelo terrível...

...No Salão Nobre da Faculdade de Direito da USP, no Largo de São Francisco, em São Paulo, a sessão está aberta. Aos pés da gigante e pesada cortina em dobras de veludo vermelho, sozinho à longa mesa entalhada em carvalho, Anton, o juiz, aguarda para ouvir partes e testemunhas. A plateia está cheia. Estudantes, jornalistas, curiosos e público em geral, com caras enormes e bocarras escancaradas em esgares manicomiais, sedentos por verem o desenrolar de uma tragédia, acorreram para assistir àquele julgamento de crime hediondo. Lotavam todo o auditório, embaixo; abarrotavam-se no mezanino, em cima. As imponentes cortinas vermelhas laterais meio que encobertas por centenas de *banners*, flutuando por todo o ambiente acima das cabeças das pessoas, com textos em russo, as letras garrafais. Ivan, no banco dos réus, descabelado, indiferente ao processo, acena sorridente para o pessoal que chega atrasado. Era acusado de botar fogo no Kremlin de Moscou. Maria Claudia, a seu lado, os nervos à flor da pele, sua defensora. Pela janela podiam ver a capital russa, do lado de fora, sendo consumida pelas labaredas. Ouviam os gritos dos bombeiros e das mulheres, histéricas, retirando crianças e compras do supermercado de dentro do Kremlin. O calor do fogo na rua passando para o salão, transformando-o numa sauna insuportável. Maria Claudia aturdida, com um calhamaço de papéis nas mãos, todos em russo, a cabeça estourando, virando e revirando aquelas páginas, as letras do alfabeto cirílico saltando-lhe aos olhos, rindo-se dela. "Não consigo entender nada! Não consigo entender nada!!", ela quer falar, mas não consegue articular as palavras, presas em sua garganta trancada. Na tribuna, aos berros, Vladimir Putin, o promotor público, todo arrumado, engomado e perfumado, gravata italiana, gritando e apontando para Ivan, exigindo do juiz para ele a pena máxima.

– Excelência! – intervém Maria Claudia, finalmente desobstruindo a garganta – Nada há nos autos que prove a autoria do crime!

Anton, o magistrado, espirrando, tossindo, e assoando o nariz.

– Incendiário! Incendiário! – grita Putin, com uma gravata diferente da inicial, incitando o público a gritar também.

– Não há provas contra o acusado! – insiste Maria Claudia.

– Quem pôs fogo em Moscou? Foi Napoleão? – brada uma voz no auditório.

– Não!! – responde o público, rindo.

– Fui eu! Fui eu! – grita Ivan, sentado ao lado de Maria Claudia.

– Fica quieto, Ivan Ivánovitch!

– Vai mudar de ideia quando vir isto! – grita Vladimir Putin para a advogada, os olhos furiosos soltando faíscas sobre ela, tirando do bolso do paletó uma caixa de fósforos – Esta caixa de fósforos foi apreendida em posse do réu! Por isso o biltre foi detido na alfândega!

– Senhor promotor! – diz Maria Claudia com voz firme, encarando seu antagonista nos olhos também, tentando faiscar como ele - Ainda está sob a proteção da Constituição deste país o direito dos cidadãos estarem na posse de caixas de fósforos sem serem automaticamente acusados de incêndio criminoso!

– Perpétua! Na Sibéria! – grita Putin, já com uma terceira gravata diferente, o público se alvoroçando lá em cima.

Do lado de fora, Moscou em chamas. Dentro, todos empapuçados de calor. Ivan tirando fotos com seu celular. Maria Claudia completamente transtornada, a papelada na mão, as incompreensíveis palavras russas voando em torno dela em meio aos berros do promotor. Entra Paulo Roberto, e lhe entrega um envelope com outro calhamaço de papéis – a tradução. Ela começa a abrir, mas Putin se aproxima e tenta arrancar-lhe as folhas das mãos, para impedi-la de ler. Segue-se uma luta entre os dois, pelos preciosos papéis, cada um puxando os mesmos pelas pontas, até que os rasgam, ambos ficando com metade nas mãos.

– Oh... – exclama Maria Claudia - Excelência! Peço a anulação deste processo, e seu imediato arquivamento! A promotoria acaba de negar e mesmo impedir à defesa o acesso às provas!

– A... Atchim ! – responde o juiz.

– Nada disso termina por aqui! – volta a gritar Vladimir Putin, indo para sua própria mesa – Eis algo mais! Eis algo que não poderá ser rebatido, que será a gota d´água neste julgamento, que porá fim a todas estas altercações! O réu é reincidente! Ele já foi acusado de roubo! Ele saqueou o Museu Hermitage, de São Petersburgo!

- Ohhhhhhhhh – junta-se a plateia em uníssono.

- E aqui está a prova, também colhida em posse do réu!

E Putin tira de outro bolso do paletó um ovo Fabergé, de um pouco mais de um palmo, que mantém nas mãos, enquanto Maria Claudia se aproxima dele, mortificada por mais esta prova. Os czares e czarinas retratados no ovo-joia, Putin virando o ovo para que ela visse todos os retratos.

– Excelência, há mais algo que a promotoria quer pedir... – diz Putin, enquanto Maria Claudia vê no meio dos retratos dos czares... o retrato de Ivan... e depois... o dela mesma!

– Prendam esta mulher! Ela é cúmplice do acusado! – grita Putin, jogando o ovo sobre a mesa, e atirando-se sobre Maria Claudia, as duas mãos em torno de seu pescoço, os dedos apertando forte, para sufocá-la, sacudindo-a. E de repente, já não era mais Putin, mas Ivan, tentando estrangulá-la com uma das gravatas italianas do promotor.

Maria Claudia acorda assustada, amedrontada, a manta toda puxada, pesando em cima do pescoço, um terror surreal demorando a passar. Jogando a manta e o lençol para longe do corpo, respirando fundo, por vários minutos fica deitada, os olhos arregalados no escuro, lutando contra a sensação que se tem, assim que se acorda de um pesadelo, de que tudo aquilo poderia, em algum outro mundo, em alguma outra dimensão, ter realmente acontecido. Tateia e pega o copo d'água, na cabeceira, bebendo-o todo de uma vez, caindo de volta na cama, só voltando a dormir por alguns minutos antes que o rádio-relógio a acordasse.

Embora consciente do *nonsense* do pesadelo, Maria Claudia passa a manhã toda influenciada pelo peso negativo que este lhe deixara. A sensação da gravata estrangulando-a era tão real que ela a toda hora punha a mão no pescoço. Continuava vendo diante dos olhos a cara de Ivan apertando o laço. Via-lhe os cabelos desgrenhados, o olhar transfigurado, a vontade de matar. E assim todas as más impressões e suspeitas que ela nutria por ele, que haviam arrefecido ao longo do dia anterior, voltaram a se fortalecer. Sabia que estava apenas sob o impacto de um sonho ruim, mas não conseguia evitar tomar decisões baseadas nessa experiência irreal. Afinal, ele não lhe explicara direito coisa nenhuma, nem sobre a arma, nem sobre seu trabalho em São Paulo, nem sobre seu português muito bom. Bandido, proscrito, assassino, que aprendeu português num bordel em Moscou! E ela o havia levado para dentro de casa, para a casa da irmã! Aquele seu jeito simpático era certamente só uma simulação: ela se deixou enganar enquanto passeavam pela cidade, mas não adiantara para que ela formasse um juízo definitivo. Este veio através do pesadelo. Decidiu que não tomaria mais conhecimento do russo, daria as coordenadas para que ele fosse à Polícia Federal no dia marcado, e indicaria um amigo criminalista, caso ele viesse a precisar de um. Depois que ele lhe pagasse os honorários pelo serviço na alfândega, é claro. Nem precisaria vê-lo outra vez, bastaria lhe passar o número de sua conta, ele faria o depósito, ela lhe daria as informações que ele precisasse por *e-mail*, e ponto final. Ela poderia dormir bem outra vez sem medo de encontrar-se nos sonhos com Putin, Ivan, e gravatas italianas.

A resolução tomada às dez para o meio-dia foi suficiente para que Maria Claudia já entrasse no carro com outro astral, leve e de bom humor, nem se importando com o trânsito entupido no caminho entre o centro velho da cidade e a Avenida Paulista. Pensava, animada, na conversa com Paulo Roberto, que lhe telefonara de manhã para confirmar a *happy hour* com os amigos da Faculdade, no dia seguinte. E assim, alegre, ouvindo a rádio Nova Brasil FM, ela abre o celular que havia dado um toque indicando entrada de um torpedo.

"Bom dia, doutora!"

Era do Ivan.

"Boa tarde, já, né!" ela escreve e envia, surpresa com o próprio sorriso, ao parar num sinal vermelho. *"Meio dia no meu relógio"*

"Onde você está?"

"No Brasil! E o senhor?" ela responde, bem humorada, parada no congestionamento.

"Em São Paulo! Tá no escritório?"

Maria Claudia demora para responder, Ivan envia outra mensagem.

"Não vai responder, é?"

"Tou no trânsito, tou dirigindo"

Passam uns segundos, toca o telefone dela. Chamada de voz.

"Oi, Ivan!"

"Pode falar?"

"Posso; se passar um guarda eu jogo o telefone no banco do meu lado, tá?"

A multa por ser pego falando no celular ao dirigir é de R$ 85,00, mais ou menos US$ 34,00. E quatro pontos são marcados na lista de pontuação para que a carteira de motorista seja suspensa, quando se atinge os vinte. São quatro tipos de multa: a multa gravíssima vale sete pontos; a grave, cinco; a média, quatro, e a leve, três.

"Dormiu bem?" pergunta Ivan.

"Não muito! Tive um pesadelo horroroso!"

"Sonhou comigo?"

"Como você sabe?" ela ri, o pesadelo de repente se tornando apenas um sonho até muito engraçado "Sonhei que o Presidente Putin tentava me matar!"

Ivan dá risada.

"E onde entro eu, no sonho?"

"Você também tentou me estrangular, com a gravata do Putin! Foi horrível! Acordei apavorada!"

Ivan ri mais.

"Nem eu nem ele nunca *fazi... fari... fazemos* isso, Maria Claudia! Pode esquecer esse sonho! Você vai almoçar?"

"Tou indo pro escritório, nem sei o que é que me espera, por lá. E você?"

"Eu queria, mas não posso, estou na porta do lugar onde eu tenho uma reunião agora..."

"...Que você não vai me dizer o que é, certo?"

"Você é muito inteligente!"

"Tá cheio de guarda, aqui, Ivan, tenho que desligar!"

"Certo."

Maria Claudia fecha o celular, tendo caído por terra todas as suas resoluções tomadas antes de receber o primeiro torpedo de Ivan. O russo, por sua vez, teria conversado um pouco mais. Desligando o telefone e aproximando-se dos homens com quem ia entrar em reunião, um pouco desatento à conversa entre eles, Ivan pensa na noite anterior, quando terminaram de tomar o café na Kopenhagen, Maria Claudia bocejando com cara de criança, e ele então lhe aconselhara ir para casa, dormir, que o dia tinha sido cansativo.

– Eu vou levar você – ela dissera.

Mas ele insistiu para que ela voltasse dali para casa, pois estavam a apenas alguns quarteirões, ele pegaria um táxi para o hotel. Ela quis teimar, entre bocejos, e ele não deixou, despedindo-se dela, lamentando, no entanto, que ao se dizerem boa noite, ela novamente naquele dia não lhe dera um beijo no rosto, como o fazem tanto brasileiros como russos, quando se encontram e se despedem. Tinha-a visto beijar no rosto a irmã, o cunhado, Paulo Roberto, e até um outro policial na alfândega que ela certamente havia acabado de conhecer. Por que nele, não?

O devaneio sobre o beijo não recebido perdeu-se no ar quando Ivan voltou para junto do grupo, que já entrava e ia tomando seus lugares na sala de reunião, em cuja longa mesa já estavam colocados blocos de papéis, canetas e copos d´água. Ao lado, uma tela para projeção de imagens, o computador, a mesa de telefones. Na parede, um enorme mapa do Brasil e ao lado deste, outro, igualmente grande, da cidade de São Paulo, com grandes alfinetes de cabeças coloridas marcando pontos estratégicos. Noutra parede, um quadro branco. Embora mais ouvisse que falasse, Ivan era um dos principais elementos naquela reunião, senão o seu cérebro. Sua postura e aparência austeras intimidavam quase todos os presentes. Quando franzia o cenho daquela forma, seus olhos se fechavam um pouco, e seu olhar perscrutador denunciava pensamentos, análises e conclusões de uma sagacidade da qual os demais não eram capazes sequer de se aproximar. Com os dois vincos entre as sobrancelhas, o semblante fechado, a boca formando uma dura linha reta, os cabelos muito claros assepticamente cortados e penteados, o paletó escuro impecável, o incólume colarinho branco com uma gravata elegante e sóbria, todas as informações que ele ouvia iam sendo instantaneamente cruzadas com as que ele já trazia na cabeça. Segurando o queixo com a mão, o rosto um pouco abaixado, o dedo indicador cobrindo ligeiramente os lábios, parecia prestes a lançar, com a voz autoritária, uma pergunta muito difícil, ou uma ameaça, ou uma condenação. Em pé ao lado do quadro branco, um homem com uma caneta na mão falava e dava coordenadas, ouvindo as sugestões e informações dos outros, dirigindo-se a todos, mas com especial atenção para Ivan, cujos breves apartes eram os mais importantes. Papéis passavam de mãos em mãos. Nomes eram falados, escritos no quadro branco, anotados por todos. Endereços eram passados. Datas. Nomes de outros aeroportos do Brasil. Levantando-se e se aproximando do mapa de São Paulo, Ivan coloca o dedo em um ponto marcado.

– Aqui é... – ele quer saber.

– O Parque São Jorge. E aqui, o Pacaembu. Nós estamos, agora, aqui. O hotel que nós te dissemos, aqui. Aqui, o estádio do Morumbi.

– Aqui, a saída para o interior?

– Uma das saídas. Esta outra é a estrada que liga São Paulo a Campinas e, portanto, ao aeroporto de Viracopos.

– E para o Rio de Janeiro...?

– Aqui... Ou aqui, pela Rio-Santos.

O encontro não prosseguia propriamente tenso, mas todos os presentes tinham um ar bastante compenetrado. Contribuía para o clima misterioso o fato de a reunião estar sendo realizada numa sala não muito apropriada, um tanto escura, num canto afastado, onde outras pessoas naquele prédio não tinham acesso. Tudo isso era proposital. O grupo não queria a presença nem o conhecimento de mais ninguém. Só uma ou outra pessoa, fora as que ali estavam, sabia do que se passava ali dentro. Tirando os óculos escuros para pingar o colírio, Ivan deixa os demais para ir a outro compromisso. Cheio de dados novos e informações sobre as quais raciocinar, ponderar, refletir, e em função das quais dar ordens e tomar decisões, entra num carro dirigido por um motorista e é levado a outro canto da cidade. Estava um pouco mais satisfeito. Aproximava-se de seu objetivo.

Maria Claudia tinha chegado ao escritório curiosamente alegre e bem disposta, num astral muito diferente daquele em que acordara, assombrada pelo pesadelo, e até conversou sobre Paris com as poucas pessoas que ali estavam, pois era hora do almoço. Inteirou-se sobre as fofocas dos colegas de trabalho e mais ainda, sobre as últimas notícias do país naquela semana que estivera fora...

Sacudido por escândalos de corrupção e compra de votos de parlamentares da oposição, o governo brasileiro era a atração principal nos noticiários. Nem as novelas do começo da noite, nem o Big Brother, *reality show* na Rede Globo, nem as fofocas dos jogadores de futebol ou das celebridades do dia conseguiam prender a atenção do público de forma tão intensa – e vergonhosa. Com as Comissões Parlamentares de Inquérito investigando diuturnamente cada pormenor dos acontecimentos, os depoimentos sendo televisionados quase que vinte e quatro horas por dia ao vivo, a população brasileira vivia ora pasma com os fatos, ora às gargalhadas com os mesmos, pois os detalhes mais pareciam os de um folhetim bem humorado, de uma grande comédia, de um verdadeiro e triste pastelão, onde os políticos, seus assessores e correligionários abonados se prestavam a cenas tragicômicas onde até a apreensão de um parlamentar no aeroporto de São Paulo, carregando dólares ilegais na cueca, era trazido a público para o achincalho nacional: a Polícia Federal suspeitara daquele homem um tanto volumoso "nas partes", e acabou descobrindo o dinheiro ali. E a cada dia apareciam novas notícias do pagamento corrupto de somas vultosas cuja quantidade de dígitos deixava incrédula a própria Polícia Federal. Tudo começara no primeiro semestre do ano, em junho, quando estourou o escândalo de corrupção nos Correios. E então, acuado pelos fatos provados, o acusado, Deputado Roberto Jefferson, do PTB – Partido Trabalhista Brasileiro, partido até ali aliado do governo e do Presidente Lula – resolveu botar a boca no trombone, e agendou seu depoimento na Câmara dos Deputados, em Brasília. O país parou para ouvi-lo contar as verdades dos bastidores da Câmara e do topo dos dirigentes nacionais. Com papéis e mais papéis corroborando aquilo que dizia, Roberto Jefferson acusou toda a cúpula do governo Lula de compra de apoio de deputados de partidos de oposição – episódio que ficou conhecido como Mensalão – para obter a aprovação de suas leis e propostas na Câmara dos Deputados. O principal acusado era o Chefe da Casa Civil, o braço direito do Presidente Lula, Ministro José Dirceu, acusado de ser o grande mentor de todo o esquema. Daí, então, foi o efeito cascata. Um após outro, os grandes nomes do Partido dos Trabalhadores foram caindo. Foi instaurada a CPI do Mensalão. Já estava em andamento a CPI dos Correios. Uma Comissão de Ética analisava a postura de todo mundo. Mas o que mais aviltava a população brasileira não eram nem a cara de pau, nem a falta de ética, nem as somas pagas (e não devolvidas) pelos corruptos. O que chocava o povo pelas ruas era a frase do Presidente da República dizendo que ele "não sabia de nada, não tinha ouvido falar de nada", dessa forma isentando-se de qualquer culpa. Os acusados de corrupção passiva pediram exoneração de seus mandatos em tempo, para poderem ainda se recandidatarem em futuras eleições. Membros do próprio PT, indignados, abandonaram o partido. A população aguardava uma ação por parte dos oposicionistas. Ouvia-se a palavra "impeachment" pelas ruas. A vergonha tomava conta de todos. E as CPIs pareciam não ter mais fim. Uma semana depois de Paris, tudo estava como Maria Claudia havia deixado.

Descendo de elevador após algumas horas de trabalho, a pasta recheada de papéis, concentrada nesses documentos que acabara de ler e na conversa que tivera com o diretor da empresa cliente, a advogada nem percebe seu estômago vazio pedindo algo além das muitas xícaras de café que ela havia tomado. Saindo no térreo e indo para a rua, toma a calçada em direção à Rua Augusta, levantando a cabeça para respirar e ver o céu acima dos prédios. Era uma caminhada de três ou quatro quarteirões à qual ela estava habituada, pois não haveria de pegar o carro para ir logo ali na própria Avenida Paulista. Poderia pegar o metrô e descer na estação seguinte, Trianon-Masp, mas preferia ir à pé naquele trajeto que fazia com frequência, pois vários de seus assuntos do escritório e particulares ela resolvia pelas redondezas. Nesta tarde ensolarada, contente por não estar sentada no carro enfrentando o trânsito parado, mistura-se aos outros pedestres, passo rápido igual ao deles. Executivos em seus ternos escuros; executivas como ela de terninhos, *tailleurs*, vestidos elegantes, saltos altos. Estudantes com roupas espalhafatosas. Turistas de pernas de fora, homens e mulheres, olhando para todos os lados e tirando fotos. Office--boys levando e trazendo documentos. Populares trabalhando, passeando ou fazendo compras. Camelôs de ocasião vendendo bijuterias, bichos de pelúcia, guarda-chuvas em dias cinzentos, garrafas d'água nos de calor, cachecóis e luvas no inverno rigoroso, camisetas verde e amarelo em Copas do Mundo.

Maria Claudia não tinha andado um quarteirão quando toca seu celular.

– Alô...

– Onde você está? – pergunta Ivan.

– Na Paulista.

– Eu também! Em *o que* farol você está?

– Eu tou a pé! Tou ainda bem perto do escritório, e você?

– Estou... não sei... Não muito perto do hotel. Onde você *vai ir*?

– À Justiça Federal. Em que calçada você está? Na do hotel, ou na da frente?

– Na da frente. Vou indo *no* direção de seu escritório.

– Já passou o MASP?

– O que é isso?

– Aquele prédio com as quatro colunas vermelhas, grandonas.

– Hahaha! *Grandonas*! ... Eu vi! Ali na frente.

– Continua andando!

– Humm...

As calçadas, como sempre, cheias de gente. Os afobados ultrapassando a passo firme e enérgico os menos apressados. Os que já tinham resolvido algum problema, vindo lentamente, arrastando os pés, leves e desestressados. Alguns, perdidos, olhando para todos os lados, até finalmente pararem alguém para pedir informações. Outros, em grupos. Casais de mãos dadas. Adolescentes abraçadas. Ao lado de Maria Claudia, aguardando numa esquina o sinal verde para os pedestres, um executivo todo elegante e de bom humor conversa com o camelô ali instalado:

– E aí, amanhã vai ter camiseta do Corinthians ou do Santos pra vender, nessa barraca?

– Epa! Do Corinthians, é claro! Só vai dar Coringão, hoje! – responde o rapaz da barraca, dando risada, e todos os pedestres em volta sorriem, alguns entrando no papo também.

– Que nada! A fábrica de camisetas do Corinthians vai é falir! – emenda um santista.

Maria Claudia se lembra do irmão ter dito, no café da manhã, que aquela noite teria um jogo do Corinthians, para o qual a turma iria se reunir, como de costume, na casa deles. Otávio era corintiano fanático. Não perdia nenhum jogo. Tinha TV por assinatura e *pay per view*, e assim assistia a todos os jogos, para os quais convidava os amigos, corintianos ou não. Juntavam-se no apartamento deles, o qual já era estrategicamente localizado bem em cima do estádio do Pacaembu, a "casa" do Corinthians. O jogo dessa noite, porém, ia ser na Vila Belmiro, contra o Santos. Dependendo do resultado, os camelôs no dia seguinte teriam uma mercadoria ou outra para vender.

Atravessando a rua e seguindo na calçada, olhando as pessoas amontoadas à sua frente, Maria Claudia vê destacar-se um pouco uma cabeça meio loira, meio careca, o andar menos rápido que os demais. Ivan. Vinha em passo sossegado, mão esquerda no bolso da calça, mão direita segurando um sorvete de casquinha, que ele vinha lambendo.

– Boa tarde, né! – ela diz, rindo, quando topam de frente.

– Boa tarde... ! – ele sorri, atrapalhado com o sorvete, admirando, desde que a tinha visto à distância, o andar elegante no salto alto, o vestido azul-marinho em tecido mole, meio colado no corpo mas não muito apertado, mostrando as curvas, os cabelos soltos voando com o vento, os brincos de prata e brilhos, o batom cereja. O sorriso de Maria Claudia abria o apetite de Ivan e deixava-o ansiando por mais, pois nos olhos dela ele via apenas reticências e dúvida. O que faltava para que aquele olhar oblíquo e sorridente fosse direto, franco e iluminado sobre ele, como era o dele para ela?

– Vamos indo, tou com pressa! – ela diz, ainda sorrindo, fazendo com que ele dê meia-volta e retome o caminho por onde viera.

Ivan maldiz o sorvete com o qual ele se lambuzava todo, pois sem ele talvez Maria Claudia lhe tivesse dado um beijo no rosto. Olhando-a de perfil caminhando ao seu lado, ele nota que ela não está mais sorridente.

– O que você vai fazer... nesse lugar?

– Tenho que levar uma petição e falar com o juiz – ela responde, pegando da bolsa um pacotinho de onde tira um lenço de papel umedecido que passa para ele.

– *Spassíba* – ele limpa as mãos e os lábios.

– De nada.

Ela volta a se concentrar no assunto da Justiça Federal.

– E eu posso ir junto? – ele pergunta – Vai demorar?

– Pode. Não sei se demora, depende do que acontecer lá.

Ivan percebe um certo ar tenso pairando sobre o rosto da brasileira.

– Você está preocupada... Aconteceu alguma coisa? Tem algum problema?

Maria Claudia volta a sorrir.

– Mais ou menos. O juiz pediu para que nós juntássemos uma montanha de documentos ao processo, umas notas fiscais, que primeiro de tudo são desnecessárias pra análise desse caso, dá pra discutir, mas vá lá. Só que ele deu um prazo totalmente inviável pra essa juntada, é uma quantidade imensa de cópias que eu teria que pedir ao cliente, nunca que iriam ficar prontas em tempo. Eu tou pedindo pra ele reconsiderar tanto o prazo que ele deu quanto o próprio pedido dos documentos. A ordem do juiz é abusiva, não dá pra cumprir, e o cliente vai ficar em desvantagem, vai ter os direitos dele perdidos por causa dessa ordem que não tem nada a ver – e ela para a explicação, vendo que se alongara demais nos entediantes pormenores jurídicos.

– Você teria que *pedir* um Mandado de Se... – ele não lembra a palavra.

Maria Claudia vira para ele os olhos arregalados de surpresa, diante do conhecimento dele da lei processual brasileira.

– O... pedido de Mandado de Segurança já está pronto aqui comigo, também... Caso o juiz não afine... Como é que você sabe *isso*?...

Ivan continua olhando para a frente em silêncio, um meio sorriso pintando-lhe rosto.

Mas Maria Claudia não tem tempo para elucubrações em cima dos mistérios russos. Precisa se concentrar no assunto daquele momento. Tinha que se lembrar de todos os detalhes e argumentos, precisava se preparar para uma conversa difícil com o juiz, que ela nem sabia se estaria lá, se poderia atendê-la, se estaria de bom humor. E tinha que se preparar para o caso até de ter que ir com seu *pendrive* até a Sala dos Advogados, lá mesmo na Justiça Federal, redigir e imprimir uma outra petição, se a situação tomasse um rumo inesperado.

A entrada no simpático prédio branquinho com janelas quadradas, como um pombal, daquele órgão da Justiça não apresentou nenhum problema. Absorta que estava, Maria Claudia mal percebeu como os guardas foram surpreendentemente simpáticos e gentis com o russo ao passarem pelo detector de metais. Uma expressão totalmente diferente tomava conta do rosto da brasileira. Ivan percebeu que era bom não tentar puxar conversa. Ela parecia não enxergar mais nada em torno de si, nem se dar conta de qualquer outra coisa no mundo que não aquele assunto, aquele cliente, aquela ação, aquele percalço, e as saídas, soluções e estratégias a seguir, o vocabulário a empregar, as palavras a evitar. Parecia uma bateria ligada, carregando, juntando as energias intelectuais para serem liberadas no momento exato. Mal se dava conta de Ivan ao seu lado. Não viu quando ele cumprimentou de longe uma pessoa, pois nesse instante já ia em direção à sala do juiz, que estava lá, e não estava em audiência. À porta da sala do magistrado, com a petição na mão, ela arma o rosto de um sorriso seguro, a voz firme e confiante, já tomada pela força e certeza daquilo que fazia:

– Com licença? Excelência..?

– Por favor! – diz o juiz, levantando a cabeça de sobre o papel que estava lendo.

Ivan ficou à espera, no corredor, olhando pela grande janela de vidro grosso a cidade lá embaixo. A avenida, o Parque Trianon, os prédios em diferentes estilos, as pessoas pequenininhas para lá e para cá. Na rua, o trânsito, o barulho, a insegurança, o tumulto de gente e de vida. Ali onde ele estava, um clima de silêncio e respeito, lei e ordem, autoridade e poder, probidade e ética, procedência e improcedência. Na sala do juiz, uma Maria Claudia profissional da qual ele tivera apenas uma ideia, na véspera. Não era fácil, aquela profissão. Nem tudo dependia dos advogados. Por mais preparados e conhecedores do assunto que fossem, lidavam com os direitos, os fatos, as vontades e desmandos de uns, e a livre convicção e decisão de outros. De um lado o cliente; de outro, a parte contrária, e por fim o magistrado. A partir de um determinado ponto desse cruzeiro, o leme ficava totalmente fora do alcance do advogado. Ivan torcia para que as coisas fossem bem para Maria Claudia. E a vê sair, enfim, no rosto uma expressão indecifrável, na mão um papel que ela leva para a sala ao lado. Ao sair dessa sala, ela acena para ele, sem falar nada, e retomam o elevador para descer, sempre em silêncio. Outras pessoas descem junto com eles. Ivan quer olhar o rosto da brasileira, mas não consegue pegar nem um pedaço de seus olhos, ela mantém a face fora do alcance de qualquer olhar. Finalmente saindo do prédio, quando colocam os pés no último degrau, para a calçada, o russo não aguenta e esboça perguntar como tinha ido a coisa, mas ela já se vira para ele, um sorriso triunfante nos lábios, apertando os olhos de alegria:

– Yes! Yes, yes, yes! – ela diz, rindo, abrindo os olhos para ele, o semblante desanuviado, o largo sorriso estampando o rosto.

– Conseguiu? – Ivan pergunta, alegre também.

– Ahhh, consegui!!! Como eu tava nervosa, Ivan Ivánovitch!!! – ela segue em frente, o andar leve.

– Eu sabia, eu sabia!

– Se eu tivesse que entrar com o Mandado de Segurança, ia ser um corre-corre danado!

– Eu sabia! – ele repete.

– Putz, me deu uma baita fome, agora! – até a voz de Maria Claudia soa diferente, mais leve – Já sei! Vamos tomar um suco de frutas?

– Vamos!

Maria Claudia vai andando como uma criança pela calçada, tudo é novidade, todas as pessoas são legais, o dia está ensolarado e lindo, a vida é emocionante, o futuro é um horizonte azul. Ela resolve entrar numa farmácia:

– Quero ver se foi muito grande o desastre, em Paris! – ela diz, de bom humor, subindo na balança.

Ivan dá risada ao lado dela, vendo-a de queixo caído, os olhos incrédulos, conforme os números na balança digital rolam depressa até parar num peso que a deixam horrorizada. Maria Claudia olha para o chão.

– Tira o pé da balança, Ivan! – ela ri, empurrando-o um pouco, vendo o peso diminuir até parar – Ah, bom! Menos mal...

Os crèpes de Paris não tinham sido tão maléficos assim.

O pequeno e apertado Banana Split, bar de esquina ao lado do Conjunto Nacional, constituído apenas de um espaço estreito com um balcão, sem nem mesmo bancos, é especialista em sucos e vitaminas naturais. Com as frutas tropicais penduradas por todos os lados, é um *point* conhecido de todo mundo que trabalha por ali. Office-boys, executivos, estudantes, turistas, homens, mulheres, crianças, todo mundo adora um suco de fruta natural, batido na hora, puro e com gelo, na composição que se quiser. O freguês escolhe as frutas que quer misturar, ou ainda com iogurte, ou leite, ou leite condensado.

Uma das melhores pedidas para os famintos e apressados, como Maria Claudia, ou os simplesmente gulosos, como Ivan, que tinha almoçado, tomado sorvete, e ainda estava cogitando um pão de queijo. Ela pede um suco de laranja com mamão e banana. E Ivan pede uma vitamina enorme, de abacate, abacaxi, laranja, açaí e aveia.

– Você acabou não almoçando? – pergunta Maria Claudia, quando o rapaz termina de bater no liquidificador as frutas de Ivan.

– Almocei sim, por quê? – diz ele, não vendo razão para a surpresa, tomando de canudinho a super-vitamina de maratonista.

A um canto do bar, na parede, em cima, uma televisão mostrava notícias da corrupção no Planalto. Indignados, os fregueses do bar se dividiam quanto à atenção: uns olhavam a tela meio que com medo de mais uma surpresa que poderiam ver ali, outros olhavam atentos também, mas prontos para fazer alguma piada, outros ainda se recusavam a tomar conhecimento, fingindo que nada estavam ouvindo, talvez envergonhados dos representantes, talvez cansados e doídos daquela surra moral escancarada diariamente na televisão. Ao fim da notícia, unidos pelo infortúnio político, todos no bar pareciam se conhecer, como se estivessem numa festa particular, trocando opiniões sobre o que acabavam de ouvir. A renúncia do Ministro da Casa Civil, José Dirceu, mentor do PT, era iminente. Outros cabeças do partido já haviam caído. Pilhas gigantes de dinheiro eram apreendidas pela Polícia Federal e mostradas ao público. Lula continuava não sabendo de nada. No entanto, como tanto sofrimento era injusto com a população, as sinistras notícias de Brasília cederam lugar a outra mais leve, mais agradável, mais empolgante, alegrando os bebedores de suco, mudando o rumo da conversa para um papo mais informal e muito mais interessante: naquela noite haveria um importante jogo de futebol na telinha, um clássico.

– Você vai pra Santos pro jogo, hoje à noite? – pergunta Maria Claudia distraidamente, olhando para o fundo do copo, terminando seu suco de frutas.

– Não, hoje não vou ao estádio – responde de pronto Ivan, em cuja cabeça o assunto do jogo daquela noite, mencionado em sua reunião da manhã, era ainda recente.

– Vai ver na TV?

– ...Vou...

– Vai ter um pessoal lá em casa, pra ver o jogo com o meu irmão... – ela não sabe por que diz isso, esse prenúncio de convite.

– Você vai ver?

– Talvez... – seus olhos readquirem as reticências e a dúvida que Ivan sempre vê neles.

E ela se ouve dizendo, sem controle sobre a própria língua:

– Você não quer ir lá em casa, também, para assistir com a gente?

– Quero! Que hora? – ele aceita rapidamente.

"Lá vou eu outra vez", pensa Maria Claudia. "Levar um bandido suspeito pra dentro de casa. Espero não ter pesadelo, depois. Como sou bocuda!".

Maria Claudia tinha que voltar ao escritório e acaba levando Ivan junto. Na verdade, ele se convidara para acompanhá-la, e ela não impusera nenhum obstáculo. Sentou-se à frente dela, quando ela se pôs à mesa para mandar alguns *e-mails*, anotar alguns dados no computador, telefonar para algumas pessoas, e falar com seu chefe no interfone.

– Com licença – diz um rapaz, batendo e entrando na sala dela.

– Entra, Júlio. – diz Maria Claudia.

– Oi, como vai? – diz o rapaz para Ivan.

– Ivan Ivánovitch, esse é o Júlio, o estagiário que trabalha comigo, meus braços direito e esquerdo! Júlio, o Ivan, um amigo.

– Como vai? – diz Ivan, repetindo as palavras e a entonação do rapaz, habituando-se a reproduzir o português que ouvia, como ouvia.

– Então, Júlio, eles ainda não mandaram o borderô?

– Não; eu mandei *e-mail* todos os dias que você ficou fora.

– Eles respondiam? Que desculpa que eles davam?

– Era sempre a secretária que respondia os *e-mails*. Dizia que eles estavam providenciando.

– "Providenciando"! Faz um mês que a gente tá pedindo isso! Eu telefonei pra eles de Paris, meio que pra fazer de conta que era só telefonema social, mas eu cobrei os documentos, eu falei com o próprio M. Arnaud, falei direto com ele, que nós só estávamos esperando esse borderô, expliquei tudo do processo pra ele, a urgência, que era imprescindível, ele disse que já sabia e que ia mandar. E até agora, nada!

– Nada!

– Que brincadeira! Nem parece que é dinheiro deles que tá em jogo! Bom, na semana que vem tem que chegar isso, porque o prazo é quinta-feira! Ainda que venha só por *e-mail*, mesmo! Não adianta telefonar agora, já são que horas, lá? Amanhã eu ligo de casa, bem cedo, pego eles no escritório pela manhã, e falo com alguém.

– Eu acho que eles perderam esses documentos – diz Júlio.

– Deus me livre, Júlio! Bom, também, não vai ser por falta de a gente ficar em cima. Eu falei desde o começo, antes de a gente entrar com a ação, naquela primeira reunião quando eles vieram pro Brasil, quando a gente estava no outro prédio, ainda não tínhamos mudado pra cá, que esses documentos eram fundamentais, que ainda que não fizessem parte da instrução da ação, qualquer juiz que pegasse o caso iria acabar pedindo por eles. Faz quanto tempo, isso? Mais de um ano. E bingo! O juiz pediu o bendito borderô. Parece que eu não falo de outra coisa!

Toca o telefone, chamada interna. Era a secretária dela.

– Dra. Maria Claudia? O Dr. Rubens vai falar.

– Pode passar.

– Maria Claudia, dá um pulo aqui na minha sala!

O chefe gostava de falar com Maria Claudia ao vivo, mas sempre interfonava antes para saber se ela tinha tempo. Às vezes vinha à sala dela, outras vezes a chamava à sua, como agora, pois sabia que ela estava com o estagiário e um amigo na sala. Era um dos sócios do escritório, comandava todos os departamentos, e queria que Maria Claudia passasse de associada para sócia efetiva, com participação maior. Talvez houvesse alguma intenção pouco profissional por trás desse empenho do sócio poderoso, e talvez não: talvez ele apenas visse Maria Claudia como um bem de capital, um *plus* para o escritório, uma vez que ela havia se especializado em Direito Ambiental, e esse assunto tão na moda serviria como propaganda, como *status* para um escritório de advocacia politicamente correto, envolvido com as causas do meio ambiente. Pegava bem. Chamava a atenção da mídia. Atraía empresas interessadas em passar para o mercado a mesma imagem de probidade ecológica. Para Maria Claudia, pioneira na questão da proteção do meio ambiente, tendo sido atraída pelo tema ainda estudante, quando os legisladores iniciavam a luta por inserir leis adequadas, pouco importava que empresas e até seus chefes se interessassem em respeitar o meio ambiente apenas por razões estratégicas, considerando o assunto mera "perfumaria": o importante era que respeitassem. Já era um começo. A consciência, essa viria com o tempo.

Mas o Dr. Rubens não conseguia esconder que além da conversa e da inteligência de Maria Claudia, ele gostava também de suas pernas. Era uma sedução que ele jogava de leve, nunca muito enfático, jamais perdendo a classe. Se ela desse um passo, aí sim, ele se adiantaria mais. Ivan teve que esperar um pouco enquanto ela jogava conversa fora com o patrão, depois de tê-lo inteirado do episódio na Justiça Federal, do cliente suíço que não mandava o borderô, de outros casos do escritório, e de Paris. Demoraram-se, falando de Paris. Dr. Rubens deixou escapar que ele tinha planejado ir para a capital francesa na mesma semana que ela, mas que uma urgência do filho mais velho – que havia se envolvido em um acidente de carro, onde uma pessoa havia se ferido gravemente – o havia impedido de sair do país. "Meu Deus, do que eu escapei!", pensa Maria Claudia. A esposa do Dr. Rubens aparecia de vez em quando no escritório, *en passant*, e todos sabiam que ela desconfiava de todas as mulheres lá dentro. Dr. Rubens era ou inocente, ou muito discreto, pois Maria Claudia não conhecia nenhuma estória a respeito de seu chefe. E não seria ela a ter um caso com um homem casado, muito menos aquele. Talvez uma moça mais ambiciosa e menos honesta desse a essa ideia alguma chance, sobretudo nas atuais circunstâncias, pois acabava de voltar ao escritório, recém-formado e recém-chegado de uma especialização de alguns meses nos Estados Unidos, Narciso Botelho de Almeida Neto, filho de um outro sócio, cujo avô homônimo era um dois mais renomados juristas no Brasil, na área de Direito Comercial. Narcisinho, como todos o conheciam, ou "Narcissus", como ele preferia ser chamado, pois assim diziam seu nome os colegas americanos, nos poucos meses que lá passou, já estava de olho na próxima vaga para ser rapidamente elevado a sócio ele também, o que só acontecia dentro dos limites estipulados nas regras internas daquela associação de advogados. E Maria Claudia já havia sentido um olhar mais cortante vindo daquele rapaz sobre ela, um sorriso um pouco gelado, uma ou outra frase com um quê de malícia, ou raiva, ou temor. Narcisinho não precisava se preocupar: como filho de um dos sócios majoritários, e com aquele nome, é claro que não tardaria o dia em que ele se tornaria sócio, era o caminho natural. Mas sua ambição tinha pressa e ele estava cheio de ideias, não queria esperar nem um minuto para alcançar aquele *status*. Seu pai, Adalberto Botelho de Almeida, o mais sério entre todos naquele escritório, já havia alertado o filho visionário que ele deveria esperar a ocasião, que viria após alguns anos, ou quando uma circunstância excepcional aparecesse. Num escritório de advocacia como aquele, um advogado contratado era convidado a se tornar sócio normalmente quando trazia um ou mais clientes grandes, de peso, fosse no nome, fosse nos honorários. Maria Claudia sabia que os poucos clientes que tinha por fora, por conta própria, eram pequenos demais, e nunca chegariam a seduzir seus chefes. Dr. Rubens era subliminarmente pró Maria Claudia para a vaga de próximo sócio, mas isso era deixado apenas nas entrelinhas. Aparentemente o chefe a sondava, especulava suas chances com ela, deixando para dar seu voto aberto com 'a coisa garantida", com "a faca e o queijo na mão". Maria Claudia resolve que era melhor abreviar o bate-papo, antes que a conversa sobre Paris criasse uma cumplicidade entre os dois da qual ela não conseguiria mais se safar, nem muito menos se explicar. Usando a deixa de um assunto urgente do qual tem que tratar, ela se despede e volta para sua sala, onde encontra Ivan de pé à janela, de costas para a porta, terminando uma conversa no celular.

– Fala com eles, então.... Não... Por *e-mail*. ... Isso. ... Se precisar. ... Nesse telefone, é claro – ele desliga e volta a se aproximar da mesa dela.

– Você bateu o telefone na minha cara, hoje cedo! – brinca Maria Claudia, depois de colocar uns papéis numa pasta, lembrando-se da conversa que tinham tido ao meio dia.

– O quê? Não entendi. Bati em você?? Na sua cara???

– Desligou na minha cara! Quando a gente falou no telefone, você não se despediu, você não disse tchau.

– Não estou entendendo nada!

– Ivan, aqui no Brasil, quando a gente fala no telefone, quando a conversa termina, a gente se despede! Mas você disse só "Certo" e bateu o telefone na minha cara!

– Ah...

– Tinha que ser tipo assim: "Certo, bom trabalho!" e eu diria: "Você também!", uma coisa assim. E não: "Certo" e *pum!* Telefone na cara!

– Eu ainda não sei todos os hábitos dos brasileiros...

Ela ri.

– Vamos? – ela diz, com o *mouse* desligando o computador, fechando a pasta com seus documentos, e pegando a bolsa.

Uma das regalias que Maria Claudia havia conseguido havia pouco tempo, no escritório, era ter uma vaga na garagem, como os sócios, não mais precisando deixar o carro num dos estacionamentos da avenida, que a faziam perder preciosos minutos andando do carro até o prédio e vice-versa. Embora gostasse de andar, tinha vezes que ficava muito difícil, principalmente quando estava de salto muito alto ou quando chovia. No subsolo, com o controle na chave Maria Claudia desliga o alarme do carro, que emite um sinal estridente, "bip bip", e Ivan localiza entre os outros automóveis o Ford Eco Sport, com o pneu estepe na porta de trás, do porta-malas, protegido por uma capa de borracha com o desenho de um macaquinho, e os dizeres "Preserve a Natureza". Dando carona para o russo, cujo hotel na Paulista ficava no caminho, o trânsito lento não abala o bom humor de Maria Claudia. Estavam ambos cansados, mas satisfeitos com os respectivos trabalhos. O dia não tinha sido tão tumultuado quanto a véspera, mas o suficiente para quererem muito chegar logo uma em casa, o outro no hotel, colocarem as pastas num canto, tirarem os sapatos, trocarem de roupa, e desligarem-se da labuta estressante. Parados em um farol, em silêncio, Maria Claudia começa a sonhar outra vez com aquele banho de imersão, imaginando quais sais e espumas usar, que roupa colocar, se lavaria ou não os cabelos, se faria uma hidratação, quando seus devaneios são destruídos pelo toque de seu celular.

– Alô!

– Maria Claudia?

Era *ele.*

– Marcelo...!

Ele era o campeão de telefonar de forma que as pessoas nunca vissem quem estava ligando. Quando o confidencial ficava manjado, usava celulares de amigos, ou os fixos de escritórios ou da casa de alguém, ou até mesmo telefones públicos, dando-se ao trabalho de comprar um cartão e achar um telefone numa calçada, num bar, numa repartição pública, só para que a pessoa para quem ligasse não tivesse acesso ao número dele, e também para que fosse pega de surpresa.

– *Como foi de viagem?* – ele pergunta, com sua voz galanteadora, como se não tivessem terminado e se separado da forma triste que tinha sido, pelo menos para ela.

Ela não lhe havia contado que iria viajar, já fazia algumas semanas que nem se falavam mais. Como ele sabia?

– Foi muito bom... – ela diz, abalada por ouvi-lo, não muito certa do que falar, andando com o carro por dois metros e parando outra vez no trânsito. Ivan ao seu lado, mudo e olhando pela janela do passageiro, tentava fingir que não estava prestando atenção.

– *Ah, mas você deve ter um monte de coisas pra contar... Por que a gente não sai hoje à noite, e você me fala como foi tudo?*

– Hoje eu não posso, Marcelo – ela diz, contente por já ter de fato um compromisso: o jogo do Corinthians na televisão, e esperando para ver se ele convidaria para o dia seguinte, ou para o sábado.

– *Ah... mas o que é que você vai fazer? Não pode desmarcar, para sair comigo?*

Ela sabia muito bem que ele não estava nem um pouco interessado em Paris. Sabia aonde ele queria que aquela saída terminasse. É claro que ele disfarçava dizendo que queria ir a um bar, ou a um restaurante. Mas era demais seguro de seu charme, sabendo que o *drink* terminava na cama, nenhuma mulher resistindo aos seus encantos, aos seus sorrisos, à sua fala sedutora cheia de frases de efeito, que ele repetia iguaizinhas para todas, sem nem mesmo mudar preposições ou adjetivos.

– Não vai dar, não... – ela diz, a voz firme, a alma dando voltas, ao mesmo tempo se dizendo que, afinal, não era isso mesmo que todos os homens queriam com as mulheres? Mas as coisas não eram assim tão simples.

– *E... que tal terça-feira que vem?*

Ele pulou o fim de semana.

– Eu tou com um monte de coisas pra fazer, coisas atrasadas do escritório, fica difícil durante a semana.

– *Ah, mas é tanta coisa assim? A gente sai logo depois do trabalho, pra não ficar muito tarde...*

– Você sabe que eu gosto de ir dormir cedo...

– *Não vale um sacrifício, pra sair comigo, uma vez?*

Maria Claudia se enche de forças, e repete:

– Durante a semana, não dá mesmo, Marcelo...

– E durante a tarde, você tem alguma tarde livre?

Maria Claudia sente o coração ficar gelado. Então, aí estava a coisa. Era isso. Não bastava terem terminado, ela ficando naquela tristeza, seus sonhos, todos, destruídos. Ele havia descido a tal ponto. Depois de terem namorado tantos meses, depois de terem vivido aquela paixão, depois de ela ter até tentado passar por cima dessa *peculiaridade* dele em não resistir a nenhuma outra mulher, aí vinha ele, se superando na canalhice. Queria transformá-la na transa de durante a semana, naquele tipo de mulher que só serve para ir para a cama quando ele não tem programa melhor, não servindo para estar na companhia dele, na cama ou não, no fim de semana, este reservado para uma mulher por quem ele tivesse mais interesse, afetivo ou oportunista. Que um tipo como o Marcinho tentasse isso, fazia-a rir. Mas o Marcelo, não. O Marcelo, doía. Maria Claudia tem vontade de simplesmente desligar o telefone ali. Mas resolve levar até o fim.

– Não, tenho muita coisa. Só fico livre mesmo no fim de semana.

Marcelo muda o tom, ficando duro e seco, engrossando a voz:

– O que é que há, Maria Claudia? O que é que você quer?

– Eu? Eu não quero nada, ué! O que é que *você* quer?

– Você acha que eu liguei pra você ficar me ensebando? Você acha que eu tou a fim de sair com você pra ficar ouvindo suas estorinhas de Paris?

– Foi você que disse que queria saber da viagem...

– Ah, tá, fica aí, então; tchau, Maria Claudia.

Maria Claudia desliga o celular, engata a primeira e sai, muda, os olhos fixos no carro da frente, a cabeça girando, um frio no estômago, uma sensação de que o chão novamente se abria debaixo de si, para engoli-la. Mudo também, Ivan tenta olhar para ela, mas o faz com muito cuidado, mal virando o rosto em sua direção, tendo percebido, pela metade de conversa que ouvira, que as coisas caíram pesadas nos ouvidos da brasileira. Ele percebe seus lábios tremerem um pouco, e no olhar fixo, uma umidade se formar, uma lágrima ficando pendurada nos cílios, querendo cair, o rádio tocando Bruno e Marrone, que cantavam, de Caetano Veloso, *Você não Me Ensinou a Te Esquecer.*

...E agora? Que faço eu da vida sem você? Você não me ensinou a te esquecer
Você só me ensinou a te querer, e te querendo vou tentando te encontrar...

O carro para outra vez e Maria Claudia abaixa a cabeça, engolindo em seco, a lágrima finalmente se despregando dos olhos, correndo pela face. Ivan não sabe o que falar, percebe a tristeza da brasileira, quer acabar com aquele choro, quer esticar a mão para secar aquela lágrima, mas não sabe se deve fazê-lo, e quando enfim esboça o gesto, ela mesma passa as costas da mão no rosto, outra vez engatando a primeira para sair, já se aproximando do ponto em que Ivan iria descer do carro, no quarteirão do hotel.

– Eu não vou mais bater o telefone na sua cara, Maria Claudia... – ele diz.

– ... O que...? – ela mal entende do que ele está falando.

– Me dá um tempo, eu vou aprender como são as coisas no Brasil, e não vou mais desligar o telefone na sua cara. Não precisa chorar!

Ela ri.

– Promete? Senão, eu choro, heim?

– Até mais tarde! – ele diz, soltando o cinto de segurança, de novo querendo o beijo no rosto, mas o sinal já ia abrir, ele tinha que descer logo.

– Até! – e ela segue, rindo, acenando para ele que, em pé na calçada, espera para atravessar a avenida.

– O que é que nós vamos pedir? – pergunta Tucci, amigo de Otávio.

Bernardo Tucci e Otávio tinham estudado juntos no colégio e depois no cursinho para o vestibular, e mesmo estudando em faculdades diferentes – Otávio, na FGV, estudando administração de empresas, e Bernardo na Politécnica da USP, estudando engenharia – tinham sempre mantido contato e continuavam amigos, frequentando-se assiduamente, sobretudo nos dias de jogo do Corinthians no meio da semana.

– Pizza? – sugere Otávio.

Toca a campainha, Otávio vai abrir.

– Fala, grande Marcos! – ele diz ao abrir a porta para mais um amigo, levantando a mão direita para o japonês, que faz o mesmo gesto, ambos batendo as mãos no jeito típico dos rapazes se cumprimentarem.

Marcos Nakamura, o mais bonito do grupo, elegante e discreto, vem direto do escritório para o jogo. Ficara amigo de toda a turma na época do cursinho, passara dois anos no Japão para uma pós-graduação em engenharia, e não faltava nunca aos jogos do Corinthians na casa de Otávio. Tinha uma queda por Maria Claudia e esperava que ela estivesse lá, todas as vezes que Otávio abria a porta.

– Comida japonesa? – diz Tucci, inspirado pelo amigo nissei.

– Outra vez? – diz Marcos, indo direto no balde de vidro e pegando um Sonho de Valsa.

Toca o interfone.

– Seu Otávio, tão aqui na portaria o senhor Daniel e o senhor Ivan.

– Manda subir! – diz Otávio, e virando-se para o corredor que leva aos quartos: Maria Claudia, teu amigo tá subindo!

Daniel Weissman também tinha estudado na mesma escola que Otavio e Tucci, mas em classe diferente, e só vieram a ficar amigos na época da faculdade – ele estudara engenharia com Tucci, e ficara amigo de Otávio por andarem juntos. Era casado e sua esposa estava grávida, por isso ele ficava com celular o tempo todo na mão, à espera de algum telefonema, e ligava ele mesmo para ela a cada meia hora. Apaixonado, tinha deixado de fazer uma viagem para um *kibutz* em Israel para se casar, e não se arrependia. Mas o Corinthians também era uma paixão. Tinha prometido a Sarita que quando ela entrasse no sétimo mês ele veria os jogos em casa.

– Oi, Ivan! Oi, Daniel! E a Sarita? – diz Maria Claudia, abrindo a porta, não dando beijos em ninguém.

– Tá ótima, só meio cansada, esses dias! Mas tá boa, não tem mais enjoo e come direto! – diz Daniel, indo para o canto da televisão – E então, essa TV?

Ele para em pé olhando a televisão já ligada no canal de esporte.

– É o máximo, heim? – comenta o Tucci.

Estavam inaugurando a televisão de plasma de cinquenta polegadas que Otávio acabara de comprar, ocupando quase toda a parede daquele canto da sala. Juntam-se para olhar a imagem, inclusive Ivan, que Maria Claudia apresenta para todo mundo, e ele logo se enturma. Ela vai para a cozinha, do outro lado do balcão, enquanto eles ficam admirando a beleza da tevê e da imagem.

– Tem brasileiro jogando futebol na Rússia, não tem? – pergunta Daniel para Ivan.

– É mesmo, o Vagner Love! – diz Tucci.

– O Vagner Love e o Daniel Carvalho – responde Ivan – Do CSKA, que...

– Ué, foi o CSKA que ganhou a Copa UEFA, não foi? – interrompe Otavio, se lembrando.

– Foi, em maio, em Portugal, contra o Sporting. Mas o que joga muito, mesmo, é o Daniel Carvalho! – diz Ivan, se empolgando.

Tinha sido um jogão de bola. Final da Copa UEFA, contra o futebol português, que andava em alta, com a seleção nacional comandada pelo brasileiro Luiz Felipe Scolari, o Felipão, chamando a atenção de todo mundo. Mas naquela final em Lisboa, em maio, só deu a Rússia, com o CSKA. Três a um em cima do time lusitano. O time lusitano tinha saído na frente, mas com o brasileiro Daniel Carvalho em noite encantada, fazendo os verdadeiros passes de mágica para que seus companheiros acertassem o fundo da rede do Sporting, cavando primeiro um empate ao passar a bola para um chutão de Alexei, sem chances para o goleiro, e a virada logo em seguida, com um passe açucarado para Yuri derrubar o castelo de sonhos dos portugueses. E a detonação final veio com mais um passe de Daniel para o compatriota Vagner Love, num contra-ataque fulminante, e o brasileiro, na cara do gol, *with lots of love,* não teve piedade, selando a vitória histórica e levando a russaiada toda a uma loucura inédita, o primeiro time russo a ganhar a Copa UEFA. Os mais de dois mil russos que tinham ido a Lisboa passaram a noite na vodka, vinho verde, bacalhau e um sambinha. Em Moscou, só vodka. Muita vodka.

– Dona Maria Claudia, tá subindo o senhor Jorge – diz o porteiro, no interfone.

Jorge Assad, o último a chegar, libanês amigo de Otávio, da faculdade, o mais bem humorado, sempre contando piadas. Simpático e falante, não fora difícil ficar amigo de todos desde que começara a frequentar o grupo, mesmo não sendo corintiano, e sim são-paulino. Vinha sempre assistir aos jogos do Corinthians porque gostava mesmo daqueles amigos. Quando coincidia de também ter jogo do São Paulo, ele não vinha, e assistia o jogo em casa. Ali com o pessoal, ele curtia uma noitada suave, o coração leve, assistindo o jogo e o sofrimento dos outros.

– Fala, Daniel! – diz ele estendendo a mão – Tudo em cima? E a Sarita? Quando é que chega o repolhinho?

– Ih, tem tempo, ainda, mas ela já tá desse tamanho!

– Ôba, será que vem mais de um? E como é que é isso, hoje? – pergunta Jorge, indo para a televisão, pegando um Sonho de Valsa – Vai dar certo, ou vai ser anulado outra vez?

Fazia referência ao vergonhoso episódio que tinha bombardeado o meio esportivo, principalmente o futebol, semanas antes. Parecia que 2005 era mesmo o ano das denúncias. Como se já não bastassem os escândalos de corrupção manchando a classe política desde o mês de junho, também no meio futebolístico as revelações vinham chocando e abalando a credibilidade da arbitragem na primeira divisão do Campeonato Brasileiro. Uma matéria da revista Veja, qualificando o tema como a "máfia do apito", havia acionado a avalanche de sujeira, trazendo às claras o que várias pessoas no ramo já sabiam. Edílson Pereira de Carvalho, árbitro até então considerado um dos melhores do Brasil, fora acusado e havia confessado a manipulação de resultados de alguns jogos do Campeonato Brasileiro, iniciado meses antes, em proveito próprio e de apostadores. Foi um golpe muito forte, uma correria para tribunais desportivos; a cara de tacho do árbitro na televisão; os jogos manipulados sendo anulados e remarcados; os times prejudicados recorrendo na Justiça Desportiva; o STJD – Superior Tribunal de Justiça Desportiva, mantendo as anulações; os torcedores, enfurecidos e indignados; a Confederação Brasileira de Futebol buscando recobrar a confiança do público; a FIFA de olho em tudo. E aqueles jogos, sendo rejogados.

– Japonesa ou pizza? – pergunta Otavio para todo mundo – Claudinha, cadê os folhetos com os telefones?

– Tá tudo aqui – ela abre uma gaveta na cozinha, cheia de folhetos dos restaurantes de comida pronta-entrega da culinária mundial.

Aparentemente estavam todos com muita fome. Ou então era gula pura e simples: só de ver nos folhetos as fotos dos pratos, já se sentiam como se não comessem há dias. Sentados nos sofás em frente à televisão, dividem-se sobre o que pedir: o japonês e o russo votaram na pizza. O judeu e o libanês preferiam sushi. O italiano queria kibe. E Otávio, yakissoba. Acabam decidindo pedir tudo. Japonesa do Flying Sushi, chinesa do China House, árabe do Habib´s, e duas pizzas da Vica Pota – porque pizza, todo mundo sempre acabava querendo.

Da cozinha Maria Claudia ouve o irmão e os amigos telefonando para todos esses lugares com os pedidos e resolve preparar uma saladinha, lavando alfaces de todos os tipos: liso, crespo, alface roxo, alface americano e ainda rúcula, agrião, tomates, cebolas, pepinos, azeitonas. Desde que os pais tinham ido morar em Santos, ela achava que não comia muito bem, não comia coisas saudáveis, ainda por cima passando vários dias sem almoçar, quando então chegava em casa à noite varada de fome. E aí, mesmo que a empregada deixasse algum prato muito bom já preparado, era difícil não cair em tentações tipo pãezinhos, queijinhos, tortinhas, umas bicadas na geladeira antes de sentar afinal para jantar. Nos dias que vinha o pessoal do futebol, então, era muito complicado. Ela não ligava para a cerveja toda que eles tomavam, mas aqueles *deliveries*, com os cheiros irresistíveis, tinha que ser muito forte para não cair de boca. Ela se esforçava para manter a linha e atacava com as saladas. Conversando com ela, sentado no banco alto do balcão, Ivan observa Maria Claudia à pia, de costas para ele. Sem prestar muita atenção na TV, lá do outro lado, onde o pessoal fazia algum barulho porque o jogo estava para começar, ele não estava achando nem um pouco ruim aquele lugar, porque dali tinha um ângulo de Maria Claudia que de outra forma ele não conseguiria ter, pelo menos não assim, podendo observá-la tão à vontade. Dali ele via as coisas por uma outra perspectiva. Usando uma calça de cintura baixa, estampa camuflada do exército, bem justa, terminando abaixo do joelho, com uma blusinha regata preta, dois dedos de barriga aparecendo, sandalinhas Havaianas pretas com a bandeirinha do Brasil no lado, Maria Claudia não percebeu que estava deixando Ivan na dúvida se assistia o jogo ou ficava assistindo a ela ali com o alface, analisando sossegadamente, sem testemunhas, a harmoniosa forma da brasileira. Nem mais se lembrava do dia cheio de reuniões que tivera, a tensão que passara, as ordens que dera. Em seu rosto, no lugar do semblante bravo, sisudo e circunspecto da manhã de trabalho, havia agora um olhar meio maroto e um leve sorrisinho que ele não conseguia tirar da boca. Estava tão absorto olhando Maria Claudia que ficaria ali por horas, se o deixassem. Tentava captar um olhar, quando ela virava um pouco, para ver se ainda havia sinal do choro da tarde, no carro. Hipnotizado, sem perder nenhum de seus movimentos, repara em todos os detalhes. Os pés delicados de unhas pintadas de cor clara. Uma correntinha no tornozelo direito. As pernas finas e retas, duas canetas, dos tornozelos até o bumbum. O bumbum, pequeno, redondinho, tão redondinho. A cintura fina, marcada pela camiseta curta. Os ombros magros, elegantes, bem estruturados, bem desenhados. Os braços finos. Os cabelos soltos, ainda úmidos, deixando no ar o adocicado perfume de fruta do condicionador. No rosto, quase nenhuma maquiagem, só o batom cereja. Uma menina. Nem de longe lembrava a advogada que ele vira, à tarde, firme, decidida, pronta para entrar com um Mandado de Segurança na Justiça Federal, mas conseguindo extrair do juiz o que ela considerava melhor. Ivan desperta dos sonhos com os rapazes gritando lá do sofá: o jogo estava começando. Meio a contragosto, o russo vai para perto da TV, onde Otávio lhe oferece uma lata de cerveja. A própria Maria Claudia, terminando de fazer a salada com pequenos pedaços de queijo branco por cima de tudo, olha para trás, pois estava curiosa para ver o interesse de Ivan no bendito jogo do Corinthians. E ele de fato já estava sentado no sofá, lata de cerveja aberta na mão, vendo os jogadores se espalharem pelo campo em seus uniformes: preto e branco, o Corinthians; todo branco, o Santos. Otávio e os amigos logo começam a criticar a atuação do juiz, traumatizados com as arbitragens fraudulentas. Este jogo, no entanto, caía-lhes bem: já havia sido jogado, em julho, mas foi um dos jogos anulados por conta da máfia do apito. E o Corinthians havia perdido por 4 a 2. Jogá-lo outra vez era uma preciosa segunda chance, caída mesmo do céu. Os santistas, vencedores do jogo anulado, não estavam gostando nem um pouco, é claro. A noite tinha tudo para ser bastante conturbada. O árbitro tinha certeza de que não seria um jogo fácil de apitar. Os jogadores, porém, iniciaram como sempre respeitando uns aos outros, pois os primeiros minutos eram mesmo assim, cautelosos, todos meio que analisando o terreno, sondando os ânimos de companheiros e adversários, não arriscando jogadas muito ousadas, fazendo passes curtinhos, não chegando muito forte nas divididas. A rapazeada na casa de Otávio, animadissimos, vibrando a cada lance. Só Maria Claudia ouve quando toca o interfone.

– Gente! – ela se aproxima dos rapazes – Chegou o japonês, tou indo lá em baixo buscar.

Havia já muito tempo que a entrega de delivery, em prédios, era feita na portaria. Anos antes, o entregador subia até o apartamento do comprador. Mas o medo de assaltos havia imposto a norma, em todos os condomínios, de que os entregadores só chegassem até o porteiro e o condômino descia para buscar a coisa. O grande medo era de um assalto tipo "arrastão", onde um bandido conseguia entrar no prédio, disfarçado de delivery boy, ou de funcionário de empresa de TV a cabo, ou da empresa de gás, ou qualquer outro ardil, rendia algumas pessoas, colocava para dentro todo o bando, e aí faziam uma festa em quase todos os apartamentos, às vezes chegando à violência física.

Algumas vítimas, depois, traumatizadas, iam morar no interior, às vezes até fora do país. A população de São Paulo tinha que se virar para evitar situações de perigo.

– Pega aqui o dinheiro, Claudinha – diz Otávio – Você quer que eu vá?

– Não, fica aí, eu vou numa boa.

– Espera aí, deixa eu pegar a minha carteira – Tucci se levanta, os outros quatro se mexendo também para pagar.

– Não, não esquenta. Depois a gente vê quanto deu tudo e divide pra todo mundo, fica mais fácil – diz Otávio, dando o dinheiro para Maria Claudia.

Descendo no elevador junto de Maria Claudia para buscar as bandejas de comida japonesa, Ivan pode ver melhor o rosto dela. A pele fresca e cheirosa, a roupa descontraída, um sorriso muito branco e franco emoldurado pelo batom: aparentemente já tinha superado o telefonema da tarde. Mas não parecia com muita vontade de falar. Talvez estivesse cansada. Com a cabeça meio inclinada, um sorrisinho leve, os olhos de lado, encarava Ivan sem dizer nada. Sabe-se Deus em que pensava ela, olhando-o daquele jeito.

– O que...? – pergunta ele, sem graça sob aquele olhar oblíquo.

– Nada, nada... – ela diz e abre o sorriso.

Seu Antonio, o porteiro, bate papo com o rapaz da entrega, ambos vendo o jogo na televisãozinha da portaria.

– Oi, tá aqui, D. Claudinha – ele diz, quando vê Maria Claudia chegar com Ivan.

O Seu Antonio era a prova de que o ditado "o hábito faz o monge" era mesmo verdadeiro. No caso, o hábito fazia a monja. Quando ele via Maria Claudia com roupa de trabalho, terninhos, saias e *blazers*, vestidos, saltos altos, chamava-a de Dra. Maria Claudia. Mas quando ela estava esportiva, calças justas, barriga um pouco de fora, ela era a Dona Claudinha.

– Seu Antonio, o senhor gosta de comida japonesa? – pergunta Maria Claudia, depois de pagar o rapaz, Ivan pegando os pacotes.

– Íchi, num sei não... Eu já provei esse trem, num é muito da minha boca, não, esse troço aí... É peixe cru, isso daí, não é não?

– É...

– Ah, lá na minha terra ninguém come essas coisas, não! Lá é tudo seco de tão cozido que é! – ele fala, muito depressa, Ivan tem dificuldade em entender o sotaque.

No caminho de volta, no elevador, Ivan e Maria Claudia ouvem um grito de "gol" vindo de outro andar. Ficam em suspenso, imaginado encontrar o pessoal pulando no apartamento. Mas quando entram em casa, nenhuma gritaria: topam com todo mundo com as caras amarradas, uns ainda xingando, Otávio de pé, passado. O Santos tinha aberto o placar.

– Vou pegar as cumbuquinhas e o shoyu pra esses sushis – diz Maria Claudia.

– Quer uma ajuda aí, Maria Claudia? – pergunta o Marcos, de seu lugar.

– Não precisa, Marcos, 'brigada, já tá na mão!

Daniel vem de um canto da sala, onde tinha ido ligar para a esposa grávida.

– Tudo bem com ela, Daniel? – quer saber Maria Claudia.

– Tá, ela tava dando uma cochilada, e eu a acordei!

– Danny, eu acho que vou ter que levar meu computador lá pra vocês darem uma olhada. Pifou de vez! – diz Maria Claudia, lembrando-se de seu computador que tinha dado problema na véspera.

Daniel tinha uma pequena empresa de consultoria e manutenção de computadores e era sempre procurado pelos amigos que viviam tendo problemas com seus equipamentos, como todo mundo. Era vírus, placa queimada, falta de memória, lentidão, programas que não funcionavam e todos os tipos de problemas que o usuário comum não tinha como resolver. Era como carro. Dava problema, tinha que levar no mecânico. E o que o mecânico dissesse, quem é que ia contestar? Quem é que entendia? Se ele diz que tem que trocar a peça, tem que trocar a peça, não tem jeito. Com o computador, a mesma coisa. Por isso todo mundo sempre tinha um amigo de confiança a quem recorrer na hora do *tilt*. Porque se não for de confiança, todo mundo sempre sai com a sensação de estar sendo engambelado. Igualzinho a levar carro no mecânico.

– É no laptop o problema?

– Não, é o desktop.

– O que aconteceu?

– Ah, eu ligo e não chega a entrar nada, aparece só uma tela azul, com umas frasesinhas. Já tentei desligar e ligar de novo, ler aquilo que tá escrito, não tem jeito. E acho que não é vírus, não.

– No intervalo eu dou uma olhada. Dependendo do que for, eu já levo hoje a torre comigo, tá?

– 'Brigadão, Danny!

Toca o interfone outra vez. Os kibes, esfihas e o homus. Maria Claudia nem fala nada para o pessoal, já desce com a carteira, deixando até o Ivan lá na torcida. Ao vir subindo no elevador, de volta, quando chega ao seu andar, os gritos parecem que vão derrubar o prédio.

GOOOOOOOOOOOOOOOOOLLLLLLLLLL !!!!!!!!!!!!!!!!!!!!!!!

GOL GOL GOL GOL !!!!!!!!!!!!!!!!!!!!!!!!!!!

Gol do Corinthians, empatando aos trinta e cinco minutos. Coelho levanta a bola na área e o zagueiro Betão dá um salto com mola, pulando mais alto que a defesa santista, a bola indo com tudo no canto direito do goleiro Saulo, agitando a rede e a corintianada.

Quando Maria Claudia abre a porta do apartamento trazendo a caixa do Habib's, Otávio já estava na sacada com Marcos e Daniel, soltando fogos.

– Puta golaço! – grita Tucci, enchendo a boca.

– Ô, Tucci! Tem moça na sala! – diz Jorge, rindo, vendo Maria Claudia se aproximar da TV para ver o replay do gol.

– Que bola, desse Coelho! – diz Ivan, já contagiado pelo espírito corintiano, na televisão o locutor descrevendo o lance do gol com o hino do Corinthians no fundo, a torcida sacudindo as arquibancadas na Vila Belmiro. E um clima nada amigável já começando a aparecer, entre a torcida do Santos.

– Olha lá, o Kia! – grita Otávio, voltando da sacada, olhando a tela que mostrava torcedores engravatados.

Kia Joorabchian, o empresário iraniano, instalado no Brasil e às voltas com o Corinthians. Ia sempre aos jogos do Timão, e os meses que ele já estava à frente dos negócios do Parque São Jorge o haviam tornado senão simpático, pelo menos familiar ao público brasileiro. Ninguém sabia direito que apito que ele tocava, mas ele estava sempre dando entrevistas. Mais parecia um porta-voz do time paulista, só que punha ares de quem mandava e desmandava, tipo "*eu* vou contratar fulano, *eu* falei para fazerem assim ou assado" etc. Mas a grande especulação era que ele não passava de um testa de ferro e que havia por trás dele alguma falcatrua internacional.

– Que estória mais mal contada, essa desse iraniano vir investir no Corinthians! – comenta Jorge.

– Põe mal contada nisso! – diz Daniel – Já faz quase um ano que ele vem falando nessa estória de cinquenta milhões de dólares, e Carlito Tevez, e técnico argentino; só faz coisa errada! Ele não entende nada de futebol!

Ivan endireita as costas e os ouvidos, no sofá, mas não abre a boca.

– Ah, mas o Tevez valeu! – diz o Otávio.

No final de 2004 havia começado a parceria do Corinthians com o grupo estrangeiro MSI Investimentos, supostamente do iraniano, e a coisa não agradou nada, nada, aos torcedores nem à oposição da diretoria do time. Abriram investigações, jornalistas ficaram atrás, até a Polícia Federal estava envolvida para tentar descobrir se tinha alguma coisa suja no assunto. Porque parecia. Enquanto isso, o iraniano, que por conta de ter investido – ou falado que iria investir – cinquenta milhões de dólares no time, era quem dava as cartas, inclusive determinando quem era contratado e quem não era. Começou com a desastrada contratação do técnico argentino Daniel Passarella, fazendo o Corinthians virar a chacota de todos os outros times brasileiros. E o homem não deu em nada, não se adaptou ao Brasil, nem ao time, nem aos jogadores, nem ao próprio Kia, caindo após tomar uma goleada de 5 a 0 do São Paulo. O iraniano gastou uma fortuna também para contratar astros do futebol argentino, principalmente o ex Boca Juniors, Carlitos Tevez, este sim, agora ídolo da Fiel.

– Tá na cara que ele é só testa de ferro! – diz Tucci, sobre o iraniano – Falam que por trás dele tem até uns russos...

– Aí, Ivan! É você, o dono do Corinthians? – brinca Otávio.

Ivan ri, mas assume um ar enigmático já conhecido de Maria Claudia, que tinha até colocado os cabelos atrás da orelha para ouvir melhor quando a conversa tomou esse caminho e o russo foi questionado sobre o assunto.

– Não, não... – ele comenta, tirando do bolso o colírio e pingando uma gota em cada olho.

Ivan sabia muito bem que expressão colocar no rosto para desestimular qualquer pessoa a se estender em alguma questão. Vestiu a mesma cara de mau da manhã para que ninguém sentisse mais vontade de continuar aquele papo. Mas ele nem precisava se esforçar tanto, porque o jogo continuava animado o suficiente para desviar os olhos do pessoal de volta para a tela. As coisas estavam esquentando no campo e nas arquibancadas, quando o árbitro apita o final do primeiro tempo, e o interfone avisa a chegada das pizzas e do chinês, juntos. Dessa vez, Otávio desceu para buscar tudo. E nos quinze minutos do intervalo, Marcos foi ao banheiro, Daniel foi ver o computador, Tucci foi pegar mais cerveja na geladeira, Ivan foi olhar a vista da sacada, Jorge mudou de canal para ver as notícias, Otávio foi ligar para Bruna, e Maria Claudia fez um prato com um pouco de cada comida – menos sushi – para levar para o porteiro.

– Gente, vou descer pra levar esse prato pro Seu Antonio – ela diz, nas mãos um prato cheio, coberto com um grande guardanapo de pano, os talheres em cima.

– Eu vou junto! – diz Ivan, indo com ela para o *hall* do elevador.

– Tá rolando alguma coisa, com esse russo e a Maria Claudia, Otávio? – pergunta Marcos, voltando à sala, quando os dois saem do apartamento.

– Não sei, Marcão! Acho que não, ele é um cliente dela, pelo que eu entendi.

– Mas ele tá a fim, ao que parece... – comenta o japonês.

– E é de estranhar? – Jorge entra na conversa.

– Ô, pessoal! Cês tão falando da minha irmã!

– Que é bonita, mesmo, Otávio, com todo o respeito! – emenda o libanês, bem humorado.

Todos achavam que o segundo tempo seria muito disputado. Mas ninguém esperava quarenta e cinco minutos – ou mais – de tantas emoções. Como é comum acontecer, o time que faz o gol de empate no primeiro tempo volta para o segundo com a corda toda. E não foi diferente com o Corinthians. Pareciam dispostos a detonar com o Santos. Jogadas fortes, entradas ousadas, passes longos, lances de categoria, dribles cinematográficos. E era toda hora:

– "Uuuhhh!!"

– "Ãããããnn!!!"

– "Ahhhh!"

– "Puta-que-pariu!"

Porque nenhum deles conseguia mais controlar as emoções e o vocabulário. Ivan percebia que era tudo igualzinho à Rússia, só que traduzido.

Aos dezenove minutos, Luizão entrou no Santos apenas para, um minuto depois, dar uma cotovelada em Wendell, e ser expulso, deixando o Santos desfalcado e um tanto por baixo. Os amigos gritavam; Otávio quase foi soltar fogos pela expulsão do santista. A torcida do Santos já ia sentindo o clima esquentar, vendo as coisas tomarem rumos bastante desagradáveis, a história do jogo anulado ficando definitivamente muito mal para o lado deles. Jogar com um a menos! Todo mundo roendo as unhas na torcida toda branca dos santistas. Muitas vezes, no futebol, a expulsão de um jogador ao invés de deixar o time capenga, parece que funciona como uma sangria, o time parece que se arma, se ajeita melhor no campo, os jogadores restantes buscando forças e táticas para superar o desfalque. E foi assim com o Santos. Apenas alguns minutos após a expulsão, Paulo César cobrou uma falta na área, colocando a bola na cabeça de Luciano Henrique, que mandou bala no gol, sacudindo a rede do Corinthians outra vez. Santos na frente de novo.

– Puta-que-pariu! – grita Otávio, ficando em pé, dando alguns passos, e voltando para o sofá, tenso.

Mas, apenas quatro minutos depois, as coisas iriam mudar. Era a noite das cabeçadas. Rosinei tacou a cabeça na bola que lhe mandou Coelho, e Saulo, o goleiro santista, chegou a tocar na bola, mas ela bateu no travessão, e de rebote, o jovem Nilmar empatou tudo de novo, dois a dois. Voou pizza, sushi, esfiha, salada verde e Sonho de Valsa para todos os lados. Todo mundo ficou em pé, todos foram gritar na sacada, onde Otávio estourava suas bombas, outros corintianos estourando também nas sacadas da vizinhança.

– Seu Otávio – diz o porteiro no interfone – Eu não queria dizer, mas a Dona Matilde, do 46, ligou pra mim pra reclamar das bombas, disse que vai ligar pro 190.

– Tá bom, tá bom, Seu Antonio, 'brigado por avisar.

Já passava das dez horas da noite, a Lei do "Psiu" estava aí para isso, e as bombas bem nos ouvidos dos vizinhos, convenhamos, eram de matar! Otávio já tinha tido problemas com os outros condôminos e só tinha conseguido sair ileso numa reunião deles porque havia outros corintianos presentes, que contemporizaram. Ele tinha prometido não soltar mais bombas, pelo menos não depois das dez horas. Na empolgação desta noite, tinha se esquecido. Dona Matilde estava certa. Ele falaria com ela, no dia seguinte, e pediria desculpas. As senhorinhas idosas sempre gostavam quando um rapaz todo bonito e engravatado, bem educado e sorridente ia falar com elas, saber como estavam, mostrar que estavam atentos às reclamações delas. Muitas vezes elas acabavam voltando atrás em tudo, "Não tem problema, não, meu bem, eu não ligo para as bombas, até gosto!". Otávio não ia em busca disso, é claro. Mas achava engraçado.

Desligando o interfone, ele volta depressa para a tevê, porque o dramalhão dos santistas estava realmente se cristalizando. O pesadelo dos pesadelos, todos os infortúnios juntos numa noite só. Se o simples empate já era lucro para os corintianos, por outro lado não era aceito de jeito nenhum pelo Santos, que havia ganhado o primeiro jogo, o anulado. Só que eles mal imaginavam o que estava por vir, nos últimos minutos daquela partida.

Aos trinta e nove minutos do segundo tempo, num ataque do Corinthians, Nilmar pulou na área e foi empurrado por Zé Elias, o empurrão do santista imediatamente apitado pelo árbitro. Pênalti. Os gritos ensurdeceram todo o prédio de Maria Claudia. Dona Matilde ia ter muito trabalho, se fosse reclamar de todo mundo. Corintianos espalhados por todo o Brasil gritavam juntos. Era bom demais para ser verdade. Todos os corações parados na hora da cobrança da penalidade máxima, porque gato escaldado tem medo de água fria. E aos quarenta e dois minutos, com toda a categoria, Carlos Alberto chutou a bola no canto direito de Saulo, que caía, selando a tragédia, no canto esquerdo do gol. Corinthians 3 x 2 Santos. Os gritos levaram uma fração de segundos para saírem das gargantas.

Salve o Corinthians
O campeão dos campeões....

Otávio não soltou bombas, mas gritou, gritou muito, o que dava no mesmo. Ninguém conseguia ficar sentado olhando a tela, o locutor, entusiasmado também, já não sabia se relatava os minutos finais do jogo ou o começo da bagunça na Vila Belmiro. O tumulto em campo chamou a atenção da rapazeada de volta para a sala da TV. Na verdade, o clima tinha esquentado de vez já quando o árbitro marcara o pênalti: os torcedores santistas começaram a se rebelar na arquibancada, ameaçando invadir o campo. Com a bola ainda balançando a rede, Carlos Alberto e o goleiro Saulo se pegaram, tiveram um bate-boca feio, daqueles que vão indo para as vias de fato, a turma do deixa-disso chegando perto, mas todo mundo já muito nervoso, só serviu para piorar as coisas: tapões, murros, empurrões, muito palavrão, e o corintiano foi expulso. Nas arquibancadas, os santistas ensandecidos, em muito maior número que a polícia, não enxergavam mais nada na frente, queriam bater, e a invasão de campo não pode ser controlada. E aí, foi um salve-se quem puder. Estavam furiosos, queriam dar bordoada em todo mundo. Corriam para todos os lados aleatoriamente, a raiva extravasada à esmo, porque aquele resultado, aquela injustiça, na verdade não eram culpa dos corintianos, nem daquele árbitro, nem dos jogadores santistas. O futebol, já tão propenso à violência por parte das torcidas, agora era palco da brutalidade moral. Dando azo à corrupção selvagem, a Máfia do Apito se igualava em torpeza aos políticos do Mensalão e com eles estava dividindo o espaço nas notícias. Os atletas do Corinthians bateram em retirada, correndo para o vestiário, antes de o árbitro apitar o final da partida. Mas alguém lá dentro logo os alertou para que voltassem depressa ao campo, para não descumprirem as regras, o que eles fizeram em seguida. A polícia entrou em cena e houve troca de sopapos entre policiais militares e santistas. Grades foram quebradas. Objetos foram atirados dentro do campo. Os torcedores destruíram até o equipamento de uma emissora de TV que estava lá transmitindo o jogo. Foram quinze minutos de paralisação e vandalismo, a Vila Belmiro uma terra de ninguém, os locutores de rádio e tevê sem saberem o que informar, que canto da bagunça descrever, incrédulos diante da cena dantesca. Até que o árbitro encerrou oficialmente a partida, após a polícia ter alertado que não poderia garantir a segurança para a continuidade e término dos últimos minutos do jogo. Vitória do Corinthians.

Os amigos de Otávio foram aos poucos se despedindo, afinal, o dia seguinte era dia de trabalho.

– Claudinha, tou levando a torre, então – diz Daniel, trazendo a torre do computador de Maria Claudia – Eu dei uma olhada, acho que você vai ter que comprar outra placa mãe, ainda não tenho certeza.

– E como eu faço isso? Vou na Santa Ifigênia?

– Eu te ligo amanhã de manhã e digo o que é. Se você tiver mesmo que comprar, eu digo direitinho o quê, e as melhores lojas, lá na Santa Ifigênia.

– 'Brigada, Danny!

Os amigos de Otávio começam a ir embora. Jorge tinha ido assim que o árbitro dera o apito final. Tucci e Daniel, animados à porta do elevador, aguardavam Marcos, que perguntava a Ivan se o russo queria uma carona – o japonês estava empenhado em tirá-lo de perto de Maria Claudia. Mas Ivan declinou da oferta, ainda iria ficar um pouco com a brasileira, ajudando-a a arrumar a bagunça de pratos, sacos de papel e latas de cerveja, talheres, palitos de comida japonesa e chinesa, copos, caixas de pizza, bolinhas de papel celofane rosa-choque. Depois que Otavio se recolhe para o quarto, dando boa noite, Ivan traz as coisas para a pia, onde Maria Claudia está separando o lixo – papel aqui, plástico lá, vidro acolá – e colocando a louça na lavadora. O apartamento agora quieto, Maria Claudia liga o rádio na sala e volta para a cozinha, Ivan do outro lado do balcão, em pé ao lado do banco alto em que estivera sentado antes do jogo, pegando os copos espalhados ali. Ela vem da pia até ele para recolher os pratos ali empilhados, e ficam frente a frente, o balcão os separando.

– O que..? – pergunta Ivan, conforme vê outra vez aquele olhar oblíquo de pouco antes no elevador nos olhos dela, sobre ele – Eu fiz alguma coisa?

Ela sorri maliciosa, sempre olhando de lado, apertando os lábios num gesto de quem está pensando e não quer falar.

– O senhor acha que eu não percebi – ela fala, enfim, um tom engraçado na voz - Aquela hora, aqui no balcão...

– ...Que hora...?

– Quando eu estava preparando a salada, você aí no banco, só de olho... no meu traseiro! – ela ri.

– Eu, eu... eu... – Ivan fica até gago de tão constrangido.

– Tudo bem, Ivan Ivánovitch! – ela continua rindo – É só do que os homens falam, no Brasil, mesmo: de futebol e de bunda de mulher! Então, tava tudo OK aqui hoje, nada que eu já não conheça, nada de excepcional!

Ele abaixa um pouco a cabeça, morto de vergonha, até um pouco vermelho.. Ela havia percebido tudo! O tempo todo que ele tinha ficado secando seu bumbum, talvez tenha até babado, e ela viu! Por isso aquela cara, no elevador, aquele olhar de lado.

– Você é... um *malandrovsky*, Ivan! – ela ri e ele também, gostando da expressão, os dois indo para a pia cheia de pratos sujos, o rádio tocando Marisa Monte e Ed Motta, *Ainda Lembro*.

...Ainda lembro o que passou

Eu, você, em qualquer lugar...

Ivan agora tem certeza de que a lágrimas de Maria Claudia, no carro, horas antes, já não tinham mais tanta importância, e no íntimo, no fundo da alma, deseja ter sido ele o responsável por essa mudança.

Naquele exato instante, sozinho no carro, parado num farol vermelho, Marcelo também ouvia a mesma música, na mesma rádio, e fitava longe, o olhar perdido, a cabeça pesada, pensando nas duras palavras que tinha dito a Maria Claudia no celular, à tarde.

Apagando a luz para dormir, alegre mas muito cansada, Maria Claudia pensa nos altos e baixos desde o dia anterior. A chegada ao Aeroporto de Cumbica; a Polícia Federal, o pesadelo; a Justiça Federal; a cantada velada do chefe; a sordidez de Marcelo; as dúvidas sobre Ivan Ivánovitch. Fazendo um balanço, pesando os prós e os contras sobre o russo – armas; reuniões sigilosas; é bandido ou não é bandido – ela acha tudo muito estranho. O que é que podiam ter em comum, afinal, russos, Corinthians e o mundo do crime? Não via nenhuma conexão.

Maria Claudia não lia a seção esportiva dos jornais. Nem muito menos as colunas policiais russas.

Capítulo 3

Sexta-Feira
14 de outubro de 2005

Happy Hour

Ivan passou toda a sexta-feira pendurado no celular. Pelo menos, a parte da sexta-feira que ele passou ao lado de Maria Claudia. Não teve reuniões ao vivo, mas no telefone ele falou com todo mundo. Em russo e em português. Em português com brasileiros, em russo com russos, em português com russos, talvez até em russo com brasileiros. É claro que ele sempre se afastava um pouco de Maria Claudia para ter essas conversas, mas não tinha como escapar dos ouvidos dela, que estava antenada, prestando muita atenção. Era bobagem dele ir falar longe, porque ela não conseguia entender coisa nenhuma, de qualquer jeito, nem quando ele falava em português. A conversa era tão cifrada, dava no mesmo que falar em russo. Ela se concentrava e tentava adivinhar aquelas charadas, parecia até um joguinho, desde cedo, naquela manhã que tinha começado cheia de atividades.

Deitada naquela espécie de *chaise-longue* do Soho da Alameda Campinas, às nove da manhã, os braços cruzados sobre o avental que o cabeleireiro dá para as freguesas para que não se molhem nem se sujem com os produtos para os cabelos, a cabeça encaixada no suporte sobre a pia, na mão direita o celular, os pés cruzados, Maria Claudia relaxa e quase pega no sono, enquanto o rapaz lava sua cabeça. Já tinha feito as unhas das mãos e a depilação, e agora ia dar um trato nos cabelos. Era frequentadora assídua daquele Soho, a um quarteirão do escritório, e agendava suas visitas no começo da manhã, quando dava. E as sextas-feiras eram sempre um ótimo dia para dar uma recauchutagem geral. Aquela, ainda por cima, teria a *happy hour* com os amigos da faculdade, à noite. Queria estar bonita.

Tinha levantado bem cedo, antes das seis horas, porque queria ir dar uma corridinha na Praça Buenos Aires, antes de ir trabalhar, como fazia quase todas as manhãs. Tinha falhado no dia anterior, e não queria começar a ficar preguiçosa. Ao voltar para casa para tomar uma ducha e se vestir, aproveitou para telefonar para o cliente na Suíça, M. Arnaud, sabendo que aquela hora seria a ideal para pegá-lo no escritório: com a diferença de fuso horário de quatro horas, lá seriam mais ou menos onze e meia da manhã, quando ela ligou. Dito e feito. Ele não teria como dizer que os advogados no Brasil não ficaram em cima, pedindo os documentos para o processo. E Maria Claudia ainda mandou um *e-mail*, depois do telefonema, com a famosa frase, "conforme nossos entendimentos por telefone nesta manhã, estamos aguardando o envio dos documentos tal e tal etc". Ela queria deixar bem claro que, da parte do escritório, não estava havendo negligência.

E foi para sua hora marcada no Soho.

Agora, deitada ali, o cheirinho gostoso do *shampoo* pelo ar, o barulho dos secadores por perto, uma música no fundo, o movimento dos funcionários indo e voltando, com seus cabelos excêntricos, verdes, roxos, vermelhos, listrados, em cortes assimétricos muito malucos, maquiagens extravagantes, o ambiente *fashion* dos cabeleireiros profissionais já logo cedo com a corda toda, Maria Claudia pensa no dia anterior. Tinha dormido bem e acordado inspirada para se arrumar. Logo que Ivan tinha ido embora, depois de ajudá-la a dar uma geral na bagunça da sala e da cozinha, ela foi se deitar, cheia de planos para a sexta-feira. Mas fazer os cabelos era o principal. Sempre saía do cabeleireiro outra mulher, depois de um trato. E lavar os cabelos daquele jeito era tão relaxante, estava quase dormindo. Toca o celular. Ela pede para o rapaz parar um pouco para poder atender, enxugando a orelha.

– Dra. Maria Claudia? Pode falar agora?

Era a secretária.

– Oi, Denise. Pode falar.

– O Dr. José Renato quer saber sobre relatório da semana passada, ele quer conversar com você.

– Está pronto o relatório, falta só imprimir, pra ele ler, antes de a gente falar. Você pegou o meu recado?

– É, eu vi o seu recado pra mim, já imprimi o relatório como você falou, mas foi justamente quando eu fui entregar para ele, que ele disse que preferia falar com você, direto.

– Ele está aí, agora? Vai ficar no escritório?

– Está entrando em reunião, eu vou saber com a Mônica se ele fica por aqui ou se ele sai em seguida.

– Seria bom se ele lesse o relatório, era até mais rápido, tem alguns detalhes lá que era bom ele conhecer, mas tudo bem. Fala também que a carta pro cliente já tá pronta, dependendo do que ele achar do relatório, a gente já pode mandar. Eu vou estar no escritório mais tarde, só.

– Está bem, eu falo para ele.

– 'Brigada, tchau-tchau!

O rapaz começa a enxaguar o shampoo e Maria Claudia pensa em Ivan. Ela havia sugerido levá-lo de carro, na véspera, mas ele não queria, disse que ia a pé, como tinha vindo. A noite estava boa, não era longe e ele gostava de andar. Era só subir a Angélica e virar na Paulista, e o hotel já era logo ali. E ele achava divertido ir vendo os tipos, pela rua. A Avenida Angélica era cheia de bares, restaurantezinhos e casas noturnas com música ao vivo.

– Mas que ideia, Ivan. Ficar aí dando sopa, à noite, em São Paulo. É perigoso.

– Ah, é? Então, é mais perigoso ainda você voltar de carro, sozinha!

– Então pega um táxi, pelo menos.

– Não.

– Mas como é teimoso!

– *Upryámaya.*

– O quê?

– Você é que é *upryámaya*, teimosa.

– Ah, eu é que sou?

– Olha aí, o elevador. Boa noite!

– Boa noite!

"Também, se ele for bandido" pensa Maria Claudia, o rapaz agora passando condicionador em seus cabelos, "então tá tudo entre iguais, se ele for assaltado. Bandido assaltando bandido". Alguém a cutuca no braço. Ela abre os olhos.

– Júlio!

O estagiário, ali, em pé, dentro do cabeleireiro. Todos no escritório sabiam onde encontrar Maria Claudia. Era comum, quando ela estava fazendo o cabelo, virem um *office boy*, ou a secretária, ou um estagiário, ou até mesmo um dos advogados falar com ela alguma coisa urgente. O escritório era a apenas uma quadra dali.

– Maria Claudia! Desculpa eu atrapalhar.

– Não, ´magina! Dá pra falar comigo assim, ou eu preciso ficar sentada?

O estagiário trazia uma petição para a advogada assinar e também orientá-lo sobre os trabalhos do dia. E assim que ele se vai toca o celular. Daniel, aquele que ia consertar seu computador.

– Olha, eu já dei uma olhada, você vai mesmo precisar de uma placa nova. Você sabe comprar? Anota aí o que é e a loja onde tem.

Mal ela desliga após anotar as indicações da rua, da loja e da placa a ser comprada, o telefone dá um *bip*. Entra mensagem escrita.

"Viva o Corinthians"

Era o Ivan.

"Não dá pra eu escrever agora! Tou com a cabeça molhada"

Mas o rapaz já estava terminando de enxaguar os cabelos dela. Toca o celular.

– Alô!

– Como é? Você está com a cabeça molhada? O que aconteceu?

Ela ri.

– Eu tou no cabeleireiro, acabei de lavar a cabeça.

– Ah, bom! Eu estou na Avenida Paulista, em frente à FNAC.

– Vai comprar alguma coisa? – ela diz, se levantado, indo para o banquinho.

– Não, nem tá aberto, ainda.

– Eu tou bem perto daí. O salão é bem pertinho.

– Ah, é? Onde?

Ela explica o caminho.

– Vou desligar, Ivan, que vai começar a massagem. Tchau!

– Tchau...

A melhor parte de todo o processo de fazer o cabelo era sem dúvida aquela hora quando, depois de ficar lá deitada, o rapaz lavando e massageando o couro-cabeludo, a pessoa se levantava, sentava num banquinho e um deles do salão vinha lhe fazer uma massagem rápida nos ombros e nas costas, aproveitando que estes já estavam bastante relaxados e até um pouco quentes. Não havia quem não gostasse. Às vezes batiam um pouco forte demais nas costas, mas tudo bem.

– Não sei, Marinho – ela diz para o cabeleireiro que está fazendo a escova em seus cabelos.

Marinho era o cabeleireiro que tinha feito Maria Claudia tornar-se freguesa do Soho. Ninguém deixava os cabelos dela como ele. Tinha virado cliente fidelidade.

– Eu tou assim, super animado! – ele confessa, a escova numa mão, o secador na outra.

– É bom, é o máximo mesmo. Claro que você tem tudo para dar certo, mas...

– Sei lá – ele nem ouve o "mas" – acho que já era tempo dessa mudança, você não acha?

Marinho se consultava ali naquela hora com a cliente advogada e amiga sobre seus planos de abrir seu próprio negócio, seu próprio salão, no bairro onde morava, tendo como sócio seu atual namorado, com o qual estava indo morar, e que embora não fosse do ramo, entraria com algum dinheiro e trabalharia na parte administrativa. Estava empolgadíssimo. Tinha umas economias, venderia o carro que ainda não tinha acabado de pagar, faria um empréstimo e os dois se estabeleceriam. Ele deixaria de ser funcionário para ser empresário. Todas as frases dele contando a estória eram cheias de adjetivos magnânimos, principalmente quando falava do namorado, que ele conhecera havia pouco tempo, três ou quatro meses, apenas. Quantas cenas parecidas Maria Claudia já não tinha visto...? A perigosa mistura de amor e negócios. Tinha tudo para dar errado. No início, excesso de confiança um no outro; incapacidade de dizer "não" para uma ideia não muito boa; gastos desnecessários, pessoais ou no negócio; ampliações super otimistas sem planejamento das finanças e verificação de mercado; contratações e demissões feitas com emoção e sem profissionalismo. Apoio recíproco e meigo nos primeiros percalços. A primeira briga. E a segunda. A voz não saindo mais com carinho. O começo do fim. Quando as coisas apertavam no bolso e a empresa ia para o vermelho, não havia romance que segurasse, não tinha amor que resistisse, não havia sexo que contornasse as contas empilhadas, os credores telefonando e batendo na porta.

Sociedade, amor, roupas íntimas na mesma gaveta, ia tudo por água abaixo, e não sem muita briga, muito insulto e muito ressentimento. E quanto mais apaixonados os esposos, mais chances de dar errado a sociedade mercantil-conjugal. É claro que havia exceções, e alguns casais tinham juntos grandes negócios, que viravam grandes empresas de família. Eram raros.

Mas Maria Claudia não queria ferir a sensibilidade e as esperanças do amigo. Não era sua intenção desestimular um empresário em potencial. A abertura e administração de uma empresa podiam até ser trabalhosas, mas o mercado aceitava todos os desafios. O que ela queria evitar era um equívoco, pelo amigo. E ela temia que ele estivesse, consciente ou inconscientemente, diante da impossibilidade do casamento entre homossexuais, buscando na sociedade comercial um jeito de formalizar a união dos dois. Era lícito, numa democracia, os cidadãos buscarem saídas para seus interesses pessoais. Depois de lhe dizer em detalhes como funciona a abertura de uma empresa, os documentos, os pagamentos, as taxas, toda a burocracia enfim, Maria Claudia arrisca dar um conselho um pouco mais pessoal.

– Vocês têm mesmo que ficar sócios? Quero dizer, vocês já vão morar juntos, e isso já é o máximo, vocês estão se dando super bem. Sabe, de repente, fazer a sociedade pode não ser bom nem para o negócio, nem para o relacionamento... Vocês se conhecem há pouco tempo, né... Vocês podiam, assim – ela procura palavras para não feri-lo demais – primeiro morarem juntos um tempo, verem como vocês se estabilizam, se adaptam, e aí sim, depois de um tempo, pensar com mais pé no chão na ideia de uma sociedade... Enquanto isso você vai juntando dinheiro. Vocês dois tão praticamente em lua de mel, Mário! Curte isso, faz isso rolar, é tão difícil acontecer! E enquanto isso, vai ficando aqui, onde as coisas estão boas, afinal. Você recebe o seu no fim do mês e não tem que pensar em mais nada. Com a sua própria empresa, todo final de mês é como ter que matar um leão! Você tá tendo algum problema, aqui, Marinho, e por isso você quer sair?

– Não, de jeito nenhum! – ele responde, já se pondo a pensar nas palavras da amiga.

Se ela simplesmente tivesse dito, lá no começo da conversa: "OK, me passa os dados, eu faço o contrato social e começo a abrir a empresa", seria mais um cliente, com os respectivos honorários. Mas e tudo o que ela aprendera na Faculdade de Direito e vinha aprendendo na escola da vida?

Os cabelos de Maria Claudia já estão quase prontos, a escova sendo terminada, Marinho com uma cara não muito boa, quando, pelo espelho, ela vê Ivan, perdido no meio do salão, procurando por ela. O rapaz que lhe tinha lavado a cabeça vai lá recebê-lo e dizer onde ela está.

– Tá de bofe novo, Claudinha? – pergunta o cabeleireiro com uma risadinha, vendo Ivan chegar perto, acenando para ela, sem graça no meio dos homens e mulheres de avental, com toalhas na cabeça, tinturas em papéis alumínio pendurados nos cabelos, *babyliss*, cremes e pastas na cara. Definitivamente, não era o ambiente dele.

– É um cliente, Marinho! – ela fala, para baixo.

– Cliente, tá bom! Vindo atrás de você no salão de beleza?

– Oi, Ivan! – ela diz.

– Bom dia! – ele fala, sem saber para onde olhar nem o que fazer com os braços.

– Eu já tou terminando, já vou sair! – ela fala, vendo que ele quer sumir, de tão sem jeito.

– Pronto! – fala Marinho, pegando um grande espelho de mão e colocando atrás dela, para que ela visse, no espelho da parede à sua frente, como tinha ficado o cabelo atrás.

– Tá ótimo, como sempre, Marinho! 'Brigada!

– Obrigado a você, Claudinha! Na próxima, vamos fazer uma hidratação? Tá meio ressecado, o seu cabelo, nas pontas.

"Todo cabeleireiro fala isso" pensa Maria Claudia, indo pagar a conta, seguida pelo russo, que está aliviado por ir embora dali.

Saindo na calçada à porta do salão de beleza, tocam os celulares de ambos. Cada qual com seus assuntos e em suas línguas. Como sempre, Ivan se afasta para falar em tom mais grave de costas para Maria Claudia. Terminam juntos as conversas.

– Vamos? – ele pergunta, sem saber para onde iriam.

– Vamos!

A manhã ensolarada começava a ficar mais quente, o sol já queimando os rostos dos pedestres.

– O cabelo... ficou muito bonito... – ele não resiste dizer.

– 'Brigada! Não tem reunião, hoje? – ela pergunta, conforme vão subindo pela calçada da Alameda Campinas até a Avenida Paulista.

– Não, *na* manhã, não. Você vai para *a escritária*?

Ivan ia melhorando ainda mais o português a cada minuto; só nas preposições dava uns tropeços, mas as concordâncias de gênero e número eram excelentes, já trocava menos os "o"s pelos "a"s, e falava cada vez com menos sotaque. Ou era ela, que já estava acostumando?

– Não. Tenho que ir fazer uma compra.

– Posso ir junto?

– Pode. Eu tenho que ir comprar um troço pro computador, lá no centro da cidade. Mas talvez eu tenha que dar uma subidinha, no escritório, antes de ir.

– O que é um *troço* para o computador?

– Uma *coisa* para o computador.

– Ah.

Toca o celular dela.

– *Dra. Maria Claudia!*

Denise, a secretária.

– *Falei com o Dr. José Renato, ele já leu o relatório e a carta, já assinou e mandou o boy levar.*

– Ah, que bom! – diz Maria Claudia.

Alguns clientes não gostavam de receber cartas, relatórios e documentos por e-mail. Queriam ter o papel nas mãos, à moda antiga, envelope sendo levado pelos *boys* para cima e para baixo na cidade.

– Denise, eu então não vou nem subir no escritório, já vou direto fazer as minhas coisas, tá?

– *Tá certo.*

– Tchauzinho.

Param na esquina da Paulista para esperar abrir o sinal para pedestres, um monte de gente parando ao lado deles. O sinal abre para eles atravessarem, mas de algum lugar vem se aproximando uma sirene desesperada, todo mundo para, ninguém se mexe, para deixar passar, venha de onde venha. Carros, ônibus, motos, pedestres, em todas as direções, todos param, aflitos para ver de onde vem a sirene, os carros que se descobrem no caminho começando a se deslocar, indo um pouco para a frente, por cima da faixa de pedestres, os outros carros se mexendo também, todos procurando abrir passagem, o barulho agora bem próximo, as pessoas vendo que é uma ambulância, todos se empenhando para enfim abrir uma brecha, e a ambulância milagrosamente consegue atravessar no meio do trânsito da avenida, por onde dir-se-ia que nem uma mosca conseguiria passar.

– É cheio de hospitais, aqui por perto – explica Maria Claudia – Particulares, aqui em volta da Paulista, e o Hospital das Clínicas, o Instituto do Coração, o Hospital Emílio Ribas e o Instituto de Tratamento do Câncer Infantil, mais pra perto do seu hotel, lá na Avenida Dr. Arnaldo.

Toca o celular dele quando estão à entrada do prédio do escritório. Ele se afasta outra vez, indo perto de um dos bancos junto às árvores. Maria Claudia mantém distância, ao lado do canteiro de flores. Um jardim grande bem cuidado, em frente ao prédio todo em espelho azul. Árvores originais do terreno, muito antigas, preservadas pelos engenheiros responsáveis pelo projeto, motivo pelo qual o prédio foi construído de chanfro, na esquina. À noite, uma iluminação poderosa dava um efeito artístico jogando luz verde sobre as enormes árvores. Uma mulher com um carrinho de bebê para ali também, para ajeitar melhor a criança, e continuar o caminho. Maria Claudia finge interesse no bebê enquanto se esforça para ouvir pedaços da conversa esquisita de Ivan, em português, e observa de longe o rosto dele. Não o tinha visto ainda com aquela expressão. Sério, bravo, enérgico. Com quem estaria falando? Parecia estar dando uma ordem. Ou uma bronca. Um Ivan diferente, muito diferente, daquele que ela vira tomando sorvete de casquinha, tirando fotos no supermercado, olhando para ela escondido, na cozinha. De novo aquele jeito asséptico e indecifrável. O ar grave, os olhos apertados, a voz dura. Assustador, mesmo. Parecia um *gangster* de filme. Maria Claudia treme um pouco à essa ideia, mas se controla.

– Vamos? – ela diz quando ele enfim se aproxima, ainda com a cara meio fechada.

Ela percebe que a conversa devia ter sido importante, porque ele mantém o ar pensativo, não muito para conversa, pingando colírio nos olhos. Descem para o subsolo. Bip, bip. Maria Claudia destrava o alarme do carro.

Na Paulista apinhada de carros, o sol de rachar faz do carro uma sauna. Ligando o ar-condicionado e o rádio, Maria Claudia aproveita o silêncio de Ivan para telefonar para a mãe, em Santos, mas ninguém atende, e ela segue pensando que caminho vai fazer para chegar ao centro da cidade.

– Você não vai perguntar? – Ivan quer saber.

– Eu? Perguntar o quê?

– Sobre a minha conversa no telefone!

Ela ri.

– Adianta, eu perguntar? Você não vai contar nada!

– Não vou, mesmo. Mas você *é* com cara de *liubapítnaya*.

Às vezes ele ainda se atrapalhava com o *ser* e o *estar*.

– De quê?

– *Curiasa*.

– "Curiosa" – ela corrige e ri – Você nunca responde, eu não posso perguntar nada!

– Claro que pode!

– O que era a conversa?

– Isso, não pode – ele ri.

– Tá vendo? Bom, então, vamos ver, o que pode. Sobre o jogo, ontem. O que você achou?

– Muito bom. Muito bom! Pena aquela briga. Não foi culpa dos corintianos.

– É, pois é – ela não se encaixa muito bem em conversa de futebol – Mas você viu o que você queria ver?

– O... quê...? – ele pergunta, sentindo-se culpado, ainda vexado pelo flagra dele olhando o bumbum da brasileira na cozinha, na véspera.

– No jogo do Corinthians, Ivan!

– Ah... vi...

– Humm...

– Ontem, na sua casa, parecia uma assembleia das Nações Unidas. Só estrangeiro!

– É mesmo! É a cara de São Paulo, isso! – ela diz – Você viu, tinha representantes de quase todas as raças da cidade. Cê sabe, no final do século XIX começaram a vir imigrantes, principalmente do Japão e da Itália, nessa época. Vinham em levas organizadas, com acordos entre os governos. Se instalavam basicamente aqui na cidade, ou no interior, pra agricultura. Teve também levas muito grandes de sírios e libaneses, o comércio em São Paulo é famoso, na mão deles. E armênios, também. De judeus, é claro, na época da guerra, mas mesmo antes tinham vindo bastante. Aliás, como você viu, judeus e árabes em geral, aqui em São Paulo, são super amigos!

– É, eu vi!

– Teve levas de outros países que foram para os estados do sul. Alemães, ucranianos, holandeses, são colônias grandes, lá. Se você vai pro sul do Brasil, só dá gente com a sua cara, Ivan. E assim, tem povo de tudo quanto é lugar. Mas não se engane: é tudo brasileiro!

– Tem russos, também, aqui em São Paulo.

– Tem. Ontem, lá em casa, por exemplo, era você o representante da turma da vodka! – ela ri, mas o sorriso logo lhe foge do rosto, pois imediatamente ela se lembra de outro russo no Brasil, o tradutor juramentado, e a lembrança a remete aos documentos que ela em breve receberia e que talvez lhe confirmassem as suas piores suspeitas sobre Ivan.

– Esse lugar onde a gente tá indo, Ivan – ela muda o tom, para alertá-lo – tem que ficar mais esperto ainda do que na Paulista, tá?

– Por quê?

– É muita gente, é cheio de malandro, tem que ficar de olho o tempo todo, não dar bobeira, segurar bem a bolsa, a carteira, tudo. Ainda bem que você fala português, não vai ficar chamando atenção, dando na cara que é estrangeiro!

– Ah...

Toca o telefone dela.

– Alô.

– *Claudinha! Você ligou pra cá? Eu vi agora, no identificador de chamadas, quando entrei em casa. Tá tudo bem?*

– Tudo, mãe! E vocês? E o papai?

– *Tá bom, tá aborrecido, por causa do jogo de ontem, mas já vai passar.*

Seu Otávio era santista.

– Mãe, terça-feira eu vou pra aí. Quer que eu leve alguma coisa?

– *Terça-feira...? Deixa eu pensar....*

– Ai, tem guarda! Segura o celular, Ivan! – Maria Claudia joga o celular pra cima dele, que pega o telefone no ar.

– O que eu faço...? – ele pergunta.

– Segura um pouco! *Mãe*! – ela fala alto, na direção do telefone na mão do russo – *Se cair a ligação, eu te ligo de novo. Tem guarda, eu tou dirigindo!* Ai, é melhor desligar, Ivan.

Toca o celular dele. Em russo, dessa vez. Maria Claudia começa a se acostumar com o som da língua.

– Olha o ministro! – ela diz, animada, aumentado o som assim que ele desliga o celular, conforme entram na Rua da Consolação.

– O que...?

– Esse é o Gilberto Gil, que agora é Ministro da Cultura do Lula! Eu prefiro ele como músico! – ela canta junto com a Nova Brasil FM, que tocava *Cara a Cara*, de Gilberto Gil...

...Nas suas andanças, danças, danças, danças, danças na multidão

Veja se de vez em quando encontra, contra, contra os pedaços do meu coração...

Atrapalhada com o caminho a tomar, por onde ir e por onde não ir, as mãos e contramãos sempre a confundindo, Maria Claudia se concentra no itinerário que tinha feito na cabeça para chegar ao centro velho da cidade, cujo tumulto é um pouco diferente daquele da Avenida Paulista. Mais bagunçado. Mais sujo. Mais largado. E mais engraçado, pelo menos na opinião de Ivan. Camelôs desordenados, povo andando para todos os lados, se trombando nas calçadas, pessoas misteriosamente não fazendo nada, ali paradas, em pé. Uma decadência geral no ar e nas roupas, a despeito dos projetos de "revitalização do centro velho", já em ação há várias gestões da prefeitura, com patrocínios, parcerias e as companhias de engenharia, arquitetura e urbanismo supervisionando tudo. A passos lentos iam recuperando prédios antigos, fachadas requintadas, construções tradicionais, transformando-os em espaços culturais, hotéis, restaurantes etc., os imóveis recuperados se destacando entre aqueles em ruínas que, caindo aos pedaços, aguardavam sua vez.

Depois de dar uma volta grande, Maria Claudia atravessa a Avenida Rio Branco, entrando logo no primeiro estacionamento que vê, já zonza demais para pensar.

– Agora, Ivan Ivánovitch, você vai conhecer o paraíso dos homens, em São Paulo! – ela diz, indo os dois a pé pela calçada em direção à Rua Santa Ifigênia.

– O quê?!

– Quero dizer, não é o que você está pensando! – ela ri.

– O que é que eu estou pensando? – ele ri também.

– É uma rua inteira só de lojas, e camelôs também, com tudo o que você pode imaginar de produtos eletrônicos. Som, imagem, luz, computador, telefone, tudo!

– Ah! Acho que eu...

Ivan logo se interrompe. E começa a sorrir, parando numa esquina, esperando para atravessar. Toca o telefone de Maria Claudia: sua mãe pedia enfim que ela levasse para Santos um pacote grande da ração do Picolé.

Logo ao colocar o pé na calçada da Santa Ifigênia, Ivan, que a princípio não entendera o que Maria Claudia tinha dito sobre aquela rua, é tomado pela lombriga dos eletrônicos. Seus olhos brilham. Não sabe para onde olhar primeiro. Para em todas as vitrines. Quer entrar em todas as lojas. Um monte de homens entrando e saindo, comprando, perguntando, se informando, consumindo feito loucos. Ele começa a entender o *frisson* das mulheres, em *shopping centers*. Tudo ali é o máximo. Qualquer coisa eletrônica – absolutamente qualquer coisa – poder ser comprada ou consertada ou suas peças trocadas ou até mesmo ser construída do zero: a Rua Santa Ifigênia é o supermercado do Prof. Pardal.

– É um paraíso, isso aqui! – ele diz, repetindo as palavras de Maria Claudia.

Uma atrás da outra, lojas com tudo o que se possa imaginar na esfera eletrônica. Computadores para montar? Tem. Monitores muito mais baratos? Tem. Câmeras digitais de todos os tamanhos, preços, capacidades, marcas, países, funções? Tem. Aparelhos de som, dvds, mp3, toca-isso, toca-aquilo, celulares, celular com câmera, celular com tela, ipods, cds, dvds? Tem. Material já fora de linha? Tem. Material e peças para repor ou compor todas essas coisas? Tem. E tudo o que os aparelhos antigos precisam para voltar a funcionar: porquinhas, parafusinhos, agulhas para vitrolas, fios, cabos, *plugs*, tudo. Programas e jogos de computador, os últimos lançamentos. Sem contar a tentação marginal, nas calçadas, vendendo alguns programas tão inéditos, que ainda não foram lançados pelo próprio fabricante estrangeiro, mas nos camelôs da Santa Ifigênia tudo já ao alcance do feliz comprador paulistano, se este não se preocupa com a lei. Toda espécie de pirataria, inclusive com "garantia" dos produtos pirateados. A polícia vira e mexe dá uma *blitz*, põe todo mundo para correr, alguns sendo levados em cana. Basta apontar o carro da polícia lá longe, alguém dá o sinal, e é uma debandada geral, somem imediatamente as barraquinhas, os produtos e os criminosos. O mais curioso é a convivência pacífica e até fraterna dos lojistas – pagadores de aluguel e de impostos, vendedores de mercadoria legal – com os camelôs em frente a eles, aparentemente não oferecendo concorrência, produtos diferentes cá e lá. Ajudam-se mutuamente. Indicam-se uns aos outros, para os fregueses. Todos muitos amigos. Legais e piratas lado a lado. Problema universal, debatido nas empresas produtoras, nos escritórios de advocacia, nas cúpulas governamentais e em fóruns mundiais de economia: como combater a pirataria dos eletrônicos, as indústrias de computação e cinematográfica lutando para sobreviver ao fenômeno. Porque os filmes nem são lançados nos cinemas, e na *internet* a turma já está fazendo o *download*, ou para passar para os amigos, ou para fazer cópias e vender, mesmo. A tecnologia está aí para isso e as empresas, artistas e autores têm que correr atrás de uma solução.

Mas Maria Claudia tem endereço lícito e certo para fazer sua compra. Indo direto ao número que anotara, ela tem um pouco de trabalho com Ivan, que a cada porta vai diminuindo o passo para dar uma espiada no que está lá dentro. Finalmente chegam à loja onde ela fala o nome de Daniel e logo é muito bem atendida, dando para o rapaz o papel onde ela mesma havia anotado tudo, e que já não lembrava mais para explicar. Ivan, ao seu lado, dando uma força, porque entende um pouco mais que ela sobre computadores. O que não é difícil, porque ela não entende nada de computadores, sabendo apenas ligá-los, usá-los e desligá-los. Como todas as pessoas normais, cada vez que seu computador tinha um problema, ficava gelada de aflição, como se o mundo parasse de existir, como se a vida não fosse mais possível, como se devesse ficar trancada em casa sem falar nem ver ninguém até que o problema se resolvesse.

– Vamos? – pergunta ela, indo com o pacote encontrar Ivan na calçada, onde ele tinha ido atender uma ligação aparentemente da Rússia.

Ele demora um pouco para terminar a conversa, mas finalmente põe o celular no bolso.

– 'Brigada, de ter vindo comigo, Ivan... Eu tava morrendo de medo de vir aqui!

– Por quê?

– Ah, não sei, é tanta coisa, tanta gente, e eu não entendo nada disso...

– Por mim, pode me chamar para vir aqui com você quantas vezes você quiser!

– Eu imaginava, mesmo, que você iria gostar...

E aí é a vez de Maria Claudia sentir o outro lado, o dos homens enfadados acompanhando suas mulheres em *shopping centers*, fechando a cara ao lado delas nas lojas sapatos e *lingerie*, onde elas entram e não saem mais. Ivan quer ver tudo. Tudo quer perguntar. Tudo quer saber como funciona. Tudo quer comprar. Tudo diz que "está precisando". Tudo acha que "está de graça". Até em um ou outro camelô ele para, tentado, mas afasta-se depressa. E por influência de Maria Claudia, acaba comprando um mp3, para gravar as músicas que ouviam no rádio. Sai da loja todo contente, pacotinho na mão.

– Atenção, Ivan. Cuidado com esse pacote – ela diz, os dois indo pela Santa Ifigênia, até o final.

– Que estressada!

Ela ri.

– Mas é verdade, é bom não dar a chance! Tem muito assalto, mas se a gente fica esperto, segura bem a bolsa e não fica olhando pro céu com cara de perdido, já fica bem mais difícil de acontecer.

Seguindo a pé com o sol forte sobre as cabeças, quando se dão conta, estão entrando no Viaduto Santa Ifigênia, calçadão que desemboca no Largo de São Bento, e param para olhar a vista da Avenida Prestes Maia e do Vale do Anhangabaú. Antes uma larga e movimentada avenida ligando o centro e a zona norte da cidade, agora um grande jardim se abre abaixo deles, com palmeiras, coqueiros, canteiros, flores e, no chão, a pedra portuguesa, formando desenhos. O trânsito não sumiu, apenas foi transferido para debaixo do jardim – o "buraco do Anhangabaú", como foi alcunhado. Quando chove aquela chuva tropical conhecida dos paulistanos, alaga que é uma beleza. Carros boiando na entrada do túnel tomado pela água. Motoristas em cima do capô. Sirenes dos bombeiros se aproximando. Helicópteros da polícia militar e das redes de televisão sobrevoando a cena. Imagens deles nos noticiários do Brasil inteiro. Os políticos, acusados pelo estrago, sendo chamados de todos os nomes. Mas nessa manhã de sexta-feira, a brasileira e o russo admiram a paisagem, não está chovendo, é um dia claro, ensolarado e seco. Seco como a garganta de Maria Claudia.

– Que horas são?

– São... – ele olha o relógio – onze e trinta e cinco.

– Eu tive uma ideia...

– Vamos ver. Qual é a ideia? – ele pergunta, pegando num bolso interno do paletó sua câmera digital.

– Você tem tempo?

– Tenho. Estou gostando da introdução – ele diz, rindo, fingindo-se malicioso, ligando a câmera.

– Para com isso, Ivan! – ela ri, também – Vamos até o Mercado Central? É bem aqui perto...

– O que é o Mercado Central?

– Algo me diz que você vai gostar de lá... Só que... a gente vai ter que passar pela Rua 25 de Março...

– Como tem ruas com datas, no lugar dos nomes, em São Paulo! – ele deixa escapar. Tinha passado várias horas analisando o mapa de São Paulo exaustivamente.

– É verdade!

– Você sabe o que aconteceu em todos esses dias? – ele quer saber, apoiando-se na grade do viaduto para tirar fotos.

– Não. Mas o 25 de março, eu sei: é o dia em que entrou em vigor a primeira Constituição da República, em 1891! Cê sabe que o Brasil foi colônia de Portugal até 1822. A família real portuguesa tinha vindo morar no Brasil, meio que fugida do Napoleão. Daí, em 1822, Dom Pedro I, que era o príncipe regente, filho de Dom João VI, Rei de Portugal, declarou a independência, quando estava indo da casa da amante dele, aqui em São Paulo, para o Rio de Janeiro, onde ficava a corte. O Rio foi a capital do Brasil até 1960, só aí mudou pra Brasília, cê sabe.

– Ficou maluco de repente e declarou a independência? – pergunta Ivan.

– Mais ou menos. Tinha parado com todos os soldados pros cavalos tomarem água no Rio Ipiranga, que é pro outro lado da cidade. Aí chegou um mensageiro esbaforido com um recado. Não tinha celular naquela época.

– Ah, é? – diz o russo, rindo.

Toca o celular de Ivan.

– Falando nele... – diz Maria Claudia.

Enquanto ele fala, em português codificado, ela segura a câmera meio escondida e fica de olho nos passantes, para não serem pegos de surpresa. Ivan tira uma caneta do bolso, procura um pedaço de papel, Maria Claudia acha na bolsa um papelucho e lhe dá, virando as costas para que ele apoie em seu ombro para escrever.

– Pronto – ele diz, desligando – E então, continua.

– O quê? – ela lhe devolve a câmera.

– A história do príncipe e da amante.

– Ah! Então, ele leu o bilhete, que não devia ter coisas muito boas, de Portugal, porque ele ficou fulo da vida, começou a gritar feito um louco, subiu no cavalo, desembainhou a espada, ergueu-a acima da cabeça, e...

– Arrancou a cabeça de um soldado!

– Fica quieto, Ivan! – ela ri - Ele não era igual o seu xará, o terrível! Levantou a espada, apontando pro céu, e gritou "Independência ou morte!". E foi uma gritaria dos soldados. Ele deve ter falado uns palavrões também, mas isso não ensinam pra gente, na escola. O quadro com essa cena tá lá no Museu do Ipiranga, construído *in loco*. É bem bonito, tem um tremendo de um jardim na frente.

– Daí ele voltou pra casa da amante, ou foi para o Rio de Janeiro?

– Foi para o Rio. A casa da amante é aqui perto, virou museu, ao lado do Pateo do Colégio, que é o ponto zero, onde a cidade foi fundada, em 1554.

– Pelo Padre Anchieta... Com a missa, pros índios... no dia 25 de janeiro.

– Você sabe isso...? – Maria Claudia se surpreende.

– Sei...

– E que é por causa desse dia que a cidade se chama São Paulo, cê também sabe?

– Ah, é?

– Porque foi no dia 25 de janeiro que São Paulo teve a visão, indo pra Damasco. Por isso o Padre Anchieta escolheu esse nome pra cidade.

– Isso eu não sabia!

– Bom – ela continua – E aí, o Brasil virou monarquia, com imperador e tudo. O filho dele, Dom Pedro II, que sucedeu D. Pedro I quando este abdicou, era meio fraco na política, mas era um cara finíssimo, cultíssimo, altamente pioneiro, um precursor das novas tecnologias. Foi uma das primeiras pessoas a acreditar no telefone, ele punha fé no Graham Bell, que ele até conheceu pessoalmente. Uma vez, numa viagem para a França, ele, que era super simples, sem frescuras, saiu para visitar o Victor Hugo, que era amigo dele. Desceu da carruagem vestido normal, sem pompas, sem ninguém o acompanhando, bateu na porta, o mordomo atendeu:

"O Sr. Victor Hugo, por favor."

"A quem devo anunciar?"

E ele disse simplesmente:

"Pedro de Alcântara."

– Humilde! – comenta Ivan, batendo uma foto.

– Mas foi a filha dele, a Princesa Isabel, que foi o máximo. Foi ela que iniciou o processo de libertação dos escravos, pouco a pouco, até que finalmente assinou a Lei Áurea, em 1888. Sem mais escravidão no Brasil.

– Ela tinha um amante em São Paulo, como o avô dela?

– Claro que não, Ivan Ivánovitch! Ela era casada com um nobre francês, o Conde D'Eu, de quem o pessoal aqui não gostava muito. Logo no ano seguinte, em 1889, proclamaram a república.

– Assim, de repente, também?

– Não, mas é muito comprido pra contar, os movimentos abolicionista e republicano já vinham rolando fazia um tempão, teve a Guerra do Paraguai, e eu não sei direito. E daí, a primeira Constituição, promulgada no dia 24 de fevereiro de 1891, e entrando em vigor em 25 de março. Nessa época, São Paulo era mínima, e aqui onde a gente está, é tudo sobre esse assunto, olha os nomes das ruas, aí à esquerda tem uma ruinha super estreita, a Rua da Constituição. E a maioria dos prédios, é tudo do final do século XIX e comecinho do século XX, justamente quando estavam chegando os imigrantes, que eu te falei, a japonesada, a italianada e todos mais.

Ivan focaliza bem e aproxima a imagem, para tirar uma foto.

– Essa ponte aí na frente é o Viaduto do Chá; aquele prédio quadrado, neoclássico, à esquerda, com os jardins em cima, é a Prefeitura de São Paulo, mas lá já foi a sede das empresas da família Matarazzo, uns ricaços da cidade. O outro prédio, à direita, agora é um shopping, mas originalmente, era o prédio da Companhia Light, dos canadenses, que vieram trazer a luz elétrica pra cá, em 1900. Aquele ali à direita é o Teatro Municipal, todo tradicional. Abaixo dele, a Praça Ramos de Azevedo, que foi o engenheiro que fez a maioria desses prédios. Olha o jardim e as escadas, acho lindos! Olha as palmeiras imperiais!

Ivan fotografa.

– Mais lá pra frente – ela continua – Pra esquerda dessa bandeira do Brasil enorme, que tá na Praça da Bandeira...

Ivan dá um close e fotografa a gigante bandeira do Brasil, lá ao longe.

– ...Não dá pra ver – Maria Claudia continua - mas tá lá a faculdade onde eu estudei, no Largo de São Francisco, que era um mosteiro que foi transformado em Faculdade de Direito, em 1827. Uma época meio louca, aquela. Tinha uns estudantes da pá virada, tipo Lord Byron, que eles queriam imitar.

Maria Claudia para de falar, pensando em Álvares de Azevedo, o poeta, e nas estórias que contam sobre ele.

– Que foi?

– Ai, tou cansada de falar! Cê não tá cansado de ouvir?

– Não.

– Vamos indo?

– Vamos.

Mal dão alguns passos e estão em frente ao Mosteiro de São Bento.

– É linda, essa igreja – ela diz – Lá na frente, no altar, tem uns vitrais lindos.

– Vamos entrar?

Contrastando com a rua barulhenta e tumultuada, dentro da igreja, como num passe de mágica, a meia-escuridão e o reverente silêncio acolhem as poucas pessoas lá sentadas, graves, circunspectas, rezando, um suave cheiro de incenso no ar. Alguns turistas com suas câmeras, andando bem devagar, em atitude respeitosa, um guarda gentilmente se aproximando deles e pedindo para não tirarem fotos. O interior todo em madeira escura entalhada, os enormes santos observando os fiéis, os altares em perfeito estado de conservação, o famoso órgão, à esquerda do altar, aguardando a próxima missa para encher a nave com seu som celestial, toda a atmosfera lá dentro elevando a alma e induzindo à reflexão e à oração.

Após um ligeiro dobrar de joelhos e o sinal da cruz, quieta, passos pequenos, Maria Claudia vai andando para a direita, mas logo para. Atrás dela

Ivan havia estacado, o queixo caído. Ao virar-se para trás Maria Claudia o vê terminando de se persignar, como os ortodoxos, batendo primeiro no ombro direito, os olhos fixos na coluna à sua frente: guardado num nicho de vidro, protegido por sistema de segurança, um pequeno ícone russo ortodoxo da Virgem, todo coberto de pequenas pérolas. O queixo de Maria Claudia também cai. Nunca havia visto nada parecido, nenhuma obra de arte como aquela. Hipnotizados pelo ícone, os dois não percebem atrás deles um rapaz, que também admira a Virgem.

– É o Ícone de Nossa Senhora de Kasperovo – diz o rapaz para Ivan e Maria Claudia, que se viram para trás ao ouvi-lo.

– Kasperovskaya Previataya Bogoroditza – repete Ivan, em russo.

– Isso mesmo – confirma o rapaz, que Maria Claudia vê ser um padre, pois, além do jeito de falar, usava o paletó sobre o colarinho romano – É a Virgem com o Menino Jesus, com os rostos unidos. Vem provavelmente da antiga fábrica de ícones do Kremlin. Era originalmente um pouco maior, mas foi reduzido para vinte e sete por vinte e dois centímetros. São esmaltes preciosos, rubis e turquesas, e o manto com mais de seis mil pérolas raras, que foram colocadas no lugar do manto de prata original.

– Como veio parar aqui...? – pergunta Ivan, para si mesmo.

– É uma estória muito bonita – responde o jovem padre, gostando de poder contar o que sabe – É um ícone pequeno e veio em um caixa que, aberta, também servia como oratório. No forro de seda dessa caixa está estampada a águia de duas cabeças, símbolo da Rússia. Abaixo da estampa estão três palavras em russo, que significam "da loja da fábrica imperial"; a data, 1893; e a imagem de São Jorge, o santo de Moscou.

– O senhor é guia, aqui no mosteiro? – pergunta Maria Claudia, sem jeito.

– Não – sorri o rapaz – Eu estudei aqui e venho visitar sempre que posso.

Ivan continua com os olhos pregados no ícone.

– Esse ícone – o padre prossegue, respondendo à pergunta de Ivan - foi presente de um oficial russo para Dom Miguel Kruse, abade do mosteiro, no começo do século XX, em agradecimento, porque o abade aceitou o pedido do oficial de serem realizadas missas no rito ortodoxo russo, na língua russa, ali na capela do Santíssimo Sacramento, onde o ícone ficava aberto em seu oratório, para os exilados da revolução que vieram para cá.

Maria Claudia e Ivan olham na direção que indica o jovem padre, dentro da igreja, à direita do altar principal.

– Outros dizem, mas ninguém acredita muito – continua o padre, sorrindo – que foi o próprio Tzar Nicolau II que doou o ícone para o Mosteiro!

Ivan se inclina para beijar o ícone, conforme Maria Claudia se despede do padre, que os deixa, indo em direção à sacristia. Ivan e Maria Claudia seguem pela igreja, aproximando-se da capela, onde ambos param e se põe a imaginar os fugitivos da revolução bolchevique, ali reunidos, rezando em sua língua natal. Continuando lentamente, chegam ao altar principal, com os enormes vitrais laterais jogando a luz de diversas cores sobre o chão. O austero altar com os lugares para os monges se sentarem, nas missas solenes dos domingos, quando saem em procissão do claustro, seguindo pela nave até o altar, o incenso saindo lentamente do turíbulo, perfumando toda a igreja, na missa toda em canto gregoriano. Maria Claudia para bem em frente ao altar e mostra a Ivan, no chão, uma enorme placa de bronze, muito antiga, mas muito bem conservada, a tampa de uma cripta: o túmulo dos benfeitores do mosteiro, Fernão Dias Paes Leme, o Caçador de Esmeraldas, falecido em 1681, e de sua esposa, D. Maria Garcia Rodrigues Betting, falecida dez anos depois. Maria Claudia tem vontade de contar para Ivan aquela parte da história do Brasil quando, nos séculos XVI e XVII, os colonizadores portugueses, chamados *bandeirantes*, adentraram pela densa mata virgem no sul e sudeste brasileiros, sobretudo no estado de São Paulo, abrindo caminho, desbravando terras, fundando cidades e construindo o país, mas fica quieta. Não é o local nem o momento para falar e, além disso, ela percebe na atitude circunspecta de Ivan que ele ainda está pensando no oficial russo e nos exilados, doando o precioso ícone em gratidão por poderem, tão longe de casa, realizar seus ritos e suas preces, em sua língua.

Ao saírem da igreja, Maria Claudia vê ali em frente o café-restaurante Girondino e não resiste.

– Vamos no Girondino? Minha garganta tá seca!

– Vamos.

Toca o celular dela conforme entram no café.

– Alô ... ... Alô! ... ... Ahhhlôôô...

Ela olha na telinha para ver quem era. Sem identificação. Ivan disfarça, fingindo não ter notado que ela recebeu um telefonema mudo. Eram sintomáticos, telefonemas assim. Mostravam que alguém estava atrás, ou com raiva, ou com medo, ou checando alguma coisa. Mas era sempre alguém que não estava indiferente. E que acabaria telefonando outra vez. Incomodavam a pessoa para quem ligavam, e também a pessoa que estava perto daquela para quem ligavam. Ivan tinha certeza de que era aquele mesmo que a fizera chorar na véspera.

– Querem pão de queijo? – pergunta a moça trazendo dois cafés.

– Sim! – diz Ivan.

– Não! – diz Maria Claudia – Eu quero um copo d´água, por favor. Ivan, a gente vai comer, nesse lugar aonde a gente vai.

– Certo, generala!

Ivan gosta da arquitetura e do charme da Rua XV de Novembro, outra data famosa, essa até feriado nacional: o dia da Proclamação da República. Calçadão, sem muito movimento, era o endereço das sedes dos grandes bancos. Mal podia ele imaginar, no entanto, o que o esperava a alguns metros apenas. Para alcançarem o Mercado Central, eles tinham que descer logo ali a íngreme e tumultuada Ladeira Porto Geral e atravessar a Rua 25 de Março, o endereço do comércio por atacado e varejo para onde todos os dias, como baratas tontas, acorriam aos milhares lojistas de todo o Brasil e também nove entre dez paulistanas viciadas em compras e pechinchas. Depois de visualizar a elegante São Paulo do começo do século XX, pela descrição de Maria Claudia, o russo iria ver algo bem diferente, ia sentir a megalópole, o fim do mundo, ia ver o que é que era bom para tosse. A própria Maria Claudia começava a se arrepender de tê-lo trazido ali, mas era tarde demais para voltar atrás.

Ivan era um homem vivido. Achava que já tinha visto tudo, na vida. Inclusive a Rua Santa Ifigênia. Mas nada – nada neste mundo – pode remotamente se comparar, pode ser de longe mencionado como parâmetro, pode lembrar ainda que metaforicamente, o movimento da Rua 25 de Março. Uma massa compacta de gente pela calçada e pela rua, não se podendo distinguir uma da outra. Camelôs, vendedores, compradores, pessoas de passagem, mercadorias as mais absurdas sendo vendidas nas barracas e nas lojas, desde brinquedos e fantasias de carnaval até sapatos, passando pelas tradicionais lojas de tecidos e roupa de cama, mesa e banho, e ainda bijuterias, cd´s e dvd´s piratas e legais, pantufas chinesas, papelaria, produtos made in Taiwan, eletro eletrônicos, panelas, louça, presentes finos, plastiqueiras em geral, objetos não identificáveis, utensílios aparentemente inúteis, hordas e hordas de guarda-chuvas, tudo abarrotando a rua e as calçadas, nenhum espaço possível por onde passar, mulheres tresloucadas se arremessando com volúpia às compras, pessoas carregando pacotes gigantescos, a multidão levando o transeunte incauto para cantos onde ele não queria ir. A Vinte e Cinco de Março é o endereço procurado por donos de lojas de todo o Brasil, que viajam até São Paulo unicamente para fazerem as compras de seus estoques. Por isso as lojas vendem no atacado e no varejo, e os camelôs, com seus produtos clandestinos, são o alvo da polícia que faz batidas frequentes, enfiando-se desafiadoramente no meio da bagunça de gente e mercadoria.

– Olha o "rapa"! – vai gritando o primeiro camelô ao ver lá longe a viatura.

E todos os ambulantes já começam a recolher sua mercadoria e dobrar as mesinhas, para fugirem correndo dos policiais, uns dando o sinal para os outros, com a ajuda inclusive dos compradores que, solidários, vão discretamente dizendo "Olha o rapa!" conforme passam pelas calçadas.

Todo mês de dezembro, à espera do Natal, transforma-se na representação fiel do último dos anéis do inferno de Dante. Dá a louca em todo mundo. Música alta, cornetas, gritos dos vendedores, bolhas de sabão. Sacolas enormes, gente perdida, papais-noéis de todas as cores, mercadorias e preços gritados por todos os lados. Somando-se à confusão, barracas na calçada vendendo frutas para serem consumidas na hora: abacaxis abertos e fatiados, o suco escorrendo da prancha para a sarjeta; mangas cortadas em pedaços grandes; melancias em fatias feito enormes sorrisos rosa forte, como que se divertindo diante da febre humana por consumo. E de repente, uma tromba d´água de verão. Dez minutos depois, sol outra vez, e tudo recomeça.

– Eu vou na Vinte e Cinco, amanhã.

– Você é louca!

Era um diálogo comum, nas casas paulistanas.

Ivan não sabe se acha aquilo engraçado ou o fim do mundo. Pela primeira vez na viagem sente um pouco de medo, não sabendo com certeza se sairia vivo dali. Seguindo pela Rua Comendador Kherlakian, igualmente bagunçada, finalmente chegam ao fabuloso Mercado Central, em sua portentosa construção do início do século XX. O festival gastronômico da cidade. Cores, sabores e aromas numa combinação perfeita. Uma festa para os olhos e para a barriga. O lugar aonde restaurantes finos e *gourmets* de ocasião fazem suas compras requintadas. Uma espécie de mercado persa da alimentação, com todas as frutas e legumes existentes, e também produtos de todas as partes do mundo, desde azeitonas de todas as origens até peças enormes de suculento bacalhau. As lojas de secos e molhados eram as mais concorridas, com suas passas, figos e frutas secas, azeites sofisticados, temperos raros, frios de todos os tipos, queijos fresquíssimos, massas, presuntos de diversas origens. As pessoas se acotovelando para ver, admirar, experimentar, apertar, escolher, pagar. Quem está de dieta para emagrecer não pode passar nem perto dali.

Cansados e famintos, Ivan segue Maria Claudia pela escada rolante que leva ao mezanino, onde está a praça de alimentação, já lotada de fregueses, curiosos, equipes de televisão fazendo reportagens, turistas tirando fotos, garçons indo e vindo com bandejas abarrotadas de comidas e bebidas.

– Pois não? – pergunta-lhes um deles entregando o menu, na mesa que finalmente eles pegam no restaurante Hocca.

Embora o cardápio fosse variado, ninguém ia até lá para pedir outra coisa que não o famoso pastel de bacalhau ou então o indecorosamente grande sanduíche de mortadela. Decidem-se pelo bacalhau.

– Para beber?

– Eu quero um guaraná *diet* – diz Maria Claudia.

– Eu quero .... – Ivan olha para os vizinhos de mesa tomando copos enormes de chopp super gelado – ...uma garrafa d´água, por favor.

Ele tinha mais uma reunião, à tarde. Precisava estar inteiro. Não era mesmo de beber muito, mas a gulodice tomava conta dele com facilidade. Mal chega o pastel de bacalhau e ele vê, em outra mesa, um sanduíche de mortadela, grande, suculento, tentador. Três andares da tradicional mortadela

Ceratti cortada fininha e delicadamente acomodada em ondas entre dois pães que mal se conseguia ver. Por mais que se abrisse a boca, era muito difícil mordê-lo, de tão grande. Refeição para um dia inteiro. Ele não resiste. Pede um. Maria Claudia não aguenta nem seu pastel inteiro – que ele, é claro, trata de terminar para ela.

– Valeu, não valeu? – pergunta Maria Claudia quando afinal o russo dá conta do último pedaço do sanduíche – É tudo de bom!

– Não acredito que você levou o russo na Santa Ifigênia e na Vinte e Cinco no mesmo dia! Na mesma vida! – exclama Ana Cecília.

– Levei! E no Mercadão, também!

Maria Claudia tinha chegado em casa no final da tarde, após o trabalho, e logo foi telefonar para a amiga para contar as fofocas. Precisava contar tudo à Ana Cecília, sempre. Depois, terminando de tomar banho, procurando uma roupa mais informal para ir à *happy hour* encontrar os amigos, ela pensa no dia que tivera, até ali.

Mais cedo, após o almoço no Mercadão, ao chegar no escritório depois de deixar Ivan na frente do hotel, tinha começado a tarde tomando o cafezinho que lhe havia trazido a copeira e pensado na manhã agitada no centro da cidade, dando uma de guia turístico para o russo misterioso. Pensa nas coisas que falaram, nas conversas suspeitas de Ivan ao telefone, nos documentos sobre ele que ela ainda veria, e no jeito de Ivan, na igreja, cheio de respeito. Não lhe parece que bandidos pudessem ser tão religiosos. Ou será que podiam, sim? No carro, voltando à Avenida Paulista, pareciam ambos meio sonolentos, com preguiça diante de uma tarde inteira de trabalho pela frente. Maria Claudia tinha antes que passar na empresa do Daniel para deixar com eles a placa do computador, comprada de manhã. Iam um pouco em silêncio, no carro, sem muita animação para falar.

– .... O quê...? – pergunta Ivan, ao ver Maria Claudia olhando para ele com aquele sorrisinho alegre no rosto, sem dizer nada, como que o analisando.

– Nada, nada... – ela diz, o sorriso se abrindo ainda mais, os olhos dela sobre ele.

Na andança desde a manhã, a ventania por todos os lados tinha levantado os cabelos – não muito abundantes – no topo da cabeça de Ivan, formando um topete, uma crista loira para cima, como um bebê, dando-lhe um ar infantil e engraçado.

– Eu *fez* alguma coisa errada, de novo?

– Dá uma olhada, Ivan...! – ela abaixa o quebra-luz em frente a ele, para que ele se visse no espelho.

Ela ri alegre, enquanto ele passa a mão nos cabelos para abaixar o topete.

– Ah, deixa como estava, eu gosto!

Ele ri também, voltando o quebra-luz no lugar, o rádio tocando Marina, *Charme do Mundo*,

> *...É febre e amor e eu quero mais Tudo que eu quero sério*
> *É todo esse mistério...*

Estirado na cama de cueca e camiseta, Ivan vai recuperando as forças, depois de tomar uma longa ducha forte, tentando descobrir como funciona o mp3 que comprara pela manhã. Não consegue achar as funções. Tem as mãos muito grandes, mal pode segurar aquela coisinha, os botões são pequenos demais para seus dedos. Tenta ler o manual, mas não entende nada. Não da língua: das explicações, mesmo. Não tinha conseguido passar para ele as músicas russas que tinha no laptop, não havia meios de fazê-lo funcionar. Não consegue tirar da FM, que fica numa rádio que só toca samba. Acaba desistindo, e volta a pensar no dia agitado que ia deixando para trás. Tinha já repassado na cabeça e na agenda todas as conversas e informações do dia – no telefone, de manhã; na reunião, à tarde. Tudo perecia estar seguindo conforme previsto. Todos os envolvidos estavam empenhados, cada um fazendo a sua parte. Era um passo de cada vez. Não adiantava querer apressar as coisas. Ivan respira fundo, pingando uma gota de colírio em cada olho. E involuntariamente seu pensamento mais uma vez voa para Maria Claudia.

Não fazia parte de seus planos envolver-se com uma mulher ao vir para o Brasil. Aliás, deveria até evitá-lo, pois isso podia atrapalhar tudo o que tinha vindo realizar. Já não era mais criança, mulheres iam e vinham, ele já não se via mais deixando nada no gênero acontecer, pelo menos não por mais de um ou dois encontros, e jamais fazendo-o perder o controle de sua vida. Mas o fato era que ele gostava da pessoa que ele se tornava, quando estava ao lado de Maria Claudia. Ele próprio sentia a diferença do homem normalmente austero e sisudo que ele sabia ser, ou parecer ser, para o Ivan bem humorado, de riso fácil, de bem com a vida, que vinha à tona, quando a brasileira estava perto dele. Vinham dando tanta risada, no carro, quando ela o deixou na porta do hotel... No banco de trás, as mangas compradas horas antes...

Maria Claudia tinha ido primeiro deixar a placa do computador na empresa de Daniel, para que a instalassem. E no caminho para a Paulista, parando num farol no bairro de Santa Cecília, ela vê um vendedor na esquina com um caixa de mangas na mão.

– Olha só! Mas já é época?! – ela exclama, parada no farol vermelho, o rapaz na calçada, à direita, a caixa com mangas vermelho-alaranjado forte, daquelas suculentas e lindas, parecendo uma pintura.

– O quê? – pergunta Ivan.

– Que beleza de manga! Moço! – ela diz, abaixando pelo botão eletrônico o vidro da janela de Ivan, tentando chamar a atenção do vendedor, que a ouve e se aproxima da janela do passageiro.

– Boa tarde, dona!

O sinal já ia abrir.

– Quanto estão essas mangas? – ela pergunta, debruçando sobre Ivan, que olha a caixa na mão do vendedor bem debaixo do nariz dele, na janela.

– Tá cinco reais, a caixa com meia dúzia! Tá linda demais, tá não? Tá que é um mel!

O sinal abre.

– Eu vou encostar o carro! – e virando-se para Ivan: – Cinco reais! É de graça!

Ivan fica um pouco aflito porque aquilo ia conturbar o trânsito, mas Maria Claudia parece determinada e ele percebe que nada poderá detê-la.

– Na boa, Ivan. Fica frio. Tá dada, essa manga! – ela diz, vendo a cara de desaprovação do russo para a manobra, conforme ela encosta o carro rente ao meio fio, os outros carros tendo que fazer um ligeiro desvio para passar. Mas a coisa foi rápida.

– Eu quero duas caixas, moço! Essa da sua mão... e aquela ali – ela aponta para as caixas na calçada – aquela um pouco mais verde, pra daqui uns dias.

– Maria Claudia... - Ivan vai ficando mais tenso, alguns motoristas passando ao lado com cara feia.

– Sem estresse, Ivan! – ela abre a carteira onde só tinha uma nota de cinquenta.

– Ah, a senhora não tem troco, não?

Ivan pega a carteira no bolso do paletó e tira uma nota de dez, passando-a para o rapaz.

– É, tem que fazer tudo pra agradar a patroa, né não, doutor? – ele diz, passando para o russo as caixas com as frutas.

– 'Brigada, Ivan! – diz Maria Claudia, não sabendo se ri ou se fica com vergonha das palavras do vendedor, ambos se virando para trás para acomodar as caixas no banco – A gente põe essa manga na geladeira, depois come cortadinha em pedaços, geladinha, ou então bate um suco com ela, fica u-ma de-lí-cia!!!!

Deitado na cama, Ivan se lembra do cheiro doce das mangas, da música no rádio, dos dois conversando no trânsito, da boca de cereja de Maria Claudia, do seu sorrisinho com o olhar de lado ao falar do cabelo dele, do beijo que ela ainda não lhe tinha dado no rosto e daquele contato na hora que ela se debruçou sobre ele, para ver as frutas pela janela, os cabelos cheirosos e macios sobre o seu paletó e roçando seu rosto, o único contato que ele tinha tido com ela até então.

– E aí, Claudinha? Tudo beleza? – pergunta o Toni, levantando da mesa para dar um beijo no rosto da colega.

Cabelos soltos, maquiagem suave, perfume francês de leve, usando uma calça preta cigarrette, *escarpin* preto de salto dez com bico finíssimo, em cima um top justo de *chamois* azul real, ombros de fora, no pescoço uma gargantilha de fita preta, com uma pedra de água-marinha pendurada, Maria Claudia chega e vai em direção às mesas da entrada, no jardim coberto, com móveis de vime e plantas ornamentais do Almanara da Rua Oscar Freire – restaurante árabe com várias filiais pela cidade, sendo aquele um dos mais *fashion*, no mínimo pela localização, na rua mais *chic* de São Paulo. Já estão lá quatro ou cinco colegas da faculdade, entre eles o Paulo Roberto, da alfândega.

– Sempre linda, sempre gata! Quando será minha chance com você? – continua o Antônio, com o seu jeito brincalhão de sempre.

– Tudo bom, Toni? – diz Maria Claudia, dando-lhe um beijo rápido no rosto, já acostumada há muito tempo com as brincadeiras e piadinhas, não levando jamais a sério nada do que diziam seus colegas de turma.

Antônio tinha se divorciado havia dois anos, tinha uma filha pequena, e namorava uma modelo dessas que desfilavam nas Fashion Weeks de São Paulo e do Rio. No começo, ele ficou encantado com o ambiente todo, as festas, o *beautiful people*, as outras modelos, os ricos e famosos, a elite do país, as fotos na revista Caras, o dinheiro que rola nessas paradas. Vivia pendurado na garota, em todos os programas que ela inventava. Tinha ido vê-la desfilar em Milão. Chegou a trocar cartões com empresários de peso. Com o passar dos meses, porém, ele começou a se desencantar. Quando alguém demonstrava inveja do mundo de *glamour* por onde ele andava, Toni apenas o olhava um pouco, sem nada dizer, as reticências estampadas no rosto, preferindo guardar para si as coisas que sabia, deixando o interlocutor acreditar no sonho todo. Os mais maldosos atribuíam o desencanto à situação financeira de Antônio, ou teciam comentários pouco enobrecedores sobre suas capacidades físicas, ou ainda sobre certos chifrezinhos aparecendo em sua testa. Mas quem o conhecia um pouco melhor, como seus colegas de faculdade, sabia desde o começo que aquele deslumbramento era passageiro. Não era seu estilo. Na verdade, já fazia algum tempo que Antônio era voluntário no Hospital das Clinicas, aonde ia todas as sextas-feiras de manhã, à ala do câncer infantil, e passava a manhã brincando, contando histórias e pegando as crianças no colo, esta sendo para ele, pelas suas próprias palavras, a principal atividade de sua vida. Nada a ver com os corredores da moda. Eram mundos e filosofias contrastantes demais. A agitação *fashion*, a beleza rápida e a feira de vaidades estavam com os dias contados. No fundo, o que Toni queria mesmo era voltar à vida de gente normal de antes, de preferência com a ex-mulher.

– Senta aqui – diz o Toni, puxando uma cadeira para Maria Claudia.

– Oi, Paulo Roberto! Oi, Zelito! Oi, Marta! Oi, Paulina!

Antônio já estava, como de costume desde os tempos da Faculdade, dominando a cena e a conversa, com sua voz alta, seus gestos largos, sua estatura avantajada e seu eterno bom-humor. Os outros rapazes também tinham sua dose de piadas e sacadas engraçadas, mas aquelas que faziam todos rirem mais eram com certeza as que contava o Toni.

– O que você vai tomar? Nós já estamos aqui no chopp e pedimos também umas porções, devem estar chegando.

– Um guaraná *diet*, por favor – diz Maria Claudia para o garçom, que já estava ao lado dela com seu bloquinho.

– Com gelo e uma rodela de laranja? – pergunta o rapaz, pegando a comanda de Maria Claudia e anotando esse pedido ali também.

– Pode ser, obrigada! – e virando-se para os colegas: – E aí, quem mais vocês acham que vem?

– Eu falei com quase todo mundo, mas você sabe esse pessoal, no fim acabam vindo os mesmos de sempre! – comenta Paulo Roberto, olhando para Maria Claudia com um ar curioso que ela não soubre interpretar.

As *happy hours* eram mágicas para eles todos. Bastava se juntarem assim, fora do ambiente de trabalho, e todos se viam imediatamente reconduzidos à época da faculdade, aquela cumplicidade de estudantes vivendo o mesmo momento, vendo as mesmas cenas, tendo as mesmas dúvidas e as mesmas expectativas. Era como se nem um dia tivesse passado desde a última vez que tinham estado juntos no pátio entre as arcadas, jogando conversa fora, contando piadas, discutindo a política do país e do Centro Acadêmico, marcando festas, reclamando de seus chefes, fofocando sobre namoros, algumas raras vezes falando sobre provas e trabalhos em grupo.

Aos poucos vão chegando outros, uns barulhentos, outros mais tímidos, outros ainda com cara de profissional cansado, porém todos com vontade de estarem juntos como na época em que estudavam, quando todos os dias era aquilo, reunidos em classe, ou nos corredores, ou num café das redondezas, ou mais frequentemente no XI de Agosto – aquele porão mal-cheiroso embaixo da Faculdade, com entrada pela Rua Riachuelo, que eles adoravam e relutavam em deixar todas as manhãs, nos intervalos das aulas, quando tinham que subir para ir ouvir mais um professor discursando sobre a situação jurídica do Brasil. Nem o cheiro nauseabundo do desinfetante passado sobre as mesas pelos funcionários do XI, como o chamavam, era bastante para afugentá-los dali. Só mesmo quando uma das meninas resolvia tomar juízo e levantar-se para a aula seguinte, levando os rapazes a terminarem correndo de contar a última piada ou darem o último gole de café, para irem, meio a contragosto, de volta para a classe atrás das garotas, obviamente aproveitando esse momento para checar os traseiros das colegas.

– Oi, Ana Lúcia! Tudo bom? E os seus pais, tão bem?

As mulheres sempre eram mais nostálgicas ao se reencontrarem e tinham umas pelas outras um carinho especial, uma interação feminina, querendo saber como estavam suas famílias, pais, mães, maridos, ex-maridos, filhos, namorados etc. Raramente falavam sobre trabalho e escritório, todas achando esse assunto maçante demais. Importante mesmo era a vida pessoal. De resto, os rapazes também pensavam assim, não gostavam de falar de trabalho entre si. O fato é que todos estavam, a essas alturas de suas vidas, começando a se decepcionar ou se cansar da advocacia. Quando abordavam o tema, era mais para saber da disposição de espírito uns dos outros do que propriamente por querer saber de negócios.

– E aí, Maria Claudia, continua no contencioso? – pergunta Antônio, depois de cumprimentar mais um que ia chegando, dizendo "oi" para todos, e puxando mais uma mesa.

– Continuo, Antônio! E ainda lá no escritório onde me formei!– responde Maria Claudia, surpreendentemente empolgada.

– Sai dessa vida, Claudinha! O contencioso é uma punição que nenhum ser humano merece! – diz um dos colegas.

Na opinião de quase todos ali, advogar só valia um pouco a pena se fosse na área empresarial, de preferência para empresas muito grandes, ou então na área criminal, ou no Ministério Publico. Ninguém via nenhum *glamour* em ações judiciais e visitas corriqueiras aos fóruns e tribunais.

– Essa estória de briguinha com juiz, com prazo, com cartório, com petição, com recurso, é fim de vida, fim de carreira, minha filha – continua Antônio, sem papas na língua – Não dá dinheiro pra ninguém.

– Não adianta, Toni! O contencioso é um vício! Pega a gente e não larga mais!

– Está tudo bem com você, Claudinha, desde que chegou da viagem? – quer saber Paulo Roberto.

– Tá sim, Paulo! Aliás, eu preciso te agradecer, por antes de ontem, lá no aeroporto.

– Que é isso, não tem nada que agradecer, não! – diz o colega delegado, o mesmo olhar curioso ainda no rosto.

– E a sua irmã, Claudinha? – pergunta Antônio.

– Casou, já faz anos, Toni!

– Mas casou bem, ou está costurando pra fora?

O Toni não tinha jeito.

– Vocês conhecem aquela do advogado que... – começa o Zelito.

Era só uma questão de minutos para começarem a contar piadas. Começavam de leve, normalmente com piadas de advogados, as preferidas. Depois iam pouco a pouco esquentando. Terminavam com aquelas cujo vocabulário era tão sujo que as meninas começavam a reclamar, elas que há anos já estavam acostumadas a todo tipo de besteira e sujeira que os rapazes falavam. Zelito era normalmente quem contava a primeira, tendo trabalho para fazer todos na mesa pararem as conversas paralelas para ouvi-lo, porque ele precisava de plateia.

– Ele já olhou pra mim com cara de quem tá querendo... – cochicha Marta, a mais interessada em ouvir Zelito, no ouvido de Maria Claudia.

Desde estudante ainda muito novo, calouro, o Zelito "se achava". Simpático e falante, com uma falsa autoconfiança que acabava deixando muitos rapazes com raiva, era uma das figuras mais conhecidas da faculdade – pelo menos, uma das mais polêmicas. Não havia um rabo de saia que ele não cobiçasse; para todas as moças daquela escola ele jogava seu charme, e quase todas ficavam encantadas. Só as colegas de classe pareciam imunes, e não conseguiam entender o que todas as outras viam nele. Apenas uma das colegas delas, contrariando essa regra, caiu nos encantos de Zelito: Marta, ali presente, ouvindo embevecida a piada que ele começava a contar. Tinha sido um dos casos de Zelito, enquanto estudavam. Marta, por sua vez, tinha um comportamento um tanto liberal em relação aos homens, já no tempo de estudante. Tipo fortinha, com uma atitude feminista e autoritária mais deslocada do que descolada, não via empecilho algum em falar em português claro e sem subterfúgios para qualquer um que lhe interessasse que queria ir imediatamente para a cama com ele. O que quase todas as vezes acontecia. Ela não deixava por menos. E o rapaz, depois, sumia. Assim, calouros e veteranos "conheceram" Marta. Os rapazes, quando entre si, não destacavam os melhores adjetivos para referirem-se a ela. Apelidaram-na, pelas costas, de "A Madrinha". E no entanto, Marta tinha um enorme coração, era excelente profissional, tocava sozinha um escritório com muitos advogados recém-formados, estagiários e funcionários. Mas um dia, inadvertidamente, lá pelo terceiro ano da faculdade, tinha se apaixonado pelo Zelito. Logo pelo Zelito! Nos intervalos de aulas, cercava-o pelos corredores. Surgia na frente dele feito uma assombração, nos cafés. Descobria quando ele ia viajar num fim de semana e aparecia de surpresa onde ele estava – com a namorada oficial – voltando logo em seguida, dirigindo pela estrada aos prantos.

– Entre eu e o José Luis – só ela o chamava de José Luis – existe uma atração física muito forte.

– Existe uma atração física muito forte entre o Zelito e quase todas as mulheres da faculdade! – as amigas não conseguiam evitar comentar, depois.

E Marta chorava esse amor sem saída nos ombros das amigas, que não sabiam o que dizer, pois a fama dele era notória, só ela não queria enxergar. A paixão teve que diminuir na marra. Formaram-se. Zelito se casou. Se divorciou. Se casou outra vez. E Marta, no Almanara, achando que ele a olhara interessado, ouvia encantada a piada que ele contava.

– Alô! - toca o celular de Maria Claudia.

– *Onde você está?*

– Fora de casa! – ela responde, rindo.

– Olha quem está chegando! – diz um dos colegas, vendo entrar no restaurante um rapaz alto, elegante e circunspecto.

– Não acredito!

– Ele nunca vem! Eu não o via desde a formatura!

– Ele foi na festa de dez anos de formados, no ano passado?

– Foi. Mas nas *happy hours*, ele nunca vem!

– Por que será que veio hoje?

– É porque a Cristina tá aí!

– Dr. Cristiano! – vai gritando o Zelito, fazendo lugar na mesa – Veio nos dar a honra esta noite? Senta aqui!

Mas o recém-chegado acenou com a cabeça para todos, murmurando um "Boa noite" geral, e foi indo direto junto a outra colega, Cristina, que parecia não esperar dele senão que viesse rapidamente colocar-se ao seu lado.

Cristiano Villela Filho. Entre todos ali, talvez o mais bem sucedido, pelo menos no bolso e na notoriedade. Um gênio jurídico. Havia feito doutorado na Inglaterra, em Direito Comercial, e tinha seu escritório em sociedade com outro colega, tendo obtido as melhores causas, as melhores contas, os melhores clientes, num período de tempo fulminantemente rápido. Era, no entanto, o primeiro em reconhecer a falta de entusiasmo na profissão. Um tipo bizarro, para se dizer o mínimo. Já nos primeiros anos da Faculdade todos perceberam que ele não era de fazer amigos, e de fato nunca os fez. Nem nunca parecera ressentir-se disso, ao contrário, fazia até questão de não falar com ninguém. Assistia a todas as aulas, raramente dava uma opinião, não falando nem mesmo com os professores, indo embora rapidamente tão logo dava o sinal e todos saíam correndo da sala de aula para irem fofocar em rodinhas no pátio, debaixo das arcadas. Só Cristina acabara por ficar amiga dele. *Bem* amiga, os mais chegados o sabiam. Curiosa por saber quem era o Cristiano cujo nome vinha logo acima do dela na lista de presença, ela acabara por aproximar-se dele, sendo então o rapaz forçado a falar com alguém, pelo menos por cordialidade. Ele não era assim tão estranho, Cristina logo observou. E era até, digamos, bonito. Magro, estatura mais para alta que para baixa, cabelos claros sempre cortados rente, quase à militar, a pele branquíssima, por falta total de sol e vida ao ar livre. Ele vivia em salas de aula e em bibliotecas. Sabia de tudo, sobre todos os assuntos, e falava sobre eles com sarcasmo, o que irritava um pouco Cristina, principalmente quando ela não entendia as ironias. Mas ela acabou ficando amiga de Cristiano de tanto lhe pedir que assinasse a lista de presença por ela, quando ela queria matar aula para ficar no XI de Agosto tomando café e batendo papo. O oposto nunca se dera, é claro. Ele nunca matava aula. E sempre tirava as melhores notas, em todas as matérias. Alguns professores o temiam. Às vezes Cristina se sentava ao lado dele para assistir uma aula, e não parava de fazer seus comentários, ora sobre a matéria, com opiniões "até bem fundamentadas", segundo análise dele, ora comentando sobre o jeito do professor: seu terno, sua gravata, sua barriga, seus tiques etc, o que alegrava Cristiano secretamente, e ele ficava pensando nela pelo resto do dia. Cristina dava um jeito de encontrá-lo fora dos horários de aula na biblioteca de Direito Comercial, totalmente às moscas, salvo a bibliotecária, onde ele adorava ficar lendo. Ela se colocava lá junto dele, fingindo estar também interessadíssima em alguma leitura, e mais de uma vez chegaram a se trancar na sala, na ausência da bibliotecária, algumas coisas mais *calientes* acontecendo ali entre os dois. Recompunham-se rapidamente, e quando a bibliotecária voltava, nem de longe desconfiava de nada, porque a estas alturas todos na Faculdade já tinham de Cristiano uma ideia – errada – formada. Uma vez ficaram uma tarde inteira, até o anoitecer, no imenso e vazio Salão Nobre, no escuro, conversando – sobre livros, mas com direito a alguns amassos mais fogosos. É claro que ela se apaixonou por ele. E é claro que todos os colegas de classe perceberam isso. Mas Cristiano levava tudo no maior sigilo, mantendo seu jeito esquisitão de solteiro convicto. Os rapazes viam Cristina toda gatinha e achavam aquilo um grande desperdício. Mas os olhos dela brilham e ela abre um largo sorriso, quando vê Cristiano entrar no Almanara e ir direto para o seu lado.

Maria Claudia desliga o celular.

– E aí, o cara estava fazendo o exame psicotécnico para um emprego – começa mais uma piada – e o examinador diz,

– Só faltam mais duas perguntas para terminar seu exame, então preste atenção: você está indo por uma estrada deserta e escura, e lá longe você vê duas luzes vindo em sua direção. O que você imagina que é?

– Bem, eu imagino que seja um carro.

– Ora, 'um carro'. 'Um carro' é uma resposta muito vaga. É uma Mercedes? Ou é um Audi? Ou é uma Cherokee? Última pergunta: você está nessa mesma estrada deserta e escura, e vê uma luz vindo na sua direção. O que é?

– Imagino que seja uma moto.

– Ora, 'uma moto'. Essa resposta é muito vaga. É uma Honda? Ou uma BMW? Ou é uma Harley Davidson? Olha, infelizmente o senhor não passou no nosso teste, passar bem.

– Posso eu, antes de ir, fazer ao senhor uma pergunta?

– Pois não.

– O senhor está no centro da cidade, às 3 da manhã, numa rua vazia e meio escura. Sob um poste, parada em pé, o senhor vê uma mulher de microssaia, miniblusa, salto plataforma, maquiagem exagerada. O que o senhor imagina que é?

– Bem, imagino que seja uma prostituta.

– Ora, 'uma prostituta'. 'Uma prostituta' é uma resposta muito vaga. É a sua mãe, a sua mulher ou a sua irmã?"

– E então, Aninha! – perguntam as garotas para Ana Lúcia – Tá tudo bom com você?

Todas as amigas se preocupavam com Ana Lúcia. Tipo *mignon*, acabrunhada, um toque de tristeza nos olhos, sempre lamentando a vida, nunca se arrumando um pouquinho melhor, jamais usando maquiagem ou algum enfeite mais feminino, Ana Lúcia parecia resignada a uma melancolia cuja origem ninguém conhecia de fato. Durante os cinco anos de Faculdade sempre fora a mais tímida, a mais delicada, a mais frágil, a mais sensível e também a única que tinha tomado um porre. Tinha sido numa Peruada.

A Peruada é uma farra que os estudantes da Faculade de Direito fazem, uma vez por ano, no segundo semestre. Uma espécie de desfile à fantasia com motivos sempre políticos, aproveitando a ocasião e a brincadeira para atacar os corruptos, com caminhões abertos levando os alunos mais extravagantes, puxados por um trio-elétrico, música alto e, é claro, muita bebida. Os professores deploram. A polícia lamenta. Alguns estudantes da própria Faculdade desdenham. E o povo se diverte. Suas origens datam do ano de 1948, quando os estudantes da época furtaram o peru premiado da Exposição Nacional de Animais do Parque da Água Branca, aquele frequentado por Olivia, irmã de Maria Claudia, e levaram a ave para as Arcadas, onde a cozinharam e comeram num banquete nunca mais esquecido por nenhum deles. O peru premiado era justamente o de Mario Mazagão, professor da Faculdade, e este é claro nunca perdoou os alunos. Os jornais, no dia seguinte, publicaram a notícia com a manchete não muito favorável: "Estudantada ou Vandalismo?". Proibida durante os quase vinte anos da ditadura militar, havia sido retomada com toda a força em 1983, quando da chamada "abertura política", e caíra no gosto dos estudantes.

Ana Lúcia, por algum motivo que as colegas nunca vieram a descobrir, resolvera naquela manhã deixar de lado sua mansidão letárgica e se unira aos organizadores da festa, no Largo em frente à Faculdade, onde a bebida já estava pronta e a cantoria já começava.

Vai vai vai começar a brincadeira,
tem cerveja de graça a tarde inteira
vem soltar a lascívia acumulada,
vai vai vai começar a Peruada.

– Que é que a Aninha tá fazendo ali com aquele pessoal, com um copo na mão? – perguntara Paulina, achando aquilo esquisito, pois Ana Lúcia nunca bebia.

Nada puderam fazer as amigas de Ana Lúcia, porém, a não ser seguir todo o cortejo de olho na pinguça que, copo sempre na mão, subira num caminhão e cantava junto aos outros como se nunca houvera feito outra coisa na vida. O desfile adentrou pela Rua Líbero Badaró e tomou o Viaduto do Chá, entrando na contramão pela Rua Xavier de Toledo em direção ao Viaduto Nove de Julho, depois virando à esquerda para passar em frente à Câmara Municipal e seguir pela Rua Dona Maria Paula, subindo em direção à Catedral da Sé, para enfim chegarem ao destino final, em frente ao Tribunal de Justiça. Só aí conseguiram que um colega forçasse Ana Lúcia a descer do caminhão. Mas ela já não oferecia mais resistência. Quase teve que ser carregada até o XI de Agosto, que felizmente era logo ali, na Rua Riachuelo. Desde então Ana Lúcia se tornou constante preocupação para Paulina e Maria Claudia, que sempre que a viam, nas *happy hours*, ficavam de olho na amiga e no copo em sua mão.

– E aí, Paulina? Como tá o Eduardo? – pergunta Maria Claudia.

– Tá dando volta de carro com a Carolina, enquanto eu estou aqui! Ela fez um escândalo, não queria que eu saísse do carro de jeito nenhum! Pra ela deixar eu sair, ele teve que prometer que dariam volta de carro até a hora de vir me buscar!

Paulina e Eduardo, engenheiro que ela conhecera quando estava no último ano da Faculdade, tinham se casado assim que ela se formou e apenas recentemente tinham tido o primeiro bebê, Carolina, de dois anos, o xodó dos dois.

Toca outra vez o celular de Maria Claudia.

– Alô!

– *Qual é mesmo o nome da rua?*

– Oscar Freire! – ela responde, levantando-se e indo devagar para a porta do restaurante, onde dá de cara com Flávia, que vem chegando, dando-lhe um beijo no rosto sem desligar o telefone, continuando a falar com Ivan.

– Oi, Flavinha! Tudo bom? E o Grego? – vai cumprimentar um colega, já buscando mais uma cadeira.

Flávia, linda garota, magra e elegante, bastos cabelos castanhos cacheados, desde a época de estudante se via às voltas com o Grego. Bonitão, cabelos e olhos pretos sob grossas sobrancelhas, muito simpático quando estava de bom humor, o descendente de gregos tinha um parafuso a menos. Ginecologista bem conceituado, suas pacientes o tinham na mais alta conta. Mal sabiam elas de sua desastrada vida pessoal. O renomado doutor tinha sérios desajustes emocionais, mas sua loucura era confundida por todos como mera insensatez. Apaixonado por Flávia desde os vinte anos, quando ambos estudavam nas suas respectivas Faculdades, tinha um histórico de atos desconcertantes. Adolescente, tinha se envolvido em mais de um acidente grave que os amigos mais próximos sabiam serem frustradas tentativas de suicídio. Ciumento e intempestivo, aparecia de supetão na Faculdade de Direito e deixava Flávia sem ação diante de todos. Flávia percebia as mazelas emocionais do grego, e percebia também que era viciada nele. Precisou ir fazer terapia, e o próprio terapeuta ficava perplexo com as estórias que ela contava. Brigavam e reatavam constantemente. Num ano em que ele fora morar na Grécia fazendo um mestrado em Ginecologia, casou-se com uma grega e divorciou-se em menos de seis meses. De volta ao Brasil, logo deu um fim no namoro de Flávia com um colega advogado que a moça vinha empurrando com a barriga. Agora um pouco mais velhos e menos afoitos, vinham levando o relacionamento assim, sem se casarem nem irem morar juntos, porque a essas alturas, Flávia, embora sempre apaixonada, já não queria mais saber de surpresas.

– E tem aquela da mulher de uns quarenta e tantos anos, que chega em casa depois de ir ao ginecologista... – começa um dos colegas a contar mais uma piada, inspirado pela lembrança do namorado de Flávia. Era sempre assim: um assunto levava ao outro, e todos os assuntos lembravam alguma piada.

– ... e a quarentona entra em casa – continua o piadista - e tá lá o maridão, careca, barrigudo, carrancudo, sentado na poltrona lendo o jornal e nem olha pra ela:

"Ah, amor, sabe? Acabei de chegar da consulta com o ginecologista! Aquele que me foi indicado pela Marildinha, lembra? Que rapaz, que médico! Vinte e nove anos, alto, louro, olhos verdes, simpaticíssimo!"

O maridão não levanta os olhos do jornal.

"Conversamos sobre tudo! Teatro, restaurantes, viagens! Imagine que ele também adora Paris!"

O marido bufa um pouco.

"Ao me examinar, que delicadeza, que cavalheiro! Disse que está tudo bem comigo, que eu não tenho que me preocupar com nada, que estou ótima, com saúde de adolescente!

O maridão bufa outra vez.

"Disse que meu corpo está muito em forma, que eu tenho pernas de uma menina de quinze anos!"

Maridão, quieto.

"Disse que minha pele parece a de uma moça de vinte. E ao examinar meus seios, ficou impressionado, disse que meus seios são os de uma mulher de trinta anos!"

E o maridão, mal-humorado, enfim pergunta:

"E do bundão de cinquenta, o que ele falou?"

"Ah, amor, sabe o que é?... Nós nem tocamos no seu nome!"

Uns quinze colegas já estão agora reunidos, juntando mesas, pegando mais cadeiras, se acomodando em torno uns dos outros, os garçons trazendo bandejas e mais bandejas com todas as delícias árabes.

– Aonde você está agora? – pergunta Maria Claudia, ao celular, à porta do restaurante.

– *Espera... Alameda Tietê* – responde Ivan.

– Vem descendo... você ainda vai atravessar a Alameda Lorena...

Uma hora antes, despertando de um cochilo, Ivan tinha aberto os olhos e visto que já havia anoitecido e o quarto estava gelado – ele havia exagerado no ar-condicionado. Sem imaginar muito bem o que iria fazer, ficara à janela, olhando o trânsito, tentando desviar a atenção e a vontade, mas não conseguira: acabou telefonando para Maria Claudia.

– Onde você está? – tinha ele perguntado.

– *Fora de casa!* – ela respondera.

– Na tal *happy hour*, não é?

– *Isso mesmo!* – ela dissera, os amigos em torno, na mesa, contando piadas.

– É longe daqui da Paulista?

– Não, é bem pertinho! É uma travessa da Augusta. Por que você não vem até aqui? – ela sugerira, logo se perguntando por que o havia feito. "Agora, é pra perto dos meus amigos que eu vou trazer o talvez-bandido!" pensara ela – *Rua Oscar Freire, o restaurante chama Almanara. Me telefona de novo, quando você estiver perto!*

E era o que ele estava fazendo. Vinha descendo a Rua Augusta, a pé, em direção à Rua Oscar Freire.

– Onde você está?

– *Atravessei a Lorena.*

– Vem descendo.

– Tá longe?

– *Tá, mas você vai chegar!*

– Para que lado eu vou?

– *Para a esquerda. Fica aí!*

– O quê?

– *Para!*

– Parei!

– *Agora olha pra sua esquerda. Esquerda, Ivan!!*

– O que...

Ela está logo ali, a alguns passos dele, o telefone no ouvido, rindo, acenando. Ele ri também, os dois continuam falando no telefone até chegarem bem perto um do outro. E Ivan mais uma vez aprecia de longe aquela mulher vindo em sua direção, as pernas compridas, o andar sensual, os escuros cabelos macios, soltos, cheirosos, a boca de cereja sorrindo para ele, finalmente chegando bem perto.

– Oiiii! Longe pra caramba, do seu hotel, né? – ela diz, brincando, sem no entanto lhe dar um beijo no rosto.

– Tudo bom, Maria Claudia? – ele pergunta, meio sem jeito.

Ivan sempre ficava sem graça logo que encontrava Maria Claudia, levando alguns minutos para se recompor, não sabia explicar por quê.

Juntos voltam para o restaurante, a alguns metros dali, Paulo Roberto acenando de longe para Ivan, reconhecendo-o do dia no aeroporto, assim que os dois vêm se sentar, um outro colega arranjando mais uma cadeira.

– *E aí, na Segunda Guerra Mundial, o Stalin pergunta pra um general* – a chegada de Ivan inspira a mais uma piada:

"Camarada general, o que você sugere que façamos?"

"Eu sugiro atacarmos a oeste"

E o Stalin diz: "Vá para casa, general, e pense melhor!"

O general sai da sala falando pra si mesmo, em voz baixa: "Porco!"

O assistente ouve o general e vai correndo contar pro Stalin, e o Stalin manda chamar de novo o general.

"Camarada General, em quem o senhor estava pensando quando disse 'porco'?"

"Eu estava pensando no Hitler, Camarada Stalin!"

E o Stalin vira pro assistente:

"Em quem o senhor estava pensando quando ele disse 'porco'?"

O garçom se aproxima de Ivan.

– Boa noite! O que o senhor vai beber?

– Boa noite. Eu quero...

– Ele vai querer vodka, é claro! – brinca um dos colegas de Maria Claudia.

– Não, não... – Ivan ri – Um chopp, por favor.

– Para comer? – pergunta o garçom.

– Nada, por enquanto - diz Ivan, devolvendo o cardápio. Não tinha fome: ainda estava com mortadela saindo pelas orelhas.

Ocupando todo o espaço e as mesas da parte da frente do restaurante, o grupo de amigos já estava bastante volumoso, os garçons indo e vindo com comida e bebidas, levando copos e pratos vazios e pegando novos pedidos.

– E aí, o russo acha uma lâmpada mágica – Zelito começa mais uma piada, no outro canto da mesa – e da lâmpada sai um gênio que diz que vai conceder um pedido. E o russo pensa, e pensa, e pede: eu quero a partir de agora só mijar vodka! E o gênio concede o pedido. O russo vai pra casa, pega um potinho e vai no banheiro pra ver no que que deu. Ele faz xixi no potinho, e o xixi sai transparente e sem cor. Ele dá uma cheiradinha pra ver, não tinha cheiro de xixi. Ele fica meio ressabiado, mas cria coragem e dá um golinho bem de leve. Era vodka pura! E da boa! Ele vai correndo e conta pra mulher dele, e faz mais um xixi numa xícara e dá pra mulher beber. Ela no começo não acredita em nada, mas de tanto ele falar, ela dá um golinho. Vodka pura! Os dois pegam dois copinhos, ele mija neles, e o casal fica bebendo a noite toda. No dia seguinte, quando ele chega do trabalho, mesma coisa: pega dois copinhos, mija lá dentro, e os dois passam a noite bebendo. Na noite seguinte, ele chega em casa, e pega um copinho pra mijar lá. A mulher pergunta: por que só um copo? E ele responde: porque hoje você vai beber do gargalo!"

– Ai, Zelito, você é um nojento! – Ana Lúcia, a tímida, se avilta.

Era sempre o Zelito que começava a baixar o nível das piadas.

– Eh, Aninha! Qual é? Até parece que você não sabe o que é isso, vai! – insiste o Zelito, rindo.

– Nojento! – ela repete – Precisa ficar falando essas baixarias?

As colegas riem mais da reação de Ana Lúcia do que da piada em si.

– Esse seu amigo – comenta Ivan, sem rir, em voz baixa no ouvido de Maria Claudia – conhece bem piada suja da Rússia.

– O Zelito conhece piada suja até de Marte! – ela responde no ouvido dele.

– Só que na Rússia não é um gênio nem lâmpada mágica, é um peixe dourado que o cara pesca, e pra ele ser devolvido pro mar, ele conce... conci...

– Concede.

– ... Concede o pedido. Foi num conto de Púchkin, onde um homem pesca um peixe dourado, e aí começa a estória. Só que o final não é como na piada... – ele ri – Você já leu Púchkin?

– Não... Eu não sou assim tão versada, Ivan...

– Leia, você vai gostar.

– Você gosta muito de ler?

– Gosto. Eu leio bastante. Foi assim que...

Toca o telefone do russo, que se levanta para ir falar um pouco afastado, com menos barulho. Maria Claudia percebe seu amigo Paulo Roberto, da Polícia Federal, lá no outro lado da mesa, de olho nesse moviemto. Estaria ele desconfiado de Ivan?

– Tudo bem? – ela quer saber, quando ele volta a se sentar, como se ele fosse contar alguma coisa.

– Tudo – ele responde, deixando-a na mesma.

– Vou ao toalete – diz uma das garotas.

– Eu também! – aproveita Maria Claudia, pegando a bolsa, e num minuto todas resolvem irem juntas ao banheiro. Todas, menos Marta.

– Ô, Zelito, que foi que você falou aí nesse canto, que espantou a mulherada?

– É aquela hora que sempre dá, têm que ir ao banheiro em turma!

– Essa é a hora que eu mais temo! O que é que elas vão falar lá, sem nós por perto?

– Vão falar mal da gente, é claro!

– O pior é quando elas tão lá num grupinho, falando sei lá o quê, e de repente todas dão uma gargalhada! Não quero nem saber o que é que foi dito de nós!

E eles tinham razão, era tão comum: de repente as mulheres em uma mesa de bar resolvem todas ir ao banheiro juntas, retocar a maquiagem, falar da careca de um, da barriga do outro, das mentiras de um terceiro, do divórcio do fulano, do caso do beltrano. Depois passam para marcas de shampoo, cirurgias plásticas, namoros terminados, fofocas de outras mulheres, até que acabam desabafando frustrações, problemas de saúde, de família, traições etc.

– ...E esse russo, Maria Claudia? O que é que é...? – querem saber as amigas, depois de falarem de tudo e de todos

– É... um amigo, só... – responde Maria Claudia, nem ela mesma sabendo o que dizer dele.

Um amigo que não ficou sozinho enquanto elas foram ao banheiro. Ela logo iria saber, ao voltarem paras as mesas todas juntas.

– Você me salvou! Não sai mais daqui... – diz Ivan no ouvido de Maria Claudia, dando um gole de chopp, quando ela volta à mesa e se senta ao lado dele.

– O que houve?

– Essa sua amiga vai me violentar... – ele disfarça, com o copo de chopp na frente da boca para poder falar, indicando Marta, que voltava para seu lugar na mesa.

Marta, que não tinha ido ao banheiro com as outras, aproveitou a ausência de Maria Claudia e foi se sentar no lugar dela, ao lado de Ivan, imediatamente iniciando o ataque. Maria Claudia dá uma risadinha disfarçada.

– O que ela falou?

– Ela veio e sentou aí no seu lugar, e a primeira frase dela *era*: "eu nunca dormi com um russo." Se depender de mim, vai continuar assim.

– Você disse isso?!

– Não, mas pensei.

– E o que você respondeu pra ela? – pergunta Maria Claudia, rindo.

– Não sei, acho que eu falei "ah, é?". E ela me perguntou se eu *era* hospedado na sua casa ou em hotel. Eu *dize* que estou no hotel, e ela *querer* saber o nome.

Por querer falar depressa, Ivan se perde um pouco no português.

– E você? Falou?

– O garçom *me veio salvou*, porque ele veio *para me* perguntar se eu *quero* pedir alguma coisa pra comer. Eu não queria, mas fiquei perguntando para ele *sobre a respeito* os pratos, *fez* ele explicar todo o cardápio, e no fim pedi umas comidas.

– E ela?

– Estava *esperava* aí sentada até eu terminar; eu achei que ela ia esquecer, mas ela *perguntava* outra vez qual o hotel, e então um amigo seu veio falar comigo. Acho que ele percebeu que eu estava em perigo. Quando ele saiu, ela quis que eu *digo* um palavrão em russo.

– Que horror! O que ela queria saber?

– Um palavrão qualquer, em russo. Eu falei.

– Ivan!

– Um palavrão bem pequeno, uma palavrinha curtinha, de três letras. Acho que é o que ela quer saber, em todas as línguas.

– Ela não tem jeito...

– Quando ela viu você vindo de volta, levantou rápido. Fica aí, Maria Claudia! Não me deixa sozinho com essa mulher por perto! – ele ri, dando um gole de chopp - Quer saber o palavrão?

– Não – ela ri também, abrindo o celular que começava a tocar de novo, o garçom chegando com os pratos pedidos por Ivan e os distribuindo em frente a eles na mesa. – Alô... Alô!... Ah...lôô!

Ivan pega um pedaço de pão sírio onde passa babaganuche e concentra-se em comê-lo com cuidado sem deixar cair nada na mesa ou sobre si mesmo, com um guardanapo de papel limpando os dedos e a boca, escondendo-se atrás desse ritual para fingir mais uma vez que não percebera o telefonema mudo. Ele quer olhar a brasileira nos olhos para ver se descobria ali algum indício de perturbação depois que ela desligou, mas começava um tumulto entre os colegas dela, um dos quais falava alto.

– Pessoal, pessoal! Vocês vão morrer de rir! – diz o Toni, chamando a atenção de todos na mesa, batendo de leve com uma faca num copo - O garçom tá vendo a gente aqui todo esse tempo, ele deve ter ouvido alguma coisa que a gente falou, que o *maître* veio aqui no meu ouvido, preocupado, me perguntar se a gente é da São Francisco, se a gente ia dar um Pendura!

A mesa toda estoura de rir.

– O que você disse pra ele?

– Que o mês do Pendura já foi, que é no dia onze de agosto, e que de qualquer jeito, nós não somos mais estudantes! Lembra daquela última, Zelitão?

O Pendura. Talvez a mais divulgada das farras dos estudantes. No início apenas comemorado pelos estudantes de Direito, mas nos últimos tempos sendo adotado por todos os universitários.

Comemorando o início dos estudos jurídicos no Brasil, no dia onze de agosto de 1827, os estudantes de São Paulo, todo dia onze de agosto, saem para comemorar data tão significativa, comendo das mais finas iguarias nos mais requintados restaurantes da cidade. E na hora de pagar, soltam a célebre frase: "Manda a conta lá pro Centro Acadêmico XI de Agosto". Alguns restaurantes levam a coisa com bom humor. Outros não recebem a brincadeira nada bem.

Comer em restaurantes sem ter meios de pagar a conta é delito previsto no Código Penal, e todos sempre souberam disso. Só que os finos e elegantes restaurantes preferem qualquer coisa, menos criar uma cena em frente aos outros fregueses, tipo se altercar com os estudantes, gritar, chamar a polícia etc. Acabam apenas dando uma risadinha e, com muito tato, deixando os engraçadinhos irem embora, tapinha nas costas, sorrisos para as meninas etc. Todos os restaurantes da cidade já sabem do Pendura do mês de agosto. Na época em que eram só os estudantes de Direito, ainda era possível levar na brincadeira. Mas juntando-se aos futuros advogados todos os outros universitários, o dia onze de agosto passou a ser a maior dor de cabeça para os *restaurateurs* de São Paulo. Nesse dia, é complicado para qualquer um sair para jantar fora, pois os gerentes dos estabelecimentos gastronômicos desconfiam de todo mundo. Preparam-se como podem. Uns colocam pequenos cartazes na porta, com os dizeres "Não aceitamos Pendura". Outros pegam leve, aguardando a coisa, negociando com os estudantes antes de estes sentarem à mesa, tirando o brilho da brincadeira. Outros ainda fecham mesmo as portas, talvez por algum trauma.

Os colegas de Maria Claudia não viam graça nenhuma em simplesmente comer um prato de comida sem pagar. E os restaurantes, já preparados, tiravam o gosto de ver a surpresa nos olhos do gerente na hora do "manda a conta pro XI de agosto". Foi assim que, no último ano da Faculdade, Toni, Zelito, Paulo Roberto e Luis organizaram um Pendura para rachar, e chamaram Maria Claudia, Paulina, Flávia e Cristina para acompanhá-los – sempre havia as meninas, para dar ao grupo um ar sério, sofisticado e respeitável. Escolheram propositalmente um restaurante alternativo, barato, onde as tradições dos estudantes eram pouco ou nada conhecidas, frequentado por intelectuais e artistas, fora do circuito sofisticado da cidade. Não queriam um gerente boa-praça levando tudo numa boa. Queriam uma cena, um alarde, um escândalo. E conseguiram. Não chamaram a atenção ao chegarem ao restaurante e fazerem seus pedidos com moderação. Quase não contaram piadas. Aos poucos o restaurante pequeno e simples, porém com algum renome, foi se enchendo de fregueses, alguns conhecidos da mídia, outros querendo sê-lo. Um célebre artista plástico aqui, um ator de teatro e televisão ali, acolá um publicitário famoso. E quando pediram a conta, ao anunciarem ao incauto garçom de que se tratava de um Pendura, aí a noite começou de verdade. O dono do restaurante, inflamado de raiva, corria por entre as mesas esconjurando os estudantes e berrando que ia chamar a polícia, que dali ninguém saía sem pagar, mandando inclusive trancarem a porta da frente, os fregueses que chegavam tendo que passar pela cozinha e entrando na sala das mesas como quem entra num palco de teatro no meio de uma peça. Os estudantes, inabalados: Toni com o braço sobre o ombro do *restaurateur* indignado conversava amistosamente; as meninas, retocando o batom; Paulo Roberto, num telefone estrategicamente ali num balcão, ligou para uma delegacia cujo delegado era seu amigo e pediu ele próprio que viesse uma viatura; em seguida Luis ligou para um professor, o mais querido da turma, pedindo socorro, pois estavam em cárcere privado e precisavam de um advogado, indo todos para a porta de serviço ver chegarem o carro da polícia e o professor, de táxi, com a esposa, ambos de pijamas, com casacos por cima: passava da meia-noite quando Luis ligara para ele, e a esposa do professor, desconfiada, quis vir junto para ver se a estória estapafúrdia que lhe contara o marido para levantar da cama e sair àquela hora da noite era verdade mesmo. E o professor acabou advogando a causa, discutindo no meio da rua com o policial e com o dono do restaurante, acabando por liberar a turma inteira – sem pagar. O XI de Agosto havia vencido! Terminaram todos – os oito estudantes, o professor e a esposa – num Fran´s Café, onde acabaram por dar também um Pendurinha de saideira. E os fregueses do restaurante vitimado nunca mais iriam se esquecer daquela noite, tendo-lhes ficado na cabeça as trovas acadêmicas, que cantaram os estudantes, lá da porta, quando iam embora, como havia décadas cantavam os estudantes do Largo de São Francisco:

Quando se sente bater
No peito heroica pancada
Deixa-se a folha dobrada
Enquanto se vai morrer!

No Almanara, porém, dez anos após esse Pendura, o gerente podia ficar sossegado, pois não só ali já eram todos formados, como não estavam nem no mês de agosto. Nada havia a temer.

– Vou ter que ir embora – diz Ivan, voltando para perto de Maria Claudia, após se afastar para novamente falar no celular, os colegas começando a se levantar para irem embora também.

– Aconteceu alguma coisa?

– Tenho que ir até um restaurante, num lugar – ele responde, para surpresa da brasileira, que o fica olhando, quieta.

– Você quer ir? – ele pergunta, para ainda maior surpresa dela – Eu só tenho que ir ver uma coisa, não deve demorar muito, eu acho.

– Eu vou! – ela logo aceita.

– Oba, gente! – fala o Zelito, que tinha ouvido o diálogo – Vamos esticar! O Ivan, aqui, tá indo pra outro lugar!

– Onde é? – pergunta o Toni, terminando de fechar a conta com o garçom.

Ivan não esperava por essa, mas a essas alturas já tinha enturmado com todos eles, depois de darem tanta risada juntos, e ademais, pareciam todos inclinados mesmo a acompanhá-lo. Ele pensa por um minuto se deveria dar um jeito de se safar e ir sozinho, e vê que em nada eles iriam atrapalhar.

– Eu anotei aqui – ele mostra o papel para Maria Claudia.

– Ah! É o Parigi, na Rua Amauri, no Itaim, a uns quarteirões daqui.

Maria Claudia mais uma vez capta o olhar de Paulo Roberto sobre Ivan, e desta vez também o de Ivan sobre ele, conforme estavam todos indo para a porta pegarem seus carros. Todos sabiam que iam apenas passar na porta do restaurante para o russo fazer sabe-se lá o quê, mas isso não importava, não eram curiosos, estavam todos só a fim de continuar um pouco mais a noite, ainda que simplesmente seguindo uns aos outros de carro.

– Você está de carro? Quer vir comigo? – pergunta Marta, chegando bem perto de Ivan, até encostando um pouco nele, a voz um pouco mais baixa.

– Eu estou com a Maria Claudia! – ele responde num sobressalto, quase pulando para o lado de sua advogada.

Rua Amauri. Talvez o endereço mais badalado da cidade. Onde se encontram os restaurantes mais bem frequentados – o ponto de encontro da fauna e da flora do país. O *beautiful people*, os ricos e famosos, as modelos, os jogadores de futebol, os atores e atrizes, os empresários poderosos, os políticos da moda, os estrangeiros *vips*. Toni conhecia bem o ambiente. Foi de cicerone conduzindo a fila dos carros dos amigos pela Rua Augusta, que muda de nome e vira Rua Colômbia, que muda de nome e vira Avenida Europa, que lá em baixo cruza a Avenida Faria Lima, muda de nome pela última vez e vira Avenida Cidade Jardim até chegar à Marginal Pinheiros. Uma ao lado da outra, enfileiravam-se pelo caminho as lojas de carros e motos importadas: Mercedes, Ferrari, Jaguar, BMW, Audi, Bentley, Harley-Davidson, as lojas de blindagem de automóveis, casas de decoração badaladíssimas, galerias de arte, e ainda a tradicional Igreja Nossa Senhora do Brasil, o Museu da Imagem e do Som, e bem ao lado dele o Mube, museu de esculturas ao ar livre.

– O Parigi é lá no fim! – diz Luis para Maria Claudia e Ivan, ao emparelhar com eles, trazendo consigo Ana Lúcia, conforme entram na Rua Amaury.

– E se eu tentar estacionar por aqui? – ela pergunta.

– Acho que você não vai conseguir!

– Não, não, obrigada! – diz Maria Claudia, por gestos, para o manobrista de um restaurante, que viera até sua janela dela, achando que ela ia descer ali.

Ivan desce do carro e segue a pé para o restaurante, observando as pessoas que estão aglomeradas ali. Podia ver gente muito bem vestida tanto à porta quanto dentro dos restaurantes. Gente bonita, gente bem tratada. Mas o que mais se via mesmo eram os seguranças. Uns homens enormes, troncudos, peitos estufados, costas largas, em seus ternos pretos, com as caras amarradas, mal humorados, querendo pôr todo mundo para correr dali. Uma confusão de carros caríssimos, todos largados nas mãos dos manobristas que iam estacioná-los sabe-se Deus aonde. É claro que Ivan não reconhece ninguém, mas em sua rápida passada por ali não lhe pareceu ver gente famosa, pelo menos não internacionalmente famosa, e também não viu nenhuma beldade, feminina ou masculina, que fizesse parar o trânsito. Em São Paulo, como em Moscou, como em

Nova Iorque e nas grandes cidades do mundo, a fama das ruas dos chiques e famosos meio que caía por terra quando checada de verdade, ao vivo, *in loco*. Tudo era mais fama do que realidade. Gente normal. Bem vestida, mas normal. Ele chega ao Parigi. Fala com a pessoa que o recebe à porta e entra.

– Vocês vão ficar aqui? – pergunta Zelito para Maria Claudia, quando conseguem por milagre parar seus carros quase à porta do Parigi.

– Acho que não, Zelito. O Ivan veio aí só ver uma coisa, sei lá o quê.

– Vocês viram o Paulo Roberto? – pergunta Antônio, largando o carro meio por cima da calçada e se aproximando dos dois – Eu não o vi entrar na Amauri. Será que ele desistiu e foi embora?

– E o Luis e Ana Lúcia?

– Tão aí atrás.

– Olha lá na calçada! Ei! Cristiano! – grita Zelito.

Cristina e Cristiano se aproximam.

– Vocês não vão ficar? – pergunta Cristina para todos.

– Não, tamos só esperando o Ivan – responde Maria Claudia, fora do carro.

– Bom, nós estamos indo jantar – diz Cristiano, puxando Cristina pelo braço, querendo ficar logo a sós com ela, mal deixando-a terminar de falar uma frase, despedindo-se de todos, indo às pressas para o Parigi.

– Aí tem! – diz Toni, malicioso, vendo os dois entrarem no restaurante.

– Esse Cristiano, não trepa e não sai de cima! – diz rindo o Zelito, que não sabia se expressar sem usar palavrões e imagens fortes.

– Olha a Marta. De onde ela vem vindo? – se pergunta Toni.

– Puxa vida, mas a cidade toda resolveu vir a esta rua, hoje! – diz Luis, se aproximando a pé junto com Ana Lucia.

– Bom, daqui vai todo mundo embora pra casa, não é? – pergunta Marta, chegando junto ao grupo – Já é tarde, Maria Claudia! Você não gosta de dormir cedo? Pode ir, eu espero o Ivan e o levo para o hotel.

Grupos de amigos nas calçadas ao lado de seus carros, batendo papo, sem intenção de entrar em nenhum bar ou restaurante, era uma tendência na cidade. Havia até *points* onde esse hábito já era incorporado: esquinas famosas, quarteirões estratégicos, calçadas badaladas, aí se formando uma verdadeira aglomeração de gente apenas conversando e ouvindo música alto, ocupando também o meio-fio e boa parte da rua, o trânsito ficando um pouco complicado em função disso. A moçada entre os dezoito e os trinta anos estava habituada a se reunir assim, a ideia era essa mesmo, nisso consistindo o programa da noite. Os rapazes costumavam levar caixas com dúzias de cerveja que colocavam nos capôs dos carros, e aí é que a polícia tinha trabalho. Porque quando além de tudo o álcool também estava presente, os limites eram ultrapassados bem depressa, muitas vezes havendo menores entre eles. A Rua Amauri, no entanto, não fazia parte do roteiro da rapaziada mais nova, e Maria Claudia e os colegas estavam ali apenas pela circunstância. Mas pareciam estar se divertindo.

– E esses seguranças todos, como é que eles vão fazer, se no referendo ganhar a deslegalização do porte de arma? – observa Ana Lúcia, olhando por perto deles os vários seguranças que estavam nos restaurantes. Como eles vão fazer segurança se estiverem desarmados?

– Não, na verdade, eles vão poder ter arma: pelo projeto, só o exército, a polícia, algumas determinadas autoridades e empresas de segurança autorizadas poderão ter o porte – explica o Luis – E aí é que tá a coisa! Isso iria incentivar a formação de uma milícia, com esses seguranças armados. Eles iam se tornar meio poderosos.

– No fim, o referendo só serve pra nós ficarmos aqui debatendo esse assunto, porque os bandidos, marginais e traficantes de drogas não estão nem aí! Dê no que der o referendo, eles vão continuar armados, como sempre estiveram: eles nunca tiveram porte de arma, vão continuar não tendo, isso nunca fez diferença pra eles! – comenta Maria Claudia, embora a questão do porte de arma a remetesse à delicada história de Ivan, barrado na alfândega com a dele, coisa na qual ela preferia não pensar.

– Sem contar que está uma puta de uma bagunça – diz Zelito – Ninguém está entendendo nada do que eles explicam na televisão. A pergunta vai ser: você é a favor da deslegalização do porte de arma – sim ou não? Puta pergunta mal feita! Quer dizer, se você acha que ninguém mais pode ter porte de arma, só a polícia e o exército, diz *sim*. Acontece que o povo não tá entendendo nada.

– É isso mesmo – concorda o Toni – Outro dia eu perguntei pra minha secretária como ela ia votar, e ela disse "Vou votar *não*", porque ela acha um absurdo mesmo, as pessoas poderem ter armas, que só a polícia deveria poder ter. "Armas? *Não*". É assim que o povo tá entendendo! Vão acabar votando ao contrário do que pensam. Eu expliquei pra ela que votar *não* significa deixar as coisas exatamente como estão, que hoje a lei permite que uma pessoa compre e tenha o porte de arma, preenchendo alguns requisitos, e que o referendo quer mudar essa lei para que ninguém, em hipótese alguma, além da polícia, exército e autoridades possam ter arma. Ela então deveria votar *sim*. Mas acho que ela não entendeu.

– Uma babaquice, esse referendo. – critica o Zelito – Queria ver é um referendo tipo, "Você quer que, depois das maracutaias do Mensalão e da CPI que vai dar em pizza, o Lula sofra o *impeachment*? Sim ou Não?" Isso, sim, é referendo sério.

– Olha lá o Paulo Roberto! Onde ele estava? – pergunta Maria Claudia, mais para si mesma do que para os amigos, estranhando o jeito do colega delegado.

– Gente, eu tenho que ir pra casa! Minha mulher tá me esperando! Quando eu tenho um dia mais folgado, venho pra *happy hour*! Ela vai me matar! – diz Paulo Roberto, despedindo-se.

Maria Claudia queria ter a chance de conversar com ele um minuto, de lado, para tentar sondar se ele estava desconfiado de alguma coisa sobre Ivan, mas o colega não chegou perto dela, parecia até evitá-la. No entanto, ao se despedir de todos, quando veio dar-lhe um beijo no rosto, pareceu a Maria Claudia que ele mais uma vez a olhou de um jeito estranho, como se quisesse falar, ou como se quisesse ouvir, ou como se quisesse desvendar alguma coisa. Ela não conseguiu decifrar. Decidiu que deixaria passar o fim de semana e telefonaria para ele na segunda-feira, para então conversar.

– Olha o Ivan ali! – diz Luis, vendo o russo parado na porta do restaurante, ligando o celular, Maria Claudia logo em seguida atendendo o dela.

– Tamo aqui, Ivan, bem na sua frente! – ela diz ao telefone, rindo, vendo Ivan sair do restaurante com aquele aspecto fechado, cara séria e tensa, porém logo voltando a sorrir, ao vê-la no meio dos carros acenando para ele.

– Pronto? E agora, qual é a próxima parada? – pergunta Zelito, cheio de animação.

– Acho que já é hora de irmos embora – diz Marta, chegando perto do russo, que dá um passo em direção a Maria Claudia - Você vai estar aqui na semana que vem, Ivan?

– Não! – ele se apressa em mentir.

Na verdade, era uma meia mentira. Porque Ivan não tinha certeza se na semana seguinte já não teria resolvido o que tinha vindo fazer no Brasil. A conversa no restaurante tinha-lhe dado outras perspectivas. As coisas poderiam mudar de uma hora para outra, os passos eram dados aos poucos, mas de repente, num único momento, tudo poderia chegar a um final. Produtivo ou não.

– Eu não vou perguntar nada, tá? – diz Maria Claudia para Ivan, já no carro, após despedirem-se dos amigos, ligando o rádio, um tom engraçado na voz.

– Sobre o quê? – ele pergunta, assustado, pensando na tal Marta.

– Sobre o que você foi fazer, lá no restaurante!

– Tá bom.

– Tou bem quieta, não quero saber coisa nenhuma!

– Tá!

– Não estou perguntando nadinha!

– Eu percebi!

– Você é um chato, Ivan Ivánovitch! – ela diz, dando risada.

– Por quê? – ele ri também – Tá bom, vou te contar só uma coisa que aconteceu lá. Quando eu cheguei, a sua amiga gordinha, não sei como, já estava dentro do restaurante me esperando.

– O que?! A Marta?!

– É.

– E aí?

– Ela me puxou pelo braço e me disse com todas as palavras, até o palavrão russo, o que ela queria fazer comigo.

– Não acredito! E você, Ivan....? Não se animou...?

Ivan faz um gesto com a mão, como quem descarta um assunto, olhando para frente, não querendo ser grosseiro.

– Me atrapalhou um pouco, sabe – ele diz – Mas eu consegui fazer ela sair de lá, antes de eu ir falar com...

– Com... ? – Maria Claudia acha que ele finalmente vai deixar escapar alguma coisa e ela vai extrair alguma informação, mas Ivan novamente assume seu ar circunspecto e se cala, olhando para ela como quem diz, "Agora, não posso falar mais nada".

Ela quer enchê-lo de perguntas, mas fica quieta, já acostumada, ou resignada, a deixá-lo ir daquele jeito, reticente, mantendo o mistério, esticando o fio da dúvida. Ora sério e carrancudo com seus suspeitos assuntos ao telefone, ora engraçado e até atrapalhado, ao lado dela no carro. Apesar de ainda totalmente sem informação ou pista sobre ele, tendo ao invés de respostas apenas perguntas aumentando sua desconfiança, Maria Claudia não consegue evitar gostar da companhia de Ivan. Sem se dar conta, vinha abrindo a guarda e ele, com a maior naturalidade, se aproximava mais, ela deixando-o vir, ele se deixando ficar, ambos alegres, ambos à vontade, ambos em paz na conversa ou no silêncio, como se não houvessem perguntas a responder, das duas partes, ou como se as respostas, quaisquer que fossem, fossem indiferentes, para ambos.

– Picolé!! – diz Maria Claudia, do nada, quebrando os silêncio, ao entrar na Avenida Brasil.

– O quê?!

Maria Claudia costumava comprar a ração do Picolé, o cachorro de seus pais, no Pet Center, gigante centro de produtos e comidas para animais, na Marginal do Tietê, um *shopping center* para animais, com lojas, veterinários de plantão, parquinho para bichos, cabeleireiros, hotelzinho, "namoródromo", *pet safari*, cafés e restaurantes – para os bichos e para os donos dos bichos.

– A noite é uma criança, Ivan! – ela exclama, vendo-o checar a hora no relógio.

– Mas são mais de duas horas da manhã!

– Mas a loja fica aberta vinte e quatro horas!

Embora não quisesse dar o braço a torcer, Maria Claudia estava tão cansada quanto Ivan. Afinal, nenhum deles tinha mais vinte anos. Abreviaram tanto quanto puderam a compra da ração e, na volta, um e outro seguem sem muitas palavras, as forças se esvaindo, a noite chegando ao fim, pelo menos para eles. Ivan observa Maria Claudia dirigindo com todo o cuidado, seus olhos castanhos concentrados na rua, os outros carros apressados indo a toda velocidade em torno deles. Tinha-a contemplado livremente a noite toda, desde o Almanara, quando seus olhares não foram captados por ela, que se distraía com a conversa dos amigos, tomando seu guaraná *diet*. Tinha visto seus gestos, seus movimentos, a forma de seu corpo. Os ombros nus, retos e elegantes, a sensual gargantilha de fita preta no pescoço, com a pedra quadrada de água-marinha ali pendurada, sobressaindo-se entre as clavículas. Suas mãos brancas e finas, as unhas pintadas de rosa muito claro, nos dedos longos alguns anéis de prata e brilhos, delicadas mãos que ele tinha vontade de pegar e segurar. A linha de seu rosto, seu sorriso suave quando ouvia um colega falar com ela, fazendo com que Ivan invejasse aquele interlocutor feliz. Seus cabelos macios, soltos, o tom castanho escuro agora prevalecendo sobre os reflexos mais claros. Seu andar discreto, de passos pequenos, sem pressa, elegante sobre o salto alto. Sua voz firme, seus comentários apropriados, seu vocabulário apurado, sua maneira gentil de se expressar, sua risada gostosa ao ouvir as piadas, seu jeito um pouco tímido quando estas eram mais picantes. Sua educação com os amigos, com os garçons, com a *hostess* do restaurante, com os manobristas, com as atendentes do Pet Shop, e até com Marta, a colega saliente. Sua atitude positiva. Seus silêncios misteriosos. Seu olhar de canto de olho. Sua boca de cereja, na qual ele agora demora o olhar, a brasileira flagrando seu sorriso para ela e, involuntariamente, em silêncio, retornando-lhe o mesmo sorriso, saindo da Marginal e tomando a alça para seguir até a Avenida Pacaembu, o rádio iniciando os primeiros acordes dos irmãos gaúchos Kleiton e Kledir, em *"Nem Pensar"*.

...Eu, hein? Nem pensar! Outra vez? Nem pensar...

Capítulo 4

Sábado
15 de outubro de 2005

Bossa Nova

— A senhora tá esperando o Seu Ivan? – pergunta o porteiro do hotel pela janela do passageiro, que Maria Claudia abrira ao vê-lo vindo em direção ao carro.

Três dias apenas que ele estava no Brasil e todo mundo já conhecia Ivan, o russo, bem como a amiga dele, que vinha buscá-lo e trazê-lo toda hora.

– Tou! Posso ficar aqui um minuto? Acho que ele já está descendo.

– Eu acho que eu vi ele saindo, já... Ah, olha ele ali!

Ivan acena, da esquina da Rua Augusta, apressando um pouco o passo, vestindo *jeans* e uma camisa polo de listras grandes, azul e vermelho. Agradecendo todo sorridente ao porteiro que lhe abre a porta do carro, ele se senta ao lado de Maria Claudia, terminando de comer um pão de queijo que ele tinha ido comprar na Casa do Pão de Queijo ali ao lado.

– Bom dia! – ele diz, bem humorado, com a mão tapando a boca ainda um pouco cheia.

Maria Claudia acordara com o sol batendo forte pela janela. Era cedo ainda, mas ela dormira muito bem, sem pesadelos, e sentia-se animada para ir correr, como fazia quase todos os sábados de manhã quando, ao invés da praça ali ao lado, preferia ir ao Parque Ibirapuera, muito maior, com o lago e as imensas árvores, juntando-se a outros *joggers* e a crianças, cachorros, bicicletas, *skates*, patins, bolas, petecas, papagaios e tudo o que o paulistano inventava para se divertir ao ar livre.

Ainda não eram nem oito e meia da manhã, usando uma *legging* de *lycra* cinza e rosa até abaixo do joelho, um *top* nos mesmos tons, deixando um palmo de barriguinha de fora, meias e tênis para correr, os cabelos presos num rabo-de-cavalo, uma franjinha de leve sobre os olhos, Maria Claudia estava no carro já a caminho do parque quando o celular dera um toque de mensagem de texto. Torpedo do Ivan.

"Bom dia!"

"Bom dia! Como vc sabia que eu já tava acordada?!"

Um minuto passa e o celular toca, chamada de voz.

– Eu te acordei? – pergunta Ivan.

– Não, já tou até fora de casa!

– Já? Onde você *estar*?

– Na Brasil.

– *No* Brasil! – ele corrige.

– Não, senhor! É na Brasil, mesmo! – ela ri – Na Avenida Brasil!

– Onde você vai?

– Tou indo correr no Ibirapuera. Todo sábado eu vou, de manhã.

– Não sabia que você era atleta!

– Não sou! – ela ri – Mas alguma coisa a gente tem que fazer, não é? E você, o que tá fazendo?

– Eu tou tomando café da manhã – ele ri, pois gostava do nome do desjejum brasileiro: *café da manhã.* – Você vai sozinha?

– Vou. ... Quer ir? Tá um tremendo de um sol, e o parque é bem bonito.

Ela sempre convida, sempre se arrepende e sempre acaba gostando da companhia dele, que sempre diz sim.

– Quero!

Trânsito calmo na cidade, como no feriado, três dias antes. Maria Claudia tem que dar algumas voltas para ir pegar a Avenida Paulista, bem vazia a esta hora da manhã do sábado.

– Pensei que você tinha tomado café da manhã no hotel! – ela diz, engatando a primeira e saindo, conforme Ivan termina de comer o pão de queijo.

– Eu *tomi*...

– Tomei – ela corrige.

– Tomei... Mas é que eu gosto do pão de queijo... desse lugar...

Tinha se tornado um hábito: pelo menos uma vez por dia ele ia lá e pedia um café e um pão de queijo, tinha virado mania, vício, não podia mais viver sem, ele já notava a barriga um pouquinho maior, logo logo as calças iriam ficar apertadas. Esperando Maria Claudia na porta do hotel, ele não pode se conter e correu até lá, embora tivesse acabado de sair da mesa do café, os sucos de frutas tropicais ainda escorregando pelo seu estômago.

O Parque do Ibirapuera, de manhã, tem uma atmosfera toda especial, com o sol batendo oblíquo, infiltrando-se por entre os galhos das árvores, poucos carros passando em torno, só alguns pedestres começando a chegar, a manhã convidando a população a vir ali, se esparramar. O lago; a Assembleia Legislativa; o Monumento às Bandeiras; o Obelisco em homenagem à Revolução de 1932, abaixo dele o mausoléu com os restos mortais dos heróis constitucionalistas; o prédio da Bienal; o Museu de Arte Moderna; a Oca; o Planetário, todos eles cartões postais da cidade, todos em meio às árvores, jardins e canteiros. De todos os parques de São Paulo, é o mais concorrido, sobretudo pelas suas atividades culturais, apresentações de bandas de todo tipo de música, e principalmente de orquestras sinfônicas, que lá vão se apresentar levando aquele som aos ouvidos de um público sem acesso a essa arte sofisticada, mais reservada às casas de espetáculos de altíssimo nível espalhadas pela cidade.

Assim tão cedo, Maria Claudia acha fácil um lugar para estacionar o carro, e aproveita a companhia de Ivan para que ele leve seu celular, sua carteira, sua toalhinha de rosto e sua garrafa d´água. Ela vai só com o mp3, fonezinhos no ouvido, escutando música. Depois de andarem um pouco pelo parque, ela vai sozinha dar uma volta correndo e para junto aos aparelhos, na sombra, para se pendurar na barra, fazer alongamento e alguns abdominais, enquanto Ivan tira fotos com o celular do parque, das construções à volta, das pessoas, de Maria Claudia. Não imaginava que viria a um parque como aquele, em sua viagem ao Brasil. Sentia-se um turista, ou mais, sentia-se já como os brasileiros, entrando na rotina da cidade. Trânsito, gravata e estresse durante a semana; *shorts*, tênis e parques cheios de verde no sábado de manhã. Distraído, olha as pessoas por ali que, como Maria Claudia, em suas roupas de aeróbica, estão andando, correndo, se exercitando, alguns com um *personal trainer* os acompanhando, monitorando batimentos cardíacos etc, e sente até uma ponta de peso na consciência, por não estar fazendo e nem ter vontade de fazer nada disso. Sentado em um banco à sombra de uma árvore, Ivan leva um susto quando de repente toca o celular de Maria Claudia em seu bolso.

Pegando na mão o telefone que não para de tocar, com os olhos ele procura por ela, querendo chamá-la, mas ela está um pouco mais longe, não chegará a tempo de atender. E ele então tem que controlar o impulso de responder ele mesmo àquela chamada. Queria atender, queria que fosse o mudo, que ouviria então a voz de outro homem atendendo o celular dela. Mas ficou apenas na fantasia. O celular parou de tocar antes que ele pudesse jogar a ética às favas e dizer "alô" com a voz bem grossa e brava que ele sabia fazer. Após um minuto ele respira, aliviado, por ter se contido. Que espécie de confusão ele poderia arranjar para ela, se tivesse feito aquilo? Ela poderia nunca mais querer falar com ele. Além do mais, só na cabeça dele, mesmo, obcecado, achar que seria o mudo mais uma vez, àquela hora. Muitos minutos e vários corredores, skatistas e patinadores passam até que ele tire o telefonema mudo da cabeça.

– Ah... Cansei! – diz Maria Claudia finalmente se aproximando dele, respiração ofegante, pegando a toalha para enxugar o rosto, o pescoço e os braços – Vamos... até ali... tomar uma água de coco? É super bom pra hidratar!

Bem perto deles, uma barraca rodeada de gente vendia coco natural. *Joggers*, ciclistas, casais com crianças, namorados, idosos, idosos enamorados, todos à espera do seu, que o vendedor escolhe bem, conhecedor que é dos mais maduros, que ele limpa e, com um facão, tira uma pequena "tampa", colocando então um canudo e entregando aquela bola verde para o sedento comprador.

– E aquelas pessoas ali, o que estão tomando? – pergunta Ivan, apontando outra barraca, depois de dar uma gole no coco de Maria Claudia para experimentar.

– Garapa.

– O quê?

É claro que, espalhados pelas bordas do parque e à entrada dele, havia todo tipo de ambulantes, de barraquinhas, de lanches. Água de coco natural. Vendedores de cocadas: branca, preta, e com doce de leite. Carrinhos de cachorro-quente. Milho verde, pamonha, cural, suco de milho. E os vendedores de bexigas, brinquedos baratos, pipas, cata-ventos, etc.

– Garapa. Caldo de cana.

– A mesma que faz etanol?

– Ela mesma. E a mesma que faz cachaça.

– Ah, então aqueles tronquinhos ali, são cana de açúcar?

– É, eles têm essa máquina que espreme a cana na hora. Passa a cana por um lado e sai o líquido do outro. Caldo de cana, geladinho, eles colocam suco de limão, é super natural, super gostoso, super energético, super saudável... e super calórico! E se a gente fosse tomar um café? Tem um lugar muito legal. Vamos?

– Vamos – ele caminha ao lado dela, vendo passar um *jogger* com a camisa do Corinthians – Amanhã tem jogo do Corinthians, eu vou lá, no estádio... Você quer ir?

Jogo de futebol no estádio. Era só o que estava faltando, na vida dela.

– Quero! – ela aceita, sem saber por quê – Em qual estádio? Pacaembu?

– Não, é no... ... Mambu... Marimbu...

– Morumbi.

– Isso. É longe do centro da cidade?

– Humm, mais ou menos. Quer dar uma passada lá? Só pra ver.

A caminho do elegante bairro do Morumbi, Ivan passava por aquelas avenidas pela primeira vez, embora já tivesse cruzado a cidade – com Maria Claudia, e com outras pessoas – várias vezes, se acostumando com o trânsito caótico, com os prédios altos, com a bagunça de gente e de carros, com bairros finos e arrumados em contraposição a outros, largados e sujos. Passam agora pelas conhecidas mansões da região, pelo Jockey Clube, pela Fundação Maria Luiza e Oscar Americano, pelo Palácio do Governo, pelo imponente Hospital Albert Einstein, e finalmente chegam ao portentoso Estádio do Morumbi. Uma gigantesca bolha de concreto, que chegava a receber até cem mil espectadores, em *shows* e concertos ali realizados. Nos jogos de futebol, porém, por decisão das autoridades policiais e das federações de esportes, o número de torcedores era mais limitado, para tentar evitar a crescente violência nos estádios que assolava todas as grandes cidades do mundo. Olhando atentamente todo o Morumbi por fora, analisando as ruas em torno, as entradas, as saídas, as rampas de acesso, Ivan fica quieto e sério, seu rosto imediatamente assumindo aquele ar sisudo de cenho franzido que ele tinha quando absorto em seus misteriosos assuntos. Inútil falar com ele nesses momentos. Concentrava-se tanto que não enxergava nem ouvia mais nada. Depois de parecer escanear com os olhos todo o panorama, guardando as imagens nos escaninhos da memória para depois processá-los, Ivan finalmente se dá por satisfeito e Maria Claudia retoma, em silêncio, o caminho de volta para os Jardins, observando a riqueza à sua volta, contrastando com a pobreza de outros bairros. Num farol fechado, um homem em farrapos vem pedir esmola na janela de Maria Claudia que, com o vidro fechado, faz gentilmente um gesto de "não", enquanto seus olhos vão para a calçada, onde outro homem igualmente maltrapilho fuçava uma lata de lixo. Os olhos de Maria Claudia se enchem de lágrimas, que Ivan vê, e fica quieto.

– Eu não posso ver isso, Ivan... – ela diz, com um nó na garganta. – É tanta gente precisando de ajuda, nessa cidade... Dar dinheiro, só, não resolve nada... É preciso fazer mais...

– Você já faz alguma coisa... Aquele seu trabalho voluntário, como advogada, é uma ajuda, é a sua parte...

– Mas é tão pouco... É tão pouco... Serve pra quê? Pra resolver a minha consciência...?

Ela respira fundo, numa espécie de suspiro, para então continuar.

– O que não falta aqui são entidades de assistência social, e você não tem ideia do que tem de gente ajudando, da iniciativa privada, empresas e gente rica financiando escolas, hospitais, centros de reabilitação, orfanatos... Essa cidade é muito grande, é imensa, você já viu... Aqui é o centro econômico do país, chega gente aos baldes nessa cidade todo dia...

Ivan não diz nada. Percebe nela um desabafo que ainda não tinha terminado.

– Pessoas vindas de outros lugares, das regiões mais pobres do país, procurando emprego aqui, se mudando de mala e cuia, tentando dar rumo na vida em São Paulo. Mas completamente despreparadas, pra vida ou pra qualquer trabalho, sem nenhuma instrução, mal sabendo falar português... E olha que aqui acaba tendo espaço pra tudo, por isso você os vê trabalhando como porteiros, faxineiros, empregadas domésticas, coisas assim. Os críticos ficam aviltados, porque essa gente só consegue esse tipo de emprego. Mas eles não estão nem aí com os críticos, e ficam mais que felizes que esse trabalho exista, pois não têm condições pra fazer mais nada. Só que é muita gente que chega, Ivan, muito além da conta. E a prefeitura e o governo do estado se arrumam como podem, porque já têm coisas de sobra pra resolver aqui, e tentam dar conta de todos esses retirantes, lutam pra tirá-los das favelas, constroem centros habitacionais, dão bolsas-auxílio, e ainda são malhados por fazerem isso. A origem desse problema tá lá nesses lugares de onde eles vêm, que não lhes dão a menor condição de estudar, de crescer, de ter emprego lá mesmo, de melhorar de vida onde nasceram. Vem desde a época do descobrimento do Brasil, isso. Nós votamos nos prefeitos e governadores daqui, não nos de lá. Lá entra político, sai político, e não fazem porcaria nenhuma pelo povo deles. Que acaba vindo pra cá. A população daqui reclama, dizendo que não paga a montanha de impostos que paga pra ver esse dinheiro ser gasto com ajuda pra quem vem de outros lugares e não contribui em nada, só acaba se amontoando em favelas e gerando violência... Mas como é que o governador e o prefeito poderiam fechar os olhos? Teria cabimento, não ajudar essas pessoas? E aí, falta dinheiro pra hospitais, pra professores, pra polícia... Como resolver isso? Sem contar ainda essa bandalheira de corrupção e de roubo, que rola direto, o dinheiro público simplesmente some, nesse país... E cada um de nós, o que fazemos?

Ela para de falar por alguns segundos, recuperando o fôlego.

– Você não vai salvar o mundo, Maria Claudia...

– Sabe – ela continua – nós somos um país de contrastes sociais, não é, e o resto do mundo não se cansa de dizer isso e apontar pra nós... É fácil falar e criticar... Mas também é injusto colocarem a culpa nos "ricos", como fazem uns e outros... Você vê, a minha família, por exemplo, nós somos classe média, como é o grosso da população brasileira, e eu agradeço a Deus todos os dias, porque eu, meus pais e meus irmãos vivemos bem e temos saúde. Mas nada disso caiu do céu, não. Meu pai não roubou ninguém, não veio de família rica, não recebeu favores. Ele deu duro, trabalhou, ganhou suado cada centavo, e foi prudente, guardou dinheiro, soube gastar direito, soube dar valor à cultura e à educação da gente, soube nos ensinar a ter respeito por tudo, por todas as pessoas, soube nos ensinar a ver quais são os valores realmente importantes. E se hoje nós vivemos bem é graças ao trabalho e ao esforço dos meus pais, e olha que eles batalharam a maior parte do tempo em plena ditadura, nos anos sessenta e setenta. Hoje eles estão lá sossegados. Sem nenhum luxo nem ostentação, mas estão bem, estão numa boa. A classe média do Brasil é vencedora, Ivan. Porque é quem paga tudo, e ainda consegue sobreviver e se virar pra ter alguma coisa. Basta ter cabeça e não ser desonesto. Existe, sim, uma nata de milionários, cuja fortuna todo mundo sabe que é suspeita, pra se dizer o mínimo, e ainda são os maiores sonegadores de impostos, mas isso existe em todo lugar, não é? Mas... e os miseráveis, as classes mais pobres?... Como ajudá-los, meu Deus...? Dar esmola não resolve, Ivan...

Pingando colírio nos olhos, o russo procura alguma frase, alguma ideia, alguma palavra para dizer, mas não encontra nenhuma. Passando por cima do Rio Pinheiros e entrando na Avenida Cidade Jardim, os dois permanecem em silêncio, e com os ânimos já bem acalmados, Maria Claudia enfim esboça um sorriso, o rádio tocando o grupo Boca Livre, *Toada*,

> *...Vem, morena, ouvir comigo esta cantiga*
> *Sair por essa vida aventureira....*

Já havia bastante gente quando eles chegaram ao Santo Grão, na Rua Oscar Freire. Mas ainda havia mesa vaga do lado de fora, onde os dois se acomodam, Maria Claudia vestindo uma pequena malha de zíper por cima do *top* porque sentia um pouco de frio, apesar do sol, e também porque não queria entrar ali de barriga de fora.

– Essa não é a rua do restaurante de ontem à noite? – pergunta Ivan, reconhecendo as redondezas.

– Ela mesma.

Maria Claudia tinha os seus próprios lugares preferidos na cidade e aquele era um deles. Um café rápido no meio da tarde, ou num sábado de manhã, ou num final de noite, era para lá que ela corria com amigos, colegas de escritório, clientes, às vezes até sozinha. Gostava do ambiente, da decoração, das pessoas que iam ali.

– Eu quero um *cappuccino* – ela diz para Ivan, que faz o pedido para o garçom, pedindo para si um café com leite *macchiato*.

Chique e charmoso, frequentado por pessoas um pouco mais velhas, o Santo Grão é um *point* bem cotado. Com confortáveis mesas de junco do lado de fora, é o local escolhido por pessoas que têm tempo para ficar na mesa tomando cafezinho, conversando com amigos, lendo jornal ou um livro, alguns até tendo ali reuniões de trabalho – uma tendência mundial bem acolhida na cidade: reuniões de negócios em restaurantes e cafés transados.

– Eu não consegui fazer aquela coisinha funcionar – diz Ivan lembrando do mp3 de Maria Claudia.

– Que coisinha?

– O mp3.

– Como não, Ivan?

– Eu apertei todos os botões e nada funcionava! Olha – e ele tira do bolso o seu, que comprara na véspera na Rua Santa Ifigênia.

– Dá aqui, eu te mostro! – ela pega o aparelho da mão dele, se aproximando para juntos olharem a pequena tela onde as funções eram apresentadas, colocando os fonezinhos – um no seu ouvido, outro no do russo.

Com os rostos quase colados, Maria Claudia vai indicando para Ivan cada um dos pequenos botões e o que eles fazem.

– Que botão? Não estou vendo o botão!

– Aqui, Ivan! – ela ri, pegando a mão dele e fazendo-o sentir com o polegar o minúsculo botão na base do aparelho – É um toque rápido ou um toque demorado, são funções diferentes. E aí, aqui nesse outro. Isso. O rádio.

– Ah... – ele exclama, o fone no ouvido, escutando FM. – Eu quero ouvir aquela que nós ouvimos no seu carro.

– Olha aqui. Pra mudar de estação.

– Que número?

– 89 ponto 7. Nova Brasil FM.

– Mas como eu faço pra colocar músicas minhas aqui?

– Tira essa coisinha – Maria Claudia abre uma parte do aparelho, para mostrar – e aí é uma entrada pro cabo que veio junto, você põe uma ponta do cabo aqui, e a outra no computador, e aí abre um programa no computador, pra você passar as músicas do seu hard drive pra cá.

– Hmm. O que foi?

Maria Claudia observava dois homens que acabavam de entrar, pegando uma mesa ali fora também, um deles também não conseguindo deixar de encará-la.

– Você conhece eles? – Ivan contém a voz para não parecer bravo.

– Acho que reconheço um deles...

Ela tinha certeza de reconhecer aquele homem alto, cabeleira castanha ficando grisalha, uns quarenta e cinco ou quarenta e oito anos mais ou menos, um jeito meio brusco e pesadão – por causa da barriga muito saliente. Aquele tipo de homem alto e grande que ao passar dos quarenta anos se impõe menos pelo sucesso e mais pelo tamanho, pela voz grossa, pelo passo pesado, pelas roupas de *griffe*. Parecendo também lembrar-se dela, ele vem naturalmente até perto da mesa, com um jeito simpático.

– Bom dia... – ele diz, olhando para Ivan e para Maria Claudia, educado, porém informal – Você não é...

– É, eu acho que... – Maria Claudia finge uma cara de quem o reconhece e não sabe de onde.

– ... Amiga da Ana Cecília, lá de Poços de Caldas? – ele diz finalmente.

– Sou! Maria Claudia. E você é o...

– Ângelo Bellini.

Maria Claudia já sabia.

– É o amigo de uma amiga minha, Ivan – ela diz virando-se para o russo – De quando nós éramos adolescentes!

Ivan e Ângelo se cumprimentam, dando as mãos.

– E como está a Ana Cecília? – pergunta o recém-chegado, em pé, ao lado da mesa.

Maria Claudia ansiava pela pergunta.

– Está bem! Trabalha numa galeria de arte. Ela adora aquele trabalho, tem tudo a ver com ela!

– Mas como ela está? Casada? Tem filhos?

– Ela está divorciada, tem um filho de 10 anos, o Rafael – e Maria Claudia se enche de coragem e cara de pau: – E você?

– Eu estou divorciado também, tenho duas filhas.

"Yes!" pensa Maria Claudia.

– Faz uma cara que a gente não vai pra Poços de Caldas – ela diz, amenizando o impacto – Você voltou lá?

– Não, eu também não, nunca mais, depois daquela época. Aqueles carnavais, eu tenho saudade!

– É mesmo! – Maria Claudia se concentra em como dar o bote.

A conversa já estava minguando e ele ia sair dali, ela não teria mais chance. Mas o outro não dava nenhuma deixa. Como fazer?

– Você vem sempre aqui? – ela engata a conversa mole antes que ela se vá.

– Não muito; às vezes – ele diz, não dando sequência ao papo.

"Ele sempre foi assim", lembra-se Maria Claudia. "A Ana Cecília já naquela época comentava que ele era devagar."

– Bom, eu vou... – ele diz.

– Olha! – interrompe Maria Claudia, decidindo-se, abrindo a bolsa, tirando uma caneta e anotando algo num guardanapo de papel – O telefone da Aninha.

– Ah... Obrigado! – diz Ângelo, com o ar aparentemente contente, pegando o papel que ela lhe estendia e guardando-o no bolso da calça – Bom, tchau, então! Legal encontrar você! Prazer! – ele diz, apertando novamente a mão de Ivan, e voltando para sua mesa junto do amigo.

Maria Claudia disfarça um pouco, recolocando o fonezinho no ouvido.

– Ai! Que forçada de barra, meu Deus! – ela fala baixo pra Ivan, cobrindo o rosto com a mão.

– Não entendi nada! – comenta Ivan – Afinal, ele é amigo seu ou da sua amiga?

– Ele foi namorado dessa minha amiga, há séculos, num ano em que a gente passava as férias em Poços de Caldas, todo ano a gente ia lá. Um namoro de leve, ela era adolescente, e ele assim mais velho, não dava pra rolar nada de sério. Daí uma mulher com quem ele saía engravidou e ele casou com ela. Foi muito forçado, eu dar o telefone da minha amiga?

– Foi.

Os dois riem juntos.

– Eu não tive outro jeito, Ivan! Ele também não pedia o bendito telefone! Mas você viu que ele gostou quando eu entreguei o papel!

Dentro do carro, antes de dar a partida, a primeira coisa que ela faz é pegar o celular e ligar para a amiga.

– Péra aí, Ivan, que eu tenho que ligar pra ela pra contar! – ela ri, enquanto Ivan coloca o cinto de segurança.

Mas Ana Cecília não atende o telefone, cai na caixa postal, onde Maria Claudia deixa um recado.

"Ana Ana! Liga pra mim! Que eu tenho uma coisa pra te contar! Beijo!"

– É melhor você não contar pra sua amiga – diz Ivan, conforme ela dá a partida.

– Por que você diz isso?

– E se ele não ligar pra ela? Ela vai ficar com expectativa e vai ser pior...

– Mas eu tenho que contar, Ivan! E se ele liga e ela não sabia de nada, ela vai ficar surpresa, de repente ele cai de para-quedas, assim?

– Melhor ele cair de para-quedas e ela ficar surpresa do que ela ficar esperando e ele não ligar.

– É verdade... Você tem razão, Ivan...

Toca o celular dela.

– É a Ana! – ela diz, abrindo o telefone depressa sem olhar o número que chamava – Alô!...Alô!!!..... Alôôô!!!!!!

Não era a Ana. Ivan olha pela janela disfarçando a curiosidade.

Maria Claudia não parece se importar com o telefonema mudo. Animada, desperta e sorridente, ela aumenta o som do rádio e pergunta a Ivan:

– Você quer ver outro estádio de futebol, Ivan? –

– Que estádio?

– Eu quero ir à feira, que é em frente ao Pacaembu.

– Vamos.

Mas Ivan continuava encasquetado. O assunto de namorados e telefonemas mudos o deixaram assim. Desta vez era ele que queria fazer perguntas.

– Você é muito boa de contar história do Brasil... – ele diz, se lembrando do dia anterior, no centro da cidade – Mas não conta nada da sua história...

– Ah, é..? – ela exclama, espantada com o comentário saído do nada – Você também não conta nada de você!

Ela aproveita a deixa para fazer o aparte que lhe coçava as dúvidas e enche-lo de perguntas.

– Qual é a sua história, Ivan? Você é casado? Ou é “enrolado”, como os caras falam aqui?

– Como assim?

– Aqui no Brasil quando uma mulher conhece um homem, principalmente os acima dos trinta anos, quando eles não usam aliança, e a gente não pode supor que isso signifique que ele seja solteiro, e a gente pergunta se ele é casado, se tem namorada, coisas assim, eles dizem que são “enrolados”. Isso quer dizer três coisas: que ele não é livre, tem alguma mulher no pedaço; que ele está afim de levar a gente no bico; e que ele está levando essa outra no bico também!

– Tem essa conversa na Rússia, também... Eu não sou casado, você sabe. Eu sou divorciado – ele diz, vendo que armou a cilada para fazer perguntas e era ele que estava dando respostas.

– Mas é enrolado...

– Não, Maria Claudia... Eu não sei fazer isso...

Ela não se sente convencida, mas resolve não especular.

– E você? – ele continua – Qual é sua história?

– Não tem nada demais pra saber de mim, Ivan...

– Tem sim. Você é solteira? Tem alguém? Eu acho que você é que é enrolada...

– Em que sentido?

– Qual outro sentido?

– Atrapalhada! – ela ri.

– Não, isso você não é! Mas tem algum namorado.

Ela arregala os olhos, olhando para a frente.

– Não... Não tem ninguém...

– Mas então quem é esse boiola que fica telefonando pra você o tempo todo?

Maria Claudia cai na gargalhada, entrando à esquerda na Avenida Paulista.

– "Boiola', Ivan? Essa ganhou o meu dia! Com quem você tem andado, que tá aprendendo essas gírias? Aliás! Você ainda não me contou, né!

– O quê?

– Como você aprendeu português!

Ela lança a pergunta afinal. Era o jogo da verdade.

Ivan fica quieto, olhar fixo no carro da frente, disposto a não responder, recolocando a máscara do homem sério que não quer e não vai falar nada.

– Tá vendo, Ivan. Você acha que é normal alguém não falar nada assim como você? Uma pergunta tão sem compromisso! E também esse mistério, sobre o seu trabalho, as reuniões, o futebol, e tudo. Sem falar da bendita arma. Você fica reticente sempre! Dá pra eu não ficar desconfiada? – ela acaba soltando tudo o que sente, meio rindo, pois já sabe que não vai extrair nada, mesmo.

– Você também saiu pela tangente e não me falou nada do boiola...

"Nessa ele me pegou!", ela pensa, e demora alguns segundos para falar, concentrada na direção, mas já tomada pela torrente da sinceridade, o assunto "Marcelo" fincado em sua alma, esperando uma chance para sair.

– É meu ex, Ivan... – ela diz, num tom mais baixo, um nozinho na garganta – A gente terminou faz um mês e pouco, foi difícil pra caramba pra mim... Eu gostava dele, mas a coisa não ia pra frente... Eu queria tanto que desse certo, tinha tudo a ver... Mas acabou... Agora ele fica aí, quer que eu vire uma transa ocasional dele... Por isso eu fui pra Paris, passar uns dias, pra ver se eu ficava um pouquinho melhor... Todo mundo me falou que a viagem ia mudar minha vida...

Ela para de falar, pois já não tinha mesmo mais nada a ser contado sobre o assunto, naquilo se resumia a história dela com o Marcelo, por quem ela se dava conta de estar agora sentindo apenas indiferença.

– Eu aprendi português estudando, Maria Claudia... – diz Ivan, devendo-lhe uma resposta, e querendo encerrar o assunto do ex. Por ela e por si mesmo.

"Bela explicação" ela pensa.

– Mas então, você é um tremendo de um estudante de língua estrangeira!

– Nem tanto. Eu tive aulas particulares... E estudei, e li muito. Ainda leio.

- O que você leu? – ela quer saber, se perguntando quem teria dado as aulas particulares.

– Vários livros. Não sei dizer todos. Os mais famosos, principalmente. Jorge Amado, Paulo Coelho. Li "Casa Grande e Senzala".

Cai o queixo de Maria Claudia. Os mistérios de Ivan.

"Casa-Grande & Senzala", de Gilberto Freyre. Premiado internacionalmente como o melhor trabalho do mundo sobre "relações entre raças". Maria Claudia está pasma. Começa a cair por terra a teoria das aulas de português no bordel. Casa-Grande & Senzala? Num bordel? Em Moscou? Sem chances.

– Nossa! É um tremendo de um livro, Ivan! Difícil de ler...

– Mas é muito bom, para entender a história do Brasil...

– Isso é verdade... Que mais você lê?

– O que dá. Revista Veja. Na internet, também, eu leio bastante. Os jornais. Tem uns escritores que escrevem nos jornais, que eu gosto de ler.

– Mas você fala em português, com alguém, lá na Rússia...? – ela se aproxima do que quer saber.

Ivan decide que era só até ali que ele iria.

– Falo. – ele responde laconicamente, outra vez os olhos fitos em frente, com o tom da voz mostrando a Maria Claudia que não diria mais nada.

Observando-lhe o perfil, percebendo que a conversa se encerrava naquele ponto, Maria Claudia não fica aborrecida, nem muito menos brava.

Não só já estava habituada ao jeito sigiloso do russo, mas também, de alguma forma, por algum motivo, não se preocupava mais. No fundo, acreditava na boa-fé dele. Ou queria acreditar. Ele sente o olhar de soslaio sobre si e vira o rosto para olhá-la também, temendo encontrar um olhar duro. Mas vê apenas o sorriso suave da brasileira, ao qual ele retribui, sem dizer nada. Entrando na Avenida Doutor Arnaldo, com trânsito livre, rapidamente eles pegam à direita a Rua Major Natanael para descerem em direção ao Estádio do Pacaembu, logo ali.

– ... O quê... ? – pergunta Ivan, vendo que o sorriso de Maria Claudia se transformara no sorrisinho já conhecido, e ele logo se lembra, passando a mão no topo da cabeça para abaixar os cabelos que com a ventania da janela aberta tinham se levantado, formando outra vez o topete.

Pequeno e estrategicamente encravado no vale do Pacaembu, entre duas montanhas, o estádio desse mesmo nome tinha sido inteligentemente construído aproveitando as encostas das duas montanhas, ali sendo simplesmente assentadas as arquibancadas laterais. Um dos gols de costas para a entrada, o outro de costas para o chamado "tobogã", essa sim uma arquibancada construída de modo a acomodar ainda mais torcedores. À frente do estádio, um enorme estacionamento-jardim, um espaço aberto onde as pessoas da vizinhança vinham andar, correr e se exercitar, quando não havia feira, o que acontecia quatro dias por semana, inclusive no sábado – esta considerada uma das melhores feiras livres da cidade. Maria Claudia contorna a Praça Charles Miller para entrar no estacionamento.

– É lógico que você sabe quem foi esse Charles Miller! – diz Ivan, vendo o nome na placa.

– Claro que sei! É o "pai do futebol" no Brasil! Filho de um escocês e de uma brasileira. Mas ele nasceu em São Paulo e foi estudar na Inglaterra quando era criança. Quando ele voltou pro Brasil, em 1894, ele trouxe a primeira bola e um livrão com as regras do jogo, e ensinou a turma a jogar. Mal sabia ele que ia dar no que deu! Hoje é o maior produto de exportação brasileira: jogadores de futebol!

– E como é que veio parar um estádio, aqui, no meio dessas casas?

– Esse bairro, o Pacaembu, foi super bem planejado – Maria Claudia vai devagar, procurando uma vaga para estacionar – No século XVI, os jesuítas receberam essa área, essa sesmaria... Cê sabe o que é sesmaria, né?...

– Sei. Li no Casa-Grande & Senzala.

– Eu imaginava! Bom, ganharam a sesmaria de Martin Afonso de Souza, e vieram catequisar os índios que tinha aqui, por isso esses nomes das ruas, em tupi-guarani. Bem mais tarde viraram fazendas, e na área onde é o Pacaembu era um sítio todo coberto de vegetação. Foi loteado em 1925, pela Companhia City, que trouxe um monte de engenheiros e arquitetos ingleses que, junto com os engenheiros e arquitetos brasileiros, bolaram o bairro, com a filosofia da *garden-city*. Imagine que naquela época eles já tavam preocupados com urbanismo, com poluição, com violência, com velocidade dos carros. Eles fizeram o bairro com as ruas todas tortas, em curvas, feito um labirinto, justamente para não ser possível correr nelas. O bairro foi tombado em 1991, por sua história e arquitetura, e por ser tão arborizado e com o solo tão permeável. Nada pode ser construído aqui, cê vê que não tem prédios, só casas. E os ingleses da Cia. City doaram essa área pra Prefeitura construir o estádio, que foi inaugurado em 1940.

– Aula de história! – brinca Ivan, conforme Maria Claudia embica o carro numa vaga.

– Foi você que perguntou!! – ela ri – É que eu moro aqui do lado, Ivan. Todo mundo no bairro conhece isso!

Andando entre as barracas debaixo do sol e dos gritos dos feirantes, Ivan logo tira do bolso sua câmera digital, mais uma vez não resistindo à síndrome do turista, e sai fotografando a profusão de alimentos naturais ali expostos. Uma festa para os olhos e para a barriga. As cores. A variedade. O frescor. A abundância. A sofisticação. Frutas, legumes e verduras de todos os tipos, para todos os gostos, para todas as receitas. Abobrinhas rechonchudas, berinjelas reluzentes, tomates de todas as formas. Verduras em todos os tons de verde.

– Vai alho hoje, dona? – pergunta um vendedor se aproximando de Maria Claudia, trazendo nas mãos sacos cheios de cabeças de alho, rosadas e gigantes.

– Não, obrigada – ela lhe sorri e vai se afastando, Ivan fotografando o alho.

E as barracas de flores. E as de temperos naturais. E as de secos e molhados – com grãos, frutas secas, queijos, frios, doces, bacalhau, pertences para feijoada.

– Garota, garota! Olha a laranja Bahia, docinha, docinha! – grita-lhe outro, detrás da barraca abarrotada de laranjas.

Os donos das barracas, simpáticos, alegres, de bem com a vida, chamando as freguesas com frases engraçadas ou ligeiramente maliciosas, oferecem pedaços das frutas cortadas para todos experimentarem. Ivan vai provando de tudo, conversando com todos, tirando fotos, se divertindo.

– Oooooolha a alacachofra!

Maria Claudia se vira para o lado de onde vem esse grito. Adora alcachofras.

– Moça bonita não paga! – continua o feirante, ao vê-la olhando em sua direção – Mas também, não leva!

Um pouco adiante de Ivan e Maria Claudia, um grupo de turistas americanos também entusiasmados, sorridentes e felizes, de chapeuzinho e câmera fotográfica pendurada no pescoço, tira fotos e filma tanto os produtos quanto os feirantes e as pessoas comprando.

– Senhor! – grita um feirante para Ivan – Não vai levar coco ralado na hora, pra patroa? Pro pudim, pra cobertura do bolo, pra batida!

Ivan diz que não, mas fotografa o coco ralado, o coco inteiro, o ralador e o vendedor.

O cheiro adocicado de frutas, porém, vai mudando, vai ficando menos convidativo, conforme Maria Claudia se aproxima das barracas de carne e de peixe, onde queria ir.

– Oi, Anderson! – ela diz, sorrindo, chegando perto de uma grande barraca onde todo tipo de peixes e frutos do mar, deitados alinhadamente, aguardam sua vez de irem para a panela.

– Dona Maria Claudia! Bom dia! Há quanto tempo, heim? Que é que andou acontecendo? – pergunta o simpático rapaz atrás do balcão, limpando as mãos num pano de prato e se aproximando para dar a mão para Maria Claudia.

– Como, quanto tempo, Anderson? – pergunta ela, brincando – Não vim aqui, faz duas semanas?

– Mas na semana passada não apareceu! – ele contra-argumenta, sorrindo – Ah, você viajou, é verdade! Como foi a viagem?

Conversar na feira é um exercício para a garganta, porque todas as pessoas em volta falam muito alto, os feirantes alardeando seus produtos para o público, ou conversando uns com os outros à distância, o passa-passa de fregueses animados no meio de tudo.

– Foi bem, graças a Deus.

– Isso é que é bom! – diz Anderson, olhando Ivan, que tirava fotos dos peixes sobre a longa mesa, acomodados em fileiras sobre o gelo, como se estivessem comportadamente num pátio, esperando para sair em desfile. Badejos, trutas, salmões, linguados, bacalhau fresco, namorado etc. E lagostas enormes, camarões de todos os tamanhos, siris, mexilhões, lulas, tudo o que se pode imaginar vindo do mar.

Anderson tinha trinta anos e trabalhava na barraca de peixes dos pais e dos tios desde pequeno. Um belo rosto de olhos e cabelos pretos, de origem portuguesa e espanhola, tinha estudado até o final do colegial e no momento de decidir se tentaria entrar na universidade, o coração titubeou. Conversou muito com os familiares, os pais tentando convencê-lo a continuar os estudos, mas ele finalmente decidiu que queria mesmo era continuar ali, junto à família todos os dias, por entre os peixes e o cheiro do mar, junto aos outros feirantes como ele, onde se sentia bem, onde se sentia querido, onde sabia o que estava fazendo, onde conhecia o mercado e os fregueses, onde sentia o chão debaixo dos pés. Nunca se arrependera da decisão. Sua simpatia angariava mais e mais fregueses, que quando não vinham pessoalmente comprar seus peixes, telefonavam para ele, com o pedido, e ele levava a encomenda, fresquinha, onde quer que fosse. Mas ir até a feira falar com ele e com a família era muito melhor.

– O que vai ser hoje? – ele pergunta para Maria Claudia.

– Eu queria um camarãozinho, Anderson... Qual é que tá bom? – ela quer saber, parando em frente a uma bandeja cheia de camarões Sete Barbas.

Diante dela e de Ivan, a longa bancada estava cheia de camarões, por ordem crescente de tamanho: a partir da esquerda, o menor de todos, o Sete Barbas, já limpo, porém pequeno demais. Depois dele, um outro tipo um pouco maior, o camarão cinza, também já fora da casca. E a partir daí, os camarões se tornavam cada vez maiores, organizadamente deitados lado a lado como em grupos enfileirados, um exército de camarões, imensos em suas cascas, os maiores mais parecendo lagostas, pois eram do tamanho da palma da mão de um homem grande. Esses eram bem caros, chegando a custar até setenta reais o quilo, um pouco mais de trinta dólares.

– Vai limão, dona? – pergunta um ambulante, a uns dois metros dela, sabendo que nas receitas de peixe sempre vai limão.

– Não, obrigada – ela diz, gentil. Já tinha comprado limão no supermercado.

– Maria Claudia, não é pra empurrar outra coisa, mas eu recomendo o cinza, olha aqui. O Sete Barbas é muito pequeno, ele míngua, depois de cozido... – sugere Anderson.

– Limãozinho, doutor? – pergunta o mesmo ambulante para Ivan – Pra caipiroska!

– Não, não! – diz o russo, com um gesto de mão, sorrindo. Devia estar escrito "vodka" em sua cara.

Maria Claudia fica olhando todos os camarões sem se decidir, pede a opinião de Ivan, que obviamente gosta de todos, demorando-se a escolher o que levar.

– Quanto tá o quilo do cinza ?

– Tá trinta e quatro o quilo, tá baratinho, e olha só que lindo, olha...

Maria Claudia se decide.

– Tá, então eu quero um quilo desse. Cê limpa pra mim, Anderson?

– Limpo, claro! Um quilinho só, então?

– Isso. E também, acho que vou levar desse grande, meia dúzia. É o que o meu irmão gosta. Quanto é que tá?

– É pra já. Tá sessenta e cinco o quilo. Não quer levar um peixinho também? Tá uma beleza, olha só – ele diz, levantando nas mãos um peixe de olhos esbugalhados para Maria Claudia e Ivan verem.

– Tá lindo mesmo! Mas não, 'brigada, Anderson! Cê sabe que eu não gosto de congelar, gosto de fazer logo o peixe. Na próxima vez eu levo.

– Ou então me liga, que eu passo lá no prédio e deixo com a empregada – ele diz, terminando de pesar um quilo do camarão cinza, dando um chorinho a mais, e indo limpar.

– É amanhã, heim, Anderson! – grita, de longe, outro feirante que passava rindo.

– Ôpa! Não vai ter porco, não!! – responde Anderson, rindo também – Esse ano é nosso! O Palmeiras que se cuide!!

– Esse menino, só fala de futebol! – comenta o pai de Anderson, dentro da barraca.

Anderson é corintiano.

O grupo de turistas americanos se aproxima da barraca e vem admirar os peixes e frutos do mar, querendo confraternizar com Ivan, a quem adivinham ser turista estrangeiro como eles. Mas Ivan, que a essas alturas já tinha andado por São Paulo o suficiente e visto que havia paulistanos de todas as caras, queria passar por brasileiro, e se põe ao lado de Maria Claudia olhando os peixes, dando um ou outro palpite, com um ar *blasé* de quem estava acostumado a ir ali toda semana há anos. A pequena farsa, porém, não dá certo, porque o celular dele toca, ligação de Moscou, e ele tem que falar em russo. A senhora americana que a princípio tinha ficado decepcionada por ele não ser estrangeiro fica olhando para ele, a boca aberta, um ponto de interrogação sobrevoando seu rosto.

– That´s Russian, isn´t it? – ela pergunta a Ivan, toda simpática, quando ele termina a ligação.

– Yes, it is! – ele responde, sorrindo enfim, vencido.

Acabam todos tirando fotos juntos.

De toda aquela festa do paladar e dos olhos, as frutas são o que mais atrai Ivan. Ele gosta das cores, da variedade, do jeito como são empilhadas, quase não se podendo ver o feirante por trás da montanha cheirosa, suculenta e colorida. Aquilo o remete ao mundo do campo, da agricultura, das plantações. Ele imagina aqueles produtos até um ou dois dias antes ainda no pé, no chão, na terra, em uma fazenda ou sítio talvez bem perto de São Paulo, ou talvez bem longe dali, num outro ponto afastado e remoto do país tão grande. Ele segue andando e tirando fotos sem parar. Só para, mesmo, ao chegar perto das barracas de pastel e sentir o cheirinho. Aí, Maria Claudia tem que argumentar. Porque ele quer comer de qualquer jeito. Nem se interessa mais pelas estórias de guia turístico da brasileira lhe contando que aquele era um quitute introduzido pelos imigrantes japoneses e chineses. Ivan não ouve mais nada. Quer chegar perto da fritura, quer ouvir o barulho do pastel na frigideira enorme, quer saber de todos os sabores e comer um por um, inclusive acompanhados do caldo de cana, a tal garapa, cuja barraca está ali mesmo ao lado, e ele agora pode ir ver como é feiro sem que Maria Claudia o segure, embora ela tente, puxando-o pela camisa.

– Ivan, você está assim com tanta fome?

– Acho que sim – ele responde, chupando um pedacinho de cana que o feirante descascara e lhe dera para experimentar, no meio das pessoas ali em torno das barracas, uns comendo seus pastéis, outros esperando ficarem prontos, uns em pé, outros sentados em banquinhos, todos tão felizes.

Maria Claudia consegue afastá-lo um pouquinho. Tinha uma ideia melhor.

– E se a gente fosse almoçar numa churrascaria? – ela sugere, a sedução na voz – Você gosta de carne?

Ivan estaca, sem ação e sem palavras, olhando para ela. Ele estava perdido. Como Maria Claudia fazia uma coisa dessas com ele? Todo mundo já tinha ouvido falar das churrascarias brasileiras, e os amantes da carne – como ele – sonhavam em entrar numa um dia. O cheiro dos pastéis, no entanto, continua bastante tentador.

– Você pode comer pastel num outro dia... O que não falta é pastelaria e caldo de cana, em São Paulo! – ela arremata.

Foi o argumento final. Tudo estava resolvido na vida de Ivan.

– Vamos para a churrascaria!

Ficar na dúvida entre pastel frito e carne vermelha era querer arranjar briga com a balança, era fazer chacota do nutricionista, era levar o cardiologista ao extremo do ultraje. Deveriam passar longe de um e da outra. Bani-los da existência gastronômica. Mas, ai, quem é que conseguia? Uma alegriazinha, no fim de semana, era tudo o que a estressada população da cidade podia esperar! *"Antes tivesse deixado ele comer o pastel!"* Maria Claudia ainda iria dizer, no entanto, para a amiga Ana Cecília.

A caminho do carro, Ivan levando o pacote com os camarões, Maria Claudia explica que gostaria de passar em casa antes, para tomar uma ducha.

– Eu não vou almoçar assim, com roupa de aeróbica, não é? – ela diz.

– Por que não? Está muito bem!

Aproximavam-se dos carros estacionados, Ivan vendo à esquerda onde estava o da brasileira, começando a virar naquela direção.

– Não, não, aqui, Ivan! – diz Maria Claudia, aflita, em voz baixa, seguindo em frente, sutilmente encostando de leve a mão no braço de Ivan para que ele continuasse por ali também.

Em direção a eles, por um espaço estreito no meio dos carros onde mal daria para passar uma pessoa, vinham uma senhora idosa com um garoto de idade indefinida, talvez uns quinze, dezessete anos, gordinho, olhos pequenos atrás dos óculos, um garoto excepcional, o arzinho alegre no rosto, já sorrindo para Ivan e Maria Claudia vendo que iam topar uns com os outros. Ivan não entende nada, mas acompanha-a, ambos passando bem rente à mulher e ao menino, tendo que parar para dar passagem, uma recíproca e silenciosa troca de sorrisos entre todos.

– Se a gente virasse e fosse pro carro – ela fala em voz um pouco mais baixa, alguns passos depois – ia parecer que a gente virou de repente pra não cruzar com o menino, você viu. Ele teria notado, já pensou? Se ele entendesse assim errado, ia sentir como se a gente o tivesse evitado de propósito. Eles já são tão sensíveis, poderia magoá-lo tanto! A ele e à senhora.

Ivan olha para Maria Claudia.

– E você ainda acha que não faz nada pelo mundo... – ele comenta, impressionado, analisando a atitude, o gesto, e as palavras dela – Se preocupando assim com os sentimentos de alguém que você não conhece e nunca mais vai ver... Você não existe, Maria Claudia!

– Dona Claudinha, o rapaz deixou uma coisa aqui pra senhora! – diz o porteiro, da janela da guarita, quando ela embica o carro na garagem, esperando o portão eletrônico abrir.

– O quê? – ela pergunta, abrindo a janela do carro, sem entender nada.

– O amigo do Seu Otávio passou aqui de manhã e deixou pra senhora esse aparelho.

– Ah! – ela se lembra – Deve ser o computador! – ela puxa o breque de mão.

– Eu vou pegar – diz Ivan saindo do carro e indo em direção à guarita, onde o porteiro já abria a porta.

Daniel havia passado uma hora antes e deixado a torre do computador, já concertado, com o porteiro.

– Eu não sei ligar isso de volta! – comenta Maria Claudia no elevador para Ivan, que agora trazia a torre, ela carregando o celular, o mp3, a toalha, a garrafa d´água, a bolsa, e os camarões.

– Eu ligo, se você quiser – ele diz, saindo do elevador no andar dela, seguindo-a para a porta.

– Ah, 'brigada, Ivan! Porque eu não tenho a menor ideia!

Deixando as coisas no balcão da cozinha depois de colocar os camarões na geladeira, eles seguem para o quarto dela, onde fica o seu *desk top*.

– Vamos ver – diz Ivan, meio sem graça dentro daquele quarto de mocinha, com móveis claros, colcha florida na cama *queen size*, quadros suaves nas paredes, objetos femininos por todos os lados.

– Os fios estão todos aqui embaixo da mesa... – ela aponta para o chão.

– Eu espero que sim! – ele diz, rindo do comentário óbvio, colocando a torre no chão próxima aos fios ali esparramados – É tudo muito simples, Maria Claudia. Olha só. As entradas na torre têm as cores dos *plugs*. Verde no verde. Rosa no rosa.

Põem-se os dois lado a lado, de joelhos, bumbuns pra cima, enfiando-se debaixo da mesa, para alcançarem as entradas na torre do computador para os fios do monitor, da impressora, do *scanner*, do teclado, do mouse, e ainda outros que nem a brasileira nem o russo sabiam mais o que eram, suas vozes abafadas pela parede.

– Ah, mas esse aqui, não tem cor.

– É, mas olha só, é a entrada principal, só tem um lugar para plugar isso! – ele diz, segurando uma entrada de três pinos, mostrando para ela – Olha na torre, onde você acha que esse vai?

Maria Claudia olha na torre onde estão todos os furos das entradas.

– Aqui!

– Exato!

– Ai! – ela grita.

– Machucou?

– Não, tudo bem.

– Aonde vai isso?

– E eu que sei?

Nesse instante, Otávio sai do próprio quarto, já trocado, chave do carro na mão, pronto para sair, e ouve as vozes vindo do quarto da irmã.

– Me dá aquele ali – Ivan pede.

– Qual, esse?

– Não, o verde. E o rosa, também.

– Esse.

– *Spassíba*.

– Não! Não é aí! Você tá pondo errado!

– Bom dia, gente... – diz Otávio aparecendo à porta, da qual se aproximara temerosíssimo ao ouvir essa última frase, dando com os dois traseiros ao ar.

– Oi, Tavinho! – Maria Claudia sai debaixo da mesa.

– Oi, Claudinha, oi Ivan! – diz Otávio, aliviado.

– Oi, Otávio! – Ivan finalmente pluga tudo de volta e se levanta também, a tela do monitor acendendo, iniciando o Windows XP.

– Já tá saindo? – pergunta Maria Claudia – A gente vai a uma churrascaria, tá a fim de ir?

– 'Brigado, Claudinha. Eu e a Bruna vamos a um aniversário. Bom almoço pra vocês!

– *Spassíba*!

– Tchau, Tavinho! Acho que tá tudo certo, né, Ivan? Você espera uns dez minutos? Vou tomar uma ducha e me vestir, tá? – anuncia Maria Claudia, pegando das gavetas alguma roupa e indo para o banheiro, deixando Ivan sozinho no quarto.

A princípio sem graça, sem saber se devia ficar ou sair dali, com medo de se mexer, com medo até de olhar para os lados, ele acaba ficando à vontade naquele ambiente íntimo de Maria Claudia. Primeiro checa o computador para ver se estão *ok* os ícones dos programas, sobre o protetor de tela – um espetacular pôr do sol no deserto do Atacama, no Chile. Fica tentado a abrir a pasta "Meus Documentos", para achar outra pasta, "Minhas Imagens", e ver as fotos que ela teria ali, mas não precisou se dar a esse trabalho sujo: na parede ao lado do computador, um painel de metal coberto de fotografias presas por ímãs de bolinhas coloridas, bichinhos, golfinhos e cavalos-marinhos já lhe satisfazia a curiosidade. Ele se aproxima para olhar tudo bem de perto. Maria Claudia com os sobrinhos. Com uma amiga. Com outra amiga. Com o irmão. Maria Claudia de terninho ao lado de um rapaz fantasiado de senador da Roma antiga, no Largo de São Francisco. Com uma turma de amigos, ao lado de uma piscina. Maria Claudia de beca no dia da formatura, no pátio da Faculdade, ao lado do monumento em homenagem à Revolução Constitucionalista de 1932. Um casal mais velho – os pais dela. Maria Claudia com um filhote de cachorro. Um close de Maria Claudia. Mais turma de amigos. Outra amiga. Maria Claudia e um menino. A irmã e o cunhado. Os dois sobrinhos, sozinhos. Três crianças, numa foto um pouco mais antiga – Ivan presta mais atenção: Maria Claudia e os irmãos gêmeos, com uniforme da escola. Maria Claudia num lugar parecido com a foto do protetor de tela: o Atacama. Uma foto virada de costas, apenas um retângulo de papel branco. Ivan sente uma batida falhar no coração e, temendo o que veria, porém decidido a ver, tira o ímã que segurava a foto, pegando-a na mão. Maria Claudia e um homem, numa foto aparentemente recente. Com um não-sei-o-quê de amargo na boca e no coração, Ivan não consegue parar de olhar os dois. Maria Claudia, linda, num vestido de alça justo e sensual, nos lábios seu encantador sorriso largo, feliz ao lado daquele homem igualmente sorridente, a boca cheia de pernósticos dentes brancos e perfeitos, cabelos e olhos pretos, sobrancelhas grossas, rosto de traços fortes, expressão de segurança no olhar. Um tipo que as mulheres gostam, o tipo galã, bonitão, mas raso. "É ele", Ivan pensa, "com certeza. O ex-namorado. O tal Marcelo. O boiola. O filho da puta, por quem ela ainda fica abalada." Deviam estar em uma festa, ele vestia um terno elegante, parecia bem barbeado, as madeixas escuras e lisas bem penteadas, cabelos um pouco compridos, fora de moda, traço típico do galã que se acha o máximo. Deviam estar dançando, pois olhavam para a câmera abraçados, o braço dele apertando a fina cintura de Maria Claudia, como quem não vai deixar ninguém chegar perto, como quem quer mostrar quem é o dono, como quem diz "eu posso estar com ela; você, não". Ivan se põe a conjecturar. Sobre o que falariam, quando a sós? Qual seria o nível intelectual daquele brocha, a quem parecia que o rosto bonito era o bastante? Quanto tempo de conversa com ele seria Maria Claudia – a Maria Claudia que ele, Ivan, conhecia - capaz de suportar? Ivan não consegue largar a foto, nem fazer o cérebro parar com as suposições. Será que ele a tratou bem ao longo daquela festa, ou teria ele flertado com outras mulheres, só para deixá-la infeliz, com lágrimas nos olhos? Ivan bem podia imaginar aquele tipo inseguro e infantil fazendo isso. Mas os dois rostos alegres não pareciam confirmar essa hipótese. Aqueles estúpidos sorrisos. E como teria terminado aquela noite? Teriam ido para a cama, depois da festa? Teria ela falado coisas românticas no ouvido dele, nesse momento? Teria se entregado com paixão a ele, mal podendo esperar por essa hora? O gosto amargo na boca de Ivan fica ainda pior, e o sorriso feliz de Maria Claudia na foto o deixa irritado, o cenho franzido, de mau humor. Mas então ele se lembra dos telefonemas mudos; das lágrimas no carro, no outro dia; de Maria Claudia lhe contando a história do ex, a voz saindo-lhe com dificuldade da garganta. Colocando a foto de volta onde estava, de costas, antes que não resista à vontade de amassá-la nas mãos, Ivan olha as outras fotos novamente e, com cuidado, pega aquele close de Maria Claudia, imaginando ser aquele olhar só para ele, colocando-a no bolso de trás do jeans, reorganizando as demais fotos no painel para que não ficasse um espaço vazio. Procurando desviar a atenção ele olha em torno, todos os detalhes do quarto, as paredes pintadas num tom claríssimo de azul, quase branco; os móveis, os batentes, as molduras dos quadros, os objetos maiores, tudo em branco-gelo, as cores prevalecentes em tons pastel de rosa, lilás, azul, verde claro. Rapidamente Ivan desvia os olhos, envergonhado, ao bater a vista num móvel num canto, onde estava uma pilha de roupas lavadas, passadas e dobradas, no topo de tudo algumas roupas íntimas. A vergonha logo passa, porém e ele não consegue se segurar, dando alguns passos em direção às roupas, aproximando-se daquelas peças para olhar mais de perto... Um *soutien* branco de bolinhas azul-marinho... com fitinhas... a calcinha igual... Um outro conjunto, de cetim, branco também, com rendas... Ivan estica a mão e levanta um pouco o *soutien* com as pontas dos dedos para ver se embaixo estaria outra peça...

– Ivan! – grita Maria Claudia da porta do banheiro, o russo largando assustado a peça sobre a pilha e pulando de volta para perto do computador – Ivan, me faz um favor? Pega pra mim em cima do criado-mudo, um creme que tá aí.

O russo olha em torno, perdido, mas aliviado por não ter sido flagrado com a mão no *soutien*. Como ele ia explicar, se ela tivesse entrado ali naquela hora, ele fuçando sua roupa íntima?

– Aonde? – ele grita para ela.

– No criado-mudo.

– Aonde?! – ele repete, sem entender.

– Na mesa de cabeceira, a mesinha ao lado da cama!

– Ah! Na *túmbatchka*!

Ele pega um frasco de creme que encontra ali e sai no corredor, até a porta do banheiro que Maria Claudia mantém quase fechada, apenas uma fresta, por onde Ivan a vê de relance embrulhada no roupão, ao lhe dar o creme.

– Obrigada! Já tou saindo, é só passar uma maquiagenzinha e me vestir. O que foi? – ela pergunta pela fresta da porta, rindo, vendo que ele ri também.

– "Criado mudo", é ótimo!

Voltando para a companhia das calcinhas e soutiens, já familiarizado nesse meio, Ivan se senta na cadeira giratória em frente ao computador, absorto olhando outra vez as fotos no painel, não percebendo os minutos passarem até que ouve música vindo da sala. Levantando-se para ir até lá, encontra Maria Claudia – calça cigarrette de tecido mole azul escuro; bata rosa claro tipo *baby-look* de alcinhas, decotada, o corte abaixo do busto com lacinhos; uma gargantilha de conchas naturais no pescoço; brincos grandes; sandálias de saltos altos; o cabelo solto, liso, caindo sobre os ombros – dentro da cozinha, abrindo o pacote dos camarões, separando os dois tipos em duas vasilhas diferentes para recolocá-los na geladeira, balançando-se lentamente ao som do clássico da Bossa Nova, *Samba de Verão*, de Marcos Valle, na suave e delicada interpretação e piano de Eliane Elias, que canta primeiro a versão em inglês, e em seguida o original em português...

...Someone to hold me tight
That would be very nice...

– Bossa Nova! – diz Ivan, se aproximando do balcão.

– Cê gosta?

– Gosto!

Maria Claudia lava e seca as mãos.

– Sabe dançar? – ela pergunta, dando a volta no balcão.

– Não...

– Então, vem aprender! – ela chama, rindo, esticando o braço para ele.

– Eu... – ele fica sem jeito, mas pega a mão de Maria Claudia.

– Olha, faz assim – em frente a ele, colocando a mão esquerda sobre o ombro de Ivan, com a direita Maria Claudia pega a mão do russo, que lhe enlaça a cintura com o braço direito.

– É dois pra lá, dois pra cá, assim. – ela o faz se mover como ela, o russo um pouco duro, não sabendo bem tirar os pés do chão.

– Eu não sei rebolar! – ele ri, se atrapalhando um pouco com os passos, mas começando a soltar os pés.

– Não é pra rebolar, Ivan! É bossa nova, é um sambinha *light*! Aliás, homem não rebola, só mulher!

– Um passo, um tempo. Outro passo, para. Um tempo – ela diz, fazendo balanço. Ivan começa a tentar.

– Tá melhorando!

Ele vai pro lado errado.

– Mas não sou eu que levo, Ivan! É o homem que tem que conduzir!

– Ouve a música... Fecha os olhos e sente a batida... o piano... Deixa o ritmo entrar no sangue, no sistema... E deixa o corpo acompanhar o compasso...

– É... bom... – diz Ivan, começando a pegar o jeito, dois para lá, dois para cá, uma paradinha em cada pé, ele puxando e levando, ela fazendo o balanço.

– Pegou, Ivan! Agora, você é que leva!

...Você viu só que amor
Nunca vi coisa assim...

Mesmo de saltos altos Maria Claudia continua um pouco mais baixa que Ivan, e conforme ele conduz a dança, ela encosta a cabeça em seu ombro, quieta, ao som da parte instrumental da música, soltando-se, deixando-o levar. O russo, que ainda não tinha conseguido ganhar dela nem sequer um beijo no rosto, mal consegue acreditar naquilo, naquele som, naquele momento, segurando-a pela cintura, sentindo o corpo dela junto ao seu, os cabelos cheirosos bem perto do rosto dele, a mão pequena que ele na véspera tinha sonhado pegar e segurar, agora dentro da mão dele, os dois executando aqueles movimentos juntos, entrosados, sincronizados. No mundo só existiam os dois ali colados, dançando, o perfume de Maria Claudia entorpecendo os pensamentos de Ivan, a foto dela no bolso da calça, a outra foto para sempre de costas no painel e na vida, e aquela canção que infelizmente já ia acabar...

– Ana Ana, você não sabe o que o russo me aprontou! – diz Maria Claudia para Ana Cecília no telefone – Antes eu tivesse deixado ele comer o pastel! Mas eu fui fazer a cabeça dele, pra ir pra churrascaria!

Deitada na cama, de roupão, depois de tomar um longo banho, Maria Claudia conversava com a amiga, refazendo-se da tumultuada tarde de sábado, preparando-se para sair um pouco mais tarde. Precisava contar sobre o encontro no Café Santo Grão, de manhã, com o antigo namorado de Ana Cecília. Seguindo parcialmente o sábio conselho de Ivan, não exagerara muito na hora de falar sobre Ângelo. Contou, a bem dizer, a verdade, como as coisas tinham acontecido, reproduzindo o diálogo *ipsis litteris*, não poupando a amiga a respeito da avantajada barriga do rapaz, mas não lhe dizendo nada sobre ter dado a Ângelo seu telefone. É claro que as duas ficaram muito tempo especulando sobre o assunto, Maria Claudia lamentando para si mesma que se concretizasse a suspeita nua e crua do russo de que o outro não viesse jamais a telefonar. Mas que era uma novidade bombástica, o reaparecimento dele, ressurgido das cinzas, isso era.

– Que foi que ele arranjou, agora? – quer saber Ana Cecília sobre o russo, quando o tema ex-namorado finalmente se esgotou.

– Ah... Por onde eu começo? Bom, a gente foi pra churrascaria...

...A Churrascaria Villa's fica na Marginal Tietê, bem junto à Ponte da Vila Guilherme, e Maria Claudia gostava de ir lá, pois conhecia o dono, sentia-se em casa, tinha até mesa cativa.

Quando, no apartamento dela, a bossa nova terminou e os dois se desgrudaram, um pouco sem graça, sem saberem exatamente por quê, Maria Claudia e Ivan perceberam que estavam com fome. Não que Ivan não tivesse preferido continuar ali dançando. Mas ele achava que talvez tivesse ido longe demais, poderia não ser muito bem interpretado. Na verdade ele próprio tentava se policiar outra vez, voltando a se concentrar nos reais motivos de sua viagem ao Brasil. Mas era difícil essa concentração. Depois de tê-la tido assim nos braços, depois de sentir o calor dela daquele jeito, depois daquela dança, daqueles movimentos dos corpos, juntos, como que ensaiados, rapidamente entrosando os passos, as pernas, os pés, ela se deixando conduzir... Tudo isso ia requerer dele concentração em dobro, no trabalho, dali para a frente, se quisesse levar a cabo com sucesso o que viera fazer...

Havia já uma boa fila de espera, mas como eles eram apenas duas pessoas, e não um grupo grande como era o normal em churrascarias, logo vagou uma mesa e eles foram chamados pela *hostess*. Grande e requintada, a churrascaria tinha as mesas distribuídas pelo vasto salão em torno do grande *buffet* de saladas, peixes e massas. Pelo valor de cinquenta reais por pessoa, bebidas não incluídas, comia-se de tudo na quantidade que se quisesse, inclusive as carnes, até que a lombriga estivesse saciada. O *maître* conduz o russo e a brasileira à uma mesa quadrada, para dois, mais ou menos no meio do salão, perto do *buffet*.

– Boa tarde, senhor. Senhora – diz o garçom, todo formal, puxando a cadeira para Maria Claudia se sentar, Ivan se sentando à sua direita, e não à sua frente, para poderem conversar melhor – Já conhecem o sistema?

Ivan tinha uma vaga ideia, e o garçom explica como funciona o atendimento, como é de praxe fazerem, mesmo que os fregueses já estejam cansados de saber.

– Vocês podem se servir à vontade no *buffet*, e quando quiserem começar o serviço de carnes, é só dar o sinal.

– Ah, sim – diz Ivan, gostando da introdução e mais ainda do *buffet*.

– O que vocês vão beber? – quer saber o rapaz, bloquinho e caneta prontos na mão.

– Maria Claudia? – vira-se Ivan para ela.

– Eu não sei... – ela diz, indecisa, parecendo pensar.

Ivan olha as mesas ao redor para buscar inspiração. Uns tomando vinho. Outros, whisky. A maioria, cerveja. Até que Ivan bate os olhos...

– Uma caipirinha? – sugere o garçom, vendo o olhar do russo indo pousar na mesa ao lado, onde um homem tinha na mão o copo com pedaços de limão, gelo, açúcar e pinga.

– Não, uma caipiroska! – diz Ivan, rindo.

– E a senhora?

– Um suco de tomate, por favor – e virando-se para Ivan: Eu não posso beber, né, tou dirigindo!

– E o seu guaraná *diet*? – Ivan quer saber, já acostumado com o pedido dela.

– Daqui a pouco!

O garçom se afasta, e outros garçons começam a circundar a mesa, trazendo pratos e mais pratos de entradas e aperitivos: logo a mesa fica cheia de pequenas porções de pãezinhos de queijo, polenta frita, mandioquinha frita, torresmo, batata frita, azeitonas, berinjela e pimentão vermelho, vinagrete, pães, patés e uma garrafa d´água. Por todo o restaurante, deveria haver mais garçons do que fregueses, porque o vai-e-vem deles servindo as mesas era grande, um verdadeiro tumulto, uma dança bem coordenada, uns com as bebidas, outros com os aperitivos, outros encarregados de retirar os pratos vazios, outros indo com as carnes nos espetos de mesa em mesa, outros empurrando carrinhos com coisas que Ivan logo ficou muito curioso para ver o que eram, outros ainda com carrinhos de dois ou três andares com sobremesas, e finalmente um com um lindo carrinho espelhado cheio de licores coloridos. E as pessoas aderindo à coreografia, levantando-se de suas mesas para irem até o *buffet* se servirem de saladas e de tudo mais que havia lá.

– O que é essa coisa? – pergunta Ivan, curioso, comendo uma mandioquinha frita, apontando para um objeto que ele nunca vira, no meio da mesa – Parece um... aquilo de medir a hora com areia...

– Uma ampulheta.

– Ampulheta – ele repete, com dificuldade no "lh", pegando o objeto na mão.

– Tá vendo, de um lado a base é vermelha, do outro é verde. Ela tá aqui com a vermelha pra cima desde que a gente chegou. Quando a gente quiser que eles comecem a servir carne pra nós, a gente vira a ampulheta com lado verde pra cima.

– Esse é o sinal que o garçom falou?

– É.

– E isso? – ele pega ao lado do prato um pegador de gelo – Você também tem um.

– É a pinça, pra hora que o garçom vier com os espetos de carne, pra gente pegar a parte que ele fatiar pra nós.

Ivan estava adorando aquilo tudo. Lá longe, do lado oposto àquele onde eles estavam, por trás de uma parede de vidro, podiam ver a enorme churrasqueira que tomava toda a extensão da churrascaria, cheia de enormes espetos com as carnes, uma equipe de churrasqueiros tomando conta, virando, tirando para servir, colocando novas peças de carne no fogo.

– A caipiroska? – pergunta um novo garçom, chegando com as bebidas.

– Para o russo! – brinca Maria Claudia, olhando para Ivan.

– Ah, então não podia ser de pinga, mesmo! Tinha que ser de vodka! – brinca o rapaz, colocando em frente a Ivan o copo com os pedaços de limão, cubos de gelo, açúcar, vodka, e o mexedor, e para Maria Claudia, o suco de tomate.

– Obrigado – dizem, juntos, Ivan e Maria Claudia.

– Bom apetite! – diz o sorridente rapaz, se afastando.

Ivan olha o copo como hipnotizado de curiosidade, aquele líquido turvo, esbranquiçado, os pedaços de limão no fundo, os cubos de gelo até a borda. Mal pode esperar para provar. Maria Claudia percebe e pega seu copo com o suco vermelho e salgado, brindando:

– Saúde!

– A você! *Za tibyá!* – ele diz, em russo, batendo ligeiramente com a caipiroska no copo de Maria Claudia, os vizinhos mais próximos ouvindo a palavra diferente e olhando, curiosos.

Antes de o copo chegar à boca, Ivan já sabia que aquela seria uma experiência inesquecível. Já havia tomado *drinks* que levavam limão, limão siciliano, laranja, e outras frutas. Com outras bebidas também, como rum, tequila, gim, coisas igualmente fortes. Mas alguma coisa havia na preparação da caipiroska – algum segredo, talvez? Ou seria simplesmente a mágica união da mão brasileira com a bebida russa? O fato é que só os brasileiros conseguiam reproduzi-la daquele jeito. O limão cortado com precisão; o açúcar no ponto exato, nem muito doce, nem muito amargo; a quantidade ideal de vodka; os cubos de gelo dando o toque e o geladinho final; o palito para ir misturando tudo. O primeiro gole desce pela garganta de Ivan que bebe de olhos fechados, quase suspirando.

– Mas isso... é bom.... É muito bom... – ele dá um segundo gole, segurando as lágrimas. Fica sem palavras.

Qual seria a definição da caipiroska, como Ivan a sentiu? Parecia-lhe mais do que um simples drink, significava mais do que uma bebida alcoólica, ia muito além da fruta e da aguardente. Tinha corpo, tinha alma, tinha algo a dizer. Era o equilíbrio exato entre o álcool da vodka e o frescor do gelo, envolvendo num abraço perfeito o azedo do limão e o doce do açúcar, gerando aquele néctar dos céus que tinha um quê de proibido. Para Ivan, era o gosto forte da Rússia, o gosto de casa, com o toque adocicado, inebriante e desafiador de Maria Claudia dentro dele.

– Posso dar um golinho? – pede Maria Claudia.

– É claro! – ele passa o copo para ela, com cuidado.

– Humm... Tá boa, mesmo... Mas é forte, Ivan... – ela diz, rindo, devolvendo-lhe a caipiroska.

Aquele lugar, aquela mulher, aquela comida, aquela bebida, aquele astral. Ivan era um russo feliz. Nunca se sentira tão bem. Talvez porque as coisas parecessem estar caminhando para um desfecho positivo em sua empreitada tropical; ou porque estava gostando da cidade; ou porque já tinha até aprendido a dançar bossa nova; ou porque tinha segurado Maria Claudia nos braços, a cabeça cheirosa em seu ombro. Talvez por causa da proximidade da brasileira ao lado dele, em seu generoso decote, dando-lhe uma privilegiada e promissora visão, os cotovelos na mesa, o rosto apoiado nas mãos, batendo papo e rindo com ele.

– E se a gente fosse dar uma olhada no *buffet*? – ela sugere, depois de conversarem à vontade bastante tempo, os pratinhos na mesa já pela metade.

– Só olhar? – ele brinca, se levantando com ela.

– Outra, senhor? – pergunta o garçom das bebidas, se aproximando da mesa, todo alegre, apontando para o copo de caipiroska já praticamente terminado.

Ivan não costumava beber, era avesso às bebidas fortes. Mesmo a cerveja, não era sempre que lhe caía bem. Nem todo russo era um beberrão, embora essa fosse a visão ou o mito que o mundo, equivocado, tinha a respeito deles. E Ivan nessa tarde iria perder uma grande oportunidade de provar isso: entusiasmado com o ambiente, incentivado pelo garçom, empolgado com tudo, ele embarca na ideia e pede a segunda caipiroska.

– Hmm... sim! – diz ele para o sorridente garçom – E um guaraná *diet*, por favor.

– Pra você?! – pergunta Maria Claudia, achando estranho.

– Não, pra você! – diz Ivan.

– Ah, 'brigada! – ela diz, seguindo-o para o *buffet*.

O *buffet* oval de dois andares e mais de cinco metros de extensão tinha de tudo o que os glossários das hortas e do bem comer podiam elencar. Tudo. Todas as folhas verdes imagináveis. Todos os legumes das chácaras, fazendas, vendas e supermercados. Saladas de todos os tipos e temperos. Fundos de alcachofra carnudos e saborosos. Aspargos elegantes e suaves. Torres de grossos palmitos de bem com a vida. E ainda ovos de codorna, frios para todos os gostos, presunto de Parma, carpaccio, caviar, queijos em abundância. Sushis. Frutos do mar. Camarões gigantes. Lulas fritas. E mais os *réchauds*, com pratos quentes: massas, carnes ensopadas, aves, peixes. Tudo. Pegando o prato na pilha para se servir, Ivan teme que só um não vá dar, vai precisar um segundo, talvez um terceiro, todas as coisas lhe apetecem, de tudo ele quer provar.

– Maria Claudia, põe o prato aqui, pega essa lula.

– Eu não quero, obrigada.

– Não é pra você, é pra mim! Não tem lugar no meu prato!

– Ah!... – ela diz, estendendo o prato para que ele a servisse.

Voltam para a mesa finalmente, Maria Claudia com uma saladinha e a lula, Ivan com o prato cheio.

– Aqui... – ele diz, ao se sentar, pegando a nova caipiroska para brindar outra vez .

– Saúde! – ela brinda, com o copo de guaraná diet – Aos seus negócios no Brasil!

– A você, Maria Claudia! – ele repete o primeiro brinde.

Ela sorri para ele.

– Bom apetite, Ivan! – ela diz, pegando os talheres.

Apesar da vontade de voltar ao *buffet* para mais uma rodada de salada, Ivan não aguenta mais esperar para ver o esquema das carnes funcionando e, perguntando para Maria Claudia se ela queria dar já o sinal verde, ele vira a ampulheta, ansioso, água na boa, feito criança à espera do Papai Noel, como se algo de excepcional fosse acontecer. E nem um minuto passa, já lá estava um garçom com um espeto, um grande pedaço de carne preso a ele.

– Picanha, senhora? – ele pergunta a Maria Claudia.

– Não, ainda não, obrigada.

– Senhor?

– Por favor – diz Ivan, conforme o rapaz apoia a ponta do espeto no pratinho e fatia uma boa lasca da carne tostadinha, que Ivan pega com a pinça e coloca no prato.

– Mais um pedaço?

– Hummm... Não, obrigado. – diz o russo, olhando em torno e vendo que vários outros garçons com outras carnes ainda virão. E olhando Maria Claudia, surpreso: – Você não vai comer carne?

– Picanha não é a minha favorita, e o cara vai passar várias vezes aqui, se eu quiser ainda posso pegar!

Ivan saboreia a carne. Era verdade. Aquilo era o paraíso. Com a caipiroska acompanhando, então, ele estava achando que tinha que comer de joelhos.

– Mulher, em churrascaria – comenta Maria Claudia – dá lucro pra eles, cê sabe. Porque a gente quase não come carne, acaba comendo mais da salada!

Outro garçom chega na mesa.

– Linguiça?

– Ah, essa eu quero! – ela diz, vendo as linguiças calabresa tostadas no espeto, enquanto Ivan já prepara o espaço no prato para receber a dele.

Um garçom vem se aproximando empurrando um carrinho. A hora que Ivan tanto esperava. Estirados em bandejas no carrinho, estranhos animais inteiros, assados, esperavam que alguém tivesse coragem de pedir para fatiá-los. Pareciam de mentira. Um parecia um jacaré; um outro, um tatu. Quase ninguém se arriscava. Algumas pessoas em torno, pasmas, enojadas, indignadas, invocavam os órgãos de defesa dos animais. Maria Claudia sabia que eram todos criados em cativeiro e legalizados, o restaurante tinha aprovação do Ibama – o órgão do governo que cuidava da defesa dos animais em extinção. Essa tinha sido, aliás, a forma pela qual ela havia conhecido os donos do restaurante, que a procuraram para cuidar do caso. Mas espreme os olhos em reprovação, de qualquer forma, enquanto Ivan conversa com o rapaz para saber detalhes sobre aquilo, desistindo de comê-los, no entanto.

– Maminha? – pergunta outro garçom com um espeto.

Ivan não conhecia as carnes pelo nome, em português. Aliás, eram todos nomes usados no Brasil, apenas. Mas ia aceitando todas.

– É que o corte da carne é diferente, no Brasil, Ivan.

– Como assim? – ele diz, terminando a caipiroska.

– Mais uma, senhor? – pergunta o garçom, pegando o copo vazio.

– Sim, por favor!

Aquilo ainda iria longe.

– O corte da carne, nos matadouros, a forma como se parte o boi, dividindo-o nessas peças que têm esses nomes que ninguém conhece, no exterior. Dependendo da parte do boi, a carne é mais macia, ou mais saborosa, ou mais fibrosa, mais gorda, mais magra, e por aí vai. Todo mundo sabe que parte quer comprar, no açougue. Eu só fui aprender vendo o desenho do boi com os nominhos das partes, no site da Wessel, que é uma das melhores lojas de carne do Brasil. Depois eu te mando o site, pra você ver.

Ivan não parecia estar ouvindo ou entendendo nada do que ela falava. Comia, bebia, ria, comia mais. Outro carrinho empurrado por um garçom chegava perto deles.

– Ah, esse, eu vou querer! – diz Maria Claudia, que já conhecia o menu.

– Peixe, senhor? – pergunta o garçom para Ivan.

– O que é? – pergunta Ivan, a voz já um pouco mais alta do que o necessário para se fazer ouvir pelos mais próximos.

– Salmão grelhado.

– Por favor – diz o russo, com água na boca, empurrando com o garfo um pedaço de carne que ainda estava no prato para um canto, dando bastante espaço para o peixe.

– Senhora?

– Por favor – diz Maria Claudia, indicando que queira um pedaço pequeno.

Ivan começa a ficar falante. Mas infelizmente para Maria Claudia, ele não parecia inclinado a falar sobre seus mistérios – esses pareciam à prova até do álcool.

– Quer virar o sinal vermelho por um tempo? – ela pergunta, referindo-se à ampulheta.

– O quê?! O sinal estava verde, e eu não tinha visto?! – ele diz, irônico, e debruçando-se um pouco em direção a ela: – Não, não! Deixa o sinal verde! Quero carne, muita carne!

– Filé mignon? – pergunta outro garçom com um espeto.

Embora já esteja mais que satisfeita, ela não resiste ao filé mignon e, só para sentir o gostinho, pede um pedacinho bem pequeno. Ivan pede dois. Grandes.

Maria Claudia já não pode comer mais nada. Mas para não ficar com o prato vazio enquanto faz companhia para Ivan, vai ao *buffet* pegar algumas folhas verdes, para ajudar a digestão.

– Mais uma caseira, Sr. Ivan? – pergunta o rapaz da bebida, de quem Ivan já estava íntimo, trocando piadinhas.

– Por favor!

Maria Claudia volta com um prato cheio de alface e rúcula.

– Não vai comer mais carne? Você está muito magrinha, pode comer, coma sim! Pra preencher um pouco alguns pedaços! – diz Ivan, liberando a língua e as ideias.

Chega a quarta caipiroska. E é aí que Maria Claudia se dá conta de que aquilo tinha tomado um caminho sem volta, e não tinha ideia de como iria terminar.

Ivan estava alto. Na verdade, estava de cara cheia. Quatro caipiroskas era demais. Pelo menos, tinha bebido com o espírito alegre e com o estômago cheio. Que ele ainda encheu mais: quando se aproximou o carrinho com três andares de sobremesa, pediu um belo pedaço de quindim.

À porta da churrascaria, onde chegara andando em linha torta, entrou no carro que trouxera o manobrista e não conseguia colocar o cinto de segurança, Maria Claudia tendo que fazê-lo para ele, que ficava tirando a mão dela do cinto, atrapalhando-a de propósito, rindo, dizendo que ela também não conseguia, achando que ela queria mesmo era abraçá-lo.

– Está quebrado, este cinto está quebrado! – diz ele.

Um outro carro atrás deles quer passar, o motorista começando a ficar impaciente.

– Calma. Calma! – diz Ivan olhando para trás – É a minha barriga, que aumentou!

Finalmente Maria Claudia consegue colocar o cinto, e sair. Mas Ivan parecia disposto a brincar. Ia tentando cantar junto das músicas no rádio. Mexia com as pessoas dos outros carros no trânsito, que olhavam, achando graça. Num sinal fechado, parou ao lado dele um carro com dois rapazes ouvindo música alto. Ivan abre a janela para falar com eles:

– O que vocês estão ouvindo? A nossa é melhor! – ele diz, aumentando o som.

Os rapazes logo vêm que era um farrista, e dão risada, querendo continuar a bagunça. Mas ao abrir o sinal Maria Claudia arranca e os despista, mudando logo de rua, não conseguindo evitar dar risada com Ivan. Ao virar para olhar a cara dele num momento em que ele para de papagaiar e fica quieto, ela o vê com as duas mãos espalmadas nos lados da cabeça, subindo os dedos pelas orelhas e levantando os cabelos para cima, formando de propósito o topete do qual ela gostava, os cabelos ficando assim exageradamente eriçados. Maria Claudia explode de rir. Num outro farol fechado, um pouco mais cheio de carros, Ivan solta o cinto e desce do carro.

– O quê? Furou? Qual foi que furou? – ele diz, abaixando para olhar os pneus do carro dela, dando a volta, abrindo os braços – Ela está maluca, essa mulher! – ele diz, olhando as pessoas nos outros carros - Não vejo furo nenhum! Ah, é o estepe! – ele para atrás do carro, onde fica pendurado o estepe, coberto – É esse que está furado! Mas é só a capa que tem um furo!

– Volta pro carro, Ivan! – ela diz, rindo.

As pessoas em torno dão risada, ele entra no carro e o farol abre, outra vez lutando com o cinto de segurança, todos os mesmos carros novamente se encontrando no farol fechado seguinte. Ivan gesticula, fala alto, quer puxar papo com os vizinhos, ameaça sair do carro outra vez, até que um policial parado em pé na calçada logo ao lado deles se aproxima da janela de Maria Claudia.

– Senhora, o seu passageiro está completamente embriagado!

– Boa tarde, oficial – diz Ivan, tentando fazer uma voz melhor – Nós somos iguais! Estamos do mesmo lado!

– Fica quieto, Ivan – ela lhe diz em voz baixa, e para o guarda: – Tudo bem, eu é que estou dirigindo, não é? E eu estou sóbria!

– Mas ele está comprometendo a sua direção! – diz o policial.

– Não tem problema, ele já está indo dormir!

– Cuidado, senhora. Dirija com atenção. – diz o guarda.

– Obrigada.

O farol abre.

– Nós vamos dormir, Maria Claudia? – pergunta Ivan, fazendo uma voz sedutora, o topete ainda para cima da cabeça.

– *Você* vai!

– Você vem comigo?

– É claro que não!

– Vem, sim! Você prometeu! Você deu sua palavra! Ela deu a palavra! – ele diz, olhando para um carro que passava ao lado dele.

Maria Claudia vê logo em frente uma Drogasil e por instinto dá o sinal, parando na vaga marcada com a cruz vermelha, no asfalto, em frente à farmácia, pensando em comprar alguma coisa que possa ajudar na bebedeira do russo.

– Drogasil no Brasil! – ri Ivan.

– Já venho – diz a brasileira, descendo do carro.

– Eu vou também! – ele solta o cinto de segurança e sai, seguindo-a para dentro da farmácia.

Maria Claudia para no balcão, onde o farmacêutico vem atendê-la.

– Boa tarde – ela diz – Você tem alguma coisa para...

– Mocinha... – diz Ivan.

Maria Claudia e o farmacêutico olham para o mesmo lado: a dois passos deles no balcão, falando com uma atendente, Ivan pede com a voz mais séria que consegue produzir naquelas circunstâncias:

– ...você tem caipiroska?

– ...Alguma coisa para ressaca? – Maria Claudia termina sua pergunta segurando a risada.

– O que ele está acostumado a tomar, para isso? – pergunta o farmacêutico, obviamente vendo que os dois estavam juntos e era Ivan o beberrão em questão.

– Eu não sei, ele é estrangeiro, e eu não sei se ele trouxe os remédios dele. O que você sugere?

– O que ele bebeu?

– ... Caipiroska... quatro... E talvez seja ainda mais difícil, porque nós estávamos numa churrascaria, ele se encheu de carne...

– Bom, na verdade a comida pode ajudar, até. Tem esse aqui... – o farmacêutico pega um frasquinho de Epocler – É bom para ajudar o fígado. Eu aconselho também aspirina, pra quando ele acordar, porque ele vai ter dor de cabeça, a digestão vai ser difícil, ele vai ter o estômago e o fígado sobrecarregados, trabalhando muito mais que o normal.

Ivan, que tinha saído do balcão e mexia em todas as coisas na farmácia, para na frente do display de preservativos, uma mão apoiada na parede, meio que perdendo o equilíbrio, fazendo cara de quem está escolhendo o melhor.

– Maria Claudia, vem me ajudar aqui! – ele diz, a voz ficando pastosa.

Maria Claudia e o farmacêutico olham Ivan por alguns segundos.

– Você acha bom eu levá-lo a um Pronto Socorro? – pergunta ela para o rapaz.

– Não, não precisa, ele parece forte. – diz o farmacêutico, observando o russo – É só uma bebedeirazinha, ele vai dormir e acordar com dor de cabeça, isso é certo. É bom fazer também que ele tome bastante água – ele diz, saindo do balcão e indo até uma das geladeiras da farmácia, de onde tira uma garrafa de Água Prata com gás. – Porque além de todo o álcool, ele ainda ingeriu muito sal, com a carne.

– Água com gás?

– É o ideal, Água Prata com gás, para digestão, para o fígado, para todo o aparelho digestivo.

– Me dá duas garrafas! – Maria Claudia pede, levando também, além do Epocler e da aspirina, alguns outros remedinhos sugeridos pelo rapaz para ajudar a digestão.

Um pouco menos afoito depois da farmácia, onde ela o fizera abrir uma garrafa de água e beber ali mesmo o quanto pudesse, Ivan vem com o kit-ressaca no colo, cujo conteúdo Maria Claudia vem tentando explicar para ele: o que fazer, o que tomar, a que hora tomar etc. Logo eles chegam ao hotel onde ela imbica o carro.

– Chegamos, Ivan.

– Aonde?

O porteiro se aproxima carro, do lado do passageiro, e percebe que o russo está um pouco chumbado.

– Seu Ivan! – ele diz, abrindo a porta, Ivan pondo as pernas para fora.

O manobrista se aproxima da porta de Maria Claudia.

– Eu estaciono para a senhora – ele diz, imaginando que ela ia descer.

Maria Claudia queria deixar Ivan no hotel e ir embora, mas vê que se não der uma força, ele não vai muito longe.

– Eu não vou ficar muito, só um minuto... – ela diz ao manobrista, relutante, saindo do carro, pensando em ir rapidamente até a recepção com Ivan.

– Eu manobro para a senhora – repete com gentileza o rapaz.

Ivan também já saiu do carro, e entrega a ela o pacote da farmácia, como se não fosse para ele. Maria Claudia caminha ao seu lado para dentro do hotel, atenta para ver se ele conseguia manter o passo.

– O que é aqui, o que é aqui? – pergunta Ivan, o bom humor voltando.

– É o hotel, Ivan! – ela diz, conforme se aproximam da recepção, onde o recepcionista imediatamente vê o estado do hóspede e o pacote da Drogasil na mão dela.

Maria Claudia quer entregar Ivan ali, mas o recepcionista sorridente logo vai entregando para ela o cartão-chave do quarto, vendo que era ela quem ia conduzi-lo para cima, naquele estado. Isso não estava nos planos de Maria Claudia.

– Onde é o elevador? – pergunta Ivan.

– Ali, Senhor Ivan – diz o rapaz, apontando para o elevador.

– Ah, você me conhece? Você me conhece! De onde ele me conhece? – pergunta Ivan para Maria Claudia, recuperando a força nas pernas e a vontade de brincar.

– Daqui mesmo, Ivan.

– Nós vamos entrar no elevador! – ele diz para Maria Claudia.

–Vamos.

– Eu gosto do elevador. É um ótimo lugar. Você não acha, Claudinha?

Ela ri, ouvindo-o chamá-la assim. Entram no elevador.

– Claudinha! Você ainda não deu um beijo aqui no *pápatchka*!

Ai, ai, ai. Era o que ela temia: que ele ficasse engraçadinho no elevador.

– Claudinha, você é muito bonitinha!

Ela não consegue deixar de rir. Nem de longe ele lembrava aquele homem sisudo, carrancudo, de cenho franzido e cara de mau, que ela vira falando em russo no telefone.

– Para, Ivan!

Ele puxava uma mexa dos cabelos dela.

– O seu cabelo é tão bonito! Mas só aquele boiola põe a mão nele? – ele pergunta, o corpo todo apoiado na parede do elevador, ao lado dela.

– Que boiola?! – ela ri, lembrando-se de Ivan chamando Marcelo dessa forma.

– Aquele boiola no cabel... cablele... clabe...

– Cabeleireiro! – ela se lembra que Ivan a havia visto, na véspera, de manhã, fazendo o cabelo.

– Isso!

O elevador chega.

– Muito cuidado, viu, Claudinha! Porque esses cablelele...

– Cabeleireiros.

– ... fazem cara de boiola, mas pode ser que não *são*, viu? Cuidado, Claudinha... Eu não quero que *acontece* nada com você.

– Onde é o quarto? – ela pergunta, mais para si mesma do que para ele.

– É para esse lado – ele segue para o lado oposto de onde ela está – É aqui! – ele abre uma porta e entra.

– Ivan! Quer sair daí! – diz Maria Claudia entrando atrás dele – Aqui é a escada!

– É mesmo! – ele diz, surpreso, olhando para os lados, perdendo um pouco o equilíbrio.

Maria Claudia ri com o cartão na mão, decidida a encontrar sozinha o quarto dele, que a segue.

– Aqui! – ela diz, finalmente encontrando o número certo na porta.

– Eu abro isso, mocinha! – ele arranca o cartão da mão dela e começa a tentar enfiá-lo para abrir a porta, o que surpreendentemente ele consegue bem depressa.

Ivan não acha o interruptor imediatamente, e os dois entram na antessala meio escura, com as cortinas fechadas. Maria Claudia logo vê a mesa com o laptop fechado, os telefones, a pasta de Ivan, fechada também, canetas, papéis dobrados, um mapa.

– É bom você ir deitar, Ivan. – ela diz, abrindo o pacote da farmácia para fazê-lo beber mais água e tomar o remédio.

– Você também, Claudinha... Claudinha, essa sua blusa... – ele diz, em pé, de olho no decote dela, começando a perder de vez o equilíbrio.

– Ivan! – ela grita e corre em direção ao russo, que se apoia nela.

– Eu tou bem, eu tou bem!

Ainda lhe dando apoio, ela vai conduzindo-o para o quarto, até a cama, onde acende o abajur e o faz deitar, acomodando-lhe a cabeça no travesseiro, colocando outro embaixo para ficar mais alto e não dar tontura, ajudando-o a esticar as pernas, tirando-lhe os sapatos.

– Claudinha... *Clávotchka*... Vem aqui, minha rosa... fica comigo...

– Ivan, você trouxe algum remédio, alguma coisa, pra quando bebesse?

– ...Fica comigo... *Claudiúshka*... minha pombinha...

A cabeça pesada sobre travesseiro, os olhos semicerrados, parando de falar enrolado, parando de falar completamente, Ivan parece que já começa a apagar. Em pé, perto da cabeceira, Maria Claudia quer fazê-lo tomar alguma coisa antes que isso aconteça, mas quer ver se lhe dá algo a que ele esteja acostumado, e não os medicamentos brasileiros. Provavelmente ele havia trazido um *kit* primeiros-socorros. Olhando em torno, ela vê a um canto a mala de Ivan, aberta, no chão. E se surpreende, ao se aproximar, vendo que ele não havia tirado nada de lá de dentro, até parecia que ele tinha acabado de chegar ao Brasil, ou que estava pronto para ir embora. Não se sentindo a vontade para fuçar ali, ela desiste da mala, e olha de novo ao redor, a procura de alguma *nécessaire*, uma caixa, algo que pudesse conter remédios. Nada. Na mesa de cabeceira, apenas um papel do próprio hotel. Mas havia uma gaveta. No momento em que vai abri-la, Ivan repentinamente, num movimento ágil e lesto, recuperando por um minuto o reflexo e a lucidez, estica o braço e lhe segura com força o pulso antes que ela possa abri-la.

– O que você quer aí, mocinha? – ele diz, segurando-a ainda, sem levantar a cabeça do travesseiro.

– Ver se você tem remédios, Ivan! – ela responde, um pouco assustada com o gesto brusco.

– Não tenho... – ele aproveita que a está segurando e tenta puxá-la, mas ela se esquiva – Claudinha... Claudiúshka...

Com Ivan prestes a cair no sono, Maria Claudia pega enfim o pacote da farmácia e um copo e, segurando-lhe a cabeça, ajuda-o a beber quase todo o resto da garrafa d´água já aberta e um frasquinho de Epocler, deixando as aspirinas na cabeceira, junto com a outra garrafa d´água, o copo, e o pacote da Drogasil, indo em seguida até o banheiro, de onde traz uma toalha, para deixar ao lado dele, caso algum desastre aconteça no meio o sono.

Vendo-o ali de olhos fechados, apagado, Maria Claudia percebe que não há mais nada a fazer, decidindo-se a ir embora. Antes, porém, observando-o por um instante, pensativa, aproxima-se dele, puxando a camisa para fora da calça, desafivelando o cinto e abrindo o botão. Olha-o ainda um minuto, antes de apagar luz da cabeceira. E aí vai embora.

Ivan abre uma fresta dos olhos, uma ligeira tontura na cabeça, o escuro do quarto confundindo-o um pouco. Estirado na cama, não parece saber direito o que está acontecendo. A princípio não é capaz de dizer onde está, nem que dia é, nem o que faz ali. Um movimento muito leve vindo da antessala chama sua atenção, ele olha para a porta do quarto, onde vê Maria Claudia entrando, bem devagar, como que procurando não fazer barulho. Então ela ainda estava lá? Ele tinha a impressão de tê-la visto indo embora. Ela se aproxima lentamente da cama, com uns passinhos delicados, a blusa decotada chegando primeiro. À cabeceira, bem perto dele, ela se senta na beira da cama ao lado de Ivan, que começa a se erguer, apoiando-se nos cotovelos para sentar e vê-la melhor. Queria falar, mas a boca não responde aos seus comandos, ele fica com a pergunta apenas na cabeça: "Você veio? Você vai ficar comigo?". Ela também não diz nada, sempre com os olhos nos dele, aproximando ainda mais o corpo, talvez preocupada. O olhar dela se desvia para a cabeça dele, e suavemente, com a mão esquerda, ela passa os dedos pelos cabelos de Ivan, alisando-os, num cafuné totalmente inesperado para o russo, que recebe o afago olhando para ela em silêncio, gostando muito, fechando um pouco os olhos para sentir melhor, reabrindo-os para ter certeza que era ela mesmo ali à sua frente, querendo que aquilo durasse para sempre. Mas Maria Claudia para o cafuné, retirando a mão dos cabelos dele, os olhos castanhos amendoados a fitá-lo sempre. Ela chega mais perto ainda, olhos nos olhos, os narizes quase se tocando. Ivan não consegue entender o que está acontecendo, e antes que possa levar adiante as conjecturas, Maria Claudia vira ligeiramente a cabeça e o beija na boca, tocando-lhe os lábios primeiro com suavidade, depois com muita vontade, com volúpia, sentindo a pele e o sabor dele, alternadamente engolindo-o e colocando os próprios lábios pequenos dentro dos dele. Mal acreditando naquilo, o coração batendo descompassado, Ivan fecha os olhos e retribui o beijo, as línguas se procurando, as respirações começando a ficar mais fortes. Olhando Maria Claudia nos olhos num momento em que ela interrompe o beijo e afasta o rosto para olhá-lo também, com aquele sorrisinho que ele já conhecia, Ivan a enlaça pela cintura, com o outro braço pegando-a por baixo dos joelhos, e a atira na cama, virando-se sobre ela, retomando o beijo, a brasileira em seus braços, a música de Eliane Elias, "*So Nice*", que eles dançaram mais cedo, vindo de algum lugar.

...Someone to hold me tight
That would be very nice

As roupas atrapalhando; Maria Claudia puxando-lhe a camisa; ele arrancando-lhe a bata cor de rosa, apenas o *soutien* separando-o da felicidade; ele começando a desatar-lhe o lacinho da calça; ela abrindo-lhe o cinto e o botão do jeans; Ivan preocupado, todo esse desvestir, e ele ainda não estava "pronto"; Maria Claudia abraçando-o, deslizando as mãos em suas costas; ele ainda não "preparado", o que estava acontecendo com ele?; ela abaixando-lhe o jeans; "tá acordando"; ele sentindo com as mãos o contorno das coxas e dos quadris de Maria Claudia; ambos agora nus, "Afinal!" "agora, sim!!", finalmente ele está pronto, prontíssimo; ela beijando-lhe a boca, o queixo, o pescoço, os ombros; "agora, dá"; ele olha para ela; ela suspira; e de repente, não era mais Maria Claudia, e sim Marta, a amiga gordinha. Ivan dá um salto para trás, assustado, horrorizado. E acorda.

O quarto um pouco escuro, conforme ele acorda, ainda o deixa um tanto desnorteado. Aos poucos vai reconhecendo a silhueta dos móveis, as janelas, o quadro na parede, e vai também se lembrando dos últimos minutos, ou horas, e do sonho que acabava de ter – sobretudo, do lamentável final do sonho. A cabeça mareada, um certo enjoo e tontura o lembram da bebida, e ele olha a mesa ao lado da cama, com a água, o copo, os remédios e o pacote da farmácia. Sentando-se para se servir de água, a língua pastosa grudando dentro da boca seca, Ivan se recorda de Maria Claudia levando-o até ali, fazendo-o beber água e tomar um líquido de um frasquinho. A calça desafivelada e com o botão aberto confirma a sensação de que ela a havia desabotoado para ele, e não no sonho, mas ali, mesmo, com ele semiacordado. Depois de beber quase metade da outra garrafa de água com gás, largado na cama um pouco sem forças, Ivan pega o pacote da farmácia para ver o conteúdo. Ao contrário do que pensava Maria Claudia, ele havia prestado atenção e entendido as explicações sobre os digestivos – podia não estar acostumado a beber, mas estava acostumado a ouvir, memorizar e processar na cabeça todas as informações que recebia, por mais adversas que fossem as circunstâncias. Retirando outro frasquinho de Epocler do pacote, ele o abre e toma. E retira também os outros frascos, pastilhas digestivas, antiácidos etc. Lê mais ou menos o que dizem as letrinhas pequenas, lembrando-se das recomendações de Maria Claudia. Resolve segui-las, e coloca na boca uma pastilha. E volta a se acomodar na cama, largando-se de costas outra vez, fechando os olhos, pensando em Maria

Claudia, impressionado com ela – a de verdade e a do sonho. E cai em sono profundo, desta vez sem sonhos nem pesadelos. Principalmente, sem sonhos que se transformavam em pesadelos.

– Não, você não tem ideia! Ele ficou trêbado! – diz Maria Claudia, rindo, para Ana Cecília, no telefone, algumas horas apenas depois de deixar o russo no hotel, apagado.

Mas Ana Cecília não parecia no melhor dos humores, não parecia querer muita conversa. Não tinha nem se empolgado muito com a estória do ex-namorado, que Maria Claudia encontrara de manhã no café.

– Então, você vai sair? – pergunta Ana Cecília, aparentemente querendo encerrar a conversa.

– Vou, com o Renato. Lembra dele? Da minha classe na faculdade, que hoje é juiz.

– Lembro mais ou menos.

– Ele tinha me ligado antes de eu ir pra Paris, já sabia que eu e o Marcelo tínhamos terminado – ela diz, deitada na cama, olhando a foto de costas no painel ao lado do computador – E hoje, quando eu cheguei aqui em casa, depois de deixar o Ivan no hotel, toca meu celular, era ele, me convidando para ir jantar. Eu topei. E você, Ana Ana? Tá tudo bem? Tou te achando estranhinha.

– Tou bem, eu acho. Não sei, tou um pouco indisposta, pode ser um resfriado.

– Cê tá sozinha em casa?

– Estou; o Rafael tá passando o fim de semana com o pai.

– Ana Claudia, me fala, se você quiser eu desmarco com o Renato, explico pra ele, e vou ficar aí com você.

– Não, que é isso, Clau Clau! 'Magine! Eu vou fazer uma boquinha daqui a pouco, depois pego um filminho pra ver, e vou dormir. Tá tudo bem.

– Tem certeza?

– Claro, fica fria.

– Olha, me liga a hora que for, no celular, viu? Não tem problema, eu largo o que eu tiver fazendo, pra ir ficar com você!

– 'Brigada, Clau, eu ligo se precisar.

– Liga mesmo, heim? Beijo!

– Beijo!

Maria Claudia tinha chegado em casa mais ou menos às cinco e meia da tarde, depois de deixar Ivan chumbado no hotel. Tinha se sentado à frente do computador e mandado um *e-mail* para o amigo Daniel, para agradecer pelo conserto do computador e perguntar quanto era o serviço, para fazer o pagamento via *internet banking*, e o celular tocara quando ela estava quase pegando no sono, depois de se trocar e deitar para uma soneca. Renato, o colega da Faculdade, a convidava para saírem, todo formal, sem muitos rodeios dizendo que a pegaria a tal hora, e que tinha que desligar, pois, "você sabe, nós, juizes, temos muito trabalho acumulado, coisas que trazemos para casa do gabinete, para lermos e estudarmos, não temos nenhum tempo a perder". Era um daqueles rapazes apagados, na época da Faculdade, aqueles que não se sobressaíam de forma nenhuma, positiva ou negativa, fosse pelo comportamento, ou pela inteligência, pelo carro último tipo ou pelo bom humor, pela empáfia ou pela beleza, pelo carisma ou pela galinhagem – nada neles fazia com que pudessem vir a ser lembrados. Postavam-se junto aos amigos, mas pouco faziam para mantê-los e, depois de formados, passavam a ter nostalgia dos tempos da Faculdade que, quando estudantes, chegavam até a desdenhar. Ficara cheio de satisfação contida quando Maria Claudia aceitou o convite sem fazer charme – coisa, aliás, que nunca fora do estilo dela. Na verdade, num outro dia talvez ela não tivesse gostado de ser convidada assim, na última hora, nem da verborragia sobre os juízes cheios de trabalho, mas agora estava alegre, estava de bem com a vida, não estava fazendo cálculos, nem prestando atenção a detalhes. Aceitou o convite e ponto final.

Otávio não estava em casa: os almoços com os amigos costumavam ir até a noite. Agora, passado um pouco das oito e meia, depois de tirar uma soneca e de um longo banho de imersão, com sais e perfumes, enrolada no roupão, Maria Claudia pensava que roupa usaria para ir jantar. O amigo vinha pegá-la às nove e meia, e ela sabia que iriam jantar em algum dos restaurantes mais chiques da cidade, embora ela não estivesse exatamente com fome. Estava com vontade de se embonecar, de se ver bonita no espelho, de ficar bem gata. Não pelo amigo, coitado. Mas porque sentia-se finalmente liberta de Marcelo, sentia que existia vida além da companhia dele, sentia simplesmente vontade de se arrumar. Tinha ainda uma hora antes de o Renato chegar, e estava olhando o armário em dúvida quanto ao vestido, o sapato, a meia, quando toca o celular – mensagem de texto. Torpedo do Ivan.

"Te acordei?"

"Não! Acabei de tomar banho, tou me arrumando pra sair. Cê tá bem?"

"Estou. Onde você vai?"

Eles podiam ligar e falar um com o outro, mas tinham pegado o hábito de brincar de escrever e mandar "torpedos".

"Vou jantar com um amigo"

"Aonde?"

"Não sei ainda, o Renato vem me pegar às nove e meia. E vc?"

Ivan demora alguns minutos para responder. Finalmente, quando Maria Claudia não esperava mais receber mensagem dele, já tendo escolhido o vestido, os sapatos, o perfume etc, toca o celular. Outro torpedo.

"Bom apetite"

"Obrigada"

Dava para perceber o mau-humor do russo pelo texto, saltando da telinha do celular. Aquele "Bom apetite" veio cheio de farpas e energia negativa. Mas Maria Claudia já estava se arrumando e bem depressa esqueceu os torpedos de Ivan.

Ela ainda não tinha usado aquele vestido. Comprara por um preço excelente numa loja da moda o pretinho justinho, mangas sete oitavos, um palmo acima dos joelhos, decote canoa com a borda em detalhes de brilhos pretos, e ainda não tinha tido ocasião de usá-lo. Brincos de *strass*, sem colar, os cabelos lisos, retos, repartidos de lado e seguros por uma tiara de brilhos pretos também, nos pés o scarpin preto de bico fino, salto agulha, meias de seda pretas. Maquiagem para a noite, porém suave. E o perfume, Dolce Gabbana. Completando, a bolsinha, daquelas bolsinhas elegantes, que as mulheres usam quando saem à noite, ali cabendo apenas o celular, o batom, uma carteira bem fina com um documento, algum dinheiro, e as chaves. A noite estava agradável e a tranquila Rua Bahia praticamente deserta. Mal saindo do elevador, no saguão do prédio, ela vê na rua um carro parado logo ali em frente e dele sair o colega de Faculdade, vindo em sua direção.

"Que cavalheiro!" ela pensa, admirada.

Quando Renato se aproxima dela na entrada do prédio, porém, Maria Claudia percebe uma estranha expressão no rosto do amigo. Ele não parecia satisfeito.

– Ah, Maria Claudia... Você está... bonita... – ele diz, pegando-lhe a mão antes dar um beijo no rosto, com a voz lenta e austera.

– Obrigada, Renato... Tudo bem? – ela estranha o jeito dele, pois as palavras não combinavam com o tom de voz.

– Mas... – ele dá um ligeiro passo para trás e a observa – Não creio que seja apropriado, esse vestido...

– Ah, obrigada, é bonito, não é? Recém-adquirido! – ela sorri, olhando para si mesma, o vestido que lhe caía tão bem, tomando as palavras do amigo como um curioso elogio.

– Eu espero aqui, você ir trocar...

– Vamos...? – Maria Claudia esboça ir para o carro, não entendendo nada, a mão ainda nas dele, parados em frente ao prédio.

– Não, você não entendeu... – ele diz no mesmo tom de voz – Veja bem, Maria Claudia... Você tem que lembrar que eu sou um magistrado! Nos restaurantes onde costumo ir, não fica bem, para mim, aparecer com uma mulher vestida assim...

– Vestida assim, como, Renato? – ela sorri, sem graça, recusando-se a crer no que está ouvindo.

– Talvez para os lugares que você frequenta, esteja bem...

O sorriso de Maria Claudia congela, percebendo que o tom de voz do amigo era de desaprovação mesmo, e que não tinha havido nenhum elogio.

– Sugiro então irmos a um lugar que *eu* frequento, Renato! – ela tenta manter o bom humor e a voz suave.

– Ora... Isso é fora de questão... – ele abaixa a cabeça, olhando as mãos de Maria Claudia – As unhas... Estão bem feitas, esmalte claro, eu aprovo. Vai, eu espero você se trocar.

Maria Claudia dá uma risada rápida e nervosa: e ela, que tinha passado um bom tempo se esmerando no visual para sair com ele!

– Eu não vou me trocar, Renato... Isso, sim, é fora de questão...

– Acho que temos então um *deadlock* – ele diz, conforme Maria Claudia tira enfim as mãos das dele, ao mesmo tempo em que os dois veem se aproximar um vulto na calçada, surgindo do nada, saindo sabe-se Deus de onde, no meio da escuridão: Ivan, todo arrumado também, num elegante terno escuro que Maria Claudia não tinha visto ainda, uma belíssima gravata de seda azul acinzentado, barbeado, penteado, perfumado, parecia um noivo. E tinha ouvido toda a conversa entre o juiz e a advogada.

– Oi, Maria Claudia! – diz o russo, aproximando-se dela e dando-lhe um beijo no rosto.

– Ivan! – ela não sabe o que dizer.

– Como vai? Ivan Ivánovitch! – ele estica a mão para Renato, que lhe dá a mão a contragosto.

– Mas, Maria Claudia, o que é isso?

Por essa o Renato não esperava.

– Renato, esse é o...

– Você conhece esse sujeito? – o juiz começa a perder o controle, a voz saindo em falsete.

– É um amigo meu, o Iv...

– E então, vamos? – pergunta Ivan, olhando para os dois brasileiros – Você não se importa, não é, que eu vá também? – pergunta ele para Renato.

A cena toda foi muito rápida. Renato e Ivan ficam alguns segundos se olhando, o brasileiro com desdém, o russo desafiador, como quem diz, "Vai encarar?", e antes que Maria Claudia tivesse alguma reação, Renato já estava no carro dando a partida, depois de entrar e bater a porta com força.

Estupefata, contrariada com tudo, sem saber se estava mais brava com o russo ou com o brasileiro, Maria Claudia ouve o colega sair cantando os pneus e, muda, pasma, os braços cruzados, olha Ivan de lado, a cabeça um pouco pendida para a frente, a boca crispada, fulminando-o com os olhos, andando de um lado para o outro na calçada, um passo para lá, outro para cá, para a alegria do russo, que a olhava admirando o visual.

– Eu não acredito que você fez isso! – ela diz, parando em frente a ele, um ar de indignação na voz, aproximando o rosto do dele para ser mais enfática – Agora deu pra me espionar por trás da moita! E ainda me apronta essa!

– Bom, agora já está feito... – ele diz, leve e de bom humor, adorando o acesso de raiva, incapaz de controlar a alegria de estar a sós com ela.

– Dona Maria Claudia, a senhora e o senhor Ivan querem entrar? – pergunta Seu Antônio, o porteiro, que tinha assistido tudo desde o começo, querendo abrir o portão para os dois, tomando o partido do russo, a quem já conhecia e com quem simpatizava.

Ainda no *hall*, esperando o elevador, Maria Claudia não está certa de já ter recuperado o estado de espírito. Ivan espera passar a fúria, em silêncio, na verdade muito satisfeito com o desenrolar das coisas. No elevador, sempre sem trocar nenhuma palavra, ela o olha de lado, raios de ira ainda escapando de seus olhos, embora agora com menos intensidade. "Vou apanhar, tenho certeza. Se eu rir, eu apanho", pensa o russo olhando para o chão, um pouco temeroso, um pouco esperançoso. Afinal, tinha mesmo se preparado para um embate.

Tinha acordado da ressaca sentindo-se melhor e com muita vontade de ir ao banheiro, com todo o líquido que tomara horas antes. O quarto aos poucos voltando a lhe parecer familiar, na boca o gosto dos digestivos, na mente a vaga lembrança do ocorrido desde a churrascaria. Levantou-se da cama um tanto pesado, mas sem tontura nem enjoo, voltando do banheiro para checar a hora e recolocar os pensamentos no lugar. Estava no Brasil havia apenas quatro dias, mas pareciam uns quarenta. Aquele sábado, principalmente, parecia ter muito mais do que vinte e quatro horas – e ainda não havia acabado. Embora sentindo-se ainda um pouco preguiçoso, com aquela moleza causada pelo sono, Ivan já se preparava para a etapa seguinte do dia. Repentinamente rejuvenescido, como um adolescente empolgado com a vida, nem notava o cansaço pelo corpo todo. Instintivamente pega o celular e manda um torpedo para Maria Claudia, aguardando, animado, pela resposta. Que vem como um balde de água fria sobre sua cabeça. Ela ia sair? Com quem? Para quê? Que novidade era essa? Completamente contrariado, andando de um lado para o outro no quarto, Ivan tenta driblar a ressaca e a raiva. Ao tumulto da imagem da brasileira em sua cabeça vem se juntar a lembrança das reuniões da véspera e daquelas dos próximos dias. Mas o trabalho não conseguia afastar o mal-estar causado pelos torpedos de Maria Claudia. Como assim, ela ia sair? Por essa, ele não esperava. Parte da cabeça sem desligar do trabalho, mas querendo logo livrar-se dele, mecanicamente ele abre a agenda, encontra alguns nomes e telefones de contatos com quem devia se comunicar, fazendo em seguida dois ou três telefonemas, com incontida irritação na voz. E resolve tomar um banho, quem sabe a água ajudaria a limpar um pouco daquilo que estava sentindo. Se enxuga ainda com um certo rancor, e se arruma todo, caprichando na escolha da gravata, se perfumando em excesso. "Vai sair com outro? E quem é agora mais esse filho da puta?" ele pensa, sentado à beira da cama, calçando o melhor par de sapatos que havia trazido da Rússia. Ele não ia conseguir ficar no hotel, nem em lugar nenhum, não naquele estado de espírito. Beber estava fora de cogitação – não era seu hábito, e ele não poderia ouvir falar de álcool por alguns dias, depois de toda a caipiroska do almoço. Decidido, enfim, ele desce para a portaria do hotel, ficando alguns minutos na calçada, até que resolve tomar um táxi, mandando-o ir para a Rua Bahia, saltando alguns metros antes do prédio de Maria Claudia. E fica esperando, meio escondido, os olhos ora no relógio, ora na porta de entrada do edifício. Sabia que aquilo poderia ser um martírio ainda maior, mas não conseguia evitar. Queria ver a cara do bastardo. Precisava ver Maria Claudia, ainda que de longe. Enquanto esperava, os olhos atentos na entrada do prédio e nos poucos carros que passavam, seus pensamentos mais uma vez iam e vinham, lembrando-se de todos os momentos ao lado da brasileira, de todas as suas palavras, suas ideias, seu sorriso, seu decote. Não era sua intenção, a princípio, aparecer, interferir, fazer uma cena, aprontar um escândalo, mostrar-se por baixo. Mas na hora em que ele a vê aparecer atrás do portão, o carro do outro parado em frente, não pode conter o impulso. Não poderia deixá-la sair com outro, não suportaria vê-la nem dar-lhe um beijo no rosto. Não poderia aguentar a ideia dos dois em algum restaurante, conversando, rindo, bebendo. Não poderia deixar isso acontecer. Não depois do dia que passaram juntos. Não depois daquele sonho que tivera. E ao ouvir o diálogo surreal entre os dois, sentiu mais raiva que ciúmes do sujeito. Quando deu por si, estava andando em direção a eles, sem nada planejado, sem nenhuma fala pronta, apenas a determinação de não deixar outro homem, muito menos aquele, se afastar dali sozinho com ela. E as coisas se passaram como se passaram.

Entrando em casa, Maria Claudia acende as luzes e automaticamente liga o som, por força do hábito, largando a bolsa em cima do balcão da cozinha, pelo lado de fora, ficando ali mesmo, encostada. Ainda incrédula, ela comenta, sem olhar para Ivan, que parara ao lado dela:

– Ficou muito mal, isso que eu fiz com o Renato...

– Você não fez nada, fui eu!

– Foi mesmo... Foi você, Ivan Ivánovitch! Que absurdo! – ela diz, agora olhando no rosto dele.

Ivan não se aborrece com a bronca. Estava ali, sozinho com ela, era isso que importava. E, de mais a mais, Maria Claudia parecia estar chocada com a cena, e não propriamente com o fato de não sair com o outro.

– Eu não acredito que você fez isso! – ela repete.

– Ah, Maria Claudia! Você queria mesmo sair com aquele mala? Depois das coisas que ele falou?

Ele vence, afinal. Contra a vontade, Maria Claudia não consegue evitar e abre um sorriso, que se transforma logo em risada, ali começando a se desfazer o nó da raiva em seu estômago.

– "Mala", Ivan! Mais uma que você andou aprendendo!

– E ele não é um mala-sem-alça?

– É um juiz de Direito, Ivan! – ela diz, tentando recuperar o ar indignado, porém sempre rindo.

– Mais mala ainda!

Maria Claudia agora não consegue parar de rir.

– Nada a ver, mesmo. Eu tenho outros amigos juízes que não são nada assim!

– E deve ser cego, também.

– Ah, meu Deus, a cara dele, vendo você! E a sua! "Você não se importa, não é, sairmos nós três?" – ela relembra.

– Assim você não teria que passar a noite ouvindo aquelas besteiras. "Espero você se trocar..."

– Um mico, mesmo.

– Mico?

– É, um mico. Uma coisa que dá completamente errado, uma coisa nada a ver, uma barca furada.

– Bravo!

– Ai, eu nunca vou conseguir me desculpar com o Renato. – ela diz, recuperando um pouco a compostura.

– Você não tem de que se desculpar, foi minha culpa. Pode deixar, que eu *não* me desculpo com ele! Continuo com a culpa, não tem problema! Além disso, Maria Claudia, ele é que deve se desculpar com você – diz Ivan, agora sério – Com aquela grosseria que ele te falou, ele só me facilitou a vida.

Maria Claudia abaixa um pouco o rosto, revivendo o momento e as palavras do colega, dando-se conta do quanto ele fora rude, do quanto ela na hora havia sentido e se controlado, os olhos agora ficando úmidos com essa lembrança.

– Eu devia ter batido nele... – diz o russo, diante dos olhos molhados da brasileira.

– Que lindo que ia ser isso, Ivan! Vocês dois se pegando, de terno, no meio da rua! Ia acabar todo mundo na polícia! – Maria Claudia ri, ao mesmo tempo contendo uma lágrima com a ponta de um dedo.

– Ahahaha, a polícia! Que ótimo!

– E se ele não tivesse sido grosseiro? Você não teria interferido?

– Teria feito a mesma coisa.

– Esse Ivan, é terrível!

– E o *deadlock*? – ele ri.

– *Você* foi o *deadlock*, Ivan!

E os dois agora não conseguem se olhar sem parar de dar risada.

Aliviado, vendo que ela estava assim de bom humor, e que a coisa enfim não tinha pesado tanto para o lado dele, Ivan arrisca um comentário:

– Você está muito bonita, Maria Claudia...

– Obrigada... – ela diz, um pouco sem graça – Você também, aliás! Está muito elegante...

Lado a lado ali, de barriga no balcão, Ivan não consegue tirar os olhos dela, admirando o perfil da brasileira, seu jeito, seu perfume, sua voz, até que a lembrança de que não tinha vindo para o Brasil para flertar e arranjar namoros, mas sim para aquele projeto que envolvia tantos riscos, tantas pessoas, tanto perigo, o faz retornar à realidade. Mas o sábado estava mesmo fadado a ser dia de folga. Desde a manhã ele havia se desligado quase completamente dos seus compromissos, e agora só conseguia pensar neles dois, ali naquela mesma sala, horas antes, dançando bossa nova.

– E aquele cd que você tocou à tarde? – pergunta Ivan – “Samba de Verão”.

– Você gostou?

– Gostei. Vamos ouvir?

Maria Claudia abre o sorriso e arregala os olhos, com uma grande ideia:

– E se a gente fosse ouvir ao vivo?

– Ao vivo? Aonde? – ele quer saber, no rádio, os primeiros acordes de *Noite do Prazer* , do grupo Brylho.

...A noite vai ser boa
De tudo vai rolar....

Quando Maria Claudia e Ivan desceram do carro na frente do Bossa Nueva, na Rua Wizard, na Vila Madalena, não haviam mais mesas disponíveis naquele bar e também nos outros ao redor. Na calçada, em meio a outras pessoas igualmente à espera de lugar com a senha na mão, dava para ouvir a música vindo de lá de dentro – uma gostosa bossa nova ao vivo, a bateria dando o ritmo, o pianinho levando a melodia, a voz da cantora embalando os sonhos e o papo dos fregueses.

– E aí, Ivan, cê tá melhor? Como foi o final da ressaca? – Maria Claudia e o russo se colocam a um canto da entrada do bar, esperando serem chamados.

– Foi muito bem! – ele diz, de bom humor, um sorrisinho de lado na boca, relembrando o sonho que tivera, com ela dando aquele beijo, procurando esquecer como o sonho tinha terminado – Acho que aquela *coisínia de que* você me deu foi bom.

– É, eu vi que ia precisar de alguma coisa pra dar uma força, ali. Você tava chumbado, Ivan! – ela ri.

– Estava mesmo...

– Você nunca mais vai querer entrar em uma churrascaria, nem muito menos tomar caipiroska!

– Por que não? Claro que vou! Só não tomo hoje porque não dá. E a churrascaria, eu espero voltar lá logo! – diz Ivan, empolgando-se novamente – Mas hoje teria sido bom tomar *kefir*...

– O que é isso?

– É uma espécie de leite fermentado, parece um pouco iogurte, mas não é, é diferente. É muito bom pra saúde, é muito antigo, vem da época de Maomé, a estória é boa. Dizem que o *kefir* tem "poderes mágicos".

– Tipo Viagra? – ri Maria Claudia.

– Hmmm... Talvez! Por que você diz isso?

– Ué, cê falou assim, num tom, "poderes mágicos"! Vai saber!

– Presta atenção, agora eu é que conto coisas!

– Aula de história!

– Isso mesmo. Até o Marco Polo falou do *kefir*, que ele provou em suas viagens pelo Oriente. Mas ninguém conseguia a receita. Os médicos russos se determinaram pra conseguir os grãos pra produzir o *kefir*, e então, no começo do século XX, mandaram uma moça muito linda, a Irina Sakharova, pra corte do príncipe que eles sabiam que tinha os grãos. O plano era ela seduzir o príncipe até ele entregar os grãos pra ela. Só que ele descobriu tudo e ela teve que fugir. Mas o prícnipe tinha se apaixonado mesmo pela Irina e mandou seus guardas a sequestrarem. *Traziram* a Irina de volta.

– Trouxeram.

– Trouxeram. E disseram-lhe que ela ia ter que se casar com o príncipe. Tiveram que recorrer ao Czar, que mandou chamar o príncipe e deu a sentença que ele deveria dar a Irina cinco quilos de grãos de *kefir*, pelos insultos que ela tinha sofrido.

– Aí, czar!!! – diz Maria Claudia. – Qual czar foi esse, Ivan?

– Nikolai Romanov. Em 1906 ou 1907.

– E então, o que aconteceu?

– Começou a produção de *kefir* em Moscou e a coisa deu certo, hoje é conhecido na Rússia toda, e a Irina, em 1973, já bem velhinha, recebeu uma carta do Ministério da Indústria Alimentícia da União Soviética agradecendo a ela por trazer o *kefir* para o povo russo.

– Que legal...

– Seria bom, se eu tomasse um copo hoje, pra digestão...

– Um copo?! Com tudo o que você comeu e bebeu lá na churrascaria, você precisava de um balde de *kefir*, Ivan!!

– Fumantes ou não fumantes? – pergunta o *host* do bar se aproximando.

– Não fumantes – Ivan responde.

– Por aqui, por favor.

O Bossa Nueva era um sofisticado bar e restaurante, especializado na comida e na música brasileira. Um conjunto composto de piano, contrabaixo, violão, bateria e cantora tocava os clássicos da bossa nova, para um público bastante variado em tipos e idade, petiscando e batendo os pezinhos embaixo das mesas, acompanhando a música. Na parede do fundo, um painel de dez metros de altura por quinze de largura mostrava uma gigantesca foto de Copacabana dos anos sessenta, as ondas preto e branco do calçadão carioca ilustrando o ambiente.

– Puxa! Até que colocaram a gente em uma mesa boa, Ivan! – comenta Maria Claudia, se sentando.

– Como assim?

– Porque tem um monte de bar e restaurante em São Paulo que coloca os não fumantes nas piores mesas, parece que a gente fica de castigo!

– Boa noite! Já vão fazer o pedido? – se aproxima o garçom, bloquinho na mão.

– Hã... Eu não vou beber álcool, não... – diz Maria Claudia.

– Eu *não também*... – diz Ivan olhando outro garçom chegar à mesa ao lado com a bandeja cheia de copos de cerveja, uma garrafa de whisky, e uma caipirinha – ou seria uma caipiroska?

– Eu quero um guaraná *diet* – Maria Claudia se decide.

– Dois – diz Ivan para o garçom.

– Com uma fatia de laranja e gelo? – pergunta o garçom.

– Pode ser – diz Maria Claudia.

– O meu, sem – diz Ivan para o garçom que se afasta, talvez um pouco decepcionado com o pedido daquela mesa – Coisa de veado, essa fatia de laranja.

Maria Claudia acha engraçado o jeito de Ivan, já quase sem sotaque, não puxando mais tanto os "ie", e falando coisas bem típicas do brasileiro. Com quem estaria ele andando, que aprendia aquelas coisas pitorescas tão depressa?

– Você não quer nem ouvir falar em álcool, não é? – ela observa.

– Por muitos dias!

Maria Claudia ri outra vez, lembrando do pileque do russo, que se empolga com o sorriso da brasileira.

– O cara então fala pro outro, – ele começa – "sabe que às vezes a mulher abandona um homem só porque ele bebe?", e o outro pergunta: "e quanto é que eu preciso beber pra acontecer isso?"

Ivan gostava de ver Maria Claudia dar risada e resolve puxar da memória todas as piadas russas de que se lembra.

– Uma mulher pelada entra num táxi – ele começa outra – e o taxista olha pra ela pelo retrovisor, com cara de surpresa. Ela pergunta, "o que foi, nunca viu uma mulher sem roupa?" e ele diz "não senhora, só estou me perguntando de onde você vai tirar o dinheiro!".

Maria Claudia ri de se sacudir. O garçom chega com os guaranás e percebe que aqueles dois realmente não precisavam de álcool para ficarem alegres.

– Até que não é ruim... – diz Ivan, provando o guaraná *diet* pela primeira vez.

– Só nós, pra virmos aqui e pedirmos dois guaranás! Somos péssimos fregueses! Não fumamos e não bebemos!

– Mas ouvimos música! – diz Ivan.

– E contamos piadas! – completa Maria Claudia. - É verdade, né. Quem não fuma e não bebe, então, não pode sair à noite? E nós? Vai, conta mais.

– Daí, no Congresso Internacional de Genética – Ivan recomeça - um americano fala: nós cruzamos galinhas com vacas. A cria que saiu produz ao mesmo tempo leite, carne e ovos. O francês levanta e fala: nós cruzamos moscas e abelhas. As híbridas que obtivemos voam por cima do aterro de lixo e produzem mel. Aí levanta o russo: nós cruzamos um melão com baratas. Deu um melão que quando você corta, as sementes saem correndo sozinhas.

As pessoas da mesa ao lado começam a querer ouvir o que aquele homem falava que a mulher dava tanta risada, enquanto Maria Claudia se pergunta que espécie de noite ela estaria tendo, se tivesse saído com o colega juiz. Certamente teriam ido a algum lugar bonito, mas ela sabia muito bem que a companhia dele seria no mínimo um tédio, ouvindo-o falar, com seu jeito formal e pomposo, sobre a importância de seu próprio trabalho, e ela tentando ser agradável mostrando interesse na conversa, louca para voltar logo para casa. No entanto lá estava ela, num bar bem boêmio, com o russo que ria, tomando refrigerante e desatando a contar piadas. A troca tinha sido boa.

– Tem também as da época soviética! – retoma Ivan - Sabe como é que se reconhece um país pelas coisas que são proibidas e permitidas?

– Como?

– Na Inglaterra, o que é permitido, é permitido e o que é proibido, é proibido. Nos Estados Unidos, tudo é permitido, menos o que é proibido. Na Alemanha, tudo é proibido, menos o que é permitido. Na França, tudo é permitido, até o que é proibido. Na União Soviética, tudo é proibido, até o que é permitido.

Um rapaz da mesa ao lado ouve e começa a repassar a piada para os amigos.

– E tem as de novo-russo – diz Ivan, terminando o guaraná e sinalizando para o garçom trazer mais dois.

– O que é novo-russo?

– Gente que ganhou dinheiro "fácil" nos últimos anos, com a abertura pro capitalismo. Um novo-russo fala pro outro, "Olha a minha gravata nova, comprei por quinhentos dólares naquela loja ali". E o outro diz, "Você foi enganado! Você podia ter comprado pelo dobro do preço naquela outra loja lá".

Fazia tempo que Ivan não se descontraía daquele jeito. Há muito tempo não se sentia tão à vontade.

– E outra, do tempo soviético: a mulher entra na loja de carne e pergunta, "vocês têm carne?", e o cara diz, "não", e ela pergunta "e leite?" e o cara diz: "aqui a gente só trabalha com carne; a loja que *não* tem leite é ali do outro lado da rua".

Maria Claudia se diverte com a saraivada de piadas. Um Ivan que ela ainda não conhecia, muito diferente daquele compenetrado e sigiloso homem de negócios que ele normalmente aparentava ser, ou queria aparentar ser.

Os vizinhos de mesa teriam acabado por vir se sentar ali com eles, tivessem as piadas continuado ainda um pouco mais, mas Ivan parecia ter esgotado o repertório, pelo menos naquele momento.

Maria Claudia, ainda rindo, olha para ele, a bebedeira da tarde voltando-lhe à memória em detalhes.

– Não, Ivan! A sua cara na farmácia, pedindo uma caipiroska, eu tinha que ter filmado! E a cara da menina? Acho até que ela chegou a se perguntar: "Caipiroska? Que remédio é esse? De que laboratório?"

– Eu fiz isso mesmo? – Ivan ri.

– Fez. E no trânsito, então? Você falava com todo mundo dos outros carros, Ivan! Até um guarda veio falar com a gente, uma hora.

– E como eu fui parar no quarto? Não lembro da gente subindo.

– Ah, essa foi outra parte. Você achava que o quarto era nas escadas.

– Fazia muito tempo que eu não ficava assim, acho que a última vez que eu bebi desse jeito, foi na faculd... – Ivan se interrompe subitamente – Na época de estudante...

– O que você estudou, Ivan? – pergunta Maria Claudia, interessada, bebendo seu guaraná.

Ivan fica em silêncio, o rosto voltado para o conjunto que tocava mais um clássico da bossa nova. Maria Claudia mantém-se quieta, olhando para ele e aguardando a resposta, que não vem.

– Vai ter o dia que você vai me contar alguma coisa, Ivan...? – ela pergunta, não brava, nem aborrecida, apenas constatando que ele continuava igual e alerta, com seus mistérios, apesar da bebedeira, apesar das risadas, apesar de ele tê-la roubado do outro, apesar de ser noite de sábado.

Às vezes alguns homens eram assim misteriosos, não falavam nada de si mesmos. Davam nos nervos com seus silêncios, nunca respondendo nada, a cara amarrada fazendo as mulheres passarem sempre por umas inquisidoras enfadonhas, pois as perguntas sem resposta deixavam no ar um constrangimento, um ambiente ruim, minando a conversa, roubando a espontaneidade dessas mulheres, assinalando o começo do fim de qualquer tipo de entendimento entre os dois. Porque ninguém consegue conviver por muito tempo cheio de dúvidas. Havia alguma coisa de errado, então, que eles precisavam omitir? Muitas vezes não havia motivo nenhum para o silêncio, nada a esconder, mas eles o faziam por força de hábito, talvez para não dar o braço a torcer, para não se dizerem depois "ela pergunta, eu respondo". Alguns homens argumentam que eles não são mais misteriosos do que as próprias mulheres, apenas carecem da habilidade feminina em dar respostas evasivas que nada respondem.

Se fosse outra circunstância, ou outro homem, talvez Maria Claudia ficasse irritada ou impaciente. Mas mais uma vez, a despeito das reticências de Ivan, alguma coisa no olhar dele, alguma coisa no ar, algo que ela não sabia explicar, impedia Maria Claudia de ter raiva do russo, mesmo estando alerta. O silêncio de Ivan é acompanhado por igual silêncio de Maria Claudia que, assim sem falar nada, mantém o olhar de lado sobre ele, sorrisinho malicioso nos lábios, sabendo que com esse olhar oblíquo se vingava dele, devolvendo para ele as dúvidas e lançando-o também em um mar de incertezas, dando-lhe ainda um certo frio na espinha. Só que dessa vez ela recebera dele um sorriso também, e aí foi ela a baixar os olhos, sem graça, para o copo de guaraná. Desta vez, apesar da espinha enregelada, Ivan sustentara o olhar e sorrira da mesma forma para ela.

– Ivan... – Maria Claudia quebra o silêncio enfim - Lá no hotel, antes de eu sair, cê tava já apagado... Olha, eu queria te dizer que eu não mexi em nada, depois que você dormiu, viu... Eu vi que você não queria que eu abrisse a gaveta... Eu não fucei nada, e fui embora logo...

– Eu sei, Maria Claudia... Você não precisa me dizer isso... – ele diz, sério, olhando para o copo, acreditando sinceramente nela, lembrando-se da cena em que ela, inadvertidamente, tentara abrir a gaveta. Ele reconhecia que, desconfiada como ele sabia que ela estava, mesmo tendo a oportunidade perfeita, ela não levara a curiosidade a cabo.

– Você foi um pouco bruto, naquela hora da gaveta, Ivan... – ela diz, tentando falar com suavidade.

– Fui.... Me desculpe, Maria Claudia... – ele diz, ainda olhando para o copo, o gesto brusco de segurar-lhe o pulso voltando-lhe à memória – Me desculpe...

Os dois caem novamente em silêncio, cada um tendo dito o que tinha para dizer – ou o que podia dizer – sobre aquele episódio.

– Você não vai visitar o Rio? – Maria Claudia muda de assunto, acompanhando o olhar de Ivan que observa o lugar, a decoração, o painel com a foto do Rio de Janeiro.

– Não... Acho que não...

– Medo da violência...

Ivan dá de ombros, a voz um pouco mais grave.

– Violência tem em qualquer cidade muito grande, Maria Claudia... Atraem muita gente, acabam ficando com muitos desempregados, muitos marginais. E quem tem noção do certo e do errado sabe muito bem onde tem situações *do* perigo, situações *da* coisa errada... É só evitar esses lugares, não se meter em problema... Adulto responsável sabe se cuidar... – ele diz, o pensamento parecendo ir para longe dali.

Maria Claudia acha o contundente comentário bastante estranho, como se ele tivesse alguma convicção, contradizendo a corrente da opinião mundial e dele próprio, dias antes, que chegara mesmo a trazer uma arma para São Paulo sob a infame alegação de medo da violência. Maria Claudia esboça entrar no assunto do inegável perigo existente nessas duas cidades, mas logo para: não estava no clima para arranjar polêmica. Além do mais, Copacabana ali ao lado, na foto, engolindo a todos com seu charme, vencia qualquer discussão, ao som suave e sensual da bossa nova com os músicos que começavam a tocar *"Carta ao Tom"*, de Vinícius de Moraes,

> *...Rua Nascimento Silva, cento e sete, você ensinando pra Elizete*
> *As canções de canção de amor, demais...*

– É bem rápido, uns quinze minutos! – diz Maria Claudia para Ivan, toda animada, entrando em casa e ligando o som, dando em seguida a volta no balcão e indo pegar dois aventais numa gaveta da cozinha, dando um para ele.

De repente, ainda no Bossa Nueva, passado o momento delicado onde as palavras não foram faladas, tinham percebido que estavam com fome. Foi então que Maria Claudia se lembrou dos camarões que tinha comprado de manhã.

– E o que eu faço? – ele pergunta, de costas para ela, que lhe prendia o avental depois de ele ter tirado o paletó.

– Cebola? – ela diz para ele, tirando da gaveta uma faca e entregando-a para ele, segurando-a pela ponta.

– Quantas? Onde estão? – ele enrola as mangas da camisa.

– Ali, naquela cesta. Olha a tábua, pra cortar. Bem fininha, heim? Que eu não gosto de pedaço grande de cebola no meu risoto de camarão!

Era quase uma hora da manhã, os dois já tinham passado praticamente todo o sábado juntos, mas ainda tinham gás para uma farra culinária.

– Dá um canto de pia, que eu preciso descascar essa laranja e cortar o maracujá!

– Eu corto, dá aqui – diz Ivan, chorando, cortando a cebola.

– Ah, Ivan, não chora, não vai ficar assim tão ruim, eu já fiz essa receita, já deu certo!

– Engraçadinha!

Maria Claudia ri.

– Espera, espera, espera!!!! – ela o interrompe, conforme ele pega uma laranja - Você sabe tirar a casca da laranja bem fininha? Vão lascas de laranja, por cima do risoto, no final.

– Que mais vai nesse risoto?

– Vai manteiga, um copo de vinho branco, um litro de caldo de camarão, sal, pimenta do reino, suco de maracujá e laranja, raspas de laranja, e queijo parmesão, por cima. E o camarão e o arroz, é claro. Olha aqui a receita.

E os dois vão para o balcão ler, de um livro que ela pega numa prateleira da cozinha, a receita do risoto:

Risotto de Camarão com Laranja e Maracujá

Ingredientes:

- 1 cebola média picada
- 100 gramas de manteiga
- 1 copo de vinho branco
- 400 gramas de camarão
- 200 gramas de arroz arbóreo
- 1 litro de caldo de camarão (ou de galinha), aquecido
- suco de duas laranjas
- suco de dois maracujás, batido no liquidificador e peneirado
- sal e pimenta do reino
- 100 gramas de queijo parmesão
- raspas de laranja

Modo de Fazer: Em uma frigideira, refogue o camarão na manteiga, de forma que fique avermelhado. Não deixe fritar totalmente. Reserve. Em outra panela, refogue a cebola em 50 gramas de manteiga, adicione o arroz e mexa. Adicione o vinho branco e deixe evaporar. Depois acrescente o suco de laranja e maracujá – um copo no total; em seguida, vá colocando aos poucos o caldo de camarão, sempre mexendo o arroz, durante 15 minutos, até o arroz ficar "al dente". Acrescente o camarão e deixe cozinhar por mais 3 minutos. Desligue o fogo e acrescente o restante da manteiga, sal e pimenta do reino. Termine jogando por cima o queijo parmesão e por fim as raspas de laranja.

– É bastante comida, você não acha? – pergunta Ivan, olhando por cima do ombro de Maria Claudia, que dava uma ligeira fritada nos camarões.

– Mas você vai ver, é pra poder repetir! E o Tavinho pode comer também, depois, se sobrar...

– Pronto – diz o russo, a tábua com a cebola picada na mão - O que você está fazendo?!

– Vou cortar essa manga, lembra dela?

– Mas vai manga no risoto?!

– Não, claro que não! É pra gente comer de sobremesa. Manga, bem geladinha! Você pega pra mim o copo do liquidificador?

– Copo do quê?

– Liquidificador. Pra bater o maracujá!

– Lidifica...

– Isso aqui, Ivan! – Maria Claudia dá risada, indo até o balcão.

– Li-qui-di-fi-ca-dor – ele diz bem devagar.

– Liquidificador – ela diz, bem depressa.

– Liquidificador!

– Isso!

– Consegui.

– Cê abre o vinho?

– Abro. O saca-rolhas está.... aqui! – Ivan se lembrava qual gaveta, da noite da sopa de aspargos – *Shtópar*.

– *Shtópar* – repete Maria Claudia – Já sei falar russo!

– As taças... – Ivan também as encontra fácil.

– Eu quero bem pouco, viu, Ivan? Só pra sentir o gostinho. Não quero beber muito.

– Eu também não... – ele diz, abrindo a garrafa e entregando-a para Maria Claudia, para que temperasse o risoto, parando ao lado dela diante do fogão para sentir o cheirinho da comida – E agora, o que eu faço?

– O relógio, Ivan!! – ela diz, olhando para o relógio na parede da cozinha.

– Que é que tem?

– Acerta a hora pra mim, por favor! – Maria Claudia ri – Hoje começa o horário de verão! Tem que botar os relógios uma hora pra frente!

"Talvez tenha sido melhor assim", Ivan vinha pensando em direção ao hotel, o rádio no táxi sintonizado na Nova Brasil FM. "Talvez tenha sido melhor que nada tenha acontecido", ele tenta se convencer dessa ideia. "Ou, quem sabe" ele volta atrás, "talvez tivesse sido melhor ter forçado, de uma vez, lá no apartamento". Ele já não sabia o que sentia. Sua cabeça girava para todos os lados como uma bússola descalibrada, indo e voltando nos pensamentos, conclusões e decisões a respeito de Maria Claudia. Quanto mais se sentia à vontade ao lado dela, menos parecia ter o domínio de si mesmo. E precisava voltar a se concentrar e colocar em linha reta o raciocínio, para retomar o estado de alerta total: o dia seguinte poderia ser decisivo para seus objetivos em São Paulo.

Se tivesse forçado um pouco, no *hall* do elevador, se a tivesse empurrado devagar contra a parede para não lhe deixar saída, Ivan imaginava que, com jeito, teria conseguido fazer Maria Claudia ceder. Mas essa ideia não o agradara. Com outra, não teria pensado duas vezes, nada teria a perder. Com Maria Claudia, porém, não era capaz sequer de levar aquele pensamento adiante. Fantasiava que um milagre podia acontecer, e o sonho da tarde podia se tornar realidade – a parte boa do sonho, é claro. Mas sabia que essa possibilidade era remota: Maria Claudia era linda, simpática, descontraída, muito feminina, mas inatingível. Estava atenta em relação a ele. Não deixava abrir um espaço. Ainda que ele fizesse brincadeiras, contasse piadas ou jogasse um olhar um pouco mais penetrante na tentativa de sedução, não conseguia fazer que ela abaixasse a guarda. E ele, de resto, não se sentia confortável na posição de conquistador. Não era seu estilo e aparentemente também não devia ser o que agradava a brasileira. Ela não havia suportado isso naquele galã da foto virada de costas e parecia gostar de Ivan do jeito que ele era, assim, meio tímido, meio atrapalhado, meio sem-graça ao lado dela. De qualquer modo, ainda que ele tivesse guardado esperanças para a noite, ainda que tivesse, num devaneio, imaginado que dentro dela poderia haver o ímpeto de se atirar sobre ele como no sonho, as coisas se passaram de um jeito que tirou os dois dessa rota...

...Apreciavam o risoto e as mangas, quando o celular de Maria Claudia tocou, arrancando Ivan de seus delírios esperançosos. Nos segundos que Maria Claudia levou para se levantar e ir pegar o telefone, Ivan sofreu, oscilando entre o mau humor pela interrupção inoportuna e o receio de quem poderia ser, querendo falar com ela àquela hora. "Seria o ex-namorado, ligando mais uma vez, cheio de ciúmes o sábado inteiro, não aguentando mais e telefonando de madrugada para se declarar, dizer que não podia viver sem ela, implorar que ela voltasse, confessar que era um réptil execrável, um boiola, um filho da puta?" pensava Ivan, observando os movimentos de Maria Claudia, lembrando-se dela, durante o dia, contando para ele sobre esse ex-amor, dando detalhes de como tinha sofrido, como havia ido para Paris na tentativa de compensar a dor de terem se separado, como ainda ficava abalada, cada vez que falava com ele. Ivan desejou muito que ela ignorasse a ligação, que deixasse o celular parar de tocar sem atendê-lo, e foram segundos intermináveis onde o russo viu a moça como em câmera-lenta chegar perto do balcão, pegar o aparelho, olhar na telinha para ver quem era, e atender.

– Oi, Tavinho!!

Ivan soltou a respiração. Era o irmão dela. Jamais uma interrupção de irmão tinha sido tão bem vinda.

Otávio estava ligando de lá de baixo, da garagem, para saber se podia subir sem estar sendo inconveniente, ou se ela preferia que ele desse um tempo.

– 'Magine! Sobe, Tavinho, eu e o Ivan estamos terminando de comer, ainda tem pra você! – diz a brasileira, rearrumando na travessa os quatro camarões gigantes que haviam sobrado.

"Não, talvez tenha sido melhor assim", Ivan tenta com todas as forças se convencer dessas palavras, quando o táxi sai da Avenida Angélica a caminho da Paulista. Não pretendia se envolver com nenhuma mulher, ele volta a se dizer. Não viera ao Brasil para isso. Dentro dele, no entanto, uma força o impelia, o atirava para perto de Maria Claudia, uma força que queria que ele agisse, por mais que a razão e o seu trabalho lhe dissessem para se afastar dela. Lembrando-se da chance que tivera, a sós com Maria Claudia no apartamento, Ivan volta a fantasiar como teria sido. Teria sido tão bom. Um olhar, um braço puxando-a pela cintura, um beijo a princípio forçado... E a visão do sonho da tarde volta ao pensamento do russo. Do jeito que havia sido no sonho, tinha sido tão melhor. Sem forçar, sem se impor. Apenas Maria Claudia querendo, ela própria, o mesmo que ele. "Mas foi só um sonho", ele pensa, entrando na Avenida Paulista, o rádio começando a tocar *Preciso Dizer Que te Amo,* com Léo Jaime.

...eu preciso dizer que te amo
te ganhar ou perder, sem engano..

Capítulo 5

Domingo
16 de outubro de 2005

Palmeiras x Corinthians

Ivan tinha ido dormir contente. Tinha tido uma trégua, na véspera, nos assuntos que o haviam trazido ao Brasil, quase não pensara neles ao longo de todo o dia, tendo recebido e feito apenas um ou outro telefonema, nada que lhe perturbasse o espírito, nada que lhe trouxesse aqueles vincos entre os olhos, nada que o fizesse colocar de novo os pés no chão e os pensamentos no trabalho. Havia muito tempo não se sentia daquele jeito, mais jovem, leve, alegre, entusiasmado, de bem com a vida. É certo que a brasileira havia mantido a distância quase todo o tempo, inclusive não dando um beijo no rosto dele nem mesmo ao se despedir, de madrugada, quando esperavam o elevador, no *hall* de entrada do apartamento. Sonolenta, recostada ao batente da porta, Maria Claudia apenas lhe sorrira quando o elevador chegou, e ele, dando-se conta de que ela não se mexeria, tinha se precipitado e corajosamente beijado seu rosto, segurando-a pelos ombros, entrando rapidamente no elevador, a imagem do sorriso dela gravada na lembrança. Largando-se pesado na cama, abrindo um dos bombons Sonho de Valsa que pegara do balde de vidro de Otávio antes de ir embora, muito cansado, mas muito feliz, Ivan vê passar na mente os momentos ao lado da brasileira desde a manhã. E ele, que achava que esse tipo de alegria já não era mais para si, tendo ficado no passado remoto a última vez que desejara, a última vez que imaginara ser possível encontrar um sonho assim. Fechando os olhos, ele embala o próprio sono com a melhor lembrança de Maria Claudia naquele dia, no apartamento, quando dançaram, ela solta em seus braços, os corpos se tocando, ele sentindo seu calor, suas formas, seu perfume, sua pele, aquela sensação que o havia embriagado muito mais que a caipiroska. Com essa imagem e essa sensação ele pega no mesmo sono profundo e ininterrupto que vinha tendo desde a primeira noite no Brasil. De manhã, com o sol muito forte, ele acorda ao toque do telefone.

Maria Claudia abre os olhos ainda pregada de sono e vira de lado para tentar adormecer de novo, mas os pensamentos não o permitem. Por um instante ela tenta afastar as ideias e imagens que se formam diante de seus olhos, quem sabe pega o último sonho de onde ele parou e engata nele outra vez. Mas não adianta, está definitivamente desperta. Pela claridade do quarto pode adivinhar a hora, mais ou menos dez, dez e pouco da manhã. Inútil tentar dormir mais, logo iria querer se levantar, o corpo querendo se esticar, a boca já pedindo um café. A preguiça, no entanto, ainda é grande.

Tinha se deitado lá pelas duas e meia da manhã e o sono não viera, assim, imediatamente. Ficara pensando no sábado tumultuado que acabava. Passara o dia inteiro para cima e para baixo com o russo, deixando de lado, em suspenso, todas as dúvidas sobre ele, permitindo-se ficar em sua companhia apenas pelo prazer, sem questionamentos, sem julgamentos. E, surpreendentemente, não se arrependia, não se deitava aflita pelas suspeitas. Que mal houvera, afinal? Que coisa ruim podia ter-lhe acontecido? De qualquer forma, cobrava-se o fato de ter estendido a companhia dele para o dia seguinte, domingo, pois já haviam combinado se encontrarem para irem ao jogo de futebol, no Morumbi. No escuro do quarto, abraçando o travesseiro, o sono quase chegando, Maria Claudia sorrira para si mesma, à lembrança de Ivan dançando bossa nova, à tarde, no apartamento, aos poucos aprendendo os passos, a princípio sem graça e sem jeito, depois entrando no ritmo, se deixando levar pelo som, conduzindo a dança. Virando para o lado, na cama, fantasiando que outra música começava e que eles continuavam dançando, Maria Claudia imagina-se deitando a cabeça no ombro de Ivan, de olhos fechados, deixando-se levar por ele e pela música, e acaba adormecendo dessa forma, nos braços dele, dançando ao som da bossa nova.

– Tou chegando! – diz Maria Claudia ao celular, sorriso na voz.

– Tou indo pra porta – responde Ivan, aparentemente com a boca cheia, terminando de mastigar alguma coisa.

Devia ser onze e meia manhã, talvez quase meio dia. O domingo, como todos os domingos na cidade, estava quieto, vazio, todo mundo dormindo ou fazendo preguiça em casa antes de resolver sair para ir a um parque, ou almoçar fora, ou ir comprar frango assado na padaria para não ter o trabalho de preparar o almoço. As igrejas com seus fiéis, as velhinhas em suas roupas mais elegantes, as pessoas todas num ritmo completamente diferente daquele dos outros dias da semana. Um silêncio paralisado no ar. Poucas pessoas nas ruas, todas à vontade, de *shorts*, bermudões, tênis, camiseta, chinelos. Maria Claudia, porém, conhecia as ciladas de temperatura que São Paulo podia aprontar, e sabia também do frio que faz nos estádios: uma vez seu irmão Otávio voltou de um jogo completamente tomado pela gripe porque não estava bem agasalhado, saíra de *jeans* e camiseta, a qual ele tirou durante o jogo, pois fazia um calor de rachar e o sol estava forte, mas foi apenas o sol começar a se por, uma brisa um pouco mais fria começar a soprar, e antes que ele vestisse a camiseta para ir embora, já estava espirrando aquele espirro ardido, que pega os olhos, típico de gripe que vem vindo. Como tinha medo de frio, Maria Claudia estava vestida e pronta para enfrentar qualquer temperatura, desde um calor de verão até o geladinho do final da noite, no estádio do Morumbi, inclusive seu guarda-chuva já estava na bolsa. De *jeans* tipo *cigarrette*, blusa branca justinha, sem mangas e botinha preta, bico fino, cano curto, no banco de trás do carro ela trazia um casaquinho acolchoado também branco e justinho, para vestir quando fossem para o jogo do Corinthians, mais tarde. Brincos de argolinha dourada; rente ao pescoço a mesma gargantilha artesanal de búzios que usara na véspera, comprada em Trancoso, na Bahia; pulseiras cheias de balangandãs que faziam um barulhinho simpático conforme ela dirigia, gesticulava, ou arrumava os cabelos atrás das orelhas. Assim vestida para um domingo no estádio, ela acha estranho quando, parando na porta do hotel, Ivan vem em sua direção usando terno preto, o paletó sobre uma blusa também preta de gola olímpica. Contrastando com os cabelos loiros e os olhos azuis muito claros, estava na cara que ele era estrangeiro. E ainda, com aquele calor da manhã! Maria Claudia ia fazer um comentário, mas logo se lembra que, para ele, tudo aquilo era de alguma forma parte de seu trabalho.

– Dormiu bem? – pergunta ele ao entrar no carro, amassando na mão o pacotinho vazio da Casa do Pão de Queijo e segurando o impulso de lhe dar um beijo no rosto, vendo que ela voltava àquela postura rígida, bloqueando qualquer abertura à familiaridade, impondo distância, adotando de novo o jeito profissional.

Ivan não se incomoda com o retorno da frieza de Maria Claudia, estava até preparado para isso: já a conhecia o suficiente para saber que ela não tardaria a voltar a se questionar e conjecturar sobre ele. Embora a preferisse como na véspera, ele sabia que seria assim. E também, o domingo havia começado muito cedo para ele, com telefonemas, conversas, decisões, e a perspectiva de se dar um importante passo até o final do dia. Quem sabe já nas próximas horas as coisas não seriam totalmente resolvidas e ele tivesse que refazer as malas para ir embora? Não que a ideia de pegar o avião de volta para Moscou o deixasse muito feliz, pois Maria Claudia, ainda que desconfiada e distante, parecia estar alegre, e ele gostava de estar ali. Mas sua atenção estava definitivamente voltada para os acontecimentos que ele veria se desenrolar naquele dia, que requeriam sua total concentração.

Na verdade, embora alegre, Maria Claudia oscilava entre manter a atitude impessoal e deixar-se levar pelo sentimento da véspera, onde já havia se instalado entre os dois uma cumplicidade no mínimo de companheiros de bebedeira, onde já eram amigos, onde já tinham estória em comum para contar, onde ela já o havia ajudado a encontrar a porta do quarto, onde cozinharam juntos, onde juntos riram e também bocejaram até às lágrimas, onde bateram papo e jogaram conversa fora até decidirem que não aguentavam mais de sono e Ivan vencer a discussão sobre voltar de táxi para o hotel. Parecia que se conheciam havia muito tempo. Maria Claudia estava dividida entre deixar rolar o curso natural e espontâneo entre os dois, ou manter o raciocínio alerta, levando em conta os dados suspeitos que tinha sobre o russo. Agora, domingo de manhã, ela tendia – ou se forçava – a retomar os ares distantes, ao mesmo tempo se ressentindo dessa rigidez, com saudades do clima que havia surgido entre os dois no dia anterior. Porque ela havia notado, ou por outra, havia meio que sentido, havia entrevisto ao longo do sábado algo que acrescentava um tempero às suas dúvidas sobre Ivan. Por entre as conversas, as piadas, as caras sérias e até nos silêncios, Maria Claudia tinha podido observá-lo melhor, em seus gestos, em seus movimentos, nas expressões de seu rosto, no conteúdo de suas palavras, em suas reticências. Aquele mistério continuava lá, pois Ivan também estava firme e alerta para não se deixar abrir. Mas Maria Claudia pode notar que aquele segredo que ele guardava, ela não sabia explicar bem por que, parecia-lhe ainda mais enigmático do que ela havia inicialmente imaginado. Como se houvessem outras coisas ali escondidas, dissimuladas, meandros particulares do russo que ele guardava só para si. Tinha parecido a Maria Claudia ter visto uma ponta de melancolia no azul dos olhos dele, uma ligeira nuvem de tristeza entre os cílios e as sobrancelhas, um tom de voz um pouco mais baixo numa frase ou outra, sutilezas assim. Ou seria apenas ela mesma enxergando demais, querendo atribuir a Ivan esse novo e melhor traço, tentando começar a vê-lo de outra forma, buscando um jeito de justificá-lo e até perdoá-lo? Ela não achava isso, embora na vida já tivesse sido enganada pela própria forma de ver a realidade, dando-lhe cores e contornos que só ela podia ver, para depois ser obrigada a encarar a verdade. Ela já havia aprendido que na percepção da realidade, são três esferas distintas: existe o que *é* a realidade; existe o que se *pensa* que é a realidade; e existe o que se *gostaria que fosse* a realidade. Na primeira, a pessoa está de olhos abertos. Na segunda, está sendo enganada. Na terceira, está se enganando. As pessoas tentam convencer a si mesmas e aos outros, mas a realidade é o que é, e não o que se quer ou o que se pensa que ela seja. E Maria Claudia era racional demais para esquecer ou subestimar essa lição. Enganada ou enganando-se sobre Ivan? O fato é que no canto dos olhos dele, por trás de seu olhar, assim lhe pareceu, havia uma ideia a ser contida, uma palavra a ser calada, ou ainda, um sentimento a ser controlado. Um dia inteiro ao lado do russo havia aproximado os dois, mas havia também aumentado as dúvidas da brasileira, que só podia dizer uma coisa com certeza: ela suspeitava dele, mas gostava da companhia de Ivan.

Ao se levantar da cama e preparar um café preto, torradas *light* e papaya como café da manhã, Maria Claudia só pensava em telefonar para Ana Cecília, para contar do sábado e trocar algumas ideias. Não havia conseguido falar direito com a amiga na tarde anterior, e agora tinha ainda mais coisas – e dúvidas – a dividir com Aninha. Não via a hora de lhe contar em detalhes tudo o que havia dito e ouvido de Ivan. Queria abrir-se com Ana Cecília sobre o que ela própria estava sentindo. Seria ele bandido ou não, afinal? Bem vestido, elegante, com ares cosmopolitas, mas ainda assim, vivendo na criminalidade, um marginal *chic*? Ela já havia visto muitos desse tipo, frequentadores de restaurantes elegantes, revistas de fofocas, das lojas caras, e da Justiça Federal – como réus. Ou fugindo para a Suíça, onde haviam escondido seu dinheiro lavado. Maria Claudia tinha certeza de que Ana Cecília iria colocar panos quentes, dizer que ela estava enxergando pelo em ovo, que tinha mania de ver o lado negativo em tudo e em todos. Porém, raras vezes Ana Cecília acertara no diagnóstico. Geralmente era Maria Claudia que estava certa. Justamente aí ela queria ouvir Ana Cecília: queria dizer-lhe que Ivan talvez fosse bandido, mas era um bandido com sentimentos...

Só que Ana Cecília outra vez estava fora do alcance: não atendia nem ao celular nem ao telefone fixo. Estaria dormindo? Pouco provável: Ana Cecília gostava de se levantar muito cedo, com os primeiros raios de sol, mesmo no fim de semana. Maria Claudia teve que se contentar em deixar mensagens nas secretárias eletrônicas dos dois telefones, contando rapidamente e um tanto atrapalhada algumas coisas do sábado, deixando para a amiga algumas perguntas e dúvidas, para que a outra já estivesse inteirada quando finalmente pudessem conversar de verdade. E em seguida, sem nem largar o telefone, ligara para Ivan, embora houvessem combinado de saírem para o jogo de futebol só depois do almoço. Ivan já estava bem acordado ao atender, e até muito animado, por assim dizer.

– Tou ligando pra gente marcar que hora eu passo aí pra te pegar!

– Pode passar já!

E quando, ao entrar no carro dela, Ivan colocou o papel que havia amassado no saquinho de plástico que Maria Claudia tinha enganchado no câmbio, para servir de lixo, as dúvidas da brasileira entraram no modo *stand by.*

– Onde você vai me levar hoje?

– Pra um lugar cheio de turistas! A alegria dos gringos, em São Paulo!

– Não sei se eu vou gostar disso...

A Praça da República fica no centro de São Paulo, bem ao lado de um dos marcos culturais da cidade: o cruzamento das Avenidas Ipiranga e São João, cantado por Caetano Veloso na famosa canção "Sampa". A praça já tinha visto dias de glória e de decadência, e com a tendência de revitalização do centro pelas recentes administrações da Prefeitura, tanto a praça quanto os prédios ao seu redor e pelas redondezas estavam sendo reformados, embelezados e preservados em sua arquitetura original, muitos deles datando do início do século XX, a imensa e profundíssima estação República do metrô abaixo de tudo, levando e trazendo hordas de pessoas para o local todos os dias da semana e também aos sábados e domingos, quando ali ocorre a concorrida feira de artesanato, reunindo todas as gentes: turistas de todos os cantos do mundo, brasileiros de todos os sotaques e paulistanos de todos os bairros da cidade. Na década de 1970 a feira da praça tinha adquirido a fama de "feira dos *hippies*", porque eram só eles ali, expondo e vendendo seus badulaques típicos, aquela moda alternativa: bolsas tiracolo de crochê, sandálias em couro cru com um cheiro muito ruim, bijuterias com penachos coloridos etc. E ainda se pode ver uns ou outros por lá, fiéis ao local e à arte, mas na verdade toda a praça e seus comerciantes artesanais têm agora um outro perfil. O artesanato como produto de mercado já havia conquistado um bom espaço junto aos consumidores e, fosse pelo preço, pelo diferencial, pelo charme ecológico ou fosse porque fosse, havia um número enorme de homens e mulheres fabricando todo tipo de coisa no fundo do quintal, na área de serviço, muitos até em pequenos galpões. A maioria produzindo de uma forma semiprofissional de muito boa qualidade – coisas variadas, diferentes, coloridas; umas úteis, outras não tanto; umas de muito bom gosto, outras deixando a desejar. O fato é que todos vão montar suas barraquinhas cadastradas junto à prefeitura lá na Praça da República, e o público adora. Sabonetes, perfumes, sais de banho, enfeites de casa, brinquedos de pano, de papel-machê, roupas transadas, camisetas para turistas. E ainda os comerciantes de pedras brasileiras, de *souvenirs* típicos do país, araras, tucanos, bonecas da Bahia com a roupa típica, bandeiras do Brasil por todos os lados, artesanato em madeira, quadros de todos os tamanhos, com os artistas ao lado para explicá-los. Sem contar que, com o Mercosul, vários artesãos de outros países da América Latina também vão lá se unir à festa, a música andina de seus aparelhos de som se misturando com o samba vindo sabe-se lá de onde. A um canto um pouco mais reservado ficam os filatelistas e os numismatas, em número bastante grande, com suas coleções de selos e moedas raros, comprando, trocando, vendendo e batendo papo, todos com seus ares intelectuais. Num domingo ensolarado como este, a alegria fica ainda maior, porque as pessoas vêm mesmo é para se esquecer ali, sem hora para voltar, parando em cada barraquinha para olhar tudo em todos os detalhes e principalmente para, depois, ficarem na área onde estavam as barracas de comidas: aí, era para ficar muitas horas. Comida brasileira, japonesa, chinesa, árabe, churrascos, sanduíches, pizzas, doces típicos, sorvetes, tudo. Nessa parte da praça o trânsito de pedestres é terrível. Ao passarem aí, Ivan virou-se entusiasmado, arregalando os olhos, mas foi puxado por Maria Claudia, que parecia saber onde queria ir.

Maria Claudia sabia muito bem que viera à praça para ver mesmo as suas barracas preferidas de bijuteria, mas não esperava que Ivan também acabasse gostando de tudo. No meio da multidão colorida e de pernas de fora, o russo todo de preto se destacava e parecia ter feito de propósito, como se quisesse mesmo chamar a atenção: não havia uma só barraquinha onde o comerciante não fizesse de tudo para atrair e vender seus produtos para aquele gringo, assim como para tantos outros gringos, de vários países, que passeavam também por ali, de chapeuzinho e câmeras fotográficas penduradas no pescoço. E quando Ivan se punha a falar em seu português quase perfeito, era um misto de decepção e surpresa. Feito criança, ele queria ver tudo na mão, saber preço, para que servia, de que material que era, e não levava nada, cutucado por Maria Claudia para que não se empolgasse em comprar assim, sem pensar.

– Pra que você quer isso, Ivan? – ela pergunta, uma ponta de irritação na voz, vendo-o deslumbrado com uma haste de pau-brasil com uma pena verde e amarela na ponta, querendo pegar a carteira.

– Porque é engraçado...

– Não serve pra nada!... – ela diz por entre os lábios semicerrados, puxando-o dali.

– Se você não estivesse aqui, eu levava!

– Ainda bem que eu estou!

Quando ela parava para ver mais brincos, anéis e colares, era a vez dele bufar.

– Igual aos da outra barraca – ele diz, um passo um pouco para trás, querendo induzi-la a continuar andando.

Mas numa dessas barracas de bijuteria Maria Claudia encontra um par de brincos pelos quais se apaixona e decide comprar, encantada como se nunca houvesse visto brincos antes, olhando também todos os outros ali expostos.

Enquanto pega o dinheiro e a dona da barraca faz o pacotinho, batendo aquele papo sem fim que as mulheres gostam de ter umas com as outras, mesmo quando nem se conhecem, Ivan se afasta um pouco. Terminada a compra e o papo, pacote na mão, Maria Claudia se vira e não vê Ivan de imediato. Dando um giro de 360 graus espreitando à procura do russo, ela vê que um pequeno tumulto havia se formado logo ali, a alguns metros dela. No centro do tumulto, transido e cambaleante, Ivan, roxo e mal conseguindo respirar, era o alvo das atenções.

– Ivan! O que foi? O que você tem? O que você está sentindo?! – ela pergunta, abrindo espaço por entre as pessoas e se aproximando dele.

– Olha aqui, um banquinho pra ele se sentar! – diz um rapaz, se aproximando, solícito.

– Coitado do moço... – comenta uma senhora, vendo que o russo mal conseguia abrir os olhos para ver onde se sentava, o rapaz do banquinho segurando-o pelo braço para que não caísse.

– O que houve? O que você tem? – pergunta Maria Claudia outra vez, inclinando-se para ele, assustada, achando que ele estava tendo um infarto.

Foi quando ela viu o que ele trazia na mão, e entendeu tudo. Não era um infarto, mas passava bem perto disso.

Enquanto esperava Maria Claudia comprar os brincos, Ivan foi atraído pelo cheiro da barraca de comida baiana, para onde foi indo como que hipnotizado e, olhando todos os bolinhos e pratinhos expostos, cheirosos, coloridos, remetendo à Bahia, convidativos, fixou os olhos no acarajé, foi enfeitiçado por ele e acabou pedindo um para comer ali na hora.

O acarajé. Delícia da culinária baina, uma massa de feijão recheado de vatapá, outra iguaria: creme de camarão com castanha de caju, amendoim, leite de coco e muito azeite de dendê... É tão perfumado que parece que se está no céu. Trabalhoso de fazer, mas uma perdição para comer. E Ivan, empolgado, não pôde resistir.

Ingredientes:

- 2 kg de feijão fradinho
- 3 dentes de alho, espremido
- Azeite de dendê (para fritar)
- Sal a gosto

Modo de Preparo
Colocar o feijão de molho em água fria por 4 horas, até que comece a inchar. Lavar o feijão com água fria, para soltar a casca. Passar o feijão sem casca no processador, para formar uma massa branca e firme. Acrescentar o alho moído. Na frigideira, colocar para esquentar o azeite de dendê, em quantidade suficiente de modo que cubra os bolinhos de acarajé, durante a fritura.Com uma colher de sopa, retire a massa de feijão e faça bolinhos. Quando o azeite estiver bem quente, frite os bolinhos, virando-os apenas uma vez, retirando-os quando estiverem com uma cor avermelhada por fora, e clarinhos por dentro. Sirva com pimenta, vatapá, caruru, camarão seco e salada de tomate verde, cebola e coentro.

– Quente ou frio? – perguntara a ele a moça da barraca, vestida a caráter, de turbante, argolas enormes nas orelhas e nos braços, de saiona branca rodada, comprida, cheia de rendas, típica da Bahia.

– Quente, é claro! – respondera Ivan, rindo, irônico. Quem é que vai comer comida salgada daquele jeito, fria?

Agora estava ali sentado num banquinho no meio da Praça da República, achando que ia morrer, o estômago ardendo, o esôfago em chamas, o ar mal chegando aos pulmões, Maria Claudia indo buscar logo ao lado um copo d´água de um vendedor ambulante.

– Não acredito que você caiu na estória do "quente ou frio" – ela lhe diz, abrindo o copo d´água e ajudando-o a beber, conforme ele lhe contou, quando recuperara um pouco a lucidez e os sentidos, entre engasgos e puxadas de ar, o que havia acontecido.

Uma brincadeira que os nativos da Bahia gostam de fazer com os turistas, só para vê-los naquela agonia, lutando pela vida, por alguns minutos. "Quente ou frio" significa "com pimenta ou sem pimenta".

– Não tem cabimento isso que vocês fizeram com ele! – diz Maria Claudia, um tanto brava, devolvendo para mulher da barraca o acarajé mordido que pegara da mão de Ivan. – É assim que vocês tratam os turistas? Isso pode por em risco a saúde deles, passarem mal desse jeito!

– E eu sabia que ele é turista? Ele fala português! Pensei que ele soubesse o que é "quente".

– Que absurdo! – continua Maria Claudia, que saíra do susto de ver Ivan passando mal e agora estava nervosa – Isso dá indenização, vocês podem ter que responder por fazerem isso!

– Desculpa, dona! Olha, a senhora quer o dinheiro de volta?

– Quero!

– Não! Que dinheiro de volta?! – diz Ivan, já mais recuperado, se aproximando – Eu quero outro.

– Ivan! – exclama Maria Claudia.

– Frio, agora – ele diz, olhando para a advogada – O que...? Eu já estou bem, estou bem! Você provou? Quer um também?

– Hmmm... – faz Maria Claudia, se acalmando e começando a rir – Tá bom, me dá um frio, por favor!

Ela adorava acarajé.

Os jogos do Campeonato Brasileiro, aos Domingos, seguem em geral dois horários: uns começam às quatro da tarde, outros às seis e dez. Os aficionados então se dividem entre ir ao estádio, ouvir no rádio, ou assistir na tevê. Alguns recebem ordens expressas de seus cardiologistas de se absterem completamente de tomar conhecimento das partidas. Maria Claudia, porém, nada conhece sobre horários, tabelas, pontos, goleadas. Sempre passara ao largo do assunto, apesar de morar com o irmão corintiano roxo.

Todo mundo sabe que é a televisão quem tem a palavra mais forte no futebol, esse negócio altamente rentável, contratos milionários sendo assinados por todos os lados – para os direitos de transmissão; os direitos à imagem dos jogadores mais famosos, o famoso "direito de arena"; as marcas e produtos associados ao esporte; os clubes e federações organizadores de tudo; a venda do pacote do campeonato para televisões de outras partes do mundo; e mais além, o valor de compra e venda dos jogadores – o famoso "passe", as discutidíssimas cláusulas contratuais vetando, coibindo, impondo multas rescisórias astronômicas. Não é de se admirar que o futebol provoque tantas fofocas e melindres nos bastidores das televisões, nos corredores das federações, nos vestiários dos clubes e nas salas de reuniões dos patrocinadores – estes, sim, os verdadeiros poderosos, enquanto donos do dinheiro. Dentro de campo, a violência de alguns jogadores, a incompreensão das regras, a corrupção dos árbitros, a discussão de resultados, a polêmica quanto ao uso da tecnologia para solução de dúvidas nas jogadas. Mas também, os uniformes coloridos e vistosos, os atletas em fila para o Hino

Nacional, o pontapé inicial, o brilho dos craques de bola, a fabulosa arquitetura das jogadas, a vibração dos jogadores, a alegria contagiante da torcida, a possante armação dos ataques, os dribles geniais, as defesas milagrosas, os chutes para fora raspando a trave, os corações acelerados e, enfim, os gols que mais parecem obras de arte, a comemoração dos atletas, a emoção da torcida, a agitação das bandeiras com as cores do time. Não é à toa que o futebol gera tanta paixão e riqueza, tantas fortunas, tantos exageros. É uma experiência única, uma sensação inigualável, um espetáculo imperdível.

Desde o final do século XX, o questionamento sobre o papel do futebol, e dos esportes em geral, na vida contemporânea já estava restrito apenas às rodas de intelectuais desdenhosos e melancólicos, e de empreendedores falidos e frustrados. Ninguém mais se importava em analisar os motivos que levavam "vinte e dois homens a ficar correndo atrás de uma bola", e centenas de milhares de espectadores a acompanhar com sofreguidão os feitos desses atletas e seus times. O futebol já estava consagrado como *business*, captador e gerador de fortunas e divisas. E os patrocinadores passaram, então, a abrir suas carteiras e soltar toda a verba necessária para verem seus produtos associados ao grande evento. E passaram também a ditar quase todas as regras, às escondidas.

Mas nada disso chega a arranhar o espetáculo, que sacode a Terra toda, todos os países ligados via satélite informando-se uns aos outros sobre todos os campeonatos, todos os jogos, todos os times, todos os jogadores, todos os gols. Compreensível então a quantidade de gente envolvida com o esporte, os inúmeros empregos que gera, a necessidade de técnicos e especialistas em diversos setores, notadamente na própria área esportiva, as pesquisas que ele incita na medicina bem como em outras áreas científicas, os investimentos aplicados e os lucros que se obtém, os negócios paralelos se beneficiando dele, o movimento de mercado que ele impulsiona, a produção e as vendas de inúmeros bens a ele associados, os interesses por trás das competições e da *performance* dos atletas, a expectativa dos resultados envolvendo desde a honra de um país até o fluxo de caixa das redes de televisão. Sem contar a influência de seus *stars* na mente e no comportamento de milhões de jovens mundo afora, as multidões levadas em dúzias de milhares aos seus estádios, cada indivíduo carregando junto a si, debaixo do símbolo do time na camiseta, suas próprias emoções e questões pessoais ali escondidas, esperando para explodir com o alegre grito da vitória, ou talvez numa violenta explosão pela derrota...

Porque há também o lado negativo, sinal da natureza humana: em tudo acaba aparecendo o lado obscuro. Os eventos esportivos – não raro, infelizmente – acabaram se tornado palco para manifestações de selvageria e violência. Violência física, moral, ética, psicológica – violência por todos os lados. Nas arquibancadas, torcedores nada tolerantes sempre prontos a partir para cima uns dos outros e dos atletas – do time adversário, ou do seu mesmo. Dentro de campo, as jogadas violentas de alguns jogadores propensos à brutalidade, às vezes até ao mau-caratismo. Ainda dentro do campo, atletas submetidos ao excesso de exercício físico, indo muito além de sua capacidade pulmonar ou cardíaca, porém persistindo em jogar em função de cláusulas contratuais ou da própria ganância, desmoronando com um infarto, um derrame, às vezes lhes custando a vida, em frente às câmeras e aos colegas atônitos. Mas a maior violência associada ao futebol, no entanto, é sem dúvida aquela vista fora dos estádios, nas brigas de torcidas. Na truculência de alguns torcedores, unidos em grupos gigantescos, uniformizados, destemidos, varrendo com seu vandalismo os arredores dos estádios, as ruas, ônibus, estações de metrô, prontos para atiçar os passantes, depredar carros, incendiar objetos, surrar adversários, muitas vezes armados, sobrando bala perdida – e morte – para ser contada no dia seguinte, no caderno esportivo do jornal, ao lado do relato sobre o jogo. Violência em grupo, covarde, de difícil individualização e punição. Não faltam organismos atentos, alertas, preocupados, empenhados em encontrar uma solução que ponha fim à barbárie. Grupos de especialistas em todas as áreas: entidades policiais, promotores de justiça, tribunais desportivos, médicos, psicólogos, sociólogos, advogados, todos se reunindo para analisar, debater, ouvir e sugerir saídas, mudanças, penalidades que coíbam a violência de um modo geral. Todos buscando uma forma de reverter a situação, de modo a ser possível legar ao futuro uma imagem positiva do esporte, e não o simulacro de guerra em que as torcidas violentas haviam se tornado.

E havia ainda, do lado de fora dos estádios – longe das ruas tomadas pelos vândalos, longe dos carros depredados, longe dos feridos nos ambulatórios médicos – mais uma violência, uma violência disfarçada, bem vestida, bem falante, de gravata de seda e perfume italiano: a violência de alguns executivos inescrupulosos, a máfia do colarinho branco, dos pseudoempresários que assim que ouviram o tilintar do dinheiro no futebol, aproximaram-se desse nicho para fazer seus "investimentos" suspeitos, para aumentar ainda mais suas contas fraudulentas, ou às vezes apenas para "limpá-las". A violência empresarial, que não tinha mais fronteiras, no mundo globalizado.

Ivan e Maria Claudia chegam à Avenida Morumbi bem depressa, trânsito livre pela cidade. Ao pegarem a Ponte Cidade Jardim, para cruzarem o Rio Pinheiros, e ao longo do caminho desde aí, já vários carros da polícia lá estavam estrategicamente estacionados, de chanfro, os policiais em pé em grupos de dois ou três, de olho no movimento de carros e ônibus que se dirigiam para a região do estádio. O volume de carros a partir daí era intenso, mas fluía bem. Os vários ônibus trazendo as torcidas por vezes faziam um barulho um pouco assustador, pois os torcedores, pendurados para fora das janelas da cintura para cima, gritando, cantando, agitando bandeiras, soprando cornetões, não perdiam a oportunidade de mexer com todas as pessoas dos carros, dos outros ônibus, e principalmente com os ônibus da torcida oposta, a polícia pronta para intervir caso algum deles se tornasse mais ameaçador. Conforme se aproximam do Palácio do Governo, Ivan, pingando colírio, o rosto já um pouco tenso, indica para Maria Claudia pegar a direita e ir pela Avenida Giovanni Gronchi que, tomada de carros, deixava bem claro que não ia ser assim tão fácil achar lugar para estacionar. Maria Claudia acha estranho que seja ele, o russo, a lhe dizer por onde ir e por onde não ir, mas esse pensamento não lhe ocupa muito a mente, pois o tumulto de gente e de carros tomava toda sua atenção. Muito diferente da véspera, quando passaram por lá só para que Ivan visse o local, agora as calçadas e as ruas estavam repletas de torcedores, caminhando num bloco compacto em direção ao Estádio Cícero Pompeu de Toledo – o Morumbi. Lá pela outra via de acesso, por cima, pela Avenida Morumbi, o mesmo tumulto, só que em outra cor: por lá iam, orientados pelos policiais e pelo DSV, os torcedores do Palmeiras, tudo ali pintado de verde e branco. Onde estavam, na Avenida Giovanni Gronchi, seguiam os corintianos, de preto e branco, muitos já sem camisa, trazendo-a amarrada à cintura, pois o calor estava forte. Uns com rostos animados, sorridentes, cheios de fé na vitória. Outros com uma expressão carrancuda nos olhos, desafiadores, prontos para a briga.

Abaixando o som do rádio, a brasileira aproveita para trocar de estação, mudando para AM, onde encontra a Rádio Bandeirantes, que iria transmitir o jogo e já dava informações.

"Ô ôôô ô! José Silvério! José Silvério, o pai do gol!" a rádio anuncia o locutor que irradiará a partida.

Dirigindo com todo o cuidado, brecando a cada metro para deixar a avalanche de torcedores passarem a pé em torno do carro, Maria Claudia sente que talvez não tivesse sido uma de suas melhores ideias vir assistir esse jogo.

– Tudo, bem, Maria Claudia, tá tudo bem – diz Ivan para ela, a voz firme e assertiva, ao flagrar uma ponta de medo no rosto da brasileira. Mas ele mesmo não tinha certeza se fizera bem em convidá-la para vir ao estádio num jogo de duas torcidas rivais.

"Muito bem, muito boa tarde, obrigado a todos ligados aqui na Bandeirantes. Estamos aqui ao vivo no graaande estádio, o Cícero Pompeu de Toledo, o Morumbi. Portões já foram abertos, a turma começa a entrar. Que me diz aí da entrada principal, Quesada? Como está o movimento?"

Assim que tem uma visão um pouco melhor da rua, das calçadas, das pessoas, do estádio ali em frente, Ivan começa a fechar a cara e a franzir o cenho, retomando o seu aspecto sisudo, falando com Maria Claudia por monossílabos, a voz mais grossa, concentrado no que viera fazer.

"Boa tarde a todos os ouvintes. Olha, Silvério, por aqui bastante gente chegando, a polícia já colocou em andamento seu esquema de organização da entrada das torcidas, os de verde e branco por um lado e os de preto e branco por outro; vemos famílias, casais, grupos chegando devagar e ordenadamente, por enquanto por aqui, tudo calmo, Silvério!"

Se não tivesse visto Ivan pedindo uma caipiroska na farmácia e trançando as pernas para entrar no hotel e encontrar o quarto, na véspera, Maria Claudia teria se intimidado com aquele rosto bravo. Pegando o celular, o russo procura um número na lista de contatos e faz a ligação.

– Chegamos no estádio.

....

– Estamos na Avenida Giovanni Gronchi, vamos estacionar.

....

"Qual a expectativa para o confronto desta tarde, Claudio Zaidan, boa tarde, nosso grande comentarista!"

– Portão 4. Isso mesmo. Por onde?

....

....

"Boa tarde, Silvério, boa tarde ouvintes. Olha, a expectativa é de uma grande partida. O Corinthians, com a equipe dos galácticos, que o técnico Antônio Lopes pega agora quase no final do campeonato, já está estabelecido como o grande favorito ao título, vem conduzindo uma excelente campanha, é líder do torneio e vem de uma vitória fundamental contra o Santos, no jogo de quinta-feira."

"O jogo que tinha sido anulado"

– ... Sei... – Ivan vira-se para Maria Claudia e aponta uma direção - Maria Claudia, vai indo direto, ali.

"Isso mesmo, Silvério. O Corinthians conseguiu uma grande vitória, reverteu o quadro..."

"Mas... ô, Zaidan, deram uma garfada no Santos, você não achou, não?"

– Mas tem um lugar ali... – diz Maria Claudia.

– Vai indo... em frente...

....

– Não, não era com você – diz Ivan, no celular – Estou falando com minha amiga.

"Veja bem, Silvério, a partir do momento que emergiu, que veio à tona o escândalo da Máfia do Apito, onde o árbitro confessou que havia manipulado os resultados, não há que se falar em "garfo", em injustiça, pois se manipulação houve naqueles resultados iniciais, então o injustiçado originalmente tinha sido o Corinthians."

"Nooossa, mas como fala bem, esse Zaidan! Você não acha, Praetzel? Que notícias você me dá aí do meio do campo?"

....

– Pela direita?

"Fala mesmo, Silvério, ele é um dicionário ambulante, é um profundo conhecedor do vernáculo."

"O que é isso, Praetzel! Não fala essas coisas, do nosso comentarista! Quem é o Vernáculo, ô, Zaidan?"

....

– Agora.

"É uma honra para mim conhecer bem, ser familiarizado com o vernáculo, Silvério!"

– Ainda não – diz Ivan.

....

– Perfeito.

"O Zaidan é um exemplo de como falar bem a nossa língua! Bem, aqui no campo, os jogadores do Palmeiras, que chegaram agora há pouco, já vieram ver o gramado, fizeram um pouco de aquecimento, não quiseram conversar com a imprensa e parecem estar bastante animados pro jogo, Silvério."

"Já temos a escalação, Praetzel?"

"Temos sim, Silvério. O Palmeiras entra com Marcos no gol, Correa, Daniel, Gamarra, o lateral esquerda Fabiano, Marcinho Guerreiro, Roger, o meia Juninho, Diego Souza, Gioino e Cláudio. O técnico é o Leão, já voltaram todos para o vestiário, aguardam como nós, Silvério!"

....

– Em dez minutos – diz Ivan desligando o celular, olhando para a frente, a cara séria, alerta, ar preocupado, passando seus olhos perscrutadores por toda a região diante deles, parecendo mais que estava se preparando para a guerra.

"E o Palmeiras, Zaidan, que chances tem o Palmeiras na tarde de hoje, conte para nossos ouvintes"

– Por ali, Maria Claudia – ele indica um caminho, como se fosse ele o morador de São Paulo, conhecendo tudo.

"O Palmeiras vem de duas grandes vitórias, contra o Botafogo e contra o Paysandu, e também está pronto pra briga, vem com um time muito bem armado pelo técnico Leão, que foi um assombro ao retornar ao comando do time, o Palmeiras estava desacreditado, todos achando que cairia pra série B, e agora já estão fazendo planos para irem à Libertadores no ano que vem, então eu tenho certeza que nós veremos hoje aqui no Morumbi um grande clássico."

– Ali – aponta Ivan.

Maria Claudia dedicaria vários minutos à analise da atitude circunspeta de Ivan, mas o volume de gente passando ao lado dela, rente ao carro, pela rua, não permitia qualquer desatenção. E a apenas alguns metros de onde estavam, grudado à lateral do estádio, um tumulto ali armado foi a conta para motoristas e pedestres ficarem de sobreaviso.

"Um graaaande clássico é o que teremos daqui a pouco e vocês ouvintes não vão perder nenhum lance, ligados aqui na Rádio Bandeiraaaantes AM. E qual é

a previsão de público, Leandro Quesada, que nos dá todas as informações sobre os torcedores chegando ao Morumbi."

Um ligeiro corre-corre, grupos de policiais agitados, afastando as pessoas, uma sirene se aproximando, outros policiais organizando o trânsito, indicando por onde irem os carros, grupos de torcedores pacatos se afastando depressa do tumulto, esperando um pouco para continuarem a caminhada até os portões de entrada.

"Morumbi cheio, todos os ingressos foram vendidos, no jogo onde o mando é do Palmeiras, Silvério. Expectativa de algo em torno de quarenta mil torcedores esta tarde para mais este clássico paulista."

"Mas, ô Silvério"

"Diga, Zaidan"

"Voltando ao jogo da última quinta-feira, onde houve aquele lamentável episódio com a torcida santista..."

"Foi ruim, mesmo, heim, eles pegaram pesado ali, na Vila Belmiro"

"Veja bem, Silvério, nós todos temos que entender que a CBF, desta vez, não poderia ter feito outra coisa, foi um caso de polícia mesmo, os jogos com resultados manipulados e tendo que ser anulados e rejogados. Foi uma atitude inédita e no meu entender, corajosa, da CBF."

"Mas a anulação veio por decisão do Superior Tribunal de Justiça Desportiva, a CBF não podia ter feito outra coisa..."

– Quantos...? – pergunta Ivan, novamente ao celular.

....

"Você tem razão, Quesada, mas nós temos que convir que a CBF, sempre criticada, sempre na berlinda, desta vez agiu corretamente. Agora, ainda que nós entendamos o inconformismo, a injustiça que os santistas acreditavam ter sofrido, nada justifica o que eles fizeram, invadindo o campo daquela forma lamentável."

"É mesmo, foi muito feio, aquilo. O que não deve ter pensado e sentido o rei, que estava lá assistindo, não estava, Praetzel?"

"Estava sim, Silvério, o Pelé estava na tribuna, e deu pra perceber que ele ficou no mínimo constrangido, vendo os santistas agirem daquela forma."

....

– No outro portão? – pergunta Ivan.

"Coisa muito diferente dos áureos tempos em que ele jogava no Santos, não é mesmo? Quem não se lembra?"

"Olha, Silvério, eu era criança ainda e estava acostumado a ir ao cinema com meus pais, e antes dos filmes passavam aquele jornal..."

"O Canal 100"

"Isso mesmo. Foi aí que eu vi pela primeira vez o Pelé jogando! E eles mostravam lances dos jogos mais recentes, em câmera lenta, com aquela música no fundo, as jogadas, os passes, os gols, a torcida vibrando, olha, de arrepiar!"

– Quem vai daquele lado?

....

"Aquela música é a "Na Cadência do Samba", do Waldir Calmon. Nós temos aqui, solta o som, ôô, pessoal!"

"Nossa, que lembrança, Silvério! Aquele jogo do Brasil e Argentina, no Maracanã, em oito de março de1970. Quando estava um a um, o Pelé fez um gol, que foi um daqueles memoráveis, que só ele era capaz! Vencemos bem no final, quem viu, nunca mais esqueceu!"

A rádio começa a tocar o emblemático *tema do Canal 100*, tema do futebol, no Brasil.

"Que lembrança, que lembrança, Zaidan! Como foi lindo, isso! Que tempos, no futebol!"

"Aquele jogo foi um amistoso, preparatório para a Copa de 70, no México."

"E que Copa, meu Deus!"

– Lá, Maria Claudia...

O caminho que indicava Ivan saía da bagunça de gente, parecia até afastar-se de onde deveriam ir, mas logo o russo acena para alguém na calçada, que lhe indica para deixarem o carro ali: Maria Claudia vê um milagroso espaço pronto, preparado para seu carro, como se estivesse esperando especialmente por ela. Toca o celular de Ivan.

....

– Encontramos. Já estamos estacionando.

....

– O que foi que aconteceu, aqui, do lado de fora, perto da entrada principal?

....

....

– Hmmm...

....

– Hmm..............................

....

– Certo, muito bem. Então, estamos indo – Ivan desliga o celular.

"Epocler, tudo bem, tudo bom. Se o fígado reclamar, tome Epocler, seu fígado agradece. Se persistirem os sintomas, um médico deverá ser consultado."

Maria Claudia não consegue evitar um sorrisinho malicioso ao ouvir a voz no rádio anunciando o remédio. Mas Ivan não está para brincadeiras. Parecia nem ter ouvido a propaganda que fizera o locutor.

Ao sair do carro, misturando-se aos torcedores a caminho do portão, Maria Claudia já não pode mais ver quem era a pessoa ali fora para quem Ivan havia acenado. Tinham ainda uma boa caminhada de mais ou menos 200 metros até a entrada para onde Ivan a conduzia.

Devia ser mais ou menos duas horas da tarde. Ainda seriam duas horas para o começo do jogo. Mas as cercanias do estádio já estavam completamente tomadas pela multidão, que acorreu em peso, com o dia ensolarado daquele jeito. Um clássico entre Corinthians e Palmeiras, no Campeonato Brasileiro de pontos corridos entre times de todo o país, todos contra todos, as fofocas dos bastidores dos times diariamente nos jornais, e ainda a confusão causada na competição por conta dos jogos anulados em função da "máfia do apito", tudo isso colaborava para o clima de festa, como se fosse uma final, alegria e tensão no ar, todos sabendo que iriam ver um grande espetáculo. Já menos tensa, Maria Claudia começa a curtir o ambiente, a alegria, a euforia dos torcedores.

No primeiro lugar do campeonato, com os "galácticos" – craques nacionais e internacionais – aparecendo na televisão todos os dias com matérias dignas de celebridades, o Corinthians via seus torcedores chegando para o jogo animados, de bom humor, de bem com vida. Alguns mais corajosos vinham trazendo pela mão os filhos pequenos, de uniformezinho preto e branco, as perninhas fininhas saindo pelos calçõezinhos largos, orgulhosos por estarem vindo ao estádio com o pai, uns até mesmo vindo assim uniformizados, no colo, a fralda por baixo do calção, as mães junto, igualmente vestindo a camiseta do time. Outros homens trazendo, com todo o cuidado também, não os filhos, mas os pais idosos, que um dia os haviam trazido pela mão, a eles, para aquele mesmo estádio, de uniformezinho, décadas antes – outros jogadores, outras regras, outros tempos, outra paz, mas a mesma emoção. Agora, andando com dificuldade, conduzidos pelos filhos já homens feitos, nem por isso aqueles veteranos torcedores haviam perdido ou visto diminuir a paixão pelo time. Iam com a mesma expectativa para os portões de entrada, misturados à multidão eufórica. O entusiasmo geral chega a tirar até um pouco o próprio Ivan de sua circunspeção, ao pararem, ele e Maria Claudia, para olharem um ambulante que vendia camisetas do Corinthians, o russo não resistindo e comprando uma, desta vez não sendo vetado em sua compra pela brasileira.

– Não vai vestir? – pergunta ela, rindo, mas na verdade aflita por estar vendo o russo todo de preto debaixo daquele sol e no meio daquela festa.

– Não, não... – ele diz, retomando o ar sério, trazendo a camisa na mão.

Em meio aos torcedores, Ivan e Maria Claudia se aproximam do gigante estádio, que se avolumava acima de suas cabeças.

Maior estádio particular do Brasil, com mais de cem mil metros quadrados, o Morumbi recebe os jogos dos grandes clássicos paulistas, já tendo visto inúmeras vezes a Seleção Brasileira ali jogar, além é claro de ser a casa do São Paulo Futebol Clube, quando então lota suas dependências com a torcida tricolor. Assinado pelo famoso arquiteto João Batista Vilanova Artigas, vanguardista do modernismo na arquitetura no Brasil, foi inaugurado em 1960 e, por questões de segurança nos estádios, sua capacidade foi reduzida de cento e cinquenta mil para oitenta mil espectadores.

Abertos os portões, os torcedores, até então em fila, se arremessam em bloco para dentro do estádio, tendo ainda que passar pela revista feita de um a um pelos policiais militares – homens, para revistar os homens, e policiais femininas, para revistarem as torcedoras – e só depois disso é que passam seus ingressos pela catraca eletrônica e vão tomando a direção de seus assentos: numerada, no anel do meio; arquibancada, no anel superior, o maior, aquele que recebe as torcidas organizadas e os torcedores com faixas, bandeiras gigantes, cornetas e ainda grupos de batucada, normalmente os torcedores mais empolgados, mais barulhentos, mais passionais, e mais encrenqueiros.

Levada pela multidão, seguindo Ivan quase colada nele sem nem mais se perguntar como era possível o russo saber assim tão bem por onde ia, Maria Claudia não percebe que acabam entrando no estádio por uma porta por onde ninguém mais entrava, sem passarem por nenhuma catraca, nem por nenhuma revista. Ela também não percebe, confusa que estava no meio de tanta gente, que Ivan ia sendo aqui e ali discretamente orientado por gestos de cabeça de pessoas estrategicamente colocadas no caminho. Subindo e passando por corredores já cheios de gente, os dois chegam enfim à numerada, no setor Premium.

– Hummmm! Que cheirinho de comida! – comenta Maria Claudia, se animando, passada a tensão, aliviada por haverem chegado sãos e salvos ali, olhando para os lados para ver de onde vinha o cheiro.

– Fileira "j", assentos 16 e 17 – diz Ivan, olhando os ingressos na mão.

Passando por entre as fileiras para alcançarem seus lugares, Maria Claudia já está animada e achando que aquele parecia ser afinal um programa promissor. Naquele lugar coberto, com visão magnífica da arena tão de pertinho, o verde aveludado do gramado, ainda totalmente vazio, contornado pelas elegantes ondas vermelho, branco e preto que adornam o campo, Ivan ali ao seu lado aparentemente sabendo o que fazia e pronto para brigar, se fosse o caso – Maria Claudia não conseguia evitar a ideia de que ali podia sair briga – e ainda o cheirinho caseiro de uma fritura que ela nunca imaginava que iria sentir num estádio. Era tudo de bom!

– Ah, olha ali! – ela diz, desvendando o mistério – Olha só, Ivan, o moço passando com a caixa do Habib´s!

A rede de comida árabe Habib´s havia anos era um dos patrocinadores do São Paulo Futebol Clube e tinha a concessão das lanchonetes no estádio, seus funcionários passando por entre os torcedores levando as grandes caixas térmicas de onde tiravam as caixinhas de papelão grosso, com o lanchinho pronto, a cinco reais.

– Moço! O que vem na caixinha? – pergunta Maria Claudia para um dos vendedores que se aproximava.

– Um kibe, uma esfiha de queijo e uma queijadinha!

– Eu vou querer uma! – ela diz, abrindo a bolsa. Toda aquela tensão da chegada ao estádio lhe tinha dado fome. – E você, Ivan?

Mas o russo não estava prestando atenção. Olhava para o outro lado da numerada, o rosto sério, apertando um pouco os olhos, mal ouvindo o que lhe dizia a brasileira.

– Me dá duas! – ela diz para o rapaz, já conhecendo o apetite de Ivan.

– Não vão querer refrigerante?

– O que é que tem?

– Coca-cola e guaraná.

– Me vê uma Coca.

Para Maria Claudia, era uma festa que começava. Passados aqueles primeiros instantes de incerteza e até uma certa apreensão, no meio de tanta gente, agora parecia realmente que ela ia se divertir. Relaxada, bem acomodada, o estômago garantido, o guarda-costas todo de preto ao seu lado, tudo estava sob controle. Deixa a bola rolar!

Ela nunca havia ido ao Morumbi, nem a nenhum estádio, para ver um jogo de futebol. Não tinha ideia de como se passavam as coisas, dentro ou fora do campo. Não tinha a menor concepção de como era o visual de um estádio por dentro, a visão de todo o campo, enorme, diante de si, a volumosa torcida em torno dela, abraçando-a, envolvendo-a, levando-a junto. Tinha apenas a noção que se tem através da mera leitura das notícias nos jornais, normalmente as tragédias, acidentes, brigas, foguetórios. Imaginava algo muito próximo ao fim do mundo, com pessoas desorientadas e desesperadas indo a esmo para um lado e para o outro, sem bem saberem por que estavam ali. De fato, ela tinha visto do lado de fora do estádio que algumas pessoas ficavam mesmo indo para um lado e para outro, mas não estavam desorientadas nem desesperadas, sabiam onde iam, e sabiam melhor ainda porque estavam ali. Maria Claudia observava o movimento da polícia, fora do estádio assim como dentro e até no próprio campo, com um esquema de segurança bem organizado, os torcedores em sua grande maioria aparentemente pacíficos, em busca nada mais do que daquele espetáculo, daquele lazer.

Impressionada com o tamanho do estádio, Maria Claudia vê que aos poucos este ia enchendo. Os pequenos grupos de torcedores iam se formando lá ao longe, nas arquibancadas, espalhados pelo espaço que lentamente ia sendo preenchido, conforme a minuciosa revista um a um ia sendo feita pelos policiais, nas catracas. Alto-falantes tocavam uma música que não se podia muito bem distinguir, pois tamanha quantidade de gente junto criava um zum-zum que abafava qualquer som.

Concentrado e tenso, olhando em torno e para trás como à procura de alguém, Ivan conversava pouco com Maria Claudia, com frases curtas, não se estendendo em nenhum comentário, absolutamente absorto em alguma ideia, alguma coisa que ele parecia prestes a fazer, com certeza ligada aos seus motivos "profissionais", fossem eles quais fossem. Ela não se incomodava com suas respostas monossilábicas, nem mesmo chegou a ficar surpresa quando ele tirou de um bolso do paletó um pequeno binóculo dobrável e se pôs a olhar por ele focalizando todo o estádio, as arquibancadas, o campo e até o setor de imprensa, bem em frente a eles, mas lá do outro lado, longe, junto às cadeiras cativas. Maria Claudia quis olhar pelo binóculo também e viu que era mesmo um equipamento possante, quase dava para reconhecer as pessoas, a uma distância daquelas. Que haveria tanto ele de estar procurando? Que espécie de negócios seriam esses que ele tinha, dentro de um estádio de futebol, durante um clássico, lotado de gente, em pleno domingo? Maria Claudia é arrancada de seus pensamentos pelo barulho: em torno deles, os corintianos começavam os gritos de guerra:

Aqui tem um bando de louco
Louco por ti, Corinthians...

A arquibancada em frente a Maria Claudia e Ivan já estava quase toda tomada de palmeirenses, que eram direcionados pela organização do estádio e do campeonato para aquele setor, quando de repente uma grande gritaria geral começou bem acima de suas cabeças, num espetáculo que eles não puderam ver: ali, acima deles, no anel superior, a Gaviões da Fiel, torcida organizada do Corinthians, desenrolou pela primeira vez na tarde sua enorme bandeira ostentando o símbolo do time e o desenho do gavião, sob os aplausos e gritos frenéticos dos corintianos, e as vaias dos palmeirenses, lá do outro lado. Trazida com todo o cuidado por essa torcida em todos os jogos, carregada por mais de vinte homens e meninos, a bandeira de cento e quarenta e três metros de largura por trinta e cinco de altura vem num volumoso rolo comprido que é deitado aos pés da primeira fileira da torcida, na arquibancada superior, a "geral". A um grito de um organizador dos corintianos, em momento certo antes do início da partida, todos os torcedores sentados nessa primeira fileira pegam juntos a gigante cobra de tecido e a vão desenrolando para cima, os torcedores das fileiras de cima já preparados para fazer o mesmo sucessivamente, até terem desenrolado a bandeirona toda por cima de toda aquela área da arquibancada, cobrindo todos aqueles torcedores, com um efeito visual mágico sempre captado pelas câmeras de televisão, que querem focalizar e transmitir o momento ainda mais mágico quando, a outro grito do organizador, a enorme bandeira é novamente enrolada para baixo, desaparecendo na tela e aos olhos dos espectadores como num passe de Mandrake. A mágica é feita uma vez antes de a partida iniciar, e então a bandeira fica descansando, toda enrolada aos pés da primeira fileira, sendo reaberta cada vez que o Corinthians marca um gol, e aguardando o final, com uma vitória, para novamente se abrir e encantar a plateia. E a performance sempre atinge seu objetivo, que é o de incitar a paixão nos corações dos torcedores, que engatam naquela emoção e puxam os refrões de seus gritos de guerra, para não mais parar, ao longo de toda a partida, todas as vozes unidas num som forte, vindo das entranhas, do fundo da alma, arrebatando todo o estádio, ensurdecendo e encantando até os desavisados. Ivan e Maria Claudia nada viram da bandeira, desenrolada acima deles, fora do alcance de suas vistas. A gritaria, porém, entrava pelos ouvidos e pela pele:

"Corinthiaaaaans! Coritnhians minha viiiiidaaaa...
Corinthians minha históóóóriaaa... Corinthians meu amooooor"

Não com menos emoção, os palmeirenses, lá do outro lado, têm na manga sua resposta, com sua própria torcida organizada, a Mancha Verde, arquirrival dos corintianos, os radicais desses dois grupos sendo normalmente os responsáveis pelos piores atos de violência e barbaridade, às vezes fatais, ocorridos nos estádios e cercanias, nos dias de jogos. Com bandeiras também, em verde e branco, começam a entoar seus hinos tentando encobrir o estardalhaço alvinegro, e nesse momento, está dada a largada para a disputa que logo em seguida, dentro do campo, encantará alternadamente ambos os lados, com os lances brilhantes, os dribles sensacionais, as defesas espetaculares, os corações na boca, os gritos, os palavrões, os longos chutes na tentativa de gols a distância, o desespero, o alívio, o grito de gol, os abraços, os *flashes*, todos os altos e baixos na vibração cardíaca, em questão de segundos, levando os espectadores a um estado de euforia só mesmo encontrado dentro de um estádio lotado.

A maré tá cheia, tá, tá, tá, tátááá... Cheia de sereia
E o Timão querendo golear!
Caiu na rede, é peixe, ê eá (o quê o quê?)
O Timão vai golear

Nos telões do placar atrás dos gols, os nomes dos jogadores dos times começam a aparecer, sendo também anunciados no alto-falante, que de resto mal podia ser ouvido, com os gritos da torcida repetindo cada nome e abafando qualquer som dentro do estádio, mesmo a conversa das pessoas lado a lado. Após o elenco palmeirense, é a vez de os corintianos serem chamados nome a nome, a cada um deles a recepção estrondosa os torcedores de preto e branco: Fábio Costa, Eduardo, Betão, Marinho, Gustavo Nery, Marcelo Mattos, Bruno Octávio, Fabrício, Hugo, Nilmar e Tevez.

Bombas estouram aqui e ali, fora do estádio assim como dentro – embora a fiscalização fosse tão rigorosa, ainda assim uns e outros conseguem burlar a revista e entrar com alguma bombinha ou rojão escondidos sabe-se lá como. E para o delírio de todos os espectadores, os jogadores finalmente saem dos vestiários, correndo em fila para dentro do campo, levando pela mão os pequenos mascotinhos, crianças com o uniforme dos times, em estado de êxtase ao lado de seus ídolos, no meio do imenso gramado, a multidão se avolumando ao redor deles, a emoção gerada pelo barulho, as palmas, os gritos, a música, as bandeiras agitadas dos dois lados por toda a arquibancada. O movimento dos jornalistas e repórteres com suas câmeras, *cabo-men*, fios de microfones atravessando o campo, entrevistas no último instante com os jogadores mais badalados, com os reservas e com os técnicos: de um lado, pelo Corinthians, o carioca Antônio Lopes, chamado para colocar ordem na casa do Timão, que havia dado alguns tropeços meses antes, inclusive com a passagem relâmpago do técnico argentino, Daniel Passarella. Do outro lado, pelo Palmeiras, o eterno Emerson Leão, esplêndido ex-goleiro desse mesmo time que agora comandava, com diversos títulos ao longo da carreira, além da fama de bonitão junto às mulheres e de rabugento junto à imprensa, conhecido pelo mau-humor, pelos palavrões, pelos ataques verbais aos jornalistas – e pelas taças levantadas ao longo dos anos.

Ôooo... ô ô ô-ô Ô ô ô-ô
Ô ô ô COOO... RINTHIANS

Maria Claudia fica alguns instantes tomada pela emoção. Não era apenas a quantidade de gente que provocava aquele *frisson*. A energia ali gerada pegava em todos, indiscriminadamente, involuntariamente, arrastando a tudo e a todos, levando junto no movimento das palmas, dos gritos, da euforia, ninguém conseguindo resistir àquela força. A rivalidade e as emoções divergentes entre as torcidas, porém, dão trégua momentânea quando os dois times se perfilam, fileira verde de um lado, preto e branco do outro, o trio de arbitragem entre eles, para a execução do Hino Nacional Brasileiro, todo o estádio tomando um ar solene, com os espectadores ficando em pé para acompanharem, alguns cantando junto, outros em silêncio, uns com a mão direita no lado esquerdo do peito, outros contendo as lágrimas.

No meio de todo o barulho e das palmas ao término do hino, Ivan atende seu celular, que sentira vibrar no bolso, falando através de seus monossílabos com alguém que parecia ter muito a dizer, pois ele mais ouvia do que falava.

– Já. ... Não, não no portão principal ... Exato ... Ainda pode ser ... Perfeito ... Nesse lugar ... Acima? ... Quem? ... Mais de dois ... Aí mesmo ... Perfeito.

No mesmo instante que ele fechava o celular, começava o jogo, com o pontapé inicial. Maria Claudia percebe que erroneamente achava que entendia alguma coisa do jogo: não entendia nada. Percebe também que ao vivo, o jogo era um espetáculo completamente diferente daquele visto pela televisão. Era outra coisa, outro assunto, outra visão, outra sensação. Diferente da TV, no campo não só a imagem, mas também a emoção é 3D, é em três dimensões. A telinha se restringe àquela imagem fechada, quase o tempo todo sobre a jogada entre os dois ou três jogadores na posse da bola, aqui e ali sendo feita uma tomada geral ou de uma parte maior do campo, mas sempre aquela imagem chapada, sem lado e sem profundidade, sem curvas, sem contornos, sem detalhes, sem nuances. No campo, via-se o jogo como um todo, abraçando o campo e o estádio, junto aos jogadores, técnicos, auxiliares, funcionários, polícia, vendedores de lanche, e a torcida – a torcida... Que está lá, presente e ativa, jogando também, empurrando o time, vivendo cada chute, cada tombo, cada tentativa, cada bola perdida. Nada disso se vê na tela da TV, ainda que os *camera-men* durante o jogo, num momento de paralisação, focalizem os torcedores mais aflitos, roendo as unhas; as fantasias engraçadas e exageradas; as mulheres bonitas e uniformizadas; as crianças já entusiasmadas com a coisa toda, e os torcedores mais sérios, de braços cruzados, rostos sem emoção, mas o coração disparado. É certo que no estádio as pessoas se ressentem da falta do *replay*, para se rever as jogadas mais polêmicas. Ao vivo, a atenção é tudo, pois a bola que foi não volta mais. Na TV, apesar do *replay* repetido várias vezes, a emoção do gol é chapada como a imagem, é restrita àquele metro quadrado de grama, a uma tomada, àquele segundo onde a jogada acontece, e só se acredita no gol quando a bola encosta na rede pelo lado de dentro. No campo, o espectador vê o gol começar a nascer duas, três jogadas antes: a bola ainda não entrou mas, naquelas frações de segundos o torcedor, com o coração na boca, vê o contorno da coisa se formando à sua frente, ao alcance da mão, e sabe que o gol nasceu muito antes de a bola ser encaçapada de um lado, goleiro de outro.

Toca outra vez o celular de Ivan, que se levanta e vai saindo por entre as pernas dos torcedores, que se encolhem e se ajeitam enquanto ele passa, sem tirarem os olhos do gramado, para não perderem o gol que costuma acontecer sempre nessas horas que alguém atrapalha a visão. Agora o russo acha por bem ir falar mais afastado, talvez porque não estivesse conseguindo ouvir direito, talvez porque o que tinha a falar merecia alguma reserva.

O Palmeiras começava um pouco melhor, mas a marcação corintiana não estava lá para brincar. Pressionando os alviverdes, não deixando que eles passassem para seu campo, tentava e tentava incessantemente chegar ao gol de Marcos, o goleiro do Palmeiras e da seleção brasileira.

Atenta às jogadas, perguntando aos vizinhos aqui e ali o que é que havia acontecido com a bola, com o jogador etc, Maria Claudia tenta também localizar Ivan, que ainda falava ao telefone, em pé, lá em cima no último degrau, junto a torcedores que, também em pé, ficam aflitos demais para se segurarem nos assentos. O Corinthians está tentando mais um ataque que Maria Claudia perde porque se distrai olhando um pássaro no meio do campo, longe da jogada.

Ivan volta para seu lugar, e atrás dele, dois homens vêm vindo também, certamente os donos dos dois únicos assentos ainda vazios por ali.

– Senta!

– Sentaaaaa!!!!!

Todos eles se sentam enfim, em tempo de abrir o campo de visão bem na hora em que o atacante Carlitos Tevez, craque argentino comprado a preço de diamante pelo Corinthians, recebe a bola pela esquerda, toma fôlego e enche a alma de vontade, passa como com mágica por Daniel e Gamarra, e cheio de apetite chuta a bola para o fundo do gol do goleirão Marcos. Golaço. Parecia tão simples. A emudecida fração de segundos que antecede o gol serve para aumentar ainda mais a potência do grito. Maria Claudia não tinha se dado conta, mas estava de pé como todos os outros torcedores, e de sua boca saía um involuntário grito de "gol", em uníssono junto aos mais de vinte mil que gritavam também, e na euforia, sem nem tentar se conter, atirava-se para cima de Ivan para abraçá-lo, a ele que, também involuntariamente, de pé, gritava junto a todo mundo. Nenhum dos dois jamais tinha ouvido nada semelhante. Não era só a altura do som e a quantidade de gente. Era a qualidade do grito. O timbre das vozes. A alma rasgada nas cordas vocais. Nenhum dos dois podia imaginar que sentiriam o que sentiram naquele momento. Nada os havia preparado para aquele abalo. Com lágrimas nos olhos e perplexa pela própria emoção, Maria Claudia olha o estádio pegando fogo, as bandeiras se agitando, os corintianos imediatamente entoando o hino do clube e seus gritos de guerra, acima dela o ensurdecedor movimento, na arquibancada, da Gaviões da Fiel desenrolando a enorme bandeira. Ela olha para Ivan, que sorria também, os olhos grudados no campo, uma expressão de alegria infantil estampada no rosto. Olhando-se e rindo, sem nada dizer, um e outro entendem o que estão sentindo. Naquele momento, ao som da torcida e sob as bandeiras agitadas em frenesi, nasciam mais dois corintianos.

Salve o Corinthians o campeão dos campeões
Eternamente dentro dos nossos corações...

Lá no campo, também emocionado, Tevez comemorava euforicamente seu primeiro gol num clássico paulista, dando alguns passos muito mal ensaiados de um samba de gringo, aplaudido pelos torcedores agradecidos, todo mundo de bem com a vida. Mal haviam nascido, porém, e os dois novos corintianos já haveriam de ver o que era a vida do torcedor. Não tinha conversa: corintiano veio para este mundo para sofrer.

O gol do Corinthians ainda estava sendo comemorado quando Diego Souza, do Palmeiras, recebeu a bola na área e foi impiedosamente derrubado por Fabrício. Pênalti. Fabrício, que já tinha um cartão amarelo, teve que ver o árbitro levantar o vermelho na altura de seu nariz e foi expulso, deixando o Corinthians além de tudo com um jogador a menos. Mãos dadas, fé na luz do goleirão Fábio Costa, pedidos elevados aos céus para que o chute fosse para fora. Mas Juninho Paulista cobra o pênalti com toda a categoria, sem chances para o guarda-meta corintiano, que nada teria podido fazer. Gol do Palmeiras. Gritos do outro lado do estádio. Euforia verde e branca.

– Tudo bem, tudo bem. Continuamos no primeiro lugar do campeonato, mesmo assim – diz Ivan para Maria Claudia, que antes de se surpreender com o comentário e com o conhecimento de causa por parte dele, sente alívio de torcedor, assim como o russo. Mas sem deixar de sofrer, mesmo assim. Era a sina do *"Coração Corintiano"*, como bem dizia a marchinha de carnaval,

> *Doutor, eu não me engano: meu coração é corintiano*
> *Eu não sabia mais o que fazer, troquei meu coração cansado de sofrer*
> *Ah, doutor, eu não me engano: botaram outro coração corintiano!*

Ivan mais uma vez abre o celular para responder uma chamada no exato instante em que o árbitro apita e sinaliza o final do primeiro tempo. Enquanto ele fala através de seus costumeiros monossílabos, Maria Claudia observa o pessoal ao redor dela, uns se espreguiçando, outros indo para o banheiro, outros quietos, sem se mexer, concentrados. Lá em baixo, em torno do campo, os policiais militares, em grupos, com os cachorros da polícia sentados ao lado, ficavam o tempo todo – inclusive durante o jogo – de costas para o campo, escaneando toda arquibancada, atentos a cada detalhe dos espectadores, à procura dos bagunceiros, encrenqueiros e criadores de confusão em geral. De algum canto da arquibancada, Maria Claudia não consegue bem localizar de onde, vem o som de uma batucada, um bumbo meio descompassado, uma percussão de fundo enquanto todo mundo se recompunha para a segunda etapa. E de repente, todos começam juntos a gritar, assobiar, bater palmas e agitar as bandeiras.

– O que aconteceu? O que aconteceu?? Ainda faltam mais de cinco minutos pra recomeçar... – Maria Claudia, perplexa, pergunta para Ivan que acabava de fechar o celular.

– Ali! – ele diz, apontando o placar atrás do gol.

O placar anunciava os resultados de partidas que estavam acontecendo ao mesmo tempo, em outros estádios do país. Times rivais tomando uma tunda, Brasil afora, para a alegria geral no Morumbi. Os torcedores vibram com a desgraça alheia, lendo os resultados parciais no placar. Aquele mesmo placar eletrônico, que já havia dado outras alegrias ao torcedor corintiano. Em 1984, ali jogando contra o Flamengo pelas quartas de final do Campeonato Brasileiro, o Timão precisava ganhar por dois gols de diferença do time carioca, para assim passar para a cobiçada semifinal...

...Um bom número de torcedores do Flamengo tinha vindo do Rio, cheios de empolgação para ver o segundo jogo das quartas de final, o jogo da volta. Haviam vencido o jogo da ida, no Maracanã, por 2 x 0, e assim todo o otimismo estava justificado. As duas maiores torcidas do Brasil lotavam o estádio do Morumbi com mais de cento e quinze mil espectadores. Quando o time paulista já ia se classificando para a semifinal, ganhando do rubro-negro do Rio de Janeiro por 4 x 1, o placar eletrônico do Morumbi, manejado por um dos funcionários do São Paulo Futebol Clube, numa brincadeirinha, mostrava os horários da ponte-aérea São Paulo-Rio, dando a entender aos cariocas que já era hora de irem embora. Os corintianos foram ao delírio. E a diretoria do São Paulo, dono da casa, levou uma bronca da CBF, a Confederação Brasileira de Futebol, por tripudiar dos competidores. Mas a final daquele ano acabou sendo entre dois times cariocas, Fluminense e Vasco, e o Fluminense foi campeão, com o técnico Carlos Alberto Parreira.

– E aquela *caissínia*, Maria Claudia, onde está? – quer saber o russo, esquecendo-se de tomar conta da pronúncia, desanuviando o rosto, soltando o corpo, pondo-se mais relaxado na cadeira, rindo mesmo. Estava com fome, afinal. Sua participação a negócios, ali, naquela tarde, aparentemente reduzida àqueles telefonemas, tinha acabado.

– Tá aqui... Mas acho que agora já está frio, Ivan... – ela diz, pegando a caixa do Habib´s que ela havia colocado num canto.

– Pode dar, mesmo assim.... *Spassíba...* – ele agradece, forte sotaque moscovita, esticando o braço para pegar a caixa. – É bom mesmo? Quer pedir mais uma, para você?

– Não, obrigada... Acho que vou comprar um sorvete.... Moço! – ela acena para um vendedor, que vinha se aproximando, com o isopor da Kibon.

No segundo tempo não só Ivan, mas quase todos os torcedores já estão mais descontraídos. A cantoria então fica mais solta, e também os gritos de guerra, os palavrões, as piadas, os vizinhos de cadeira confraternizando. E o jogo, embora muito disputado, não trouxe mais nenhum gol. Não que isso influenciasse Maria Claudia, a quem tudo aquilo tinha simplesmente maravilhado. Toda a plástica do jogo e do estádio, as cores dos uniformes, a vibração dos torcedores – e a vibração da própria arquibancada, conforme os torcedores passaram a bater os pés no chão, acima dela, fazendo a estrutura tremer, e a brasileira virar-se para o russo com medo no olhar, buscando nos olhos dele alguma segurança.

– Não vai acontecer nada, Maria Claudia. Os engenheiros preveem isso, ao construir os estádios...

Corinthians... Corinthians minha vida...
Corinthians minha estória... Corinthians meu amoooor...

Até esse dia, Maria Claudia achava o que todo mundo achava, dos jogos de futebol e dos frequentadores de estádio. Ou por outra, ela achava a mesma coisa que achavam *os não frequentadores de estádio*. Até então, não conseguia captar as razões que levavam torcedores como o irmão dela, Tavinho, por exemplo, à obsessão, a não falar de outra coisa, a ter um relacionamento tão forte com aquele esporte, com o time, com os jogos, com os jogadores, com os resultados, sendo o futebol assunto para ele por toda a semana, até os jogos seguintes, guardados na memória pela vida toda, jogadas inesquecíveis, lances de cartão postal, gols que mais pareciam uma pintura, com toda a razão chamados de "gol de placa". Depois de ver ao vivo, porém, depois de estar lá e presenciar e se juntar à emoção de mais de cinquenta mil corações e vozes unidos, gerando aquela energia humana, aquele colorido, aquele som ensurdecedor, Maria Claudia entendeu tudo. Ela era uma mulher ao estacionar o carro perto de uma entrada do estádio, algumas horas antes, e agora, depois dessa experiência, era outra pessoa. Nem a falta de gols no segundo tempo e o final em empate serviram para diminuir sua empolgação, nem a de Ivan, que embora conhecesse jogos em estádio, ainda não tinha visto ao vivo um jogo do Corinthians.

– Vai levar a camisa? – pergunta Maria Claudia, rindo, trancando a porta do carro, tendo achado uma vaga milagrosa a alguns metros apenas da Ofner, na Rua João Cachoeira.

Tradicional *delicatessen* com vários endereços espalhados pela cidade, a do Itaim, na Avenida Nove de Julho, é uma das que ficam abertas vinte e quatro horas, e não faltam comilões para ir lá a qualquer hora do dia, mas principalmente à noite, como final de programa, relutando em voltar para casa, na teimosia em ficar na rua até a hora que o corpo aguente.

– Não, deixa no carro! – diz Ivan, jogando a camisa do Corinthians para o banco de trás, batendo a porta e indo ao encontro de Maria Claudia, que o espera na calçada.

Depois que deu por encerrados seus misteriosos assuntos, no intervalo do jogo, e forrou o estômago com os salgados do Habib´s, Ivan tinha retomado o bom-humor e as piadas, fazendo rir Maria Claudia, descontraindo o cenho e o ambiente. E ao saírem do estádio, a caminho do carro, embora um pouco tensos no meio do público agitado, tinham carregado com eles toda a empolgação corintiana, embriagados por essa emoção, alegres, rindo fácil, falando bobagens, trocando impressões sobre o jogo e sobre seu agora assunto em comum: o Timão.

Andavam lado a lado até a entrada da Ofner quase que tropeçando um no outro, tão próximos caminhavam, e riam quando trombavam, sem intenção de se afastar para que a coisa não se repetisse. Ivan chegou mesmo a passar o braço pelos ombros da brasileira, ao chegarem à entrada e pararem para ver se havia mesa vazia no terraço. Maria Claudia não pareceu se importar, ao contrário, até se chegou um pouco mais para perto do russo nessa hora. As coisas pareciam ir tomando um novo rumo entre os dois.

– Boa noite! Querem já fazer o pedido? – pergunta a moça com o uniforme Ofner.

Ivan tinha dado uma passada dentro da loja antes de se sentar, e tinha visto a vitrine de doces e sorvetes.

– Maria Claudia ? – ele olha para ela, esperando seu pedido.

– Posso fazer uma sugestão pra você, Ivan?

– *Posse*!

– *Pode*! O sorvete de morango deles é di-vi-no !

– Mas e os doces? – ele quer saber. A visão da vitrine tinha sido tentadora.

– Pede um depois, se você ainda aguentar! – ela ri.

– Vão querer café, também? – pergunta a moça.

– Eu quero um cappuccino – diz Maria Claudia.

– Dois. E dois sorvetes de morango – completa Ivan.

– Não, não! Um sorvete só, Ivan!

– Como, um só?

– Eu não vou querer... Só o cappuccino, pra mim!

– Eu posso trazer o sorvete na taça, com duas bolas, e cobertura de chocolate – diz a garçonete.

– Bom! Pode trazer! – diz Ivan.

Nem haviam se dado conta – ou haviam? – de que estavam sentados bem perto, as cadeiras se encostando, os dois roçando ombro com ombro, falando quase na orelha um do outro, embora o ambiente não estivesse barulhento.

As mesas quase todas tomadas, as pessoas ali tinham um perfil determinado: poucos eram jovens abaixo dos vinte e cinco anos. A maioria tinha em torno dos quarenta ou cinquenta, estavam em grupos de três ou quatro, avulsos, poucos casais. Deviam estar vindo de um cinema, de uma peça de teatro, de um almoço terminado muito tarde, outros ainda saindo da missa, alguns talvez tivessem saído de casa especialmente para aquele programa. Um docinho e um cafezinho para fechar a semana. Mas Ivan e Maria Claudia nem estavam vendo o que se passava ao redor. A distância física já estava praticamente toda eliminada, e a conversa ao pé do ouvido já tinha tomado aquele rumo de brincadeirinhas e frases tolas que homens e mulheres começam a falar um para o outro, quando dá aquele clique entre os dois, aquele sinal indicando que dali para a frente é bom ficarem atentos, porque um olhar um pouco mais prolongado, um sorriso, uma frase não terminada... e é a perdição de ambos...

Seria a empolgação por causa do jogo? O carisma corintiano? O perfume de Maria Claudia? Os olhos azuis de Ivan? O fato é que eles não conseguiam mais desgrudar os olhos um do outro. Ivan queria a toda força que a brasileira experimentasse o sorvete, servindo-lhe na boca uma colherada, que ela tomou fechando os olhos, soltando um *hmmmmmm* e o russo só não atacou nessa hora mesmo, porque exatamente nesse momento um ensurdecedor barulho de motores se aproximou daquela esquina de repente, fazendo um estardalhaço, parando tudo e todos, sacudindo o quarteirão, chacoalhando as mesas. Cerca de dez enormes motos Harley Davidson´s se apoderaram da entrada da Ofner, parando por todos os lados, delas descendo seus pilotos tipicamente paramentados: homens em torno dos sessenta anos, calças de couro, jaquetas cheias de tachas, cabelos desgrenhados, barbas por fazer, caveiras adornando as motos, enfim, um barulhento grupo de *harleiros* que, após terem descido das máquinas, entravam com igual tumulto na Ofner tentando encontrar uma mesa vazia para um delicado *cappuccinozinho*.

Ivan parou com a colher de sorvete no ar, não entendendo por que Maria Claudia sorria, e não para ele. Um dos motoqueiros, o mais bem-vestido e sem barba, destoando do grupo, capacete na mão, aproximava-se da mesa deles, um pouco sem jeito.

– E aí, Claudinha? – ele diz, chegando perto dela, e olhando para Ivan, simpático, cumprimentando-o com a cabeça.

– Tudo bom, Xixo? – ela diz, conforme ele se inclina para lhe dar um beijo no rosto, continuando em pé ao lado da mesa – Estão voltando de alguma viagem?

– Não, dessa vez ficamos em São Paulo, mesmo, só saímos agora para dar uma volta. A gente já tinha ido até Campos do Jordão, na quarta-feira, não quisemos sair da cidade de novo. E você, tudo bem? – ele volta a perguntar, não conseguindo deixar de olhar para Ivan com um certo ar curioso nos olhos – O carro, tá bom?

Xixo era conhecido por toda aquela região da cidade, onde ficavam as mais badaladas lojas de carros e motos importados, cujos donos o procuravam para licenciá-los e cuidar de toda a documentação, e nunca deixavam de se tornar seus amigos.

Com mais de dezoito milhões de habitantes, a Grande São Paulo é uma mistura de inferno e paraíso dos automóveis. Toda a população é tomada pela cega mania, o fetiche, a obsessão por carros. Gastam o dinheiro que não têm para adquirir um modelo mais recente, uma marca mais famosa, um carro maior, ou ainda, o objeto do desejo de todos: um carro importado cheio de *status*. Muitas pessoas – talvez a grande maioria da população – não têm nem mesmo casa própria, a compra de um carro sendo sempre prioridade. Olham o valor que têm no banco mas não se dizem, "com esse valor posso *comprar* o carro X", dizem-se, "com esse valor posso *dar a entrada* para comprar o carro Y", muito mais caro, mais chamativo, mais transado, mais na moda, etc. Assim, enroscam-se em uma dívida muito difícil de pagar, ficando aquele carro sob a cláusula "alienado", isto é, enquanto não estiver totalmente quitado, não pertence de fato ao comprador, mas ao financiador, geralmente um banco, ou a própria concessionária que o vendeu. Muitas vezes o carro é revendido antes mesmo de ser quitado, o novo comprador assumindo a dívida. Ou então acontece de o carro ser roubado antes de ser quitado, aí o prejuízo ficava para a seguradora, sendo o seguro obrigatório para todos os proprietários de automóvel, cobrindo todos os "sinistros" que podem ocorrer a um carro, como acidente, roubo, batidas etc.

Dono da Inter-Despachos, bem-sucedido, carismático, excelente pessoa, coração enorme, o celular do Xixo passava o dia inteiro tocando, os amigos e clientes o procurando o tempo todo, às vezes com algum assunto mais sério em relação aos carros e motos, outras vezes para combinarem alguma festa, outras ainda só para conversar. Os amigos inventavam problemas apenas para poderem telefonar para ele e ficarem trocando figurinha pelo tempo que desse. Quase todos os fins de semana, Xixo pegava sua Harley Davidson e juntava-se ao grupo dos *harleiros*, como eram conhecidos, embora não se encaixasse exatamente no perfil daqueles motociclistas, universalmente conhecidos pelos cabelos e bigodes grisalhos, compridos e desgrenhados, os grandes braços tatuados para fora de camisetas pretas sem manga, calças de couro já bastante gastas, barrigas volumosas pendendo por sobre o cós, correntes e caveiras penduradas pela moto. Grande e também com uma certa barriga, Xixo destoava do resto do grupo porque não se vestia a caráter, mas sua moto era tão barulhenta quanto às de todos os outros. O grupo era tão assíduo que Xixo acabou por abrir outra empresa, esta sim o xodó da turma toda, a Twin Bikes, ali perto também, no Itaim. Era um galpão transado onde todos se reuniam para consertar motos, comprar peças, bater papo, fazer negócios, com direito a uma *boutique* com artigos relativos a eles – correntes, botas, pins, bonés etc, tudo preto, com taxas, pregos, caveiras, franjas de couro preto para serem colocadas na motos, etc.

– O carro é ótimo, Xixo! Já me acostumei com o tamanho, não vou mais conseguir dirigir outro! – responde Maria Claudia.

Maria Claudia tinha sido assaltada, meses antes, parada num farol, a janela distraidamente aberta, embora sempre atenta a esse tipo de coisas, sabendo que é um momento para se ficar esperto, quando parado no farol de um cruzamento movimentado, com aqueles malabaristas jogando bolas e tacos para cima, para depois virem nas janelas pedir um trocado. Maria Claudia já dirigia há anos, sabia muito bem se cuidar e tomar os devidos cuidados para evitar assaltos. Não usava joias. Não deixava a janela aberta. Deixava a bolsa no chão, aos pés do passageiro. Ficava atenta a tudo e a todos. Não se distraía com o celular. Não tinha carro importado e chamativo. Mas naquele dia, não tinha se dado conta, tudo havia contribuído. Estava aflita com um problema do escritório, não conseguiu se desvencilhar de uma conversa no celular, o trânsito parara de repente, a janela estava aberta e assim continuou, com ela ali parada, olhando sem enxergar os garotos jogando bolas para o alto, logo ali, na faixa. E quando viu, quando deu por si, ao seu lado, encostado na porta do carro, a mão para dentro da janela quase tocando nela, a outra mão segurando uma faca cujo brilho na lâmina foi a única coisa que ela conseguiu enxergar, um rapaz de olhar mau lhe dizia coisas sem nexo, a voz ameaçadora, o gesto brusco, a faca quase dentro do carro encostando nela, dizendo algo sobre sua bolsa, suas coisas. Parecia um filme, não parecia algo acontecendo de verdade. Paralisada de medo, Maria Claudia não pensou, pegou a bolsa que havia deixado no banco do passageiro e entregou a ele, rezando para ele se dar por satisfeito, não sabendo se conseguiria pisar na embreagem e no acelerador para fazer o carro andar, e sair logo dali. O farol abriu, ela conseguiu engatar a primeira, viu que ao seu lado outros motoristas haviam assistido tudo, alguns buzinavam para ela, querendo ajudar de alguma forma, o trânsito indo lento, outros carros lá atrás buzinando histéricos sem saber por que aquela lerdeza, no farol seguinte ela para e percebe que não conseguiria continuar, começando a realizar o que acabara de lhe acontecer. Ao seu lado um motorista que havia visto o assalto abria a janela e lhe gritava, apontando a direção para onde havia corrido o meliante. Ela tentava com um sorriso mal formado lhe agradecer pela atenção, e ao mesmo tempo ia dando seta para poder encostar o carro, pois precisava se acalmar e decidir o que fazer.

Com tantos conhecidos e tantas pessoas falando com ele a respeito de carros, era natural que Xixo tivesse conhecimento de uma montanha de gente que queria vender o próprio automóvel, bem como outros interessados em comprar algum. Acabava intermediando essas pessoas e ajudando-os a fechar negócio, sendo ele o elo que todos mais queriam para sentir firmeza na compra e venda. Cliente da Inter já havia anos, Maria Claudia logo no dia seguinte ao assalto foi falar com o Xixo, pois tinha levado uma multa ao fazer uma conversão proibida, nervosa que estava, e comentando com ele que estava pensando em trocar de carro, Xixo sugeriu que o fizesse por um um pouco maior. Bastou ela dizer qual tipo tinha em mente, ele logo se lembrou de alguém que tinha um parecido em ótimas condições. Um telefonema aqui, outro ali, mais outro lá, uma checadinha no computador para verificar e acertar a documentação de todos os carros, e em menos de meia hora Maria Claudia não só tinha encontrado o carro usado que queria – o Ford Eco Sport, em perfeito estado – como também encontrava outra pessoa que queria comprar o dela. Tinha ido lá resolver um problema, e resolveu três. Esse era o Xixo. E também era discreto: logo percebeu que, embora não fizesse cara feia, o russo que acompanhava Maria Claudia parecia estar com os olhos suplicantes, querendo muito que o *barleiro* se afastasse logo dali, para poder continuar a sós com a brasileira.

– Então tá, Claudinha, qualquer coisa que precisar, liga lá na Inter, que a gente resolve – ele diz, dando-lhe um beijo rápido, acenando com o rosto para Ivan, e se afastando para junto dos amigos, todos já espalhados ao redor de uma mesinha, pedindo seus cafezinhos.

Ivan não podia dizer se aquele era ou não o momento certo. Estavam ambos embriagados pela energia do estádio, e a disposição de Maria Claudia, os gestos e as palavras mais soltos, parecia ser favorável a um avanço mais ousado. O russo então se deixou levar pelo impulso e, já com um braço sobre o ombro da brasileira, aproximou mais o rosto para tentar alcançar sua boca. Mas Maria Claudia ainda não estava tão entregue às emoções do domingo. Mantinha-se alerta, a despeito de seu sorriso mirando o russo enquanto ele falava, e o alarme alertou-a assim que ele passara-lhe o braço sobre os ombros, de modo que quando ele se aproximou ainda mais, ela afastou suavemente a cabeça, evitando o contato, não sem se sentir um pouco dividida – o anjinho no ombro direito aprovando o gesto, e o diabinho, no esquerdo, lamentando a ocasião perdida.

– Vamos indo? – ela pergunta, com um falso bocejo, abrindo a bolsa para pegar a carteira, enquanto Ivan, um tanto decepcionado, fazendo um gesto para que ela fechasse a bolsa, pegava a carteira no paletó e acenava para a garçonete.

Levantam-se enfim; os outros clientes na Ofner também pagando suas contas para encerrar a contragosto o fim de semana, a rua agora um pouco mais deserta. A caminho do carro já não andavam pela calçada tão grudados como na chegada. Maria Claudia encontra desculpas para ir logo embora, um certo silêncio querendo pairar entre os dois, carregado de uma sensação diferente desde que se levantaram da mesa, desde que Ivan lentamente tirou de sobre os ombros dela seu braço ambicioso. Era como se, a despeito do beijo que falhara em acontecer, a promessa dele ainda estivesse no ar, como um item anotado na pauta, um tópico a ser abordado, um assunto a ser retomado e concluído. Assim pensava Ivan, sem pressa no andar dos passos nem do romance. Já não era mais um garoto afoito, as estórias do coração há muito não lhe roubavam o sono. Pelo menos nenhuma até ali tinha havido que o tivesse feito... De qualquer forma, tais ideias não tinham estado nos planos, na sua vinda ao Brasil... E embora nenhum andamento tivesse havido nessa tarde, as coisas estavam para acontecer, ele não podia se distrair, não podia perder o foco, tinha um objetivo a atingir. Hoje o dia não tinha trazido nenhum avanço, mas a qualquer hora tudo podia mudar e ele precisava estar completamente alerta para agir. Quando chegasse o momento, ele precisaria de toda a sua atenção, tempo, dinâmica e raciocínio, para falar com pessoas, deslocar-se para os lugares certos, tomar decisões, e talvez ter que usar a força. Nada podia sair errado. Estava sendo muito difícil para ele toda vez que estava ao lado de Maria Claudia, pois ela lhe tirava toda capacidade de raciocínio e concentração.

Maria Claudia, por sua vez, não se reconhecia. Tão segura de si, tão certa de seus sentimentos, de sua lucidez e autocontrole quanto aos homens – e tão cheia de dúvidas em relação a Ivan – quase se deixara levar por um esboço de abraço. Quase cedera à vontade – muito forte - de beijá-lo. "Onde estava com a cabeça?" se perguntava, sentindo os passos pesados de Ivan ao seu lado, na calçada, lutando contra a vontade de andar mais perto dele. Não faria o menor sentido, não teria o menor cabimento. Aliás, estar com ele ali já era um despropósito, uma imprudência, um perigo, até. E ela seguia em direção ao carro fazendo força para não olhar para ele, pois temia que seu próprio olhar a traísse.

Mas nem o anjinho e o diabinho de Maria Claudia, nem tampouco as prudentes conjecturas de Ivan foram suficientes para que quebrassem aquele denso e morno silêncio que se criou entre os dois. Vinham, no carro, quase totalmente calados. Cuidado e precaução de ambas as partes, cada um por seus próprios motivos. Mantinham-se quietos por cautela e vigilância, mas também porque não queriam desfazer aquele clima criado com a expectativa do beijo. De nada adiantava tentarem disfarçar ou negar: tanto no silêncio quanto nas poucas palavras que falaram e nos furtivos olhares que se deixaram trocar, tudo estava um pouco diferente, até o tom de voz de cada um parecia não ser mais o mesmo, ambos um pouco sem graça, e ao mesmo tempo, mais à vontade um com o outro. Ambos com o olhar perdido à sua frente, dobrando a esquina da Avenida Brasil com a Rebouças, em direção à Paulista, na Nova Brasil FM, Tunai, com *Frisson* ...

...Meu coração pulou, você chegou, me deixou assim
Com os pés fora do chão, pensei, "que bom, parece enfim acordei"...

Encostando o carro na área de desembarque do hotel de Ivan, o porteiro lhes sinaliza para irem um pouco para a frente, ali a um canto, para dar espaço a um táxi que chegava para descarregar as malas de mais um hóspede.

– Bom... – Maria Claudia não sabe o que dizer.

Ivan a olha, sem esboçar sair do carro. Ela lhe sorri, fitando-o agora nos olhos, sem medo, sem vontade de vê-lo sair, querendo esticar a mão para tocá-lo no rosto, todas as desconfianças caindo por terra.

Ivan percebe a mudança no olhar dela, e olha seus lábios, como um ímã irresistível, chamando-o. E mais uma vez nessa noite, sucumbindo, ele passa o braço por cima do ombro da brasileira e, como se fosse apenas dar-lhe um beijo de despedida no rosto, se aproxima mais e encontra-lhe com os lábios, sentindo os dela, que não o rejeita, aceita e se deixa enfim beijar, um arrepio correndo as espinhas de ambos, a fraqueza nas pernas, aquele momento tão esperado, tão temido e desejado, todas as suspeitas de Maria Claudia sendo arrebatadas pelo contato de Ivan, que a abraçava enquanto beijava, e Maria Claudia então, no *frisson* daquele momento, o abraça também, deslizando a mão em suas costas, quando então ela sente pelo tecido, por baixo do paletó dele... como se fosse... um suspensório... de través... Ela vai descendo a mão pelas costas de Ivan por esse estranho suspensório, o beijo já sendo interrompido, as ideias se formando numa fração de segundos, o mundo se abrindo debaixo dela com a suspeita para ser confirmada, quando sua mão encontra, enfim, à cintura de Ivan, ali embainhada... uma arma.

Capítulo 6

Segunda-Feira
17 de outubro de 2005

Avenida Paulista

Ivan não tem sono. Aliás, mal consegue se trocar, se deitar, nem ao menos se sentar. A cena no carro se repetindo em sua mente.

– Maria Claudia... – dissera ele, tentando segurar a mão de Maria Claudia que ele percebera, ao deslizar por suas costas, ía chegar à sua cintura.

– Sai do carro, Ivan – dissera Maria Claudia, a voz grave, se desvencilhando da mão dele e retomando seu lugar sentada ereta ao volante.

– Eu posso explicar...

– Desce do carro *agora*, Ivan – repetira Maria Claudia, olhando para a frente, a voz firme.

– Eu... – esboçara falar Ivan, conforme a brasileira começou a dar a partida e olhar pelo retrovisor para dar ré e sair.

Ele então desceu do carro, fechando a porta, vendo-a sair da calçada do hotel e entrar na Avenida Paulista, cantando os pneus, correndo como ele não a havia visto fazer antes, sumindo de sua visão mais lá à frente.

– Cuidado... – dissera ele para o vento deixado pelo carro, parado em pé em frente ao hotel, em seu terno e camisa de gola alta pretos, os braços caídos ao longo do corpo, desolado, olhando, para a avenida na direção onde fora Maria Claudia, como se esperasse ela dar marcha-ré e voltar, como se esperasse que o tempo desse ré e voltasse.

Quando terminara de descarregar as malas do novo hóspede que chegara, encaminhando-o para a recepção do hotel, o porteiro da noite, já conhecido de Ivan, vendo-o ali parado na calçada, o carro que o havia trazido saindo às pressas pela avenida, aproxima-se do russo com cuidado.

– Tá tudo bem, Seu Ivan?

Ivan tem um ligeiro sobressalto, como se o tirassem de um sonho – ou pesadelo.

– Hamm.. Sim... Sim, está... Tudo bem... – ele diz, nem um pouco convincente, ao solícito porteiro, que não acha boa a cara do hóspede russo, e fica um pouco ao lado, caso fosse preciso ajudá-lo de alguma forma.

Mas Ivan, percebendo que Maria Claudia tinha mesmo ido para não voltar, vai entrando no hotel e, pegando monossilabicamente seu cartão-chave na recepção, sobe para seu quarto, o chão faltando sob seus pés, as ideias embaralhadas na mente. Em vão, entra no quarto e tenta se recompor. Em vão, tenta parar de passar e repassar na cabeça o momento em que Maria Claudia o abraçou e deslizou a mão em suas costas, enquanto se beijavam. Em vão, fica fantasiando que a parava em tempo, para que ela não chegasse a encontrar o coldre e a arma. Pingando colírio nos olhos, sem se deitar, sem se trocar, sem nem mesmo tirar o paletó, fica andando de um lado para o outro pelo quarto, uma luz fraca acesa, se culpando, se lamentando, o pensamento dando voltas e não chegando a lugar nenhum. Apenas a imagem do rosto de Maria Claudia, assim que se soltara dos lábios e dos braços dele, uma nuvem negra pesada em seu olhar, uma mistura de medo, raiva e incredulidade em sua expressão e, depois, seu perfil, as mãos no volante, e sua voz: "Saia do carro já, Ivan". Nem a tentativa de se concentrar em seus misteriosos compromissos no Brasil ajudava a reanimar sua alma. Tenta se comunicar com Maria Claudia, primeiro ligando, mas ela não o atende. Em seguida, manda um torpedo, "Eu preciso te explicar", mas ela não se manifesta. Liga outra vez, cai na caixa postal. Ivan olha em torno sem coragem nem para se sentar na cama. Inútil ficar ali naquele quarto, esperando que algo acontecesse que viesse salvá-lo, resgatá-lo, acordá-lo desse pesadelo. E sai outra vez, descendo para a Avenida Paulista, sem condições sequer de tentar dormir.

Já passava das duas horas da manhã quando Ivan saiu do hotel e, parado na calçada, sem ideia para que lado ir, seguiu na direção do Conjunto Nacional, os olhos fixos à sua frente, não vendo na verdade coisa alguma, nem os poucos, raros pedestres que passavam por ele e o olhavam, uns com medo, outros curiosos, outros indiferentes. Certamente voltavam de algum programa de fim de noite, a semana chegada ao fim, o sono tomando todos, a semana seguinte e seus compromissos começando a se desdobrar para cada paulistano já na madrugada. Mas, para Ivan, não havia dia seguinte: o tempo parara, ali, na frente do hotel, dentro do carro de Maria Claudia. Seguindo em passos lentos e desesperançados por toda a Avenida Paulista até o início da Avenida Bernardino de Campos, o russo parou no viaduto sobre a Avenida 23 de Maio, em frente à Estação Paraíso do metrô. Olhou lá para baixo, para a frente, em direção à zona sul de São Paulo, muitos carros ainda passando pela larga avenida, apesar do adiantado da hora e da semana chegada ao fim. Pessoas voltando para casa depois de se divertirem, sem nenhuma preocupação no coração, todos vivendo suas vidas cheios de alegria, sem contas a prestar a ninguém, sem ter destruído a confiança de ninguém, sem ter posto a perder os próprios sonhos. Homens com suas namoradas ou esposas. Mulheres, de bom humor com seus maridos ou namorados. Ivan se vira para trás, vendo agora a imensa Catedral Ortodoxa, com seu gigante domo dourado, quieta casa de Deus mansamente mergulhada no sono. Uma das maiores catedrais ortodoxas do mundo, inspirada na Catedral de Santa Sofia, em Istambul. E a linda catedral, que contara também com artistas russos em sua decoração interna, o faz pensar em seus santos, em suas orações, em sua fé. Ivan sabia que era para momentos como aquele que ele agora vivia, para os corações pesados como o dele naquela hora, que as igrejas eram construídas e abriam suas portas e seus ouvidos. Mas não conseguia formular nenhuma oração, nenhuma frase. Trazia aquela dor na boca do estômago, aquele nó na barriga, uma certa dificuldade em respirar fundo, em organizar os pensamentos, em decidir para que lado se virar, em que pensar. Seu celular toca, sobressaltando-o, e ele rapidamente pega o aparelho na esperança de que fosse Maria Claudia. Decepcionado, ao ver que não era, mas franzindo o cenho como de costume quando o assunto é sério, tecla "*responder*" e põe o aparelho contra o ouvido. Era uma ligação da Rússia.

Ainda de pé na calçada, olhando a Catedral Ortodoxa lá do outro lado, a madrugada fria em São Paulo, ruas quase desertas, Ivan encerra a ligação e pega num bolso do paletó os pequenos fones, coloca-os nos ouvidos, liga-os no mp3 que comprara havia uns dias, e acessa sua lista de músicas, como tinha aprendido a fazer com Maria Claudia.

A conversa com a Rússia tinha sido o que ele esperava. Tinha até se esquecido que aguardava aquele telefonema há horas, mas assim que começou a falar, retomou o assunto. Passou as informações que obtivera durante o dia. Deu algumas ordens. Agendou para se falarem outra vez horas depois. Ouviu o que do outro lado tinham de novo para lhe informar. Pediu que lhe enviassem por *e-mail* os nomes e dados que acabavam de lhe dizer. O que fez seu interlocutor na Rússia achar estranho, pois estavam habituados com Ivan imediatamente memorizando o que lhe era dito ou, no máximo, pegando uma caneta e anotando na hora em algum papel que ele sacava de um bolso, não querendo nunca que lhe enviassem uma comunicação mais sigilosa por escrito, *e-mail* ou mensagem de texto, nem muito menos que lhe deixassem mensagens de voz. Atribuíram a estranheza naquele momento à hora, ao fato de, lá na Rússia, ser já o meio de uma manhã de segunda-feira de trabalho, enquanto no Brasil, estavam ainda na madrugada, dormindo. O pensamento sempre em Maria Claudia, ele atravessa para o outro lado da avenida e retoma sua caminhada de volta, pela Avenida Paulista, ouvindo uma música russa no mp3. A voz da cantora e a melodia, tristes, combinavam bem com o estado de alma de Ivan, que já nem se perguntava mais se Maria Claudia queria falar novamente com ele. Não repassava mais a cena do carro na cabeça, não se culpava mais por lhe ter mentido. Assim tinha que ser. Ele não tinha outro jeito... Segue caminhando, olhando o nada, nos fones, a banda Gorod 312, *Ostanus*,

...F kantzé tunélya yarki svet slipói zvizdí,
Padóshvi na sukhói listvé astávyat sledí...

Seguindo ao longo da Avenida Paulista, agora quase completamente vazia, como sua alma, Ivan às vezes fechava os olhos e dava alguns passos assim, sem olhar, um ou outro carro passando por ele, sem prestar atenção, sem ver que ali não andava um homem, mas apenas sua carcaça. Passava agora em frente ao Hospital Santa Catarina, com sua construção antiga e seu adjacente novo prédio, moderno, a fachada que dava para a avenida decorada com esculturas em bronze na própria parede, alusivas à medicina, à cura, aos médicos, aos pacientes. Lá dentro, pessoas, famílias, vivendo suas batalhas com a saúde, com a sobrevivência, talvez com a morte. Cada um, seu grande drama.

Na calçada oposta, um pouco mais para frente, iluminado e quieto, o Instituto Pasteur, um dos últimos casarões sobreviventes na avenida que não haviam cedido o espaço para que ali subisse mais um moderno arranha-céu, como todos os seus vizinhos. E sucessivamente iam passando por Ivan, sem que ele sequer os notasse, todos os imponentes prédios de escritório, todas as galerias, as lojas, os restaurantes, os bares, os espaços de arte, pelos quais ele já se habituara a andar, cujas fachadas já lhe eram familiares, agora todas dormindo, aguardando o amanhecer para mais um dia de intenso trabalho, quando abrigariam seus funcionários, os transeuntes passando à sua frente, uns indiferentes, outros curiosos, outros, turistas, tirando fotos. Mas nada disso importava agora a Ivan. Nem as vitrines brilhantes, acesas, nem as torres iluminadas, coloridas, nem o famoso prédio da FIESP, suas laterais servindo como gigantes painéis exibindo imagens que se mexiam e como que avançavam para dentro da avenida.

Quando não estava com os olhos por alguns segundos fechados, Ivan seguia andando, mesmo assim sem nada ver. Apenas quando chegou à esquina onde se encontrava o prédio em que trabalhava Maria Claudia, parou. Era como se, ali, estivesse um pouco perto dela. Ficou olhando para a entrada, o jardim, as portas de vidro, a jogo de luz artística verde, sobre as árvores. Tudo tão deserto e vazio. Olhando para cima, todo o prédio em espelho azul, tenta adivinhar em qual daqueles andares ficava o escritório e a sala de Maria Claudia, como se quisesse, dali de baixo, àquela hora, acenar para ela, chamar-lhe o nome para que ela descesse, gritar para que o perdoasse... Diante do silêncio da brasileira, ele retoma o caminho, vários quarteirões sem vida, passando agora pelo vão do MASP, suas grandes colunas vermelhas a única presença naquele enorme espaço vazio, um oco, contrastando com todo o denso conteúdo no museu acima dele, fora da mira dos transeuntes, desconhecido dos desavisados, e que apenas quem viu podia dizer. Assim como ele próprio, agora...

O que dizer sobre Maria Claudia? Como explicar a si mesmo porque se sentia daquele jeito? Nenhuma outra mulher havia feito com que ele sequer por um minuto se descuidasse da empreitada em que estivesse envolvido. A nenhuma ele tinha aberto espaço para que interferisse em qualquer de seus assuntos. Entre as mulheres que havia conhecido, com quem havia se relacionado de uma forma ou de outra, nenhuma tinha havido que o deixasse assim, desnorteado, desorientado, como se o foco de sua vida saísse de dentro de si e fosse para dentro dela... Como se o seu pensamento já não fosse mais seu, mas dependesse de estar junto ao pensamento dela... Diante da reação de Maria

Claudia no carro – justa reação, ele bem o sabia – era como se a possibilidade de juntar seu pensamento ao dela tivesse sido para sempre perdida. Falar com ela outra vez... Mas para dizer-lhe o quê? Ele estava de mãos atadas.

Já passava das cinco da manhã. O céu já ia começando a clarear. Tendo feito a avenida de cima a baixo duas vezes e gastado todo o frasco de colírio, Ivan chega outra vez até o fim da Avenida Paulista, passa em frente a seu hotel, atravessa a Avenida da Consolação e segue até o início da Rua Minas Gerais, chegando ao ponto onde não se segue em frente, numa praça decorada com grandes arcos coloridos e uma longa mureta separando os pedestres da rua abaixo, uma visão ampla, de cima, do bairro do Pacaembu. Ivan para enfim, convencido do fim de seu dia e de sua noite. Olhando dali todo esse bairro arborizado, as nobres casas com seus telhados vermelhos, antigas casas, bem preservadas, famílias nelas habitando de geração em geração, acordando para um novo dia, Ivan vai aos poucos amanhecendo também, de volta ao mundo real, a São Paulo, ao dia 17 de outubro de 2005, à Maria Claudia. Virando sobre os calcanhares, de frente para a Avenida Paulista, o céu avermelhado aqui, lilás ali, lhe indica que o sol logo estará com ele outra vez, saindo de trás do mundo lá na outra ponta da bela avenida, a lua ainda acima de sua cabeça, não se dando conta de que nascera outro dia. Sem dar por si, conhecendo já o mapa da cidade de cabeça, segue pela Rua Minas Gerais, dobra uma rua à esquerda, depois à direita, sem se perder, chegando enfim à Rua Bahia, a rua de Maria Claudia, e entra na padaria Villa Bahia, cujas portas estão agora sendo totalmente abertas, o cheirinho do pão fresco lá dentro chegando até a rua.

– Bom dia, doutor. O que deseja? – cumprimenta o rapaz no balcão, aguardando o pedido.

– Bom dia... Um café preto... e um pão de queijo, por favor... – ele pede, sem entusiasmo, em seu forte sotaque.

– E aí, Zé! – diz um homem, entrando na padaria, para o rapaz do balcão – Valeu ontem, ou vai ter marmelada outra vez, pro Corinthians mudar o resultado?

– Valeu, tá bom assim! O Corinthians vai ser campeão, esse ano! Ninguém segura!

Sem apetite, levando a bandeja a uma mesa, Ivan se acomoda, olha a xícara e o pão sem se resolver a pegá-los, os olhos um pouco vermelhos – de exaustão? ou de lágrimas? – na mente, o rosto de Maria Claudia, seu jeito, sua voz, suas frases, seu sorriso, seu olhar, seus lábios, o beijo interrompido... Ivan põe açúcar no café e mexe com a colher, desanimado, o rádio, na padaria, tocando os primeiros acordes do violão da banda 14 Bis, em *Espanhola*,

...Por tantas vezes eu andei mentindo
Só por não poder te ver chorando...

Ivan diminui o passo ao se aproximar da grade da praça, perscrutando todo o entorno. Era maior do que ele esperava, e de fora não conseguiria ver nada, tantas árvores e plantas fechando a visão.

Tinha terminado seu café, na padaria, depois de ficar muito tempo olhando para ele dentro da xícara, o pensamento embotado, as palavras dando voltas na cabeça. Mas enfim levantou-se para pagar a conta e, quando deu por si, estava caminhando pela Rua Bahia em direção ao prédio de Maria Claudia.

O que iria dizer a ela, ele veria na hora. Se ela quisesse falar com ele, é claro.

– Bom dia, Seu Ivan! – dissera o porteiro, na guarita, reconhecendo-o.

– Bom dia... a... Maria Claudia... está? Você pode *interdiscar*, por favor?

– A Dona Claudinha não está, ela saiu agorinha, doutor, mas vai voltar já-já. Ela foi correr no parque e já volta – sorrira o porteiro, ao ouvir o "interdiscar" – O senhor quer esperar aqui no hall?

– Não, não... O parque... é longe?

Na verdade, era a Praça Buenos Ayres, a apenas dois quarteirões dali, indicou-lhe o porteiro, e Ivan seguiu nessa direção, não sem um aperto no estômago outra vez.

Linda praça, com gramados como tapetes verdes, caminhos ladeados de canteiros bem cuidados e árvores centenárias, esculturas de artistas famosos, bancos para leitura e namoro, *playgrounds* para crianças, uma creche, espaço para o exercício de cachorros, aparelhos para ginástica. Os moradores do bairro gostavam de se exercitar por ali logo cedo, antes do trabalho. Muitos *joggers* apenas corriam na calçada, pelo lado de fora, dando várias voltas no quarteirão que continha o parque. Outros alternavam correr fora e correr dentro, dando voltas maiores e menores. Ivan acompanhou andando os *joggers* do circuito externo e, não cruzando com Maria Claudia correndo ali, começou a dar outra volta, no sentido oposto, quando, ao passar por uma brecha nas plantas da cerca, vislumbrou, lá dentro, numa área com alguns aparelhos de ginástica, Maria Claudia, em pé, fazendo alongamento, uma perna esticada sobre a trave, dobrando o tronco e esticando os braços para tocar o pé com as mãos, encostando o nariz no joelho. Usava outra roupa de *jogging*, diferente da que ele vira no sábado. A *legging* era azul marinho e branco, no meio da canela, e o *top*, branco. Tinha feito um rabo de cavalo e parecia já ter corrido bastante, pois com uma toalhinha ela toda hora secava a testa e o pescoço. Estaria com o celular ligado? Ivan liga para ela, de longe vendo-a tirar o celular de um bolsinho da *legging*, olhar o número que a chamava, ficar olhando para ele um instante e desligar. Ivan sente um aperto no peito, e estava a ponto de redigir um torpedo, quando seu celular toca. Chamada do Brasil.

– Nossa! Já são onze horas! – diz a pessoa com quem Ivan acabava de ter uma reunião.

O russo olha maquinalmente o próprio relógio como quase todos fazem quando alguém solta essa exclamação, para checar se é verdade mesmo. Mas para ele, a hora, qualquer que fosse naquele momento, não fazia sentido. Ele na verdade ainda estava no dia anterior.

Ao receber aquele telefonema, enquanto observava Maria Claudia se alongar no parque, fora forçado a interromper seus planos e ir a uma reunião de última hora, não sem antes passar no hotel para tomar uma ducha, fazer a barba e trocar de roupa. Fez tudo isso com apenas parte do cérebro atenta a esses movimentos, pois o pensamento ficara com a brasileira. E agora, já às onze horas da manhã, como lhe fora informado, terminado esse encontro onde novas informações e orientações foram recebidas e passadas, tendo checado seus *e-mails* e trocado ideias sobre eles, Ivan podia ir agora tentar dormir um pouco. Mas não era isso que pretendia fazer.

– Avenida Paulista – diz ele ao motorista do táxi.

– Que altura, doutor?

– Hmm... O quê? – pergunta o russo, não entendendo o sentido da pergunta. “Minha altura? Por que ele quer saber minha altura?”

– Aonde na Paulista o senhor vai? – pergunta o taxista, percebendo a confusão do estrangeiro.

Maria Claudia nem sabia como tinha ido parar na Avenida Rebouças. Não era este o caminho que estava habituada a fazer, para ir da Avenida Paulista para sua casa, na Rua Bahia.

Estava furiosa. Mais que isso: estava até se sentindo mal. Sentia o sangue correndo nas veias em altíssima velocidade, e temia estar descontrolada, repassando essa velocidade ao acelerador. Não conseguia focalizar nada. As mãos trêmulas, estava tentando manter a calma que pudesse para poder chegar em casa a salvo.

– Filho da mãe!

A cena com Ivan, dentro do carro, à porta do hotel, há minutos apenas, fervendo na lembrança.

– Bandido! Salafrário!

Ela pisa com brutalidade na embreagem e o carro morre.

Se atrapalha, pelo caminho, e acaba pegando o lado errado do túnel, indo parar na Avenida Dr. Arnaldo, tendo que dar uma volta pelo Pacaembu, passar na frente do estádio, atrás da FAAP e, numa quebrada, no labirinto das sinuosas ruas do bairro, enfim chegar à Rua Bahia. Ao colocar a chave na porta de casa, começa a lacrimejar. De raiva. Raiva dele. Raiva de si mesma. E de tristeza.

– Como pude ser tão burra?!

Ela não se conforma. Tinha tido só suspeitas até então, mas tinha os dados suficientes para não ter deixado o russo sequer se aproximar. Ao invés disso, deixou-se envolver, deixou-se afeiçoar, deixou-se quase seduzir por aquele bandido desqualificado! Lembrava-se daqueles últimos dias em que ficara oscilando entre desconfiar dele e querer sua companhia.

– Fazendo aquela cara de santo!

E ela vinha alerta todo o tempo, isso era o que mais a enraivecia. Estava alerta, sabia que desconhecia a verdade sobre ele, sabia que tinha elementos para não confiar nele, e ainda assim se deixou levar. Almoçando com ele. Rindo com ele. Dançando com ele! E sente um aperto no coração, uma vontade de chorar, de que aquilo não fosse verdade.

– Desgraçado! Mentiroso! Filho da p...!

Será que tinha se comprometido de alguma forma? Será que tinha dito algo, que tinha se ligado a ele de algum jeito que a colocasse em perigo?

– Será que ele vai querer me matar também?

Porque, para ela, Ivan agora era um assassino. Que já devia ter matado várias pessoas. Eliminado pistas. E ela tinha se envolvido até como advogada dele! Advogados eram os primeiros a serem eliminados: sabiam demais. Ela ri de si mesma com esse pensamento, andava assistindo muito Law & Order. Mas ri de nervoso, porque, na verdade, a arte imita a vida, e aquela arma, há pouco no carro, não era nenhuma ficção.

Seu celular toca, dando-lhe um sobressalto, já imaginando que fosse Ivan. E era. Ela deixa tocar.

A lembrança embaralhada de todos os momentos com Ivan se misturam em sua cabeça, e vão lhe voltando à memória todas as vezes em que ele franzira o cenho, o semblante austero, as conversas suspeitas, monossilábicas, ao celular, na frente dela. As longas ligações, em russo, ele com a fala ríspida, bravo até.

– Como sou boba! – ela fala em voz alta.

O celular agora dá sinal de entrada de torpedo. Ela sabe que é ele, e nem abre a mensagem. Logo em seguida toca de novo, ela o desliga logo ao primeiro toque.

E, fora de seus hábitos, vai até o bar na sala e se serve de uma dose de whiskey, sem gelo, coisa que só fazia quando a situação lhe era muito pesada, indo então para o banho, tomar uma ducha, decidida a acordar cedo no dia seguinte, retomar sua vida como se nada tivesse havido, e telefonar para Paulo Roberto, seu colega da Polícia Federal. E, à noite, ligar para Ana Cecília, sua amiga e confidente.

Nem parecia que essa era a avenida pela qual ele tinha andado toda a noite. Aliás, quando passara no hotel para um banho e troca de roupas, tudo ali já era diferente, pouco após as sete e meia da manhã. Ensolarada, trânsito intenso, carros, ônibus, pedestres, ambulâncias lotando as duas vias, parecia que o paulistano se ligava no interruptor logo cedo e saía de casa para o trabalho como se o dia já estivesse no meio, tantas coisas já feitas antes mesmo das oito.

Descendo do táxi um quarteirão antes, Ivan segue a pé até o prédio de Maria Claudia, que já deveria estar lá desde bem mais cedo. A menos que tivesse algum compromisso fora. Ivan sabe que, se ela estiver lá, ele vai dar um jeito de forçar encontrá-la e falar com ela. O quê, exatamente, ele ainda não sabia. Tinha ainda aqueles metros de calçada, os minutos no saguão do prédio, a subida no elevador, para decidir-se. Se ela não estivesse lá, essa decisão ficaria para mais tarde. Ao aproximar-se da entrada do prédio, começa a gostar da ideia de que ela não estivesse.

A corrida no parque, logo cedo, tinha lhe feito bem. Nem a chamada no celular, de Ivan, que ela não respondera, tinha lhe incomodado tanto. Depois, um banho, café da manhã com frutas, maquiagem caprichada, e ela estava pronta para começar o dia, tentando se convencer de que nada havia demais, que tudo estava bem com ela, que não estava com raiva, decepcionada, com medo e triste.

Assim que entrou em sua sala, porém, viu que o planejado telefonema para o colega policial não seria tão cedo, sua mesa já com as pastas dos casos a serem analisados, a correspondência a ser aberta, petições para assinar e a caixa de entrada no computador, com vários *e-mails* para responder. Começando por responder os *e-mails*, pensava na conversa que teria com Paulo Roberto, para lhe dizer que não queria mais ter nenhum contato com o russo, contando toda a estória, perguntando se havia algo que ela tinha que fazer, se ela deveria se sentir ameaçada, ou de alguma forma em perigo, e o que o colega podia fazer por ela.

– Dra. Maria Claudia, ligação para a senhora, sua mãe na linha 2 – diz a secretária, no interfone.

– Obrigada, Denise. Oi, mãe!

– Claudinha, tudo bem? Como foi o fim de semana?

– Foi bem...– mente Maria Claudia – E vocês?

– Ah, aqui é tudo sempre ótimo! Claudinha, eu queria te perguntar, você vem aqui amanhã, não é?

– Vou sim, mãe! – Maria Claudia se lembra que tem uma reunião com um cliente em Santos no dia seguinte, e que aproveitaria para ver os pais e levar as lembrancinhas que trouxera para eles, de Paris, e também levar a ração do Picolé – Você quer algo mais?

– Então. Você está pensando em vir cedo? É que eu queria te pedir, se você puder, se não for atrapalhar muito, é que eu tou fazendo um canteiro aqui no prédio, na entrada, e queria colocar umas plantas, se você pudesse dar um pulinho no Ceasa... Que é dia de Ceasa, amanhã, terça-feira...

Ir ao Ceasa. De manhã, antes de ir para Santos, para uma reunião de trabalho. Só D. Dila para achar razoável. Mas as compras no Ceasa sempre tinham que ser muito cedo, de qualquer jeito.

– E será que eu vou saber comprar, mãe? – ela pergunta, já topando.

– Então, eu quero só umas mudas de ráfias, e umas bromélias.

– Sei – diz Maria Claudia, se perdendo nos nomes de plantas.

– Você pode ir lá e procurar pelo Seu Hiroshi, ele tem uma barraca, ele me conhece, fala que você é minha filha.

– Qual o número na barraca dele?

– Ah, eu não sei... Mas é fácil você encontrar, todo mundo conhece o Seu Hiroshi, dos pinheiros, ele vende pinheirinhos. Aliás ficaria bom, aqui, um pinheirinho...

– Mãe... Tá. Aí, eu compro o quê?

– Então, você pede pro Hiroshi te dizer onde ficam as ráfias, é logo perto dele, me traz assim, dois ou três, vê que vêm com uns dois tronquinhos em cada um.

– Sei – diz Maria Claudia, sem entender muito bem – E as bromélias?

– Você sabe quais são? Me traz, assim, umas quatro ou cinco.

– De que cor?

– Ah, veja as que estiverem mais bonitas. Mas não vai te atrapalhar, filha? Você tem sua reunião...

– Acho que dá, mãe, eu dou um jeito, saio bem cedo, aviso o pessoal aí em Santos que tou chegando, não se preocupe. E o papai? Tá aí, agora?

– Ih, que nada! Você conhece o seu pai... Tá lá em baixo, com os amigos, falando de política sem parar! Agora eles só falam do plebiscito do desarmamento, que já é domingo que vem! E daqui a pouco ele sobe, pra ver os depoimentos do mensalão, na TV! Todo mundo para o que tá fazendo, pra ir assistir! É, minha filha, dessa vez tá todo mundo de olho, todo mundo tá acompanhando todos os detalhes! O Seu Lula vai ter que explicar muita coisa! Fica aí dizendo que não sabia de nada! Qual o quê!

– Dra. Maria Claudia – interrompe Denise, pelo interfone.

– Tá bom, mãe, a gente se fala mais tarde, tenho que trabalhar! Beijo!

– Beijo, filha! Deus te proteja!

– Amém! Pode falar, Denise!

– Bom dia, o senhor já tem cadastro?

Ivan dita para a moça na recepção do prédio o número de seu passaporte, que ela tecla e acha os dados já ali.

– O senhor vai... ver a Dra. Maria Claudia? – ela lê no monitor.

– Sim... Será que ela...

Mas a recepcionista já está interfonando para o escritório.

– Oi, Denise, é para a Dra. Maria Claudia, o Sr. Ivan Ivánovitch.

Alguns segundos de tortura se passam enquanto aguardam uma resposta.

– Pode subir, senhor. Vigésimo quinto andar, elevador número dois – ela diz, apontando para o saguão dos elevadores programados, entregando para ele o crachá de visitante.

Ivan entra no elevador absorto em seus pensamentos.

– Então, que hora tá marcado, hoje? – pergunta um rapaz a outro, junto a Ivan, no elevador sem teclas, onde se entra com seu andar de destino já marcado pela recepcionista.

– Ah, a TV fica mostrando ao vivo desde cedo...

– Mas o depoimento é à que hora?

Concentrado na difícil conversa que terá dali a segundos, Ivan vai buscando as palavras, ensaiando frases, juntando coragem. Estava decidido: ia dizer toda a verdade para Maria Claudia. Devia a ela a verdade. Queria que ela o entendesse. Qualquer que pudesse vir a ser a reação dela, ia lhe contar tudo. O elevador, impiedoso, carrasco, subindo.

– Meu irmão, não tem nenhum brasileiro que não esteja assistindo!

– Tem um, sim! O Lula!! – ri o rapaz – Tá lá escondido, na Rússia, visitando o Putin, fazendo de conta que a conversa não é com ele!

Ivan levanta a cabeça, ao ouvir "Rússia" e "Putin", aumentando ainda mais sua culpa, sendo o país dele, inadvertidamente, a dar esconderijo a Lula nessa hora.

A Rússia, maior importador de carne brasileira, havia parcialmente embargado a carne do Brasil – apenas aquela oriunda do estado do Mato Grosso do Sul – em virtude do surgimento de um foco de febre aftosa, e o Presidente Lula achara por bem ir pessoalmente ao Kremlin, convenientemente nessa hora, para dar explicações em detalhes sobre as medidas que o governo brasileiro estava adotando para conter o problema.

– Foi lá defender a vaca brasileira! – diz o primeiro rapaz.

– E aqui, a vaca indo pro brejo!

– Bom dia... Pode me seguir, por favor... – diz Denise a Ivan.

A secretária de Maria Claudia o recebe à porta de vidro fosco do escritório, passando pelo sóbrio *hall* de entrada e conduzindo-o pelos corredores, o carpete abafando seus passos.

"Ela nem me deixou na sala de espera" vai conjecturando Ivan.

Nas paredes, elegantes e discretos quadros de artistas brasileiros.

"Será que vai mesmo me receber?"

Passando pelo *pool* de secretárias, quietas e concentradas.

"Estará sozinha?"

Pelas baias dos estagiários – estudantes, quase crianças, aprendendo a advogar.

"Como vou começar a falar?"

Por uma ou duas salas de reuniões, vazias, as portas abertas.

"Me ouvirá?"

Caminhando cheio de cuidados, pisando em ovos, o momento de vê-la a sós se aproximando.

"Me entenderá?"

Estranhando um pouco ela recebê-lo assim, depois de negar-se a atender ao telefone – quão brava haveria ainda ela de estar?

"Me perdoará?"

– O Sr. Ivan, doutora – anuncia a secretaria ao entrar na sala de Maria Claudia, dando espaço para ele entrar, e fechando a porta ao sair.

Ivan dá um passo para dentro da sala, determinado, respirando fundo, procurando até a palavra certa para dizer bom dia antes de se sentar, antecipando um semblante fechado à sua espera. Mas estanca imediatamente, mudo, pego de surpresa: sentada à sua escrivaninha, um envelope *craft* aberto num canto, cotovelo na mesa, a mão segurando o queixo, boca entreaberta, cabeça inclinada para baixo, Maria Claudia tem os olhos pregados e como que hipnotizados sobre uns papéis ali à sua frente... para os quais Ivan, em pé, olha também... e reconhece: cópias dos seus documentos, e o que parecia ser a tradução deles para o português. A expressão no rosto da brasileira era inequívoca: Maria Claudia já sabia de tudo.

– KGB, Ivan Ivánovitch!!

O russo, mudo e surpreso, fica em pé olhando para ela, aguardando sua reação, e administrando a dele mesmo.

Ele não era bandido, afinal. Bem ao contrário.

– Você é da KGB! – ela repete, incrédula, olhando os documentos.

– FSB, agora... Eu vim mesmo te contar...

Maria Claudia levanta os olhos dos papéis e fita Ivan, a mão ainda segurando o queixo.

Parecia que o via pela primeira vez. Era como se, de repente, o dia tivesse amanhecido de novo, e com cores bem diferentes. Mais ainda: era como se a noite anterior não tivesse acontecido de verdade. Como se o filme estivesse voltando para trás, e aqueles cinco dias estivessem sendo reescritos. Ivan, pego de surpresa por Maria Claudia ter se adiantado aos fatos, senta-se em frente a ela, acostumando-se à ideia de que já não era mais um bandido aos olhos da brasileira, aliviado por não ter sido ele a escolher as palavras para começar o assunto. Ficam os dois se olhando por alguns segundos... e Maria Claudia sorri...

– Mas quando... por que... – ela começa a falar, sem saber por qual pergunta começar.

– Maria Claudia... Será que nós podemos ir conversar em outro lugar... Não aqui...- ele olha em torno, querendo dizer que o local não era adequado para a conversa que iriam ter, para as revelações que ele iria fazer, para os detalhes que teria que contar – E como é que esses papéis... – ele continua, olhando para as cópias dos documentos russos, a tradução ao lado, que Anton, o tradutor juramentado, conforme havia prometido, mandara para Maria Claudia pelo *motoboy* naquela manhã.

– Ah, podemos falar sobre isso em outro lugar também – sorri Maria Claudia, guardando todos os papéis de novo no envelope *craft*, levantando-se e pegando a bolsa, seguida de Ivan para fora da sala, indo pelo caminho de volta nos corredores.

– Denise! Por favor, você me liga se houver alguma chamada para mim? Vou ter que sair um pouco mais cedo, e daí vou almoçar, tá?

– Pois não, doutora!

– Vamos sentar ali? – sugere Maria Claudia, quando chegam ao MASP, apontando para o longo banco de concreto ao fundo do vão, longe do asfalto e da calçada, uma ou outra pessoa ali sentada nessa hora.

Vieram caminhando pela Paulista, em silêncio, aliviados pelo deslinde da verdade, e exaustos, finalmente sentindo ter terminado a luta interior que cada um havia travado na noite da véspera. Ainda mal conseguem dirigir a palavra um ao outro, talvez com medo de que aquela sensação boa fosse passar. Tinham saído do prédio de Maria Claudia a pé, indo pela calçada a esmo, sem imaginar o que fazer e aonde ir. Novamente, em menos de doze horas, lá estava Ivan outra vez, gastando o calçamento da avenida.

Maria Claudia mal sabia o que pensar. As fichas ainda não tinham caído sobre aquela revelação espetacular. Ivan, por sua vez, parecia outra pessoa. Meio formal, meio sem graça, meio tenso, antecipando as perguntas que a brasileira iria fazer.

– KGB, Ivan Ivánovitch! – ela repete ainda mais uma vez, ao se sentarem quase grudados um ao outro debaixo do vão do MASP. À sua frente, lá longe, para lá da avenida, o Parque Trianon. Às suas costas, abaixo, a Avenida Nove de Julho.

A KGB. Famosa e temida polícia secreta russa dos tempos da União Soviética. Seu nome era sinônimo de medo, de perseguições, de espionagem internacional, de Guerra Fria. Cidadãos soviéticos, contrários ao sistema, eliminados sumariamente. Cidadãos estrangeiros, principalmente americanos, envolvidos ou não, pegos de alguma forma na trama entre as duas potências, sumindo da face da Terra, sem deixar pistas, ou com mortes suspeitas jamais explicadas. Tráfico de passaportes e de informação. Nomes falsos. Fugas em fronteiras. Prisões instantâneas. Espiões trocando de lado, apenas para que o novo chefe descobrisse que a virada de casaca era falsa, ou não, ninguém nunca tendo certeza para qual dos dois gigantes de fato estava trabalhando aquele contato. Muitas vezes, nem ele próprio. A presença de um agente da KGB dava calafrios em qualquer pessoa mais avisada, e podia significar o prenúncio de possível morte, ainda que se fosse a mais comum e pacata das criaturas. Todos eram considerados suspeitos para a KGB. Pelo menos, essa era a imagem que o mundo tinha, da agência de inteligência soviética.

– Não se chama mais KGB, Maria Claudia... É a FSB, Federalnaya Sluzbha Bezopasnosti... E as coisas agora são bem diferentes...

– Eu vi "FSB", nos papéis...

Com a queda do Muro de Berlim – e o fim da Guerra Fria entre Estados Unidos e União Soviética, a extinção da própria União Soviética, seu desmembramento em seus estados independentes, e a criação da Federação Russa – a própria KGB, naqueles moldes, deixou de ter razão de existir. Sua substituição por uma agência de inteligência mais comum, menos poderosa, menos desconfiada, a FSB, foi apenas uma das medidas tomadas naquela época de tantas mudanças, de abertura, de liberdade para os cidadãos e para o mercado russos, mudanças essas ocorridas ao longo do início dos anos ′90. A Rússia se abriu para o mundo. E o mundo redescobriu a Rússia.

– E o que é afinal, Ivan... que um KGB veio fazer aqui no Brasil... e que tem a ver com futebol??

Ivan olha para o chão e junta as palavras para finalmente começar a falar. Resolve fazê-lo sem rodeios.

– Eu vim prender um oligarca russo procurado pela justiça, Mikhail Morogovsky.

– Eu sei quem é! – Maria Claudia arregala os olhos enquanto o queixo cai outra vez.

O magnata Mikhail Morogovsky era muito mais do que famoso. Seu nome estava em todos os jornais do mundo, nas colunas financeiras, sociais, esportivas e policiais. E estava também no rol dos foragidos da justiça russa.

Sua cara era assustadora. Parecia saído de um filme de terror. Boris Karloff faria com ele uma horripilante dupla.

– Nós sabemos que ele tem ligações com esse time de futebol, o Corinthians, e que está planejando vir para cá esses dias, talvez fechar um negócio.

– Mas e o mandad...

– A equipe brasileira que está dando apoio está cuidando dos papéis, do mandado de prisão e também da extradição. A polícia e a justiça brasileira estão bastante envolvidas, Maria Claudia. Tem gente até em Brasília, de plantão, pra essa operação. Eu vim para cá para intermediar e agilizar. Ele tem uma ordem de prisão emitida contra ele pela justiça brasileira também, além da russa. E a Interpol, é claro. Ele tem um escritório de advocacia aqui que cuida dos negócios dele. Estamos de olho em todo mundo.

Maria Claudia logo pensa no nome de pelo menos uns quatro ou cinco escritórios da cidade que ela sabia topariam ajudar a acobertar o bandido poderoso. Sem nenhum escrúpulo, achincalhando o diploma de Direito, desonrando a profissão, envergonhando a verdadeira advocacia, dispostos a todo tipo de ilegalidades para sustentar aquele estilo milionário de ser. O próprio escritório onde ela trabalhava: não podia pôr a mão no fogo. Não em relação ao Dr. Rubens nem muito menos o Dr. Narciso, o velho, ou o filho, Dr. Adalberto. Mas ela já havia constatado que Narcisinho tinha postura bem diferente, e era dado a megalomanias. Se a ele fosse dada a chance, talvez caísse na sedução, e o escritório viveria um escândalo. Pois o pai e o avô se recusariam à falcatrua, mas o neto talvez se insurgisse, desse o grito de liberdade, e abrisse seu próprio escritório levando o cliente novo, sujando as mãos e o nome não como representante deste, mas como seu cúmplice.

– Eu e a polícia daqui estamos trabalhando juntos desde muito antes de eu chegar ao Brasil, preparando tudo. Mas ele viaja com nomes falsos, com documentos falsos, então não temos certeza de quando ele chegará, em que cidade ou por que meio virá, nem se de fato essa visita vai ocorrer. Mas é quase certeza. É a nossa grande chance. Porque outros países por onde ele circula se negaram a nos ajudar.

Maria Claudia nem sabe o que dizer. Parecia um filme. Ivan, de bandido, passou a mocinho em menos de meia hora.

– Por isso nós fomos ao estádio?

– *Dá* – ele diz em russo, "sim" – Mas não foi dessa vez. Eu vou recebendo informações a toda hora. Daqui do Brasil, e da Rússia também. Assim que alguém fica sabendo de algum fato novo, tem a ordem de me ligar imediatamente. Se é da Rússia, eu então repasso pro pessoal daqui do Brasil.

O pessoal daqui do Brasil... A polícia. A Polícia Federal.

– Péra aí, Ivan! Então o que foi aquilo tudo que rolou lá no aeroporto?? Que farsa foi aquela? – Maria Claudia começa a não gostar.

– Eu explico, Maria Claudia... Eu cheguei antes do combinado, no Brasil. Um dia antes. Tive condições de ir muito mais cedo para o aeroporto, em Maskvé.

– Onde?

– Moscou. Havia lugar num voo daquele dia e eu vim. Só que com a confusão dos fusos horários – você sabia que a Rússia tem onze fusos horários? - o contato que ia me esperar no dia seguinte não recebeu em tempo a informação. Àquela hora da manhã no aeroporto, nenhum funcionário da Polícia Federal tinha ideia de quem eu era porque, apesar de as polícias estarem trabalhando juntas, essa operação é altamente sigilosa, é claro. Foi o tempo de eu dar instruções para telefonarem para as pessoas certas, da polícia daqui, para que soubessem quem eu era. Quando confirmaram, um pouco mais tarde, nós já estávamos quase terminando, com o Paulo Roberto, que só naquela hora ficou sabendo de tudo.

O Paulo Roberto. Para quem Maria Claudia quase tinha ligado, pouco antes naquela manhã, para dizer que Ivan era um bandido, assassino, desaforado, filho da mãe.

– E aquela outra arma... ontem à noite...?

– É a minha arma mesmo, Maria Claudia... Me devolveram naquele próprio dia...

Maria Claudia continua segurando o queixo, olhando para o nada em frente a ela. Lembra-se do dia em que entraram juntos na Justiça Federal, ali ao lado, e ele passou sem problemas pelo detector de metais e pelos guardas, tão sorridentes.

– E aquele dia na Justiça Federal... – ela começa a falar.

– Eu tinha cabado de sair de lá, e encontrei você na calçada. Os guardas já me conheciam.

Todas as coisas agora se encaixavam. A arma. As caras sinistras e sérias de Ivan. As conversas no celular. O aceno cúmplice que ela vira Ivan trocar com Paulo Roberto e a estranha atitude do colega delegado, na noite da *happy hour*. O português bem falado.

– Por isso você aprendeu a falar português?

Ivan se sobressalta.

– Não exatamente... Eu já falava português... E por isso, entre outras coisas, eu fui nomeado para esta operação...

Maria Claudia se decepciona um pouco. Achava que finalmente estava desvendando esse mistério. Mas reconhece que já tinha ouvido revelações o bastante.

– Maria Claudia... Você não é criança... Acho que eu nem preciso te pedir... pra não contar nada disso que falamos, para ninguém, ok? Você agora tem ideia de como isso tudo é importante...

– É claro, Ivan. Não se preocupe.

Ivan olha ao longe também.

– Mas... Como você conseguiu – ele muda um pouco de tom - Pegar os meus documentos? Que hora, onde eu estava? E quem traduziu? Essa pessoa agora sabe quem eu sou, também!

– Ah, Ivan... Lá no aeroporto... Uma hora eu consegui pedir que me fizessem as cópias... E um tradutor russo que eu procurei aquele dia mesmo fez a tradução...

– Um russo? Aqui no Brasil?

– É claro.

– Como ele se chama?

– Anton Alexandrovich Pavlov.

– Anton Alexandrovich, Anton Alexandrovich! Maria Claudia, ele vai contar pra todo mundo!

– Não, Ivan! É um tradutor juramentado, não vai contar pra ninguém! Ele sabe que está comprometido com o sigilo profissional!

– Sigilo profissional? Um russo? A essa hora, São Paulo inteira já sabe!

– Ivan! – ela ri.

Ivan sentia-se leve, mais alto e até mais magro, parecia que tinha perdido vários quilos. E talvez tivesse perdido mesmo, depois de passar toda a madrugada sem dormir, andando sem parar pela avenida, desnorteado e sem chão. E parecia também, agora, que aquela noite, aquele amanhecer, aquelas primeiras horas da segunda-feira, em que se sentira semimorto, tinham sido só um pesadelo. Um longo e escuro pesadelo no qual seu coração tinha sido arrancado para fora e jogado às trevas, e ele ficara zanzando como um zumbi sem alma, sem destino, sem passado e sem futuro. Um coração ao qual há tempos ele não dava atenção, a não ser quando ia ao cardiologista, e mesmo aí, sem muito entusiasmo. Como se lhe fosse indiferente – e possível – viver sem ele. Nos dois sentidos. Agora descobrira que o órgão vital ainda estava lá. Sim, ele admitia para si mesmo: a brasileira tinha definitivamente adquirido um papel importante em sua vida. A opinião dela era importante. A aprovação dela importante. A presença dela era importante. O sorriso dela era imprescindível...

Guardando o batom cereja na bolsa depois de retocá-lo no retrovisor, esperando o farol abrir, Maria Claudia olha de lado e observa Ivan, novamente ali sentado ao lado dela, o rosto circunspecto agora não mais lhe causando suspeitas. Sentia-se como se todo o peso do mundo tivesse sido tirado de seus ombros. Parecia que o sol só agora voltava a brilhar. Não podia negar: estava muito feliz em descobrir que afinal o russo não era nenhum bandido. Que podia, sem culpa e sem medo, buscar a companhia dele e curtir a companhia dele daquele jeito, como ela vinha curtindo desde praticamente o primeiro momento em que sentaram lado a lado, no táxi, vindo para São Paulo, do aeroporto. A verdade sobre ele fazia aquela estória inteira começar outra vez, ou pelo menos ser recontada sob outro prisma. É certo que ter um KGB ao seu lado também não deixava de ser um pouco sinistro. Mas agora a desconfiança cedia espaço à espontaneidade, ela podia ser ela mesma sem remorsos, sem se sentir contrariada nem muito menos constrangida. Era como se aquele russo ali, à vontade com ela e com a cidade, branquelo, loiro, de claros olhos azuis, tão estrangeiro, de repente se tornasse tão familiar, tão em casa, tão dia a dia, tão brasileiro...

– KGB, Ivan Ivánovitch ! – ela sorri, alegre.

Ivan olha para ela e abre o sorriso também, aumentando o som da Nova Brasil FM, conforme o sinal abre e eles seguem depressa, a avenida livre, o sol a pino e a voz animada de Alcione em *Meu Ébano,*

...É! Você é um negão de tirar o chapéu
Não posso dar mole senão você créu!
Me ganha na manha e babau, leva meu coração...

Ainda tinha mesas vazias quando chegaram para almoçar na Chácara Santa Cecília, no bairro de Pinheiros. Passado o choque, a surpresa e o torpor que se seguiram às grandes revelações, uma fome gigante se apoderou de ambos. E Maria Claudia, lembrando-se da conversa da mãe ao telefone pouco antes, resolveu unir o útil ao agradável: era amiga de Carlinhos, um dos donos do lugar, e este poderia lhe dar uma mão e tanto naquela hora. Além disso, queria ir aonde tivesse bastante gente, pois com o acalmar das coisas, começava a lhe voltar à memória, agora como uma boa lembrança, o beijo da noite anterior... Cautelosa, preferia não dar azo a passos mais largos com o russo naquele momento. Ainda era muito recente o fim de seu romance com Marcelo. Ficou assim alerta quando Ivan lhe sorriu, no carro. Sentia perigo no ar... Outro tipo de perigo... Um gostoso perigo... "Cuidado, Maria Claudia, cuidado!"

A Chácara Santa Cecília é um *meddley* de restaurante e chácara, no meio de um tumultuado bairro da capital, tendo sido, desde o passado, e assim sobrevivido até então, um sítio afastado da cidade, onde Carlinhos nascera e fora criado, junto aos pais e aos irmãos. Carlinhos cresceu, a cidade também, e aquela região foi deixando de ser arrabaldes da periferia para se encontrar agora cheia de arranha-céus modernos, prédios residenciais e de escritórios, a poucos metros de importantes avenidas carregadas de trânsito. No meio da selva de concreto, a Chácara Santa Cecília é um oásis rural.

Influenciado pela rotina da infância e pela cultura dos pais, Carlinhos tornou-se paisagista, especializado em flores, plantas e ornamentações. Conceituado e badalado nos meios de decoração da moda, preferia ser chamado apenas de jardineiro. Num momento de dificuldades financeiras que quase lhes levaram todos os vinténs, chegando ao ponto de a própria chácara ter corrido o risco de ser perdida, ali encrustada e alvo de especulação imobiliária com propostas tentadoras pelo terreno onde ela se encontrava, a família se reuniu, com o peito apertado e o coração na mão, para juntos decidirem se venderiam a querida chácara e assim saldarem as vultosas dívidas, cedendo aquele espaço para ali, esmagando suas vidas, subir mais uma torre de vidro. Todas as ponderações feitas, a dor de se desfazerem do lar pesando demais, os credores acenando imperiosamente, eis que Carlinhos toma a voz com uma ideia, aventada por um amigo interessado. Na esteira da tendência atual para uma abordagem ecológica e naturalista em todos os setores, por que não transformar aquele espaço bastante grande em um restaurante de comidas brasileiras, mantendo o ambiente rústico, porém bem decorado e atualizado? Um rancho no meio da cidade, atraindo paulistanos sedentos por fugir do cimento, ainda que por apenas uma ou duas horas, no almoço ou no jantar. A ideia tomou corpo e não apenas o arrojado restaurante *country* lá está, como também a família ainda lá vive, e ali permanece a querida chácara, em parte mantida com suas plantas e galinhas, com os móveis rústicos e o astral do campo, onde Carlinhos, agora além de jardineiro e *restaurateur*, continua cultivando suas flores e seus sonhos. À entrada do restaurante, a estátua de seu querido pai, em tamanho natural, sentado a um banco com seu jeito afetuoso e simples, dando as boas vindas aos clientes. E os credores, quitadas as dívidas, satisfeitos por terem confiado no sucesso da empreitada, viraram fregueses habituais.

– Claudinha! Há quanto tempo! Que bom!

Maria Claudia estava entre as pessoas que incentivaram e ajudaram Carlinhos na época da transformação da chácara. Ela havia se incumbido de dar-lhe a orientação e o suporte jurídicos necessários em todo o projeto, redigindo contratos, inclusive o de constituição da empresa, registrando-o na Junta Comercial, analisando propostas, fazendo a programação tributária, coletando documentos, obtendo alvarás, e tudo o que fora preciso para abrir aquele negócio. Conheceram-se profissionalmente e tornaram-se grandes amigos.

– Oi, Carlinhos! Tudo bom? – beijam-se no rosto – Este é o Ivan, um amigo meu, da Rússia.

– Prazer! – dizem-se os dois.

Logo percebendo que havia um clima entre sua amiga e o gringo, Carlinhos os conduz a uma mesa um pouco mais reservada, onde poderiam conversar a sós, sem outros fregueses nem garçons passando ao lado o tempo todo. Mas tinham ainda assim uma visão magnífica do restaurante, por onde dão um passeio antes de se sentarem. Ivan não consegue acreditar. Parecia uma Disneylândia da gastronomia, misturada com a fazenda onde todos já quiseram morar um dia. Entre um ambiente e outro, passava-se por caminhozinhos de pedra, ladeados por canteiros, pequenas cachoeiras, mini-lagos, flores, peixes, pássaros ornamentais (de mentira), móveis, vasos e enfeites rústicos, e plantas, muitas plantas, bem cuidadas, tudo sob o efeito do jogo de luzes coloridas, dando ao ambiente até a impressão de ser uma boate, uma discoteca, um *night club* rural transado. E ainda uma gigante adega de cachaças, junto ao chopp geladíssimo.

– Hoje o cuscuz à paulista tá especial! – sugere Carlinhos, apontando para o longo buffet self-service, ao acomodar os dois à mesa, se afastando.

Cuscuz à Paulista

Farinhas:

- 2 xícaras de chá de farinha de milho
- 1 xícara de chá de farinha de mandioca
- 2 tabletes de caldo de galinha dissolvidos em 2 xícaras de chá de água quente

Para o cuscuz:

- 4 colheres de sopa de azeite
- 1 cebola picada
- 4 dentes de alho amassados
- pimenta dedo de moça picada a gosto
- 1 colher de chá de colorau
- 4 tomates sem pele e sem sementes picados
- 1 lata de molho de tomate
- 2 tabletes de caldo de frango dissolvidos em 500 ml de água quente
- sal temperado
- 300 g de palmito picado
- 1/2 xícara de chá de ervilha fresca
- 1/2 xícara de chá de azeitonas cortadas em rodelas
- 2 latas de sardinha em conserva, sem espinha
- 4 ovos cozidos
- 400 g de camarão cinza temperado com limão, alho e sal
- 1 colher de sopa de salsinha picada
- 1 colher de sopa de cebolinha picada
- 1 colher de sobremesa de coentro picado
- farinhas temperadas e umedecidas
- azeite para untar a forma

Modo de POreparo:

Misture as farinhas. Molhe as mãos no caldo e vá umedecendo as farinhas, esfregando-as nas mãos até finalizar o caldo. Reserve.

Refogue a cebola, o alho e a pimenta no azeite por dez minutos. Adicione o colorau, os tomates, deixe amolecer, coloque o molho de tomates e o caldo de frango, deixe apurar. Acerte o sal.

Misture os demais ingredientes: palmito, ervilha, azeitonas, as sardinhas, os ovos cozidos, os camarões, salsinha, cebolinha e coentro. Vá adicionando as farinhas aos poucos, até obter uma mistura uniforme.
Unte com azeite uma forma com furo no meio, alterne nas bordas rodelas de ovo cozido e alguns camarões para enfeitar, e coloque o cuscuz apertando a massa com as costas da colher para ficar homogêneo. Deixe acentar por alguns minutos e depois desenforme. Decore com galhos de coentro e salsinha.

Ivan quase pode ver os pontos de interrogação desenhados nos olhos de Maria Claudia, em frente a ele, em silêncio, uma expressão suave no rosto. Ela pousa o olhar no russo, talvez tentando encontrar as respostas sem que ele falasse. Tinha tanto a perguntar, tanto a saber, mas não queria bisbilhotar. Não com um KGB!

– Boa tarde senhor, senhora! Querem degustar uma cachaça, como aperitivo? É oferta da casa! – diz um garçom, aproximando-se da mesa, na bandeja algumas garrafas de diferentes marcas de cachaça de primeira linha.

– Ah... Não, obrigada... Eu estou dirigindo...

– Eu vou querer, sim! – e olhando para Maria Claudia, rindo – Eu não estou dirigindo!

O garçom se afasta após anotar os pedidos de bebidas dos dois e servir um copinho, que Ivan logo pega, dá um gole, aprecia, aprova, e o apoia na mesa, sem largá-lo, olhando para ele, absorto.

– KGB, sim... – ele diz, ainda olhando para dentro do copo.

Maria Claudia permanece quieta, aguardando que ele prossiga.

– Eu também estudei Direito, Maria Claudia – ele muda de tom e fica mais leve, como se mudasse de assunto.

– Ah é?? – ela arregala os olhos, sorrindo, surpresa e feliz, esperando detalhes, sem querer interrompê-lo: mais uma revelação!

– Na Faculdade de Direito, em *Maskva*. Eu tinha 20 anos, e assim que eu saí do exército, fui para a Faculdade. Eu não tinha certeza se eu queria advogar. E aí eu fui influenciado pelos policiais e promotores, em *Crime e Castigo* e *Brátya Karamázovi* – explica Ivan.

– As bebidas – diz o garçom, colocando o guaraná *diet* e o copo em frente a Maria Claudia, e o copo alto de chopp para Ivan, que dá mais um gole de cachaça, antes de voltar a falar.

– Todo mundo lê esses livros e fica do lado do Roskólnikov e do Dmitri Karamázov – continua o russo.

Os personagens procurados pela polícia, nos dois romances de Dostoievsky. Maria Claudia já tinha lido *Crime e Castigo*.

– Mas eu me identifiquei com os policiais e com os promotores! Um dia, um professor sugeriu que eu trabalhasse na polícia, antes de tentar ser promotor. Na parte burocrática da polícia. E disse que ia sugerir o meu nome para a KGB – era KGB, naquela época!

Maria Claudia tem um rápido calafrio, pensando em todas as coisas que o mundo ouvira falar da KGB até pouco antes da Queda do Muro.

– Mão não era tudo isso que falavam de nós, no exterior... – diz o russo, ao perceber a reação da brasileira – Exageraram muito, Maria Claudia... Do mesmo jeito que falavam da CIA, na União Soviética... Além disso, todo país tem um serviço secreto de inteligência. O Brasil também tem, pode saber. Nenhum país sobrevive sem isso. O peso desse serviço secreto só depende do tamanho da economia do país.

Maria Claudia ouve, atenta.

– Assim que eu me formei, comecei a trabalhar lá. E uma coisa foi levando a outra... – ele fica reticente, lembrando coisas do passado – E eu acabei indo trabalhar no setor de investigação, os anos foram passando, fui sendo promovido, a advocacia e mesmo a promotoria ficaram de lado. Hoje, chama-se FSB, e eu sou do Serviço de Segurança Econômica.

Maria Claudia pega o copinho de cachaça e dá um golinho, devolvendo-o ao russo, que vira o copo com o fim de bebida que havia nele, depois de lhe perguntar se queria mais, e ela recusar com um aceno.

– Eu tou cansando você?

– Não, de jeito nenhum, Ivan!

– Esse departamento – ele retoma – investiga e combate o crime organizado e corrupção.

– Putz, Ivan! A gente tava precisando de você, lá no Palácio do Planalto, pra dar um rapa por lá!

Ele dá um sorriso rápido.

– Fazia tempo que eu não trabalhava na rua. Já estava fora de forma... Eu tenho quarenta e sete anos, Maria Claudia!

Ela sabia. Acabara de ler, nos documentos traduzidos. Russo, nascido em Moscou, quarenta e sete anos, agente da Polícia da Federação Russa, divorciado...

– Eu vim pra essa operação aqui no Brasil, porque é do meu setor, porque eu falo português, e...

Maria Claudia sente que vinha uma parte boa da estória.

– Vamos comer? – ele sugere, mudando de assunto, preferindo não falar mais.

"Ana Ana! Você não vai acreditar, cê vai cair dura! Ele é um putz de um KGB ferradão!"

No telefone, à tarde, Maria Claudia tinha vontade de contar tudo para a amiga. Que ele era da KGB, que tinha vindo prender o Morogovsky, que ele tinha uma pegada boa – pois tinha dado tempo de perceber isso, no beijo interrompido: sabia que essa era a parte que ia interessar à amiga. Mas não podia dizer nada. Era difícil se controlar e fingir que ainda desconfiava dele. Nunca tinha guardado nenhum segredo de Ana Cecília, ao contrário, ficava sempre aflita para ir logo abrir o coração com ela, trocar ideias, se desabafar, ouvir alguma palavra amiga, algum conselho. Sabia, porém, que o assunto era sério demais, perigoso mesmo, e que Ivan contava com ela para não abrir a boca para ninguém. Afinal, sabia agora, ela havia entrado nessa estória por um simples acaso. E apenas porque os fatos assim tinham se seguido, ela nesse momento estava a par de uma importante operação policial entre as justiças do Brasil e a Rússia.

Ana Cecília, de resto, parecia estar desatenta ao que ela dizia, não dando sequência à conversa, não fazendo comentários maliciosos, tiradas engraçadas, risadas soltas, como era seu costume. Maria Claudia já sabia do que se tratava, quando a amiga ficava assim, distante e reticente. Algum problema com o ex-marido. E quando, perguntada, não queria nem dizer qual era a questão, era porque estava pesado demais para que Ana Cecília se abrisse, e Maria Claudia teria que ir com tato, aos poucos, talvez até levando dias para descobrir o que era e poder ajudar a amiga de alguma forma.

Chegara em casa no final da tarde, tendo inutilmente tentado trabalhar e se concentrar ao voltar ao escritório, depois de deixar Ivan no hotel, onde iriam buscá-lo para mais uma batelada de reuniões que, ela agora sabia, não eram com uma quadrilha.

– Oi, Claudinha! Tudo bem? – diz o irmão, Otávio, entrando em casa no começo da noite, pasta de executivo na mão, da porta de entrada vendo a irmã, na cozinha, já de banho tomado e pijamas da Any Any, da Avenida Paulista.

– Tudo! E aí? – "Sabe o Ivan? Ele é da KGB! Ops! FSB!"

Maria Claudia tem dificuldade em manter-se em silêncio sobre a novidade. Era grande demais para ela. Com muito esforço ela busca alguma outra conversa. Precisava tanto contar para alguém! Mas o irmão facilitou-lhe a vida, logo indo ligar a TV para ver as notícias e se atualizar sobre os escândalos do governo.

– Vão mostrar os depoimentos, no jornal. Eu não vi ao vivo, à tarde!

– Dois renunciaram hoje: o José Borba e o Paulo Rocha. Acusados de quebra de decoro parlamentar.

– Será que vai mesmo começar a cair cabeça por cabeça? Ou vai dar em pizza, mais uma vez?

Maria Claudia não tinha condições de prestar atenção nas notícias e em mais nada. Mal podia organizar os pensamentos sobre tudo o que ouvira e sentira desde a véspera. Queria conversar sobre isso, ou pelo menos, ficar a sós e relembrar as palavras de Ivan.

– Teu jantar tá em cima do fogão, Tavinho! – ela avisa.

Jandira, a empregada, sempre deixava para os irmãos, que dificilmente almoçavam em casa, um jantarzinho trivial caseiro, como fazia no tempo em que D. Dila ainda morava lá com o Dr. Otávio, desde que os três irmãos eram crianças. Dizia que isso mantinha o "ar de família" na casa. Arroz e feijão. Bife, ovos mexidos. Uma farofinha. Legumes cozidos, que só Maria Claudia comia. Saladas e batatas. Sabia o ponto do bife para Otavinho. Fazia sobremesas sem açúcar para Maria Claudia. Nunca fazia massa, pois achava que não sabia cozinhá-la: tinha medo da culinária italiana. E era mineira, o que tornava seu menu suficiente para toda uma vida.

– Mineira, como o Pelé! – eles haviam crescido ouvindo-a dizer, cheia de orgulho.

Agora, ela passara a dizer, com ainda mais orgulho: "Mineira, como o Pelé e o Ministro Joaquim Barbosa!".

O Ministro Joaquim Barbosa, do Supremo Tribunal Federal, a corte mais alta do sistema judiciário brasileiro, então ainda desconhecido do grande público, notório apenas entre alguns, começava se tornar a última esperança dos cidadãos. Era o relator do processo do Mensalão, aberto em função da Comissão Parlamentar de Inquérito que estava investigando o escândalo. Em suas mãos estava a possibilidade de evitar o processo, de interromper ou não dar nenhuma consequência às CPIs que estavam investigando esse episódio que estava chacoalhando a opinião pública no Brasil. Estava na berlinda toda a cúpula do PT, Partido dos Trabalhadores, o partido do Presidente Lula. Lula que, a despeito de todo o escândalo envolvendo seus correligionários e seus homens fortes, sempre que perguntado – e o era com frequência - dizia evasivamente que não tinha conhecimento de nada daquilo que estava sendo dito. Difícil crer nesse desconhecimento, dado que ele, Lula, era o principal beneficiário de todo o esquema. Usando de coragem e de suas atribuições no mais alto Tribunal do país, o Ministro Joaquim Barbosa estava apoiando aquelas investigações, fazendo o Judiciário bater de frente com os poderes Executivo e Legislativo, ao abrir a enorme ferida, escancarando a verdade sobre os líderes do governo, dando todos os nomes dos envolvidos, elencando todas as suas infrações e crimes, publicando as reais e vergonhosamente altas cifras embolsadas, nessa CPI que estava investigando um suposto esquema de distribuição de dinheiro em troca de apoio político, onde quantias eram regularmente passadas a deputados de outros partidos para que votassem a favor das propostas do governo Lula, esquema este denunciado pelo deputado federal Roberto Jefferson. Quarenta pessoas já tinham sido denunciadas pelo procurador-geral da república, Antonio Fernando de Souza, para quem os acusados – homens do Presidente Lula, que dizia nada saber - faziam parte de uma organização criminosa altamente sofisticada, tendo cometido crimes como peculato, lavagem de dinheiro, corrupção ativa, gestão fraudulenta, entre outras fraudes. Para o procurador-geral, no núcleo político do esquema estavam o ministro-chefe da Casa Civil do governo Lula, José Dirceu, o "chefe da quadrilha"; o ex-presidente do PT, José Genoíno, e o tesoureiro do PT, Delúbio Soares, enquanto a área publicitária e financeira era composta por Marcos Valério, que se encarregava da distribuição do dinheiro, o "*Valerioduto*", e ainda os sócios dele e diretores do Banco Rural. Jornais do país mostravam charges do bando usando o uniforme dos Irmãos Metralha. Todos, é claro, negaram terem feito qualquer coisa de errado. Delúbio Soares, encurralado, admitiu apenas a prática de caixa dois de campanha, crime menor, que daria no máximo cinco anos de reclusão. O Brasil inteiro agora acompanhando a desonra, com cada acusado, e até as desavisadas esposas de alguns, vindo depor na CPI, para então ser formalizada a acusação e ter início o processo, com o Ministro Joaquim Barbosa como seu relator – o carrasco do escândalo. Queira ou não o Presidente Lula. E toda a população brasileira, pelos quatro cantos do continental país, ligada nos minuciosos detalhes, com os depoimentos ao vivo, na televisão.

– Você não vem comer? – estranha Otavinho.

– Não vou não, não tou com fome, almocei bem – responde-lhe a irmã, um copo de leite na mão, indo para o quarto, antes que desse com a língua nos dentes.

Estava mesmo com sono. Assim como Ivan. Tinham-se falado, no final da tarde, quando ela se preparava para sair do escritório. Ele ainda não havia terminado sua última reunião. Ela percebeu pela voz o quanto ele estava cansado.

– Tá pregado, né?

– ... O quê? – ele não entende a expressão.

– Pregado, Ivan. Morto de cansaço.

– Ah, *sou* cansado. *Sou* dormindo em pé, preciso acabar por hoje e ir pro hotel. Maskvá nie srázu stróilas'. Moscou não foi feita em um dia.

Ela então nem esboçou fazer nenhuma pergunta, assim como não o fizera, horas antes, quando foi levá-lo de volta ao hotel ao saírem da Chácara Santa Cecília, vendo quanto ele estava exausto, tendo passado a noite em claro, e ainda com mais reuniões tarde adentro. Num farol fechado, subindo a Avenida Rebouças em direção à Paulista, Ivan não percebera Maria Claudia fitando-o em silêncio. Era outro homem ou o mesmo de antes? A verdade sobre ele o transformava em outra pessoa? Por um lado, sim. Agora ela sabia – e como – o que estava por trás da cara sisuda que ele assumia com frequência. Por outro, porém, parecia o mesmo Ivan de sempre, meio engraçado, meio malandro, meio fanfarrão, com o qual ela se acostumara nos últimos dias, em cuja companhia se sentia tão bem. A intimidação inicial sobre a KGB agora já havia ficado para trás, conforme ela o vê, assim, cansado, bocejando... A KGB, a arma, a cara séria, o oligarca, e as piadas, o cabelo que formava um topete com o vento, os olhos azuis, o sorriso de Ivan... E ela tem um flash onde se vê pegando-lhe o rosto nas mãos e dando-lhe um beijo, um longo beijo, o beijo da véspera, o beijo interrompido. "Cuidado, Maria Claudia! Perigo!" Quando ele se dá conta que ela o observa, ela, sorrindo, brinca e passa a mão rapidamente na cabeça dele, despenteando-lhe os cabelos, logo engatando a primeira e saindo no farol verde, enquanto ele, sorrindo também, passa a mão pela cabeça puxando os o cabelos de volta para trás, o rádio tocando Zizi Possi, "*Perigo*",

...Perigo eu ter você perto dos olhos, mas longe do coração
Perigo é ver você assim sorrindo, isso é muita tentação...

Capítulo 7

Terça-feira
18 de outubro de 2005

Santos

Ivan tinha acordado de bom humor. Seu time tinha ganhado...

...Tarde ensolarada de primavera. Nenhuma nuvem no céu. Clima de decisão no ar. Maracanã lotado, mais de cem mil pessoas gritando, entusiasmadas. Nos alto-falantes do estádio, a música tema do "Canal 100".

"...E pega a bola Yeltsin, gira, volta, chuta pra frente, a bola bate no Bush e volta pra ele, vai chutar, chuta errado, a bola cai no pé de Blair, que sai pelo Clube Atlético do Resto do Mundo e é desarmado por Vladimir, que vem ajudar a zaga quadriculada e atropela o Berlusconi, é falta. Bate Berlusconi, bate mal, retoma a bola o time quadriculado, Chirac estica a perna e não acha nada, Yeltsin passa pro Medvedev que acompanhava, bem colocado, ele passa pro Putin que toma conta da bola e sai na disparada em direção ao gol e chuuuuuta forte ... na traaaave! Vladimir Putin para, olha, vai ao desespero, leva as mãos à cabeça, tudo parado. Tudo parado, o árbitro manda todo mundo parar, tá marcando outra falta do Hugo Chavez que trombou com o atacante quadriculado antes do chute, mas que lambaaaança que faz esse back do Resto do Mundo! E volta o time listrado com a bola, Blair vai seguindo, tenta passar, para, olha pra frente , não acha Bush, enche o pé, a bola sai, vai looooonge e sai pela linha de fundo"

"Silvério"

"Fala, Zaidan"

"Esse jogador, o Tony Blair, ele tá caindo muito pra esquerda, ele insiste em jogar por aí e desse jeito ele não está conseguindo encontrar o Bush. O que ele está fazendo não está dando certo, não adianta, ele vai ter que jogar de acordo com a tática do George Americano. Se ele cair mais pro centro e encostar mais, e der mais espaço pro outro companheiro do time subir, eles terão mais chances de chegar ao gol quadriculado. Mas também, tudo vai depender do Bush, que como nós estamos vendo, quer atacar de qualquer jeito, mas sempre acaba metendo os pés pelas mãos!"

"E rola a bola no Maracanã, Hugo Chavez e Blair tabelam numa correria em direção ao gol do Nicolau, o elegante goleiro quadriculado, parece um lord, parece um tzar, a bola corre demais, os dois correm atrás, saem pela linha de fundo com bola e tudo. Cartão vermelho! Falta fora do lance, cartão vermelho, o que que houve aí nesse canto, Praetzel?"

"Agressão de jogador sobre o próprio companheiro de time, Putin caído no chão com a mão no joelho, Zé Stalin tá expulso. Agora o Corinthians Moscovita fica com um homem a menos!".

Nos alto-falantes, o tema do Canal 100, num crescendo.

"É tiro de meta, Nicolau II manda a bola pra frente, Yeltsin recebe, domina e passa pra Medvedev, que corre com ela e passa pra Putin, Putin dribla um, dribla dois, evita o choque, passa pra Yeltsin, que devolve pra ele, que chuta pro Medvedev e sai correndo em direção ao gol adversário, Medvedev segura a bola, dá um chute longo pra área listrada onde já chegou Putin, que para, olha pra cima, mata a bola no peito, domina com o pé, faz o giro, de costas pro gol, vem vindo o Berlusconi pesadão, Putin devolve pro Medevedev, que bate de volta pra ele, vai pintar um golaço, Putin olha pra trás, dá um salto, de primeira, de bicicleta e é gol! Gooooooooooooooooooooolllllll!!! Vladimir, Vladimir, Vladimir Puuuuuuuuutin!! Golaço, golaço, golaço, gol de placa, é o gol, a maior alegria do futebol! Goooooooooooooooo.... Bip! Bip! Bip! E Ivan acorda com o alarme de seu celular.

O céu ainda está avermelhado com o amanhecer, as maritacas voando aos bandos em algazarra barulhenta e alegre, quando Maria Claudia embica a pick-up do irmão, uma Chevrolet S-10 branca, para fora da garagem, acenando para o porteiro, ligando o rádio, e tomando o caminho da Avenida Paulista. Para ir buscar Ivan, é claro. Ele ia com a brasileira para Santos. Tinham combinado isso na véspera, quando ele ligara à noite, do hotel, estirado na cama, de terno, sem forças nem para se despir. Maria Claudia usava o carro do irmão, às terças-feiras, quando era dia do rodízio de seu carro, chapa final 4: cada dia da semana tinha sua restrição, e terça-feira era dia dos veículos de placas com final 3 ou 4 não saírem da garagem, entre as sete e as dez da manhã, e entre as cinco da tarde e oito da noite. E não saíam, os paulistanos gostavam de respeitar a regras e evitar multas. Mas quase todos achavam um meio de não se apertar pela falta do carro. Alguns compravam um segundo automóvel, mais simples, com outro final de placa, para ser usado apenas nesse dia. Outros lançavam mão de esquemas, assim como Maria Claudia e seu irmão Otávio: nas terças-feiras, Otávio, que passava o dia inteiro dentro do escritório, emprestava seu carro à irmã, cujo trabalho exigia que ela circulasse pelos quatro cantos cidade, e ia trabalhar de táxi. Nas sextas-feiras, dia de sua *pick-up* com placa final zero ficar na garagem, ele igualmente tomava um táxi, ou pegava emprestado o carro de Bruna, sua noiva, ensejando que o casal frequentemente adotasse o conveniente subterfúgio para Bruna vir dormir na casa do noivo, de modo que ele pudesse sair cedo com o carro dela, vez que ela morava no Morumbi, perto do estádio, na zona sul, longe dali. Dessa forma, a ideia das autoridades de desafogar o trânsito caía por terra, pois esquemas como esse, todos juntos, faziam com que praticamente toda a frota de São Paulo saísse para as ruas. E o pior, não dava chance à prefeitura de faturar com multas. A coisa ficava caótica de uma vez com a entrada de carros de outras cidades, liberados do rodízio, levando até alguns paulistanos a irem comprar e emplacar seus automóveis fora da capital, apenas para poderem circular todos os dias sem essa dor de cabeça. Maria Claudia, adepta à não poluição, à vida ecológica, com respeito à natureza e à salvação do planeta, sentia-se um pouco culpada, e até chegou a tentar ir trabalhar de táxi, metrô e ônibus um certo dia. Perdeu a paciência com todas as pessoas no escritório; teve que redigir várias vezes uma petição simples; chegou atrasada e esbaforida a mais de um compromisso; e em casa, à noite, de nervoso, comeu três bombons Sonho de Valsa do balde de vidro de Otávio, estragando sua dieta. Nunca mais.

– Bom dia! – ela fala de dentro da S-10 para uma senhora conhecida que, na calçada, de *moleton* e tênis, ia para o parque, fazer seu *jogging* matinal.

Maria Claudia relembra a conversa ao telefone na noite da véspera com o russo, que lhe dissera ter passado a tarde toda fechado numa sala, ligado pelo celular e pelo computador com o Brasil e a Rússia, falando com diferentes autoridades dos dois lados, investigadores e policiais indo e vindo, informações sendo checadas, confirmadas ou negadas, várias xícaras de café de uma garrafa térmica, que alguém substituiu algumas vezes, acompanhando tudo. Tinham checado e repassado os últimos passos do magnata e agora aguardavam seus contatos os atualizarem. Parecia à Maria Claudia que Ivan estava lhe contando um filme. Ao dizer para ele que estaria indo para Santos logo pela manhã, como ele já sabia, a brasileira percebe em Ivan um silêncio conhecido, sugestivo.

– Você quer ir, também? Você pode?

– *Teria* bem interessante... Eu teria coisas para ver *aqui*...

Maria Claudia já tinha se acostumado a Ivan derrapar um pouco no português, quando passava um dia cheio e estressado daquele jeito, falando ora uma língua, ora outra. Ele acabava o dia trocando os verbos, esquecendo palavras, voltando a trocar os "o"s pelos "a"s, e falando algumas coisas em russo, mesmo. Toda a explicação dele sobre o trabalho daquela tarde tinha sido até um pouco complicado para ela entender, por conta disso.

– É que eu vou ter que sair super cedo, Ivan...

Antes de pegarem a estrada, ela ia passar no Ceasa, a grande feira de flores e plantas da cidade, para fazer a compra que D. Díla lhe havia pedido. Se tivesse que ir procurar, escolher e comprar pessoalmente, teria que ter saído de casa muito mais cedo – às cinco da manhã, talvez. Mas quando, na véspera, na Chácara Santa Cecília, fora se servir no *buffet* assim que Ivan encerrou o relato sobre si e sobre a KGB – FSB, ela se aproximou de Carlinhos, contou dos pedidos da mãe, e até colocou os dois no telefone, para que D. Díla explicasse ela própria para o paisagista o que é que tinha em mente. Carlinhos não só ouviu e deu sugestões, como também, acostumado ele mesmo a ir ao Ceasa com frequência, combinou com Maria Claudia que ele iria lá no dia seguinte, mais cedo, encontraria a encomenda de D. Díla, e aguardaria Maria Claudia para lhe entregar.

– Eu acordo cedo, não tem *prablema*... Alarme no celular... – diz o russo, sem forças nem português para se alongar na conversa.

– Tá bom, então... Eu passo aí às seis e pouquinho, ok?

– *Kharashó* – ele diz. "Tudo bem", em russo.

– Então, tá. Até amanhã.

– Durma bem, *Claudiúshka*...

– Você também, Ivanzinho!

Vinte e quatro horas depois do beijo interrompido, os dois tinham ido dormir exaustos, aliviados e felizes.

O ar fresco e limpo da manhãzinha; os raios de sol passando pelas folhas das densas árvores na Avenida Pedroso de Moraes; o asfalto ainda um pouco molhado do orvalho; o cheiro doce das plantas e flores nos jardins ao longo da avenida, brilhantes com a umidade da alvorada. Tudo promete um dia ensolarado de Primavera, na cidade que ainda começa a acordar. Cidade de azaléas, de jasmins, de manacás, de damas-da-noite. De ipês amarelos e roxos, de quaresmeiras cor de rosa e lilás, de flamboyants, hibiscos e rezedás. De abacateiros, amoreiras e goiabeiras. De seringueiras, palmeiras e eucaliptos. Parados num sinal na Praça Panamericana, Ivan observa os ciclistas indo para o Parque Villa Lobos, ainda vazio a essa hora, para o exercício matinal, e nem sequer imagina que esteja para chegar ao local onde todas as plantas e flores que dão vida, sentido e beleza à gigante e cinzenta cidade se encontram à venda, num mar de cores e fotossíntese, o *shopping* do florista, o paraíso do jardineiro, o Éden dos amantes da natureza. Abrindo o farol, seguindo pela longa avenida, o rádio começa a tocar Gal Costa, *Estrada do Sol,*

...Quero que você me dê a mão vamos sair por aí
Sem pensar no que foi que sonhei, que chorei, que sofri
Pois a nossa manhã já me fez esquecer...

Às sete da manhã, a maioria dos compradores e frequentadores do Ceagesp já estão indo embora, tendo chegado muito mais cedo, no meio da madrugada, e feito suas compras quando as barracas estavam terminando de ser arrumadas. Os donos de floriculturas já encheram suas vans. Os vendedores de plantas e árvores já carregaram seus caminhões. Os paisagistas já escolheram seus vasos, plantas e ornamentos. As donas de casa já compraram suas flores e vasinhos. Um gigante galpão aberto dos lados, o Ceagesp é o terceiro maior atacadista de perecíveis do mundo, e nas terças e sextas-feiras é entreposto de plantas, num mar de verde e cores. Todos os agricultores de plantas ornamentais do estado de São Paulo para lá se dirigem para vender seus produtos, desde flores para vasos até árvores de grande e médio porte, e ainda todos os acessórios para festas, floriculturas e jardins. Qualquer árvore, qualquer planta, qualquer flor: tem no Ceagesp. Quando Maria Claudia e Ivan chegam à entrada principal, o chão já todo coberto de folhas, pétalas e terra, Carlinhos está lá, as encomendas de D. Díla ao seu lado, aguardando.

– Oi, Carlinhos!

O amigo nem estranha que Ivan esteja com ela outra vez. "Estão namorando, com certeza". E mostra para a amiga as compras que acabara de fazer, Maria Claudia admirando a originalidade, não entendendo muito de plantas e achando ótimo ter vindo de *pick-up*.

– Eu já falei pra D. Díla, no telefone, como fazer com as plantas, como plantar, ela já sabe, Claudinha, nem precisa se preocupar.

– É bom, Carlinhos, porque eu não ia saber explicar!

Quando ela se dá conta, após conversar um pouco com Carlinhos e contratarem um carregador, Ivan já sumiu de seu lado, embarafustando-se no meio das plantas. Em vão ela olha em torno, só vendo os funcionários do Ceagesp, os donos de barracas e os compradores. Nada da cabeça loura de Ivan se destacando sobre as outras, mais alto.

– Ai, Carlinhos, desculpa, cê fica aqui um minuto, eu vou ver se eu o acho! – ela pede, sem graça com tantos favores que o amigo paisagista já está fazendo.

Maria Claudia passa com pressa, enveredando-se por entre os compradores amontoados, parados em frente a cada flor, a cada árvore, a cada arbusto, os corredores estreitos ladeados pelas plantas e pés de flores de todos os tamanhos com suas raízes em blocos de terra, dentro de sacos plásticos ou caixotes, para serem levados para casas, hotéis, condomínios, clubes, canteiros das ruas, chácaras, todo tipo de lugar, onde os jardineiros ou os proprietários eles mesmos, amantes do trabalho com a terra, aguardavam para passar o dia jardinando. Começa a ficar aflita, pois não vê sinal de Ivan, e não dispõe de todo o tempo, tinha uma reunião em Santos, antes do meio-dia, não podia ficar brincando de esconde-esconde com o russo KGB no Ceagesp. Já se vê ligando para Santos e dizendo que vai atrasar, e pega o celular para ligar para Ivan, quando este toca. O próprio Ivan chamando.

– Oi, Maria Claudia. Onde você está?

– Eu que pergunto! Tou procurando você, onde você tá? – ela diz, exatamente no meio do Ceagesp.

– Estou aqui, ao lado do Carlinhos!

A Rodovia dos Imigrantes é a estrada preferida de Maria Claudia. E de muitos paulistanos também. Porque é moderna, arrojada e linda, e em menos de uma hora a leva para ver os pais, para a praia, para o astral litorâneo. Passa no meio da Mata Atlântica, descendo os oitocentos metros que separam São Paulo, lá em cima, até a Baixada Santista, pela Serra do Mar, e o motorista quase não percebe que está descendo. Tem-se a sensação de que, abrindo a janela do carro, pode-se passar as mãos naquele verde tropical todo. Àquela hora, pouco mais de sete e meia da manhã, com trânsito já denso, mas fluindo bem, Ivan começa a ver ao vivo o que já havia visto em jornais, em livros e em sites na Internet.

– Aqui é o Parque Estadual da Serra do Mar, Ivan. A costa do Brasil, que é quase toda a metade da direita da América do Sul, tem oito mil quilômetros, e é aqui no litoral de São Paulo que tá a maior parte da Mata Atlântica. Desde o litoral norte do estado, na divisa com o Rio de Janeiro, até o litoral sul, com o estado do Paraná. A Ecovias, que construiu e administra a estrada, ganhou o certificado ISO de Gestão Ambiental, porque eles conseguiram fazer isso tudo com o mínimo de desmatamento, o modelo de gestão deles em obras de infraestrutura foi adotado como padrão no mundo todo. São sessenta quilômetros descendo só por túneis e viadutos mata abaixo.

– Quatorze túneis. Os mais longos têm mais de três quilômetros. E mais de quarenta viadutos – diz Ivan, olhando em torno, já tendo visto as fotos do lugar, o queixo caído, vendo ao vivo – Em 1839 já queriam conseguir ligar Santos a São Paulo, com uma estrada de ferro. Chamaram os ingleses, os Stephenson, para analisar, e só vinte anos depois os projetos foram pra frente. Acabou saindo a São Paulo Railway, e a subida ia ser dividida em quatro declives, tendo mais ou menos dois e três mil metros de comprimento cada um, com uma inclinação de 8%. Entre os declives, uma extensão de linha de setenta e cinco metros de comprimento, com inclinação de 1%. Nesses patamares, montaram casas de força com máquinas a vapor, para dar a tração dos cabos. Como a encosta é de rocha, tinham que perfurar para ajustar as construções, mas não usaram explosivos. Usaram britadores. Teve perfurações que precisaram ter vinte metros de profundidade. Tiveram que subir algumas muralhas de concreto pra segurar a encosta, algumas com mais de vinte metros de altura. Foi inaugurada em 1867, e reformada em 1895. Estavam no auge das exportações de café. E por essa linha de trem subiram pra São Paulo os imigrantes do mundo todo que vieram pro Brasil desde essa época.

Maria Claudia já não estranha mais. Ele sabia de tudo, do Brasil.

– Desde o descobrimento do Brasil – ela engata no assunto – já se queria acertar essa rota pra cima. Os portugueses foram os primeiros, logo que chegaram, no século XV, começo do XVI. É um paredão de oitocentos metros de altura, de rocha coberta de mata. Os portugueses que se uniram pra encarar essa subida, com a ajuda dos índios, subindo a serra acima e abrindo a mata no muque, no facão, foram os chamados "bandeirantes". E depois que chegaram lá em cima, e fundaram a cidade de São Paulo, continuaram estado adentro, no mesmo esquema, porque lá é mata também. Mas antes de começarem a subir, eles povoaram a região da Baixada, que já era cheia de índios, é claro. O primeiro português a vir pra esses lados foi Martin Afonso de Souza, era o chefe de uma esquadra. Eles tinham que se dar bem com os índios na marra, porque eles dependiam dos índios pra se acharem por aqui, os índios é que sabiam dos rios, das matas, de tudo. E rolava até um comércio entre eles. Foram atacados por um bom tempo, toda hora aparecia navio estrangeiro querendo saquear. Teve até um corsário inglês famoso, Thomas Cavendish, que na Inglaterra era herói, deu a volta ao mundo e tudo, mas aqui no Brasil foi bandidão mesmo, tacou fogo, matou gente pra caramba e roubou tudo o que pôde. Num dia que ele estava atacando a cidade, o povo se refugiou numa capela num morro e ficaram lá dentro morrendo de medo, rezando pra uma imagem de Nossa Senhora de Montserrat, que um espanhol tinha doado. Houve um deslizamento de terra que acabou com os ingleses, e a turma atribuiu o milagre à santa, que virou padroeira de Santos. E o Cavendish acabou perdendo da portuguesada e dos índios. Se os ingleses tivessem ganhado essa parada, e dominado Santos, a história iria dizer que eles eram heróis, "conquistadores". Mas eram uns piratas e os portugueses correram com eles, dizendo, *"Num vem que num tem, chegamo aqui primeiro!"*. Daí ele foi com a turma dele passar pelo Estreito de Magalhães pra tentar atacar as colônias espanholas do lado de lá, mas se deu mal, o tempo tinha mudado, pegaram tempestades, os homens dele morreram nos navios, e ele voltou doente pra Santos, e teve que se internar na Santa Casa, que ele mesmo tinha atacado poucos meses antes! Ficou rodando pelo litoral brasileiro inteirinho, ficou até em Ilhabela, e acabou morrendo por aqui mesmo, com trinta e um anos de idade, numa praia no nordeste, em Pernambuco, em 1592.

– Aula de história! – ri Ivan.

– Isso mesmo! – ela ri também – Depois vai ter chamada oral!

Ivan sabia muito sobre o Brasil. Mas Maria Claudia sabia mais.

Conseguindo pegar mais velocidade, o trânsito abrindo um pouco, entrando numa das pontes gigantescas ladeada dos enormes muros da Mata Atlântica, o tempo e o ar já ficando mais marinhos, Maria Claudia aumenta o rádio, com vontade de dançar, a Nova Brasil FM tocando Lulu Santos, *Descobridor dos Sete Mares,*

> *...Uma luz azul me guia*
> *Com a firmeza e os lampejos de um farol...*

A chegada a Santos, passando por Cubatão, não é a coisa mais agradável de se ver. Chega-se à baixada depois de se descer aquele paredão em cima do qual fica a cidade de São Paulo, como se chegasse a um charco, à frente e aos lados apenas enormes poças, indústrias e sujeira. A meca da poluição. Diferentes estradas se cruzando, levando aos diferentes pontos do litoral sul do estado. E Santos, em frente. Toda vez que Maria Claudia desce para lá, a antecipação pelo momento de finalmente ver o mar já de dentro do carro começa a crescer desde que sai do último túnel. E quando, depois de passar pelas ruas, avenidas e canais santistas, chega-se afinal à avenida da praia, é como se ela finalmente pudesse respirar fundo, o marzão ali em frente, as pessoas passeando de *shorts*, camisetas, sandálias, todos parecendo estar em férias. As cores, a brisa, o sal no ar, o mar aberto, os navios lá longe, o porto.

O porto. As exportações. O café. Era por eles que ela estava chegando ali, daquela vez, trazendo consigo o meio-turista russo. E também é claro por seu pai e sua mãe, que ela vê de longe, na calçada, ao ir-se aproximando com a

Chevrolet S10 da entrada do prédio onde os pais moram, de frente para o mar, no Embaré, desde que saíram de São Paulo, anos antes. Maria Claudia dá um leve toque na buzina, encostando o carro em frente ao prédio, a alguns metros da mãe que, na calçada conversando com Jair, o porteiro, traz pela coleira o Picolé, o Cocker Spaniel cor de chocolate que tinha se tornado o novo bebê do casal aposentado.

– Encosta mais pra cá, Claudinha! – ela chama, feliz em ver a filha, animada e sorridente, apontando a entrada da garagem do prédio, Picolé reconhecendo o carro, começando a latir e abanar o rabo, puxando D. Díla em direção à S-10 branca.

– Eu tinha descido imaginando que você devia estar pra chegar; olha, Jair, vem ajudar por favor, tem coisas pra descarregar, as plantas; ah, como vai?; que trabalho você teve, minha filha!; Picolé, para de me puxar! – segue D. Díla, falando com todos ao mesmo tempo, inclusive com Ivan, que ela vira no banco do passageiro ao se aproximar da porta de Maria Claudia – Pegaram muito trânsito, na estrada? Picolé!

– Não, viemos super bem! – diz Maria Claudia já fora do carro, dando um beijo na mãe, Ivan saindo pelo outro lado e vindo se unir a elas, na calçada.

– Mãe, esse é o Ivan Ivánovitch, um amigo meu.

– Como vai a senhora? – Ivan, todo polido e sorrisos, pega a mão de D. Díla e se aproxima para um beijo no rosto da senhora, que também, com naturalidade, engata o gesto do rosto ao da mão.

– Ah, que nome mais bonito! É russo? Ou polonês? Aqui, Jair, vamos deixar ali naquele canto do jardim, o jardineiro vai chegar daqui a pouco.

– É russo – diz Ivan, alegre, brincando com Picolé que pulava em suas pernas abandando o rabo, indo ajudar Jair a descarregar as mudas de flores e arbustos, os pés de pequenas árvores e os vasos de plantas que Maria Claudia não sabia o que eram, totalmente diferentes das ideias iniciais de D. Díla, que Carlinhos na véspera lhe sugerira ao telefone e que, no Ceasa, comprara antes mesmo de Maria Claudia chegar, cujo valor Maria Claudia depositou na conta de Carlinhos lá mesmo, em um caixa eletrônico.

– Ah, mas que lindo! Esse Carlinhos é bom nisso, heim! Olha só, eu nunca iria pensar! – exclama a senhora síndica do prédio, admirando as plantas, mais modernas, que nem sonharia em comprar.

– Mãe, eu tou indo então, a minha reunião é daqui a pouco.

– Vocês ficam pra almoçar, não é? Para, Picolé! Deixa o Ivan em paz!

– Vamos almoçar fora? Cadê o papai? – ela pergunta, logo avistando o Sr. Otávio do outro lado da avenida, a uns cinquenta metros dali, de calças brancas, óculos escuros e chapeuzinho, numa das mesas de concreto no meio do canteiro de flores à beira do mar, junto a outros senhores, conversando.

– Tá lá na praça, com os amigos. Mas que almoçar fora, nada. Vou fazer um peixinho pra nós!

– Mãe, não quero dar trabalho.

D. Díla e Seu Otávio tinham mudado de cidade e também de estilo de vida. Num apartamento de três dormitórios de frente para o mar, mas sem maiores luxos, para onde levaram os móveis do apartamento de São Paulo, para que ficasse mais familiar, estavam bem acomodados e tinham uma rotina sossegada, cheia de sol e bermudões. Não tinham uma empregada fixa, apenas uma faxineira vinha uma vez por semana, fazer o serviço mais pesado, como lavar e passar as várias calças brancas do Seu Otávio.

– Vou já lá na peixaria, ver o que tem de bom e de fresquinho, hoje – diz a síndica, puxando Picolé dos joelhos de Ivan.

– Bom, então tá – diz Maria Claudia, ficando com água na boca – Ivan, você quer vir comigo? Assim você vê o centro velho da cidade, é bonito! Eu te deixo em algum ponto do calçadão, depois te pego.

– Vam.. – começa a falar o russo.

– Não, nada disso, vem comigo na peixaria, Ivan; obrigada, Jair! Muito mais interessante; depois vocês dão uma volta de carro pelo centro, pra ver. Com esse calor, vai deixar ele ficar andando por aí? Olha como ele é branco, vai passar mal, e não tá com protetor solar. Olha lá, seu pai – ela acena, de longe – Não tá vendo, não tá com os óculos de grau.

Maria Claudia olha para o russo, que nem está mais tão branco como quando chegara ao Brasil, tem até um bronzeadinho na cabeça e no rosto, após dias andando debaixo do sol na Avenida Paulista, e vê que ele já se decidira a seguir D. Díla.

– Ela é assim, bombada mesmo, Ivan, na boa. Até mais! – ela diz, sobre a mãe, entrando no carro, tomando a rua, indo passar ao lado do pai para acenar, vendo pelo retrovisor a mãe mostrando alguma coisa para o russo na calçada, Picolé dando saltos para alcançar as mãos de Ivan, no alto, os longos pelos marrons se abrindo no ar quando descia.

O Centro Velho de Santos é só história. Tudo ali remete ao Descobrimento, às Bandeiras, aos índios e portugueses, à glória da era do café seguindo do porto para o mundo, aos imigrantes, aos bons e maus momentos vividos no passado, como as tentativas de invasão, os incêndios criminosos, as epidemias. Maria Claudia segue concentrada na reunião que a espera, mas vai observando toda a avenida, o lindo canteiro bordeando o mar, com mais de duzentos mil metros quadrados de área, distribuídos em cinco quilômetros de extensão e largura variando entre quarenta e cinco e cinquenta metros; os navios lá longe esperando para atracar, fazendo a alegria dos românticos que gostam da vida na Marinha; o Aquário; o Monte Serrat; a Catedral. Os santistas ao longo da avenida e do canteiro, muitos deles aposentados como seus pais, relaxando, tomando sol, sentados nos bancos ao longo dos jardins ou andando de um a ponta à outra da orla. Chegando ao Centro Velho, Maria Claudia começa a procurar um lugar para estacionar, encontrando-o perto da Bolsa do Café, agora um museu, ao lado do escritório do cliente que vai encontrar. Vários exportadores, seguindo a tendência atual, mudaram-se de São Paulo e vieram se instalar junto ao porto, embora a mudança não seja vital para seu trabalho, pois a capital do estado está a menos de uma hora dali. O mundo moderno curiosamente reavivando o saudosismo até nos empresários.

A reunião de Maria Claudia com o cliente exportador na verdade poderia ter sido feita por telefone, por videoconferência no computador, ou até mesmo através de um e-mail com um relatório bem explicativo. Mas Maria Claudia, embora progressista no que dizia respeito à tecnologia, gostava de estar ao vivo, cara a cara com o cliente, para que este se sentisse de fato amparado. Sabia que o que tinha a explicar parecia óbvio para ela. Mas para o cliente, era comum acontecer, em geral num momento financeiro delicado ou no mínimo ameaçado, cheio de dúvidas sobre seus direitos – ou o que é pior, cheio de equivocadas certezas sobre eles – sua presença era como uma mão estendida, uma garantia de que, no mínimo, alguém estava lá por ele ou pela empresa, falando por eles. A exportadora estava tendo problemas com a transportadora com a qual vinha funcionando havia alguns anos. Tinham um contrato com a transportadora, cuja quebra era o que queriam debater com a advogada. Tinham sido procurados por mais de um intermediário, empresas que fazem a conexão entre exportadores e transportadoras, mostrando as vantagens em trabalhar com eles. Maria Claudia explicou então quais consequências cada uma das alternativas possíveis poderiam trazer. E quais os benefícios. Em quais delas corria-se algum risco em face da lei; quais eram mais seguras, e quais consequências se poderia esperar em cada uma delas. Em quais delas, inteirada que fora pelos administradores da empresa, o risco pecuniário era maior. Nessas reuniões, terminada a orientação jurídica, ela, via de regra, entrava na seara financeira, mais com instinto do que com conhecimento, posto que não era sua área. E curiosamente era nesse momento que ela mais gostava da advocacia.

Maria Claudia amava advogar. E o aspecto da advocacia que mais a entusiasmava não era aquele sobre as questões técnicas jurídicas especificamente, mas o relacionamento com o cliente. O cliente, pessoa física ou jurídica, era sempre uma pessoa em apuros, por passos errados ou no mínimo equivocados deles mesmos. Pessoas certinhas raramente se metiam em problemas, e gente sem problemas não precisa de advogados. Ao se encontrarem contra a parede, ameaçados em seus direitos, por culpa deles mesmos ou não, ou tendo eles colocado em risco os direitos de outrem, quem virá lhes dar a mão será um advogado. E ao contratar o advogado, o cliente procura mais do que um profissional para resolver litígios e tecnicalidades. Procura alguém com quem contar para ajudá-lo a pensar, a raciocinar, a ponderar, a tomar a decisão certa, ou pelo menos, a menos errada – no tangente ao problema jurídico em si e também nas questões paralelas. Na hora do apuro, o advogado é seu melhor amigo.

– Viu o depoimento, ontem? – pergunta Seu Otávio a Maria Claudia, no elevador, ajudando-a com os pacotes das lembranças de Paris e da ração do Picolé.

Seu Otávio nunca tinha tido, ao longo da vida, nenhum contato com a Marinha. Nada sabia sobre as coisas do mar. Nunca tinha viajado de navio, nem sequer entrado em um, antes de se mudar para a Baixada Santista. Mas adorava o estilo. Desde que compraram o apartamento em Santos, passara a usar calças brancas. Com elegantes camisas polo azul-marinho e branco, pequenos enfeites dourados em algum emblema sobre o lado esquerdo do peito, sempre barbeado, os cabelos bem cortados, as sobrancelhas aparadas. De alpargatas azuis, ou às vezes de sapatos brancos – que D. Díla achava horríveis – e óculos escuros, parecia um almirante reformado. Ainda iria acabar comprando um quepe. De que adiantava se aposentar, se não se podia fazer o que bem se entendesse?

– Não vi, pai, só li no jornal. Ontem eu tava um bagaço.

– Esses bandidos no Planalto não querem largar o osso! Mas o povo não tá querendo deixar isso barato, dessa vez. Não, aquela montanha de dinheiro, você viu? A Polícia Federal mostrou na TV a pilha gigante de dólares, tiveram que apoiar no chão, e passava da altura da mesa!

A Polícia Federal. Nunca estivera tão presente na vida de Maria Claudia. Enquanto cidadã e enquanto amiga do russo.

– E quem é esse homem que veio com você, o polonês?

– Russo, pai.

– Sua mãe me ligou, antes de irem à peixaria, e falou que era um amigo seu. Ficaram pra lá e pra cá, entravam no prédio e saíam de novo, não paravam de falar.

– A *mamãe* não parava de falar – corrige Maria Claudia, já imaginando que a mãe teria cansado Ivan com tanta conversa, sabe-se lá sobre o quê, conforme o elevador chega ao andar deles e o cheirinho da cozinha de D. Díla os recebe no *hall*.

– Ele também!

Maria Claudia ri, fechando os olhos, com água na boca, ao sentir o cheiro do almoço: D. Díla tinha feito vatapá.

Vatapá

Ingredientes:

- 500g de camarão seco
- 2 litros de leite de coco
- 150g de amendoim torrado e sem pele
- 150g de castanha de caju

- ½ xícara de cheiro verde
- ½ xícara de coentro
- 4 tomates picados
- 2 cebolas grandes picadas
- 2 xícaras de azeite de dendê
- 1 colher de azeite de oliva
- 3 xícaras de farinha de trigo ou aproximadamente 10 pães franceses amanhecidos
- sal
- 1 pequeno pedaço de gengibre ralado

Postas de peixe:

- 500g de postas de peixe branco
- 1 cebola cortada em rodelas
- 2 colheres (sopa) de azeite de dendê
- 2 tomates sem pele cortado em cubos
- 4 colheres (chá) de coentro em pó
- 1 xícara (chá) de pimentão verde fatiado em rodelas
- 2 colheres (chá) de pimenta calabresa em flocos
- 40 ml de suco de limão
- Sal e pimenta do reino a gosto

Tempere as postas de peixe com sal e pimenta do reino e reserve.
Limpe os camarões, tirando a calda e a cabeça, separando a metade. Bata no liquidificador o amendoim, as castanhas e metade dos camarões até virar uma farofa homogênea. Dissolva a farinha de trigo em ½ litro de leite de coco frio. Se estiver usando pão, coloque de molho na mesma quantidade de leite de coco. Coloque o restante do leite de coco na panela. Bata os temperos no liquidificador, coloque a panela no fogo e acrescente a farinha dissolvida, ou os pães, os temperos batidos e a farofa de camarão, amendoim e castanha. Não pare de mexer para não embolar. Acrescente o dendê, o azeite de oliva a outra metade dos camarões inteiros, o sal e o gengibre. Continue a mexer até ferver bem. O vatapá deve ficar com uma consistência firme, mas cremosa. Se ficar muito duro, acrescente mais leite de coco, se ficar muito mole, acrescente mais farinha de trigo ou pão. Acompanha postas de peixe:
Refogue a cebola, o tomate, o coentro em pó e o pimentão na metade do azeite de dendê; acrescente as postas por cima do refogado e deixe cozinhar por mais 5 minutos. Em seguida, salpique com pimenta calabresa. Regue com suco de limão e a outra metade do azeite de dendê. Tampe a panela, leve ao fogo médio e cozinhe até que fique macio. Corte as postas em pedaços pequenos e sirva.

Satisfeito depois do almoço, deitado em seu cantinho na cozinha, já usando a coleira *bleu, blanc, rouge* comprada especialmente para ele na Rue de

Rivoli, Picolé observa a mãe e a irmã mais velha terminando de lavar a louça e arrumar a bagunça, Maria Claudia ainda contando de Paris, tendo entregue aos pais as lembrancinhas; da visita à irmã e sobrinhos; do choro de Pedrinho; de Vinícius no colo de Ivan; do trabalho no escritório; da audiência que ia ter em Ubatuba, na sexta-feira.

– Essa não! Mas era só o que me faltava! – exclama Seu Otávio, na frente da TV, tomando cafezinho com Ivan – Díla! Vem ver essa! O teu amigo Lula tá lá na terra do Ivan dizendo pro Putin que vai mandar um brasileiro pra lua! – ele exagera – Um tal de Marcos Pontes, tenente coronel. Astronauta brasileiro. Mas vê se pode, mais essa, agora!

Seu Otávio e Ivan, na sala, assistiam às notícias da CPI do Mensalão, Ivan fazendo perguntas ao pai de Maria Claudia sobre o Pelé e sobre a Vila Belmiro, estádio do Santos Futebol Clube, ao lado do qual eles haviam passado, ao chegarem à Baixada. Ivan tinha se oferecido para ajudar com a louça na cozinha, mas D. Díla forçou-o a ir para a sala. Além do mais, ele já tinha até ajudado a fazer o almoço, tendo passado a manhã toda com ela.

Na rua, depois de passarem na peixaria e também da casa lotérica, indo para o supermercado, um pit-bull mal-encarado trazido por um rapaz com os protuberantes bíceps de fora resolveu implicar com o Picolé, que a princípio quis encarar, mas logo começou a tremer de medo e D. Díla o pegou no colo, o dono do cão bravo não parecendo se importar. Ivan, fechando a cara como só ele sabia fazer, colocou-se entre D. Díla e o musculoso, um braço carregando o pacote de peixe, o outro esticado, protegendo a mãe de Maria Claudia e o cachorrinho assustado, pessoas passando ao largo mortas de medo. D. Díla esbravejava dizendo que iria falar direto com João Paulo Tavares Papa, prefeito de Santos, sobre as leis da cidade quanto a cães de raças perigosas como aquela. Vários países europeus já tinham banido a criação dessas raças, e também tinham leis pesadas responsabilizando seus donos. D. Díla era uma síndica muito bem informada, e não seria a primeira vez que iria falar com o Prefeito João Paulo. Ivan visualiza a mãe de Maria Claudia, já conhecida nos corredores da prefeitura, e a cara do prefeito, cada vez que sua secretária anunciava, *"Dr. João Paulo, D. Díla está aí..."*

– Lula, meu amigo, qual o quê! O quê que o Ivan vai pensar? – comenta D. Díla, na cozinha, voltando a tomar a palavra.

Maria Claudia conhecia muito bem a mãe. Ia engatar e falar sobre o russo. Lá vinham perguntas.

– E ele também, o Ivan – prossegue D. Díla, passando para um *tupperware* as postas de peixe que sobraram na travessa – Como está cheio de trabalho, aqui! Que coisa mais complicada, não é mesmo, ter que vir prender o bandido ricaço tão longe! Nem consegue dormir, com os chefes da KGB, lá na Rússia, ligando pra ele o tempo todo!

Maria Claudia, à pia, torneira aberta, um prato cheio de espuma na mão, para e olha para a mãe, pasma.

– Mãe, ele te cont...

– Ah, Claudinha, conversamos a valer!

Maria Claudia nem consegue imaginar, Ivan e D. Díla fofocando sobre a KGB na cozinha, D. Díla limpando o camarão, Ivan de avental descascando amendoim, a panela com o peixe refogando, o rádio tocando Gal Costa, *Vatapá,* de Dorival Caymmi,

> *...Quem quiser vatapá, ô que procure fazer*
> *Primeiro o fubá, depois o dendê...*

Uma caminhada pelo jardim à beira-mar é passeio imperdível para quem vai a Santos. Num dia ensolarado como aquele, então, era obrigatório.

Passando pelo Aquário, por entre os sinuosos canteiros da orla, o porto lá para trás, Maria Claudia e Ivan, tomando sorvete, ele sem paletó, ela de blusa de alcinha, sem o casaquinho, seguem devagar, olhando as flores, o mar, os navios, uns jovens jogando vôlei de praia, os surfistas lá longe, ciclistas passeando, treinando, ou indo trabalhar de bicicleta. Não era à toa que Seu Otávio e D. Díla tinham decidido ir para lá. Era uma cidade grande e dinâmica em sua infraestrutura, com aspectos de cidade pequena no provincianismo simpático, e ainda, o mar.

– Não sei se vai chegar a haver uma ação legal – ela responde a Ivan, perguntada pelo russo sobre a reunião – Quebra de contrato realmente pode ir parar na justiça. Eu vou tentar evitar, porque litígio não é bom pra ninguém, acaba todo mundo desgastado. Financeiramente de um lado, e emocionalmente do outro. E também pro juiz, que normalmente tá abarrotado de processos sobre a mesa. Não adianta, é a natureza humana que não presta, não sabem resolver as coisas conversando, se entendendo, sem brigar. Um é desonesto, o outro é tolo, o outro é prepotente, e o outro, estressado – nós, os advogados. Assim que expõe esse pensamento, porém, Maria Claudia pensa no escritório, e em seus chefes. Eles certamente não iriam gostar de saber que era essa a sua postura. Porque uma ação legal lhes daria muito mais dinheiro, em honorários. É certo que um acordo também implicaria em uma percentagem para o escritório. Mas a ação era muito melhor. A máxima de que "mais vale um mau acordo que uma boa demanda" era ótima para as partes envolvidas, mas não para o causídico. Até sua vinda a Santos para essa reunião tinha sido ponderada pelos chefes quanto ao valor. Como ela, eles sabiam que tudo poderia ser explicado por telefone ou por *e-mail.* Mas se assim o fizessem, não teriam como debitar muito alto na conta do cliente. Indo pessoalmente, eles cobrariam uma manhã de trabalho de advogado, com o extra pelo deslocamento a outra cidade. Maria Claudia sabia disso. Tinha concordado e até forçado ir a Santos, não pelos honorários mais altos – mesmo porque, não seria para ela essa vantagem, vez que recebia salário, e não comissão. Mas porque sabia que era de fato melhor para o cliente o contato pessoal. E poderia também, subliminarmente, aconselhá-lo conforme suas convicções pessoais, e não as do escritório, o que ela tentou fazer sem forçar, apenas alertando com alguma veemência. Sabia que sua forma de pensar era conhecida de seus chefes e que estes, se por um lado a consideravam excelente profissional, trazendo aquele *plus* do Direito Ambiental, tão na moda, por outro lado, não era com ela que o escritório enchia os cofres, e não era tão cedo que as causas ecológicas haveriam de começar a gerar lucros.

– Ivan... Quer dizer então... – ela não sabe se ri, se finge que está brava, ou se está brava de verdade – ... que pra mim teve que ter aquele dramalhão, aquele sigilo todo... Mas pra minha mãe você contou a estória toda em cinco minutos sem respirar assim que ficaram sozinhos?

Ivan ri.

– A sua mãe tinha que trabalhar na polícia, Maria Claudia. É só sentar na frente dela e já se vai abrindo o bico e falando tudo. Sem nem um safanãozinho.

– Você é maluco!

– Não tem problema, ela disse que não vai contar pra ninguém.

– Ficou biruta?! Amanhã toda a Baixada Santista já vai tá sabendo!

– Amanhã você tem que ir à Polícia Federal, Ivan – diz Maria Claudia, saindo de um túnel e já vendo o seguinte – Lembra o que falaram, lá no aeroporto?

Subindo a Imigrantes de volta para São Paulo, cada qual vai um tanto sonolento, imaginando que o resto da tarde ainda poderia render algum trabalho, mas na verdade ambos com bastante vontade de rifar essa ideia e dar o dia por encerrado. Pelo menos, profissionalmente...

– Lembro. Na verdade, não *tenho* que ir, mas vou. Você vai comigo? Você é minha advogada!

É claro que aquele compromisso de se apresentar semanalmente à polícia, ela agora sabia, não fazia o menor sentido, mas a parte burocrática tinha que ser concluída. Precavida, Maria Claudia não queria deixar passar uma ordem como aquela. Não queria ter problemas com a Polícia Federal. Nem com a KGB! Ops! FSB!

– Vou, é claro. De manhã, tá bom?

– E por que não agora? Não tenho nenhuma reunião.

– Eu tenho que passar no escritório, a gente vai chegar em São Paulo lá pelas quatro horas, ainda estão contando comigo – ela diz, desanimada com a ideia de ir ao escritório, repensando seu emprego desde a conversa com Ivan ao longo da orla, tomando sorvete. Começando a divagar internamente sobre o assunto outra vez, é trazida à realidade pelo celular.

– Oi, Tavinho!! – ele se reanima, ao atender o irmão.

... ...

– Hmmm

... ...

– Ai... Ai, não....

... ...

– Ai, não, Tavito.... E aonde ele está? Onde elas estão?

... ...

– Você tá indo pra lá agora?

... ...

– Eu tou no meio da Imigrantes, voltando pra São Paulo...

... ...

– Claro, claro, eu vou direto pra lá e te deixo o carro, sem problema.

... ...

– Pode deixar, não se preocupe comigo, Tavito, eu depois tomo um táxi, não tem o menor problema.

... ...

– Se você quiser, fica lá com a Bruna, e deixa que eu vou buscar a tia dela, eu sei onde é, já tou na rua mesmo, e levo ela lá pra encontrar vocês, e aí te deixo o carro.

... ...

– De nada, ′magine. E assim você não sai de junto delas, não é melhor? Me passa o endereço certinho por torpedo, e eu vou, na boa, Tavinho, vai sossegado.

... ...

– Tá bom.

... ...

– Tá. Qualquer coisa, me liga. Tou indo. Beijo. Dá um beijo na Bruna e na mãe dela.

O pai de Bruna, noiva de Otávio, tinha tido um infarto, e estava no Hospital Sírio Libanês, aguardando ser transferido para a UTI.

– Boa noite, *Claudiúshka*. Durma bem.

– Você também, Ivanzinho – responde Maria Claudia, bocejando, ao telefone.

Ivan tinha passado a tarde no quarto do hotel, ora tentando cochilar um pouco, ora voltando ao *laptop* na mesa, cheia de papéis, mapas, livros, cartões de visita, recibos de contas. Mandou e-mails; fez ligações; falou com o Brasil e com a Rússia; assistiu televisão; viu num *site* russo a notícia de que o Presidente Lula, em visita ao país, mandaria um brasileiro em missão espacial de carona na Soyuz; tentou ler um livro; ouviu música em cd′s; falou com Maria Claudia. Achava que iria encontrá-la outra vez, à noite, talvez para jantarem. Tinha a esperança de retomarem de onde tinham parado, parecia há muito tempo, dois dias antes, no domingo, o beijo interrompido. Mas a tarde da brasileira a tinha cansado bastante, desde que chegaram de Santos.

Quando chegaram a São Paulo, algo em torno das quatro da tarde, antes de entrarem na Avenida Indianópolis, Ivan, o mapa de São Paulo bem decorado na mente, desceu do carro e tomou o metrô, na estação São Judas, logo ali, na Avenida Jabaquara, para que Maria Claudia pudesse seguir para o bairro de Moema e buscar a senhora que a aguardava, com a *pick-up* que levava apenas duas pessoas. Uma linha reta debaixo do chão pela Linha Azul do metrô até o início da Paulista, depois baldeando para a Linha Verde que passa debaixo dessa avenida, Ivan chegaria ao Hotel Caesar Business mais depressa do que a brasileira à casa da tia de Bruna, e assim de fato foi. Em menos de dez minutos ele subia para a superfície da terra na estação Consolação do metrô, praticamente dentro de seu hotel, onde ficou o resto da tarde, ora trabalhando, ora tentando descansar. A falta de novas informações não o agradavam em nada. Com a Interpol também acionada e trabalhando junto no encalço de Morogovsky, a qualquer momento o telefone podia tocar, de qualquer parte do mundo. Habituado a circular pelo globo sem restrições financeiras, o velho parecia ter mil faces. Sabia passar em lugares sem ser visto ou reconhecido. Sabia como misturar-se às pessoas na rua, no trânsito, nos aeroportos, em hotéis, com documentos falsos e disfarces físicos que já tinham chegado até às perucas grotescas. Certa vez teve que passar a pé por uma avenida, e arranjara para levar consigo três crianças, cuja mãe ele devia ter seduzido com conversa e com dinheiro, fazendo-se parecer avô zeloso, usando um paletó amarrotado e um cachecol ensebado, que ele provavelmente subtraíra a algum mendigo. Suas artimanhas e cara de pau não tinham limites. Seria até engraçado, não fosse de fato o rombo que ele havia causado aos cofres públicos da Rússia, tornando-se assim multimilionário, quando ligado a membros do governo, no início da era pós-União Soviética. Época em que as coisas na Rússia ficaram caóticas, com abruptas, equivocadas e mal conduzidas privatizações, ingerência em vários setores do governo e da economia; a atabalhoada novidade da abertura do mercado; novas leis sendo criadas e outras, revogadas. Liberdades e liberalidades antes inexistentes, com as quais cidadãos e seus legítimos representantes ainda teriam que aprender a lidar. Morogovsky aproveitara a ocasião única, naquele momento de transição tão delicado nas vidas do povo russo, para dar o bote que talvez esperasse há anos e achava que morreria sem lograr sucesso. Era considerado pela lei, pela cúpula do governo e pelo povo não apenas ladrão, mas também – e talvez ainda mais profundamente – traidor da nação. Tinha sido processado, julgado e condenado, através do legítimo processo legal, garantidos todos os seus direitos de defesa. Contra ele pairava uma sentença penal condenatória transitada em julgado e um mandado de prisão para o imediato cumprimento dessa pena. Mas conseguira fugir do país em um momento em que ainda aguardava – em liberdade, conforme as novas leis – sua iminente prisão. Fazia-se de vítima e dizia ser alvo de ameaças da máfia russa, a qual, de resto, ameaça quem quer que tenha vultosas somas de dinheiro, sem distinções, não sendo ele o único privilegiado. Recebendo exílio, apoio e até aplauso em países simpatizantes do liberalismo a qualquer preço e das fortunas obtidas através de fraudes e de *loopholes*, distorcendo o legal para passar por cima do legítimo. Tinha contra ele a ordem de prisão obtida perante a justiça russa, era foragido de seu país, tinha contas a pagar com ele. Ivan Ivánovitch, especialmente destacado para a operação internacional com o objetivo de trazê-lo de volta à Rússia, dedicava-se a esse caso já havia muitos meses. Com dificuldade em se concentrar tanto quanto em relaxar, pingando colírio nos olhos, andando devagar de um lado para o outro em seu quarto no hotel, Ivan repassa os dados e lê relatórios, olhando a foto de Maria Claudia que pegara no quarto da brasileira, ali ao alcance de seus olhos o tempo todo, apoiada no *laptop*, que toca o cd de Boris Berezovsky, virtuoso russo, com o Piano Concerto n. 3 in D menor, Op. 30, de Rachmaninov.

Bruna era filha única, e quando sua tia e Maria Claudia saíram do elevador, no hospital, a noiva de Otávio se precipitou para a cunhada, jogando-se em seus braços, começando a chorar. Não tinha chorado assim nem com o noivo, que estava lá o tempo todo.

– Vieram bem na estrada, Claudinha? – lhe pergunta o irmão, se aproximando, sem saber sobre o que falar, tentando aliviar o ambiente com um assunto trivial.

– Viemos sim, Tavinho. Como ele está?

– Subiu agora há pouco para a UTI. A gente tá esperando virem dizer alguma coisa... – diz Otávio, naquele momento em que as famílias, com o mundo, o tempo e a alma paralisados, ficam nos corredores dos hospitais à espera das notícias que algum médico ou enfermeiro tenha, queira ou possa lhes trazer, sobre o parente internado.

– Calma, Bruninha – diz Maria Claudia para a cunhada, ainda segurando-lhe a mão, um braço sobre seu ombro, afastando os cabelos castanhos espalhados ali.

– Foi de manhã, ligaram do escritório dele... – começou a falar a noiva de Otávio, mas não conseguia terminar a frase.

– Ele chegou pra trabalhar lá pelas nove, nove e meia – continua Otávio – Tomou um cafézinho, falou com uma ou duas pessoas, atendeu uma ligação... A secretária ouviu um barulho forte, entrou na sala, e encontrou ele caído no chão.

– Ele tava normal, em casa, antes de sair...

Maria Claudia olha para o irmão. Eles conheciam aquela cena. Tinham visto igual, com o pai deles. Ficaram horas na angústia, aguardando, nos corredores de outro hospital. Seu Otávio sobrevivera, e estava agora lá em Santos tomando sol e brincando de marinheiro. Mas só eles e a mãe sabiam o que tinham passado, naquelas primeiras horas, e nos primeiros dias. A morte, sem rosto, de capuz preto e foice, escondida atrás de uma porta, espreitando, ali naquele corredor de hospital. Em qualquer hospital. Naquele luxuoso hospital particular *top* de linha, mundialmente reverenciado, renomados médicos, que mais parecia um hotel dez estrelas, onde os ricos e poderosos vinham se tratar – ou morrer. E também nos hospitais públicos, sem recursos, com heróis médicos mal pagos, equipamento quebrado, falta de remédios, limpeza deixando a desejar, esquecidos pelo irresponsável e corrupto poder público. Em ambos os casos vinha-se colocar a saúde e a vida nas mãos daqueles profissionais. Em hospitais como aquele, com mais confiança. Nos públicos, com mais fé.

Maria Claudia e Ivan andam de mãos dadas pelos jardins da orla, as mãos besuntadas com o sorvete que derretera. Na praia, banhistas lotam a areia, guarda-sóis de todas as cores, sol escaldante, cheiro de flor e protetor solar no ar. Na avenida, uma banda em algum lugar toca marchas de Carnaval, fora de época. De repente, toda a multidão começa a se alvoroçar, vozes mais altas começam a ser ouvidas, a princípio sem se distinguir o que dizem, em seguida mais altas, gritos mesmo, várias vozes bradando juntas: "Corram! Corram! Tsunâmi!" Maria Claudia e o russo olham para o a mar e veem, lá longe, o que parecia ser uma longa onda lá no horizonte se encaminhando para a praia. Começam a correr, desesperados. Correm ainda de mãos dadas, entram na cidade, pessoas desesperadas indo na direção oposta, para a praia, Maria Claudia vê entre eles seus chefes, olhos esbugalhados. Atrás deles, empurrando-os, Narcisinho, tresloucado, rindo, gritando e apontando o mar: "É pra lá! É pra lá!". Maria Claudia e Ivan querem lhes dizer para voltarem, mas não conseguem, a voz não sai de suas gargantas, continuam correndo, chegam ao início da subida da Rodovia Imigrantes, todos os carros por ali tombados com a ventania, de rodas para o ar, Maria Claudia vê a S-10 branca do irmão seguindo numa ponte, lá em cima, solitário automóvel já fora do perigo, dentro dele, D. Díla, na direção, acenando para ela, Seu Otávio ao lado, sintonizando o rádio para ouvir os depoimentos da CPI, o barulho da onda se aproximando, os dois seguem correndo em direção à entrada do primeiro túnel, olham para trás nesse momento e veem a gigante onda já se abatendo sobre a orla, varrendo tudo e todos pela frente: navios, sacas de café, o *laptop* de Maria Claudia, um astronauta, flores, carrinhos de sorvete, pranchas de *surf*, a água se aproximando deles, que entram pelo túnel correndo antes dela entrar também, aproximam-se da saída do túnel, os pés molhados, saem enfim do outro lado, onde se veem de repente dentro de um bote, no meio do oceano, nenhum sinal de vida ou vento, nem gente, destroços ou detritos, apenas o mar calmo por todos os lados, Ivan, de dentro do bote, pegando com dificuldade algo da água, Maria Claudia vai ajudá-lo, ele já içou Picolé, todo molhado, lambendo o rosto do russo. Nem cidade, nem praia, nem prédios, nem gente, nada. Apenas ela, Ivan e Picolé, dentro do bote, no meio do mar. E a brasileira acorda.

Maria Claudia tinha se recolhido mais cedo para seu quarto, na noite de terça-feira, em parte porque estava mesmo muito cansada, tendo acordado naquele dia antes das seis da manhã, ido ao Ceasa e a Santos, tido a reunião, voltado para São Paulo já fatigada, e ainda tendo a reviravolta do pai de Bruna. Mas também queria sair de vista para o apartamento ficar livre, e assim deixar a cunhada mais à vontade. Bruna tinha vindo passar a noite com o noivo, desta vez em um estado de espírito bem diferente do que quando vinha por conta do rodízio do carro. Ali estaria mais perto do hospital.

Mal fechara os olhos e começou o pesadelo, do qual Maria Claudia acordou minutos depois, alarmada, porém não surpresa. Estava acostumada a sonhos ruins quando tinha tido um dia puxado. O infarto do pai de Bruna, suas conjecturas sobre o escritório, a audiência na sexta-feira seguinte, e também aquela nuvem sobre os olhos do Ivan, a qual continuava ali, mesmo depois de ele revelar a verdade. Nem a FSB era suficiente para explicar o olhar do russo. Algum mistério ainda estava lá.

Virando muito na cama e acordando várias vezes ao longo da noite, Maria Claudia decide que se levantaria cedo outra vez na manhã seguinte e, antes de ir buscar Ivan para a visita à Polícia Federal, passaria no escritório, àquela hora só secretárias por lá, para adiantar algumas coisas. Na verdade, desde a volta de Santos, estava reticente e encontrando formas de se ausentar, ou no mínimo, ficar lá, mas a sós. Quando fora à sala do chefe contar como tinha sido a reunião na Baixada, ele mesmo já notou o desânimo da colega mais jovem.

– O que você tem, Maria Claudia? Estou te sentindo sorumbática, de baixo astral... O que é, o trabalho não tem te agradado?

Como ele sabia? Era tão óbvio assim? Ou todos estavam desanimados, apenas fingindo que tudo aquilo era de fato o que se queria? Estariam todos, como ela, se questionando se haviam se formado em Direito para fazerem o que estavam fazendo?

– Não, Dr. Rubens... – ela meio que suspira – Eu acabei de vir do Sírio Libanês, o pai de uma amiga teve um infarto...

Não era mentira, estava mesmo abalada. Gostava muito de Bruna, sabia que irmão era apaixonado por ela, e a dor da cunhada fazia-a lembrar-se da própria experiência.

Capítulo 8

Quarta-feira
19 de outubro de 2005

Gavriil

— Bom dia, Dr. Ivan – diz um funcionário, todo formal, à porta da Polícia Federal, na Lapa.

Maria Claudia olha, estranhando. Quer dizer que ele já era conhecido ali também?

– Ivan, você já veio aqui? – ela pergunta em voz baixa, indo para a fila se identificar e passar pelo detector de metais.

– Já! Passa e pega o crachá de visitante, Maria Claudia, e me encontra ali, a gente vai subir no elevador – ri Ivan, *habitué*, mas logo fecha a cara de novo, caminhando em direção a uma porta lateral.

E ela que achava que ele estaria indo lá pela primeira vez, quando o fora buscar no hotel, e dali pegaram a Avenida Pacaembu em direção à Marginal Tietê. Região dos Centros de Treinamento do São Paulo e do Palmeiras, da Federação Paulista de Futebol, de quadras de escolas de samba, do sambódromo, no lado de lá do Rio Tietê. E também de fóruns e da Polícia Federal.

– Maria Claudia, que *shopping center* é esse? – perguntara Ivan, conforme eles entraram na Avenida Marquês de São Vicente, para irem à Polícia Federal.

– *Shopping Center*?! É o Forum Criminal, Ivan!

No seu novo endereço na Barra Funda, o fórum criminal, de longe, parecia mesmo um shopping, numa construção larga e baixa, de cimento aparente, sem luxos, mas moderno, a enorme área de estacionamento na frente, um público macambúzio, em fila, do lado fora, esperando para entrar, para acompanhar audiências, depoimentos, testemunhos, acareações e os demais atos processuais da área criminal. Realmente não pareciam estar lá esperando para irem às compras. Se em nenhuma fila ninguém fica com muita alegria, naquela menos ainda. Mais adiante na avenida, o Fórum Trabalhista, no afamado prédio novo, também moderno e de projeto arrojado, caríssimo: o "prédio do Lalau", como ficara conhecido, pois antes mesmo de sua inauguração, o juiz do Tribunal Trabalhista que autorizara sua construção, Nicolau dos Santos Neto, presidente da Comissão de Obras, foi descoberto no esquema de super-faturação e desvio de recursos, tendo embolsado cifras astronômicas na negociata malfadada. A construção do prédio foi embargada e as Varas Trabalhistas, nos sucateados prédios antigos no centro velho da cidade, ainda chamadas de Juntas de Conciliação e Julgamento, tiveram que se aguentar um pouco mais até que ocorresse a mudança. Lalau foi um dos primeiros corruptos a serem descobertos, acusados, processados, condenados – e presos. Já com 77 anos, em prisão domiciliar devido à idade, aguarda condenação final e cominação da sentença, sua cara em todos os jornais e noticiários de televisão, algemado. E o prédio novo, lindíssimo, para sempre apelidado de "o prédio do Lalau", foi enfim inaugurado, pois não haveriam de implodi-lo. Bem mais lá para a frente, já na Lapa, beirando a Marginal Tietê, a Polícia Federal, onde Maria Claudia teve dificuldade em encontrar lugar para estacionar, indo enfim para um estacionamento próximo.

– É, Claudinha, eu tou sabendo. Fiquei sabendo uns minutos depois que você chegou, lá na Alfândega. Quando a gente foi ao Almanara, na sexta-feira, eu já tinha até mais detalhes. É uma megaoperação entre a Rússia e o Brasil, pra pegar o cara.

Sentada à frente de Paulo Roberto, em sua sala, Maria Claudia ouve o colega comentar o que sabia. Quando não estava de plantão no Aeroporto Internacional, era no prédio da Lapa que ele trabalhava. Maria Claudia ficou ali conversando com ele enquanto Ivan sumia por outras salas do prédio, por alguns minutos.

– Só eu soube por último!

– O Ivan é o elo, aqui, entre o Brasil e a Rússia. Ele é que está comandando tudo. A coisa é tão sigilosa que pouca gente daqui do prédio sabe. Ele tem um salão, num galpão aqui do lado, nada a ver com a polícia, que eles estão usando pra reuniões, pra não vazar nada.

Maria Claudia, que já havia se dado conta do papel de Ivan naquela operação com o que ele próprio lhe contara na segunda-feira, cai agora ainda mais na realidade, ali, em plena Polícia Federal, o colega lhe dando alguns detalhes a mais, inteirando-a sobre a autoridade de Ivan que, talvez para manter sigilo, talvez para não se gabar, não lhe tinha feito parecer que era tanto.

– Bom, cê sabe que é super sigiloso, não é, Maria Claudia – ele abaixa ainda mais a voz – Não é pra comentar com ninguém, nem pra amiga, nem pra sua irmã, nem pra sua mãe. O homem é da FSB, ex-KGB, Claudinha!

– Não se preocupe, Paulo Roberto, que pra minha mãe, ele mesmo já se encarregou de contar isso.

– Não acredito! Hahahahaha! A D. Díla não tem jeito!

– Só faltou perguntar pra ele quanto ele ganha, Paulo.

– Esse Ivan, também, é um figuraça!

E quando Ivan voltou à sala de Paulo Roberto, sentando-se ao lado dela em frente ao brasileiro, tenso, aparentando ter tido informações que o preocupavam, mas ainda assim mantendo a simpatia, então Maria Claudia pôde ter uma visão de todo o quadro, em todas as suas cores. Ali, no temido prédio da Polícia Federal, Ivan parecia estar em casa, e ela mais uma vez tinha a impressão de que agora, sim, o via por inteiro. Ou não?

– Jandira, dá pra eu ir almoçar em casa, hoje? Tou levando o Ivan, pode ser?

– Ah, é? Ôba!

E enquanto teclava para o escritório:

– Ivan, você vai matar a saudade, no almoço! Oi, Denise! Tem algum recado pra mim? Não chegou nada, da Suíça?

Os documentos que esperava há tanto tempo. Nada. Era também um dos assuntos que lhe estavam tirando o sono.

– Denise, tou indo almoçar em casa, depois volto pro escritório. O Júlio já chegou? ... ... Ah, fala pra ele quando ele chegar que tem um relatório em cima da mesa dele, que eu quero que ele leia, à tarde eu converso com ele sobre isso. 'Brigadão, Denise! Até mais tarde!

Dava-se muito bem com a secretária. Sabia que podia contar com ela em situações difíceis, e naquele escritório não eram poucas.

– Vai ter *strogonoff*, no almoço, Ivan!

Strogonoff – feito no Brasil

Ingredientes:

- 1 kg de carne (filé mignon, alcatra ou coxão mole)
- 1 cebola grande ralada
- 2 tomates picados (sem pele e sementes)
- 1 pote de cogumelo (fatiar)
- 10 azeitonas picadas (pretas e verdes)
- 3 colheres de sopa de molho inglês
- 1 colher de sopa de mostarda
- 3 colheres de sopa de molho de tomate
- 2 colheres de sopa de catchup
- 2 caixas ou uma lata de creme de leite
- 1 xícaras de conhaque ou cachaça para flambar
- 1 cabeça de alho (espremido ou picado)
- 2 colheres de sopa de vinho (branco ou tinto seco)
- 2 colheres de sopa de margarina
- 1 colher de sopa de sal (rasa à gosto)
- 1 colher de sopa de azeite extra-virgem
- 3 colheres de sopa de suco de limão
- 1 colher de chá de vinagre
- 1 colher de chá de pimenta do reino
- 1 colher de sopa de óleo
- Noz moscada a gosto

Corte os filés em cubos ou tiras, adicione duas colheres de limão, lave e escorra. Tempere com sal, pimenta do reino, vinho, azeite, vinagre, alho, limão e noz moscada. Doure o alho no óleo, junte a carne e uma colher de margarina até ficar uniforme. Junte a cebola, conhaque, deixe encorpar, mexendo sempre. Junte as azeitonas, os tomates e os cogumelos, continue mexendo até ficar homogêneo, deixe ferver um pouco. Tempere com mostarda, catchup, molho inglês, mexendo até ficar homogêneo e ferver. Junte o creme de leite e mexa até ficar uniforme. Cozinhe por 15 minutos. Acompanha arroz branco e batata palha.

– Oi, Claudinha, que bom que vocês vieram almoçar em casa! Oi, doutor! Muito prazer! – acolhe-os Jandira, simples e sorridente.

– Oi, Jandira! – Maria Claudia lhe dá um beijo no rosto.

Jandira gostava quando um dos irmãos almoçava em casa, pois lhe faziam um pouco de companhia. Embora tivesse sua própria casinha, na periferia, que Seu Otávio a ajudara a comprar, dando-lhe praticamente todo o dinheiro, e já sendo aposentada, preferia continuar trabalhando, pois é claro que a vida era difícil para todos, e ela na verdade tinha aquela família como sua própria. Desde que D. Díla e Seu Otávio tinham se mudado para Santos, ela deixara de dormir no trabalho, e passara a ir e vir de segunda a sexta-feira. Às vezes, descia de ônibus até Santos para visitar os ex-patrões, de quem tinha muita saudade, e D. Díla ficava muito contente em vê-la. Eram boas amigas havia décadas.

– Ai, Maria Claudia, coitadinha da Bruna, está tão tristinha! Como tá o pai dela, tem notícias? – pergunta a empregada, um ar de preocupação e dó nos olhos.

– Ela tá bem pra baixo, não é? Ela tomou café da manhã, pelo menos? Comeu alguma coisa?

– Ela acordou e fez companhia pro Seu Tavinho, no café, antes de ele ir trabalhar, mas não quis comer muito, não. Daí a pouco ela saiu, foi pro hospital. O pai dela já tá recebendo visita?

– Ainda está na UTI, onde não dá nem pra entrar, só na hora marcada. Mas ela e a mãe combinaram, no hospital ontem à noite, de se encontrarem lá hoje, antes do horário de visita na UTI. Eu sei, dá agonia, a gente quer ficar perto, mesmo que seja só pra ficar do lado de fora...

Jandira também lembrava em que estado ficaram D. Díla, Maria Claudia, Olívia, Tavinho e ela mesma, quando o Dr. Otávio foi internado na UTI. Nenhum deles dormiu naqueles primeiros dias.

– D. Claudinha, me dá só mais um minutinho, que o almoço já vai sair!

– Não tem pressa, Jandira, a gente tá aqui na sala.

– Ah, Maria Claudia, aconteceu um probleminha... Eu ia esperar o Seu Tavinho, à noite, pra falar com ele...

– O que foi, hmm?

– A máquina de lavar roupa quebrou...

– Ai, e essa, agora! Que maçada! A gente não tem o telefone da assistência técnica da autorizada? Tá aqui nessa gaveta, eu acho... – ela entra na cozinha e pega um cartão de visita, dando a volta no balcão e sentando-se ao banco alto, telefone na mão, teclando.

– Que cheiro bom! – diz Ivan, entrando na cozinha e se aproximando do fogão, ao lado de Jandira, que cuidava da frigideira com batatas-palito chiando e cheirando bem.

– Ah, Dr. Ivan, é só uma comidinha simples!

– E aqui? – ele levanta a tampa de outra panela, onde está o strogonoff – Hmmm...

– Alô! ... Alô...?

"Bem vindo ao nosso serviço de assistência técnica. Sua ligação é muito importante para nós."

– Mas o que aconteceu, afinal? – pergunta Ivan para Jandira, entrando com ela na lavanderia.

"Por favor, após o sinal, diga a cidade e o estado de onde está falando".

– Foi esse botão, aqui, ó.

– Não gira? – Ivan põe a mão no botão.

– São Paulo, São Paulo.

– Esse mesmo.

Tec. Tunc. Plec.

– O que vocês estão mexendo, aí? – pergunta Maria Claudia.

"Menu principal: para dúvidas sobre como ligar a máquina, tecle 1"

– Olha a frigideira, gente! – diz Maria Claudia.

"Para entender as funções especiais, tecle 2"

– Acho que é alguma coisa nesse cano... – arrisca Jandira.

"Para solicitar visita de assistente, tecle 3"

Piiiim. Maria Claudia tecla o três.

– Tá saindo água? – pergunta Ivan.

"Menu principal: para a região norte da cidade, tecle 1"

– É melhor não mexer em mais nada, Ivan – diz Maria Claudia.

"Para a região sul, tecle 2"

– E se for aqui – pergunta Ivan, girando outro botão.

"Para a região leste, tecle 3"

– Eu tentei aí – diz Jandira.

"Para a região oeste, tecle 4"

– As panelas, pessoal!

"Para a região central, tecle 5"

Piiim. Maria Claudia tecla o cinco.

"Piiiiiiiiimmmmmmm". Cai a ligação.

– Jandira, cadê o telefone do Seu Eloy?

– Aquele que consertou a geladeira?

– Ele mesmo. Aqui!

– Maria Claudia, a máquina está quebrada, sim – diz Ivan, voltando à cozinha, seguido de Jandira, indo ele para a panela de strogonoff e ela para a frigideira.

– Bom dia, Seu Eloy! É Maria Claudia, da Rua Bahia.

– Ah, Dr. Ivan, que é isso, visita cozinhando!

– A minha máquina de lavar pifou.

– Pode deixar! – diz o russo, mexendo o *strogonoff* com a colher de pau.

– É, eu tentei na assistência técnica. Não tem jeito de conseguir falar com eles.

– Será que o tempero tá certo, como no seu país?

– O senhor pode dar um pulo aqui?

– Hmmm. Tá, sim! Tá ótimo! – diz Ivan, provando um pouco na mão.

– Tá certo, então, Seu Eloy! Obrigada!

– Ô, Seu Ivan, o senhor é bom de cozinha, heim?

– Pronto. O Seu Eloy vem aí, depois do almoço! Cê recebe ele, Jandira?

– Claro, D. Claudinha! Lembra quando ele veio pra consertar a sua geladeira? Ele me falou de uma geladeira usada que ele tinha lá na lojinha dele, pra vender, ele me fez um precinho muito bom! Tá lá em casa, até hoje!

– Ele é muito bonzinho, o Seu Eloy.

– Será que ele tem mais, por lá? A minha vizinha tá sem geladeira, tá querendo ir nas Casas Bahia, pra abrir um crediário, mas ela não sabe se vai conseguir, já fez uma compra grande lá, e quando não estava nem no meio das prestações, ficou sem emprego, não pode pagar, deu o maior problema com o SC... SCC...

– SPC? Serviço de Proteção ao Crédito.

– Isso!

– Ah, Jandira, cê sabe que eu não aconselho fazerem compra nesses crediários, não. Eles convencem a pessoa a fazer uma compra enorme, e como sabem que as pessoas têm dificuldade, salário muito baixo, fazem o crediário em um monte de parcelas, a pessoa acha que é um grande favor, mas na verdade tão pagando juros altíssimos, a coisa sai por um preço muito maior! Essas lojas vivem disso. Melhor dar um jeito e comprar as coisas à vista – diz Maria Claudia, indo para a sala de televisão, seguida de Ivan.

– A senhora tem razão! Dá mais um minutinho, e já chamo vocês pra comer! – diz Jandira, o rádio na cozinha tocando o sambinha bem humorado do Zeca Pagodinho, *SPC*,

...Precisei de roupa nova, mas sem prova de salário
Combinamos, eu pagava, você fez o crediário
Nosso caso foi pra cova e a roupa pro armário...

Ziguezagueando pelas ruas do bairro dos Jardins, indo em direção à Avenida Faria Lima buscar Ivan no Shopping Iguatemi – tinha combinado com o russo que o pegaria no Shopping às seis da tarde, ao se despedirem depois do almoço ("Deu agora para se interessar por *shoppings*?" se perguntara a brasileira quando ele disse que tinha que ir para lá), Maria Claudia dirige com uma irritação que não era seu normal, habituada que estava a ter que ceder ao trânsito e aos outros motoristas do jeito que eles estivessem, sem se entregar ao estresse. Mas não estava num dia muito bom. Passara a tarde contrariada, no escritório, com todos os assuntos que vinham lhe ocupando a mente e a alma nos últimos dias. Tinha também tentado mais uma vez falar com a amiga Ana Cecília, mas esta continuava não atendendo o celular, e tampouco conversara com ela no telefone do trabalho, para onde Maria Claudia ligou e alguém, aparentemente instruído pela própria, dissera que Ana Cecília estava atendendo a um cliente. O que estaria acontecendo? Maria Claudia resolveu aproveitar que iria para aqueles lados, e saindo um pouco mais cedo ao ir buscar Ivan, deu antes uma parada na Rua Gabriel Monteiro da Silva, endereço das lojas de decoração e antiquários mais chiques e caros da cidade, onde os milionários faziam suas compras, e onde ficava a elegante loja de decoração na qual trabalhava Ana Cecília. Ia forçar uma conversa com a amiga e descobrir o que estava acontecendo.

– Maria Claudia! – exclama Ana Cecília, ao ver a amiga entrando na loja, o carro estacionado na vaga de clientes à entrada, o segurança segurando a porta de vidro para a advogada entrar.

– Obrigada – Maria Claudia acena levemente para o segurança.

Ao contrário do que Maria Claudia imaginava, Ana Cecília não teve uma reação evasiva com sua chegada. Pareceu até dar um suspiro de alívio ao ver a amiga se aproximando dela, em quem não só deu um beijo, mas abraçou-a, Maria Claudia imediatamente percebendo que a coisa era mais grave do que pensava. Desvencilhando-se de umas anotações que terminava de fazer, Ana Cecília chamou a amiga para uma sala reservada, pedindo à outra funcionária que tomasse conta da loja por uns minutos. Uma vez sozinhas, Ana Cecília, sem rodeios, começa a falar, a voz embargada:

– O Ricardo, Claudinha... O Rafael voltou de lá no domingo à noite... O Ricardo vai se mudar para os Estados Unidos... – e desata a chorar – E vai levar o Rafael! Vai levar o Rafael, Maria Claudia! Eu vou ficar sem o meu filho!

Ricardo. Maria Claudia sabia que era algo com ele. Todos os males da vida de Ana Cecília vinham do ex-marido. Desde a época em que eram casados. Desde mesmo a época em que apenas namoravam.

– Calma, Aninha.... – Maria Claudia abraça novamente a amiga, cujos soluços lhe sacudiam os ombros – Não é assim... Ele não vai poder levar o Rafael... Nós não vamos deixar...

– Ele já fez a cabeça do Rafael, Maria Claudia... Se você visse o Rafael, quando chegou da casa do pai e daquela mulher, no domingo... Estava todo entusiasmado... Disneyworld, Orlando, sei lá mais o quê... – ela passa a mão no rosto, tentando enxugar as lágrimas que não paravam de cair.

– Mas não funciona assim, Aninha... Nós vamos falar com o juiz, o Rafael é criança ainda, é menor... Vai ser feito o que o juiz decidir, e não a vontade do Ricardo.

– Mas o que eu vou fazer, vou segurar o Rafael aqui na marra? Contrariado? Ele vai me odiar! Ele já tá sonhando com isso! Fala dos Estados Unidos o tempo todo! Não vê a hora de ir!

Maria Claudia sabe que o quadro não era bom. Rafael era menor, mas aos dez anos, já poderia ser ouvido pelo juiz e, embora a lei determine que o filho menor, via de regra, fique com a mãe, se a criança já é um pouco maior e tem alguma condição e discernimento para ser ouvida, a guarda pode ser eventualmente concedida ao pai. E Ricardo com certeza iria usar argumentos que poderiam convencer o juiz, além da própria vontade da criança, tipo, melhores condições de vida, mais segurança, convívio do menino com o pai etc. Seria uma briga bem feia na justiça. À qual Maria Claudia nem pestanejava para aderir, pela amiga. Já havia acompanhado a separação e o divórcio, quando teve que dar nó em pingo d´água para que Ana Cecília não perdesse tudo ao ir sempre querendo abrir mão do que era dela em nome de não criar atrito com Ricardo, na esperança de que, sendo boazinha, ele talvez voltasse para ela.

– Ele tá roubando meu filho, Maria Claudia. Vou ficar sem o Rafinha, vou ficar sem nada, nada! Ele é a única coisa que eu tenho! – ela abre a bolsa, de onde tira um maço de cigarros.

"Ela voltou a fumar!" constata Maria Claudia, alarmando-se ainda mais ao ver dentro da bolsa, de onde saíra o maço, uma caixa de remédios que ela já conhecia.

– Aninha... – ela olha para amiga, sem nem saber o que dizer.

Era o quadro se repetindo, como anos antes, na separação. Ana Cecília começara por fumar mais, quase não comer, dormir apenas com remédios, ficar acordada só com outros remédios, e, ao longo do dia, o antidepressivo. Foi acompanhada por médicos, mas o momento chegou em que a família percebeu que ela não podia ficar sozinha. Chegaram a trancar com cadeado as janelas do apartamento, no décimo quinto andar, e sumir com as chaves. Rafael, ainda bebê, passava quase o tempo todo com a avó. A nova namorada de Ricardo lhe ligava perguntando quando enfim ela assinaria o divórcio, para que pudesse organizar a festa do seu casamento. Ana Cecília foi internada mais de uma vez. Maria Claudia, na audiência do divórcio, precisou levar um colega para acompanhá-la, pois não sabia do que seria capaz, na frente do juiz. Segurando a mão da amiga, ouviu o magistrado pronunciar as frases de praxe, fazer as perguntas de praxe, e dar a situação por resolvida, anunciando que daria a sentença nos dias subsequentes. Naquela noite, Maria Claudia foi dormir no apartamento da amiga para lhe fazer companhia, e quando Ana Cecília adormeceu, sob o efeito do remédio, Maria Claudia tomou sozinha uma dose de whiskey, antes de se deitar também, os olhos cheios de lágrimas, na lembrança as frases técnicas e burocráticas do juiz, cheias de expressões jurídicas, numa antítese do que disseram ao casal o padre e o juiz de paz, anos antes. Pondo um ponto final no sonho de Ana Cecília. Tudo isso, e talvez bem pior, parecia estar para acontecer novamente.

O Shopping Iguatemi tinha os mesmos fregueses que as lojas da Rua Gabriel Monteiro da Silva. Grifes nacionais e internacionais, por ali circulavam os ricos e famosos, os belos e os colunáveis, poucos deles fazendo compras de verdade, pois os preços limitavam o número de pacotes sendo vistos pelos corredores largos, pisos de mármore, cheiro de perfume francês no ar. O que teria Ivan vindo fazer ali? Maria Claudia engata as marchas com má vontade, imaginando o russo trancetando entre as mercadorias e beldades que frequentavam o lugar, verdadeiras ou *fake*, vitrines chamativas, cafés e restaurantes *fashion*, todo sorrisos e polidez.

– Você comprou coisas aí, nesse que é o *shopping* mais caro de São Paulo, Ivan Ivánovitch? – ela pergunta ao russo, reprovação na voz, assim que ele se senta ao seu lado no banco do passageiro, sorridente, de bem com a vida, trazendo um pacote da loja Side Walk.

– Eu gostei desse sapato! – comenta Ivan, como um garoto com um brinquedo novo.

– Então era isso que você tinha de tão importante pra fazer aí? Veio fazer compras? Divertiu-se bastante? – ela continua, no mesmo tom.

– É um lugar bonito, cheio de gente bonita! – continua Ivan.

– Gente bonita, sim, sei. Gente linda! Homens! São todos assim, mesmo! Tão sempre prontos pra soltar a franga! – ela diz, indignação na voz irritada.

– Soltar a franga? Como assim?

– Se pavoneando no *shopping*! Sacolinha da Side Walk!

– O que é que há, Maria Claudia?

– O que é que há, o que é que há! – explode a brasileira – Depois ficam aí, fazendo cara de sérios! KGB, KGB! Não tou nem aí com a KGB, Ivan Ivánovitch!!

Ivan fica quieto, olhando para a frente. Passam-se vários segundos.

– Ah, Ivan, me desculpa – diz Maria Claudia, vendo que pegou pesado, tentando se controlar e acalmar a voz, ainda sentindo o sangue correr nas veias – Eu não tou num dia bom, hoje... Nada a ver com você...

E ela lhe conta sobre Ana Cecília e o problema da amiga, com o ex-marido.

– São todos iguais – ela repete, voltando a se inflamar – Querem só se divertir, querem o ôba-ôba. Acabam casando e fazendo a desgraça das mulheres, e depois as largam, e não estão nem aí com os filhos. Fazem aquela cara de que se importam muito, mas é pra inglês ver, porque na verdade, pouco se importam com os filhos! Não é neles que estão pensando! Vão embora, sem dó nem culpa! Você pensa que o Ricardo tá muito preocupado com o filho Rafael? Claro que não! Ele quer é atazanar a vida da Ana Cecília!

Ivan fica sério e em silêncio, o carro seguindo, sem som, sem rádio, sem música.

– Não é bem assim, Maria Claudia... – ele fala, enfim, sério e devagar, sempre olhando para a frente – Não é bem assim... Por que você acha que ele não está mesmo pensando no filho deles...? Os homens se importam com os filhos, sim... E a culpa...

Maria Claudia cai em si e fica em silêncio também, imediatamente tirando do rosto a expressão de raiva que vinha sentindo, pela estória da amiga e do ex-marido. Flagrara algo mais profundo se passando naquele instante na cabeça de Ivan, algo nos olhos dele. E vai dirigindo agora com calma, mantendo o silêncio, sem mesmo se dar conta para onde está indo, com gestos delicados na direção demonstrando que tudo estava bem, Ivan olhando em torno sem falar nada, um bairro por onde ainda não tinha passado, mas sem se interessar, absorto em seus pensamentos, até que chegam à Praça do Pôr do Sol, no Alto de Pinheiros, onde estacionam e saem do carro, apreciando a vista. Percebendo muitas palavras no silêncio do russo, Maria Claudia decide esperar que ele quisesse começar a falar, sentando-se novamente lado a lado num banco de jardim, dessa vez olhando o pôr do sol de lá do alto daquele florido mirante, o sol se pondo atrás do horizonte, o olhar do russo perdido na paisagem, nas cores do céu, nas cores de sua alma.

Ivan toma uma respiração profunda, olhando as próprias mãos, como se ainda resolvesse se ia mesmo falar, não sabendo como ou por onde começar. Maria Claudia olha o pôr do sol. É toda ouvidos.

– Eu tenho um filho, Maria Claudia...

Ela não se surpreende. Sabia que ele era divorciado. Ter um filho era natural. Mas mantém silêncio: não quer interrompê-lo. Sentia muita tristeza no tom de voz do russo.

– Ele se chama Gavriil. Gabriel, em português. Ele tem vinte e quatro anos...

– Ele mora em Moscou? – ela arrisca uma pergunta, sem querer cortar o fio da narrativa que parecia vir.

– Mora. Agora, mora. Quando ele nasceu, eu ainda estava na Faculdade de Direito. Eu e a mãe dele namorávamos... Ela engravidou, e nós nos casamos.

"Acontece em todos os lugares", pensa Maria Claudia.

– Eu e ela tínhamos a mesma idade. É muito cedo pra casar... Mas eu não achei ruim. E quando Gavriil Ivanovitch nasceu, foi o dia mais feliz da minha vida. Eu e a mãe dele logo vimos que nós dois não nos dávamos muito bem. Mesmo antes de casar, antes até de ela engravidar, nós já sabíamos que não nos dávamos bem. Mas continuamos juntos, e o menino tinha acabado de nascer, nós dois o amávamos muito. Eu comecei a trabalhar na FSB – KGB, naquela época. Precisava de dinheiro, de um lugar razoável pra morar. E eu gostava daquele trabalho. Mas eu passava muito tempo fora... Chegava tarde em casa.... Tinha que passar noites fora...

Ivan para de falar, lembrando-se de fatos, de pessoas, revivendo o passado.

– Eu ficava muito tempo longe dele... Foi tudo minha culpa...

Maria Claudia já havia percebido pelo tom de voz do russo, desde o começo, que algo bem ruim havia na estória.

– Logo que aprendeu a falar e entender as coisas, ele já soube que o pai era da polícia. Não sei se ele tinha raiva disso, ou de mim, ou da separação entre eu e a mãe dele, o divórcio, que acabou acontecendo quando ele tinha sete anos. Eu quase não parava em casa...

Ele olha para o chão, parecendo voltar a sentir uma dor antiga. Maria Claudia tenta até não respirar para não interrompê-lo.

– Quando ele tinha dezessete anos, um dia eu recebo um telefonema de outro setor da polícia. Um colega me dizendo para ir até lá. Gavriil tinha sido preso, num bairro sujo de Moscou, junto com meia dúzia de delinquentes, de traficantes.

– Ai! – Maria Claudia não consegue segurar a voz.

Ivan olha para o outro lado, evitando contato com os olhos da brasileira.

– Quando eu cheguei, já pronto para a burocracia para liberá-lo, ou chamar um amigo advogado, me disseram que ele tinha sido transferido... para a enfermaria...

E Ivan, dobrado para frente, cotovelo no joelho, apoia a testa na mão, as lágrimas enfim vindo aos olhos.

– Ele já estava, aos dezessete anos, completamente viciado em heroína...

Maria Claudia fecha os olhos, sentindo por ele. Antes Ivan não tivesse mistério nenhum a lhe revelar. Antes fosse casado, de bem com a mulher, e com o filho saudável.

– Não tinha essas coisas, de drogas, assim tão pesado, na época da União Soviética. Não era esse o tipo de problema que a polícia, nem a KGB, tinham que combater. Isso tudo veio com os anos 90, com as novas liberdades, como eles falam. Mas... que merda de liberdade é essa, onde todo mundo pode fazer o que quer, e o que mais se quer é fazer coisa errada? Naquela época, com a queda do regime soviético, valia tudo, ficou muito fácil ganhar dinheiro, os mais jovens se deslumbraram, passavam as noites nas danceterias, começaram com *ecstasy*, e daí pra frente toda essa porcaria invadiu a cidade.

Maria Claudia lembra-se que, no Brasil, as drogas já eram um problema grande havia muito tempo.

– E aí, Maria Claudia, foram anos que eu e a mãe dele passamos um inferno junto dele. Várias vezes ele foi internado. Mas nessas clínicas, era só medicação, e só tem outros viciados, que tentam se curar ao mesmo tempo que ficam passando informação de ponto de drogas uns pros outros. Mal saía de uma clínica, o Gavriil já estava sentado na sarjeta nas periferias de Moscou, drogado, machucado, todo furado e picado de injeções, com hematomas, doente, sem nos reconhecer, sem querer viver.

Ivan fala com paradas para respirar, franzindo o cenho, como se sentisse dor, virando o rosto contorcido para o lado, recuperando a coragem.

– Nem sei como ele terminou de estudar, e é claro que não foi para a universidade. No começo ele arranjava um trabalho aqui, outro ali. Mas estava sempre sem dinheiro. Vivia pedindo trocado para a mãe, e ela acreditava em todas as desculpas que ele dava. Pagar o estacionamento. Comprar um livro. Levar a namorada no cinema. Todo dia tinha alguma coisa assim.

Novamente ele para de falar e fica pensativo.

– Uma vez a mãe dele me ligou aos berros, nervosa mesmo. Tinham chegado da rua e parecia que ainda estavam discutindo. Tinham ido juntos ao correio, ela precisava mandar um pacote para uma irmã que mora fora de Moscou. Estavam na fila e ela abriu a carteira para já ir separando o dinheiro com que iria pagar. Ia sair mais caro que uma carta comum, ela tirou da carteira uma nota de mil rublos de um dinheiro que ela tinha sacado no banco, na véspera. Gavriil do lado dela disse para que ela pegasse outra nota, uma menor. Ela lhe diz que ia ser mais caro que isso. Ele insiste, e vai ficando nervoso. A fila anda e chega a vez deles serem atendidos. Ele então pega a mãe pelo braço e a força a sair da fila, dos correios, e a puxa até a calçada, ela não entendendo nada. Num canto, ele pega a nota da mão dela, olha para a nota na própria mão, e diz: essa nota é falsa, mãe! É claro que ela percebeu que ele sabia que dentro da carteira tinha a nota falsa. Ela olha outra vez a carteira, onde estavam outras notas falsas... Ele acabou confessando, Maria Claudia, que tirou as notas verdadeiras da carteira da mãe, escaneou e imprimiu, grosseiramente, em casa, colocando esse lixo na carteira dela. E ela quase passa essas notas no correio, onde eles são mais que preparados para detectar notas falsas. Nesse dia, Maria Claudia, eu quase bati nele... Foi o dia que eu mais gritei na minha vida. Eu e a mãe dele tivemos que ir até o pronto socorro, os dois passando mal.

Maria Claudia nem sabe o que dizer.

– Fazia gritarias, cenas horríveis. Roubava as pessoas na rua, mendigava, cheirava mal o tempo todo – Ivan parece buscar na lembrança outras passagens – Algumas vezes, quando eu não estava trabalhando, eu pegava emprestado o carro de um amigo, pro Gavriil não me reconhecer, e o seguia. Essa gente tem um esquema de fazer as coisas que eles acham que a polícia desconhece. Gavriil ia a pé, por uma rua de algum movimento, e ao passar por dois sujeitos que conversavam, parados na calçada, sem dizer nada para eles, Gavriil entregou algo que cabia dentro do punho fechado para um deles, com a outra mão recebendo, do outro, uma coisa do tamanho de um isqueiro. A cena foi tão rápida que ele não chegou a parar de andar, quem não estivesse prestando atenção não ia ver nem um esbarrão.

Ivan para mais uma vez para respirar, tirando do bolso o colírio e pingando nos olhos, ficando com o frasquinho na mão.

– Numa outra vez que o segui, à noite, ele foi a uma dessas reuniões que fazem hoje em dia, no meio da rua, alguns carros parados, os jovens em volta, música tocando alto, garrafas de bebida. De repente vem um carro, devagar, o rapaz dirigindo sobe o carro na calçada e embica de frente, contra a parede, desce do carro, e abre o capô. E o Gavriil vai até ele. Os dois então se debruçam sobre o motor, escondidos pelo capô contra a parede, como se estivessem consertando alguma coisa. Na hora eu peguei a placa do carro, e liguei pro departamento de narcóticos. É claro que já era gente fichada. O amigo que me atendeu me disse que, se dessem uma blitz naquela hora, teriam que levar meu filho, e talvez prendê-lo. Eu disse, "pode prender". Fiquei ali, do meu carro, olhando como ia acontecer. Os minutos passando e aqueles dois imbecis não saíam debaixo do capô. Pelo tempo que passou eu já sabia que o carro da polícia estava pra chegar. Fiquei ali com aquela agonia, eu ia ver meu filho ser preso com aquele traficantezinho. Começou a bater desespero, eu saí do meu carro, me aproximei deles, me enfiei também debaixo do capô, vi de relance uns pacotinhos, umas coisas ali no meio do motor. Foi o tempo de pegar o Gavriil por trás do colarinho da camisa, mandando-o largar aquilo por ali mesmo, arrastá-lo até o meu carro, e ir embora, antes que a polícia chegasse. Ele nem esboçou reação, Maria Claudia. Parecia um boneco de pano, os braços e as pernas balançando, ou então daqueles bonecos de plástico, sabe? Que ficam parados em pé, você dá um tapa, e eles voltam à posição, com a risada na cara? Só que ele não ria, foi o caminho todo chorando até a casa dele.

Ivan contava esses episódios como quem fazia uma difícil confissão.

– Uma vez ele estava em uma casa velha, num bairro de casas abandonadas, se drogando com outros como ele, e a polícia deu uma batida. Ele fugiu pelo teto, correu, saltando por cima dos telhados dessas casas, e caiu de lá de cima, mas continuou correndo, com um pé e duas costelas quebradas. A polícia foi achá-lo nos degraus de uma estação do metrô, a uns dois quarteirões dali, desmaiado de dor e de droga. Quando eu cheguei no hospital para onde ele foi levado, ele estava algemado à cama, enfaixado, inchado, e todo roxo, do tombo...

– Do tombo mesmo, Ivan...?

– Maria Claudia... – ele entende a insinuação – A polícia não precisa bater em drogados... Não precisa ter esse trabalho... Eles se encarregam de se machucar bastante a si mesmos... E eu, assim que o vi desse jeito, ali no hospital, eu gostei, achei bom... Achei bom, Maria Claudia! Eu cheguei a preferir ver meu filho todo machucado e algemado, na cama do hospital, do que vivendo aquelas coisas...

Maria Claudia sente os olhos encherem de lágrimas.

– Foi aí que eu comecei a usar isso – ele mostra o colírio – Desde essa época eu comecei a ter essa coisa nos olhos, ficam secos, ardem, não consigo ficar de olho aberto...

– Você foi a um oftalmologista...?

– Fui a um monte de médicos... E psicólogos... Ninguém achou nada no meu olho...

Ivan fica um tempo olhando longe em silêncio, alguns garotos andando de *skate*, de capacetes, joelheiras e cotoveleiras, dando saltos em rampas construídas ali para eles.

– Eu teria dado a minha vida pelo meu filho, Maria Claudia – ele retoma – Teria trocado a minha vida com ele, teria ficado no lugar dele, vivendo aquele inferno onde ele estava, pra ele ficar bem. Ele quase nunca estava lúcido. Não era possível conversar com ele. Meus colegas, meus chefes, já não sabiam mais o que fazer para ajudar.

Ivan para de falar, olhando para o chão, retomando o ar. Maria Claudia se lembra dele, uma semana antes, na casa de sua irmã Olívia, com o pequeno Vinícius no colo, e elogiando suas palavras, que ele a ouvira dizer ao outro sobrinho, Pedro.

– Eu tinha um pesadelo, quase toda noite, em que via Gavriil, num tribunal, condenado, sendo enforcado, olhando pra mim. Eu esticava a mão para pegar a corda, e ele dizia, "Não dá mais, pai". Eu acordava, me levantava pra ir trabalhar, e o pesadelo continuava, muito pior. O pesadelo acordado era muito pior. E tudo foi minha culpa... Se eu tivesse ficado mais em casa, se eu não tivesse deixado ele sozinho, se eu pudesse voltar no tempo...

Maria Claudia coloca a mão no ombro de Ivan que, ainda olhando o chão, respira fundo e, mudando o tom de voz, até esboçando um sorriso, continua.

– Um dia eu estava na fila do banco, e na minha frente ouvi duas mulheres conversando sobre esse lugar no Brasil, que curava viciados em heroína. Eu fui na hora fazer uma pesquisa na internet. É *Garatingoetá*, no estado de São Paulo, na Fazenda da Esperança. Eu li tudo na hora, foi como uma luz, nem pensei duas vezes, corri pra arrumar as coisas, documentos, dinheiro, remédios, e duas semanas depois, Gavriil Ivanovitch estava embarcando pro Brasil, pra *Goará*, como ele fala.

– Guaratinguetá?! – Maria Claudia fala, pasma, vendo na mente passar o mapa: a Marginal Tietê, a saída para a Via Dutra, o Santuário de Nossa Senhora de Aparecida, e depois, a cidade de Guaratinguetá.

– É esse lugar, uma fazenda mesmo, Fazenda da Esperança, em *Goaratingoetá*. Foi um padre, o Frei Hanz Stapel que criou. Eles recebem e abrigam viciados do Brasil e do mundo todo. Eles têm recebido um monte de jovens russos, a notícia se espalhou, pela Rússia. Eles fazem um programa muito bom de recuperação. Com trabalho no campo, artesanato, convivência e oração. Sem televisão, sem sair pras cidades grandes. Mas ninguém fica preso, lá. Só fica quem quer.

A voz do russo está mais animada.

– Era a nossa última chance, minha e da mãe dele. Na hora do embarque eu prometi a Gavriil que eu também iria aprender português, que enquanto ele *esteve* lá, eu iria saber tudo do Brasil, que eu estaria junto dele o tempo todo, de longe. E a partir daquele dia eu comecei a estudar. Por isso eu falo português, Maria Claudia.

Ela sabia agora, enfim. E tinha vontade de chorar.

Ivan tira lentamente do bolso do paletó o mp3 e os fones, que Maria Claudia pega, oferecendo um deles ao russo, e colocando o outro no próprio ouvido.

– Eu já o dava como morto, Maria Claudia. Para mim era uma questão de meses, talvez só semanas. E o que eu mais temia era que dores ele ainda ia ter que suportar, até que finalmente *morria*. E o Brasil salvou o meu filho. Você me entende, agora? – Ivan conclui, os olhos molhados, o sol terminando de se por, o lindo céu vermelho embalando suas palavras, Maria Claudia acompanhando seu silêncio, olhando o entardecer, o mp3 começando a tocar *Apenas um Coração Solitário*, de Tchaikovsky, no violino de Isaac Stern.

– Mas de onde você foi tirar essa ideia? – pergunta Ivan, divertido, caipiroska na mão.

Na Praça do Pôr do Sol, ao se levantarem do banco, com a emoção da estória de Gavriil, o entardecer e a música, Ivan olhara Maria Claudia, vendo as lágrimas em seus olhos, e a abraçara:

– *Spassíba, Claudiúshka*!

E ela ficara um pouco ainda em seus braços, demorando-se a se soltar, mas enfim se afastando e, enxugando o canto de um olho, tentando dar mais leveza ao momento:

– Aposto que é com Gavriil que você fala no celular às vezes, em português e em russo!

– É claro! – rira Ivan.

Caía definitivamente por terra a teoria das aulas de português com prostitutas brasileiras em Moscou. E os dois se deram conta de que estavam com fome.

O Avanhandava 34 é uma pizzaria elegante, sofisticada, charmosa e simpática, que fica na Rua Avanhandava, no centro boêmio de São Paulo. A rua em arco, quase totalmente tomada pelos restaurantes da Família Mancini, à qual também pertence a pizzaria, fica lotada praticamente todas as noites, tendo os Mancini eles próprios se incumbido de decorar a rua com fontes, luminárias, e *ombrellones*. Na pizzaria, vários ambientes, com um piano bar na entrada, os jardins internos levando ao salão principal, onde outros músicos tocam *jazz* e bossa nova e os pizzaiolos também ao vivo giram as massas circulares nas pontas dos dedos e atiram-as para o alto, enquanto se toma um aperitivo e joga-se conversa fora, aguardando as deliciosas pizzas.

– Doutor...? – perguntara o garçom a Ivan, depois de ter tomado nota do pedido de guaraná *diet* de Maria Claudia.

– Uma caipiroska!

Famílias chegando, discretos casais entrando, aniversários sendo comemorados, grupos de amigos, já animados, juntando mesas longas, clima descontraído no ar, pizzas para todos os lados, o pianista à toda, inspirado.

– De onde você foi tirar isso? – repete o russo, depois que o garçon voltara com as bebidas.

– Ah, como é que eu ia imaginar a sua estória toda? A troco de quê você iria aprender português?

– Que ideia fixa! Prostitutas brasileiras em Moscou! – ele ri.

– Mas tem. Aposto que tem! Não tem? – ela ri também – Você, como KGB, deve saber dessas coisas!

– Tem – ele ri – O pior, é que tem!

– Tou falando!

– Mas elas não dão aula de português, não! – ele continua rindo – *"Essas coisas"* – ele acha graça no subentendido.

– FSB! – Maria Claudia se corrige.

– Isso.

– Tou tão aliviada, se você soubesse! – ela fala, num tom alegre.

– Porque eu não tive aula de português com prostitutas?

– É.

– Um brinde a isso!

– Saúde!

Ivan lhe conta então que entrara em contato com a Embaixada Brasileira em Moscou, e logo conseguiu o telefone de uma senhora brasileira.

– Uma senhora, Maria Claudia, e das sérias!

Era uma senhora casada com um russo, e com ela Ivan começara a ter aulas, logo se aprimorando. Já falava alemão, inglês e um pouco de francês, mas nenhuma dessas línguas o havia interessado tanto quanto o português. A princípio por Gavriil, é claro, mas aos poucos foi se interessando mesmo pela língua e pelo país. Passou a pesquisar, ler livros didáticos, biografias, romances, revistas. Virou uma obsessão. Queria saber tudo sobre o Brasil. Não as coisas óbvias que já se conhecia, como futebol, escolas de samba e violência urbana. Sabia que a realidade de um país não era aquela mostrada superficialmente nos telejornais estrangeiros, com desinformação, más traduções e mal-entendidos linguísticos. Queria saber das pessoas, da história, da arte, da culinária, do folclore, das piadas, dos jargões da língua, do dia a dia do país que estava acolhendo e curando seu filho. Ia a mostras culturais brasileiras, tentava falar com brasileiros e portugueses que encontrava, assistia novelas, para ver o jeito das pessoas, o modo de falar, de se vestir, de agir.

– São o maior sucesso, as novelas brasileiras, na Rússia! – Ivan se anima, dando risada – As pessoas voltam correndo pra casa pra não perderem nenhum capítulo. E quando vai acontecer alguma coisa importante, ou um último capítulo, todo mundo em Moscou, de manhã, às vezes até de madrugada, telefona pra amigos ou parentes lá no outro canto da Rússia, pros lados de Vladivostok, onde eles estão onze horas na nossa frente – a Rússia tem onze fusos horários, eu já te disse. E pedem pra esses amigos contarem o que aconteceu na novela brasileira! Passa lá primeiro, e em Moscou passa só no dia seguinte. O que foi..?

– Nada – Maria Claudia está escutando, olhando para ele, sorrindo – Eu gosto de ver você sorrir...

Ele se cala, e ficam longamente se olhando nos olhos, em silêncio, sorrindo um para o outro, sem recolher o olhar, as mãos quase se tocando em cima da mesa, aos músicos se juntando um casal de *crooners* imitando o dueto de Lúcio Alves e Sylvia Telles, no meddley de *Esse Seu Olhar* e *Promessas*, de Tom Jobim,

> *...Este seu olhar quando encontra o meu*
> *Fala de umas coisas que eu não posso acreditar...*

Capítulo 9

Quinta-feira
20 de outubro de 2005

Noite Russa

Ivan perde a hora. Mesmo tendo acertado seu celular para acordá-lo às sete, horário do Brasil, não consegue acordar muito antes das oito. Levantando-se apressado, toma uma ducha e se veste rapidamente, para tomar o café da manhã e logo sair para uma longa jornada de reuniões. Está em excelente forma e de bem com a vida, a despeito das poucas horas de sono, tendo ido dormir só depois das três da manhã. Mas estava acostumado a dormir pouco, e o sono tinha sido reparador. Na verdade, acordara sentindo-se tão bem, que parecia ser outra pessoa.

Maria Claudia acorda de bom humor, o corpo descansado, a alma leve, o coração ainda sonhando. Tinha um dia puxado pela frente, com seu plantão de manhã na Assistência Judiciária, e as decisões a tomar no escritório, onde teria que encontrar uma saída para a falta dos documentos da Suíça, pois era o último dia do prazo. Iria mais uma vez juntar uma petição requerendo ao juiz a abertura de novo prazo, mas não sabia ainda que desculpa dar ao magistrado. Além disso, seria a segunda vez que faria esse pedido, com reduzidas chances de vê-lo aceito novamente, o que acarretaria na preclusão do direito do cliente. Por culpa dele mesmo, é certo. Não haviam sido poucas as vezes que Maria Claudia entrara em contato solicitando os documentos originais, como determinara o juiz, de todas as formas que a tecnologia moderna dispunha. *E-mails*, telefonemas, conferências on-line, até mesmo carta registrada. Ainda que o Forum Central já estivesse usando o sistema de petição digitalizada, como os Tribunais Superiores – portanto não sendo mais cabível o pedido do juiz de juntada de documentos originais, apenas via *internet* – nem isso resolveria seu problema: estivera na Europa na semana anterior, em Paris, em viagem particular, porém disposta a dar um pulo na Suíça para pegar pessoalmente os documentos, mas os suíços a desencorajaram dessa ideia, pois certamente ainda não tinham nem achado os papéis. Teria que entrar no Tribunal de Justiça com Embargos Infringentes, correndo o risco quase certo de ser acusada de litigância de má-fé, por estar procrastinando o processo com esse recurso, nesse caso, inútil. O despertador já havia tocado, mas ela não tem vontade de se levantar imediatamente. As lembranças da noite anterior eram algo muito melhor em que pensar. Vira-se para o lado e fecha os olhos, não para dormir, mas para repassar na memória o final de tarde e a noite da quarta-feira.

Fazia exatamente uma semana que ele havia chegado ao Brasil, mas Maria Claudia tinha a impressão de que conhecia Ivan havia muito tempo. As descobertas dos últimos três dias tinham jogado luzes completamente diferentes sobre a ideia que fazia dele. Tudo o que ela havia pensado e temido nos primeiros dias, contrariada por gostar da companhia do russo, havia sido apagado, e uma nova estória havia sido escrita.

Na pizzaria, Ivan lhe contara mais detalhes sobre o filho Gavriil Ivanovitch, que havia passado dois anos no Brasil, tendo se curado do vício nos primeiros doze meses, mas decidido ficar outro tanto, pois gostara do país, da língua, das pessoas, da Fazenda da Esperança, e queria ajudar outros jovens, brasileiros e estrangeiros, muitos russos como ele, que ali acorriam para tentarem nascer de novo. Durante esse tempo, contara-lhe Ivan entre um pedaço de pizza e outro, ele o filho se comunicavam quase todos os dias, Ivan melhorando seu português, o filho entusiasmado com o país e com o pai, um novo relacionamento nascendo entre os dois, o Brasil seu ponto em comum. Contou também que até seu entendimento com a ex-mulher, uma relação amarga e cheia de rancores desde antes mesmo do divórcio, tinha se tornado civilizado, até afável, tendo ambos encontrado um equilíbrio entre suas mágoas, dores e culpas, e a nova vida que aquela oportunidade tinha lhes proporcionado. Tinham, eles também, assim como o filho, encontrado a paz.

Ivan também lhe contara, recusando uma segunda caipiroska e pedindo ao garçom um guaraná *diet* igual ao de Maria Claudia, que a ida ao *shopping* aquela tarde tinha sido por conta de uma informação sobre o magnata, que teria uma ligação, talvez um caso mesmo, com uma brasileira socialite, sócia minoritária de uma loja de grife internacional nesse *shopping center*, e que era possível ele ter entrado clandestinamente no Brasil, aquele sendo um lugar onde ele talvez pudesse circular.

– Não é na Daslu, não? – ri Maria Claudia - Lá, sim, é que a polícia anda tendo trabalho!

A Daslu. Não era só o Poder Público a figurar nos noticiários policiais: o setor privado também estava tendo a sua cota de escândalos e prisões. Elegante e sofisticada loja de grifes frequentada pelos milionários de São Paulo, a Daslu tinha caído na malha da Polícia Federal, que tinha desconfiado de sonegação fiscal quando, numa rotina alfandegária no Aeroporto de Cumbica, encontraram um *container* da Daslu cheio de mercadoria importada: artigos de luxo com valor declarado pela importadora muito abaixo daquele aparecendo nas notas fiscais. Agora, havia apenas alguns meses, a chamada Operação Narciso tinha prendido a elegante socialite dona da loja e seu irmão, diante das câmeras de televisão. A justiça entendeu tratar-se de quadrilha que vinha cometendo crimes financeiros de forma habitual e recorrente, sendo acusados de ganância, organização criminosa e conexões no estrangeiro, onde sua prática do ilícito penal era quotidiana, como verdadeiro modo de vida: eram profissionais do crime. Os presos da alta sociedade agora disputavam lugar nos jornais com os corruptos do governo. O povo brasileiro não precisava mais assistir novelas: bastava ligar a tevê todo dia nos noticiários.

– Me contaram, dessa estória! Mas não é essa. Que coisa mais ruim, isso! – ele comenta, pedindo ao garçom um guaraná normal.

– Você não está acostumado com adoçantes.

– Não mesmo.

Maria Claudia espera o garçom trazer e servir Ivan com o novo guaraná.

– Mas Ivan... Você então está aqui por ordem do Putin...?

O russo dá um gole de guaraná.

– Não... Não diretamente dele... Eu estou aqui em nome do Poder Judiciário russo, da Polícia da Rússia... Todo mundo sabe que o Presidente Putin quer ver esses oligarcas na cadeia. Mas ele não é o único, Maria Claudia. Toda a população russa quer ver esses magnatas ladrões presos. E a lei russa prevê que o que eles fizeram é crime passível de prisão. Corrupção. Enriquecimento ilícito. Lavagem de dinheiro. Evasão de divisas. É simples assim. Todo mundo acha que a polícia e a justiça estão agindo por ordem do Putin, mas é o contrário: ele só quer que a justiça não deixe eles escaparem, e que a lei seja cumprida.

– É o que a gente gostaria que acontecesse aqui, com os deputados corruptos... Que alguém os pusesse na cadeia... Quem sabe com o Ministro Joaquim Barbosa...

Ivan, absorto, olha para dentro do copo.

– Mas ele não tem toda essa aprovação, Maria Claudia...

– Quem? O Joaquim Barbosa?

– O Putin. Ele não é Deus, e nem pretende ser. Está na presidência, só isso.

– "Só isso"?

– Ele tem opositores, você pensa que não? Que ficam se manifestando, falando mal dele, vão na televisão, e têm o direito de fazer isso. Na época da União Soviética, não podia essas coisas. Agora, com a nova Constituição, de 1993, a Rússia é uma democracia.

– Mas ele andou dando umas podadas aqui e ali, não andou, não?

– Ele precisou fazer isso, Maria Claudia... Porque com todas essas novas liberdades, essas novidades, tava uma bagunça, uma desordem. Tava valendo tudo, um "ôba ôba", como você disse... Era terra de ninguém. Na economia, na política, nas ruas... Era perigoso sair na rua... Drogas, crimes... – Ivan pensa no filho Gavriil -Vandalismo pra todos os lados... Se não aparecesse alguém pra segurar isso, ninguém sabe o que teria acontecido com a Rússia.

– A gente, aqui, também, por um lado... Com a Constituição de 1988, depois dos anos de ditadura militar... Só que aqui, sempre teve o ôba-ôba...

– O Putin veio segurar esse caos, colocar um freio, pra ir devagar com as mudanças. A maioria da população é de gente boa, que ficou aliviada quando ele veio botar ordem na bagunça. O que se quer na Rússia é entrar no mundo aberto, de mercado, democrático. E o Putin também quer isso. Mas o que ele diz é que não dá pra entrar nisso começando pelos piores erros do capitalismo.

– Aí, ele tá certo...

– E o povo nem tem do que reclamar – Ivan ri – O Putin, outro dia, preocupado com a densidade demográfica da Rússia, que tá diminuindo, foi na televisão falar que vai dar incentivo para os casais que tiverem mais filhos, e que daria um presente para as crianças que nascessem dali a nove meses. O povo entendeu que o Presidente mandou todo mundo ir transar!

– Isso é que é presidente!! – Maria Claudia ri.

Ivan sorri, olhando a risada da brasileira.

– Sabe, Ivan... Tudo isso que você contou, dos tumultos em Moscou, do seu filho... – ela fala devagar, com cuidado, retomando o assunto de Gavriil – Você diz do que sente... Da culpa... É tão natural você sentir isso, como pai...

O russo fica quieto, ouvindo.

– Mas na verdade – ela continua, procurando as palavras – Não é simplesmente porque um pai trabalha muito, porque um casal não se dá bem e se divorcia, que um rapaz ou garota vai se envolver com drogas... Acho que tem muito mais a ver com a sociedade, com o mundo moderno, com o apelo de que é "cool", com a facilidade com que as drogas chegam nesses jovens... Vários desses, infelizmente, têm os pais lá, juntos e de bem, e ainda assim o filho se vicia, sem que eles saibam explicar a origem do problema...

– Mas em alguma coisa eu falhei... Tinha que ter estado por perto...

– Ivan... Tanto você estava por perto, de ouvidos atentos, que foi você quem correu atrás da informação, e nem piscou em mandá-lo pro Brasil, sem perder tempo. Se lá atrás em algum ponto você falhou, quem não falha? Onde está essa cartilha que ensina um homem e uma mulher a serem pais perfeitos? Que ensina a gente a levar uma vida perfeita? Pode até existir esse passo a passo, mas tem que avisar o "entorno" da gente, que tem que fazer a parte dele! – Maria Claudia olha o russo à sua frente, quieto, ouvindo - Foi você quem salvou o Gavriil, Ivan. O Brasil foi só o instrumento, que você teve olhos de enxergar e ouvidos de ouvir, e soube usar.

Ivan não diz nada, não move os olhos, pensativo, longe dali, aquelas palavras batendo fundo em sua alma. E enfim pega a mão de Maria Claudia, sobre a mesa, guardando-a na sua, a cabeça baixa, contendo uma lágrima, que acaba caindo, enquanto ele lhe beija as costas da mão. E Maria Claudia se inclina, dando-lhe um leve beijo no rosto.

Já passava da meia-noite quando Maria Claudia embicou o carro na porta do hotel, para deixar Ivan, indo sem que lhe pedissem para aquele canto onde não atrapalhariam a passagem de outro carro. Desligando o motor e virando-se para o russo, ela não tem vontade de se despedir. Nem ele tampouco. Fazia horas que estavam juntos, e tantas coisas haviam falado, tão mais próximos agora estavam. Passando de leve as costas dos dedos no rosto da brasileira que, de olhos fechados, inclina um pouco o rosto para sentir a carícia, Ivan imita o gesto do domingo à noite naquele mesmo local, e estende o braço sobre o ombro da brasileira, puxando-a para si, os rostos rapidamente se aproximando, os lábios imediatamente se encontrando, o abraço se apertando, o arrepio passando nas colunas de ambos, o mundo lá fora deixando de existir, apenas o calor da proximidade dos dois corpos, a sensação do toque, o gosto da boca, os ligeiros suspiros de Maria Claudia, Ivan lhe dizendo baixinho o nome no ouvido, "*Claudiúshka*", até que uma buzina os sobressalta, ao mesmo tempo que toca o celular de Ivan. Maria Claudia olha pelo retrovisor, uma van e um táxi atrás deles tentando se colocar ali para descarregarem hóspedes e malas, o porteiro gesticulando para que ela desse espaço, Ivan falando em russo no telefone.

– Trabalho, me chamando, *Claudiúshka*... – ele diz, desligando o celular.

– Uau! Mas que horas são, em Moscou?

Ivan olha o relógio e faz as contas do fuso horário.

– Cinco e quarenta cinco da manhã.

– A turma acorda cedo, lá, heim?

E Maria Claudia então seguira para casa, depois de se despedirem para que Ivan pudesse subir ao seu quarto e trabalhar em horário russo, indo dormir apenas depois das três da manhã, exausto e feliz.

– Oi, Tavinho! – Maria Claudia atende o irmão no celular, em sua mesa no Departamento Jurídico XI de Agosto – Como tá o pai da Bruna?

– Tá melhor, já tá acordado, conversou com a gente e tudo. Vai escapar dessa! Parece que hoje já sai da UTI e vai pro quarto. Eu ia te ligar ontem a noite, mas não quis te incomodar. Quando você chegou ontem, a gente já estava dormindo.

– Que bom, Tavinho! – exclama a irmã, sinceramente feliz pela cunhada.

– Claudinha, queria te contar primeiro, nem falei pra mãe e pro pai ainda. Ontem à noite, com a Bruna aqui comigo, eu já tinha praticamente decidido lá no hospital, à tarde, mas ontem aqui eu falei com a Bruna. A gente marcou a data do casamento.

– Tavinho! – Maria Claudia exclama, alegre – Que bom! Parabéns! Que legal!!! Ah, Tavito, eu fico tão feliz! Vocês dois são uma graça! E eu adoro a Bruna! Cê vai ligar pro papai e pra mamãe? Eles vão ficar super contentes!

E Maria Claudia estava sendo sincera. Conhecia bem o irmão para saber que aquela moça ia fazê-lo muito feliz, e que ele era apaixonado por ela.

Continuando em mais uma manhã típica na assistência judiciária gratuita, atendendo as pessoas de baixa renda, distribuindo tarefas para os estagiários, encaminhado os casos que equivocadamente foram parar ali, mas que pertenciam ao Juizado Especial Cível, Maria Claudia oscila entre pensar no trabalho e em Ivan. Não conseguia parar de pensar na véspera e nas coisas que lhe contara o russo, nos seus olhos azuis olhando para ela, no seu beijo, na sua voz em seu ouvido. Termina uma petição e a manda para a impressora, já se concentrando nos termos que usará na petição que redigirá no escritório, para levar ao Fórum João Mendes mais tarde, usando de um subterfúgio para justificar não estar juntando os documentos pedidos aos suíços. E também mentaliza o que dirá para Ana Cecília, mais tarde, quando pretendia ligar para a amiga. Acordara com uma visão diferente de todo o caso de Rafael. Ricardo estava se mudando, ia morar em Miami, na Flórida, e queria levar consigo o menino, que aparentemente já estava decidido a ir com o pai? Pois Ana Cecília iria também! E para isso não precisaria de autorização do juiz! Ia conversar com a amiga e orientá-la jurídica e psicologicamente. Mudar-se para a Flórida parecia uma ideia absurda? E é claro que era. Mas a prioridade era Rafael. E se o pai, sincero ou não, querendo o melhor para o filho, queria convencer o magistrado para ter o menino junto a si, ora, mais obviamente ainda, melhor para o filho é também não se separar da mãe. E se para isso era necessário o sacrifício, Ana Cecília se mudaria para Miami. Ricardo tinha mesmo que lhe pagar a pensão, ela poderia colocar seu apartamento para alugar, e até encontrar algum emprego em sua própria área de decoração nas badaladas ruas de Boca Raton. É claro que Maria Claudia batalharia para obter a guarda de Rafael para Ana Cecília, sem mudança nenhuma para os Estados Unidos. Mas se as coisas estavam caminhando como a amiga lhe contara, com Rafael daquela forma seduzido pela Flórida, então a nova esposa de Ricardo teria que enfiar a viola no saco e ter a ex-mulher do seu querido morando bem perto dela. A Flórida não era tão longe assim.

E Ricardo que arcasse com as consequências e os custos dessa invenção de moda. Era isso, ou Ana Cecília teria que se conformar em ir ver o filho duas ou três vezes por ano, em pequenas férias. Mas tudo ainda iria ser submetido ao juiz. Ele poderia concordar com Ana Cecília que toda a estória de Miami era estapafúrdia e determinar que Rafael ficasse com a mãe. E, ainda, Maria Claudia ia dizer a Ana Cecília que tentaria conversar com Ricardo, para buscar um entendimento e talvez evitar irem todos parar na frente do juiz outra vez. Estava tentando ver o ex-marido da amiga com outros olhos.

– Oi, Denise! – ela atende o celular.

– *Oi, doutora! Você nem vai acreditar! Os documentos chegaram!*

– Tá brincando comigo, Denisinha! – Maria Claudia mal pode crer.

– *Tão aqui na minha frente, doutora. Vou já fazer as cópias e deixar em sua mesa.*

– Põe até um peso em cima deles, Denise! Eu tou terminando aqui e chego no escritório pra imprimir a petição. Não acredito!

– *Hehehe! Doutora, todo o seu empenho valeu, afinal!*

– Daqui a pouco tou aí, Denise! – diz Maria Claudia, num dia que começara feliz e parecia promissor.

Até o trânsito ajudou. Maria Claudia vai do início da Avenida Brigadeiro Luiz Antônio até seu prédio, na Paulista, em notáveis curtos quinze minutos. A petição para juntar os documentos, caso viessem, já estava pronta em seu arquivo havia muito tempo. Era só imprimi-la, grampear os originais num jogo, as cópias em outro, assiná-la e ir para o Fórum. É claro que ela daria uma olhada nos documentos para verificar se estavam corretos. "Era só o que me faltava!" ela pensa, no elevador, chegando a seu andar. "Chegar tudo errado da Suíça!"

– Tá bom assim, doutora?

– Tá ótimo, Denise. Aqui, grampeia esse, por favor.

Estava tudo em ordem com os documentos.

– Eu fiz uma cópia a mais, doutora, se precisar. É o Júlio que via levar?

– Obrigada, tá muito bom. Não, eu vou já sair e ir direto ao Fórum, pra despachar com o juiz antes da primeira audiência, e depois protocolar no cartório. Quero que o juiz veja esses originais com os próprios olhos nas mãos dele! Quando eu voltar, eu arquivo a cópia protocolada na pasta do cliente.

– Fazendo serviço de estagiário e de secretária, Maria Claudia? – comenta, irônico, outro advogado que passava pelas mesas das secretárias.

– Ah, esse é altamente *high profile*! Serviço vip! – ela brinca. Mas queria de fato fazer tudo pessoalmente. Era afinal um dos grandes clientes do escritório, embora desleixados. Maria Claudia via, no final de cada mês, a cara de alegria dos sócios quando checavam os valores debitados aos suíços.

Em sua sala, sem nem se sentar, colocando a petição e a cópia na pasta e já pegando a bolsa, Maria Claudia atende o interfone.

– Já vou, Dr. Rubens!

"Não vou poder ficar batendo papo agora" ela pensa, indo para a sala do chefe.

Mas não era para bater papo que ele a havia chamado. Incumbia-a, na última hora, de ir participar de uma reunião nos escritórios de um cliente, na verdade uma Assembleia Ordinária, cuja pauta não incluía nenhum assunto relevante que justificasse a presença de um advogado além daquele do departamento jurídico da própria empresa. Além do mais, não era cliente da área de Maria Claudia. Ela tenta perguntar ao chefe se era ela mesmo que deveria ir, se não havia mais ninguém disponível, porque ela estava indo ao fórum protocolar os famosos documentos, dos quais todo o escritório estava sabendo.

– Ora, Claudinha, mande seu estagiário fazer isso! Pra que é que eles estão aqui? – ri Dr. Rubens – E olha, eu quero que você fique até o final da reunião, porque geralmente é depois delas, na hora que os acionistas vão bater papo, que as melhores informações aparecem! E você já está atrasada, você tem que chegar lá, estacionar, se identificar. Corre, menina!

Muito contrariada, Maria Claudia deixa então um longo e minucioso recado à mão para Júlio, seu estagiário, pedindo a ele que deixasse de fazer o que quer que fosse, pegasse a petição na primeira hora que chegasse e a levasse ao fórum para despachar com juiz e protocolar, lembrando-o da importância do caso. Não que fosse necessário lembrá-lo, pois ao longo dos últimos dias, cada vez que se cruzavam no escritório, um perguntava ao outro, "E os documentos?", "Nada!".

– Avisa o Júlio, por favor, que tem um recado meu na mesa dele, Denise! Sobre a petição, que é pra ele ir levar ao Fórum, nem que chova canivete.

Na garagem, antes de dar a partida no carro, liga para o celular do estagiário.

– Oi, Dra. Maria Claudia!

– Júlio! Que bom que te peguei fora da aula. Cê num sabe, inventaram uma assembleia chatérrima onde eu tenho que ir e sei lá que hora termina. Eu tava indo ao fórum protocolar a petição com os documentos...

– Chegaram? Arre! No último dia!

– Pois é, chegaram, mas eu tou indo pra tal reunião. Você me faz um favor então, meu querido? A petição tá em cima da sua mesa, você vai na primeira hora levá-la ao fórum?

– Claro, Maria Claudia, fica tranquila, vou até mais cedo pro escritório e já faço isso.

– Se não der pra despachar com o juiz, pelo menos protocola em cartório, ok? São documentos originais, ali.

– Deixa comigo, doutora!

– 'Brigada, querido!

Seguindo pela Marginal Pinheiros em direção ao Centro Empresarial, na nova e moderna Avenida Berrini, um pouco mais aliviada por ter conversado com o estagiário, Maria Claudia já consegue se concentrar melhor no que estava indo fazer, aquela inesperada assembleia de acionistas. Ainda bem que naquela manhã tinha vestido seu terninho Armani preferido: gostava de honrar a profissão se vestindo sempre bem.

– Não foi nem lançado ainda!

– Está na fábrica terminando de ser montado, não tinha pra pronta entrega, nenhuma concessionária tinha recebido! Muito menos na cor que eu comprei. Super exclusivo! Cê precisa ver as rodas! E eu ainda vou mandar blindar – explica, orgulhoso, um dos acionistas a outro, na rodinha a que se juntara Maria Claudia.

Eram essas as conversas pós-reunião cheias de informações a que se referia o Dr. Rubens?

Maria Claudia tinha chegado em tempo para conversar com todos antes que a Assembleia Ordinária começasse, e entediou-se bastante, pois a

Assembleia fora o que o nome diz, em seu sentido menos técnico e mais banal: ordinária. Como de costume, apenas alguns dos acionistas majoritários participaram, outros mandando representantes munidos de procurações com os poderes específicos. Nenhum dos presentes se surpreendeu com a chegada de Maria Claudia, estavam acostumados com advogados ao seu redor, fosse como assessoria preventiva, fosse para tirar dúvidas, fosse como garantia de liberdade, pois nunca se sabe: já tinham visto até alguns dos investigados na CPI, em plena televisão, tirarem do bolso do paletó o *Habeas Corpus* preventivo já pronto e assinado, pois acabavam recebendo ordem de prisão ao vivo, para todo o Brasil ver, posto que seus depoimentos acabavam por incriminá-los a eles mesmos. Não era de estranhar que as transmissões dos depoimentos estivessem alcançando tanto sucesso de audiência. E alguns empresários espalhados pelo país estavam enfiando a carapuça. Peso na consciência era assim. Carregar o advogado a tiracolo, então, para alguns, nunca era demais. E ela era, afinal, do escritório que lhes dava suporte jurídico. Não que não tivessem reagido positivamente, abrindo sorrisos do tipo que ela já conhecia, ao vê-la sair do elevador.

Passou então aquelas horas sentada, ouvindo a maçante reunião, na qual nada havia que lhe coubesse intervir ou opinar, perguntando-se o que estava fazendo ali, o pensamento indo de lá para Ivan, de Ivan para petição com os documentos, da petição para o casamento de Otávio, do irmão de volta a Ivan, de Ivan à audiência em Ubatuba no dia seguinte, da audiência à máquina de lavar roupa, da lavadora aos viciados em Moscou e em São Paulo, das metrópoles para Ana Cecília e Rafael, e destes para os beijos de Ivan, de onde seus pensamentos não queriam sair.

– Pois é, eles vão casar afinal! – comenta Maria Claudia no celular, alegre, no intervalo.

– O Tavinho caiu em si, com o pai da Bruna tendo o ataque cardíaco – responde Olívia, a irmã - Foi o empurrão pra ele se decidir de uma vez!

– É... O papai também teve um ataque cardíaco... Mas ninguém me pediu em casamento por isso! – graceja a advogada – Coitado do pai. Teve um infarto à toa.

Falou com Ivan, cujo recado em sua secretária eletrônica para dar bom-dia ela ouvira durante a reunião, e contara-lhe de sua manhã, do casamento do irmão, da petição, daquela assembleia enfadonha. Ivan estava por sua vez com um investigador brasileiro, envolvido na operação, não querendo falar para a brasileira na frente dele nenhum detalhe.

Ligou para a casa de Anton, o tradutor, que lhe havia enviado um torpedo dizendo que os documentos que faltavam estavam prontos, que lhe mandaria pelo motoboy. Mas Maria Claudia, falando com D. Irina, a mãe dele, que atendera o telefone, preferiu marcar com ela de ir buscar pessoalmente, no final da tarde, para que nada mais que tivesse a ver com o russo chegasse ao escritório. De resto, esses documentos eram até irrelevantes e ela mesma já sabia seu conteúdo, pois Ivan já lhe havia contado. Mas ela queria ir retirá-los, pagar Anton e agradecer a ele pelo trabalho. "Vem tomar um *cafezínio* e um *bolínio* comigo!" convidara a simpática senhora russa.

Telefonou também para Ana Cecília, pois tinha urgência em colocar para ela suas conjecturas, suas ideias, o que pretendia fazer para suavizar o momento pelo qual passava a amiga. É claro que Ana Cecília, a princípio, achou absurda a hipótese de se mudar para Miami.

– Tudo bem, Aninha, é só uma ideia, é claro que a gente vai pensar muito ainda. Mas não deixa de ser uma saída, se as coisas complicarem pro teu lado, e o louco do juiz der a guarda ao Ricardo. Ninguém pode te impedir de ir morar lá também. E cá entre nós, já pensou? Todos os nossos amigos iam te visitar! Sozinha é que você não iria ficar! Eu, pelo menos, iria toda hora!

Mais do que encontrar uma solução para o caso da amiga, queria lhe dizer alguma palavra, alguma uma saída, algo que lhe trouxesse alívio e esperança.

– O irmão reabriu o caso!

– Até o Zé Dirceu tá sendo acusado!

– Não tava faltando mais nada, pro Lula! O PT tem muito o que explicar!

– A polícia nunca vai conseguir provar nada!

Terminada a reunião, Maria Claudia se aproximara de um grupo de acionistas. Falavam de política. Comentavam o assassinato do prefeito de Santo André, Celso Daniel, em 2002, que havia sido explicado pela polícia como crime comum, sequestro seguido de morte. Mas o irmão dele havia reaberto o caso, havia alguns meses, alegando ter sido crime político, pois Celso Daniel teria descoberto e denunciado um esquema de corrupção na prefeitura de Santo André envolvendo seu próprio partido, o Partido dos Trabalhadores, uma empresa de transportes e até a cúpula do partido. Várias pessoas ligadas ao prefeito e ao suposto sequestro seguido de assassinato tiveram morte igualmente suspeita logo em seguida. E agora, havia uma semana, o legista que havia atestado haver encontrado marcas de tortura no cadáver do prefeito, tinha sido encontrado morto em seu escritório, em São Paulo. Maria Claudia comenta qualquer coisa e se afasta, aproximando-se de outro grupo.

– Zero quilômetros!

– O seu custou quanto?

– Oitenta mil Reais. Paguei de uma vez!

Era demais para Maria Claudia. "Chega!". Iria embora naquele instante. Não viera passar a tarde numa reunião insípida para ficar ao final dela ouvindo conversa sobre política nem muito menos sobre carros novos, lançamentos, quanto custaram e como foram pagos. Ficou ouvindo esse discurso por tempo suficiente após a assinatura da ata para perceber que não iria mudar o rumo tão cedo, e quando mudasse, seria certamente para assuntos que ela não iria querer ouvir nem que fosse muito bem paga para isso. Além do mais, já passava das cinco e meia da tarde.

– Oi, Júlio! E aí, tudo bem? Cê tá no escritório? Como foi, no fórum? – Maria Claudia fala ao celular, parada num farol.

– Oi, Dra. Maria Claudia! Não tou no escritório, tou em Sorocaba!

O coração de Maria Claudia falha uma batida.

– E a petição?

– Não fui eu que fui protocolar. Quando eu tava de saída, o Narcisinho me chamou e me mandou vir pra cá. Eu disse que tinha aquela urgência pro Fórum João Mendes, ele me disse que mandaria a estagiária dele fazer isso.

– O quê?! – Maria Claudia não quer acreditar no que ouve.

– Eu fui antes falar com o Dr. Rubens, e ele disse que se o Narcisinho ia mandar outra pessoa pro fórum, eu podia vir a Sorocaba. E o pior é que o processo que ele me mandou ver aqui tá arquivado. Eu disse isso pra ele antes de sair, eu tinha olhado na internet.

– Tá – Maria Claudia desliga, sentindo a rua se abrir debaixo do carro.

O Narcisinho. Ela podia esperar o pior. Sabia que ele queria sua cabeça, mas não imaginava que chegaria a prejudicar um cliente para isso. E o Dr. Rubens, por hábito de acatar tudo o que dizia o Narciso pai, passara a abaixar a cabeça também para o não tão confiável Narciso neto.

– Denise! – ela liga direto para o celular da secretária.

– Pois não, doutora!

– Denise, pergunta pra estagiária do Narcisinho se ela protocolou a petição. O Júlio disse que ele ia mandá-la fazer isso. Corre, eu tou no trânsito.

– Tou indo, doutora – responde a secretária, indo com o celular no ouvido até a baia da estagiária, percebendo a ansiedade da chefe – *"Oi, Érica, a Dra. Maria Claudia está perguntando se você protocolou a petição dela hoje, que o Dr. Narcisinho mandou"*

– "*Não, Denise*" – Maria Claudia ouve uma voz infantil responder – *"Ele não me passou nada, não saí daqui hoje"*.

Maria Claudia por uma fração de segundo vê tudo preto à sua frente. Subindo a Rua Rodrigues Alves em direção à Rua Vergueiro, ela nem consegue prestar atenção direito no caminho que está fazendo para chegar ao escritório.

– Denise, vai até a minha sala, vê se a petição tá na minha mesa. Não desliga o celular, continua na linha comigo – o coração de Maria Claudia bate aos solavancos. Ela já sabe o que a secretária vai dizer.

– Tou indo, doutora. ... Tou aqui. ... Não está na sua mesa – ela remexe um pouco em alguns papeis.

– Na mesa do Júlio – ela diz, já na esquina da Avenida Bernardino de Campos.

– Já chequei, nada – a secretária está aflita também.

– Denise – Maria Claudia respira fundo ante o que vai dizer – Vai até a sala do Narcisinho, entra sem bater e vê se está na mesa dele. Se estiver, arranca a petição de lá! Pode ir, sou eu que tou te dando essa ordem, não se preocupe. Vai firme. Coragem!

A secretária na verdade não temia o filho do dono do escritório. Também já havia visto que as coisas tinham mudado muito desde que ele voltara de seus estudos de pós-graduação nos Estados Unidos. Instalara a rivalidade, o medo, a arrogância e a prepotência num ambiente antes cheio só de respeito e sobriedade. Perder o emprego não estava nos seus planos, mas se a doutora assumia os riscos...

A secretária vai com o celular grudado ao ouvido, mas sem falar, o carpete encobrindo seus passos, um advogado vendo-a passar e não entendendo a cena, ela se aproxima da imponente área onde estão as salas dos sócios mais velhos do escritório, onde Narcisinho determinara que deveria ficar a dele também. Maria Claudia ouve os ruídos no celular, e as vozes:

– *Com licença, doutor... Eu... Será que... ... Aqui!!*

Tunk! Plah!

– *Denise!!*

– Peguei, doutora! Tá na minha mão! – informa, no celular, exultante, a secretária, já de volta no corredor, agora até correndo.

– Yes!! – grita Maria Claudia, no carro.

O jovem advogado falava ao telefone, em sua poltrona giratória, de costas para a mesa e para a porta, tendo tempo apenas, ao virar-se, de ver a secretária de Maria Claudia saindo de sua sala com o celular em uma mão e na outra, a petição que ele sequestrara mais de cinco horas antes.

Maria Claudia olha o relógio. Seis e dez da tarde. O protocolo fecha às sete em ponto. Mandar chamar o Dr. Rubens para que ele ordenasse que alguém do escritório voasse para o fórum? Mandar ela mesma outro estagiário, de outra área, fazê-lo? Poderia confiar em quer que fosse, depois de tudo aquilo?

– Dê, presta atenção. Desce já com essa petição e a cópia até a frente do prédio, na Paulista. Eu tou entrando na Paulista agora. Desce e me espera lá na calçada. Pede pro segurança do prédio ficar do seu lado, não deixa ninguém chegar perto de você e dessa joça dessa petição. Se o Narcisinho vier, pode matar!

– Tou indo, doutora! – Denise passa pelo corredor e vê Narcisinho olhando de longe, começando a vir em sua direção.

A secretária pensa rápido. Se for até o *hall* dos elevadores ele a alcança, e ela terá que trocar frases e talvez até discutir. Vai então depressa para a copa, para de lá pegar as escadas. Sabe que não terá tempo de descer a pé os vinte e cinco andares. Ela desce o primeiro lance das escadas e abre a porta para o *hall*: com sorte alguém no andar de baixo já está aguardando o elevador. E estava. O elevador chega nesse instante e está descendo, ela entra junto a mais duas pessoas que lá aguardavam, a porta do elevador fecha, dando-lhe tempo apenas de ouvir a voz de Narcisinho, *"Denise!"*

Maria Claudia sente o sangue voando dentro das veias. Pode ouvir o próprio batimento cardíaco como se fosse uma potente bomba relógio. Uma espécie de mal estar subindo e descendo do estômago para a garganta, passando pelo peito e dando dor. Respira fundo, com medo de se atrapalhar e provocar um acidente. Segue pela Paulista na penúltima faixa da direita, ao lado dos ônibus, sem correr, atenta à calçada, evitando pegar sinais verdes justo agora e não poder parar. Sabe que vai ser a maior confusão no meio dos carros, mas nem se importa com isso. Em plena hora do *rush*, a cidade inteira voltando para casa, se aproxima do prédio, onde, de longe, avista Denise e, não sem um pequeno estardalhaço, causa um transtorno no trânsito de modo a parar na faixa exclusiva de ônibus, por alguns segundos, e a secretária correr para passar pela janela do passageiro, dentro de uma pasta de plástico, a petição e as cópias que Maria Claudia e ela haviam montado e grampeado com tanto cuidado, séculos antes, naquela manhã.

– E doutora, o Sr. Ivan telefonou, não conseguiu te ligar no celular! – grita Denise, da calçada para o carro, Maria Claudia já seguindo pela avenida, pegando o celular e começando a teclar para Ivan, quando o celular toca em sua mão. Era o próprio.

– Ivan! – ela mal consegue dizer o nome.

– Oi, *Claudiúshka*, onde você está?

– Na Paulista, saindo do escritório... E você?– ela tenta falar com calma.

– Tou na Paulista, indo pro teu prédio.

– Em que quarteirão você tá?

– Acabei de passar debaixo do MASP.

– Ivan, volta pra lá, volta pra debaixo do MASP. Eu já já chego aí. Me espera.

– Tou voltando – eles continuam no celular.

O coração ainda bate acelerado.

– Eu não sei se eu vou conseguir entrar na pista de ônibus, Ivan. Fica esperto, vai vendo se vê meu carro – ela se mantém à direita, aflita, se aproximando da primeira coluna vermelha do Museu de Arte de São Paulo.

– Ehhh.. Todo mundo tem carro parecido com o seu...

– Eu sei... – "*Me acha, Ivan!*" ela pensa, confusa com a multidão no final da tarde lotando as calçadas, tentando localiza-lo entre os pedestres.

– Achei!

– Te vi!

Ela põe o braço esquerdo para fora da janela para acenar, o farol desta vez ajudando e fechando para que ela parasse e ele, passando entre os carros, entrasse no Eco Sport.

– Essa foi boa! – ele diz, fechando o celular, dando-lhe um beijo no rosto e um de raspão nos lábios – Tá tudo bem, *Claudiúshka*?

Ele logo percebe algo errado no semblante da brasileira.

– Ai... Não, Ivan...

– O que foi...? – ele se preocupa, colocando o cinto de segurança.

– A casa caiu, Ivan! Armaram uma pra mim, no escritório... – a voz dela fica embargada.

Ela conta rapidamente sobre a petição e o Narcisinho.

Saindo da Paulista e dobrando à direita na Rua Frei Caneca, Maria Claudia já consegue pensar melhor e seguir seu caminho corriqueiro para chegar à Praça João Mendes, atrás do Tribunal de Justiça e da Catedral da Sé. Com a facilidade do protocolo *drive-thru*, nem seria necessário sair do carro e entrar no Fórum para protocolar: passa-se de carro pela guarita onde se entrega a petição original e a cópia, recebendo de volta a cópia chancelada, saindo-se do outro lado de volta para a rua. E ela que queria despachar aquela petição com o juiz e entregá-la direto no cartório, com a letra e assinatura do magistrado, "J. Conclusos", pois trazia documentos originais! Agora só lhe restava entregar no protocolo e dar-se por satisfeita! Tinha em torno de meia hora para chegar ao Fórum e honrar o prazo, no seu limite máximo.

– Ah, mas eu vou matar quem montou essa, Ivan! Não foi o Narcisinho sozinho, alguém tá dando apoio a ele. Mas quem? O Dr. Narciso? Ele jamais iria fazer uma coisa dessas! Prejudicar o cliente! Mas eu vou descobrir, eu tenho que descobrir! E o Dr. Rubens, o meu chefe? Será possível que ele tenha acobertado a coisa? – conforme fala, vai se exaltando outra vez, embora a presença do russo a tivesse acalmado – Eu ia levar a culpa da perda desse prazo! Aliás ainda corro o risco, olha a hora! Puxaram o meu tapete! Eu vou matar um! Eles querem me ferrar!

– Mas, *Claudiúshka*... Por que ficar tão abalada? – ele fala com calma, passando levemente as costas dos dedos no rosto dela – Nada disso é sua responsabilidade. É deles. Você queria levar a petição pessoalmente de manhã... Eles é que não deixaram. Você passou pro estagiário. Eles não deixaram outra vez. Esquece deles todos, *Claudiúshka*! Esse escritório *já era*!

Embora bem mais calma e mais calma desde que Ivan se sentara a seu lado no carro e lhe dissera aquelas palavras, Maria Claudia ainda assim viu a ansiedade novamente ir num crescendo, conforme o trânsito não andava, mas o relógio, sim. Faltavam vinte minutos para as sete horas, e eles estavam sobre o Viaduto Jacareí, parados em frente à Câmara Municipal. Não dispunha nem de tempo, nem de paciência, nem de saúde para ficar ali. Mas não tinha outro jeito. Os faróis é que ditavam as regras. O carro seguia morosamente, agora um pouco mais para frente, pela Rua Maria Paula, andando e parando a cada dois metros.

– Ai, meu Deus, caramba! Vamos, gente! Vâmo andar!! – ela fala, como se nenhum dos outros motoristas estivesse igualmente estressado.

Ivan, quieto e calmo, sabendo que nada poderia ser feito, e porque alguém tinha que manter o autocontrole naquele momento, procura uma outra estação no rádio, pois a Nova Brasil FM estava com muito chiado, aumentando o nervoso de Maria Claudia.

– Meu, assim não vai dar!!! – diz Maria Claudia, os cotovelos na direção, as mãos na cabeça.

Ivan encontra a Rádio Scalla FM e suas melodias suaves, com músicas instrumentais mais adequadas para o momento, que caíam bem naquela situação.

– Ivan... – diz Maria Claudia, num tom decidido, quando estão no meio do Viaduto D. Paulina - Cê tá com a sua Carteira de Habilitação...? Passa pra cá...

– Mas... – Ivan esboça dizer, vendo Maria Claudia se soltar do cinto de segurança, pegar a bolsa e a pasta, e começar a sair do carro, no meio do engarrafamento.

– Pega a direção, vai indo em frente, você vai ver a Catedral à esquerda e o Fórum, aquele grandão à direita. É nele que eu vou!

– Mas...

Ivan, torto entre os bancos, faz uma ginástica, passando para o assento da direção, as pernas muito compridas ainda no lado do passageiro, o espaço aberto à frente dele na rua, o carro de trás buzinando, Maria Claudia já chegando na calçada, lhe dizendo para ir dando voltas no quarteirão em torno do Fórum até que ela saísse de lá, a Scalla FM começando a tocar *Holiday for Strings*, com Henry Jerome, conhecido *hit* de Big Bands, imortalizada na vida dos brasileiros quando Silvio Santos, na televisão aos domingos, enchia as casas Brasil afora com aquela música, enquanto seus convidados rodavam o peão da sorte...

Todo atrapalhado com o carro, acertando o banco e o retrovisor, Ivan engata a primeira e segue sem saber onde está indo, Maria Claudia a pé na calçada, passinho rápido, a pasta debaixo do braço, estressada também com os pedestres em passo lerdo à sua frente, *"Vamos, gente, vamo, vamo, vamo, vamo!"*, Ivan passa ao lado dela devagar, *Holiday for Strings*, ela para novamente, sinal fechado para os pedestres, Maria Claudia batendo os calcanhares no chão, abre enfim o homenzinho verde no sinal, ela segue, ultrapassa Ivan, passa na frente da padaria Santa Teresa, o Fórum já está ali, passa das cinco para as sete, Ivan parado num farol, Maria Claudia entra no Fórum no último instante ainda sem respirar, os guardas fechando as grandes portas atrás dela, que corre para o protocolo interno, os funcionários já querendo ir embora, ela entrega as petições, pega a cópia carimbada, e se apoia na parede para recuperar o fôlego, no corredor, as pernas fracas, o coração aos saltos, agora de alívio, mal acreditando que conseguira.

Na porta do Fórum, fechado, Maria Claudia se dá conta de que não tem ideia de onde Ivan possa estar. Teria ele errado e seguido em frente, entrando na Avenida Celso Garcia em direção à Zona Leste? Se isso aconteceu, então ela teria que tomar um táxi e ir buscá-lo na Mooca, na Penha, ou talvez até em Itaquera! Teria ele entendido quando ela falou para ele dar voltas no quarteirão da Praça João Mendes? Otimista, apostando nisso, vira sobre os calcanhares e vai pela direção oposta, dar a pé a volta no quarteirão no sentido anti-horário, para ver se o encontra. Em sua cabeça, como uma ideia fixa, *Holiday for Strings*.

Assim que conseguira se instalar à direção, Ivan ficara atordoado. Bastaram alguns metros ao volante para constatar que os motoristas de São Paulo eram piores do que os de Moscou. Olhando para todos os lados, as costas da Catedral como referência à esquerda, mais adiante, à direita, o gigante bloco de concreto, o Fórum Central João Mendes Junior, onde as maiores causas da metrópole eram processadas e julgadas, em primeira instância. Ainda bem que o trânsito estava lento, e ele podia, entre um avanço e outro, parar e olhar em torno, para tentar se achar. Na calçada, lá na frente, Maria Claudia, estressada. No rádio, *Holiday for Strings*. Quando passou na frente do Fórum, dando a seta para entrar à direita, Maria Claudia já havia sumido lá dentro. Ele tenta ir memorizando o que vê para se encontrar quando passar ali outra vez. Uma banca de jornal. Um bar. Uma Casa do Pão de Queijo. Um castelinho – o Palacete Conde de Sarzedas, o "Castelinho do Amor". Rua Conde do Pinhal. Mantendo-se à direita, Ivan seguia imaginando quantas voltas iria dar até que Maria Claudia reaparecesse, em algum lugar naquela calçada. Para num farol. Ou se iriam se perder um do outro no centro velho da cidade. Nova seta para a direita. Avenida Liberdade, lotada de ônibus. As costas da Catedral e do Tribunal de Justiça. Seta para a direita. Começa nova volta. Porta do Fórum outra vez. Banca de jornal. Bar. Casa do Pão de Queijo. Castelinho. "Isso não vai dar certo". Seta para a direita. "Outra vez aqui". Para no farol. "Nós vamos nos perder!". E Maria Claudia põe a mão na maçaneta e entra no carro, rindo, sentando-se ao lado dele no banco do passageiro.

– Conseguimos, Ivan Ivánovitch!

– Bravo!

– Anton Alexandrovitch!

– O quê? – exclama Ivan, na direção, seguindo o caminho que lhe indicava Maria Claudia.

Passada a exultação da vitória no protocolo e de terem se achado no trânsito, Maria Claudia se lembra do que havia combinado com a mãe do tradutor russo.

– Eu marquei com a D. Irina, mãe do Anton, que eu passava lá no final da tarde pra pegar as traduções, e pra tomar um café com ela! Putz, esqueci completamente! Também, com essa confusão! Pega ali, à direita, Ivan! Você pode ir? Tem algum outro compromisso?

Apesar do horário, o caminho até o Bom Retiro, onde morava a família russa, estava aberto e vazio.

– Oi, Anton! Sou eu, Maria Claudia!

– *Oi, Dra. Maria Claudia, como vai?* – responde o tradutor, em seu celular.

– Anton, mil perdões – diz Maria Claudia, colocando de volta na carteira o cartão de visitas onde lera o endereço do russo - Eu combinei com a sua mãe que passava aí mais cedo do que isso, mas eu tive um contratempo... Ali, um estacionamento, Ivan! Posso dar uma subida aí agora, pra te pagar e pegar o que falta? Não vou incomodar?

– *Claro que não, doutora! E minha mãe vai adorar!*

– Tou chegando, então. O Ivan vai subindo comigo, ok?

O apartamento dos Pavlov na Rua Ribeiro de Lima, com janelas sobre os jardins da linda Praça da Luz e vista para a torre da emblemática estação de trem e metrô do mesmo nome, ficava no segundo andar de um prédio antigo, no qual moravam desde 1957, poucos anos após chegarem ao Brasil.

– Boa noite... – diz Anton ao abrir lentamente a porta, com uma gravidade que Maria Claudia estranha, pois ao telefone, havia poucos minutos, ele parecia muito bem humorado. Na verdade, seu rosto também tinha uma expressão que ela não se lembrava de ter visto, quando o encontrara no bar, uma semana antes. Parecia... alarmado...

– *Dóbri vétcher*! - "Boa noite!" diz Ivan, em russo, saindo de trás de Maria Claudia, esticando a mão em direção a Anton – Iván Ivánovitch Ándreyev.

Ao passar pelo batente para dentro do apartamento, Maria Claudia tem a sensação de estar cruzando um portal, uma entrada secreta, uma passagem mágica para outra dimensão, outro país, outra época. Era como se saísse do tempo e do espaço e entrasse num mundo totalmente desconhecido para ela. Ivan, ao entrar, sente-se em casa. O cheiro, o calor, as cores, os objetos, o ar. Tudo no apartamento era a Rússia.

Logo à entrada, à parede, um ícone ortodoxo de Nossa Senhora com o Menino Jesus, entalhado em prata. Um pouco para frente, na mesma parede, um cabideiro, com um casaco preto, um chapéu masculino, uma boina e um xale. Com vários tapetes em estilo oriental no chão e até um grande, cobrindo quase toda uma parede, a quantidade de objetos muito próximos era harmonizada pela elegante combinação de tons das salas de jantar e de visitas, num ambiente só, em ambas predominando o marrom escuro dos móveis, o vermelho dos tecidos e um bege claro em alguns detalhes, salpicado pelo brilho da prata e do cristal. A mesa de jantar e suas seis cadeiras estofadas em veludo vermelho ficavam logo à entrada, com a sala de visitas atrás dela. Um sofá de três lugares e duas poltronas no mesmo estilo, em cetim bege. Uma reluzente cristaleira chamava a atenção, forrada de cetim adamascado vermelho, a madeira escura dando um ar de sobriedade, o vidro de transparência incólume deixando ver dentro dela uma coleção de objetos valiosos, como peças em prata, bonecas em porcelana representando a aristocracia antiga, moedas e notas da Rússia czarista, um lenço antigo bordado à mão com linha de seda e de ouro, uma Bíblia em russo, uma réplica de um ovo Fabergé, uma bandeirinha do estado de São Paulo. Nas paredes, forradas de papel com estampa da flor de lis vermelha sobre o fundo bege, quadros de antepassados, de paisagens campestres russas, e em destaque, entre duas luminárias imitando velas, um quadro do Czar Nicolau II. À janela que se abria para a Praça da Luz, uma pequena mesa quadrada, coberta por uma toalha de renda branca e por um samovar de prata, ladeada por duas delicadas cadeiras em estilo Louis XV. Um pouco ao lado de uma destas, uma *bérgère* francesa de espaldar alto, estofada em gorgorão bege bem claro. Sobre esta, uma almofada com o emblema do São Paulo Futebol Clube. Na passagem que levava à cozinha e aos quartos, um *buffet*, sobre o qual se encontravam várias fotos da família: uma foto antiga em preto e branco de um jovem casal; outra bem mais recente de um rapaz bonitão em pé ao lado de uma menina na bicicleta; uma foto de D. Irina, jovem, de perfil; a foto de casamento que Maria Claudia reconheceu ser Anton e a noiva; outra foto dos dois com um menino no colo, a Catedral de São Basílio em Moscou ao fundo; uma foto de um adolescente fazendo sinal de positivo em frente ao Kremlin, abraçado a um sorridente sósia de Lênin, e uma foto da esposa de Anton, bem mais magra, um vaso de flor ao lado desse porta retrato. Mais afastado de todas essas fotos, um porta-retrato um pouco maior exibia a foto em preto e branco de uma família inteira: o pai, a mãe, as quatro lindas filhas e o pequeno *tsarovitch*: os Romanov, executados em 1918.

Anton estica a mão cautelosa em direção a Ivan, balbuciando muito baixo o seu nome, "Anton Alexandrovich Pavlov", dando espaço para que enfim entrassem, abrindo temerosamente o campo de visão, quando então Ivan e Maria Claudia veem, levantando-se da *bérgère* ao fundo da sala, um senhor idoso, alto, ralos cabelos brancos, de paletó, caminhando até eles.

– *Kto tam*, Antón Aleksándravitch? – "Quem está aí, Anton Alexandrovitch?" pergunta o velho, andando devagar.

– *Pazhálusta, bud'te pamyáhtche s maím attsóm* – "Por favor, seja cuidadoso com o meu pai", suplica Anton a Ivan.

O velho aproxima-se enfim da porta de entrada e seus olhos passam de Maria Claudia a Ivan, em quem se fixam petrificados. Um calafrio lhe percorre a espinha, seu coração apressa os batimentos, uma náusea toma conta de seu corpo. Lembranças há muito esquecidas voltam como um rojão à sua memória. Ele era capaz de reconhecer um agente da KGB apenas ao olhar para um. Algo havia neles que lhe era reconhecível, ainda que o policial estivesse muito bem disfarçado, mudo e inerte. Boca entreaberta sem proferir uma palavra, o idoso fica em pé olhando para Ivan, o mundo se abrindo a seus pés. Sua vida, dividida entre Brasil e Rússia, naquela fração de segundo, desmoronando no rosto do russo à sua frente.

Ivan, por sua vez, também era capaz de reconhecer quando um cidadão o olhava com medo. Há mais de duas décadas no serviço de inteligência de seu país, bastava um olhar de lado, um esgar, às vezes apenas um ligeiro movimento de corpo e a pessoa de imediato se traía. No início dos anos 80, quando entrara para a KGB, esta já havia perdido muito daquele estigma dos anos negros, quando praticamente todos os cidadãos soviéticos temiam a presença de um de seus agentes. Já naquele tempo, quando ainda era novato, o mundo havia tomado outros rumos, a União Soviética dava claros e irreversíveis sinais do fim próximo, e os cidadãos sabiam que aqueles agentes não mais representavam uma ameaça generalizada. Mas a fama perdurou ainda por algum tempo, sobretudo entre os mais velhos. No exterior, de resto, mesmo quinze anos depois do fim da era soviética e da reabertura da Rússia para o mundo e para o capitalismo, ao acesso e à liberdade de tudo e de todos para dentro e para fora do país, grande parte dos estrangeiros mantinha ainda viva a imagem cinematográfica do temido agente mau e carrancudo.

Anton tinha visto nos documentos de Ivan apenas que ele era da FSB, ex-KGB, e sua qualificação – sua idade, estado civil, profissão e naturalidade. E ainda alguns certificados, como porte de arma, membro de tal e qual academia etc. Nada havia entre aqueles papéis que dissesse o que o russo viera fazer no Brasil. Nenhum nome, nenhuma referência, nenhuma data, nada. *"É claro que eles não iriam colocar isso escrito em papéis"* pensara Anton, acertadamente. Mas assim que lera sobre Ivan, pensara em seu querido, seu amado pai, o idoso Alexander Nikolaievitch Pavlov, a quem, é claro, não dissera uma palavra a respeito de Ivan.

Alexander e Irina se conheceram em Moscou, em 1950. Ele estava com vinte e cinco anos e ela, vinte e três. Ambos tinham perdido os pais na Segunda Guerra Mundial, à qual eles mesmos sobreviveram por sorte. Adolescentes, órfãos, numa União Soviética pós-guerra, arranjavam trabalho como podiam, viviam onde o Estado os colocasse, falavam com quem quisessem que eles falassem. Mas Alexander tinha algum dinheiro e algumas joias, posses que os avós haviam logrado guardar, e que seu pai havia escondido ao longo dos anos, mostrando-lhe onde estavam antes de ser chamado para o *front*, quando se despediu do filho de quinze anos dando-lhe três beijos no rosto pela última vez. Alexander tinha crescido com os pais e avós na casa destes últimos, que lhes havia sido tomada pelos bolcheviques, e restituída a eles três anos depois, pelo Decreto de 18 de agosto de 1921, que devolveu aos antigos donos a propriedade particular, incialmente abolida, de casas e apartamentos contendo não mais do que dois cômodos, ou no máximo cinco para os imóveis em Moscou e São Petersburgo. Alexander passou a infância ouvindo a família, cabisbaixa e temerosa, lembrando nostalgicamente de outros tempos. É certo que o avô e o pai concordavam com muitas das mudanças ocorridas no início da Revolução de 1917. Mas guardavam dentro de si, em seus olhares, em suas estórias, em suas músicas, uma Rússia que Alexander só podia conhecer pela lente melancólica da alma adormecida dos mais velhos que, quando perguntados, olhavam o pequeno Sasha com imensa vontade de lhe confiar e com ele dividir suas recordações e anseios, mas sem coragem de fazê-lo, nem tampouco querendo suscitar no jovem russo sentimentos que apenas lhe haveriam de trazer problemas.

Irina vinha de uma família muito parecida com a de Alexander. Além das lembranças, semelhantes às dos pais deste, a mãe e a avó lhe haviam transmitido aquele afetuoso sentimento maternal que as mulheres russas carregam nos corações, como se nele trouxessem a própria pátria, e dela fossem as guardiãs. Herdara também, e trouxera para o Brasil, além de alguns móveis da família e objetos queridos, o imenso amor pela Igreja Ortodoxa. Diante do ícone de Nossa Senhora, todas as noites rezava pela família, pelos filhos, pelos seus mortos, pela família real assassinada, e pela Rússia.

Quando se conheceram, a União Soviética passava por um momento conturbado, com Stalin perseguindo e aterrorizando todos os seus desafetos. Tangenciando os solavancos políticos em virtude de sua amizade com alguns descontentes visados pela varredura stalinista, sentindo-se ameaçado, sem nenhum mentor a quem pedir conselhos e arriscando-se ser mandado para longe de Moscou para um destino obscuro, não concordando com Stalin nem tampouco com os colegas insurgentes, Alexander, que ouvira falar da possibilidade de fuga da União Soviética pela China, passou a cogitar a ideia de sair do país. Conversou com Irina, com quem estava tendo um romance havia pouco mais de um ano, e expôs suas ideias. Eles se inscreveriam em um programa para irem trabalhar na construção da estrada de ferro Transiberiana, que iria cruzar toda a Rússia e parte da China até o porto de Vladivostok. Teriam que se mudar para o interior do país sem data para retornar à capital. Desfazer-se-iam de seus bens, amealhariam todo o dinheiro que pudessem e os pertences que quisessem manter, dizendo adeus a Moscou. E seguiriam em direção ao Oriente, com trabalho e segurança garantidos. Assim que lhes fosse dada a chance, partiriam para Harbin, possessão temporária da Rússia na China. De lá, conforme Alexander tinha informações, iriam para Hong Kong, de onde tomariam um navio para algum país que ao destino aprouvesse. Irina precisou de apenas alguns dias para enfim concordar. Não queria ficar novamente sozinha. Casaram-se e seguiram o plano como Alexander cuidadosamente elaborara. Após uma estada de mais de dois anos trabalhando na Transiberiana, não sem vários percalços e momentos de grande tensão, atravessaram a fronteira com a China e chegaram a Harbin, onde trabalharam por um tempo no campo, até conseguirem ir para Hong Kong e obter os documentos necessários enquanto aguardavam algum navio. A opção pelo Brasil não pareceu estranha e, além disso, não havia muitas outras. Foram informados de que o Brasil era um país aberto aos imigrantes, com programas especiais para recebê-los desde o século XIX, quando da abolição dos escravos africanos e da necessidade de mão de obra tanto no campo como nas cidades.

Quando aportaram em Santos, no início de 1954, Alexander aos vinte e nove anos de idade, Irina com vinte e sete, estavam cheios de expectativas, temores e esperança. Só agora a realidade iria realmente começar. Junto a outros imigrantes no trem que os levaria serra acima até São Paulo, os corpos tendo começado a se adaptar ao clima tropical desde o início da viagem de quarenta e cinco dias por mares do sul vendo terras exóticas, agora o ar quente e úmido da Mata Atlântica, totalmente diferente daquele ao qual estavam habituados, não foi suficiente para diminuir o encanto daquela massa verde intensa e exuberante dando boas vindas aos novos brasileiros. O que os aguardaria lá no topo daquela floresta à beira-mar? Abraçados, cansados, ansiosos, enfim chegaram a São Paulo, o trem os levando até a porta da Hospedaria do Imigrante, no bairro do Brás.

Preparada para receber os recém-chegados, regularizar seus documentos, encontrar trabalho e encaminhá-los aos seus destinos na cidade ou no interior do estado, a Hospedaria do Imigrante era uma verdadeira Torre de Babel. Tinha sempre cerca de três mil estrangeiros em suas amplas instalações, falando as mais diversas línguas, trocando ideias, dividindo estórias, compartilhando dores recentes, lá vivendo temporariamente enquanto não encontrassem um serviço e um local para morar.

Com sua valiosa experiência na ferrovia Transiberiana, Alexander conseguiu trabalho imediato nas estradas de ferro do estado de São Paulo, e junto a Irina se surpreendeu ao encontrar, entre os imigrantes italianos, japoneses, alemães e de tantas outras nacionalidades, todos misturados na efervescência da cidade, uma comunidade russa já há muito instalada e bem estruturada, com mais de uma geração de russos nascidos no Brasil, adaptados à vida paulistana, dominando completamente a língua portuguesa, com os maneirismos do brasileiro, donos das mais diversas profissões, como médicos, engenheiros, marceneiros, ferreiros, atores, professores; russos pobres e ricos, simples e sofisticados, russos sérios e russos malandros, esquerdistas e tzaristas, russos com a balalaica e russos sambistas, mas todos unidos pela religião, nas várias paróquias ortodoxas já existentes, onde os padres mantinham vivos a cultura, a língua, os cânticos e a fé, assim suavizando a dor e aplacando a saudade.

Irina ficou por alguns meses com pessoas da comunidade enquanto Alexander trabalhava no interior, voltando à capital já estabilizado e efetivado num dia de folga em julho, quando São Paulo comemorava quatrocentos anos de sua fundação, numa festa sem precedentes. Pela cidade inteira, dia e noite, durante os dias nove, dez e onze de julho, foram desfiles, bandas militares, corridas de tocha olímpica, festas públicas e particulares, programação especial nas rádios, *shows*, festas infantis, o *corso* de automóveis, e por fim a queima de fogos. São Paulo tinha sido fundada pelo Padre Anchieta no dia vinte e cinco de janeiro de 1554, mas os paulistanos tinham elegido o dia nove de julho como seu dia, pela Revolução Constitucionalista de 1932, o maior orgulho da cidade. Seus heróis ainda vivos, em suas fardas, também desfilaram nos 400 anos, um dos pontos mais emocionantes da festa. Mas foi no sábado, dia dez de julho, que o momento mais espetacular aconteceu, a ficar guardado para sempre na memória dos que lá estiveram e se maravilharam, como Alexander e Irina.

Andando ao anoitecer junto à multidão em festa pela Avenida Paulista, à época com largas calçadas e quase nenhum arranha-céu, apenas grandes mansões, agitando nas mãos bandeirinhas do Estado de São Paulo, Alexander e Irina ficaram embasbacados como todos à volta, olhando para cima sem crer nos próprios olhos, uma visão mágica, o céu todo tomado por pontinhos prateados, a Chuva de Prata, milhões de triangulozinhos de papel laminado lançados por aviões sobre São Paulo inteira, iluminados por gigantes holofotes estrategicamente colocados nos pontos mais altos da cidade, uma exibição inesquecível para o delírio dos paulistanos, aos quais Alexander e Irina se uniam, aos quais os dois já pertenciam, os olhos cheios de lágrimas também, beijando-se emocionados, entendendo aquela festa como uma saudação da cidade especial para eles, como um prenúncio alvissareiro, São Paulo acolhendo-os junto aos paulistas de quatrocentos anos e aos demais imigrantes, dando boas-vindas a eles, seus novos filhos, que recebiam no coração aquele segundo lar. Nessa noite, levando para casa as bandeirinhas de São Paulo, os dois aprenderam e memorizaram para sempre sua primeira frase completa em português, que durante muito tempo repetiram, os versos de Guilherme de Almeida, o Poeta da Revolução, relembrados naquela grande festa: *"Bandeira da minha terra, bandeira das treze listas, são treze lanças de guerra, cercando o chão dos paulistas!"*

Daí para frente, foram apenas alguns passos até Alexander se firmar, e em poucos anos já estava comprando o apartamento na Praça da Luz, quando nascia o primeiro filho do casal.

Cinquenta anos fazia que vivia em São Paulo. Cinco décadas o separavam da mudança de continente, de país, de cultura, de modo de vida. Sentia-se tão brasileiro quanto russo. Mas nunca sua alma havia deixado de amar sua pátria. Nunca tinha deixado de sentir aquele turbilhão de emoções antagônicas quando pensava na Rússia, nos pais, nos avós, na guerra, no dia em que ele e Irina entraram na China, deixando o passado para trás.

Já eram decorridos quase quinze anos da derrocada do socialismo, do desmembramento da União Soviética e do ressurgimento da Federação Russa. Seus filhos já haviam ido para lá várias vezes. Vassíli, o mais velho, ia uma vez por ano a Moscou. Anton e a esposa tinham morado lá por quase dois anos, com Sasha ainda pequeno, entre 1993 e 1994, quando o filho ganhara uma bolsa de estudos para se aprimorar em russo, tendo desde então passado a traduzir romances famosos de uma língua para a outra. Até Irina havia ido recentemente, com o neto Sasha, que ficara lá alguns meses estudando russo em São Petersburgo, de onde voltou cheio de amigos e com a profissão de *DJ*. Mas ele mesmo não quis retornar. Encontrava, para não ir, desculpas que a família não conseguia entender. Acolhia com os olhos brilhantes cada um deles quando voltavam de viagem, saboreando o que lhe contavam sobre sua querida Rússia, sua amada Moscou, as lindas catedrais, a velha Rua Arbat, agora calçadão cheio de turistas. Sentia uma imensa nostalgia ao ouvi-los falar. Voltava no tempo e era como se estivesse lá outra vez, jovem, com a namorada Irina. Não queria ter saído de seu país, não queria ter deixado sua terra, sua língua, sua história, a história de seus pais e de seus antepassados, para ir embora para sempre, fugindo de algo que ele sequer entendia, com a impressão de que era esse algo que deveria sair, e não ele. Todos aqueles anos carregava um peso no coração, uma culpa. Ao tomar o navio que os trouxera enfim para o Brasil, sentira-se ao mesmo tempo traidor e traído, abandonando e abandonado.

Vendo nos olhos de Alexander Nikolaievitch os sentimentos que inspirara no velho e que este não pode dissimular, Ivan pensa imediatamente no próprio pai. Na própria infância, em Moscou. Nos próprios medos, traumas e frustações. E na mãe, sua querida mãe, falecida quando ele era ainda tão jovem.

Se fosse vivo, seu pai teria talvez a mesma idade do pai de Anton. Adivinhara no russo à sua frente o mesmo perfil do seu velho, Ivan Gavriilovitch. Se lhes tivesse sido apresentada a chance, talvez seus pais tivessem feito o mesmo que Alexander e Irina, e saído da União Soviética. Ou talvez, por serem mais simples, de origem um pouco mais humilde, seus pais pensassem duas vezes se valeria mesmo a pena mudarem de país. E sua mãe, Valentina, doente e fraca, não inspiraria em seu pai a coragem para uma empreitada tão ambiciosa. Valentina morrera quando Ivan tinha treze anos e seu irmão Anatóly, quinze. Ivan sentiu tanto a perda da mãe, que por muitos dias não conseguiu parar de chorar. Chegava em casa da escola e se fechava no quarto, para que o pai, já tão abatido, não o visse o tempo todo com lágrimas nos olhos. No colégio, seus professores, sabendo do falecimento de Valentina, ao mesmo tempo em que procuravam poupar Ivan de ter que participar, temiam seu silêncio e circunspecção, querendo ajudá-lo a erguer o rosto e seguir em frente. Um dia, o diretor teve que chamar Anatóly em sua classe para levar o irmão para casa, pois Ivan tinha sido encontrado sozinho, letárgico, num banco dos vestiários, após uma aula de educação física. Todas as noites, os três ficavam em casa, ao redor da pequena mesa do jantar, na cozinha, sem saber o que falar ou para onde olhar, tentando fazer com que o silêncio não pesasse tanto, temendo encontrarem-se com os olhos e verem a própria dor estampada no semblante do outro. Mas esse não era o momento mais difícil para Ivan. A hora que ele mais temia eram as manhãs, no desjejum, quando ele se habituara, desde bem pequeno, a conversar com a mãe sobre o que queria fazer naquele dia e no futuro, e Valentina o ouvia com toda a atenção, sorrindo para aquele pequeno rapazinho loiro com olhinhos azuis e seus planos de vida. Ainda passariam muitas semanas até que o jovem Ivan se conformasse, ou no mínimo aceitasse a morte da mãe. Apenas dois anos mais velho que ele, Anatóly foi quem mais esteve ao seu lado, e enfim recuperaram a alegria. Adolescentes, gostavam de assistir "Operação Y" e "As Aventuras de Shurik", famosas comédias do anos 60, onde o ator Aleksander Demyanenko fazia um herói meio *nerd* que se metia em situações hilárias, que os dois irmãos, assim como grande parte da população soviética, adoravam assistir. Aos quinze anos, em 1973, Ivan tinha levado sua primeira namorada para ver outro sucesso de bilheteria com o mesmo ator, *"Ivan Vassilievich, de Volta Para o Futuro"*, onde o simpático Demyanenko fazia o papel de um cientista que criava uma máquina do tempo, trazendo Ivan o Terrível para o futuro, e mandando para sua corte no século XVI, em seu lugar, dois moscovitas trapalhões, com o renomado ator Yuri Yakovlev no papel dos dois Ivans. Ivan Ivánovitch e a garota tinham gostado tanto da comédia que voltaram ao cinema mais algumas vezes, enfrentando as imensas filas dos fãs incondicionais, voltando de ônibus para casa após a sessão, primeiro até a casa da namorada, para acompanhá-la, depois pegando outro ônibus depressa para casa, onde o pai não queria que ele chegasse depois das oito horas da noite, e os atrasos eram severamente punidos. Naquela época, seu pai, e os pais de todos os adolescentes, faziam linha dura com os jovens.

Ivan Gavriilovitch, porém, nunca veio de fato a se recuperar do falecimento da esposa. Ao ver partir sua querida Valentina, perdera toda a vontade de viver, de se inteirar dos assuntos do país, de participar da vida ao redor de si. Ficara, é certo, orgulhoso quando Ivan lhe contou que entrara para a Faculdade de Direito da Universidade de Moscou. E Ivan vira nos olhos do pai um brilho de alegria há muito desaparecido dali quando lhe contara do filho que ia nascer, e quando o batizou Gavriil. *"Sua mãe iria ficar tão feliz!"* dissera o velho Ivan, os olhos marejados. Mas quando lhe contou que entrava para trabalhar na KGB, não viu nem um esboço de reação nos olhos do pai. Ou, por outra, viu uma ponta de incredulidade, de decepção, e até de medo. Algo muito semelhante ao que via agora nos olhos do pai de Anton. Se afastara então do pai, assim como se afastara da mulher e do filho, dedicando-se ao trabalho. E o velho Ivan Gavriilovitch vivera seus últimos anos quase totalmente só e não chegara a ver as mudanças que sacudiram o país e o mundo. Morreu antes da Queda do Muro de Berlin, antes do fim da União Soviética e do renascimento da Rússia, antes mesmo da era Gorbachev e suas reformas. Ivan sabia que seu pai havia morrido guardando no coração o temor de que o próprio filho um dia o traísse, de alguma forma o entregasse, por algum erro qualquer que ele, simples e sofrido, tivesse cometido no passado. Assim reagiam os mais velhos ao sistema e aos temidos agentes da KGB. Não sabiam que o famigerado órgão já não tinha mais toda aquela pujança, não representava mais todo aquele domínio, não podia mais exercer sobre os cidadãos o mesmo arbítrio que exercera no passado, quando qualquer um que fosse contra as regras do jogo poderia sofrer amargas consequências. E contava-se nos dedos de uma das mãos quem não havia infringido as regras ao menos uma vez, ao longo da vida. Desmantelado e desacreditado internamente, o sistema soviético, que já vinha desmoronando havia décadas, estava à beira da queda final. Mas Ivan Gavriilovtitch não acompanhou nada disso. O que Ivan não daria para poder se sentar e conversar com o pai apenas por uma ou duas horas que fosse, e lhe dizer que nenhum de seus temores eram reais, que nada havia a ser apontado contra ele, e que ainda que ele tivesse as piores acusações a fazer sobre o pai, jamais o trairia, jamais o entregaria, jamais deixaria que o Estado ou quem quer que fosse chegasse perto de seu querido Ivan Gavriilovitch, a quem ele agora lamentava nunca ter dito que amava. De repente, vendo ali à sua frente aquele idoso russo, em São Paulo, Ivan sente muita saudade do seu velho.

À entrada do apartamento, Ivan vê nos olhos de Alexander Nikolaievitch, pai de Anton, o tradutor, que o velho crê que o russo recém-chegado viera para fazer com que ele enfim pagasse suas contas com a União Soviética, que esse passado vinha afinal atrás dele na pessoa de Ivan, como um remoto pesadelo sendo revivido, e que o velho esperava ali em silêncio amedrontado que ele, Ivan, abrisse a boca e lhe desse a sentença.

– *Ya prishiól k vam ne kak predstavítel' Savétskava Saiúza. Savétskava Saiúza ból'she nie sushistvúet* – "Senhor, eu não vim aqui como representante da União Soviética. A União Soviética não existe mais" diz Ivan, em voz mais baixa e gentil, continuando no mesmo tom, sempre em russo: "Eu, o senhor, sua senhora, seus filhos, somos a Rússia. O senhor nada tem a temer. Eu vim aqui apenas acompanhando a Srta. Maria Claudia, amiga de Anton".

Ivan então faz para o velho Alexander Nikolaievitch uma reverência antiga, cerimoniosa e formal, abaixando ligeiramente a cabeça, em sinal de respeito aos mais velhos, e estendendo-lhe a mão, como fizera a Anton, ao chegar.

E Alexander Nikolaievitch que, aos oitenta anos, a respiração em suspenso, a boca entreaberta, por um instante vira a vida pendurada por um fio, com os olhos incrédulos fixos em Ivan, sentindo desfazer-se o nó em sua garganta, estende-lhe a mão timidamente, e põe-se a chorar.

– *Ya óchen' vam rad!* – "Mas que alegria!" exclama Alexander Nikolaievitch, enxugando as lágrimas, pondo as mãos e olhando para o céu, continuando, em russo: "Mas que alegria, que dia mais glorioso! É uma festa! É uma festa que meu Deusinho, meu Pai lá no céu, quis me dar! Vamos, vamos, venha sentar! Sente-se aqui ao meu lado!" – ele diz, puxando Ivan pela manga do paletó – "Você também, Anton Alexandrovitch, meu pequeno, meu caçula! Fique aqui ao meu lado, comigo e nosso amigo Ivan Ivánovitch!"

Maria Claudia assistira toda a cena sem nada entender, e prosseguia nada entendendo, os três homens, animados, falando em russo todos ao mesmo tempo, Anton ligando o estéreo onde um cd começa a tocar *"Kalinka"* – os imigrantes e seus descendentes gostam de ouvir as músicas tradicionais de seus países – o pai sentando-se à cabeceira da longa mesa de jantar em mogno escuro e brilhante, como a maioria dos móveis na sala, uma incólume toalha branca de renda sobre ela, com Ivan ao seu lado direito, puxando Anton para tomar a sua esquerda.

À frente deles, na mesa, uma cesta de pão escuro, feito em casa; pequenas travessas com pepinos em conserva, fundos de alcachofra e queijos; uma bandeja com algumas *blínis*, as panquequinhas redondas e massudinhas; um *bowl* de cristal com cerejas em compota; uma fruteira com maçãs; um *decanter*, a ponta em prata reluzente, de vinho tinto, e uma garrafa de Stolichnaya, que o velho Alexander Nikolaievitch pegou, servindo a vodka em tacinhas de cristal lapidado: uma para Ivan, outra para Anton, e uma terceira para si mesmo. A um canto da mesa, pratos fundos empilhados, as colheres de sopa ao lado.

– Dra. Maria Claudia, por favor, venha se sentar conosco – chama Anton, vendo-a parada ali, *"Kalinka"* num crescendo, o tenor entoando o famoso agudo.

- Ah, sim, sim! Venha, minha mocinha! Aqui nós guardamos lugar especial para a beleza que Deus fez para nós! Venha, sim! Sente-se aqui ao nosso lado – fala o agora animado Alexander Nikolaievitch, em português, segurando Ivan pelo braço, recuperando a jovialidade e eloquência.

– Mas o que é isso, não vamos servir o jantar para os convidados? A sopa já está ficando pronta! – entra enfim D. Irina que, na cozinha, não tinha podido ainda desgrudar da panela – Ah, meu bem! Como vai? Que bom que você veio!

– D. Irina! Como vai? Prazer em conhecê-la, agora pessoalmente! – diz Maria Claudia, trocando beijos, feliz por encontrar alguém disposta a falar português e que a levasse a outro cômodo, pois parecia que os três homens iam engatar em uma conversa em russo – Mas, por favor, nós não queremos incomodar a senhora! Eu me demorei, tive um contratempo, por isso chegamos só agora, viemos só dar uma passadinha, mesmo.

– *Pazhálusta, razreshí dévushke vzyat' stakántchik!* – "Por favor, deixe a moça vir pegar um copinho!", exclama o velho, em russo, e em seguida, em português: Venha, doutorinha!

– Eu... até que aceito um... Bem pequeno... – ela se aproxima, gostando da ideia de uma vodkinha, depois de todas as emoções com a correria no Fórum. Anton prontamente coloca mais uma pequena taça à mesa, dando ao pai a honra de servi-la.

– *Spassíba!* – Maria Claudia arrisca, em russo, imitando a pronúncia que várias vezes ouvira em Ivan.

E todos levantam suas tacinhas numa saudação, antes de beberem, Ivan dando uma piscada para Maria Claudia, depois de trocarem sorrisos.

– Mais uma, filhinhos? – pergunta Alexander Nikolaievitch aos dois rapazes – E então, Ivan Ivánovitch, tem acompanhado os depoimentos dos corruptos, lá em Brasília, na televisão? Que barbárie, heim? Que vergonha! Deputados infames e sujos! Iguais aos nossos, lá na terra mãezinha, heim, heim? A mesma merda!

– Papai! Papai! – admoesta-o Anton.

– Será que estão brigando? – pergunta Maria Claudia a D. Irina, na cozinha, com um certo temor, ouvindo as vozes altas dos homens lá na sala, numa aparente discussão, olhando a mãe de Anton terminar a sopa de beterraba:

Borsch – Sopa russa de beterraba

Ingredientes:

- 2 cenouras médias
- 6 beterrabas médias descascadas
- 1 talo de aipo
- Salsinha
- 3 colheres de sopa de azeite de oliva
- 2 litros de água
- 750 g de carne para sopa
- 200 g de toucinho
- 1 folha de louro
- 1 lata de purê de tomate
- Sal e pimenta à gosto
- Suco de 1 limão
- 1/2 xícara de creme de leite fresco
- Opcional: 2 xícaras de repolho ralado

Modo de Preparo:

Corte as 2 cenouras e 4 beterrabas em tiras e o aipo em fatias. Aqueça o azeite e acrescente os ingredientes anteriores, mexer bem. Juntar a água, a carne, o louro, o tomate, sal e a salsa. Deixar ferver em fogo baixo até a carne ficar macia - aproximadamente 1 hora e meia. Retire a carne, corte em fatias, coloque na sopeira e reserve. Leve o caldo ao copo do liquidificador, deixe bater bem. Volte a panela e acrescente o repolho e cozinhe por 10 minutos. Rale as 2 beterrabas que sobraram e retire suco ou passe pela centrífuga. Junte o limão ao suco e misture ao caldo junto com a pimenta.
Coloque na sopeira e sirva com o creme de leite separado.

– Não, não, meu bem! Não estão brigando! Eles são assim mesmo! Quando começam a falar, vão aumentando a voz, e um quer falar mais que o outro. Então vão todos subindo o tom e quando vamos ver, está essa gritaria! Não é briga, não! Não se preocupe!

– E de que será que estão falando?

– Ah, pode ser de todos os assuntos! Desde política, passando pelo futebol, história, anedotas e até sobre a salvação da alma! Cada um tem a sua teoria e quer explicar com detalhes!

Maria Claudia ouvia a voz do velho sobressaindo-se, em seguida a de Ivan, um pouco mais comedido, e em raras frases mais curtas, a voz de Anton.

Anton era mesmo quieto, circunspecto, intelectual, sentimental. Professor de língua russa na Universidade de São Paulo, tradutor juramentado, e tradutor de romances atuais russos, usava poucas palavras para dizer o que quer que fosse. Passava seu tempo ora na USP, ora em seu *home-office* em casa, ora no bar Sapori di Rosi, quase sempre a sós, apenas terminando uma cervejinha. Às vezes, de madrugada ou de manhã, ia buscar o filho que, aos quinze anos, já trabalhava como *DJ*, animando festas, e Anton não queria que ele andasse pela madrugada sozinho, naquela idade. "*DJ* Sasha", como era conhecido, o jovem russo tocava *techno*, *hip hop*, *funk*, e todos os ritmos da moda, que era o que a moçada queria ouvir, inclusive incluindo no repertório bandas russas, pois em russo, em português, em inglês, ou na língua que fosse, aquele barulho dava no mesmo. Afetuoso, carinhoso com os pais e com o filho, Anton voltara à casa dos velhos trazendo Alexander ainda pequeno, quando enviuvara. Não pode suportar ficar no apartamento na Vila Mariana, bairro de seus sogros, onde Rita de Cássia, a querida esposa brasileira, quis morar para ficar perto dos pais, até os últimos dias de sua batalha contra o câncer. Tinham se conhecido na Faculdade de Filosofia e Letras, da USP, no início dos anos 80, e logo começaram a namorar. Anton conheceu os pais de Rita de Cássia e ela frequentava a casa dos russos, dando-se muito bem com Irina. Vassíli, irmão de Anton, caçoava: "Essa mulher ainda vai te agarrar e não vai mais te largar". Anton sorria. Tudo o que ele queria era ser agarrado e não mais largado por aquela mulher, e eles se casaram assim que se formaram. Quando Sasha tinha dois anos, Anton recebeu o convite para estudar na Rússia com uma bolsa de estudo, fazendo lá um mestrado. Rita de Cássia nem titubeou. Foi com mala, cuia, bebê e marido para São Petersburgo, onde acabou também aprendendo e dominando o idioma, passando a criar Sasha falando apenas em russo em casa.

E conheceu tudo o que pôde da Rússia nos dois anos que lá viveram. A União Soviética acabava de ser desmembrada, a Federação Russa acabava de renascer, mas em nada pareceu a Rita de Cássia que passavam por alguma espécie de crise. Brasileira que era, estava habituada a essas coisas. Via só lugares espetaculares, pessoas simpáticas e bem humoradas, um dia a dia dinâmico e cheio de esperança e boa vontade, parecendo que há muito já estavam habituados ao conveniente e desordenado *modus vivendi* capitalista. Apaixonou-se tanto pelo país que mal conseguia falar de outro assunto, encantando os sogros ao voltar tagarelando em russo. Quando descrevia para os amigos tudo que havia visto, as pessoas que conhecera, as paisagens, os museus, igrejas e palácios que visitara, terminava sempre com a frase que para ela sintetizava tudo: "A Rússia é um desbunde". Quando foi diagnosticado o câncer, Anton sentiu a terra se abrir sob seus pés e uma enorme nuvem negra se aproximar dele, para não mais se afastar. Correu com a esposa a todos os médicos que pôde. Buscou todo tipo de tratamento, desde os mais convencionais até os alternativos, fitoterápicos, os banhos, os Florais de Bach, e até mesmo cirurgias espíritas. No final, Rita apenas lhe disse, com um esboço de sorriso, que amava a ele e ao menino com toda a força do coração, que havia sido muito feliz com ele, que ia embora alegre, que ele devia ser feliz também, e dizer sempre a Sasha que lá do céu ela estaria olhando para ele noite e dia, que Deus tinha sido muito bom com ela e ela agora iria encontrá-Lo. Alexander e Irina respeitavam os silêncios e a dor do filho mais novo. Eternamente apaixonado pela falecida, Anton não estava triste. Apenas continuava amando a mulher, que estava longe, só isso.

Já Vassíli Alexandrovitch, irmão de Anton, era bem diferente dele. Seis anos mais velho, alto, magro, elegante e bonito, cabelos pretos ficando grisalhos nas têmporas, era um galã. E sabia disso. Paulistano de nascença como o irmão, crescera no Bom Retiro onde os pais já estavam instalados desde que ele viera ao mundo. Na adolescência, nos anos 1970, tinha namorado algumas mocinhas descendentes de russos como ele. E depois, brasileiras. E japonesas. E árabes. E judias. E angolanas. Fez um *tour* pelas comunidades de imigrantes na capital paulista. Agora divorciado convicto, tinha uma namorada em cada uma das cidades que passava, no Brasil e no exterior. Em São Paulo, em cada bairro. Em Brasília, onde morava, trabalhando na Anatel – Agência Nacional de Telecomunicações, não havia um escritório de órgão do governo, nem um prédio na Esplanada dos Ministérios, nenhum banco na Praça dos Três Poderes, onde o nome Vassíli Pavlov não causasse furor em um rabo de saia, às vezes em vários. Até as cúpulas invertidas do Legislativo o faziam pensar em sexo. Estremecia mulheres de todos os tipos e idades:

– Vassíli é um gato!

– Vassíli é um pão!

– Vassíli é da hora!

– Vassíli não presta!

Tinha se casado, quando chegava perto dos trinta anos, com a única namorada que tinha levado mais ou menos a sério, uma descendente de lituanos, linda moça que conhecera no próprio Bom Retiro, e tiveram uma filha. É claro que o casamento não deu certo. A mulher não se conformava com as suas traições. Ele não se conformava que ela não se conformasse. O divórcio até que saiu bem depressa, e a lituana, cuja família se mudava à época para Campinas, decidiu segui-los para lá, carregando a russinha consigo. Vassíli então raramente via a filha que, de resto, agora com dezenove anos, meio que desdenhava tudo o que se referisse à Rússia, influenciada desde cedo pela família materna, que hostilizava o pai da pequena dizendo serem os lituanos culturalmente superiores aos russos etc. À época do divórcio, no momento da divisão de bens, a casa que havia comprado no bairro do Campo Belo teria que ser vendida para que cada um recebesse sua parte, e Vassíli, então, já se transferindo para Brasília, pagou a parte da ex-mulher, mantendo o imóvel, para o qual queria que seus pais mudassem, indo para aquele elegante e distante bairro de belas casas de eslavos afluentes. Mas Alexander Nikolaievitch não queria nem ouvir falar em semelhante proposta. Apesar de haver prosperado ao longo das décadas no Brasil, gostava do Bom Retiro. Estava perto dos amigos e tinha boas lembranças por lá, além de estar de frente para a querida estação de trem.

– Tem algum lugar como a Praça da Luz, nesse bairro? – perguntara ele a Vassíli, apenas por curiosidade.

– É claro que não! Graças a Deus!

A praça, agora de volta ao *glamour* de seus áureos tempos, elegante e bem cuidada, abrigando a Pinacoteca do Estado e o Museu da Língua Portuguesa, vivia um momento ruim à época do divórcio de Vassíli, esquecida pela prefeitura, suja, mal iluminada, com bêbados, viciados, prostitutas e travestis rondando seu entorno, à noite, e seus jardins, durante o dia.

E o casal de russos permaneceu onde estava, mesmo porque Alexander Nikolaievitch se recusava a ir morar naquela casa cuja compra, pagando a parte da ex-mulher, fora fruto de obscura manobra imobiliária e jurídica, com um dinheiro que Vassíli nunca soube lhe explicar direito de onde viera. Agora alugada, Vassíli se hospedava em um apart-hotel quando vinha a São Paulo, pois achava "mais conveniente". Estava tendo um caso com a mulher de um senador, lá em Brasília, e Anton, que não sabia de qual senador se tratava, temia que um dia ainda ia ver o mulherengo irmão mais velho depondo como testemunha, na CPI, tendo que assumir publicamente, na televisão, ao vivo, para todo o Brasil ver, que só sabia o que sabia porque frequentava a cama do senador investigado quando este estava fora, engendrando alguma falcatrua.

"Ele ainda vai matar meu pai de desgosto!" pensava Anton, cuja voz agora Maria Claudia ouvia, mais animado, junto aos outros dois russos, acompanhando o cd que tocava "Padmaskóvnyie Viétchera", a linda *Noites de Moscou* , o jovem Sasha saindo do quarto, usando a camisa do São Paulo Futebol Clube, unindo-se ao pai, ao avô e àquele convidado na cantoria, *"se soubesses como me são importantes as noites de Moscou"*, conforme D. Irina levava para a sala de jantar a sopeira com o *borsch*, e a brasileira a seguia, um pote de creme de leite fresco nas mãos.

...Nie slyshní fsadú dázhe shórakhi.
Fsjo zdies' zámirla da utrá...

Quando se aproximaram do Kremlin, Ivan e Maria Claudia logo viram que não conseguiriam passar. A turba não permitiria. Nunca aquele lugar atraíra tamanha multidão.

Ivan tenta descobrir, de dentro do carro, se haveria algum outro acesso, talvez por trás do Kremlin, mas desiste. O Kremlin estava abarrotado de gente. Dentro com certeza, e fora também, um mar de pessoas disputando com os cotovelos para se aproximar da entrada. Devia estar acontecendo algum evento, alguma festa especial, e os penetras sem convite queriam dar um jeito de furar o cerco dos seguranças.

Conseguindo enfim achar uma brecha e seguindo um pouco em frente, deixando o carro com o *valet*, na porta da Limelight, a brasileira e o russo entram afinal na outra também badalada discoteca.

As casas noturnas Kremlin e Limelight, em estilos distintos, na estreita e sinuosa Rua Franz Schubert, nos Jardins, aglomeravam gente de todas as idades do lado de dentro e do lado de fora de suas escuras instalações. Vizinhas parede com parede, embalavam a moçada que vinha sacudir o esqueleto até altas horas da madrugada.

Maria Claudia e Ivan, animados com a noite russa, tinham decidido dar uma esticadinha para dançar, e a brasileira até sugeriu que fossem ao Kremlin, mas o russo não se seduziu pela familiaridade: o público muito jovem e volumoso não dava chances à entrada de mais ninguém, àquela hora. Além disso, a Limelight, ao lado, aguardava-os um pouco mais sobriamente, e ainda era quinta-feira, a noite do *flashback*, só com *disco music*...

O escuro realçando as luzes coloridas dando voltas pelo teto e pelas paredes, o globo de espelho girando completando o efeito do balanço, a luz rítmica ajudando no compasso, a batida reverberando dentro dos corpos, o som muito alto ensurdecendo e impedindo as pessoas de se ouvirem. O ambiente das discotecas é sempre assim: quem foi lá, foi para dançar, e não pra conversar. Esquecendo-se da vida e dos problemas, tirando o casaquinho e ficando apenas com a camiseta de alcinha, Maria Claudia entra ao lado de Ivan já pegando o ritmo de Donna Summer, que começa a cantar *This Time I Know It's for Real,* conforme seguem o garçom até uma mesa mais para o fundo, longe da pista...

What would I have to do

To get you to notice me too

– O que vão tomar, senhores?

– O quê? – Ivan não consegue ouvir, ainda em pé.

– As bebidas...? – o garçom fala mais alto.

– Maria Claudia... O que você vai querer?

Maria Claudia, em pé, dançando, se inclina para falar no ouvido de Ivan:

– Guaraná *diet*! – ele adivinha e fala junto com ela.

– Um guaraná *diet*... – ele berra para o garçom – E uma vodka!

– Nacional? – Ivan lê os lábios do garçom.

– Russa! – ele grita, Maria Claudia, cantando junto com Donna Summer, puxando-o pela mão em direção à pista de dança.

– Ok! – faz o garçom com o polegar, anotando e indo embora, vendo o casal se afastar.

"Minha primeira viagem ao Brasil..." vai pensando Ivan por entre as mesas. "País ao qual eu devo tanto e há tanto tempo planejava vir...".

No meio das outras pessoas, todos se sacudindo, ao som de Donna Summer, a diva.

"E eu aqui a trabalho, pela FSB, para prender um russo corrupto!...".

Sem jeito, ele não sabe muito bem como dançar, há tanto tempo não o fazia.

"Mas o que mais importa agora é essa mulher...".

Maria Claudia, ao contrário dele, dançava muito bem no ritmo da música.

"Me desconcentrando....".

Ele admira os movimentos da brasileira.

"Trazendo essa luz...".

Ele se aproxima dela.

"Dançando comigo...".

A brasileira sorri, sempre dançando.

"...Sorrindo pra mim...".

Ela começa a dançar mais devagar.

"Parece um sonho...".

Maria Claudia se aproxima ainda mais dele e pega enfim o rosto do russo com as duas mãos, dando-lhe um beijo na boca, no meio da pista, Ivan enlaçando-a pela cintura, as pessoas dançando sem se importar à volta dos dois que, agora abraçados, não dançam mais, e continuam a se beijar... *This time I know it's for real...*

Mesmo àquela hora, numa quinta-feira, na verdade já sexta, os paulistanos ocupavam as ruas e avenidas com entusiasmo e velocidade, dispostos a ficarem acordados, animados, alegres, à procura de mais algum bar, mais alguma companhia, mais alguma balada, a despeito de terem que acordar cedo, apenas algumas horas depois.

Passado da uma da manhã, a agitação noturna da cidade não perturba Ivan e Maria Claudia. Tinha sido um dia puxado para ambos. Maria Claudia não se lembrava de jamais ter passado tanto nervoso pelo escritório. Sentira o corpo todo anestesiado, quando saíra do Fórum. Ivan tinha remexido e desatado um nó em seu presente e seu passado. Cada um tinha tanto em que pensar. Principalmente, nos beijos que finalmente acabavam de trocar, na Limelight... Seguem no carro num aconchegante silêncio, cansados, sem conversarem, apenas a rádio embalando o astral. Pegando a mão de Maria Claudia, que ela lhe entrega entre uma troca de marcha e outra, Ivan repassa na cabeça todo aquele dia – e noite.

Tinha passado mais um dia fechado em uma sala, recebendo a cada cinco ou dez minutos informações de todos os lados. Ora um telefonema da Rússia, dando conta de um passo ou local ou compra ou ligação interceptada, do bandido poderoso. Ora chamada do Brasil, confirmando ou negando as informações, e acrescentando outras. Ora uma dica de possível passo que o magnata fraudulento pretendia dar, ora a suspeita do local onde ele se encontrava.

Apesar da enxurrada de informações que recebera, havia terminado o dia, perto do final da tarde, sem afinal nenhum dado concreto. Além disso, teve mais dificuldade de se concentrar do que de costume, pois em sua mente ainda pairava a conversa com Maria Claudia, na véspera, sobre seu filho Gavriil, sobre sua vida, e depois, na pizzaria, as palavras da brasileira... E no carro, o beijo, novamente interrompido... Quando entrara no carro dela à tarde, horas antes, na calçada do MASP, não podia imaginar que Maria Claudia estaria, naquela hora, quando deveria estar encerrando o trabalho e indo para casa, passando por um de seus piores estresses da vida. Tudo tinha afinal dado certo com a petição depois do que parecera uma cena de filme. E então, para sua maior surpresa, aquela emblemática visita aos russos paulistanos. Tinha saído do apartamento no Bom Retiro tendo tirado da alma um peso que lá se acomodara havia muitos anos, desde antes mesmo de ele ir para o exército, antes da Faculdade, antes do filho, antes da KGB. Tomara umas e outras a mais, com o velho russo, mas nunca tinha valido tanto a pena beber. Anos de sua infância, de sua adolescência, a lembrança da mãe, cenas vividas com o pai, a simplicidade de seus dois velhos, os complicados anos de transição da União Soviética para a Rússia, tudo parecia agora se encaixar, se acertar, se acalmar, e descansar. Parecia ver não só a própria vida, mas toda a existência por um ângulo diferente. Sentia até o corpo transformado, mais leve, mais saudável, mais vivo. Ivan vai em silêncio, segurando a mão da brasileira, pensando na Rússia, na família Pavlov, no filho Gavriil, no seu velho pai Ivan, nos beijos de Maria Claudia, no batom cereja que, no escuro da discoteca, ela suavemente limpou se sua boca com um lenço de papel, ao vê-lo todo manchado, o rádio do carro tocando Milton Nascimento, *Caçador de Mim,*

> *...Por tanto amor, por tanta emoção, a vida me fez assim*
> *Doce ou atroz, manso ou feroz, eu, caçador de mim...*

Capítulo 10

Sexta-feira
21 de outubro de 2005

Ubatuba

Maria Claudia pega a bolsa, o *laptop*, a chave do carro e a pasta, já com os documentos que precisava, tendo-os arrumado ali de madrugada, quando chegara em casa. Aguardando pelo elevador no *hall*, tecla no celular, pensando no dia puxado que tem pela frente. Pretendia pegar a estrada cedo, para a viagem de aproximadamente três horas. Queria entrar na Rodovia Ayrton Senna às sete e meia da manhã, depois de parar no posto de gasolina para abastecer, dar uma olhada nos pneus, e uma geral no carro. Antes de seguir para a Avenida Pacaembu em direção à Marginal Tietê, porém, ia passar na Paulista. Ivan ia com ela para Ubatuba.

Apesar de pouco, dormira muito bem. E não era de surpreender. Tinha passado um dos piores estresses de sua vida, com o episódio da petição. Não apenas pela iminente perda de prazo em si, o que já seria suficiente para fazer cair os cabelos de qualquer advogado. Mas, sobretudo, pela puxada de tapete. Não exatamente surpreendente da parte de Narcisinho, de quem ela podia esperar qualquer coisa. Mas de quem quer que fosse dentro do escritório que queria da mesma forma vê-la cair. Talvez mais pessoas do que ela pensava, pessoas de quem ela nem desconfiava. Tinha sido tola em achar que tudo eram flores, naquele escritório? Por outro lado, seria possível que ela significasse uma ameaça tão grande, levando Narcisinho a usar de artimanhas daquele jaez para que ela fosse eliminada do quadro de associados? Temia ele que ela fosse elevada a sócia, antes dele, filho do dono? Teria uma vaidade infantil como essa levado aquele rapaz a simplesmente pôr a perder o direito e o dinheiro do cliente? Tinha ela de fato chances de vir a ser sócia, sem estar trazendo nenhum cliente de peso? De qualquer forma, as coisas não deram certo para o Narcisinho: ela protocolou em tempo a bendita petição.

A verdade era que esse assunto já não estava mais importando a Maria Claudia. Lembrando agora de todo o dia anterior, ela não conseguia parar de sorrir. Assistira à emblemática cena que Ivan vivera na casa dos Pavlov. Fora testemunha ocular – senão auditiva, pois foi tudo em russo – de tudo o que ele vivera e revivera, ao trocar silêncios, olhares e palavras com o velho Alexander Nikolaievitch. Sentira que ali, naquele momento, Ivan acertava contas consigo mesmo, com seu passado, com seus senões. Ao saírem do apartamento na Praça da Luz, a bela estação de trem quieta observando seus passos, a excitação de Maria Claudia e sua súbita vontade de ir dançar não era apenas pelo corre-corre vitorioso até o Fórum, mas principalmente porque parecia sentir junto com Ivan aquele inesperado e bem-vindo júbilo na alma, que fazia o russo parecer ter até um andar diferente e mais leve. E na sequência dessa alegria, Maria Claudia não pode se conter, na pista de dança...

Fora se deitar com as imagens do final da noite embalando seu sono. Os dois se agarrando no escuro, à mesa, na Limelight, as bocas trocando os sabores de vodka e guaraná. Ivan segurando sua mão, no carro, com o polegar acariciando-lhe a palma. O beijo de despedida, em frente ao hotel. A decisão de Ivan de ir com ela a Ubatuba no dia seguinte. Nenhum dos dois querendo de fato dar a noite por encerrada, mas Maria Claudia sendo cautelosa...

Ivan não tinha ideia do que estava a ponto de ver. Todos que iam ao litoral norte do estado de São Paulo pela primeira vez, tanto brasileiros quanto estrangeiros, com a imagem formada na cabeça de um litoral do Brasil nos moldes do Rio de Janeiro, do nordeste do país, do congestionado litoral sul de São Paulo, e até das badaladas praias dos estados do sul, ficava perplexo, encantado, maravilhado, sem palavras para explicar o impacto que aquelas praias paradisíacas batendo na Mata Atlântica causavam em suas almas. Maria Claudia nem esboça começar a descrever nada para ele, quando saem da Rodovia Carvalho Pinto e tomam a Rodovia dos Tamoios, que desce o paredão jardinado da serra para enfim desembocar na primeira cidade, São Sebastião, com o porto e a linda Ilhabela em frente. Em seguida, à esquerda pela Rodovia

Rio-Santos, as brancas areias da próxima cidade, Caraguatatuba, para enfim se chegar a Ubatuba, depois da qual se entra no estado do Rio de Janeiro, na badalada Parati.

Passada a tensão de sair da Marginal Tietê no emaranhado de pontes, viadutos e várias saídas para diversos pontos da cidade de São Paulo, para outras rodovias, para o Aeroporto de Cumbica, para o outro lado da Marginal, para retornos, onde o motorista desatento perde sua deixa e vai parar sabe Deus aonde, e após o sistema Rodovias Ayrton Senna/Carvalho Pinto, a entrada para a Rodovia dos Tamoios era de fato o começo da viagem para o litoral norte, a descida para a praia. Já se sentia o clima diferente. Talvez o próprio nome da rodovia já inspirasse esse astral ubatubense. Os índios da tribo dos Tamoios, que habitavam o litoral norte de São Paulo e sul do Rio de Janeiro, foram os únicos indígenas que de fato opuseram resistência à colonização portuguesa, no início do século XVI. Deles vêm os nomes de quase tudo na região, como Ubatuba, Caraguatatuba e, sobretudo, os nomes das praias.

A infrutífera tarde anterior que tinha deixado Ivan não pouco frustrado em relação ao seu trabalho, agora lhe parecia uma dádiva. Por conta dessa falta de novas informações ele podia nesse momento estar ao lado de Maria Claudia, indo para uma cidade praiana a pouco mais de duzentos quilômetros de onde ele, a rigor, deveria estar. Ainda bem que existia a tecnologia, e satélites, e celulares, e *laptops*. Porque o russo na verdade não estava com vontade de pensar em outra coisa que não naquela brasileira que o arrebatara do chão, que lhe roubara o sono e a razão, que o cativara com seus olhos, com seus beijos, com seu sorriso. Abençoado magnata russo que, por enquanto, tinha sumido do mapa. Ivan não havia sentido nada semelhante por nenhuma mulher, em seus quarenta e sete anos de vida, e nenhuma mulher havia em sua vida já fazia algum tempo. E ainda ficavam assim tão à vontade um com o outro. Ivan era um russo feliz.

– Foi lá no aeroporto, na Polícia Federal, quando você entrou na sala do Paulo Roberto e eu te vi pela primeira vez – comenta Ivan, do nada.

– O quê? – Maria Claudia não entende.

– Que eu me apaixonei por você.

Maria Claudia olha para ele e sorri, apertando sua mão. E pensa consigo mesma, admitindo-o pela primeira vez: "Eu também!", o cd, no carro, tocando Beatles, *Do You Want to Know a Secret?*, que os dois cantam juntos, acompanhando George Harrison, começando a descer a serra,

You 'll never know how much I really love you You 'll never know how much I really care

Listen, do you want to know a secret? Do you promise not to tell? Oh oh...

Na perigosa pista dupla da descida da serra, que em sinuosas curvas aqui, acentuadas, em cotovelo ali, vem descendo a íngreme encosta de setecentos metros de Mata Atlântica até chegar ao litoral norte paulista, Maria Claudia para num famoso belvedere, a meio caminho de chegar lá embaixo, para apreciarem a vista. E ao descer do carro e se aproximar da grade de proteção, Ivan fica sem palavras, tem que cortar uma frase no meio. Seu queixo cai. Agora ele entendia tudo. Aquela vista explicava tudo. Não eram necessárias quaisquer palavras. Atrás dele, se atravessasse os poucos metros de estrada, poderia tocar com as mãos o paredão da Mata Atlântica, apalpar as folhas, pegar seu verde, sentir-lhe o frescor e o cheiro doce, quente e sensual, cheiro de flores, cheiro dos trópicos, cheiro do Brasil. À sua frente, lá embaixo, o recorte das mais lindas praias que ele já tinha visto, a densa mata em todos os tons de verde se agigantando e caindo sobre elas, as estreitas faixas brancas de areia, a perder de vista para a direita e para a esquerda. Nenhum prédio, apenas algumas casas, no meio da vegetação. À frente, sem fim, o enorme mar, o Oceano Atlântico, verde e azul, gigante, poderoso, escancarado no horizonte. Abraçados, apreciando a vista da qual ela nunca se cansava, entregues ao mútuo carinho e rendidos a toda aquela beleza, Maria Claudia pensa na cansativa viagem de volta e no trabalho de Ivan esperando-o na capital.

– Você tem que voltar hoje pra São Paulo? Eu tenho uma reserva de hotel – pergunta ela, de chofre.

Ivan é pego de surpresa com a pergunta, e ainda mais com uma reserva de hotel entrando na conversa. Maria Claudia, de resto, logo percebe que, do jeito que falara, parecia mesmo que estava fazendo uma proposta *caliente*. Mas explica ao russo que Denise já deixava a reserva feita, ela mesma nem tinha que pensar nisso, já era automático nas viagens para Ubatuba. "Não que eu não esteja disposta a cogitar a possibilidade..." ela pensa. Mas não estava assim já determinada. Conhecia-o há apenas dez dias! Que pareciam dez anos, é verdade. Ainda não conseguira nem parar de pensar nos beijos da véspera, na discoteca! E ele ali ao lado dela, fazendo carinho com o polegar na palma de sua mão, não a estava ajudando a se concentrar. Na cabeça de Ivan, é claro que a imagem dos dois a sós vivia se repetindo. Se fosse outra circunstância, outra mulher, provavelmente ele já teria dado vários passos adiante. Mas não com Maria Claudia. Estava surpreendentemente disposto a ir com calma. Estava apreciando cada minuto ao lado dela, cada conversa, cada olhar, cada silêncio, cada música, cada beijo. Não queria magoar Maria Claudia, nem a si mesmo, estragando tudo como um adolescente afoito. E ainda mais, Maria Claudia parecia estar um pouco ausente, concentrada em outro assunto: já entrara naquela fase pré-audiência em que o advogado fica absorto no que tem a dizer ao juiz, as perguntas que vai fazer, as que terá que responder, as instruções a dar ao cliente na antessala, as últimas orientações. Retomariam o tema quando terminasse a audiência.

Seguindo caminho, ao pé da serra, chegados ao litoral, tomam a esquerda em direção a Caraguatatuba, as montanhas à esquerda, o mar à direita, janelas abertas, sol a pino, Maria Claudia prende o cabelo, Ivan, já sem paletó, afrouxa um pouco a gravata, os cabelos, com o vento, formando o topete que a brasileira tanto gostava, o CD agora tocando *Canção de Verão,* do grupo Roupa Nova,

...É como um sol de verão queimando no peito
Nasce um novo desejo em meu coração...

Maria Claudia dá a seta para entrar à direita e, diminuindo a velocidade, sai da estrada, entrando na perpendicular pelo caminho de terra que leva do asfalto até a areia da praia, onde estão as casas particulares, as pousadas, alguns bares e restaurantes, e alguns hotéis, entre eles o Sol e Vida, em cuja garagem ela embica e estaciona.

Da estrada de terra e do estacionamento atrás do hotel, não se tem nenhuma visão da Praia da Enseada, em Ubatuba. Entrando no saguão do luxuoso hotel, de dois andares, largo, todo em mármore branco, Maria Claudia e Ivan não veem ninguém ali para atendê-los, apenas pássaros cantando por perto podem ser ouvidos. Atravessando o escuro *hall*, passam ao lado das salas de congresso e vão em direção ao grande alpendre, com mesas e poltronas em vime, todo ladeado de treliças brancas por onde sobem primaveras cor-de-rosa e alamandas amarelas, estas últimas exalando o cheiro doce que Ivan havia sentido, lá em cima, na estrada, ao pararem no belvedere e o queixo do russo caíra. Cegados pelo sol forte e sentindo o calor úmido da região começando a fazer as roupas grudarem no corpo, o queixo de Ivan cai outra vez. Agora sabia o que queria dizer a palavra "tropical". À frente dele, ali, a alguns metros, para seus pés pisarem, a praia da Enseada, nos seus dois quilômetros de extensão, e o marzão aberto. Entre ele e a areia, a piscina do hotel, as espreguiçadeiras, as mesas, os *ombrellones*, os três longos degraus em mármore caindo na areia, tudo num branco incólume, apenas o cristalino azul da piscina, chamando-o para um mergulho.

– Beleza! Chegaram hóspedes! – uma voz diz, lá dentro, e os dois recém-chegados viram para trás, vendo se aproximar deles um sorridente rapaz mulato, jeito brincalhão, usando o uniforme de marinheiro em férias dos funcionários do hotel.

– Bom dia, pessoal! – ele diz, de longe, todo alegre – Tá bom pra piscina, hoje, heim? Esse sol, aqui, sabe que não é sempre. Posso ajudar?

Ubatuba é conhecida como "Ubachuva", pois o tempo não é nem um pouco confiável. Muita gente corre o risco de, num feriado prolongado, se programar, fazer reservas, guardar dinheiro, comprar biquíni novo, marcar lua de mel, descer a serra e chover quatro dias sem parar. Mesmo assim, volta-se de lá roxo, porque mesmo sem sol e com chuva o mormaço é tanto que não é recomendado ficar andando na praia por muito tempo. Sem protetor solar, então, nem pensar. Mas com sol, é o paraíso.

– Dra. Claudia! Bom dia! – diz o rapaz, ainda mais alegre, reconhecendo-a.

– Bom dia, Beleza! Tudo bom?

Maria Claudia estava acostumada a se hospedar ali, quando tinha que vir a Ubatuba para acompanhar o processo. Denise fazia a reserva e a advogada passava a noite lá, para pegar a estrada de volta a São Paulo na manhã seguinte, pois a viagem de pouco mais de três horas era puxada, e, ainda depois de uma audiência, não era recomendado voltar no mesmo dia. Uma vez Maria Claudia arriscou fazer isso, e chegou a São Paulo exausta e até um pouco febril.

– Bom dia... – diz Ivan a Beleza, diante do olhar curioso do rapaz sobre ele.

Beleza já conhecia Maria Claudia, de todas as outras vezes que ela se hospedara por lá. Gostava muito da advogada paulistana. Um pouco dado e fofoqueiro, sabia que ela era solteira, que trabalhava em um escritório grande na capital, que os homens puxavam um olho ambicioso para ela, pois isso ele próprio via lá no hotel, e que ela era do tipo que não se abalava, nem muito menos caía na conversa daqueles tipos. Sua chegada com o gringo a tiracolo era para o rapaz a novidade da semana.

– Bom dia, senhor! – ele responde, todo simpático.

Maria Claudia nesse momento fica um pouco constrangida. Iria ter que abordar o assunto da reserva e de quartos de dormir com Beleza e Ivan, juntos, à frente dela, e nem sabia ainda o que dizer.

– Beleza, eu tou indo pra uma audiência agora, e...

– Vocês têm quartos livres? – interrompe Ivan – Eu não tenho reserva, só a Dra. Maria Claudia tem!

Beleza não consegue disfarçar o olhar alternado de um para outro e uma certa decepção de comadre alcoviteira.

– Ih, reserva, doutor! Tá vazio, tem só um casal! Semana passada teve feriado, e com o plebiscito de domingo, ninguém vai *vim* pra cá nesse fim de semana! O senhor vai pegar um quarto também? Vamo lá na recepção!

Ivan sorri para Maria Claudia, que lhe sorri também, e os dois seguem o rapaz.

– Ofereceu uma taça pra eles, Beleza? – pergunta outro funcionário, mais velho, conforme eles seguem pelo largo corredor cheio de vasos de plantas até a recepção.

– Não senhor, ainda não! Tou indo fazer o *check-in* do doutor e da doutora! Êta, que quando tem esse sol, é bom ver gente vindo pra cá! O documento do senhor! – ele pede a Ivan, abrindo o livro de registro e pegando um lápis.

– Aqui... Quarto de frente, como o da Dra. Claudia, é claro?

– Sim! – responde Ivan.

– Tchum tchum.. tchum tchum... – Beleza olha os quartos no livro como se escolhesse um prato em um cardápio cheio de delícias – Esse aqui é ótimo. O senhor vai gostar. Abre em cima do mar, não ouve barulho da cozinha, nem do ar-condicionado, nem da rua do lado, que o pessoal que vem das casas faz barulho quando passa lá! – ele entrega as fraquezas do hotel cinco estrelas.

Ivan e Maria Claudia riem, ela agora bem mais relaxada.

– Tchum tchum... tchum tchum... – ele começa a anotar o nome – Áfff, que nome difícil: Ivan Ivanov.. Ivanvov... Ivitch... I–va–no-vi-tch !

Saindo da recepção não sem mais dificuldades com o nome do russo e antes mesmo que Ivan e Maria Claudia assinassem, Beleza vai para a cozinha,

– *Cadê as taças?* – ele grita para alguém lá dentro.

– *Para com esses berros, Beleza!* – lhe diz uma voz, em tom mais baixo.

Beleza volta com duas taças de champanhe em uma bandeja de prata, cortesia do hotel para a entrada dos hóspedes.

– Ah... – anima-se Ivan.

– Eu não posso, tenho a audiência...

– Pode sim, Claudiúshka! – diz Ivan, pegando as duas taças e passando uma para ela – Um *golínio*!

– Aê, doutor! – aprova o Beleza, sorridente.

Sozinho pela cidade, de óculos escuros, sem gravata, o paletó pendurado por um dedo às costas, desistindo de esperar no saguão do Fórum que terminasse a audiência, Ivan vai fazer hora batendo perna pelo centro de Ubatuba. Depois de ligar para São Paulo e para Moscou, certificando-se de que nada estava acontecendo de extraordinário, segue andando devagar pelas ruinhas e pelas praças, entrando em todas as lojas, dos mais variados comércios. Entra numa casa de material de construção, numa farmácia, numa loja de roupa de criança, num posto de gasolina, numa loja de bijuteria, em várias de artesanato, numa gráfica, e finalmente na Igreja Matriz. Ao abrigo do sol, na igreja, sentado num banco, olhando as imagens, faz uma oração. E seus pensamentos vão para o filho Gavriil. Sabia que estava perto de Guaratinguetá, a cidade onde o filho havia ficado e se curado daquele vício medonho. Gostaria de poder ir visitar a Fazenda da Esperança, conhecer de perto aquele trabalho, agradecer pessoalmente ao Frei Hanz Stapel. Já havia enviado dinheiro durante todo o tempo que Gavriil ali havia vivido, bem mais do que o baixo valor mensal da cesta de produtos artesanais feitos pelos "recuperandos", que era a única contribuição que o padre pedia. Mas gostaria de fazer uma doação maior, principalmente porque sabia que Frei Hanz, com quem várias vezes falara ao telefone, estava pensando em mandar construir uma pequena capela ortodoxa na fazenda, pois lá havia vários russos e o frei os queria muito bem. Na verdade, nenhum dinheiro no mundo seria suficiente para traduzir seu agradecimento. Quem sabe ainda conseguiria chegar até Guaratinguetá e ver o lugar onde o filho nascera de novo? Saindo da igreja, anda mais um pouco, checando no celular se Maria Claudia havia ligado ou enviado um torpedo. Come um sanduíche em uma lanchonete e em seguida toma uma água de coco à beira mar, na Praia de Itaguá, tirando fotos com o celular. Passa em frente ao aquário, ao centro de exposições do Projeto TAMAR – instituto de proteção às tartarugas marinhas, e para diante de uma placa onde lê *"Por aqui passa o Trópico de Capricórnio"*. Sentando-se a um banco para apreciar a privilegiada vista da praia, onde alguns pescadores ainda estão recolhendo seus barcos, leva automaticamente a mão ao bolso da camisa e pega o frasco de colírio, dando-se conta de que não o havia usado desde a quarta-feira à noite, e que agora também não sentia necessidade dele, tendo-o pegado apenas por força do hábito. Devolve, então, o frasquinho ao bolso, olhando o mar, respirando o ar quente e salino, achando tudo bonito, colorido e alegre, mas pensando que, na verdade, sem Maria Claudia, nada tinha graça.

O pequeno prédio do fórum de Ubatuba estava com os dias contados. Logo à entrada já se podia ver que o serviço ali ia devagar quase parando, com pilhas de caixas encostadas a um canto; salas vazias, sem portas; lixo varrido e esquecido num cantinho; balcão de informações largado, vazio. Maria Claudia soube por um funcionário que passava que estavam agilizando a mudança para o prédio novo, que muitos funcionários estavam trabalhando na transferência do material, mas que ainda não tinham data para sair dali. Já não era sem tempo que tal mudança ocorresse, e que o novo local fosse mais moderno e equipado. Até quem não tinha vivido à época conhecia a estória do famoso e suspeito incêndio que havia queimado praticamente todos os processos, sobretudo aqueles envolvendo posse e documentação de propriedades. Tema esse recorrente em Ubatuba e em todo o litoral norte do estado, onde desde a época da colonização, quando ali ainda viviam os índios, a propriedade de um pedaço de terra era mais uma dor de cabeça do que um prazer. Terras de demarcação difícil e documentação sempre comprometida, nos últimos tempos tinham sido muitas delas consideradas reserva ambiental, por decretos dos sucessivos prefeitos, devido à posição junto à Mata Atlântica. Terreno fértil para a corrupção, palco de propina e negociatas escusas, tais decretos, é claro, traziam consigo as consequências imobiliárias esperadas. O pequeno prédio do fórum, agora em seus últimos dias, era constantemente invadido por jornalistas e repórteres da cidade e da capital, na sanha de flagrar algum escândalo de corrupção envolvendo políticos, grandes proprietários e até celebridades, além, é claro, dos políticos ambientalistas, que não poderiam encontrar momento melhor para apresentar suas campanhas eleitorais, disfarçadas de defesa do verde, com a linda mata, silente, pivô de tudo, como pano de fundo. Não eram poucas as ações judiciais sobre esse tema sendo julgadas ali, em primeira instância. Justamente como agora, no caso que Maria Claudia vinha tratar em audiência, onde iria ouvir o que pretendia propor o representante da prefeitura, contra a qual ela estava litigando.

Só quando havia exposto o caso em detalhes, na última reunião de advogados do escritório, tinham os seus chefes entendido o alcance de sua atuação com o Direito Ambiental. Achavam, até ali, tratar-se essa modalidade jurídica apenas de uma firula, um modismo, do qual nenhuma causa de grandes números poderia sair, onde apenas os ativistas da ecologia apareciam, com suas roupas alternativas, seus cartazes e gritos de "salve a natureza". Não tinham percebido que o tema poderia trazer graves consequências financeiras, de maior ou menor porte. A princípio surpreenderam-se ao ver que Maria Claudia figurava aparentemente do lado contrário aos ambientalistas, no caso de Ubatuba. Foi preciso que ela explicasse que numa ação como aquela, onde ela atuava pelos proprietários, a Mata Atlântica já não estava mais em perigo, mas estava sendo usada como pretexto para uma possível tacada malsã por parte daquela prefeitura, que estava fazendo cortesia com chapéu alheio. De qualquer forma, a pedido mesmo dos seus clientes, que entendiam o valor ambiental da questão, ela estava ali pela justiça para todos.

Representava um grupo de proprietários que não encontraram nenhuma alternativa a não ser entrarem em juízo contra a prefeitura, para terem algum resquício de direito preservado. Haviam legalmente comprado seus terrenos ao pé da serra, antes da estrada, a qual tinham que atravessar para chegarem à praia. Um lugar completamente inexplorado, onde cada um tinha seu pedaço de terra independente do outro, e aos poucos foram começando a elevar suas casas de veraneio, com a documentação imobiliária totalmente em dia. Algumas casas foram construídas. Mas a maioria dos proprietários nem havia ainda começado a erguê-las, seus lotes ali vazios cheios de mato. E um dia, cada um deles recebeu em sua residência a correspondência da Prefeitura de Ubatuba anunciando a desapropriação, informando-os que aquele local havia sido considerado por decreto reserva ambiental e eles, portanto, jamais poderiam construir ali nenhuma edificação, as que já haviam começado tendo que ser interrompidas e em seguida, destruídas. Os proprietários, decepcionados, desolados, indignados, inconformados, procuraram uns aos outros, fizeram reuniões, chegaram a um consenso, e resolveram fundar uma associação para juntos tratarem dessa pendência. Foi aí que entrou Maria Claudia na estória. Uma das alternativas que ela apresentou era a discussão da própria legalidade ou regularidade da desapropriação, mas os proprietários não se entusiasmaram com a previsão de décadas de demanda, que só terminaria nos tribunais superiores, com desfecho duvidoso. O ingresso na justiça então visava uma indenização à altura, inclusive quanto aos impostos pagos até então. Os proprietários com casas já construídas ou em construção entraram com ação indenizatória à parte.

O juiz que presidia a audiência, como todos os juízes, não deixava transparecer para que lado pendia sua convicção. O representante da prefeitura e o procurador que o acompanhava pareciam autômatos, com olhares vazios e textos prontos na cabeça para reproduzirem assim que fossem chamados a fazê-lo. O representante da associação de proprietários estava bastante tenso, sendo preciso, ainda na antessala, muita conversa para persuadi-lo a falar baixo e não dizer palavrões em direção ao representante do prefeito. E Maria Claudia sabia que aquele era o momento crucial da ação. Que ali, em poucas horas, se encerraria aquela instância, ficando um novo capítulo a ser aberto ou não através de um recurso, dependendo do que fosse falado no próximos minutos.

"*Alea jacta est*" pensa Maria Claudia, quando todos se sentam a seus lugares e o juiz inicia a leitura dos nomes, do número do processo, do pedido e as demais formalidades do procedimento.

– Senhor representante dos proprietários – inicia o juiz – a Prefeitura de Ubatuba apresentou uma oferta de pagamento a título de indenização, num valor proporcional a cada lote. Os proprietários houveram por bem analisar essa proposta?

– Sim, excelência – fala o proprietário, com calma, seguindo as orientações de Maria Claudia – Cada um analisou o preço do próprio terreno, e depois analisamos em conjunto.

– E a proposta da prefeitura não se aproximou dos valores pleiteados por vocês?

– Não, meretíssimo.

"Ai" pensa Maria Claudia "Eu falei para ele nunca dizer *meretíssimo*"

– A proposta da prefeitura é bem abaixo da metade do valor que nós pedimos.

– O valor que eles pediram está muito acima do valor de mercado! – fala alto o representante da prefeitura.

– Por favor, senhor – olha para ele com frieza o magistrado – Não interrompa, não é a sua vez de falar!

– Os terrenos já não têm mais nenhum valor de mercado, senhor juiz! – vocifera o proprietário.

– Então! Então! – não consegue se controlar o preposto do prefeito, escorregando no sarcasmo.

"*Senhor juiz* também não!" pensa Maria Claudia, segurando o cliente pelo braço, com um gesto lento e sutil, para que ficasse quieto.

– Acalmem-se, por favor – diz o juiz, as mãos no ar, os olhos no papel sob seus olhos – E só falem quando eu perguntar.

Maria Claudia sabia que dificilmente seus clientes obteriam um valor que se aproximasse do que estavam pedindo. E qualquer que fosse o valor que obtivessem, ainda seria submetido a todo tipo de recursos dos quais os procuradores da cidade pudessem lançar mão, postergando o final da ação por muitos anos ainda. Tinha alertado os proprietários de todos esses detalhes, e eles haviam concluído que não tinham outro jeito, a não ser encarar a jornada processual.

– Os proprietários – prossegue o juiz – chegaram a algum consenso sobre um teto com o qual podem anuir, num possível acordo?

Maria Claudia sussurra no ouvido do cliente que haviam chegado a um número, mas que primeiro ouviriam a proposta da prefeitura. E nessas palavras responde o representante.

– Sr. representante da Cidade de Ubatuba, já tendo conhecimento da negativa da parte contrária em aceitar a proposta como apresentada na peça contestatória, têm vocês algum outro número a apresentar, na busca de um acordo?

O procurador sussurra no ouvido do representante por um longo minuto.

– Senhor juiz, nós temos sim uma proposta a fazer aos litigantes – ele repete as palavras do procurador.

– Por favor – pede o juiz.

– A Prefeitura de Ubatuba não conta com erário para cobrir esse valor demandado. Propõe a devolução da propriedade dos imóveis para o nome dos litigantes, e os isenta de todos os impostos para sempre.

O juiz tira os óculos e continua olhando para o representante da cidade, recostando-se à poltrona, os braços caídos, para trás:

– Mantida a proibição, pelo decreto ambiental, da construção de qualquer edificação nos terrenos?!

– *Data venia*, meretíssimo! – não consegue se conter o homem do prefeito, o procurador fechando os olhos ao ouvir essas palavras.

– Mas é um acinte! – grita, indignado, o proprietário ao lado de Maria Claudia – De que nos serve um terreno sem casa?!

– Senhores! – o juiz altera voz.

– Vocês podem acampar!

– Doutores! Controlem seus representados!

Maria Claudia segura o cliente, que não para na cadeira.

– Mas vocês... – esboça o representante dos proprietários.

– Ou fazer um piquenique!

– Vá à m...

– Segurança! – grita o juiz para o meirinho.

– Não, Ivan...- Maria Claudia balança a cabeça, reforçando a negativa, conforme Ivan pega de um cabide uma camisa toda florida e a coloca em frente a si, com os olhos pedindo a opinião da brasileira, na Yachting Gear, loja de transadas roupas e assessórios de praia, no centro de Ubatuba, em Itaguá – Nada a ver!

Ubatuba é uma cidade pequena, que vive basicamente do turismo de praia. Mais de setenta praias ao longo da costa antes e depois da cidade propriamente dita, com a estrada beirando todas elas. O centrinho da cidade, de limitada vida local, é cheio de quiosques de coco natural, lanchonetes, restaurantes sobre a praia, sorveterias e lojas ao gosto dos turistas. Desde feirinhas de artesanato até lojas de grife vindas da capital, tudo sempre com charmosos motivos náuticos, com o toque e o astral marinho, do mergulho, dos esportes radicais, das lanchas, do surf, dos frutos do mar, com boias salva-vidas, quepes, estatuetas de marinheiros, quadros com os vários tipos de nós, miniaturas de navios, âncoras, lemes, estrelas-do-mar, cavalos-marinhos, e conchas, muitas conchas, para todos os lados.

– E esse? – Maria Claudia lhe mostra um biquíni.

– Onde? Não consigo enxergar! – ele ri do tamanho do biquíni na mão da brasileira.

Tinham saído do Fórum, onde Ivan fora reencontrá-la depois de bater perna pela cidade, o calor agora mais do que insuportável, o sol parecendo que não estava interessado em se pôr. Maria Claudia havia sugerido irem fazer umas comprinhas, para trocarem de roupa, porque do jeito que estavam, não ia dar.

Saindo da loja usando as roupas novas, Ivan com uma camisa branca de algodão rústico, larga, as mangas enroladas até o cotovelo e aberta quase até o meio do peito, um pouco mais comprida atrás que na frente, usada para fora da calça, esta em sarja macia azul-marinho, comprida, folgada, confortável, por baixo dela um *speedo,* para nadar, Maria Claudia de shortinho branco e uma camiseta amarela sem mangas, soltinha, por baixo o biquíni pequeno. Ambos de sandálias Havaianas, carregando nas sacolas da loja suas roupas de escritório.

– Cê dirige, Ivan? Tou cansada! – pede-lhe Maria Claudia chegando ao carro e pondo as sacolas no banco de trás, sentando-se no banco do passageiro, prendendo os cabelos em um rabo de cavalo e, já no clima de praia, se espreguiçando, olhando o mar – Hmmm, que delícia!

– Ai! – diz Ivan ao sentar-se no carro que, debaixo daquele sol, estava uma sauna, pelando de quente.

– Péra aí, Ivan! – Maria Claudia, olhando para o rosto do russo, tira da bolsa um frasco e estende para ele – Passa protetor solar, cê já tá bem rosado!

– Hmmm – faz Ivan à direção, colocando a chave no contato e estendendo o rosto para ela – Passa em mim, *Claudiúshka*, pra minha mão não ficar grudando!

– A minha pode ficar? – ela brinca, passando o creme branco no rosto, na careca, e nas orelhas do russo.

– Você não vai dirigir! – ele aperta os olhos para ela passar nas pálpebras também.

– Vamos ver umas praias? – ela sugere, passando a mão já besuntada no próprio rosto, braços e pernas, tirando depois todo o excesso com um lenço de papel.

Ivan tinha visto no computador, na véspera, antes de dormir, pelo Google Earth, todo o litoral norte paulista, o dedo no sensor do *laptop* empurrando a imagem para acompanhar o contorno recortado do litoral, dando *zoom* para ver detalhes das praias, das casas, da estrada, da vegetação. E só isso já tinha sido uma viagem. Ele chegou a achar que era de mentira, invenção do Google, que alguém tinha pintado aquilo, ou no mínimo, feito um *photoshop* para realçar as cores. Agora via que era de verdade. E muito mais bonito. Na verdade, as imagens no computador eram lindas, mas não eram capazes sequer remotamente de passar a ideia daquelas cores ao vivo. Vindo de Caraguatatuba, as praias de Maranduba, Lagoinha, Praia Dura, Domingas Dias, Lázaro, Sununga, Saco da Ribeira, Perequê Mirim, Enseada, Praia Grande, Tenório, Praia Vermelha, Itaguá, Itamambuca, Praia do Felix – uma depois da outra, indo pela estrada que acompanha o litoral, a abundante vegetação entre uma e outra, só ao vivo para ver e sentir.

– Eu falei pra você comprar a bermuda, Ivan! Agora vai ter que enrolar a barra pra não molhar! – comenta Maria Claudia, colocando uma gargantilha de conchinhas que havia comprado de um camelô na feirinha de artesanato.

– Não tem problema – ele diz, enrolando a duas barras até o meio das canelas, antes de sair do carro, Maria Claudia já fora, Havaianas na mão, sentindo a brisa, o cheiro do mar, o sal, a pele queimando debaixo do sol.

A praia de Itamambuca fica alguns quilômetros depois da cidade. É uma das mais sofisticadas e paradisíacas, e a visão de sua areia branca e fofa animara Maria Claudia e Ivan, que resolvem descer do carro para ir pisar nela descalços. Tinham decidido ir até lá só dar uma olhada, para então voltar, passando de novo pela cidade, ao hotel na Enseada. Mas não puderam resistir e pararam o carro à entrada da praia, num espaço de mato misturado com areia.

Caminhando direto pela areia em direção à água e deixando esta lhe chegar aos tornozelos, Ivan se abaixa, molha as pontas dos dedos, e faz o sinal da cruz, primeiro batendo no lado direito e depois no esquerdo do peito, como fazem os ortodoxos, dizendo em voz baixa, "*Spassíba*". Ele já não sabe mais como expressar sua imensa gratidão a esse país. E acha que nunca dirá "*spassíba*" o suficiente. Sentindo a areia na sola dos pés cobertos pela água gelada, mais uma vez os últimos dias passam como um filme na mente do russo. A companhia contínua e irresistível de Maria Claudia... As palavras que ele ouvira da brasileira... A visita aos Pavlov... A montanha russa emocional que ele vivera, relembrando coisas do passado distante e recente... Maria Claudia enfim sabendo sobre ele... Os beijos que eles não puderam nem quiseram evitar... Que viagem era aquela, afinal? Viera a trabalho, mas pareciam férias, e na verdade, era muito mais que isso: Ivan havia se encontrado, no Brasil. E fora resgatado por aquela mulher. Era um homem, quando chegou ao Aeroporto de Cumbica. E agora era outro.

Esperando um pouco enquanto ele olha o mar, concentrado, aparentando rezar, Maria Claudia enfim lhe estende a mão em silêncio, sorrindo, e eles começam a caminhar de mãos dadas, depois abraçados, pela areia branca da praia vazia, a brisa camuflando a ardência do sol e a transpiração, balançando a camisa branca de Ivan e também a blusinha amarela de Maria Claudia, mostrando um pouco sua barriga. O russo enlaçando a cintura fina da brasileira. E ela – que desde que o havia observado, de costas, saindo do provador da loja, estivera com vontade de fazer isso – com a mão no bolso de trás da calça dele. Ivan era um russo feliz.

Termômetros marcando trinta e sete graus, janelas do carro abertas, o vento levantando os cabelos de ambos; Ivan já bem vermelho com o sol a despeito do protetor solar; a estrada seguindo paralela ao mar, dando visão panorâmica das praias, algumas abertas, outras escondidas pela vegetação; Maria Claudia rindo, retocando no retrovisor o batom cereja, apontando para que o russo veja lá embaixo no mar, uma escuna, vela branca inflada ao vento, o CD tocando *O Barquinho*, com Tamba Trio,

...O barquinho vai, a tardinha cai...

Saindo do asfalto, Ivan encosta o carro a um mirante improvisado, numa parte alta da estrada: impossível não parar mais uma vez para ver melhor, apreciar, fotografar e simplesmente ficar olhando, lá de cima, sem descer do carro, a deslumbrante vista aberta do litoral. O céu azul sem nuvens, o mar feito um carpete verde-azulado, com as ondinhas brilhando ao sol, a mata entre a estrada e as praias se fechando sobre as casas, escondendo-as quase que totalmente no meio do verde, o mundo e o tempo parecendo parar. Ivan e Maria Claudia vão se deixando envolver pela calma do mar e do horizonte. Para a brasileira, era como se dali de cima observasse, em paz, não só aquela vista espetacular, mas também todos aqueles últimos dias. Suas dúvidas sobre o russo... O golpe que sofrera no escritório... Seu longínquo e agora totalmente indiferente romance com Marcelo ("*Quem?*")... Os mistérios e segredos de Ivan, enfim revelados... Com os olhos perdidos no mar, o braço esquerdo apoiado no ombro do russo, acariciando-lhe os cabelos na nuca, Maria Claudia se dá conta do quanto se sentia diferente. Quanto a sua vida parecia transformada, e todas as coisas que vivera até então lhe pareciam irrelevantes. Quanto só o que importava agora era a presença de Ivan ao seu lado, aquele russo que parecia ter vindo de Moscou só para resgatá-la... E havia conseguido...

– Maria Claudia... – ele lhe diz, após se beijarem, pegando sua mão e acariciando a palma – Sabe no que eu tou pensando...?

– Hmmmm?

Ele põe sobre ela os olhos azuis, realçados pelo bronzeado, dentro da sauna do carro:

– Naquela piscina, do hotel!

– Eu também!! – ela ri – Vamos?

– Mas... o que é que aconteceu, lá no Fórum??!! – pergunta Beleza, brincalhão e pasmo de verdade, vendo Maria Claudia e Ivan, que horas antes ele vira sair, compenetrados e sérios, terno e gravata, saia no joelho e saltinho, entrarem agora abraçados no hotel, rindo, de Havaianas, ela de pernas de fora e blusinha mostrando a barriga, e ele, roxo, descabelado, camisa branca para fora das calças, um calor de rachar sufocando todo mundo.

– Ah, a piscina, Beleza! Essa piscina!! – diz Maria Claudia, indo animada para o alpendre todo florido, seguida de Ivan.

– Já vou levar as toalhas! – avisa o rapaz, entrando na recepção e, por conta própria, passando para o computador, junto ao nome de Maria Claudia no quarto dela, o nome e os dados de Ivan, em seguida apagando-os com uma borracha do livro onde os havia anotado à lápis, horas antes: o livro de anotações de compras e tarefas extras do dia – Êta, audienciazinha boa!

Difícil escolher entre cair na piscina ou seguir e descer os três largos degraus de mármore branco, pondo direto os pés na areia para ir mergulhar no mar. Tirando a camisa por cima sem desabotoar, Maria Claudia fazendo o mesmo, Ivan fica hipnotizado vendo aparecer aquele corpo em forma que Deus e as corridas no parque tinham produzido.

– Vão tomar alguma coisa? – pergunta Beleza, colocando algumas toalhas na mesa ao lado das espreguiçadeiras com a calça azul, a blusinha amarela, a camisa e o shortinho.

– Hmmmm... Maria Claudia...?

– Caipiroska? – sugere a brasileira.

– Duas caipiroskas! – pede o russo.

– E um camarãozinho frito, pra acompanhar? – sugere Beleza, fazendo com a mão um gesto de chef.

– Pode ser! – dizem os dois, animados, em pé, na beirada da piscina.

– Beleza, então! Duas caipiroskas e uma porção de camarão frito! Saindo! *"É o amor..."* – Beleza vai para o bar entoando o hit antigo da dupla sertaneja Zezé di Camargo e Luciano – *"Que mexe com minha cabeça e me deixa assim..."*

Mãos na cintura, Ivan dá um giro de trezentos e sessenta graus sobre os calcanhares, acompanhando com os olhos a brasileira dar uma volta completa na piscina, sorrir para ele, acenar para que ele venha, e pular de cabeça.

– Aaaaah... Puta que pariu! – diz o russo, bem-humorado, carregando nas sílabas como um brasileiro, um raro palavrão na frente de Maria Claudia – Duas caipiroskas, um camarãozinho frito, Maria Claudia de biquíni comigo, debaixo do sol, olhando o mar, na piscina do hotel em Ubatuba. Eu não tou vivendo isso!

E ele mergulha de cabeça como a brasileira, indo encontrá-la, nos alto-falantes da piscina o rádio, que Beleza acabara de ligar, tocando Gonzaguinha, *Lindo Lago do Amor,*

...Ele tomou um banho d'água fresca
No lindo lago do amor...

De pé, lado a lado, dentro d'água, encostados à beirada da piscina, os braços cruzados para fora, apoiados à borda, entrelaçando os dedos das mãos que se encontraram, o sol forte castigando seus ombros, os cabelos de ambos esticados para trás pela água, Ivan e Maria Claudia ficam olhando o mar, as poucas pessoas andando na praia, um barco chegando com pescadores, pássaros brancos voando em bandos, o entardecer avermelhando o céu ainda azul, as alamandas amarelas entre a folhagem verde no canteiro do hotel, as duas espreguiçadeiras com um *ombrellone* aberto entre elas, fazendo sombra, as caipiroskas ao lado dos camarões fritos em cima da mesa, embaixo desta os pacotes da loja com as roupas de escritório.

– Maria Claudia... – diz Ivan em voz baixa, cauteloso, aproximando o rosto, olhando os lábios de cereja e a gargantilha de conchas – O que é que... nós vamos fazer com os dois quartos...?

A brasileira pensa um pouco e responde, olhando de lado, a cabeça um pouco inclinada, sorrisinho maroto:

– Vamos... jogar um dos dois fora, Ivan Ivánovitch...?

Saindo da piscina e indo para a mesa, Ivan ainda em pé, respingando água, pega com a mão alguns camarões, que ele estava cobiçando desde que Beleza ali colocara as bebidas, o prato, e alguns guardanapos.

– Ao Morogovsky! – Maria Claudia ergue um pouco o copo, alegre, rindo – Sem ele, nada disso estaria acontecendo!

– Ao Brasil!

– À Rússia!

– A você, *Claudiúshka*!

A brasileira sorri:

– A nós dois, Ivan Ivánovitch!

E quando dão o primeiro gole, toca o celular de Ivan, que se senta à mesa para atender. Chamada de São Paulo. Ivan mais ouve do que fala.

– Vamos ter que voltar a São Paulo *já*, Maria Claudia – ele diz com urgência na voz, ao desligar, começando a vestir a camisa branca – O Morogovsky acabou de entrar no Brasil.

Capítulo 11

Sábado
22 de outubro de 2005

Rua Hugo D ' Antola, 95

Sobem as escadas, aflitos, até o quarto de Maria Claudia, as roupas vestidas por cima dos corpos ainda molhados da piscina, trazendo as sacolas da loja com os trajes de escritório, para vestirem-se depressa e rapidamente poderem pegar a estrada. Chegando à porta do quarto, porém, Maria Claudia se atrapalha para abri-la, e Ivan então, colocando sua mão sobre a dela, pega o cartão-chave e abre-a, entrando ambos na penumbra misteriosa do pequeno *hall*, o suave toque de mãos levando-os a manterem-nas unidas, toda a pressa e ansiedade ficando do lado de fora, com todo o resto da humanidade. O escuro do quarto, a privacidade total, a proximidade dos corpos, a cama logo ali. Ainda no *hall*, olhando-se nos olhos, em silêncio, os corações acelerando, Maria Claudia contra a parede, Ivan enlaça a brasileira pela cintura e se inclina para um beijo, que ela recebe passando os braços sobre os ombros do russo, abraçando-o também. Vindo da piscina, o som do rádio começando a tocar os primeiros acordes de Donna Summer, *Could It Be Magic*,

...Oh baby... it's been so long... I've... waited so long

As praias brancas, a vista do mar, a brisa, as flores no alpendre, as sacolas no chão...

... And now that I have you... I want you to come... come... into my arms...

O contato dos corpos, o toque das mãos, os olhares, os silêncios, os suspiros... Frio na espinha, as vozes mais baixas, os nomes falados baixinho, "*Claudiúshka...*", "Ivan..."... A pele de Maria Claudia... Seu perfume, seus cabelos molhados, o contorno de seu corpo... O colar de conchas, o batom rosa forte, o gosto de seus lábios, suas mãos por baixo da camisa do russo acariciando suas costas... O beijo de Ivan, seu calor, seus braços enfim em torno dela... O toque de suas mãos por seu corpo, a pegada... As palavras em russo sussurradas em seu ouvido, as respirações ofegantes.... Não podendo mais suportar nem resistir, as roupas sendo arrancadas de qualquer jeito, os dois corpos se tocando, pele na pele, as bocas percorrendo rosto, pescoço, ombros, Ivan finalmente pega Maria Claudia no colo, e caminha para o quarto, os travesseiros, a cama macia...

Baby I want you now, now, oh, now, oh come into my arms
Let me know the wonder of all of you...

Extasiados, ofegantes, a mágica, o clímax, a extrema felicidade, soltam-se enfim, suavemente caindo um ao lado do outro, os corpos flutuando sobre os lençóis. E acordam, cada um em sua cama, em São Paulo: Maria Claudia em casa, Ivan no hotel, uma lágrima escorrendo do canto externo dos olhos de cada um. Com o radar da atração e a antena do desejo captando o sinal, tinham tido o mesmo sonho.

Tinham subido pelas escadas, aflitos, até o quarto de Maria Claudia, as roupas recém-compradas jogadas de qualquer jeito sobre os corpos ainda molhados da piscina, trazendo as sacolas com os trajes de escritório, para vestirem-nas depressa e rapidamente poderem pegar a estrada.

– O que houve? Brigaram?! – perguntara Beleza, surpreso mais uma vez, vendo-os passar correndo pelo saguão do hotel, meio molhados, parecendo nervosos.

– Temos que voltar pra São Paulo agora, Beleza! – respondera-lhe Maria Claudia, já na escada.

Abrindo com facilidade a porta do quarto, Maria Claudia logo entrara em um dos dois banheiros da suíte, o maior, levando consigo suas roupas, enquanto Ivan entrara no outro, mal se secando, pondo o terno às pressas, terminando de se vestir antes da brasileira, descendo para fechar a conta do hotel e já ir tirando o carro do estacionamento.

– Eu dirijo, Maria Claudia – diz Ivan, os dois vincos já instalados entre os olhos.

– Tá bom – ela nem discute, percebendo a urgência e aflição do russo.

Ir embora da praia, pegar o carro e subir a serra de volta à capital é sempre um pouco melancólico, sempre se deixa um pouco de si para trás, com a esperança que se tinha de não ter que voltar tão cedo para o trabalho, para as roupas apertadas, para o cimento, para os prédios altos, para o trânsito, para a poluição, para os compromissos, para os horários. Mas apesar de Maria Claudia e Ivan deixarem em Ubatuba bem mais que o desejo de mar, a agonia de chegar logo a São Paulo era maior. Ivan vai dirigindo quase o trajeto todo com o celular no viva-voz, falando com todos os cantos do Brasil e da Rússia, tentando, entre uma ligação e outra, explicar a Maria Claudia o que estava acontecendo, pois a brasileira, embora estivesse ouvindo tudo, entendia tão pouco o que se falava em português quanto o que era falado em russo, vez que o assunto era tratado em códigos e naquele jargão que só os policiais poderiam entender.

– Ele entrou com passaporte falso, pelo Rio Grande do Sul, vindo de carro do Uruguai, onde ele entrou via Argentina. Em Porto Alegre pegou um voo doméstico para São Paulo.

– Mas tinha gente no Rio Grande do Sul de olho nele...? – pergunta a brasileira.

– O passaporte falso não enganou ninguém, na fronteira com o Uruguai... O nosso pessoal lá no sul tava muito bem preparado. Viram na hora que era ele. E a ordem era deixar entrar, pra ele vir pra São Paulo, sendo monitorado todo o tempo, e a prisão ser efetuada aqui.

– E ele entrou tão confiante assim? A cara dele é conhecida pra caramba!

– Ele atravessou a fronteira com o Uruguai e chegou no Aeroporto de Cumbica disfarçado... Vestido de mulher...

Ivan dá um sorriso pela primeira vez após muitos minutos de cara séria, enquanto Maria Claudia explode de rir. Não imaginava que ainda ia se divertir com aquele assunto.

– O quê?? Meu Deus, mas que cara de pau!

– Nós tínhamos aqui em São Paulo um grupo vigiando a amante dele, a socialite. Seguindo ela e o motorista dela. Ela mandou o motorista para um canto da cidade, e foi no carro dela mesma para o aeroporto de Cumbica. Foi seguida por nós – Ivan acessa alguma coisa em seu celular – Ele desceu do avião em São Paulo, ainda vestido de mulher. Todos os nossos homens espalhados pelo aeroporto de olho em tudo, viram aquela velha grotesca, que era o que ele parecia, entrar no carro da socialite lá esperando. Tiraram fotos, Maria Claudia. Olha.

Ele estica o braço mostrando o celular.

– Putz, Ivan! – ela tapa a boca para rir, incrédula, olhando na telinha – Que coisa mais ridícula! De *tailleur*! E peruca!

– Ele está achando que conseguiu entrar no Brasil e que ninguém sabe que ele está aqui.

– E a foto dele já tá no celular do KGB! Quer dizer, FSB!

– A essa hora, já imprimiram a foto lá na Polícia Federal, o pessoal deve estar rindo como você. Agora ele tá vigiado até a alma.

– Olha, Ivan, eu não sei essa socialite, mas se sou eu e o cara me aparece vestido de mulher, é fim de romance na hora! Bilionário ou não!

Ivan não consegue desfazer o vinco entre os olhos e relaxar um pouco, já chegando ao topo da serra. Tenso, preocupado e concentrado, terá uma noite cheia pela frente.

– A coisa vai ser amanhã, Maria Claudia. Amanhã à noite. Ele vai a uma festa de casamento, da filha do advogado dele em São Paulo.

– Ah, é?

Ivan respira fundo e inclina um pouco a cabeça, virando o rosto em direção à brasileira.

– E nós vamos também, Maria Claudia.

Chegando a São Paulo, pouco depois das dez horas da noite, Ivan apenas passou no hotel, onde Maria Claudia o deixou antes de ir para casa, para pegar alguns documentos, seu *laptop*, sua arma, e aguardar que viessem buscá-lo, levando-o para a Polícia Federal, na Lapa, onde ele ficou até quase o amanhecer. Toda a equipe brasileira empenhada na busca pelo magnata estava acordada e alerta, tanto em São Paulo como em outras cidades, sobretudo Brasília. Vários outros policiais e investigadores foram arregimentados para compor a operação, e não foram poucas as reuniões onde discutiram estratégias, modos de comunicação, documentos a serem apresentados e alternativas de ação. Analisaram fotos, entraram em contato com os aeroportos de São Paulo e de Moscou, onde igualmente, já sendo manhã na Rússia, a equipe de lá dava todo o apoio necessário. Todas as autoridades envolvidas, dos dois lados do globo, de sobreaviso para agirem a qualquer momento. Ivan vê a madrugada entrar e as ações se delinearem em sua mente e no papel. Todos os passos, todas as palavras, todo o embasamento legal, tudo preparado, todo mundo a postos. Iria conseguir, afinal. Haveria de conseguir. A viagem ao Brasil e todos os esforços russo-brasileiros, e ainda da Interpol, iriam levar ao sucesso daquela operação, que ele chegou a achar que não iria acontecer, que o magnata iria escapar, que talvez ele nem viesse ao Brasil. Mas ele veio. Esse era o lado bom de lidar com bandidos. Eles sempre superestimavam suas próprias capacidades, sempre achavam que eram mais inteligentes do que a polícia, sempre davam um ousado passo a mais querendo talvez provar que eram inatingíveis, desdenhando da lei e da justiça. E nessa hora, pacientemente à espera deles, estavam homens como Ivan. Perto das cinco horas da manhã, de volta ao hotel, exausto, mas não conseguindo conciliar o sono, Ivan apenas se despe e deita, tentando relaxar um pouco antes de se levantar novamente, tomar um banho e começar o grande dia. E acaba sonhando com Maria Claudia.

À Maria Claudia parecia estar vivendo um filme. Tudo ainda era muito recente. Até a ideia de Ivan ser da FSB ainda era difícil de assimilar. Tinha achado que ia passar o fim de semana de namorico, tomando banho de sol e andando na praia, e de repente um tufão passou e a atirou nesse filme de ação, onde até um corre-corre de carro tipo Hollywood tinha acontecido, quando Ivan, já em São Paulo, recebera um telefonema dizendo que tal pessoa o esperava para uma reunião, na Polícia Federal. Ela não pode ter muitos detalhes de tudo o que estava acontecendo, na viagem de volta. Ivan estava muito tenso, falou ao celular quase o tempo todo, e ela percebera que o desconcentraria se começasse a fazer perguntas. Não podia evitar sentir uma excitação de adolescente, embora entendesse a gravidade de tudo aquilo. Principalmente quando ele falou que haveria a festa de casamento. Isso completava o roteiro cinematográfico! Sabia que Ivan iria passar a noite quase sem dormir, que o sábado ia ser tumultuado, e mal podia imaginar como ele conseguiria.

O fato era que ela também estava exausta. Tinham sido bem tumultuados, os últimos dias – nada comparado ao que Ivan vinha passando, é claro. Mas ela também tinha tido sua quota de estresse físico e emocional. Nem para Ana Cecília teria condições de ligar para conversar. Ligaria no dia seguinte.

Queria tomar um banho e cair na cama, sem pensar em nada, o que seria difícil: viera a viagem toda quieta ao lado de Ivan, no carro, oscilando entre pensar no magnata, na operação policial, na prisão, e no abraço de Ivan, nas mãos dadas andando pela praia, nos beijos, no quarto do hotel... E com essas últimas memórias lhe embalando o sono, acabou sonhando com Ivan.

– Vou precisar alugar um *smoking*, Maria Claudia!

Ela já sabia que isso ia acontecer. Quando Ivan falara da festa de casamento, comentara que era uma festa a rigor, e que eles – ela também! – teriam que estar muito bem vestidos para se passarem por convidados. A primeira coisa que ela fez ao acordar foi ver no armário como estava o vestido que usara no casamento da irmã Olívia, de quem fora madrinha junto do irmão Otávio. Estava limpo, impecável e ainda lhe caía bem. Tinha mandado o vestido para a lavanderia no dia seguinte ao casamento. Lavado e recuperado, agora estava no armário, pendurado dentro da capa plástica. Os sapatos estavam guardados em uma caixa e as joias, no cofre. Ela só teria que ir ao cabeleireiro. É claro que já tinha ligado para Marinho e marcado hora para dali a pouco. Mas Ivan ia precisar de um *smoking*.

– É claro que você tem que ir, Ivan! Você tem que experimentar! Se ficar muito grande, ou curto, fica horrível!

Ivan dissera que não tinha tempo, que ia mandar alguém ir fazer isso por ele, mas Maria Claudia não deixou.

– Já tou passando aí. É só um pulo, Ivan! Não reclame.

Embora ele tivesse dormido apenas pouco mais de duas horas, parecia estar em plena forma. Entrou todo alegre e de bom humor no carro de Maria Claudia para irem à Avenida Rebouças, cheia de lojas de aluguel de trajes a rigor. Maria Claudia, por sua vez, também parecia totalmente refeita.

– É o casamento da filha de um tal Tércio Junqueira Sobes, o advogado do Morogovsky – comenta Ivan.

– Ah! Então, o Jamais é que é advogado dele? – pergunta Maria Claudia, estacionando o carro na entrada da Black Tie, um funcionário vindo recebê-los.

– Quem...? – o russo estranha o apelido.

– Não é nenhuma surpresa, Ivan...

Tércio Junqueira Sobes. Junqueira, como preferia ser chamado, pois achava o nome de família da mãe mais apropriado, mais nobre, mais tradicional, embora não fosse, na verdade, da linha dos Junqueira fazendeiros do interior do estado. Com um grande escritório na capital paulista, e filiais em outras capitais no Brasil e no mundo, seus clientes eram apenas grandes empresas nacionais e internacionais de reputação duvidosa. Mencionado em voz mais baixa no meio empresarial, tinha má fama na comunidade jurídica, já tendo sido repreendido mais de uma vez pela Ordem dos Advogados do Brasil, que não via com bons olhos o tipo de prática a que estava habituado. Teve a carteira profissional suspensa por um tempo e desde então não assinava mais nenhum documento. Seus advogados associados o faziam por ele, sua assinatura quase nunca figurando oficialmente em lugar nenhum. Seu nome na verdade não era Tércio, mas Décio. Nome que lhe havia trazido problemas desde que nascera. Nunca perdoara os pais por haver-lhe batizado Décio Sobes. Mal entrara na escola e os pequenos amigos se puseram atormentá-lo, uns com provocações infantis, outros repetindo sem entender muito bem frases que ouviam os mais velhos dizerem entre risadas. Adolescente, os colegas já faziam piadas mais picantes, vexando-o na frente das meninas, não lhe dando trégua nem respiro. E a derrocada final, na Faculdade de Direito, onde logo de cara fora apelidado de Jamais: Décio Jamais Sobes, ou Nunquinha. Os estudantes de Direito eram cruéis. Bastava passar por um corredor e ouvia, vindo de trás das colunas, todo tipo de impiedosos gritos de guerra com seu infeliz nome de batismo no centro dos trocadilhos. Assim que completou vinte e um anos ingressou na justiça, em uma Vara de Registros Públicos, solicitando a mudança de nome, explicando ao juiz toda a gama de chacotas às quais vinha sendo submetido desde a mais tenra idade. O juiz acatou o pedido, mas como é praxe nesses casos, a mudança só poderia ser feita para um nome de sonoridade semelhante. E o elegante nome de Tércio foi escolhido como substituto. Seus apuros, porém, estavam longe de terminar. No dia seguinte à publicação da sentença, quando ele chegava à Faculdade, logo leu em um muro a pichação, a tinta ainda fresca: "Décio Sobes Forever". Muito *spray* ainda iria ser gasto com ele. E entre os mais de duzentos mil advogados da cidade, a má-fama e a alcunha ficaram mesmo conhecidos para sempre.

– Eu sonhei com você essa noite, Maria Claudia – comenta o russo sem olhá-la no rosto, ao entrarem no carro saindo da Black Tie, colocando o *smoking* no banco de trás, um sorrisinho querendo se formar no canto da boca.

– Eu também sonhei com você, Ivan... – ela diz, igualmente sem olhá-lo.

– Foi bom, o seu sonho...? – ele arrisca virar-se para o ver o rosto da brasileira.

– Foi muito bom, Ivan Ivánovitch... – ela responde, olhando direto nos olhos dele - E o seu, foi bom?

– Foi bom pra caramba, *Claudiúshka*...

Os dois dão um sorrisinho.

– Tinha dois quartos, no seu sonho, Maria Claudia?

– Tinha um quarto só, Ivan Ivánovitch...

E Maria Claudia acelera na Avenida Rebouças, os sorrisinhos virando largas risadas cheias de dentes, o rádio tocando Toquinho, *Caso Sério*,

...Nosso caso é um caso perdido, que ofusca a luz da razão
Confunde os mais entendidos nos assuntos do coração...

Seguindo pela Avenida Eusébio Matoso ao deixarem a Rebouças, para entrarem na Marginal Pinheiros à direita, em direção à Polícia Federal, na Lapa, Ivan novamente pega a mão de Maria Claudia, dando-lhe um beijo, segurando-a, acariciando-lhe a palma com o polegar, como se habituara a fazer.

– Aonde vai ser a festa, Ivan?

– Num lugar estranho... – ele acessa o celular para ler – "Estação Júlio Prestes". Festa numa estação de trem?

– Uau! – Maria Claudia se anima – Ivan, é um lugar transadérrimo! Um prédio antigo, perto da Estação da Luz, lindo, que foi uma estação de trem, chamava-se Sorocabana e fazia o transporte de café do interior pra a capital, pra daqui seguir pra Santos. Foi desativada, e agora é um super espaço de eventos, e tem lá a Sala São Paulo, onde a Orquestra Sinfônica de São Paulo toca! Putz, Ivan! Vai ser uma baita festa mesmo!

– Hmmm... E o casamento vai ser na Igreja... – ele olha outra vez no celular – Mosteiro de São Bento, aquela que nós fomos, na semana passada. É perto?

– É por perto, sim – Maria Claudia visualiza o mapa na cabeça - É tudo lá no centro velho. Claro que não dá pra ir a pé, muito menos à noite, com essas roupas, mas é bem perto, sim. A gente vai à igreja, também?

– Vamos. Nós temos que parecer quase da família dos noivos, Maria Claudia, pra ninguém suspeitar de nada.

– Mas... vocês não vão prender ninguém dentro da igreja, não é... É a casa de Deus, Ivan!

– Não... Na igreja, não... Mas na festa....

– Ivan... Vai ter tiros...? Vocês vão bater em alguém...? – Maria Claudia se envergonha de perguntar, temendo estar sendo infantil, já na Marginal Tietê, se aproximando da entrada para a rua da Superintendência da Polícia Federal.

– Não, *Claudiúshka*... Não vai ter violência, nem tiros... – ele lhe afaga a mão – Eu espero...

Era afinal uma operação de alto nível, onde todos eram civilizados, envolvendo pessoas da sociedade e policiais de gabarito, do topo da hierarquia. Mas quem poderia garantir?

Maria Claudia dá a seta e entra na Rua Hugo D´Antola, parando em frente à Polícia Federal.

– *Claudiúshka*... Eu nem te perguntei se você queria mesmo ir a essa festa... – Ivan diz, pensando nas palavras e na preocupação nem um pouco infantis de Maria Claudia – Você não precisa ir, se não quiser...

– Tá brincando? É claro que eu quero ir! Olha o Paulo Roberto vindo aí!

– Oi, Claudinha! Oi, Ivan!

– Oi, Paulo! – Maria Claudia e Ivan descem do carro.

– Bom dia, Paulo Roberto!

– E aí, Claudinha! Vai com a gente ver o serviço, hoje à noite? Boca livre, heim! – brinca o colega brasileiro.

– Tou até indo fazer o cabelo e as unhas!

Ivan se afasta um pouco, na calçada, para falar com outro homem da polícia que se aproximara dele com uns papéis na mão.

– Paulo, como vai ser possível, a prisão? – Maria Claudia pergunta, abaixando bem o tom de voz, quase sussurrando – A coisa não leva vários dias, no Supremo Tribunal Federal? Não sei muito sobre extradição...

– Ah, Maria Claudia – diz Paulo Roberto, em voz baixa também – Você não tem ideia de quanta gente e há quanto tempo já está rolando a investigação e a preparação disso. Cê sabe, a FSB já tá informada de cada passo do velho há muito tempo, mesmo ele morando fora da Rússia. Ele não pode pôr os pés lá, que ele não passa do aeroporto, vai direto pra prisão. Condenado lá. Sentença transitada em julgado. Foragido da justiça de lá. Mandado de prisão emitido pela Interpol. Sendo acobertado em certos países. A Rússia está caçando esse sujeito por todos os países onde ele se esconde, e foi aqui no Brasil que a coisa entortou pra ele. Aqui, desde que têm informação de que ele tem uns interesses no Brasil – parece até que já andou vindo pra cá, escondido, com nome falso, passaporte falso, essa não é a primeira vez – desde então tem gente nossa em várias cidades, só em cima disso. São Paulo e Brasília, principalmente. O Ivan, então, tá há muito tempo em cima, esperando a hora que o bandido viesse pro Brasil. A Embaixada Russa tá trabalhando direto com ele. Agora estão a Rússia e o Brasil trabalhando juntos, as duas justiças lado a lado. Nós da Polícia Federal em ação controlada desde que o malandro cruzou a fronteira, no Chuí, a Embaixada da Rússia pronta pra entrar com o pedido de extradição, se for o caso, a Interpol dando apoio, e o Ivan aqui, coordenando tudo. Dessa, o Morogovsky não escapa, Claudinha. Toda a documentação necessária tá pronta.

– Mas ele deve ser muito idiota de vir pro Brasil sabendo que tem a chance disso tudo acontecer! Sabendo que tem até um pedido de extradição preparado, pronto pra ir pro no Supremo Tribunal Federal!

– Eles são assim, mesmo, Claudinha. Por isso bandido é o que é.

– Eu vi a foto dele, de mulher... Que coisa mais absurda, Paulo... A que ponto eles chegam...

– É só com isso que a gente lida, aqui, Claudinha. Com essa escória. E esses milionários são os piores. Eu não tenho nada contra gente rica, ao contrário, não tem nada que eu respeite mais que aquele cara que enriquece com o próprio esforço, com honestidade. Só que não tem meia honestidade: ou o cara é honesto, ou não é. Esses que fazem fortuna aprontando alguma, grande ou pequena, esses é que são os piores. Não têm nenhum pingo de dignidade. Aliás, eles riem de nós, quando se fala em dignidade, em escrúpulos, em ética, em consciência. E é esse escárnio com a justiça. Eles acham que vão passar por cima da polícia e de todo mundo, fazem até de propósito, pra depois mandarem uma banana pra nós. Só que o dia deles chega, não tem jeito.

– E é garantido, hoje à noite, Paulo, vai dar tudo certo?

– Bom... Nós não temos a pretensão – nem nós, nem o pessoal lá em Moscou – de sermos infalíveis, Maria Claudia... Tá tudo muito bem preparado, o pessoal envolvido tá muito motivado e empenhado... É quase certeza, então... Mas nunca se sabe, não é...

– O Ivan tá bem nervoso...

– Nós todos estamos... É sempre assim...

Ivan se aproxima deles outra vez, enquanto Paulo Roberto se afasta.

– Tou indo, então, Ivan! Deixo o *smoking* no hotel e vou pro cabeleireiro – lhe diz a brasileira, indo para a porta do carro, o russo a acompanhando.

– Agora a gente só vai se ver a noite, *Claudiúshka* – ele diz, abrindo a porta do carro para ela, passando o braço sobre seu ombro e dando um rápido beijo na boca – Eu ligo, tá?

– Tá! – ela se senta ao volante, enquanto ele fecha a porta com cuidado.

– Hoje você não vai correr no parque...

– Não! Vou ao cabeleireiro, me embonecar para um russo! – ela dá a partida, bem-humorada, passando rapidamente a ponta da língua nos lábios e dando uma piscadinha para ele, deixando-o com um largo sorriso, no meio da rua.

– Puxa vida, isso é que eu chamo de uma verdadeira montanha-russa emocional!

Ana Cecília tinha recuperado o bom humor. No celular com Maria Claudia, aquele tom de amargura de dias antes parecia totalmente esquecido. Falando com ela da sala de espera do Soho cabeleireiros enquanto aguardava ser chamada, Maria Claudia tinha lhe contado sobre Ivan, o filho Gavriil, Guaratinguetá, as estórias do pai etc., e que tinha descoberto que ele afinal não era nenhum bandido – sem revelar nada à amiga sobre a KGB, é claro. E fica surpresa percebendo a amiga de alto astral outra vez.

– Ana Ana, e com você, como tão as coisas?

– Ah, você nem vai acreditar! Eu tou tão aliviada, mas também um pouco triste, o Rafael tá super decepcionado. O pai dele veio buscá-lo ontem outra vez, embora não fosse fim de semana dele de novo. Mas o Rafa queria ir com ele e eu não quis criar caso. Umas dez da noite o Rafa me liga de lá, meio assim-assim, e me conta que a estória de Miami gorou, cê acredita? A proposta que o pai dele recebeu não vai mais rolar. Ai, Ana Claudia, o Rafinha tava tão mal, ele tava sonhando com essa mudança. Fiquei triste por ele, é sério, fiquei sim.

– Maria Ciça, que notícia boa! Mas o Rafa não precisa ficar triste, ele pode ir pra Miami passar uns dias... com você!

– É, eu pensei em você na hora, Clau! Já liguei pra minha amiga da agência de turismo, vamos passar uma semana lá no mês que vem! Eu disse ontem mesmo pro Rafa que a gente iria, e agora há pouco liguei pra acordar ele e confirmar. Ele adorou! Acho que até o pai dele gostou, porque o Rafa ficou de bom humor de novo, ele já não sabia mais o que fazer!

– Tá vendo? Miami é pra todos! Eu logo vi pela tua voz que as coisas tinham melhorado!

– É, e tem mais coisa que melhorou também...

– Ah, é...? O quê? O quê? – Maria Claudia sente o tom malicioso na voz da amiga.

– O Bellini me ligou...

– Yes!! – Maria Claudia se anima – E aí...?

– Sua malandra! E você não tinha me contado nada que tinha dado meu telefone pra ele no Santo Grão!

– Ai, Ana Ana!! Eu fiquei meio assim. E se ele não te ligasse? – Maria Claudia lembra-se que tinha sido Ivan quem sugerira não animar muito a amiga.

– Pois é, mas ligou ontem! Quase caí dura pra trás! Quando tocou o telefone, eu achei que era o Rafa de novo. Claro que eu não reconheci a voz dele. E ele enrolou antes de se identificar.

– Conta, conta! O que ele falou?

– Ah, aquele jeito das pessoas quando telefonam depois de quinhentos anos e não sabem se vão ser bem recebidas. Começou a falar de coisas da gente, daquela época. Dos lugares onde a gente ia. Quando ele falou de Poços de Caldas, eu matei a charada. Quase caí dura pra trás! – ela repete.

– Que legal! E aí?

– Ficamos mais de uma hora no telefone. Ele contou do divórcio dele, eu contei do meu... Falamos de um monte de coisas, um monte de bobagens, rimos pra caramba. E vamos sair hoje à noite!

– Yes!

– Tou pensando em ir fazer meu cabelo...

– Vem pra cá, Ana Ana!

– Será que tem hora pra mim?

– Péra aí! – e virando-se para a mocinha da recepção: Oi, por favor... Tem horário agora, ou daqui a pouco, pra encaixar minha amiga?

– Pra fazer...?

– Cabelo e mão, Ana?

– E pé também.

– Escova, pé e mão – Maria Claudia diz para a mocinha.

– Tem preferência com alguém?

– Não, não tem.

– Se ela correr, tem vaga pra mão e pé daqui meia hora. Escova, na sequência, talvez demore um pouco mais. O nome dela?

– Ana Cecília.

– Tá marcado.

– Ana Ana, voa pra cá, que já tão te esperando!

Sábado: dia universal de se ir ao cabeleireiro. Normalmente ficam lotados. As mulheres gostam de se arrumar para o programa do fim de semana, seja ele qual for – balada, jantar romântico, encontro com as amigas, concerto de orquestra, almoço em família, pizza com o namorado. Quem não tem hora marcada corre o risco de passar a tarde inteira sentada, esperando vagar algum horário, para acabar sendo atendida por alguém que não conhece e que faz um estrago no corte, na tintura, no penteado. Sem contar algumas manicures que, na pressa ou no cansaço, tiram uns bifinhos dos dedos da freguesa ao aparar a cutícula. Tudo em nome da vaidade feminina. Maria Claudia não costumava marcar hora aos sábados, preferia as quintas ou sextas. Mas aquele dia era excepcional e sua fidelidade ao salão valeu, quando ligou direto no celular de Marinho, seu cabeleireiro de sempre, perguntando se ela podia dar uma chegadinha lá, sem ter marcado hora.

– É uma festa especial, Marinho... Quebra esse galho, vai, querido, por favor...

De qualquer forma, teve que esperar um pouco até que Marinho pudesse vir falar com ela. Ana Cecília já tinha chegado e a as duas já estavam, lado a lado, fazendo as unhas, as manicures em seus banquinhos mais baixos em frente a elas, lixando, polindo, dando forma, passando creme.

– E então, Claudinha, me conta que festa é essa tão especial, pra você vir aqui dar a honra de sua presença! – pergunta Marinho, finalmente se aproximando delas.

– Ah, é um casamento, Marinho! E do tipo super chique, vou querer fazer o penteado parecido com o do casamento da minha irmã, lembra? Eu trouxe uma foto.

– E com quem é que você vai, quem é o bofe sortudo, que cê tá tão animada assim, heim? Eu te conheço, menina! – pergunta o cabeleireiro, olhando a foto na mão.

– Que curioso! – Maria Claudia ri – Com aquele amigo que passou aqui, na semana passada, lembra? O Ivan.

– Hmmmm.... – diz Ana Cecília, maliciosa, a mão direita em um potinho de água morna com sabão, a esquerda sendo tratada pela manicure.

– Ah, eu sabia que aí tinha! Aquele gato maravilhoso? – quer saber o cabeleireiro.

– É assim, é? – pergunta Ana Cecília, curiosa.

– Você não conhece? Ah, menina, você não sabe! Um bofe alto, louro, uns olhos azuis que parecem dois faróis em alto mar! Quanto ele deve ter de altura? Um metro e noventa, com certeza!

– Não exagera, Marinho!

– Clau, você não me falou assim, dele! – comenta Ana Cecília, rindo.

– A gente tava aqui, na semana passada, o salão já tava cheio. De repente, ele entrou – Marinho levanta a cabeça, estufando o peito, fazendo ares de importante, ilustrando a cena - Todo mundo parou pra ver aquele Adônis passar, ele foi andando entre as poltronas, aqueles olhões procurando a Claudinha, e quando ele a viu, nossa!

– Não inventa, Marinho, não teve nada disso!

– Não?! – ele olha para Ana Cecília, que está atenta aos detalhes – Dava pra cortar com uma faca a tensão no ar entre os dois! Eu sabia que aí tinha romance, dos bons!

– Ah, é? Eu não tava sabendo de nada! – ri Maria Claudia.

– Ah, isso eu já tinha percebido! – diz Ana Cecília – Tinha sim alguma coisa, entre vocês dois!

– Não é? Tá vendo, Claudinha? – Marinho pega nos cabelos da advogada, sentindo o caimento, o cumprimento, o jeito.

– Como assim, Ana Ana?

– Clau, você não parava de falar dele, desde que o conheceu!

– Falava mais mal do que bem, que eu me lembre!

– Ah, isso não importa, a Ana tá certa! Ele já estava no seu coração, minha querida! Vamos lavar esses cabelos, mocinhas? Vão indo lá pra lavagem, depois venham que eu faço os cabelos das duas! E você, Ana Cecília, vai ao casamento também?

– Não, Marinho! O meu programa é mais tipo a dois...

– Hmmm, vem já me contar isso, garota! Tou esperando lá nas poltronas dos espelhos. Fui! – ele dá um giro de bailarino e vai para o outro lado do salão.

Com os dedos das mãos esticados, os pés em sandálias de dedinho, vestindo os aventais do salão para não respingar água, shampoo, tintura etc, Maria Claudia e Ana Cecília passam pelas outras freguesas, umas com pedaços de papel alumínio nos cabelos, fazendo luzes, outras com a cabeça cheia de tinta, outras de cabelos molhados folheando revistas de moda para achar o corte que pretendem fazer, outras lendo na revista Caras as fofocas dos ricos e famosos em suas mansões, iates, carros de luxo, seus casamentos, bebês, adultérios, divórcios, e novos casamentos, novos bebês etc.

– Clau, seu celular tá tocando – alerta Ana Cecília, conforme chegam à área de lavar os cabelos, as manicures trazendo os bancos de rodinhas para continuarem nas unhas.

– Minha mãe – ela tira o celular do bolso do avental – Oi, mãe!... Tudo, e vocês? ... Cê viu, que bom! Que graça, eu também fiquei super contente! ... Ele já tá melhor, ainda tá no hospital, mas parece que vai ter alta hoje ou amanhã... O papai gostou da notícia? ... Pra mim ele não falou a data, acho que eles ainda não têm um dia certo. Vão ter que correr, né, pra achar uma igreja logo. ... Num sei, mãe, parece que agora o Tavinho tá com pressa. ... Hoje não, porque eu vou sair à noite, vou a um casamento. ... Com o Ivan. ... Mãe! Psiu... ... Tá... Tá bom... Dá um beijo no pai. Não vão esquecer o referendo, amanhã! ... Beijo!

– Como tá a D. Díla? – Ana Cecília quer saber, deitando-se ambas nas macas, as cabeças encaixadas no apoio, cabelos caindo para trás, na pia.

– Aquele jeito dela de sempre, Maria Ciça! Contei pra você que o Tavinho e a Bruna resolveram casar?

– Puxa! Já não era sem tempo! Que legal!

– O pai da Bruna teve um infarto essa semana, na terça, foi bem pesado. Acho que o Tavinho caiu em si. Foi dramático, lá no Sírio, a Bruna ficou mal... Deu o clique no Tavinho, e assim que o pai dela melhorou e saiu da UTI, eles decidiram casar.

– Quando o Seu Otávio teve um ataque do coração, não te pediram em casamento, Clau Clau!

– Eu pensei a mesma coisa! – ri Maria Claudia.

– Coitado do Seu Otávio... Teve um infarto à toa...

– Eu pensei isso também! Agora é o seu celular, Ana!

Ana Cecília se levanta para atender.

– Oi, meu amorzinho! Cê tá bom, meu querido, hmm? Que cê tá fazendo? ... Mamãe tá no cabeleireiro, agora. ... Vocês vão? Que bom! Toma cuidado, heim? ... Ah! O que vocês vão assistir? ... Ótimo! Você me conta, depois, a estória? ... Tá bom, meu amorzinho! Cuidado, heim? ... Dá um beijo nos dois! Tchau tchau! Beijo! Te amo!

– Achei que fosse o Ângelo! Como tá o Rafinha?

– Tá contente, vão hoje a um cinema, e amanhã ao Wet'n Wild. Acho que o pai dele tá querendo compensar a frustração de Miami...

– Gostei de ver, heim! Como cê tá pegando leve! Ai, Ciça, assim fica tão melhor, não é? E o Rafa liga pra você pra contar tudo, isso é que é legal!

– É, pego leve, mas cê não sabe como é difícil... Eu não gosto desse Wet'n Wild, acho perigoso.. Aqueles escorregadores, são tão altos...

– Vai ficar tudo bem, não se preocupe... E quem são os dois pra quem você mandou beijos...?

– Os dois, ora! O pai e "ela".

– Ô, tou gostando de ver! – Maria Claudia repete – Assim, ele vai se apaixonar por você de novo!

– Ah, agora, acho que não ia ser uma boa hora, Clau Clau!

– Que cor você vai passar? – pergunta a manicure.

– Algum rosinha. Meu vestido dá pro lilás, não quero contrastar com um esmalte vermelho. E você, Aninha?

– Deixa eu ver – ela levanta a cabeça para ver as cores que a manicure tem no suporte – Um rosa escuro, você tem? Clau, cê vai com o vestido do casamento da Olívia? O do *chantilly*?

– Ele mesmo! A gente mandou lavar, no dia seguinte, lembra?

No final da festa de casamento da irmã Olívia, todos já sem cerimônia, dançando discoteca animadíssimos, o namorado que acompanhara Maria Claudia, mais para lá do que para cá, deixou cair sobre ela uma fatia de bolo cheia de *chantilly*. Ana Cecília, que estava junto, recém-separada, também mais para lá do que para cá, por solidariedade jogou o bolo do prato que segurava sobre o próprio vestido. E no dia seguinte, fofocando sobre a festa, foram juntas à lavanderia desfazer rapidamente o estrago.

– Quem é que vai casar hoje, Clau? Onde vai ser essa festa?

Maria Claudia se dá conta que já tinha falado demais. Só ela sabia que na verdade aquele casamento fazia parte do trabalho de Ivan, e não de diversão. Ela pensa no russo, que àquela hora deveria estar rodeado de pessoas na Polícia Federal, os vincos no meio dos olhos, pingando colírio sem parar. Tinha-o acompanhado todos aqueles dias em que ele ficou tenso e preocupado, chegando a achar que nada daria certo, que voltaria à Rússia de mãos vazias, que todos os esforços de tanta gente não os levariam a lugar algum, que haviam nadado de tão longe para morrer na praia, para ver o magnata escapar por entre seus dedos. Maria Claudia percebera muito bem que, apesar da estória particular que estava se desenrolando entre os dois, Ivan tinha a cabeça totalmente voltada ao assunto que o trouxera ao Brasil, e a contagem regressiva para o desfecho bem sucedido ou malogrado estava vertiginosamente se aproximando do final.

– Eu não sei, Ana Ana... Gente conhecida do Ivan, eu não tenho a menor ideia de nenhum detalhe... – ela comenta, distraidamente, escrevendo uma mensagem no celular.

Sentado a uma mesa grande, falando ao mesmo tempo no telefone fixo e no celular, em russo, em português e em inglês, com a Rússia, com o Brasil e com a Interpol, Ivan vê entrarem e saírem da sala várias pessoas, para lhe trazerem notícias, receberem ordens e instruções, para coordenarem horários, nomes e sequência de atos. Com Paulo Roberto designado como chefe da operação, pelo lado brasileiro, e outros chefes de departamentos se juntando na força-tarefa, organizam passo a passo como será a estratégia de ação dali a algumas horas. Chamam policiais e investigadores, homens e mulheres, dando ordens e repassando com cada grupo suas respectivas manobras, postos, condutas e diligências. Uma papelada empilhada a um canto da mesa, com o nome *Ivan Ivánovitch* anotado numa etiqueta amarela, era alvo do maior cuidado do russo. Embora tivessem um grampeador sobre eles para não voarem, Ivan mantinha a mão esquerda sobre esses documentos, assim garantindo que não sairiam dali. Voltando a pingar o remédio nos olhos, Ivan sente o peso de toda a operação, a Operação Caipiroska, como ele mesmo a havia batizado dias antes, e que já vinha sendo preparada havia meses, em Moscou. Morogovsky não podia imaginar que haveria um enviado russo, trabalhando junto à polícia brasileira, de modo a tornar possível aquela manobra internacional. Contava com as diferenças de países, de línguas, de fusos horários, de aeroportos, de divergentes posturas das polícias e das leis estrangeiras, para escapar das autoridades, para escorregar e sair pelos vãos da malha da justiça. E contava também com artifícios fraudulentos como passaportes falsos, disfarces, perucas e até mudança de gênero.

– *Saiu do prédio, a pé, sozinho. E entrou na Alameda Lorena, no Café Suplicy* – informa pelo celular um dos policiais que, à paisana, vigiando o magnata à porta da casa da amante, veem o marido desta sair na calçada.

– Um de vocês, segue esse daí a pé, veja o que ele vai fazer – ordena Paulo Roberto – Ele deixou a mulher e o Morogovsky sozinhos no apartamento, mas é bom garantir. Não deixem ele perceber nada! E olho no prédio, onde tão os dois. O Morogovsky tem que achar que conseguiu, que tá livre, leve e solto, hospedado no bairro mais caro e badalado de São Paulo!

– *Tá saindo, tá saindo. Tou atrás. ... Tá voltando pra Padre João Manuel. ... Entrou na Oscar Freire. Tá falando no celular.*

– Ele passou a noite e tá ainda no apê da amante, nos Jardins, Ivan – Paulo Roberto encaixa o celular no pescoço para falar em tom de fofoca com o russo à sua frente, na mesa – E o marido dela saiu, foi passear a pé! Os três passaram a noite aí. Que gente! Será que o marido emprestou o lado dele da cama e foi pro quarto de hóspedes? Saiu pra deixar os pombinhos à vontade... Se o amante é conveniente, o corno fecha os olhos...

– *Volta para a Europa marcada para esta madrugada, às 3:00 horas, horário de Brasília* – informa outro investigador, no celular, a Ivan – *No mesmo nome de mulher com o qual ele entrou, pelo Uruguai.*

Era a confirmação que Ivan aguardava.

– Ele pretende ir embora hoje, Paulo Roberto – diz Ivan para o brasileiro, seu celular dando sinal de entrada de mensagem escrita – E acha que vai conseguir sair com a fantasia de mulher outra vez.

– Haha! Essa é boa! Vamos ter um presentinho pra essa madame!

– Então ele veio por dois dias, só para esse casamento... – Ivan diz para si mesmo, checando o torpedo que acaba de entrar.

– Continua na cola do marido e vão me informando tudo o que acontece aí – pede Paulo Roberto, no celular.

"Só pra saber se tá td bem, não quero atrapalhar, sei que vc não pode atender. Beijo!".

Ivan se levanta e vai até a janela, ler outra vez o torpedo de Maria Claudia, como se precisasse de mais privacidade para sentir o que estava sentindo.

– Oi, Ivan!

– Oi, *Claudiúshka*! – ele não resistiu e ligou.

– Tá... tudo bem por aí...? Vocês vão parar, pra almoçar? - ela repete a pergunta do torpedo e muda de assunto, um pouco temerosa de falar na frente dos outros e dar com a língua nos dentes no meio do salão de beleza.

– Tá tudo sobre controle.

– *Sob.*

– O quê?

– *Sob* controle, Ivanzinho!

– Sob. Vamos sair daqui a pouco, pra comer feijoada, aqui perto.

– Uau! Bom, afinal, hoje é sábado, dia de feijoada, mesmo. Cê sabe que era comida dos escravos, né? Inspirada dos guisados portugueses. Carne de porco, feijão preto, farofa, couve e laranja: era o que sobrava para eles comerem. E os senhores das fazendas, na casa grande, sentiam o cheiro maravilhoso, e iam lá filar uma boia na senzala!

– Aula de história!

– E de culinária!

Feijoada

Ingredientes:

- 3 linguiças calabresa defumadas
- 3 paios
- 1 kg de lombo salgado
- 200g de bacon
- 500g de costelinha salgada
- 4 laranjas
- 3 cebolas picadas
- 1 cabeça de alho picado
- Óleo para fritar
- 1 quilo de feijão preto
- 3 folhas de louro
- 10 litros de água fervente
- 500 g de couve manteiga

Modo de fazer:

Coloque as carnes salgadas (lombo e costela) na água na véspera, troque a água várias vezes até a hora de usar.

Deixe o feijão de molho na água, também na véspera, em uma bacia grande (pois vai inchar).

Para cozinhar, limpe com água fervente o excesso de gordura das carnes que ficaram de molho e corte em pedaços não muito grandes. Coloque-as na panela de pressão em fogo baixo, em água já fervente, por quarenta minutos, até que fiquem macias. Passe-as para uma panela comum, cubra com água fervente e deixe em fogo baixo.

Coloque o feijão com água na panela de pressão por trinta minutos.

Retire a pele da linguiça e do paio.

Corte a linguiça em fatias de um centímetro, o paio em fatias de dois centímetros, e o bacon em pedaços pequenos. Reserve.

Quando o feijão estiver cozido, acerte a quantidade de água, junte a linguiça e o paio e deixe ferver em fogo baixo, sem pressão.

Em outra panela, refogue o bacon em óleo, separe um pouco de bacon para a couve, junte na panela metade do alho e depois a cebola, até dourar.

Pegue duas colheradas de feijão e amasse-os nesse refogado.

Devolva esse refogado todo para o feijão, junte o louro e tampe, sem pressão.

Deixe cozinhar em fogo baixo e aos poucos vá juntando todas as carnes.

Couve:

Corte a couve em tirinhas bem fininhas.

Refogue em óleo a cebola e alho restantes, junte o bacon, mexendo sempre para não queimar. Junte a couve fatiada e misture bem todos os ingredientes. Acrescente o sal e cozinhe em um fio de água mexendo sempre até soltarem as tirinhas.

Descasque e corte em triângulos as laranjas – uma por pessoa - e coloque em uma travessa baixa. Sirva a feijoada com arroz branco, farofa, laranja e couve. Deixe o molho de pimenta à parte para quem quiser. Acompanha caipirinha. Ou caipiroska.

– Você vai querer fazer a sesta, depois, Ivanzinho...

– Não sei se vai dar, não. O telefone não para de tocar. E você, e os cabelos? – ele tenta espairecer, falando de outra coisa.

– Ah, Ivan, você ia rir se visse eu e a mulherada aqui, agora! Mais parece um carnaval, um baile à fantasia! Quem vê a gente arrumada, depois, não pode nem imaginar como foi essa preparação! Cê tá cansado, não é...? – ela percebe que o russo está concentrado em outro assunto.

– Um pouco...

– Vai dar certo, Ivan, você vai ver... – ela fala, um pouco mais baixo, a mão cobrindo o celular.

Ivan respira fundo. Gostaria de largar tudo e ir ver Maria Claudia descabelada no salão de beleza.

– Eu espero...

– Vai sim, você vai ver – ela diz, confiante, a voz ainda mais baixa – Você tem as manhas, Ivan, e a hora dele chegou! Vai ser aqui, no Brasil! Tenho certeza!

Ivan sorri, olhando pela janela o lugar em frente ao prédio onde, horas antes, eles tinham se despedido com um beijo na boca e a brasileira havia piscado para ele, maliciosa. Colocando o celular num bolso do paletó, de outro ele tira o colírio, fica com o frasquinho um minuto na mão, e devolve-o ao bolso, sem pingar.

Deitada na banheira de água morna, com cuidado para não desarrumar os cabelos e a maquiagem já prontos, Maria Claudia desliza os olhos em torno de si, observando aquele ambiente e seus objetos tão familiares, tão parte de sua rotina havia anos. Olhando cada frasco, cada toalha, cada nécessaire, cada gaveta, tem a estranha sensação de que os via pela primeira – ou última – vez, e que não só o banheiro, mas seu quarto, o corredor, a cozinha, todo o apartamento, já não eram mais seus, já não eram mais a sua casa, como se estivessem longe dela, embora ali ao alcance da mão. Fazendo uma retrospectiva das últimas horas, dos últimos dias, das últimas semanas, tinha a impressão que muita coisa estava diferente em sua vida. Ao pensar no escritório, um mal estar atinge seu estômago. Não conseguia esboçar na mente como iria falar com seus chefes, que conversa aconteceria entre eles sobre os acontecimentos mais recentes, que postura eles e ela mesma iriam tomar. Na verdade, a ideia de vê-los na segunda-feira pela manhã lhe era extremamente desagradável. Percebia que sua vida profissional estava num momento de transformação. Para o quê, nem ela mesma podia imaginar. E também o casamento de Otávio trazia grandes mudanças. Ela e o irmão moravam sós naquele apartamento desde que os pais haviam se mudado para Santos, havia já quase cinco anos. Tinham adotado e se adaptado a uma rotina que lhes caía com perfeição. Administravam juntos a casa, as compras, as contas, os serviços, os problemas. Entendiam-se muito bem e tinham se tornado ainda mais amigos. Ela ia sentir falta do irmão. Não dividir mais com ele o apartamento ia ser uma guinada drástica para ela. Além disso, o próprio apartamento talvez fosse alvo de troca. Não uma nova reforma, mas ela mesma poderia acabar se mudando. Quando Otávio ficara noivo, mais de um ano antes, haviam conversado sobre o local onde ele gostaria de ir viver com Bruna. O fato era que Otávio amava aquele apartamento, tinha sido ele quem mais investira nas reformas, ele adorava morar ao lado do Estádio do Pacaembu, e tinha amigos de infância morando ali por perto. Bruna também gostava muito de lá. É claro que se tratava da casa de Maria Claudia, e não passou pela cabeça de Otávio que a irmã fosse morar em outro lugar. Foi ela mesma quem levantou essa hipótese. Iria ficar um apartamento muito grande para ela sozinha, de qualquer forma. Ela poderia se mudar para um outro ali perto, se encontrasse, pois também gostava do bairro. Quando disse isso a Otávio, ele a princípio nem quis cogitar tirá-la de onde sempre morara, mas ao conversar mais com o irmão, Maria Claudia lhe mostrou que não fazia nenhum sentido um sacrifício da parte dele sendo que para ela era mais fácil e até menos oneroso sair do apartamento. Otávio não quis aderir à ideia logo de cara, mas aos poucos pensou bem, e disse à irmã que se isso viesse a acontecer, ele a ajudaria na compra de outro imóvel. Mas que quem daria a última palavra seria ela. Com o casamento agora para acontecer de verdade, o assunto voltaria à baila, é claro. Ali na banheira, olhando o entorno e não mais se identificando com o lugar nem com os objetos, Maria Claudia se decide: deixaria o apartamento para o irmão e a cunhada.

Entrando no quarto enrolada na toalha, mais leve com a decisão sobre o apartamento, Maria Claudia, no entanto, ainda tem uma sensação estranha, uma pequena apreensão, uma certa ansiedade. O que seria? O vazio? O futuro incerto? Ou aquela festa, que na verdade seria palco da operação policial onde Ivan ia efetuar uma prisão junto à Polícia Federal? Pensar no russo imediatamente traz um sorriso ao rosto da brasileira, e a certeza: estaria com Ivan. Tudo ia dar certo.

O vestido, já fora da capa de plástico, aguardava pendurado no quarto, os sapatos ao lado, as meias-liga fora da caixa, em cima da cama – meia-calça com elástico na cintura deixa uma marca muito feia por baixo da roupa, Maria Claudia não iria estragar o visual assim. Ivan havia telefonado dizendo que estava indo para o hotel tomar banho e se trocar, e que passaria para pegá-la às seis e trinta – a cerimônia na igreja era às sete da noite, e ele queria encontrar um lugar bom para poder sentar e observar tudo.

– *Claudiúshka*... Eu preciso pedir uma coisa a você – tinha ele dito, no celular.

– Oi, pode falar, Ivanzinho!

– Você sabe que isso só parece uma festa, pra nós... Nós vamos lá a trabalho. Vamos chegar, fazer como em qualquer casamento, muito respeito, cumprimentar os noivos, essas coisas. É uma equipe grande, de policiais, e policiais femininas também. O Paulo Roberto chamou um monte de gente, tá todo mundo preparado, passamos a tarde organizando tudo. Vai ter hora, *Claudiúshka*... que eu não vou poder falar com você como agora... Vou ter que falar com você e dizer o que você tem que fazer... Como eu falo com os policiais... Às vezes não dá pra falar com jeito... Não vai ficar brava...

– Você vai me dar ordens, Ivan...?

– É... Mais ou menos... E eu preciso *de você faze* como eu *dizer*...

– Tudo bem, Ivan... – ela nem corrige o português, dessa vez.

– Eu ligo quando sair do hotel pra ir te pegar, tá? Um policial vai nos levar. Você quer ir no seu carro? Senão, depois eu mando um policial te levar de volta.

– Pode ser. Ou podemos ir no meu, depois eu volto... sozinha...

– Não, *Claudiúshka*, sozinha, não é bom. Se você quer ir no seu carro, pode ser. Quando acabar eu mando um policial ir te seguindo até a sua casa.

– Tá bom. Tou indo agora a uma loja comprar uma meia-liga, depois vou pra casa e fico lá direto.

– Comprar o quê...?

– Meia-liga, Ivan – ela ri – Meia de seda, de mulher, aquelas que param no meio da coxa, com uma renda, sabe? E que prende, assim...?

– Ah... hmmm...

– Tá passando um guarda, vou desligar o celular, tá? Já-já tou em casa. Beijo, Ivanzinho!

– Beijo...

– Dr. Ivan... Dr... Ivan..? DR. IVAN!!

– Hã... sim? – Ivan sai do devaneio, com o grito da secretária, à porta da sala.

Maria Claudia fazia isso. De repente enfiava uma meia-liga na conversa e o largava desconcentrado, com essa imagem na cabeça.

– A ligação, que o senhor pediu. Encontramos a pessoa. Linha 3.

– *Spassíba*! ... Alô!

– D. Maria Claudia, o Sr. Ivan está aqui embaixo, na entrada, aguardando a senhora.

– Obrigada, Seu Antônio. Tou descendo.

Com a pequena bolsa metalizada em uma mão e a *pashmina* de seda no mesmo tom do vestido apoiada nas dobras dos braços, Maria Claudia checa a forma final pela última vez no espelho do elevador. E aprova. Num vestido longo tomara-que-caia em *chamois* – sintético, é claro – lilás, justo, alongado e afunilando um pouco a partir dos joelhos, com uma fenda atrás para poder dar o passo; ao redor do decote uma barra de cinco centímetros em canutilhos no mesmo lilás, a silhueta super-fina de Maria Claudia era o grande destaque do visual. Os cabelos presos, com alguns fios soltos para dar um ar menos formal do que usara no casamento da irmã, quando a *pashmina* fora colocada sobre os ombros, pois ficara no altar, usava a mesma joia daquela ocasião: brincos em ouro branco com pérolas e pequenos diamantes e, rente ao pescoço, uma corrente em prata, muito fina, quase imperceptível, com uma gota de um centímetro e meio em ametista, caindo atrás, nas costas, logo abaixo da nuca. Completando o conjunto, o *scarpin* bico fino, salto agulha de doze centímetros, forrado de gorgorão de seda no tom do vestido, e as longas luvas no mesmo gorgorão dos sapatos: o estilista a havia convencido a mandar fazê-las, para o casamento de Olívia, mas Maria Claudia houvera por bem não usa-las então, achara muito chamativo. Agora, ao contrário, combinavam bem com a situação, pois parecia estar vestindo um personagem. Por baixo de tudo, fora da vista de todos, em tom *fumé*, as meias-liga. O perfume, Flowerbomb, de Viktor & Rolf, que ela trouxera de Paris dias antes.

Aguardando no *hall*, dando passos de um lado para o outro, todo engomado no elegante *smoking* exatamente em seu tamanho, gravata borboleta bem ajustada, sapatos engraxados, barba feita, cabelos aparados, *after-shave* exagerado, Ivan está nervoso. Começava a se arrepender de ter colocado Maria Claudia naquela operação. Sabia que a partir de determinado momento não poderia mais ficar ao lado dela, e temia pela volta da brasileira para casa, à noite, depois do que acontecesse. E também não podia garantir que tudo transcorresse sem nenhum tumulto, sem incidentes mais ríspidos. Com o tipo de pessoa que era Morogovsky, sabia que poderia esperar qualquer coisa. Teria que quadruplicar a atenção, para ter certeza que a brasileira ficaria bem. Recolocando o frasco de colírio no bolso após pingar nos olhos, vê a porta do elevador finalmente se abrir, e dele sair Maria Claudia, irradiando lilás. E seu queixo cai, como acontece com todos os homens, quando veem suas mulheres arrumadas para uma festa a rigor, habituados que estão a vê-las na informalidade do dia a dia. Ela parecia uma modelo.

– *Claudiúshka*... – ele diz, admirando-a de cima a baixo, a uma pequena distância – Como você tá linda... Parece uma estrela de cinema, uma *sílfide*...

– *Spassíba*, Ivanzinho! Você também tá lindo! – ela sorri, admirando-o também – Parece um daqueles milionários de Mônaco!

Em frente a ela, segurando-a pelos braços, ele aproxima o rosto para um beijo nos lábios.

– Maquiagem, maquiagem! – Maria Claudia apoia devagar a mão enluvada na lapela acetinada do *smoking*, brecando-o para evitar o beijo na boca, virando um pouco o rosto para apenas as bochechas se encontrarem rapidamente – Vamos pegar o meu carro na garagem?

– Dá a chave, *Claudiúshka*. Eu pego, pra você não ter que descer na garagem vestida assim – pede Ivan, ainda sem tirar os olhos dela – Eu vim no carro com dois investigadores, um deles vai levar a gente, o outro vai seguindo.

Se momentos antes achava que tinha errado ao envolvê-la na operação, Ivan agora tinha certeza. Sentados lado a lado no banco de trás do carro de Maria Claudia conduzido pelo investigador que se fazia passar por motorista, o russo, de mãos dadas com ela, completamente hipnotizado pela brasileira, por seu perfume, seus cabelos, seu rosto, o batom com toques de *glitter*, seus ombros bem delineados, o brilho do decote, por instantes se desconcentra mais uma vez, voltando a pensar na praia de Ubatuba, nos beijos, no sonho da noite anterior, na meia-liga logo ali, por baixo do lindo vestido que cobria aquele corpo. Mas o celular e o investigador na direção em frente a ele rapidamente o fazem voltar à realidade. Todo o contingente chamado a participar da operação está conectado e focado em cada passo que será dado nas próximas horas, nos próximos minutos. Tudo preparado e organizado, cada um sabendo seu papel, sua posição, sua responsabilidade. Ninguém poderá falhar.

Maria Claudia, por sua vez, se achava que tinha se vestido para uma espécie de festa à fantasia, agora se dava conta de que iria participar do lado pesado do trabalho de Ivan. Nada ali era brincadeira ou diversão. E uma excitação misturada com medo começa a tomar conta da brasileira. A concentração e o cenho franzido de Ivan, as conversas entre os dois homens no carro, os diálogos do russo e do investigador com outros policiais no celular e no Nextel, a tensão que se podia perceber no ar, davam a Maria Claudia as verdadeiras cores do que estava para acontecer, traçavam a linha limítrofe até onde poderia ir o atrevimento do desonesto, onde o falso ia ser desmascarado, onde o logro e a fraude seriam expostos, onde a perfídia e a traição seriam desmoralizados, onde o ilícito, a impudência e a torpeza chegariam ao fim, nas mãos das autoridades e das leis dos dois países.

No centro velho da cidade, contornando a Praça da Sé após passarem por trás do Tribunal de Justiça e em frente ao Fórum João Mendes, por onde apenas dois dias antes Maria Claudia tinha corrido aflita para protocolar a petição, seguem pela Rua Boa Vista, o Pateo do Colégio do lado direito, o Tribunal de Alçada Civil e a Associação Comercial à esquerda, até chegarem ao Mosteiro de São Bento, que os dois haviam visitado na semana anterior.

– Maria Claudia... – diz Ivan, um tom sério na voz - A partir de agora começamos a nossa parte... Nós vamos descer em frente à igreja, e entrar como se fossemos da família, como se você, é claro, fosse da família.

– Do noivo ou da noiva? – Maria Claudia não queria soar brincalhona – De repente preciso dizer isso pra alguém, Ivan...

– A noiva é filha daquele advogado...

– Xí, é mesmo. Prefiro ser da família do noivo...

– Tá bom.

– Então... meu pai, não, minha mãe é prima do pai do noivo. Crescemos juntos mas não nos vemos há décadas. Mal reconheço os rostos. Mamãe e papai não puderam vir porque estão em Nova York. Não, em Montreal!

– Por que Montreal? – Ivan finalmente dá um sorriso.

– Não sei. Porque é chique! Não parece um lugar pro interlocutor não discutir? "Tão em Montreal". E fim de conversa.

– Aqui tá bom, Dr. Ivan? – pergunta o investigador, muito bem arrumado em um elegante terno escuro, parando o carro atrás de outro do qual descia um casal paramentado de gala.

– Tá ótimo. Daqui você pode ver quem chega e avisar os seus colegas. Quando terminar, nós vamos vir a esse lugar, um pouco mais pra frente, talvez, você nos espera lá? A partir de agora meu celular é só pra falar com o Paulo Roberto.

– Na igreja não pode, Ivan! – diz Maria Claudia.

– Vai ficar no vibrador, *Claudiúshka.*

Maria Claudia, que nunca tinha participado de nenhum teatro da escola, nunca tinha se imaginado como atriz, nem sequer brincado disso com as amigas em casa, agora invocava Molière para dar conta daquela empreitada. Com Ivan cavalheiramente tomando seu braço, chegam decididos à porta da igreja onde várias pessoas já se aglomeram, inclusive fotógrafos de revistas e até uma repórter com o câmera-man. Maria Claudia também percebe alguns leões de chácara, grandões e elegantemente trajados, tomando conta de tudo. Colocando a *pashmina* sobre os ombros e vestindo a capa invisível de parente dos nubentes, Maria Claudia entra na nave num passo tímido, com Ivan ao seu lado, indo em direção aos bancos da frente, à direita, onde escolheriam se sentar os familiares do noivo.

– Aqui está bom, Claudinha... – diz Ivan num tom de voz baixo e solene, procurando não falar muito para não chamar a atenção de ninguém com seu sotaque estrangeiro.

Não muito na frente, na verdade mais para o meio da enorme igreja, Ivan quer ter uma visão geral dos bancos, dos corredores ao lado, das grossas colunas, das laterais, da porta da sacristia, da capela à direita e até do altar. Sentando-se ao lado do russo num banco ainda vazio, Maria Claudia abaixa a cabeça, faz o sinal da cruz, e reza um Pai-Nosso. Sem teatro. Está dentro de uma igreja, afinal. Ivan, em silêncio, os olhos fixos à frente, reza também.

– É linda, essa igreja, não é? – comenta a brasileira, baixinho, aproximando o rosto do ouvido do russo.

– É, sim... – ele observa o entorno, como também estão fazendo vários convidados, apreciando o famoso mosteiro.

– Vai acontecer alguma coisa aqui dentro, Ivan...? – ela pergunta, temerosa, quase dentro do ouvido dele.

– Não, *Claudiúshka*. Aqui nós só vamos observar os movimentos, e mostrar que somos da família. Esses porteiros e seguranças precisam nos ver aqui...

Maria Claudia fica mais aliviada. Nunca tinha assistido a um casamento no Mosteiro de São Bento. A igreja era famosa pela missa das dez da manhã de domingo, a missa solene, onde os monges ali residindo saem do claustro e entram em fila pela nave trazendo o incenso até o altar e as grandes poltronas em madeira marrom escuro, entoando os cantos gregorianos, que são então cantados ao longo de toda a missa. Àquela hora, com o fim de tarde ainda jogando alguma claridade externa dentro da igreja, os enormes vitrais coloridos davam um espetáculo de luz e brilho à parte. A abundante decoração e flores em branco quebrando a austeridade do predominante tom escuro da madeira e das gigantes estátuas dos apóstolos ao longo dos bancos, as obras de arte sacra nas laterais, o estilo neorromântico, e ainda o túmulo de Fernão Dias Paes e sua esposa ali, em frente ao altar, tornavam impossível não dar um giro turístico pela igreja após a cerimônia.

Quase vinte minutos passados da hora marcada, os bancos lotados de gente a rigor, Ivan todo o tempo perscrutando ao redor sem demonstrar curiosidade ou aflição, finalmente o órgão toca os primeiros acordes da Marcha Nupcial e todos se levantam para ver a noiva entrar, pelo braço do pai, bastante nervosa, o magnífico vestido com uma cauda que cobria quase metade da nave acrescentando ainda mais branco à decoração de faixas, laços e *bouquets* ao longo dos bancos, os fotógrafos e iluminadores acendendo holofotes, tornando quase dia dentro da igreja. Até Ivan para um pouco de pensar na operação para apreciar com respeito aquela que era, afinal, bandidos e advogados desonestos à parte, uma cerimônia de casamento de verdade.

Sentado ao lado de Maria Claudia, Ivan parecia tão compenetrado e reverencioso quanto qualquer outro homem ali presente. Nada em sua atitude ou postura dava a entender que ele estava escaneando o ambiente com os olhos, sem mover a cabeça, não deixando escapar qualquer detalhe, qualquer canto, qualquer fisionomia. Não perdia os movimentos de ninguém dentro da igreja. Os convidados que chegavam atrasados. Pessoas que se levantavam para voltar a seus lugares logo depois. Tosses de uns. Cochichos de outros. Até trocas de olhares não escapavam à sua observação. Nem os fotógrafos, iluminadores e filmadores, com cabos, câmeras, aparelhagem de vídeo, nenhum deles deixava de ser escrutinado pelo olhar sagaz do russo. Num determinado momento seu celular vibrou no bolso, e ele discretamente leu a mensagem que acabara de entrar, respondendo com apenas uma letra, conforme um código já combinado, para não chamar a atenção. E a cerimônia toda se desenrola como os noivos, as famílias, os padres e os convidados esperavam.

– Vamos cumprimentá-los agora? – pergunta Ivan a Maria Claudia, em frente a um mal disfarçado segurança, para que este os ouvisse.

– Ah, eu queria ter mais tempo pra conversar com eles. Mamãe pediu que eu perguntasse à titia quando eles vão ao Rio de Janeiro – diz Maria Claudia, entrando na farsa – Vamos falar com eles depois do civil?

Ivan já lhe tinha dito que a cerimônia civil seria em seguida, em uma sala especial, no prédio da festa.

– O carro já está esperando – Ivan dá o braço a Maria Claudia e eles vão até o investigador, que os aguarda no carro da brasileira como haviam combinado.

– Saiu do apartamento nos Jardins só agora há pouco, Dr. Ivan – informa-lhe o investigador, dando a partida.

– Sim, eu sei. Paulo Roberto me escreveu. Está indo direto para a festa. Melhor assim.

– Acabou de chegar, Ivan – diz Paulo Roberto, no celular – E já entrou, ainda não tinha quase ninguém na porta. Veio direto dos Jardins para cá. A amante vem vindo com o marido, saíram de casa depois.

– Certo. Estamos no... – Ivan olha ao redor, mas não sabe dizer onde está.

– Entrando no Viaduto do Chá – ajuda-o Maria Claudia.

Ostentando as bandeiras da cidade e do estado em cada uma de suas pontas, com a Prefeitura de São Paulo no antigo Prédio Mattarazzo, o Shopping Light no outro lado, o belo jardim do Vale do Anhangabaú abaixo, com suas palmeiras imperiais iluminadas, o Viaduto do Chá faz jus ao posto de um dos principais cartões postais da cidade. O viaduto original, inaugurado em 1892, tinha portões e guaritas de madeira em suas extremidades, e era cobrado um pedágio de três vinténs pela passagem. Obsoleto, foi demolido mais tarde, e um novo viaduto, em concreto armado e largura duplicada, foi ali erguido em 1938.

Juntando-se a ele, majestoso, o Teatro Municipal, iluminado também, para a apresentação da noite, os espectadores se encontrando nos degraus da entrada e lá dentro também, nas escadarias em mármore e nos tapetes vermelhos. Arrumados e elegantes, libreto nas mãos, os espectadores aguardam amigos, visitam as dependências do teatro, a sala de espelhos, a sacada sobre o Anhangabaú, o museu, ou apenas tomam um *drink* antes de entrarem no auditório e encontrarem seus assentos para a noite de música clássica.

– Ivan, como vai ser... Eles pedem convite, num casamento como esses...?

– Se pedirem, não tem problema, *Claudiúshka*... Nós temos convite... – Ivan levanta um pouco a lapela do paletó e mostra um convite, ali.

Maria Claudia sorri, nem tanto de surpresa, mas divertida, mesmo.

– A polícia tem essas manhas, eu deveria imaginar...

– Essas e muitas outras, Claudiúshka! Mas eu espero que não *pedam*.

– Peçam! – ela ri – Cuidado com esse subjuntivo, Ivan! Pedir, peçam. Pedam é quase outra coisa, Ivanzinho...

Ela inclina e fala no ouvido do russo, que ri. O investigador ri também, à direção.

Contornando o Municipal, seguem pela Avenida São João, parando no farol na esquina com a Avenida Ipiranga, onde o Bar Brahma já está lotado, carros parando à porta para descerem as pessoas, os *valets* indo deixar os automóveis nos diversos estacionamentos por ali, ou na rua mesmo, se conseguem achar um lugar. Lá dentro, o samba tradicional ao vivo já esquentando o ambiente, alguns casais animados indo dançar, grandes porções de filezinho de carne, batatas fritas e outros petiscos sobre as mesas. E chopp e cerveja, muito chopp e cerveja.

Virando à direita na Avenida Duque de Caxias, logo podem ver a torre da Estação Júlio Prestes, iluminada, imponente, com canhões de luz girando acima dela, anunciando que um grande evento estava por acontecer ali – a badalada festa de casamento tipo celebridade da filha do advogado de bolsos cheios e caráter vazio.

– Não façam nada por enquanto, Paulo Roberto. Só ôlho nele – diz Ivan, outra vez no celular – Já vamos chegar. E então, começamos. Agora são... – ele olha o relógio – Oito e quarenta e cinco. Tem que ser tudo antes da meia noite. Antes das onze, se der.

Vários carros já estavam em fila indo em direção à entrada do grande prédio que no passado tinha sido a estação de trem, e agora abrigava a moderna sala de espetáculos onde se apresentava regularmente a Orquestra Sinfônica do Estado de São Paulo, além de outros salões para eventos de grande porte, como aquele casamento. Um a um, os carros paravam à porta, deles descendo elegantes homens em seus *smokings*, e mulheres de todas as idades em vestidos longos cheios de brilhos, uns de muito bom gosto, outros nem tanto. Prestativos *doormen*, igualmente elegantes, altos, esguios, bonitos, com cara de modelos – na verdade, eram modelos mesmo, como era a moda contratá-los para esse tipo de serviço – vinham abrir as portas para as senhoras, galanteadores.

Abrindo a porta para Maria Claudia descer, o rapaz, embora habituado àquelas mulheres bem vestidas, se surpreende ao ver a moça alta e magra, naquele vestido especialmente lindo, usando as sensuais luvas compridas, nos olhos uma expressão autoconfiante e até um pouco atrevida, que ele não via nas outras que chegavam formais, nervosas e inseguras. Instintivamente, ao estender-lhe a mão para que ela desça, ele segura a mão quando ela já está em pé fora do carro, e dá um beijo sobre os dedos enluvados, olhando-a nos olhos com um sorriso malicioso, apenas para sentir a mão pesada de Ivan sobre seu ombro, levantando-o, afastando-o de Maria Claudia, deixando sobre o moço aquele olhar carrancudo que o russo sabia lançar.

E então algo que eles não esperavam acontece.

Os fotógrafos e jornalistas de plantão também haviam visto a pequena cena e tinham corrido para fotografar o belo casal que chegava já chamando a atenção. Como *celebrities*, como quem chega para a entrega do Oscar, literalmente sobre o tapete vermelho, Ivan e Maria Claudia têm a passagem momentaneamente barrada por uma fila de fotógrafos tirando fotos dos dois, de corpo inteiro, do rosto, do vestido de Maria Claudia, do detalhe das luvas, dos canutilhos lilás, dos olhos azuis de Ivan, de seu *smoking* impecável.

– Ivan do céu... – ela fala entre os dentes, com um sorriso fotogênico para os flashes.

– Calma, *Claudiúshka*... – diz o russo por entre os dentes também.

Com a figura esbelta e o salto de doze centímetros deixando-a quase da altura de Ivan, com a elegância sóbria do russo e o bronzeado dando ainda mais destaque aos seus olhos e cabelos claros, com a plástica perfeita nas roupas e nos rostos dos dois, eles pareciam mesmo estar chegando ao Cassino de Monte Carlo. E quando Ivan deu por encerrado o momento fotografia e foi seguindo, a mão atrás da cintura de Maria Claudia, para finalmente entrarem, a negativa em responder às perguntas dos jornalistas sobre seus nomes deu àqueles profissionais a certeza: eram gente importante de verdade! Não querem ser reconhecidos, não querem badalação!

– Até o final a gente descobre quem eles são, pra poder publicar as fotos, que ficaram ótimas! – exclama um fotógrafo para os colegas.

Mal sabiam eles como ainda haveriam de usar aquelas fotos para as publicações do dia seguinte.

O grande salão onde os convidados entravam assim que chegavam já estava cheio, pessoas que Ivan não tinha visto na igreja, casais que saíram antes deles do mosteiro e chegaram antes, vários garçons, belos e galanteadores – modelos, como os *doormen* – servindo aperitivos e canapés. Ao lado, o salão aonde seria servido o jantar, ainda com as grandes portas em folha fechadas, inspirando a curiosidade e a fome de todos. O teto em arco, o chão em mosaico, as grandes janelas em arco também, todo o salão estava decorado com abundância de vasos em estilo romano, de variados tamanhos, dos mais delicados aos gigantescos, com hortênsias azuis, rosa e lilás, e ainda a iluminação nesses mesmos tons, com focos de luz embutidos estrategicamente atrás dos grandes vasos, ao lado de colunas, dentro do bar, ao pé de uma mesa, iluminando uma escultura, o salão parecia envolto em uma aura azul e violeta, e os convidados sentiam-se flutuando numa nuvem de flores. Logo à entrada, uma grande mesa exibia o enorme bolo de casamento de quatro andares e os bem-casados, embrulhados em papel naquelas mesmas cores, em intricadas pilhas geométricas, completando o efeito furta-cor que predominava no ambiente. A um canto do salão, uma pequena orquestra tocava clássicos de casamento.

– Hmmm, olha só o que vem vindo!

Maria Claudia vira o rosto para a direção que Ivan indicava, vendo um garçom trazendo uma bandeja com torradinhas e a pequena escultura de gelo de um peixe, sobre uma base de dois *bowls*: um com caviar preto e o outro, vermelho, com as pazinhas em prata, para os convidados se servirem.

– Muito bom, mesmo! – comenta Maria Claudia, mordendo sua torrada com cuidado, conforme se afastava o garçom.

– Fica de olho nesse garçom!

"Os recém-casados chegaram, os pais de ambos também" – informa o torpedo que Ivan acabara de ler.

– Senhor? Senhora? – diz um modelo-garçom aproximando-se deles, muito alto, magro e bonito, o olhar altivo e o sorriso jocoso, vários iguais a ele espalhados pelo salão, em uma das mãos três taças *flute*, seguras pelos pés em cacho, entre os dedos, na outra mão uma garrafa de Don Pérignon.

Maria Claudia já ia esticando a mão para pegar uma taça, mas olha para Ivan, que lhe faz um quase imperceptível sinal negativo.

– Não vamos beber álcool, Claudinha... – ele fala, em voz baixa.

– Ficou parecendo que eu sou uma ébria e você tem que me controlar! – ela ri, conforme o russo a conduz, caminhando ao lado dela até um ponto menos cheio de gente, perto de uma parede, para ter melhor visão geral.

Sorrisos cheios de dentes, joias há muito guardadas, paletós que ficaram apertados ou com ombros caídos. Senhoras já com sono querendo ir embora, homens com copos eternamente na mão. Crianças embonecadas correndo onde achavam espaço para fazê-lo. Vestidos com excesso de brilho. Atitude artificial aqui, alegria exuberante ali. Rostos bonitos em seu maior esplendor. Era, enfim, uma festa de casamento.

Ivan percebe, espalhados pelo salão, elegantemente vestidos, seguranças e guarda-costas observando tudo e todos. Por ali também já estavam os vários agentes e policiais recrutados para a operação: homens e mulheres paramentados a rigor como ele e Maria Claudia, misturando-se entre os convidados, sem sequer cruzarem os olhos com o russo, aguardando o aviso através de um sinal, numa comunicação silenciosa e imperceptível que lhes daria Ivan quando fosse o momento de agir.

– Senhores? – pergunta outro garçom, este de verdade, trazendo uma bandeja com copos vazios, um pequeno balde de gelo e uma garrafa de Chivas Regal.

– Por favor – diz Ivan, aceitando e pegando o copo de whisky que lhe serve o rapaz – Obrigado.

– Como assim, Ivan, quer dizer que *você* pode beber?

– Eu vou fingir, podem estar me olhando, têm que achar que eu sou convidado normal – diz Ivan, pondo o copo no lábio, virando um pouco, fingindo que dá um gole.

– Ô, ô... Bebeu! Bebeu, que eu vi! – brinca Maria Claudia.

– Bebi nada, Claudinha! – ele ri –Tem horas que esse trabalho é muito difícil...

"Os noivos e os pais estão indo para a sala onde vai ser o civil" informa novo torpedo para Ivan.

O salão começa a ficar ainda mais cheio de gente, que se aglomera em frente aos dois, tapando um pouco a visão de Ivan.

– Vamos mais para lá – ele diz, buscando um novo posto de observação, perto de uma janela que se abria sobre o fabuloso jardim, o braço sobre os ombros de Maria Claudia, tipo tomando-conta-do-que-é-meu, pois vira um rapaz esticar os olhos para ela demoradamente.

Maria Claudia estranha o gesto e ao virar o rosto para entender o que havia acontecido, tem um imperceptível sobressalto.

– Ai!

– Que foi? Pisei no seu pé?

– Ivan, você não sabe quem tá aí! O Narcisinho!

– Onde?

– Vou ficar de costas pra ele, assim. Olha lá, atrás de mim, lá perto daquele vaso enorme, ele tá acho que com mais dois caras, e uma garota... Acho que de preto.

Era o olho-comprido que Ivan tinha flagrado secando Maria Claudia. Ele finge que dá um gole grande – e quase acaba dando mesmo – lançando sobre o infeliz o seu mais assustador olhar dos tempos da KGB.

– *Súkin syn*... – "Filho da puta", diz Ivan para si mesmo., o copo na frente dos lábios.

– Refrigerante? – pergunta um novo garçom.

– Tem alguma coisa *diet*? – pergunta Maria Claudia.

– Esse aqui é Sprite zero.

– Obrigada – Maria Claudia pega um copo.

"Ele está indo para a sala reservada, com os noivos. Vai ser padrinho do casamento civil! Só os noivos, os pais e os padrinhos podem entrar lá!" informa novo torpedo.

– Ahhhh... E eu não posso beber pra comemorar essa! – comenta Ivan em voz baixa, entre os dentes, um sorriso enorme nos lábios, fechando os olhos para saborear a notícia.

– O quê, Ivan? – pergunta baixinho Maria Claudia.

Ivan aproxima o rosto do pescoço da brasileira e sussurra a informação em seu ouvido, chegando a tocar a orelha de Maria Claudia com os lábios, dando-lhe arrepios fora de hora. Enquanto fala, Ivan vê próximo a eles, olhando-os demoradamente, gel nos cabelos, todo empolado num *smoking* moderno, um homem cujo rosto ele imediatamente reconhece, da foto que vira no quarto de Maria Claudia, na semana anterior: era Marcelo, o ex-namorado, por quem ele vira a brasileira derramar algumas lágrimas. Estava ali em grupo, mas olhava para ela sem conseguir disfarçar. Dando longos goles no seu copo de whisky, sem desgrudar os olhos de Maria Claudia, passava em revista o rosto e todo o corpo envolto no vestido lilás, parando o olhar no decote, parecendo despi-la do vestido, das luvas, das meias-liga. Passando do entusiasmo pela notícia do magnata-padrinho para o ciúme incontrolável daquele olhar indecoroso, Ivan, quase se esquecendo do que viera fazer ali, enlaça Maria Claudia, puxando-a para perto de si pela cintura super-fina, e lhe dá um beijo na boca, no meio da festa, deixando-a quase sem ar, um amasso demorado daqueles de adolescentes.

Com o braço instalado sobre os elegantes ombros da brasileira, Ivan assume o papel de guardião da beldade, lançando sobre os poucos olhares desaprovadores os seus próprios olhos autoritários, recuperando a sobriedade e as maneiras, passando um guardanapo de papel nos lábios cheios de batom, enquanto Maria Claudia fazia o mesmo, as pernas bambas. Nesse instante, os noivos saem da sala onde acabaram de casar no civil, e a atenção geral se volta em direção a eles, que caminham para o meio do salão, sob os aplausos e as saudações dos convidados.

"O Juiz de Paz. Com discrição. E gentileza." escreve Ivan no celular e envia para Paulo Roberto.

Passando emocionados e sorridentes, acenando para as amigas e amigos que se atiram para cumprimentá-los, os noivos vão até mais perto da orquestra, em frente à qual se forma um grande espaço, e começam a dançar uma valsa, "*Fascination*", admirados por todos. As mulheres, encantadas com o vestido. Os homens, encantados com o whisky que os garçons continuam servindo, acompanhados dos modelos com as taças *flute* e o champanhe. Aparentando admirar o jovem casal em sua suprema felicidade, Ivan continua atento a todas as pessoas e movimentos ao redor, e também mais adiante, às saídas do salão, às portas que dão acesso ao jardim, aos toaletes, ao salão do jantar agora com as portas abertas, à rua, às saídas de emergência, à cozinha. Com o rápido olhar treinado para situações como essa, passa em revista várias vezes todo o conjunto da aglomeração de rostos, de cores, de gestos. Dá especial atenção aos homens, todos trajados de forma praticamente idêntica, esperando identificar entre eles aquele cuja busca se aproxima de seus derradeiros instantes. Não está mais em contato pelo celular com os demais investigadores e autoridades. Agora está tudo apenas sob seu comando e todos os policiais ali disfarçados, que trabalham para o tão aguardado momento em que o esforço de meses encontrará o seu clímax, esperam o sinal de seus olhos.

A orquestra inicia outra valsa, agora é Strauss que embala os convidados, com Danúbio Azul. Nenhuma informação chegara a Ivan, por gestos, códigos ou torpedos, de ter o magnata saído do complexo onde se realiza a festa. Todo cercado por policiais à paisana, vigiando todas as saídas e as ruas no entorno, assim como dentro do ambiente, com os investigadores espalhados, em traje a rigor, o enorme efetivo da Polícia Federal destacado para a operação aguarda o comando do policial russo. Mais uma vez deslizando o olhar pelos casais amontoados admirando os noivos, Ivan detecta os olhos de um investigador indicando para ele um ponto do salão, para onde o russo olha, finalmente vendo Morogovsky se aproximar dos nubentes, ao lado dos pais da noiva e da amante, com o marido desta logo atrás. Mais baixo que a namorada, menos imponente do que nas fotografias dos jornais e revistas, mais careca e até franzino, apesar da barriga protuberante, o magnata passaria despercebido não fossem as matérias nas colunas policiais mundo afora exibindo seu rosto e suas falcatruas. Acompanhando a direção do olhar de Ivan, Maria Claudia tem um calafrio. Conhecia o rosto do oligarca apenas por fotografias nos jornais. Sabia que era a ele que as polícias do Brasil e da Rússia queriam pegar. Estava ciente e acompanhando quase em detalhes toda a operação desde que ficara sabendo dela, seis dias antes. Ao vê-lo diante de si, porém, a poucos metros de suas próprias pernas, a realidade se materializa em frente a ela. Estava no meio de uma operação da Polícia Federal. Nunca tinha feito nenhum esporte radical, saltado de paraquedas ou sentado em um carro de Fórmula 1. Pela primeira vez na vida sentia a adrenalina correndo nas veias daquela forma. E o medo toma definitivamente conta da brasileira. Mas era tarde demais. Chegara o momento. Iria presenciar tudo o que haveria de se desenrolar. Os pais dos noivos e alguns outros casais já estão valsando também, inclusive Morogovsky – com a amante, sob o olhar do corno, a um canto. Firme e decidido, Ivan pega o copo de refrigerante da mão de Maria Claudia e, colocando-o junto ao seu de whisky – intacto – sobre uma mesa, toma a mão da brasileira, quando a orquestra começa a tocar os primeiros acordes da *Valsa das Flores*, de Tchaikovsky:

– Vamos dançar, Claudinha?

Maria Claudia já não se dá mais conta da lista de surpresas e sobressaltos que vem tendo nas últimas horas, nos últimos minutos. Os fotógrafos. Narcisinho. O beijo de Ivan. O magnata. E agora, Tchaikovsky. Com o braço direito de Ivan em torno de sua cintura, o esquerdo um pouco esticado, segurando-lhe a mão direita, começam girar suavemente ao som da valsa.

– Olha pra mim, Claudinha – ele diz, baixo, inclinando o rosto para ela, para que ela não olhasse instintivamente para Morogovsky – Isso. Nos meus olhos. Não tira os olhos dos meus olhos.

Não era difícil para ela fazer isso. E a mistura do medo, da valsa, dos olhos azuis e do beijo de Ivan acaba por lhe dar o efeito que a taça de champanhe teria tido. Que muitas taças de champanhe teriam tido.

Já para Ivan, era difícil. Porque ele não queria tirar os olhos dela, mas tinha que fazê-lo. E imperceptivelmente. Sem sequer virar o rosto, usando os rodopios para ter uma visão de todo o salão, identifica alguns guarda-costas a poucos metros da pista de dança, olhos grudados no magnata.

Com a valsa evoluindo, Ivan acena em código para quatro casais de investigadores e policiais em trajes de gala, que já estão dançando também - inclusive um casal mais velho, com uma policial aposentada que fora chamada especialmente para compor aquele quadro e dar credibilidade ao disfarce, dançando com um investigador veterano.

Rodopiando com a amante, sonhador, sem se dar conta de nada ao seu redor, Morogovsky flutua nas nuvens do idílio trazido pelo dinheiro e a audácia, para estar onde bem lhe compraz, à margem de toda lei e toda ordem, valsando com a amada nos braços, dono de si e do mundo. Vindo visitá-la em seu país, com o marido, quieto, cúmplice, ao lado, velando-os. Ria dos homens que se vangloriavam de suas amantes mais jovens. Aquela que ele havia encontrado, de cinquenta e quatro anos, valia por duas de vinte e cinco. Sobretudo no quesito intimidade. E ainda com a vantagem de, casada, sem o menor interesse em se divorciar do marido de família tradicional, não corria o risco de tê-la em seus calcanhares exigindo aliança no dedo, nem muito menos havia a chance de ela engravidar. Ela e o marido tinham mandado os filhos universitários irem estudar nos Estados Unidos, não porque se preocupassem tanto com a educação dos dois, mas para afastá-los de cena, para que não testemunhassem algo que não seriam capazes de compreender – pelo menos, não ainda. E era ele, o amante, quem patrocinava esses estudos. Dava à amada uma mesada substanciosa, com a qual ela mantinha o perfil de *high-society* e viajava ao seu encontro em todas as capitais do mundo. E também ao marido dava uma mesada não menos polpuda, para que ele brincasse de empresário, ficasse quieto, e desse algum apoio, quando necessário. Ela se satisfazia com sua parte. E o marido também, aquele bobalhão. Aos cinquenta e nove anos, nunca havia alcançado nada de relevante na vida a não ser manter o nome da família. Morogovsky havia salvado sua pseudoempresa injetando dinheiro naquela bobagem de "Representações e Investimentos Ltda", que não representava nem investia em coisa nenhuma e na qual só os tolos acreditavam, e com isso havia não só silenciado o imbecil mas também lavado algumas somas que seus contadores não estavam conseguindo camuflar. Tudo, é claro, com a assessoria "legal" de Tércio Junqueira, de cuja filha ele hoje financiava o casamento. Aquele tinha sido quase que um favor do advogado brasileiro, cujo escritório na verdade estava construindo uma inescrupulosa documentação para Morogovsky. Algo muito maior para seus planos megalomaníacos envolvendo o Brasil, São Paulo, futebol, lojas requintadas, *griffes* internacionais, e uma futura incursão pelos bastidores governamentais brasileiros, iniciando com um intrincado jogo de contratos interligados, onde empresas fantasma se uniam a outras existentes, porém irregulares, ostentando desde assinaturas forjadas até sócios invisíveis – uma das empresas funcionais envolvidas tinha como endereço comercial aquele de um cemitério na periferia – o dinheiro passando de uma para outra em cascata até entrar, ou sair, despercebido do Brasil. Tércio Junqueira tinha encontrado no russo sua galinha dos ovos de ouro. Bailando lado a lado ao som do inadvertido Tchaikovsky, advogado e cliente, com suas amadas, pisam nas nuvens.

Procurando se aproximar ainda mais do magnata, girando com Maria Claudia em direção a ele, Ivan e os quatro casais de investigadores vão forçando a que os noivos e seus pais se afastem, indo rodopiar mais para o lado, levando com eles a atenção de todos. Perdida nos olhos de Ivan, embriagada de tanto rodopiar, Maria Claudia mais uma vez se surpreende. Ivan sabia dançar valsa, e muito bem. O que mais saberia ele fazer com tanta destreza? Segurando-a firme junto a si, puxando-a levemente para trás, girando em sentido anti-horário, com pequenos passos, alternando-os para um lado e para o outro, Ivan a fazia rodar com suavidade. A pequena mão enluvada sobre o braço do russo, a outra guardada na forte mão esquerda dele, Maria Claudia também atraía as atenções: esbelta, no vestido justo, com a elegante forma de dançar, nos braços daquele loiro vistoso e requintado, eles sim, honrando Tchaikovsky.

– Claudinha... – Ivan inclina o rosto para lhe falar – Quando eu disser "agora"... eu vou parar de dançar e soltar você... Você se solta de mim, afasta um passo pra trás, e depressa vai lá pra trás, perto da parede, onde está o investigador que nos trouxe. Sai com ele, sem perder tempo, *Claudiúshka.*

Maria Claudia faz que sim com a cabeça, totalmente amedrontada, os olhos grudados nele, uma leve vertigem querendo derrubá-la.

– Vai dar tudo certo, *Claudiúshka* – lhe diz o russo, vendo o medo nos olhos da brasileira, dando-lhe um rápido beijo nos lábios.

A *Valsa das Flores* num crescendo, caminhando para o *gran finale*, Ivan se prepara. Como num bem ensaiado balé, agora apenas os cinco casais de policiais rodeiam Morogovsky e a amante, os noivos já bem afastados, a valsa nas suas últimas e estrondosas frases. Ivan enfim solta a cintura de Maria Claudia.

– Agora, *Claudiúshka*...

E ele para de dançar, soltando-a suavemente, virando-se sobre os calcanhares, a valsa chegada ao fim com o pomposo acorde final, a menos de um metro do magnata que, num rodopio, se vira e para também, dando de frente com aquele elegante homem alto e loiro, de perscrutadores olhos azuis, que lhe diz, em russo retumbante:

– *Mikhaíl Il'itch Maragófsky...?*

– *Da?* – "Sim?', responde o magnata, pego de surpresa, a amante ainda apoiada em seu braço.

– *Pazhálusta, praidiómte s námi!!* Por favor, queira nos acompanhar! – Ivan diz em russo e em português, abrindo discretamente a lapela do *smoking* para se identificar, mostrando-lhe o documento com a insígnia da Federação Russa e da FSB, para os incrédulos olhos e ouvidos do magnata, cujo coração falha uma batida, a cor some das faces, o chão se abrindo debaixo de seus pés, olhos arregalados sobre o brasão da águia de duas cabeças, toda a Rússia sendo jogada sobre ele através do imperioso e inexorável olhar de Ivan.

Naquela fração de segundos, parado em frente a Ivan no meio do salão, Mikhail Morogovsky vê toda a sua vida passar diante dos olhos num *flash*, como um raio cruzando sua mente: sua infância na ainda União Soviética; os diversos biscates que urdira já na adolescência; o constante tangenciar pela polícia moscovita, em eterno encalço atrás dele; os fracassos face às vigilantes e implacáveis autoridades; as oportunidades de negociatas mais ousadas começando a aparecer e se abrir em leque quando do tumultuado período que antecedeu e se seguiu à Queda do Muro de Berlim; a momentânea falta de fiscalização, de punição, de leis mais concretas; a chance de abordar os políticos que se empenhavam na reorganização do país, dentre eles identificando os que poderiam lhe ser úteis; o momento de decisão onde deveria optar entre juntar-se aos verdadeiros russos que queriam ver a querida pátria retomar seu curso e sua honrada posição na história, ou fechar os olhos e dar as costas às reivindicações e à legítima vontade do povo de seu país, lançando-se de cabeça na busca desenfreada de seus próprios inescrupulosos milhões.

Aturdido, circundado por Ivan e pelos quatro casais de investigadores que igualmente param de dançar, identificando-se discretamente com seus documentos da Polícia Federal, Morogovsky não consegue esboçar uma reação. Incapaz de atinar com o que está de fato acontecendo, não pode acreditar que sua sorte tinha levado um golpe, talvez o derradeiro, e que sua viagem megalomaníaca através do mundo milionário tivesse chegado ao fim ali, naquele instante, naquela festa de casamento, naquele último rodopio, ao som de Tchaikovsky. Agrupados em torno do russo, porém comedidos nos gestos e nas palavras, os agentes federais, assim orientados por Ivan e Paulo Roberto, mais parecem amigos se cumprimentando. Começando a se aproximar do magnata assim que veem o grupo se formar em torno dele, seus seguranças são abordados por mais agentes federais que de imediato se colocam ao lado dos ataviados grandalhões, identificando-se também, impedindo qualquer ação que interrompesse a Operação Caipiroska.

– *No shto éta....* – "Mas o que é que..." o magnata tenta recuperar a fala.

– *Búdet lútshe, ésli vy prasléduite za námi da víkhada. My nie búdem privlekát' vnimánie ili srivát' svád'bu* – Ivan lhe diz discretamente, "Senhor... O melhor é nos seguir até lá fora. Não vamos chamar a atenção, nem tumultuar a festa de casamento".

Alguns convidados próximos à cena percebem mais ou menos o que está acontecendo, reconhecendo a presença da polícia, só não entendendo muito bem o que ali faz Ivan, elegante e sofisticado, achando que ele é do *jet set* internacional assim como o Morogovsky. E a informação entrecortada se alastra feito pólvora por entre os *smokings* e longos de tafetá. Não a ponto de parar a festa ou interromper a alegria dos noivos, eufóricos junto aos amigos no outro canto do salão, mas trazendo sem demora um dos advogados do escritório do pai da noiva para junto do grupo, que já vai seguindo devagar mas diligentemente para a saída, bem como alguns fotógrafos, que a princípio duvidam um pouco do que lhes fora soprado no ouvido sobre uma prisão sendo efetuada ali no meio da valsa, a qual a orquestra, animada e insuspeita, agora substitui por boleros.

– O que é que está acontecendo? – pergunta o advogado, apreensivo, pois vê que os seguranças estão todos impedidos de se aproximarem, por agentes federais agora já mais contundentes.

– Com licença, senhor – diz educadamente o investigador mais próximo a ele.

– Do que se trata isso?! – esbraveja o advogado, tentando colocar-se à frente dos policiais.

– Estamos chamando o Sr. Mikhail Morogovsky para nos acompanhar, senhor – esclarece outro agente federal, enquanto Ivan, ao lado do magnata, segurando-o de leve pelo braço, empurra-o discretamente, atrás deles a amante, atordoada e de olhos esbugalhados, escoltada por duas agentes femininas.

– Como assim? Para ir aonde? Vocês não podem fazer isso! Ele é meu cliente, eu exijo que vocês se afastem dele! – continua o advogado, já não muito seguro de si, conforme se aproximam outros dois advogados do escritório, alertados sobre o tumulto.

– *Careful, young man* – diz Morogovsky, a voz em falsete, percebendo a irritação do advogado, a reluzente insígnia da FSB, ex-KGB, ainda brilhando em sua mente.

– A presença do advogado junto ao detido é de nosso interesse tanto quanto dele. Por favor, queria nos acompanhar também. Senhora, por favor – diz o policial, delicadamente, para a amante do magnata, indicando a saída.

– Mas... – ela nem sabe o que dizer. Ficara pasma e apavorada desde que vira os policiais federais e ouvira Ivan falando com Morogovsky em russo, mostrando-lhe o imponente documento de identificação.

– Apenas para esclarecimentos, senhora, por favor, por aqui...

– *Ya nie paidú...* – "Eu não vou..." começa a falar o magnata, com um incontrolado gesto brusco levantando o braço em direção a Ivan.

– *Mikhaíl Il'ítch, nie zastavlyáite nas nadevát' na vas narútchniki...* – "Mikhail Ilich, não nos obrigue a lhe colocar algemas..." diz Ivan, interceptando a mão do compatriota, segurando-o fortemente pelo punho, olhando-o firme nos olhos.

Os convidados vão abrindo passagem para o agora grande grupo de detido, advogados, investigadores, policiais, homens e mulheres a rigor e a sério indo solenemente para a porta da saída, enquanto os garçons, alheios ao episódio, continuam servindo bebidas e canapés, em meio aos fotógrafos registrando tudo, alguns comensais solidários tentando impedir as fotos, apenas incitando ainda mais a sanha dos jornalistas, os *flashes* feéricos iluminando o salão, celulares por todos os lados anunciando para o mundo do lado de fora que aquela noite estava apenas começando. Vários casais, indiferentes ao embaraço, dançando *Besame Mucho*.

– Por favor... Por favor... Não é nada... – diz um elegante agente federal, em seu *smoking*, sorrindo gentilmente para os convidados mais próximos – Podem continuar a festa, por favor... Com licença... Parabéns aos noivos...

Maria Claudia tinha feito como Ivan orientara. Assim que a *Valsa das Flores* terminou e ele parou de dançar, estacando sobre os pés, segurando-lhe o braços e dizendo "Agora, *Claudiúshka*", ela deu um passo para trás e por uma fração de segundos foi incapaz de se mover, a respiração suspensa, vendo Ivan e os demais investigadores formarem um círculo em torno de Morogovsky, cujo rosto ficou branco olhando para Ivan, que lhe falava em russo. Sentiu ela mesma o sangue indo para as pernas e então virou-se, logo divisando o investigador que a esperava, indo rapidamente em direção a ele, como a um salvador. Acompanhando-a até o lado de fora, onde Paulo Roberto aguardava, tenso e compenetrado, o investigador a entrega aos cuidados do chefe e retorna ao salão, os porteiros e seguranças do lado de fora a princípio não entendendo aquele movimento de convidados à porta, mas em seguida alarmando-se, quando informados de toda a operação policial.

– Maria Claudia – lhe diz o colega de faculdade, em tom autoritário que ela ouvia nele pela primeira vez, colocando-a ao lado de sua Eco Sport estacionada bem ali, a alguns metros da porta – Fique aqui, até eu ou o Ivan virmos falar com você.

Noite de surpreendente céu estrelado em São Paulo, a estação de trem, toda iluminada, como pano de fundo, a festa a rigor reunindo a nata da sociedade paulista em seu mais suntuoso guarda-roupa, Maria Claudia mais do que nunca tem a sensação de estar assistindo um filme. Já tinha visto cenas como aquela no cinema e na televisão, mas não podia imaginar que a coisa de verdade fosse tão mais emocionante do que qualquer diretor conseguiria reproduzir. A energia de todas aquelas pessoas se juntava numa massa cuja eletricidade chegava a oprimir o peito, dando a impressão que qualquer objeto em que se tocasse iria dar um choque fatal. Os olhos atentos à grande porta de saída, ela vê o numeroso grupo enfim saindo do prédio, os dois russos lado a lado, caminhando para algumas viaturas e carros sem identificação policial, estrategicamente parados bem à porta. Um vaivém de policiais, investigadores e agentes mais graduados toma conta da entrada da Estação Júlio Prestes. À uma distância estratégica, Maria Claudia vê Ivan calmamente conduzindo o magnata, seguido dos advogados, parando em frente a um pequeno grupo de homens, entre os quais ela reconhece Anton Alexandrovitch, o tradutor, que morava logo ali a dois passos, na Praça da Luz, a quem Ivan tinha localizado e telefonado naquela tarde.

– *Eto* Antón Aleksándrovitch, – Maria Claudia ouve Ivan começar a falar para o magnata – *prisyazhni perevódtchik, katóri proizvediót dlya vas ústni perevód fsekh pratsedúr, praiskhadyáshikh sétava maménta, f prisútstvii svidételei, s tem tchtobi abasnovát' fse déistviya i abespétchit' ikh zakónnast' i ligitímnast'.* Este é Anton Alexandrovitch, tradutor juramentado, que fará para o senhor a tradução oral, com fé pública, de todos os procedimentos a partir de agora, diante das testemunhas, de modo a substanciar todos os atos e garantir sua legalidade e legitimidade.

A partir daí, era apenas jurisdição brasileira.

– Senhor, qual é o seu nome? – pergunta-lhe Paulo Roberto, Anton Alexandrovitch vertendo para o russo.

Morogovsky se mantém calado, o advogado que os acompanhara até a porta, ao seu lado, lhe fazendo um gesto sutil para que silenciasse.

– O senhor reconhece formalmente este homem? – pergunta Paulo Roberto a um homem que Maria Claudia não sabe dizer quem é, apontando-lhe Mikhail Morogovsky.

– *Vi uznaióte étava tchelovéka?* – repete a pergunta, em russo, Anton Alexandrovitch, para que o magnata soubesse o que se passava.

– Sim – responde o homem, que era o Juiz de Paz que acabara de celebrar o casamento civil – Trata-se de Mikhail Ilitch Morogovsky, que foi testemunha do casamento realizado aqui esta noite.

– Ele se identificou com esse nome e apresentou o documento? – pergunta Paulo Roberto.

– Perfeitamente – confirma o Juiz de Paz, enquanto Anton Alexandrovitch traduz para a língua russa todo o diálogo – Aqui está sua assinatura e o número de seu passaporte.

– Senhor Mikhail Ilitch Morogovsky – diz Paulo Roberto em voz alta e austera, Anton traduzindo para o russo – O senhor está detido por determinação da Interpol. Será encaminhado à Polícia Federal para os procedimentos de praxe, e em seguida, conduzido ao aeroporto, para imediata deportação, conforme prevêm a lei brasileira, os regulamentos internos da Polícia Federal do Brasil, e da Polícia Internacional.

– Vocês não podem fazer isto! – fala alto, a voz em falsete, o advogado.

– Podemos sim. Podemos e devemos – responde Paulo Roberto – O senhor, por favor, pode nos acompanhar, para verificar todo o procedimento. Os documentos estão todos aqui, em português e em russo, das justiças brasileira e russa, da Interpol, e do Superintendente da Polícia Federal. Sr. Anton, por favor, pode ler estes aqui, onde estão sublinhados, para o Sr. Mikhail Morogovsky. E ainda os que o Dr. Ivan tem em mãos, queira por favor lê-los em voz alta, em russo e em português, para o detido, para nós e para o advogado. Sr. Advogado, aqui está o mandado judicial, para o senhor examinar e confirmar a legalidade destes atos.

– O rapaz, Dr. Paulo Roberto – diz um investigador, aproximando-se, trazendo ao seu lado, de dentro da festa, um rapaz de seus vinte anos, branco feito vela, que o magnata e o advogado reconhecem imediatamente. Era um dos estagiários do escritório de Tércio Junqueira. Que tinha ido buscar Mikhail Morogovsky no Uruguai, de carro.

– Eu... – o moço está quase se borrando nas calças do smoking.

– Calma, menino. São só averiguações, esclarecimentos, e alguns depoimentos. Não precisa dizer nada agora – diz Paulo Roberto, sinceramente lamentando ter o jovem estudante de Direito se envolvido e comprometido daquela forma, vendo se aproximar também as duas agentes femininas da polícia, trazendo com discrição a amante do magnata, lívida e apavorada dentro do vestido de gala cheio de brilhos, atrás delas o marido, falando no celular:

– Ernani..? – diz ele, aflito, para o amigo que jantava com a esposa e amigos num restaurante barulhento, e que se levantara da mesa para melhor ouvir o colega de infância que lhe telefonava em pleno sábado à noite, a voz bastante perturbada.

– Vai pedir para ele fazer nosso divórcio...? – pergunta-lhe a amante do magnata, ao ouvir o marido chamar no celular o nome do advogado de Direito de Família, dono de um tradicional escritório da cidade.

– Não... – responde o marido, esticando a mão para segurar a da esposa – Vou pedir que ele venha, ou mande alguém, para te... para nos ajudar.

Anton Alexandrovitch, lendo e traduzindo documentos para o magnata e ouvintes, nem percebe quando um carro dirigido por investigadores se aproxima e para junto ao volumoso grupo de convidados e policiais, após dobrar a esquina, vindo do lado de trás do majestoso prédio da Estação, trazendo um elegante casal.

– Estavam saindo pela porta de serviço, Dr. Paulo Roberto – informa o investigador saindo do banco do passageiro, apontando para Tércio Junqueira e a esposa, sentados no banco de trás, incrédulos e rendidos.

– Indo embora tão cedo do casamento de sua filha, Dr. Tércio? – pergunta Paulo Roberto, inclinando-se para falar com eles. – Nós não íamos tirá-los da festa, não precisamos do senhor agora, pode voltar.

– Minha mulher não está se sentindo bem – responde o advogado, uma obstinada e altamente imprudente ponta de arrogância na voz.

– Nós os acompanharemos até o pronto socorro.

– Não vai ser necessário, estamos indo para casa. E eu exijo uma retratação de vocês!

– Nós fazemos questão de garantir que tudo esteja bem com ambos. Dois de meus homens os acompanharão até sua casa, então. E lá aguardarão que o senhor acomode sua esposa e possa vir prestar alguns esclarecimentos. Quanto à retratação, veremos como ficam as coisas, depois que conversarmos.

– *Mikhaíl Il'ítch Maragófski* – Ivan começa a falar quando Anton Alexandrovitch termina de ler o último documento, deixando o advogado do escritório sem ação – *v azhidánii dipartátsii vi zadérzhani brasíl'skoi fidirál'noi palítsiei i aristóvani pa zakónu i pravassúdiyu Rassiskai Fidirátsii i apridiléniyu Interpóla, saglásna dakuméntam, katórie vam bíli tól'ka shto pirividiní i pratchtiní nadlizháshim óbrasam.*

Anton Alexandrovitch traduz para todos entenderem:

– Mikhail Ilitch Morogovsky, o senhor está detido pela Polícia Federal brasileira aguardando deportação, e preso pela lei e justiça da Federação Russa e por ordem da Interpol, conforme os documentos que acabam de lhe ser devidamente lidos e traduzidos.

Um sem-número de fotógrafos lança uma saraivada de *flashes* sobre todas as pessoas, enquanto repórteres dos principais jornais, revistas e redes de televisão, alertados via celular, começam a chegar e tentar se aproximar, alguns já fazendo perguntas aos investigadores.

– Todo mundo pra Hugo D'Antola! – fala alto Paulo Roberto, indicando o endereço da Polícia Federal.

– Ele achava que vinha passar um fim de semana no Brasil – diz Paulo Roberto, a fala mansa outra vez, para Maria Claudia, sentada à sua frente em sua sala, na Rua Hugo D'Antola – Pra esse casamento nababesco que provavelmente é ele quem tá patrocinando. Achava que a polícia não ia nem ver que ele esteve aqui. O que ele não podia imaginar é que tinha alguém da justiça russa falando português como Ivan, feito um brasileiro, e que em uma semana junto com a gente organizou Rússia e Brasil pra essa megaoperação. Se não fosse o Ivan intermediando tudo pros dois lados, não dava pra fazer tudo o que foi feito, em tão pouco tempo. E o bandidão não contava com isso. Achava que quando a polícia desse conta, ele já teria caído fora. Se ferrou. Ele sabia que a Rússia tava se articulando pra entrar com o pedido de extradição assim que ele pusesse os pés aqui. E era isso que o Ivan tava querendo: levar o cara a entrar no Brasil com passaporte falso. O Ivan fez de propósito, e o cara pegou a isca. Não vai ser extradição, Claudinha. Ele vai ser deportado. Que é atribuição da Polícia Federal, e é muito mais célere e automático do que a extradição. O pedido de extradição, lá em Brasília, no Supremo Tribunal Federal, demora pra ser julgado. Se o cara entra com o passaporte e o nome verdadeiro, Mikhail Ilitch Morogovsky, ele é detido em função do pedido de extradição, e a gente corria o risco de ele conseguir *Habeas Corpus* pra aguardar o julgamento solto e acabar se safando, ou até escapando. Como as polícias dos dois lados sabiam que ele tinha grandes chances de vir pro Brasil por esses dias, o Ivan jogou a isca. Ou ele vinha com o nome verdadeiro e encarava o pedido de extradição, ou vinha com nome e passaporte falsos – que foi o que ele fez – e é deportado sumariamente, pela Polícia Federal, sem necessidade de ordem judicial, nem nada. Mas até isso nós obtivemos: ontem no final da tarde conseguimos o mandado, na Justiça Federal. Ele nunca enganou a Polícia Federal: no momento que ele colocou os pés no Brasil, vestido de mulher, nós já sabíamos que era ele, e ficamos na cola dele todo o tempo, não o perdemos de vista. Ele então pode ser mandado embora já, e é o que vai acontecer, Claudinha. Foi pra isso que o Ivan veio. Ele queria estar junto na hora de pegar o sujeito.

– Mas não parece um pouco inocente dele, não saber que isso podia acontecer?

– Essa gente é assim, Claudinha. Acham que com todo o dinheiro que têm, vão sempre se safar de qualquer coisa. E vão arriscando cada vez mais. Nenhum deles dura muito, não. Essa é a sina de todo bandido, pequeno ou graúdo. Ou acordam e param com as falcatruas, pra poderem chegar à velhice, ou acabam presos ou mortos ainda jovens – pela polícia ou pelos desafetos deles mesmos. Eles têm inimigos por todos os lados, todo mundo sabe disso.

– Esse nem é assim tão jovem...

– Pra você ver... O dia dele chegou, afinal.

Maria Claudia não tinha nem cogitado ir para casa. Assim que ouvira Paulo Roberto gritar "Todo mundo pra Hugo D´Antola!", tomou também para si aquela ordem, tirando da bolsinha prateada a chave do carro que o investigador lhe havia devolvido. Percebera que Ivan estava tenso e não viria falar com ela naquele momento, de longe acenando para ela, grudado no magnata.

E parte da festa de casamento se transferiu então para o prédio da Superintendência da Polícia Federal, onde inúmeros carros chegaram trazendo dezenas de pessoas vestidas a rigor, os funcionários de plantão, saindo da sonolência e do tédio, acendendo todas as luzes, dando apoio, abrindo portas, passando os "visitantes" pelo detector de metais, fazendo o cadastro no computador à entrada, mal reconhecendo alguns colegas naqueles trajes requintados. Cada delegado tomando parte na operação sentando-se à sua mesa para dar sequência e finalizar os trabalhos. Em uma sala, a amante de Morogovsky, o marido acompanhando-a, aguardava a chegada de seu advogado para começar a dar seus esclarecimentos. Do lado de fora da sala de Paulo Roberto, aguardando ser chamado, o estagiário que tinha ido até o sul do Brasil alugar um carro, para atravessar a fronteira com o Uruguai e buscar o magnata. Os advogados do escritório de Junqueira, assim que dobraram a esquina na Rua

Hugo D´Antola e se viram de frente com a realidade, estacionando a alguns metros do prédio, as pernas bambas, relutantemente se encaminhando até ele, haviam invocado o direito de manter silêncio, sabedores que eram de haverem colocado seus nomes e assinaturas em papeis suspeitos para aquele cliente e para outros. Aguardavam a chegada de Tércio Junqueira, que no último instante os proibira de falar o que quer que fosse. Na grande sala que usara durante todos aqueles dias de exaustivo trabalho conectando os quatro cantos do mundo, Ivan e Mikhail Morogovsky, a sós, após ter o magnata confessado formalmente seu ingresso no país por meio de artifício fraudulento, a Polícia Federal colocando lado a lado diante dele seu passaporte verdadeiro e aquele apreendido, por mandado judicial, na casa da amante. Do lado de fora, guardando a porta, dois policiais.

A Operação Caipiroska tinha tido agentes em todos os aeroportos do Brasil e também nos portos e fronteiras por onde poderia adentrar o magnata. Plenamente informados, fizeram vistas grossas quando um carro brasileiro cruzou a fronteira do Uruguai para o Brasil, dirigido por um rapaz, trazendo ao seu lado o que parecia ser talvez uma tia, uma amiga de sua mãe, uma senhora com passaporte uruguaio - essa tinha sido a falsificação engendrada pelo oligarca. E no aeroporto de Porto Alegre, como se nada de excepcional estivesse acontecendo, os agentes lá postados apenas observavam o movimento comum de passageiros em voos domésticos, ligando em seguida para seus colegas em São Paulo. Sentado à porta da sala de Paulo Roberto, o estagiário, pávido e prostrado, descobria que estava enfiado até o pescoço naquela lama toda, cujas consequências ele não tinha mesurado, dois dias antes. Tinha recebido a ordem de ir buscar o cliente no Rio Grande do Sul, na pitoresca cidade fronteiriça onde o canteiro central de uma avenida faz a divisa dos dois países: de um lado, a brasileira Chuí, do outro, a Chuy uruguaia. Deveria alugar um carro e trazer o poderoso russo até Porto Alegre, com ele pegando o avião para São Paulo. Ninguém havia lhe dito que o milionário viria vestido de mulher e com passaporte obviamente falso. Quando, dentro do carro alugado, esperando à porta de um café, conforme lhe haviam instruído seus chefes, viu aproximar-se aquela velha que mais parecia uma dona de bordel, achou muito estranho. Mas quando a cafetina abriu a porta e se sentou ao seu lado, falando inglês com voz grossa e sotaque forte, aí ele entendeu tudo. Sentado à direção do carro alugado, no Chuí, o travesti sexagenário de bolsos cheios ao seu lado, os patrões ansiosos na capital paulista, o jovem estudante de Direito viu que fora pego numa cilada. Atordoado, as fichas caindo, o tipo de ilegalidade que aquele escritório era capaz de engendrar e acobertar se escancarando à sua frente, sem tempo para pensar, pois tinham horas contadas para chegar à capital gaúcha e pegar um avião, quando deu por si estava dando a partida e conduzindo o carro e o seu destino em direção àquele desfecho agora diante dele, aguardando ser chamado para falar com o Delegado da Polícia Federal.

Em São Paulo, a Polícia Federal tinha mantido vigilância, entre outros indícios, sobre a amante de Morogovsky, pois sabia que era com ela que ele manteria contato e encontros, no Brasil. No dia anterior, sexta-feira, quando o motorista da *socialite* saiu sozinho e foi seguido para um lado da cidade, e ela mesma foi seguida dirigindo seu próprio carro até o Aeroporto de Cumbica, a polícia brasileira e a Interpol já sabiam que o russo foragido haveria de chegar naquele momento. Mas ainda não sabiam de onde viria. O nome dele não constava em nenhum dos voos internacionais chegando perto daquela hora. Sabiam então que ele viria com passaporte e identidade falsos. E então receberam o telefonema com as informações vindas do Rio Grande do Sul. Parados alguns metros atrás dela no estacionamento do aeroporto, vendo-a sentada dentro do carro sem dele sair, os agentes federais sabiam que ela aguardava que o magnata viesse ao seu encontro, e outros deles já estavam então espalhados por todo o complexo aeroportuário, atentos a todas as pessoas circulando pela área de desembarque, as câmeras de vigilância registrando os passos de todo mundo por ali. Alguns passageiros chegam e se dirigem ao estacionamento, onde deixaram seus carros para vir pegá-los no retorno. Por entre as pessoas aguardando familiares e amigos, malas, abraços e a tripulação com rostos exaustos, um dos agentes nota a bizarra passageira que acabara de desembarcar de um voo doméstico, falando ao celular, dirigindo-se para o lado do estacionamento onde estava a *socialite*. Imediatamente ele reconhece Morogovsky e avisa por celular os agentes estacionados atrás dela, descrevendo a "passageira" e, já tirando fotos, vai confirmar em qual voo ele, ou ela, havia chegado, alertando os demais colegas em outros pontos do aeroporto. Em questão de minutos cruzam informações e imagens de câmeras, e chegam ao voo vindo de Porto Alegre, com a lista de passageiros. E os agentes camuflados no estacionamento, celulares e máquinas fotográficas a postos, a respiração em suspenso aguardando aproximar-se a pessoa descrita pelo colega, percebem que a *socialite* não se surpreende quando Morogovsky, de bolsa, peruca, *tailleur* e saltinho, bate no vidro com o dedo peludo e abre a porta do lado do passageiro, sentando-se ao lado da amante. Agora à frente de um delegado da Polícia Federal, o marido ao lado, a exuberante cinquentona tem exata noção de que é preciso manter-se de boca fechada até que chegue o advogado. O marido já a havia alertado, dizendo em voz baixa, por entre os lábios cerrados, que ela poderia ser considerada cúmplice no ato ilegal cometido pelo amiguinho russo, e talvez em outros crimes também.

– Tem uma sala ao lado da do Ivan, que é aquela onde tão os dois guardas, ali perto do fim desse corredor, Claudinha. Espera lá, ele já vai falar com você – diz Paulo Roberto, abrindo a porta e dando passagem para que Maria Claudia saísse e, dirigindo-se ao estagiário: Pode vir, por aqui.

– Eu... – diz o rapaz, cambaleando ao levantar-se.

Fechando a porta assim que entra o moço, Paulo Roberto volta à sua poltrona, atrás da grande mesa, sobre a qual estão as fotos da esposa e dos três filhos pequenos, e olha para o rapaz à sua frente, que parece estar prestes a chorar. Lembra-se de seu próprio tempo de estudante. Dos idealismos, das aspirações por justiça e saber jurídico, dos sonhos com grandes escritórios, dos equívocos nas escolhas de trabalho e de amigos, das decepções começando a pipocar por todos os lados logo ao se formar.

– Calma, rapaz – ele diz, com suavidade – Nem tudo está perdido pra você. Dá pra você sair dessa, sim, com só uma raspa de lôdo respingando em você, uma pena mínima. Você não tá pensando em contar com o Junqueira a essas alturas, eu imagino? Tá vendo bem, agora, aonde foi que eles enfiaram você?

– Eu... eu... – gagueja o estagiário.

– Tem desse tipo de advogados por aí, sim – continua Paulo Roberto – Só se engana quem quer, com a opulência, os escritórios poderosos, aquela sofisticação toda. São os advogados das piadas, cujos clientes são bandidos de todo tipo: crime do colarinho branco, traficantes de drogas, tudo que tem de pior. Não tou falando do advogado criminalista: o criminalista representa o cliente perante a justiça *depois* de cometido o crime. Não endossa nem muito menos concorda com o que fez o cliente. Eu falo desses outros, advogados inescrupulosos mesmo, que pisam na lei, que cospem na justiça. Esses na verdade se associam ao bandido, ajudam a arquitetar o crime, engendrando esquemas, armando o negócio, esboçando planos de saída e lavagem de dinheiro. A quem eles querem enganar? Não são representantes desses criminosos perante a justiça. São seus comparsas.

O estudante tem um sobressalto quando o delegado brada "comparsas", e mal consegue segurar as lágrimas. Pensa nos dias em que chegava à Faculdade vestido de executivozinho bem arrumado, se achando, enfiado em um de seus dois ternos da moda, com gravatas elegantes e sapatos impecáveis, fazendo amigos apenas entre os iguais a ele, orgulhoso por trabalhar em uma firma daquele porte, olhando com desdém para os colegas que trabalhavam em escritórios menores e mal tinham dinheiro para o almoço – como, de resto, ele também não tinha.

– Tava cumprindo ordem, eu sei. Mas você é maior e é responsável – prossegue Paulo Roberto, ainda com gentileza, porém firme – Deveria saber que o que estava fazendo era errado, era ilegal. Mas, é estudante, é jovem, e até certo ponto, inocente. Vai chegar aí o advogado da senhora, amiga do Morogovsky, nós podemos pedir a ele que te dê uma assessoria também.

– Eu... Não posso pagar... Preciso ligar pro meu pai... – diz o rapaz, a voz saindo como de criança, no meio do choro.

– Calma, rapaz – repete Paulo Roberto – Vamos falar com esse advogado. Quem sabe você acaba até arranjando estágio em um novo escritório? Porque esse que vem aí, sim. Esse tem lastro.

Maria Claudia se acomoda como pode em uma cadeira na sala que lhe havia indicado o colega. Era uma sala de espera e tinha aqueles bancos modulados, três ou quatro cadeiras siamesas, em estilo moderno, com estofamento azul, onde as pessoas se sentam após pegarem uma senha para aguardarem serem atendidas, e onde a brasileira até esboça se esticar e deitar de lado, mas logo percebe que não daria certo, sobretudo naquele vestido justo. Na verdade não tinha nada a fazer ali. Sua parte como coadjuvante na Operação Caipiroska já havia terminado. Mas a excitação da noite e de tudo que havia acontecido lhe roubara o sono, e além disso, não queria se distanciar de Ivan. Sabia que seu objetivo no Brasil estava se concluindo ali, na sala ao lado, e em poucos minutos terminaria. Queria ficar perto dele tanto quanto pudesse. Não sabia o que iria acontecer dali para a frente.

Na sala ao lado, após alguns telefonemas para a Rússia e para Lyon, na França, sede da Interpol, sentado à poltrona que usara toda aquela semana, de costas para a janela, braços apoiados sobre a mesa, Ivan olha para os papéis debaixo de seus olhos, mas já nem os lê. Relembra os últimos dias de investigações e principalmente, as últimas horas daquele sábado. Pouco mais de uma semana desde que havia chegado, parecia que estava no Brasil há um ano, e as lembranças do vai-e-vem da polícia se misturam com as horas junto a Maria Claudia. Ela havia vindo da festa para lá também. Onde estaria, agora? Levantando os olhos do papel como que para procurá-la ali na sala, encara diante de si o magnata conterrâneo, que foge de seu olhar. Observa os traços daquele homem, suas feições, a expressão agora sorumbática em seu rosto. Não fosse pelo *smoking* e pelo histórico, poderia ser qualquer dono de lojinha em Moscou. Ivan não tem nada mais a dizer a ele e, na verdade, nem quer fazê-lo. Sua missão no Brasil tinha sido a de localizar o foragido, organizarem-se para cercá-lo, abordá-lo conforme a lei, e, enfim, entregá-lo para a justiça russa. Não precisava dizer ao bandido o que pensava dele e de suas fraudes e velhacarias. A lei e a justiça russas já haviam dito tudo, e as autoridades de seu país se encarregariam de colocá-lo no seu devido lugar. À sua frente, Morogovsky, prostrado, amortecido, vencido, diminuído em estatura, reduzido ao corpo e às roupas sobre ele, nem sequer esboça pronunciar uma palavra. O silêncio naquela sala o oprimia e assustava mais do que o faria um inquérito nas profundezas dos prédios da polícia moscovita, na era soviética. Preferiria que o agente da FSB lhe fizesse perguntas, lhe desse ordens, ou até que gritasse. A autoridade que emanava do silêncio de Ivan e de sua postura superior e soberana assombravam mais do que o faria uma cena de histeria policial. Ali, naquela sala da Polícia Federal brasileira, nos olhos de Ivan, Morogovsky viu que chegara seu fim. Os advogados que o acompanharam mais nada poderiam fazer por ele. Em silêncio, frente a frente, os dois russos esperam, cada um de um lado da mesa e da justiça, a finalização da parte burocrática da operação, com policiais e investigadores, em outra sala, escaneando e enviando documentos, fotos, digitais e o mandado de prisão à Interpol que, em alerta vermelho desde que a

Polícia Federal os informara da entrada de Morogovsky em território brasileiro, confirma oficialmente a identidade. E Anton Alexandrovich junto a eles, traduzindo os últimos documentos.

– *Claudiúshka... Claudiúshka*! – diz Ivan, suavemente, sentado ao lado de Maria Claudia que, embora mal acomodada, pegara no sono, a cabeça apoiada de lado na parede atrás do banco.

– Hmmm..? – ela abre os olhos, levantando a cabeça, o pescoço dolorido.

– *Claudiúshka*, é melhor você ir dormir em casa – diz o russo, pegando-lhe a mão acetinada, afastando uma mexa de cabelo que caía sobre o rosto da brasileira.

– E aí...? Já terminou? – ela parece estar acordando de um sonho estranho.

– Só falta assinarem uns papéis... Acertarem uns detalhes... Só a finalização e então, eu...

– Ivan... – ela pergunta, mal ouvindo o que ele diz, olhando-o de cima a baixo, vendo que ele usava outro terno – O que houve com o seu *smoking*?

– Eu tinha que trocar, não é... Está lá na sala, um funcionário daqui vai devolver na segunda-feira.

– Mas... Como... Por quê...

Ivan explica que tinha voltado à tarde ao hotel para tomar banho e se preparar para a festa, e também para arrumar as malas e fazer o *check-out*. Mandara então sua bagagem para a Hugo D´Antola, deixando já preparado o terno que usaria, ao trocar o *smoking*, caso a Operação Caipiroska fosse cem por cento um sucesso.

– *Claudiúshka*... Eu estou indo levar o Morogovsky para Moscou...

– Agora?!

– Já. Estamos indo pro aeroporto. O voo sai às três da manhã.

Maria Claudia fica olhando para Ivan, uma mão na dele, a outra no ar, perto da boca aberta, incrédula.

– Como assim, Ivanzinho? – ela diz, num tom de voz mais baixo, o olhar triste, com as costas da mão livre acariciando o rosto do russo.

– Isso era previsto, *Claudiúshka*... Se *conseguíamos* fazer a prisão, com todos os papéis em ordem, a deportação seria imediata... Ninguém acreditava que seria tão rápido... Mas foi... – ele responde, segurando-lhe a mão, a voz mais baixa também, os olhos tristes como os dela.

– Dr. Ivan, já estamos descendo – vem dizer um dos investigadores.

– Ivan! – chama-o Paulo Roberto, da porta da sala, sem entrar – Se prepara, que tem um monte de jornalistas aí na entrada do prédio, de televisões do Brasil e do mundo todo. Tamos preparando a sala pra gente dar a entrevista coletiva, assim facilita as informações pra todo mundo. Vamos depressa.

– Não dá tempo, Paulo Roberto. Já estamos indo pro aeroporto. Você vai ter que dar essa coletiva sozinho.

Passando com dificuldade por entre os jornalistas, repórteres e fotógrafos que se aglomeravam à porta do prédio, tentando extrair do agente russo mais informações sobre a prisão do magnata, Ivan acompanha Maria Claudia até seu carro, caminhando abraçados, devagar, sem vontade de chegar à Eco Sport. Nenhum dos dois quer acreditar que dali a algumas horas estarão separados pelo oceano e vários mares. Maria Claudia começa a se dar conta de que vão se despedir ali, no meio da rua. Ivan, a cabeça rodando a mil por hora com tudo o que ainda terá que fazer para finalizar o episódio da prisão, se pudesse carregaria a brasileira com ele.

– Doutor, por favor – apressa-o um investigador, apontando para a porta por onde se podia ver, lá dentro, um grupo compacto de policiais, com Morogovsky no centro.

Chegando, enfim, ao carro de Maria Claudia, abrindo a porta do lado do motorista, se abraçam, como que para não mais se largarem.

– Dirige com cuidado, Claudiúshka... – ele aconselha, a voz triste, não sabendo mais o que dizer, fugindo do olhar da brasileira.

– Ivan... – ela diz, ainda em pé fora do carro, triste também – Ivanzinho... Você tem alguém te esperando...?

Ele pega o rosto da brasileira com as duas mãos e olha direto em seus olhos.

– *Claudiúshka*... Isso é uma pergunta, ou uma afirmação?...

Ela fica quieta, na expectativa, um nó na garganta, o olhar alternando de um para o outro olho azul do russo.

– Porque – ele continua, falando baixo e suave, antes de lhe dar um beijo na boca – Se é uma pergunta, só você pode responder... E se é uma afirmação, eu sou o homem mais feliz do mundo...

– Doutor! – chama outra vez investigador.

Capítulo 12

Domingo
23 de outubro de 2005

Rodovia Ayrton Senna

As madrugadas são todas iguais em Cumbica, o aeroporto internacional de Guarulhos, que serve a cidade de São Paulo. É sempre frio, cinzento, e venta bastante. É como se ali a noite fosse eterna. Aquele descampado cinza-chumbo, sem vida aparente. Dá a impressão de que nunca vai amanhecer. Mas amanhece, o sol sai, a temperatura sobe, os aviões pousam, os viajantes chegam. E alguns, se vão.

Desolada, sem forças, não conseguindo formular uma ideia ou uma decisão, Maria Claudia reluta em sair da poltrona onde ficara sentada, no andar do embarque do aeroporto, por mais de meia hora, olhando o vazio, tentando recuperar a coragem para se levantar e ir embora.

Ao se despedir de Ivan à porta da Polícia Federal, vira apenas pelo retrovisor o russo parado no meio da rua, observando a Eco Sport sumir de vista, levando para longe dele a brasileira, deixando-o ali, sozinho no mundo, retornando à entrada do prédio para buscar o magnata. Não vira quando Ivan passara enfim, Morogovsky ao lado, policiais e investigadores escoltando, atravessando a multidão de jornalistas e fotógrafos que, com seus *flashes*, luzes, holofotes, microfones e vans com antenas enormes, gritavam perguntas em todas as línguas, tentando obter mais informações de Ivan e de Paulo Roberto, mas principalmente, buscando ouvir o magnata e enquadrá-lo em suas telas. Seguindo-os atabalhoados, tropeçando uns nos outros e no emaranhado de fios e cabos, os repórteres não puderam se aproximar mais quando chegaram os carros que levariam os policiais e os dois russos, sempre lado a lado, para tomarem logo ali a Marginal Tietê e seguirem para o Aeroporto de Cumbica:

um carro levando os russos, outros três fazendo a escolta, as sirenes ressoando na noite.

Dirigindo pelas ruas de São Paulo, um carro da polícia acompanhando-a, a pedido de Ivan, evitando passar pelas avenidas onde os motoristas embriagados de sábado à noite punham criminosamente em risco a vida dos outros e as próprias, Maria Claudia tenta encarar com leveza e maturidade a despedida, a separação, o último beijo. "*Vamos ver o que a vida me traz*" vai ela dizendo para si mesma, com atenção redobrada à direção. Os motoristas se empolgam, à noite, como se todas as ruas virassem pistas de corrida. "*O que é do homem, o bicho não come*". Passando por uma das rotatórias da Avenida Marquês de São Vicente, um acidente, a polícia já está lá. Ela diminui ainda mais a velocidade e passa com cuidado, vendo se havia algum ferido. Aparentemente não, graças a Deus. Ela sempre fazia uma oração, quando via um acidente. "*O que tiver que ser, será!*" ela continua, pensando em Ivan. Embicando o carro na garagem de seu prédio, porém, malogrados todos os seus esforços, inconformada de terem se despedido tão de repente, imaginando tudo o que deveria estar se passando na Polícia e no aeroporto, Maria Claudia, num impulso, não pensando em mais nada, acenando em agradecimento ao policial que a escoltara, vendo-o ir embora, dá ré, põe o carro outra vez na rua e retoma o caminho em direção à Avenida Pacaembu, para dali pegar a Marginal. Relutando em pisar no acelerador, segue ela também em direção ao Aeroporto de Cumbica.

Às duas e cinquenta da manhã, a ala de embarque internacional fica praticamente vazia. Poucos voos para fora do país nesse período, não se vê muita gente por ali, ao contrário do que ocorre todos os dias a partir das quatro ou cinco da tarde, quando se acumulam as saídas para os quatro cantos do mundo, para os voos noturnos. Mas ainda assim, Maria Claudia chamou atenção, correndo pelo estacionamento onde deixara o carro e entrando afobada pela porta automática, vestida a rigor, longo de *chamois* e canutilhos brilhantes, cabelos ainda razoavelmente arrumados, sapatos de salto doze, bolsinha metalizada, *pashmina* caindo dos ombros. Apenas as luvas ela tirara, pois não conseguia dirigir com elas. Passando os olhos pelo saguão, logo imaginou que deveria ir até a sala da Polícia Federal, procurando as placas com avisos para localizar onde seria. Segurando a barra do vestido para não tropeçar, começa outra vez a correr em passos curtos – o longo era justo – até que enfim encontra a sala que procurava, sendo obviamente barrada pelo policial de plantão ali naquela hora.

– Eu preciso falar com o Dr. Ivan, o agente russo que vai embarcar. Ele deve estar aí!

– Senhora... – tenta impedi-la o policial.

– Por favor, eles já vão embarcar, você deve saber quem é. Eu preciso falar com ele! É rápido!

– O que está acontecendo? – pergunta um investigador, de *smoking*.

– Por favor... – lhe pede Maria Claudia – O Ivan...

– Ah, a senhora é a amiga do Dr. Ivan? Por aqui. Pode deixá-la entrar.

Maria Claudia entra pelo corredor, ainda com pressa.

– Senhora...?

– Maria Claudia.

– Maria Claudia – repete o policial a rigor – Eles já estão dentro do avião. Vão levantar voo na hora certa, às três da manhã. É o voo da Turkish Airlines, que faz São Paulo-Istambul. De lá eles pegam um voo para Moscou.

Criando coragem para ir embora do aeroporto, Maria Claudia percebe que não há mesmo mais nada a fazer ali. Tinha visto o avião decolar, da janela da sala da Polícia Federal. E tinha tido que se contentar com um aceno para o enorme Airbus, como se o equipamento fosse capaz de passar o recado ao russo de que ela havia vindo até ali para um último adeus. Mandou um torpedo, *"Boa viagem... Toma cuidado..."*, mas não achava que Ivan teria tempo ou condições de ler. O que tinha ela imaginado que aconteceria, afinal, ao vir a Cumbica? Sabia que Ivan estava completamente tomado pela ação policial que viera executar, e que aquele era o momento crucial de toda a operação, quando toda a concentração e energia do russo deveriam ser direcionadas para o magnata ao seu lado, até chegarem ao destino final. Ainda que tivesse chegado a tempo de encontrá-lo, não poderia ela esperar que ele lhe desse atenção. Não poderia, como uma adolescente apaixonada cheia de dúvidas, enchê-lo de perguntas, tirando-o do estado de alerta na hora mais importante, quando qualquer descuido poderia ser fatal. Com um nó na garganta, depois de ver sumir no céu o avião que o levava embora, tinha saído depressa da sala da polícia, com medo de desabar e chorar na frente dos investigadores, e ficara aquela meia hora lutando contra as lágrimas num banco do saguão, tentando em vão acalmar os pensamentos e o coração.

Já tendo sido revistado, sem nenhum objeto nos bolsos, sem gravata, sem cinto e sem os cadarços dos sapatos, o ex-magnata segue para seu destino mudo, prostrado, rendido e subjugado na poltrona do avião. Ao seu lado, pronto para algemá-lo se preciso, após todas as formalidades e tensão que antecederam o embarque, a longa viagem até Istambul pela frente, Ivan finalmente respira fundo, coloca o cinto de segurança e acena com a cabeça para o comandante, que viera confirmar com o sinal do agente russo que tudo estava correto com aqueles passageiros especiais e podiam levantar voo. A partir desse momento, teriam aquele hiato de doze horas dentro do avião, nada mais havendo aos dois russos a esperar a não ser a chegada ao continente europeu. Colocando nos ouvidos os fones e conectando-os ao sistema de som do avião, onde encontra um canal de música suave, Ivan podia agora relaxar, pelo menos parcialmente. Aquela era a penúltima etapa de toda a operação que o trouxera ao Brasil. Na conexão em Istambul ainda havia alguns protocolos e regras a serem cumpridos antes de pegarem outro voo da própria Turkish Airlines e enfim chegarem a Moscou, onde ele entregaria Morogovsky às autoridades. E aí terminaria sua participação naquela que tinha sido talvez a tarefa mais difícil em sua carreira, envolvendo a ação conjunta de vários países e da Interpol, a que mais havia exigido paciência e atenção, e certamente a que mais lhe tinha trazido surpresas em todos os anos que ele havia servido a inteligência russa. Na verdade, tinha sido muito mais do que uma missão profissional...

De olhos fechados, o avião se preparando para decolar, Ivan vê passarem na mente as imagens de todos aqueles dias no Brasil, ao lado de Maria Claudia. Cada momento, cada encontro, cada conversa, cada gesto. Com o avião taxiando, ele abre o celular onde lê mais uma vez a mensagem, *"Boa viagem... Toma cuidado"* e fica olhando o texto, namorando-o, como se fosse um pedaço de Maria Claudia ali com ele. E o rosto da brasileira lhe aparece mais uma vez, no instante em que haviam se despedido, à porta da Polícia Federal, e ele vira o carro se afastar, levando-a para longe dele, como um pedaço dele sendo arrancado, deixando-o sozinho no meio da rua, largado no mundo. À cabeceira da pista, o avião aguarda poucos segundos pela ordem para sair. O sorriso de Maria Claudia. Seu olhar de lado, observando-o. O avião aciona os motores e começa a seguir pela pista. Sua risada alegre. Seus cabelos, seu cheiro, suas roupas. Correndo mais agora, os passageiros em alerta, respirações em suspenso. Seu jeito de falar, seus rompantes, seus silêncios. Impiedosamente tomando velocidade, as luzes de sinalização da pista passando depressa. Seu abraço, sua pele, seus beijos... Enfim largando o chão, ganhando altura, o avião se põe nos ares, inclinando um pouco e retomando a posição, fazendo uma larga curva, tomando a direção do norte. Ivan olha pela janela. No céu, a luz das estrelas; lá embaixo, as luzes de São Paulo, das quais ele se despede, um nó na garganta, apoiando a cabeça no encosto da poltrona, de olhos novamente fechados, duas lágrimas prontas para escorrer, em seus ouvidos, Frank Sinatra, *the voice,* cantando *"Someone to light up my life"*, a versão em inglês de "Se Todos Fossem Iguais a Você", de Tom Jobim e Vinícius de Moraes,

> *...Where shall I look for the love to replace you*
> *Someone to light up my life...*

Arrastando no chão a *pashmina* que trazia na mão, caminhando desoladamente pela área de embarque agora deserta como um salão de baile depois que saíram todos os convidados, Maria Claudia segue devagar para o estacionamento, a cabeça amortecida, o olhar perdido, o dia se esforçando para amanhecer, uma chuva muito fina começando a cair. E na saída do aeroporto, à entrada para a Dutra, estrada que liga São Paulo ao Rio de Janeiro, num impulso, instintivamente, o coração apertado, sequer conseguindo formular um raciocínio, ao invés de entrar à direita de volta a São Paulo, Maria Claudia dá a seta e toma o caminho oposto, para a Rodovia Ayrton Senna, em direção a Ubatuba, o limpador de para-brisa na velocidade mais lenta, arrastado, uma passada a cada cinco segundos, acompanhando a baqueta da bateria no clássico que o rádio começa a tocar, de Jobim e Vinícius, *Eu Sei Que Vou Te Amar*, com o sublime violão de Toquinho, e nas vozes de Maria Creusa e do poeta, que encerra com seu *Soneto da Fidelidade,* as lágrimas enfim correndo pelo rosto da brasileira.

> *...Eu sei que vou te amar, por toda a minha vida eu vou te amar*
> *Em cada despedida eu vou te amar, desesperadamente, eu sei que vou te amar...*

O Hotel Sol e Vida não esperava muita gente naquele fim de semana. Na verdade, não esperava ninguém. Até o pessoal tinha sido liberado em meio período, para que pudessem ir votar no referendo do desarmamento. Era pena, porque aquele era um domingo de céu azul e muito sol no litoral norte paulista, coisa rara, que não podia ser desperdiçada. Para quem tinha descido a serra, tinha sido excelente, pois o tráfego estava livre e as praias estariam paradisíacamente vazias. Passava das sete e meia da manhã quando Maria Claudia entrou no pequeno estacionamento atrás do hotel, como havia feito, apenas dois dias antes, com Ivan. Àquela hora, não havia ninguém na recepção nem ali por perto, na entrada. Entrando cuidadosamente, a vista ofuscada pela claridade do lado de fora, ela arregala os olhos no escuro do hall para tentar localizar alguém.

– Bom dia!... – ela chama, à porta da cozinha, na esperança que ali ao menos houvesse um funcionário, sua voz o único som quebrando o silêncio.

Sem nenhuma resposta, segue pelo *hall* cheio de plantas e flores até o alpendre e a piscina, igualmente desertos, a linda vista do mar da manhã trazendo-lhe mais tristeza do que alegria, junto com lembrança dela e do russo naquele mármore todo, mergulhando na piscina ao entardecer. O azul do céu, o ar salgado, a brisa suave, o cheiro doce das alamandas, as pequenas ondas batendo na praia, tudo era igual à sexta-feira, tudo remontava àqueles mágicos momentos, tudo acentuava a ausência de Ivan. Com o olhar perdido no horizonte e o pensamento longe dali, ela nem vê os minutos passarem, as lembranças puxando sua alma para uma outra dimensão, onde ela e o russo continuavam juntos.

– Bom d... Dra. Maria Claudia! – exclama Beleza, vindo de lá de dentro, reconhecendo a hóspede, surpreso em vê-la ali outra vez, encantado com o vestido, medindo-a de cima a baixo – A senhora tá indo ou vindo de uma festa?!

– Oi, Beleza! Bom dia! Ih, é uma longa história, essa festa...

– Deixa eu ver! – o rapaz toma a liberdade de pegá-la pela mão e fazê-la dar um giro pra que ele admire melhor a roupa.

– Beleza, tem um quarto pra mim? E dá pra eu tomar café da manhã? – ela pergunta, ao terminar a exibição, dando-se conta de que não dormira nem comera nada a noite toda.

– Aquele mesmo quarto da sexta-feira, se você quiser! E também as roupas que vocês compraram, vocês deixaram o pacote aqui. Nós guardamos, vou lá dentro pegar! O Dr. Ivan não veio? – pergunta o rapaz, já se arrependendo de fazê-lo, vendo no semblante da paulistana que alguma coisa no romance ia mal, pois nenhuma mulher de bem com a vida trazia aquele olhar choroso que ele agora via na amiga hóspede.

– Longa história também, Beleza... Posso depois usar o computador de vocês? Tou sem meu *laptop*, e preciso acessar o site do Tribunal Superior Eleitoral, pra achar o número do meu título de eleitor e imprimir o formulário de justificativa.

– Vamos lá dentro, pode usar já o computador. Que arraso, menina!! – ele diz, mais uma vez admirando o vestido.

Maria Claudia já estava na estrada quando se lembrara do referendo, que teria que justificar a ausência, e que obviamente não sabia de cor o número de seu documento eleitoral. Depois de encontrá-lo pela Internet, rapidamente sobe para o quarto e se troca, colocando o shortinho branco, a blusinha amarela e as sandálias Havaianas, indo logo em seguida para o centro de Ubatuba, para se livrar de uma vez da responsabilidade.

Os ubatubenses levantavam cedo mesmo no domingo e aquele em especial não era diferente. Iam diligentemente exercer sua cidadania, como todo o Brasil, decidindo sobre aquele tema tão delicado e urgente: o porte de armas e a violência decorrente dele. Ainda que esse problema afetasse mais as grandes metrópoles do que pequenas cidades como Ubatuba, era um mal endêmico que se alastrava por todo o país, em maiores ou menores proporções. Muito questionado por vários cidadãos quanto à sua utilidade, quanto ao seu proveito, quanto à forma como havia sido conduzido e explicado, aquele referendo fazia com que, no mínimo, as pessoas parassem para pensar no assunto, e formassem uma opinião pessoal sobre ele. Como em todas as eleições Brasil afora, pairava no ar aquela sensação de cidadania, de democracia viva, de poder na mão do povo. Cada eleitor se sentia especialmente importante nos dias de pleito. Era o seu voto se juntando aos de milhões, determinando os rumos da nação. No final, a vontade da maioria prevalecendo. Assim funciona um estado democrático. Nada mais óbvio, fácil e organizado. Maria Claudia, porém, não estando em São Paulo, seu domicílio eleitoral, não poderá opinar sobre o desarmamento: terá apenas que justificar sua ausência, para não ter complicações no futuro.

Na sessão onde vai entregar a justificativa, Maria Claudia encontra outros turistas que não quiseram perder o fim de semana de praia em nome daquele referendo para eles sem sentido. Algum tempo de espera na fila, os ventiladores à toda espalhando ar quente pela sala, ficam trocando algumas palavras amáveis uns com os outros, todos aflitos para irem logo embora dali, para a praia, para um passeio de barco, para suas casas litorâneas, para o mar, enfim. Todos, menos Maria Claudia. Para ela era indiferente se a fila andasse depressa ou demorasse mais de uma hora. Tanto fazia. Ir para a praia ou para a praça ou para o quarto, dormir. Era-lhe igual. Seu cérebro estava embotado, incapaz de dar sequência a uma ideia ou sequer a uma frase, apenas a imagem de Ivan segurando seu rosto à saída da Polícia Federal, beijando-a depois daquelas palavras, feito uma gravura colada na mente. Quando chegou sua vez de entregar o formulário, já preenchido, teve que cobrir com a mão a boca que se abriu num largo bocejo.

– Acordou agora há pouco? – brinca o mesário.

– Hã..? Sim... – ela responde, sorrindo, pegando o papel com o carimbo do Tribunal Eleitoral, lembrando-se que não dormira essa noite, nem se deitara, que havia dirigido de madrugada até Ubatuba, e que estava exausta. Quer ir direto para o hotel e se jogar finalmente na cama. Mas ainda não iria poder fazê-lo.

Quando chega de volta ao hotel, passado das dez horas da manhã, vários funcionários já tinham ido votar e retornado, entre eles o próprio Beleza, que a vê entrar e logo vai gritando:

– Dra. Maria Claudia! Que loucura foi essa?! Menina, vem contar aqui pra gente!

Sonolenta mas curiosa, Maria Claudia vai até a sala na administração do hotel onde um amontoado de funcionários se acotovelava para ver a tela do computador, o mesmo que ela havia usado pouco antes.

– Olha ela aqui! – grita Beleza.

Todos levantam as cabeças para vê-la, como se ela fosse uma celebridade.

– Ela é a namorada do russo! – ele explica.

– O mocinho ou o bandido? – pergunta o rapaz que limpa a piscina e cuida do jardim.

– O loiro!

Maria Claudia se aproxima da tela que uma funcionária vai mudando, acessando várias páginas de diferentes sites e portais, fazendo lugar para que Maria Claudia se sentasse ao seu lado.

– Todos os jornais do mundo tão só falando disso!! – diz alguém atrás delas.

– Você precisa ver o vestido que ela tava usando! – Maria Claudia ouve Beleza comentar.

Acomodando-se junto à moça, Maria Claudia revive quase toda a noite da véspera na tela do computador, nas miniaturas de cenas que ela havia presenciado ao vivo, horas antes: fotos da festa de casamento na Estação Júlio Prestes. Morogovsky ainda dentro do salão, ao lado de Ivan, a amante no plano de trás com cara assustada. Os noivos, olhando para a câmera, apaixonados, taças de champanhe nas mãos, alheios a tudo. Paulo Roberto à porta da Estação, falando a um repórter. Morogovsky tentando se soltar de um braço que o segura, a boca torta numa carranca. Tércio Junqueira, de perfil, o rosto arreganhando, gritando com alguém. Ivan no meio de alguns homens, mais alto que todos, Morogovsky ao seu lado, de cabeça baixa. O grupo todo saindo da Polícia Federal, Morogovsky tentando tapar a câmera com a mão.

A imprensa brasileira e mundial não tinha ido dormir, sacudida pelo episódio, São Paulo no epicentro das notícias. Todos os jornais e televisões do mundo abrindo espaço especial para matérias sobre a megaoperação ocorrida no Brasil, onde o oligarca russo, que estivera na mídia nos últimos anos ora enaltecido pela ousadia empresarial, ora desmascarado pela forma como havia alcançado a condição de bilionário, ora nas festas junto ao *jet set* e às celebridades, ora nas colunas policiais e nas publicações oficiais dos julgados e das sentenças criminais na Rússia, agora aparecia prostrado, humilhado e ofendido, rendido e finalmente a caminho de onde a justiça russa havia determinado que ele deveria ficar. E as manchetes se desenrolando na Internet:

Estadão.com:

"Ação conjunta das polícias brasileira e russa em megaoperação com a Interpol deporta para a Rússia magnata condenado pela justiça russa"

Folha de S. Paulo.com:

"Operação Caipiroska prende e deporta oligarca russo foragido da justiça"

Jornal do Brasil.com:

"Alerta vermelho da Interpol: Morogovsky é preso no Brasil"

Uol.com:

"Magnata russo preso em São Paulo em festa de casamento"

Diário Popular.com:

"Noite de gala na Polícia Federal, depois do *esquenta* em casamento milionário"

Jornal da Tarde.com:

"James Bond russo leva magnata ladrão pela orelha de volta para Moscou"

E as manchetes internacionais, entre elas as russas, as mais bombásticas, em letras garrafais, com a foto do magnata subjugado, entre os agentes de polícia:

Ria Novosti:

Maragófski aristóvan f San-Paulo (Brasíliya) rassiiskai e brasil'skai palítsiyami.

Pratséss dipartátsii pradvigáetsa – Maragófskava ozhidáiut v Maskvé v blizháishie tchassí (Morogovsky preso em São Paulo, Brasil, pelas polícias brasileira e russa

Deportação em andamento – aguardado em Moscou nas próximas horas)

Kommersant:

Maragófski aristóvan v Brasílii pad zvúki músiki Tchaikóvskava. (Morogovsky preso no Brasil ao som de Tchaikovsky)

Corriere della Sera:

Oligarca russo arrestato e deportato a Sao Paulo, Brasile.

El Pais:

Potente matón ruso detenido en Brasil y deportado a Moscú.

Le Monde:

Avec le mandat d'arrêt délivré par l'Interpol, Morogovsky est arrêté et déporté par la police brésilienne (Com mandado de prisão emitido pela Interpol, Morogovsky é preso e deportado pela polícia brasileira)

Washington Post:

Joint action of Interpol with Brazilian and Russian Police arrest and deport Mikhail Morogovsky (Ação conjunta da Interpol com as polícias brasileira e russa prende e deporta Mikhail Morogovsky)

CNN:

Morogovsky arrested in Brazil and deported by Brazilian Police force with the help of Russian FSB agent

International observers question the legality of the arrest

(Morogovsky é preso no Brasil e deportado pela polícia brasileira com a ajuda de agente russo da FSB

Observadores internacionais questionam a legalidade da prisão)

E no *Globo.com*, para o deleite e explosão de risadas dos internautas mundo afora, sob a foto de Morogovsky vestido de mulher, parafraseando a aclamada peça teatral carioca: "Morogovsky, quem diria, acabou no Irajá!"

Rodeada por todos os funcionários do hotel e até por alguns hóspedes, que queriam saber dela sua própria versão dos fatos, muito mais emocionantes do que descreviam os jornais, Maria Claudia não pôde evitar continuar junto a eles a despeito da exaustão que agora se abatia sobre ela com força. Procurando não dar os detalhes, contou por alto os passos daquele dia até a hora da festa, sendo o momento da valsa o que mais empolgou os ouvintes. Queriam saber tudo. As roupas das pessoas. Quantos policiais estavam agindo. Se haviam muitos seguranças. A cara do magnata ao ser abordado. A reação da amante. A braveza de Ivan. O namoro dela com o bam-bam-bam russo, que tinha estado ali no hotel dois dias antes. Já era hora do almoço quando lhe deram trégua, não sem antes alguém chamar de outra sala onde a televisão reprisava a entrevista coletiva Paulo Roberto:

– Doutor! Doutor! Por favor... Em que consistiu a ação da Polícia Federal esta noite? – gritam alguns repórteres, enquanto os delegados e investigadores vão se colocando à mesa e aos microfones, o tradutor oficial da Polícia Federal a postos para a versão para o inglês, Anton Alexandrovitch também lá, para a tradução simultânea que faria para um canal de televisão russo, o mundo todo ligado àquela entrevista.

Paulo Roberto aguarda que os jornalistas façam silêncio, na sala de imprensa da Polícia Federal.

– Na noite deste sábado – começa ele, com a voz mansa de quem fala a uma criança de três anos – Por volta das onze horas da noite, a Polícia Federal, atuando junto com a Interpol, a polícia internacional, com um mandado de prisão emitido por esse órgão internacional, efetuou a prisão de Mikhail Morogovsky, cidadão russo procurado pela justiça de seu país, com sentença criminal transitada em julgado e ordem de prisão emitida pelo judiciário da Federação Russa. A prisão ocorreu em São Paulo, após meses de investigação e preparação de todos os documentos necessários à legalidade da ação tanto pela polícia brasileira quanto pela russa. Em paralelo à ordem de prisão da Interpol, da qual Brasil e Rússia são membros, a Polícia Federal Brasileira estava monitorando Mikhail Morogovsky desde o dia anterior, sexta-feira, quando o senhor Morogovsky, com o conhecimento da Polícia Federal, entrou no território brasileiro através de passaporte e identidade falsos, porém imediatamente reconhecido pelas autoridades alfandegárias na fronteira do Brasil com o Uruguai. Em ação controlada, prática esta comum nas polícias de todos os países, a Polícia Federal deixou o Sr. Morogovsky entrar no país e seguir para seu destino, na capital paulista, acompanhando cada um de seus passos todo o tempo, para efetuar a prisão no momento mais oportuno. A deportação imediata nesses casos, como vocês sabem, é prerrogativa da Polícia Federal, que pode e deve devolver o indivíduo ao seu país de origem sem a necessidade de nenhuma intervenção do judiciário, sem a necessidade de mandados ou sentenças judiciais. Mas ainda assim, obtivemos junto à Justiça Federal o devido mandado, para corroborar a ação. Tivemos então, na noite de ontem, dois atos distintos: a deportação de Morogovsky para a Rússia, que teria ocorrido de qualquer forma, pelos fatos narrados, e a prisão em função do mandado emitido pela Interpol.

– *Can Brazil extradite a Russian citizen? Is there an ongoing extradition demand being judged at the Brazilian Supreme Court? Shouldn´t there have been a sentence by the Highest Court?* – interrompe um jornalista estrangeiro, em inglês, num tom impertinente.

"O Brasil pode extraditar um cidadão russo? Há um pedido de extradição em trâmite, no Supremo Tribunal Federal? Não tem que haver uma sentença, do Supremo Tribunal Federal?"

– Sim – responde Paulo Roberto, na mesma voz lenta e calma de quem fala a uma criancinha – o Brasil pode extraditar um cidadão russo, e o inverso também, pois o Brasil e a Federação Russa têm um tratado de extradição, o que é muito comum na prática internacional, determinando a forma, os prazos, os direitos do extraditado e as circunstâncias em que a extradição é possível, tratado esse do ano de 2002, assinado e homologado pelo Supremo Tribunal Federal. Nós não sabemos se há um pedido de extradição em nome de Mikhail Morogovsky porque essa não é matéria para a Polícia Federal. O que aconteceu ontem à noite, como explicado, foi a *deportação* de Morogovsky, essa sim, atribuição exclusiva da Polícia Federal brasileira.

– O Dr. Tércio Junqueira esteve presente? Ele foi chamado também pela Polícia Federal para dar esclarecimentos? Qual o envolvimento do advogado de Morogovsky na ação policial?

– O envolvimento do Sr. Junqueira e de seus advogados associados nos atos cometidos pelo Sr. Morogovsky é alvo de investigação em andamento, nada havendo no momento a se declarar sobre esse caso.

– Ele não foi ontem à noite à Polícia Federal?

– Ele teve um pequeno problema familiar, e é aguardado para ser ouvido amanhã.

Na verdade, a Operação Caipiroska tinha gerado uma *spin off*, a Operação Caipirinha, pois nos últimos meses, ao investigarem detalhes do magnata russo e suas ligações com o Brasil, a Polícia Federal e o Banco Central tinham chegado ao escritório de Junqueira e a papéis no mínimo suspeitos, muito havendo a ser investigado sobre Tércio Junqueira Sobes, que estava sendo desde a noite anterior vigiado pela Polícia Federal.

– Qual foi a função do policial russo em toda a ação? – pergunta outro jornalista.

– O policial russo veio ao Brasil auxiliar a polícia brasileira na localização e identificação de Morogovsky, e na produção dos devidos documentos de seu país, na língua russa e em português, que tornariam toda a ação legal e legítima, de conformidade com as leis e a justiça dos dois países. Como vocês sabem, Rússia e Brasil são democracias livres e soberanas legalmente constituídas de acordo com a vontade de seus povos, que assim o determinaram em suas respectivas eleições, elegendo seus representantes que, compondo o poder legislativo, redigiram as leis, aqui como lá, que organizam os seus países e determinam o que é de direito e o que é proibido, os limites e as regras para essas duas sociedades. Foi estritamente dentro dessas regras que o cidadão Mikhail Morogovsky, de acordo com o devido processo legal, foi julgado e condenado na Rússia, na forma e por crimes previstos nas leis desse país, bem como detido e deportado no Brasil, conforme prevê a lei brasileira. A ação se deu rapidamente, com toda a discrição possível, sem o uso de armas ou de qualquer tipo de violência, respeitando o local e as circunstâncias e com total deferência aos noivos e seus familiares e convidados, em uma festa de casamento onde a Polícia Federal sabia que estaria o deportado, cuja chegada em Moscou é aguardada para as próximas horas. Muito obrigado. Um bom domingo a todos. Boa votação no referendo.

Orgulhosa do colega, porém no limite de suas forças, Maria Claudia não podia mais se aguentar em pé e de olhos abertos, apenas conseguindo comer um sanduíche, para em seguida ir atirar-se na cama, o pensamento sempre em Ivan, usando a camisa branca que ele havia comprado com ela dois dias antes, e que ainda tinha o cheiro do russo, esperando, talvez, encontrá-lo nos sonhos.

Uma fina camada de neve cobre as calçadas, as casas e as cúpulas das igrejas de Moscou na madrugada fria de segunda-feira. Debaixo das cobertas, mergulhados no sono, os moscovitas logo vão acordar para o começo de semana, retomando seus casacos, seus gorros, suas luvas, seu trabalho, sua vida. Em Novo-Ogaryovo, a residência presidencial, um pouco afastada, a oeste da cidade, elegante mansão em estilo neoclássico no meio de uma floresta de pinheiros e bétulas esbranquiçados pela neve, o silêncio também embala os sonhos de seus moradores.

Primeira da família a acordar, depois de uma minuciosa ronda no escuro, Koni, a labradora preta, se senta à porta do quarto do casal, como faz diariamente, aguardando ansiosa que seu dono acorde para acompanhá-lo até a piscina aquecida, para a natação de todas as manhãs. O rabo balançando animada, levantando a cabeça ao ouvir um pequeno barulho lá dentro, ela volta a deitá-la sobre as patas, recaindo no silêncio e na espera. A primeira-dama não chegou a acordar quando o celular do presidente tocou. Ele rapidamente esticou o braço fora das cobertas para pegá-lo na cabeceira, sem sequer abrir os olhos, mantendo o telefone na mão após desligá-lo, a cabeça afundada no travesseiro, um sorriso nos lábios, após ouvir do outro lado o seu assessor, que ligara do aeroporto como haviam combinado:

– *Gaspadín Prisidént, aní príbili.* – "Sr. Presidente, eles chegaram".

Capítulo 13

Segunda-feira
24 de outubro de 2005

Epílogo

— Dra. Maria Claudia, bom dia! – diz a secretária, animada, pega de surpresa, com um incontrolável tom de curiosidade e malícia na voz, reconhecendo a chefe do outro lado do telefone.

– Oi Denise, bom dia...

– A gente tá falando aqui, no escritório... – a secretária não consegue se conter - Sobre o sábado!

– Ah, pois é...Você viu só... – comenta a advogada, percebendo que Denise já havia visto todas as fotos nos jornais.

Maria Claudia tinha dormido pesado até as três horas da manhã, quando então teve um sono entrecortado, dormindo e acordando a cada trinta ou quarenta minutos, até despertar de vez às sete, ficando na cama mais algum tempo, sem vontade de levantar, as lembranças da noite anterior repassando na memória, conjecturando sobre a vida e pensando em Ivan. Apesar de tantas horas de sono, sem ter visto o domingo passar, ainda estava atordoada, uma ponta de dor de cabeça persistente não querendo ceder. Não demorou, porém, a tomar a decisão de que não iria trabalhar naquele dia. Tolice pegar o carro e enfrentar a estrada, para chegar ao escritório onde na verdade tinha dúvidas se iria continuar a trabalhar. Nos últimos dias tinha se cristalizado dentro dela a noção de que sua passagem junto àquela banca tinha se encerrado. Aliás, já vinha em queda livre, se encerrando, havia algum tempo, só ela não tinha se dado conta. O departamento contencioso não era o mais badalado nem o que dava mais *status* ao escritório. Nunca nenhum dos advogados desse setor tinha se destacado, nem junto aos sócios mais velhos, nem na comunidade de advogados da capital paulista. Com os clientes, talvez. Pois era o contencioso quem pegava no pesado, na hora "h", quando os assuntos iam parar nos tribunais. Mas seus esforços e sucessos aí obtidos passavam a ser do escritório, e não deles mesmos, que foram enfim quem colocou o diploma para funcionar.

– Doutora, então o Dr. Ivan era da polícia! Que estória, heim! E que lindos, vocês dois, a rigor, na foto!

– Que foto?! – surpreende-se Maria Claudia. Essa, ela não tinha visto.

– Ah, vai dizer que a senhora não viu? No site da Caras!

Era só o que faltava. Maria Claudia nem podia imaginar-se publicada na afamada revista de fotos e fofocas dos ricos e famosos.

– Ai, Dê, pelo amor de Deus... Saí bem, pelo menos?

– Linda! A doutora é super fotogênica! E que vestido maravilhoso! São um casal muito bonito! O Dr. Ivan tá indo pra Rússia, agora? Quando vocês vão se reencontrar?

– Ai, e eu sei... Depois te conto detalhes...

– Claro... – a secretária percebe a voz não muito animada da chefe.

– Dê, eu preciso que você me faça um favor.

– Pois não, doutora!

– Eu tou em Ubatuba, vim direto pra cá, no sábado de madrugada. E eu não vou pro escritório hoje. Você avisa por favor o Dr. Rubens? Eu vou agora pro centro da cidade, numa *lan house*, porque tou sem o meu *laptop* e não quero ficar usando o do pessoal aqui do Sol e Vida. Vou mandar um e-mail pro Dr. Rubens e um pro Júlio, passando pra ele as coisas que devem ser feitas hoje, tá?

– Pode deixar, que eu aviso aqui. A doutora está se sentindo bem...? Precisa de alguma coisa?

– Não, não, obrigada, querida. Tou só... cansada. Vou ficar aqui hoje. E aí, amanhã... ainda não sei.

Maria Claudia tinha um ótimo relacionamento com Denise, eram quase amigas íntimas. Mas não queria já nesse momento abrir-se com a secretária sobre tudo o que tinha acontecido, nem sobre suas decisões quanto ao escritório: ela mesma ainda não tinha certeza de coisa alguma.

Andando desalentadamente de uma ponta à outra da praia, a água do mar cobrindo seus pés, trazendo nas mãos as sandálias Havaianas, Maria Claudia olha lá longe a linha formada pelo encontro do céu com o mar, o azul sem nuvens sobre a água azul-esverdeada. Para lá dessa linha iam seus pensamentos, para muito longe dali, para outros mares, para outras terras, para Ivan. Sentia a poderosa energia da Mata Atlântica atrás de si enquanto seu olhar viajava em direção ao russo.

Os dois quilômetros de extensão da Praia da Enseada tinham se tornado sua única companhia desde que voltara do centro da cidade, em torno das três horas da tarde. Tinha falado ao celular quase que o tempo todo. Uma atrás da outra, quase todas as pessoas que ela conhecia tinham lhe telefonado, inundando-a de perguntas. E ela teve que contar e recontar a epopeia de Ivan e da tempestuosa festa de casamento para cada um que queria ouvir.

– Que estória, heim! Parece filme! – dissera Otávio, o irmão.

– E o estagiário foi quem levou a pior! – comentou Júlio.

– Eu já tinha achado ele uma graça, quando ele veio aqui! – elogiou Olívia, a irmã.

– Ti Claudí internet! – esboçou falar o sobrinho Vinícius.

– KGB! – exclamou um colega.

– O Paulo Roberto vai ser promovido! – vaticinou outro.

– Você viu – contou um terceiro – o que picharam hoje cedo na frente do escritório do Junqueira? "Décio Sobes Forever"!

– E aí, ele é peludo? – insistia em saber Ana Cecília.

– O meu genro foi quem resolveu tudo! – disse, orgulhosa, D. Díla.

– Que genro, mãe, que estória é essa, de onde você tirou isso?

E assim Maria Claudia foi satisfazendo a curiosidade de um por um até que acabou a bateria de seu celular, e ela o deixou no quarto do hotel, plugado à tomada, recarregando. Vestindo sobre o shortinho e a blusa a camisa branca de Ivan, da qual não conseguia mais se separar, foi andar ao longo da praia, deserta na segunda-feira ensolarada, tentando se encontrar na areia e na brisa.

Onde estaria Ivan, àquela hora? Já estava perdida, fazendo as contas do fuso horário. Imaginava como ele deveria estar nervoso na chegada em seu país, fechando o rosto, franzindo o cenho, pingando colírio o tempo todo. E todas as coisas que ele ainda haveria de ter que fazer em função da Operação

Caipiroska. Explicações, reuniões, relatórios. Teria ele tempo para pensar nela? Obstinadamente olhando para o mar, a força do continente puxando-a para trás, Maria Claudia tenta adivinhar para que lado ficaria a Rússia, mandando seu pensamento nessa direção. “Será que já está muito frio, lá?” Imagens de Moscou vêm à sua mente, fotos da Praça Vermelha, do Kremlin, da Catedral de São Basílio, famosos cartões postais que todo mundo conhece. Se pegasse um avião hoje... a que hora chegaria na capital russa? Ela pensa em seu passaporte ainda quente, na gaveta de sua cabeceira. Se pedisse para Denise ir buscá-lo em casa, e levá-lo para ela no aeroporto... Qualquer voo para uma capital na Europa, e desta para Moscou... Brasileiros não precisam mais de visto, para entrar na Rússia... “Imagine, que loucura é essa, Maria Claudia!”, ela afugenta o sonho. Será que ele ficaria contente em vê-la? Ou será que... não gostaria da surpresa?

O céu azul começando a ficar lilás, com o pensamento para os lados da Sibéria, Maria Claudia sente uma fisgada de melancolia no coração, uma tristeza se apoderando de seu ser, os olhos mais uma vez preparando as lágrimas. Entrando pela praia de volta ao hotel, ela para no primeiro longo degrau de mármore branco e, dando as costas à piscina e à varanda, volta-se novamente para o mar, sem vontade de largar da vista aquele horizonte, para lá do qual estava Ivan, na outra metade do globo. Estaria ele também pensando nela? Teria ele também tanta saudade? Ou teria sido tudo apenas uma estória passageira? Teria ele se esquecido dela ao cruzar a linha do Equador? O cotovelo apoiado em uma mão e a outra segurando o queixo, Maria Claudia perde o pensamento no brilho do mar, um nó na garganta, o peito apertado, os olhos prontos para chorar. Uma sensação indefinível vindo do vazio do hotel, o ar um pouco mais denso. À sua frente, o oceano, e Moscou. Atrás de si, aquela força persistente e irresistível, como um ímã, agora tão mais forte, como uma presença silenciosa, que Maria Claudia tanto estranha, que começa a virar a cabeça lentamente para trás, o rádio, na piscina, tocando os primeiros acordes de *Velha Infância,* com os Tribalistas. E pelo canto dos olhos, antes mesmo de terminar de virar a cabeça, caindo-lhe o queixo, Maria Claudia vê, logo ali, atrás dela, apenas a uns metros, em carne e osso, parado, sorrindo para ela... Ivan Ivánovitch.

Você é assim
Um sonho pra mim
E quando eu não te vejo

– Ivanzinho!

Eu penso em você
Desde o amanhecer
Até quando eu me deito

Em um salto Maria Claudia pula até o russo, sem acreditar, jogando os braços em torno de seu pescoço, na ponta dos pés, o coração disparado de encontro ao dele, disparado também.

Eu gosto de você
E gosto de ficar com você

– *Claudiúshka*... – ele enlaça a cintura da brasileira, olhando-a fundo nos olhos – Eu...

Meu riso é tão feliz contigo

– Não acredito...! – enfim chorando, Maria Claudia pega o rosto de Ivan com as mãos, beijando-o nas faces, no queixo, na boca.

O meu melhor amigo é o meu amor

– Eu cheguei, e...

E a gente canta
E a gente dança
E a gente não se cansa

– Não... não... – ela não o deixa falar, beijando-o sempre – Não fala nada... Deixa eu... te beijar... Que se for sonho, vai terminar...

De ser criança
Da gente brincar
Da nossa velha infância

– Não é sonho, *Claudiúshka*... – ele a beija também, apertando-a ainda mais nos braços.

Seus olhos meu clarão
Me guiam dentro da escuridão

Exausto, a gravata enrolada em um bolso do paletó, o rosto um pouco amassado, os olhos brilhando de alegria,

Seus pés me abrem o caminho
Eu sigo e nunca me sinto só

Ivan vestia ainda o mesmo terno com o qual tinha deixado o Brasil, menos de dois dias antes.

Você é assim
Um sonho pra mim
Quero te encher de beijos

Tinha feito a viagem de doze horas até Istambul, onde chegou com Morogovsky às oito e meia da noite, horário local, de onde pegaram o voo de conexão para Moscou.

Eu penso em você
Desde o amanhecer
Até quando eu me deito

Chegaram ao Aeroporto Internacional Vnukovo, ao sul de Moscou, quando passava das três da manhã da segunda-feira, horário moscovita, cinco horas à frente de São Paulo, onde ainda eram dez da noite do domingo.

Eu gosto de você
E gosto de ficar com você

Toda a imprensa russa e estrangeira de plantão no aeroporto madrugada adentro aguardava a chegada desse voo, as atenções voltadas ao magnata enfim preso e ao oficial que o escoltara, cujo rosto estava em todos os jornais da Rússia e do mundo.

Meu riso é tão feliz contigo
O meu melhor amigo é o meu amor

Após o desembarque, o desembaraço das formalidades e a entrega de Morogovsky às autoridades judiciárias, Ivan foi chamado para uma coletiva de imprensa, que ele pediu que fosse breve, no próprio aeroporto.

E a gente canta
a gente dança
a gente não se cansa

Terminada a coletiva, andando depressa, Ivan atendeu seu celular, onde o diretor da FSB o parabenizava pela bem-sucedida Operação Caipiroska, e perguntava se ele teria condições de estar presente a uma reunião na própria segunda-feira, à tarde.

De ser criança
De a gente brincar
Da nossa velha infância

"Vai ter que ser outro dia, lamento. Vou pegar um avião agora... para o Brasil.. Tem alguém me esperando..." – explicara ele, alegre, mas aflito, entrando no carro de Gavriil, que viera buscá-lo, e pedindo-lhe que o levasse rapidamente até o Aeroporto Sheremetyevo.

Seus olhos meu clarão
Me guiam dentro da escuridão

Seguindo para o norte da cidade, o céu de Moscou começando a clarear, Gavriil dirigiu os sessenta quilômetros de um aeroporto ao outro, em quase cinquenta minutos, ouvindo, com igual entusiasmo, o pai contar em relatos entrecortados, um pouco sobre a operação policial e muito sobre Maria Claudia.

Seus pés me abrem o caminho
Eu sigo e nunca me sinto só

Ivan entrou correndo no Aeroporto Sheremetyevo, onde imediatamente tomou um voo da KLM para Amsterdan, daí pegando outro da mesma

KLM para São Paulo, iniciando o caminho de volta no globo e no fuso horário, percorrendo outra vez a metade da circunferência da Terra, virando o mundo de trás para a frente e do avesso.

Você é assim
Um sonho pra mim
Você é assim

Chegando a São Paulo, segunda-feira às quatro horas da tarde, horário de São Paulo, ainda no avião, ele mandara um torpedo para Maria Claudia, recebendo em sua telinha as palavras *"falha no envio de mensagem"*.

Você é assim
Um sonho pra mim
Você é assim

Já na área de desembarque no Aeroporto Internacional de Guarulhos, puxando a mala que foi com ele para Moscou e voltava sem ter sido aberta, telefonou para Maria Claudia, mas não teve resposta: o celular da brasileira estava plugado à tomada no quarto do hotel, recarregadando.

Você é assim...

Ligou então para o escritório, onde o paradeiro de Maria Claudia lhe foi desvendado por Denise, que desligou o telefone sorrindo, feliz pela enorme surpresa que iria ter a chefe.

Você é assim
Um sonho pra mim
E quando eu não te vejo

Acertando o valor com um motorista de táxi no aeroporto de Cumbica, Ivan desceu a serra até Ubatuba, indo direto para o Hotel Sol e Vida.

Eu penso em você
Desde o amanhecer
Até quando eu me deito

Deixando a mala na recepção, o coração batendo depressa, ele atravessa o *hall* escuro, chegando à varanda, com o cheiro das flores, a piscina, o mar e o céu do entardecer...

Eu gosto de você
Eu gosto de ficar com você

...e Maria Claudia ali em pé, de costas para ele, começando a virar o rosto para trás, o vento balançando seus cabelos e a camisa branca em torno de seu corpo.

Meu riso é tão feliz contigo
O meu melhor amigo é o meu amor....

– Você é que é um sonho, *Claudiúshka*... – ele diz, com o rosto da brasileira nas mãos, enquanto ela lhe afaga os cabelos, ambos com lágrimas nos olhos, os lábios não mais se soltando.

Você é assim, um sonho pra mim
Você é assim...

– Já sei! – diz Beleza, todo alegre, ao ver, de dentro do hotel, emoldurando o casal, o céu vermelho e azul, o mármore branco, as alamandas amarelas sobre a folhagem verde, os pássaros voando em bando e o mar ao fundo – Uma porção de camarão frito e duas caipiroskas! Saindo!

Músicas e autores

Colombina – de Rita Lee, gravação por: Ed Motta

Uma brasileira – de Carlinhos Brown e Herbert Vianna, gravação por: Paralamas do Sucesso

Você Não Me Ensinou a Te Esquecer – de Caetano Veloso, gravação de: Bruno e Marrone

Ainda lembro – de Marisa Monte, gravação por: Marisa Monte e Ed Motta

Cara a cara – de Gilberto Gil, gravação por: Gilberto Gil

Charme do Mundo – de Marina Lima e Antônio Cícero, gravação por: Marina Lima

Nem Pensar – de Kleiton e Kleidr, gravação por: Kleiton e Kledir

Toada – de Zé Renato, Claudio Nucci e Juca Filho, gravação por: Boca Livre

So Nice – de Marcos Valle e Paulo Sérgio Valle, versão em inglês: Norman Gimbel, gravação por: Eliane Elias

A Noite do Prazer – de Arnaldo Brandão, Claudio Zoli e Paulo Zdanowski, gravação por: Brylho

Carta ao Tom – de Vinícius de Moraes e Toquinho, gravação: Vinícius de Moraes, Toquinho e Quarteto em Cy.

Preciso Dizer que te Amo – de Cazuza, Dé e Bebel Gilberto, gravação: Léo Jaime

Na Cadência do Samba "Tema Canal 100" – de Waldir Calmon

Hino Nacional Brasileiro – de Joaquim Osório Duque Estrada e Francisco Manuel da Silva.

Hino do Corinthians – Lauro D'Avila

Frisson – de Sérgio Natureza, gravação: Tunai

Ostanus – gravação: Gorod 312

Espanhola – de Flavio Venturini e Guarabyra, gravação: 14 Bis

Meu Ébano – de Paulinho Rezende e Nenéo, gravação: Alcione

Perigo – de Paulinho Lima e Nico Rezende, gravação: Zizi Possi

Estrada do Sol – de Tom Jobim e Dolores Duran, gravação: Gal Costa

O Descobridor dos Sete Mares – de Gilson Mendonça e Michel, gravação: Lulu Santos

Vatapá – de Dorival Caymmi, gravação: Gal Costa

Piano Concerto N. 3 in D minor Op. 30, de Rachmaninov – Boris Berezovsky

SPC – de Zeca Pagodinho, gravação: Zeca Pagodinho

Apenas um Coração Solitário – de Piotr Ilitch Tchaikovsky, gravação: Isaac Stern

Esse Seu Olhar/Promessas – de Tom Jobim, gravação: Lúcio Alves/Sylvia Telles

Holiday for Strings – de David Rose, gravação: Henry Jerome

Kalinka – de Ivan Larionov, gravação: Coral do Exército Vermelho

Noites de Moscou – de Vasily Solovyov-Sedoi e Mikhail Matusovsky, gravação: Coral do Exército Vermelho

This Time I Know it's For Real – de Donna Summer, Peter Waterman, Michael Stock e Matthew Aitken, gravação: Donna Summer

Caçador de Mim – de Sérgio Magrão e Luiz Carlos Sá, gravação: Milton Nascimento

Do You Want to Know a Secret – de Lennon-McCartney, gravação: The Beatles

Canção de Verão – de Thomas Roth e Luis Guedes, gravação: Roupa Nova

O Barquinho – de Roberto Menescal e Ronaldo Boscoli, gravação: Tamba Trio

Lindo Lago do Amor – de Gonzaguinha, gravação: Gonzaguinha

Could it be Magic – de Adrienne Anderson e Barry Manilow, gravação: Donna Summer

Caso Sério – de Toquinho, gravação: Toquinho

Valsa das Flores – de Piotr IlitchTchaikovsky

Someone to light up my life – de Tom Jobim e Vinícius de Moraes, versão em inglês: Gene Lees, gravação: Frank Sinatra

Eu Sei que vou te amar – de Tom Jobim e Vinícius de Moraes, gravação: Toquinho, Vinícius e Maria Creuza

Velha Infância – de Arnaldo Antunes, Marisa Monte, Carlinhos Brown, Davi Moraes e Pedro Baby, gravação: Tribalistas